Diogenes Tasch

de
te
be

BEAT STERCHI, 1949 in Bern geboren, ging 1970 nach Kanada und studierte Anglistik. Danach war er Sprachlehrer in Tegucigalpa (Honduras) und Montreal und betrieb weitere Studien in Kanada. Er verfasste neben Theaterstücken, Reportagen und Kolumnen auch Reiseberichte und experimentelle Texte auf Berndeutsch und stand mit Spoken-Word-Texten auf etlichen Bühnen. Heute lebt Beat Sterchi als freier Schriftsteller in Bern.

Beat Sterchi

Blösch

Roman

Diogenes

Die Erstausgabe
erschien 1983 im Diogenes Verlag
Covermotiv: Illustration von
David Shannon

Veröffentlicht als Diogenes Taschenbuch, 1985

www.diogenes.ch
3/21/62/6
ISBN 978 3 257 21341 6

...kam in ihren Ställen aber einmal ein ganz und gar ungeschecktes Kalb zur Welt, so gaben sie ihm für sein strohrotes Fell den Namen »Blösch«

I

Viele Jahre danach, als er sich eben zum letzten Mal auf die Fußspitzen gestellt hatte, um seine Karte für immer in den Schlitz Nr. 164 des Stempelkartenfächerkastens am Eingang zum Städtischen Schlachthof zurückzuschieben, da erinnerte sich Ambrosio an jenen fernen Sonntag seiner Ankunft im wohlhabenden Land.

Nach einer sowohl anstrengenden als auch umständlichen Reise vom heimatlichen Süden durch wüstenähnliche Ebenen, über Pässe und durch Tunnels, in den nur mit ein paar unaussprechbaren Namen auf einem amtlichen Formular lockenden Norden, stand er plötzlich, ausgeladen und zurückgelassen wie ein Stück Gepäck, mitten in Innerwald, mitten in diesem Dorf, das er sich seit Monaten krampfhaft, aber vergebens vorzustellen versucht hatte. Endlich war er da! Endlich hatte sich verwirklicht, was er sich und seiner Familie gewünscht hatte. Bald würde er arbeiten, verdienen; die erste Geldüberweisung war nur noch eine Frage der Zeit: er, Ambrosio, er hatte erreicht, was so vielen verwehrt blieb, und doch wurde er, kaum angekommen, von dem Verlangen ergriffen, dem noch sichtbaren Bus nachzueilen, dem Fahrer Halt! Halt! zuzurufen, sich gleich wieder zurückführen zu lassen, zurück durch die Tunnels, zurück über die Berge, nur zurück ans Licht seines eigenen Dorfes in Coruña.

Aber der Postbus hatte nicht gewartet, er war weg, hatte sich wie ein gelber Theatervorhang vor Ambrosio weggeschoben und ihn einem neugierigen Publikum ausgeliefert.

Ein Dutzend Innerwaldner, die beim Hantieren von Kesseln und Kannen vor der Genossenschaftskäserei noch eben Pferde und Hundegespanne herumkommandiert, gelacht, geprahlt hatten, verstummten, hielten in ihrer Arbeit inne und starrten auf den fremden Mann, der, ausgestellt wie ein Fisch am Haken, unsicher wie ein Entlassener vor dem Gefängnistor, mitten auf ihrem Dorfplatz stand.

Nichts regte sich: Ein Film war steckengeblieben; der Ton war ausgefallen, nur das Wasser im Dorfbrunnen plätscherte weiter.

Ambrosio stand da und konnte sich nicht rühren, er konnte auch keine Zigarette drehen. Wie gelähmt sah er sich sich selbst gegenüber. Alles an ihm hatte auf einmal eine drohende Eigenart angenommen. Er fühlte seine millimeterkurz geschnittenen Haare rund um die Glatze auf seinem Kopf, fühlte, daß seine Haare schwarz waren. Er roch seinen eigenen Schweiß, sein Hemd war schmutzig und durchnäßt, zu gern hatte er sich seine knorrigen Beine, die dünn in nur knielangen Hosen staken, verhüllt. Er schaute auf sein verbeultes Kistenköfferchen hinunter, hob seinen Blick auf die Leute, senkte ihn wieder: Von einer Sekunde zur anderen hatte er die Einsamkeit kennengelernt. Zum ersten Mal in seinem Leben wußte er, daß er klein, fremd und anders war.

Erst als sich ein Freibergerhengst aus seinem Lederzeug schütteln wollte und dazu laut wieherte, kam wieder Leben in den Sonntagabend. Der Motor eines Traktors wurde angeworfen; die Innerwaldner lachten und prahlten wieder; die Käserarme griffen weiter nach den Milchkannen und schütteten die weiße Flut zentnerweise in Waagkessel und Abkühlbecken; die an ihre Karren gespannten Sennenhunde führten aus sicherer Distanz kläffend die Rivalitätskämpfe fort, und eine Mähre hufscharrte auf dem Kopfsteinpflaster, daß es Funken sprühte.

Ambrosio war froh über die wiederaufkommende Geschäftigkeit auf dem Dorfplatz, und er wäre noch lange einfach in dessen Mitte stehengeblieben, hätte ihn nicht eine auf ihn zutrottende Schar Kühe zu einer Entscheidung gezwungen. Die Tiere wurden von zwei Knaben zum Dorfbrunnen getrieben, der sich gegenüber der Käserei, vor dem Gasthof Ochsen befand. An der Spitze der Herde kam mit dem Gehabe einer Bürgermeisterin eine mächtige Kuh daher, die wohl friedlich, aber doch nicht so aussah, als wäre sie gewillt, wegen des kleinen Spaniers zwei Kuhschritte von ihrem gewohnten Trott abzuweichen.

Ambrosio packte sein Köfferchen und ging, mit der freien Hand in Hemd- und Hosentaschen nach den Papieren suchend, auf die Käserei zu, wo er einem Bubengesicht seine Aufenthaltsbewilligung sowie ein anderes, fremdenpolizeiliches Schreiben unter die Nase hielt. Er sah sich aber umringt von zusammengepreßten Lippen in stummen Gesichtern. Die auf ihn gerichteten Augen prüften ihn, Stirnen legten sich in Falten, die Köpfe wackelten verneinend, wandten sich dem Käser zu. Ohne das Abwägen der Milch zu unterbrechen, fragte dieser, was der kurzbehoste Kauz von ihnen wolle?

»Ich glaube fast, das ist dem Knuchel sein Spanier. Hier schau, da sind die Papiere«, sagte ein Bauer und übergab dem Käser das abgegriffene Bündel.

»So, so! Es mußte also sein. Wie zum Mistzetten gemacht sieht er nicht aus. Täusche ich mich, oder mangelt es ihm an Brustumfang?« Der Käser, der auf der Rampe stehend über allen thronte, pumpte dabei seine eigene Brustkiste zum Platzen voll. »Auf dem Knuchelhof gibt es wohl in der Kinderstube mehr zu tun als im Kuhstall«, spottete er weiter. »Aber hör zu! Dem Knuchel sein Junger kommt immer als einer der ersten mit der Milch. Verstehst du? Der ist schon lange wieder weg.«

Ambrosio schüttelte den Kopf.

»Kannst nicht Deutsch?« wurde belustigt gefragt, worauf einige Innerwaldner herzhaft lachten. Auch der Käser machte noch einige Witze, hörte aber damit auf, als er bemerkte, daß Ambrosio, der spürte, über wen gelacht wurde, darin aber keine Boshaftigkeit vermutete, selbst mitlachte, sich sogar getraute, mitten unter den Innerwaldnern endlich die ersehnte Zigarette zu drehen.

»Mosimann! Du kommst doch beim Knuchelhof vorbei. Nimm den Kleinen da mit!«

Es nachtete bereits, als Ambrosio die Dorfstraße hinunterging. Er folgte einem Handkarren, an dem ein trotziger Junge bremste, während ein schwarz-rot-weißer Sennenhund in heißem Futterdrang mit aller Kraft daran zog. Auch Ambrosio war hungrig. Gern hätte er ein paar Schlucke von der Suppe heruntergeschlürft, die süßlich aus der Kanne auf dem Karren dampfte. Er ahnte nicht, daß es nur Schotte, ein für die Schweinemast verwendeter Abfall vom Käsen, war.

Von Innerwald bekam Ambrosio wenig zu sehen. Die Dorfstraße war spärlich beleuchtet, vor den Höfen brannte nur wenig Licht. Ambrosio hörte aber Holzschuhtritte, für Tierohren bestimmte Rufe und Kommandos, er hörte blechernes Milchgeschirr, das an Brunnen gewaschen wurde und glockenähnlich läutete; er hörte Besenstriche, Wagengerassel, Hühnergegacker und Schweinegekreisch, denn die Innerwaldner gingen in den Ställen noch den letzten Arbeiten des Tages und in den Scheunen den ersten Vorbereitungen für die morgendliche Fütterung nach.

Noch gut zu erkennen waren die Umrisse der Bauernhäuser: jedes Dach hoch und ausladend, als müßte es allein die halbe Welt vor einem bissigen Himmel schützen; jedes Dach ein Kirchendach. Gleichzeitig wunderte sich Ambrosio über den überall am Straßenrand aufgeschichteten Kuhmist. Wahre Türme von Misthaufen standen vor den Häusern und verbreiteten ihren Duft.

Außerhalb des Dorfes lächelte der Junge Ambrosio an, forderte ihn auf, sein Köfferchen auf den Milchkarren zu stellen.

»Noch fünf Minuten«, sagte er und spreizte Ambrosio eine Hand entgegen.

Da Ambrosio nur Sandalen an den Füßen hatte, ging er auf der Grasnarbe in der Mitte des Kiesweges, der in drei Schleifen an eingezäunten Weiden, an Obstgärten vorbei den Hang hinunter und in einer weiten Kurve um eine Böschung in ein Tannenwäldchen führte.

Auf der anderen Seite des kleinen Saumwaldes zeigte der Junge auf eine Ansammlung von schattenhaften Gebäuden.

»Dort unten, dort sind sie, die Knuchels«, sagte er, winkte und verschwand mit Hund und Wagen in der Nacht.

Bevor Ambrosio über den schmalen Seitenweg auf den Hof

zuging, der wie ein weiteres Dorf zwischen zwei abfallenden Hügelrücken eingebettet lag, drehte er sich noch eine Zigarette.

Während er ein paar hastige Züge tat, bemerkte er die Sterne am Himmel.

Der Knuchelbauer hatte die im wohlhabenden Land nicht unübliche Gewohnheit, seine Kühe auch an Sonntagen nicht länger warten, nicht länger als während der Woche in ihrer Milch stehen zu lassen. Beizeiten war er von seinem Gang über Land und von einem Kaffee Bäzi im OCHSEN wieder heimgekehrt und hatte zu berichten gewußt, daß von dem seit langem erwarteten Spanier zwar weder auf der Post noch sonstwo eine Nachricht eingetroffen sei, daß sich dagegen das Dorfgerede schon heftig um den Ausbleibenden kümmere. Nicht alle seien dafür; der Käser schon gar nicht. Wegen des unsauberen Italieners beim Bodenbauer solle gut Käsen schwerer geworden sein. Die Innerwaldnermilch sei längst nicht mehr, was sie einmal war. Und jetzt müsse doch noch so ein Spanier dahertschalpen! Man solle dann nur sehen, das schlage dem Knuchelbauer auf das Milchgeld und der ganzen Genossenschaft auf die Ehre.

Die Knuchelbäuerin hatte darauf den Kopf geschüttelt, ein halbes »Heikermänt« verschluckt und sich wieder den Geraniensprößlingen auf der Laube zugewandt.

Der Bauer war noch kurz neben ihr stehengeblieben. Mit den Händen tief in den Sonntagshosen hatte er über die Felder hinaus, dann auf den Pflanzblätz geschaut, hatte seiner Frau die dort herrschende Ordnung und der Großmutter die Hühner gerühmt, nur, da er seine Ungeduld einmal mehr nicht ganz verbergen konnte, um mit einem »so wei mer däich« zum Umziehen ins Haus zu gehen. Drinnen hatte er die bräveren Hosen sorgfältig in Falten gelegt und an einem Holzbügel hinter die Stüblitür gehängt, war in frische Überkleider und in trockene Stiefel geschlüpft und war zusammen mit seinem Sohn Ruedi zum Misten und Melken im Kuhstall verschwunden.

Die Kühe ihrerseits hatten sich früher als sonst aus ihrem

Dämmerzustand gerüttelt, hatten sich gegenseitig freudiger als üblich wach gemuht, hatten den nun schon bis ins Frühjahr hinein andauernden Stallstupor bald vergessen.

Nicht daß die Knuchelhofkühe etwa ein härteres Leben hatten als andere Innerwaldner Rindviecher. Im Gegenteil. Da ihr Bauer keinen noch so elegant daherredenden Vertreter von Melkmaschinen und Selbsttränkungsanlagen näher als drei Kartoffelwürfe an den Knuchelhof herankommen ließ, kamen die Kühe zweimal täglich in den Genuß der eutermassierenden Handmelkung und nach jeder Milchlassung zu einem Wässerungsgang. War für Kühe auf technologiefreundlicheren Höfen die Bewegungsfreiheit während des Winters auf jenen Schritt vorwärts in den Futterbarren hinein und jenen Schritt wieder zurück auf das bis hinten gemistete Läger reduziert, so konnten sich die glücklichen Kuhseelen auf dem Knuchelhof beim Tränken doch regelmäßig an einem Mindestmaß an uneingeschränkter Körperbetätigung erfreuen. Dank der Gänge zum Hofbrunnen mußten nicht sämtliche zur Aufrechterhaltung der Herdenhierarchie notwendigen gegenseitigen Zurechtweisungen und unvermeidlichen Zweikämpfe entweder auf die Weidezeit verschoben oder kurzerhand ins Rassenunterbewußtsein verdrängt werden. Täglich zweimal konnte Blösch, die erste Dame im Stall, ihrer Vormachtstellung Ausdruck geben, konnte mit gut gezielten Hornstößen und Hufschlägen zu ehrgeizig gewordene Jungkühe maßregeln. Besonders Mutterschaft führte oft zu überdimensioniertem Stolz, verführte zu überhöhten Ansprüchen, aber Mütter waren sie alle, und nur weil eine Kuh in der Nacht zum ersten Mal mit einem im Stroh blökenden Kalb niedergekommen war, verzichtete Blösch noch lange nicht auf ihr Vorrecht, als erste den Stall zu verlassen, als erste ihr Flotzmaul ins Brunnenwasser einzutauchen, mindestens ein oder zwei Dutzend Liter speichelfrei vorweg zu pumpen und auch als erste wieder ins Stroh zu gehen. Status mußte sein. Doch je unnachgiebiger Blösch den Zug zum Brunnen täglich von oben herab mit ländlich rauhen Mitteln feldweibelte, und je eifriger die schwächeren Tiere der Kuhhierarchie im Knuchelstall ihre Achtung bezeugten, indem sie sich mit ballerinenhafter Eitelkeit von Rangordnung zu Rangordnung, von Privileg zu Privileg schleckten und scharwenzelten, um so erträglicher waren ihnen allen die langen Stallstunden. Während sie sich Bolus um Bolus das vorgekaute Heu aus ihren Pansen hochrülpsten und gelangweilt darauf rummahlten, konnten sie in ihren dicken Schädeln auf Rache sinnen und weitere Pläne für nie fruchtbare, aber doch unterhaltsame Stallaufstände schmieden.

Da Blösch gerade hochträchtig war und noch am selben Abend möglicherweise kalben konnte, schien ihre Vorherrschaft unanfechtbarer denn je.

Und so war auch der Bauer nach dem Betreten des Stalles mit Ruedi bei ihr stehengeblieben. »Die brävste Kuh auf dem Berg«, hatte der Vater, »wenn sie nur nicht wieder ein Munikalb wirft«, hatte der Sohn gesagt.

Blösch hatte gemuht.

Auch die anderen elf Kühe waren erregt gewesen, sie wußten, daß sich der Bauer sonntags ihrer besonders freute, daß er an jedem siebenten Tag gesprächiger und tastlustiger war. Misten und Melken wurde dann immer wieder unterbrochen. Noch bevor sich Knuchel die Hände mit zwei Schichten Melkfett beschmierte und mit den ledrigen Schwielen endlich an die prallen Zitzen griff, wurden etliche gerade Rücken gerühmt, noch wachsende Stockmasse gelobt, wurden lahmende Lenden getätschelt und nur langsam verkrustende Schürf- oder Gabelstichwunden getrocknet und gepudert. Sonntags hatte Doktor Knuchel Sprechstunde. Der einen wurde eine Klaue gesalbt und der anderen aus einer grünen, verstaubten Flasche Kartoffelschnaps auf einen Wespenstich am Auge geträufelt. War ein noch pubertierendes Rind, waren neugeborene oder zu mästende Kälber im Stall, so wurden Bauchnäbel desinfiziert, zum Jöcheln benutzte Hornzwingen neu gerichtet, an schnell wachsenden Tieren Maulkratten und Halsriemen um ein Loch gelokkert. Es blieb auch Zeit, die Trächtigen hinter den Ohren zu kraulen, und der Knuchelbauer versäumte es nie, den Brünstigen baldige Zuneigung von seiten Gotthelfs, des tüchtigen Zuchtgenossenschaftsstieres im Dorf, zu versprechen.

Diesen Aufmerksamkeiten konnten die Tiere nicht gleichgültig begegnen. Alle zwölf reckten und streckten ihre rot-weiße Fleckhaut straff, stellten ihre Euter und schlugen mit den Schwänzen um ihre Hinterteile, daß es dem Knuchelbauer warm ums Herz wurde und er jeder Kuh noch eine zusätzliche Gabel frisches Stroh unter den Leib schieben mußte.

Knuchel und Sohn hatten darauf die auf Zugluft empfindlich reagierenden Euter ihrer Spitzentiere hinter der wieder verschlossenen Stalltür mit handwarmem Wasser abgewaschen, sie hatten mit einigen Griffen die Zitzen angerüstet und dann den ganzen Stall durchgemolken.

Der Ertrag war ergiebig ausgefallen. Eine Kuh, die junge Flora, hatte sich sogar zu einem Rekord hinreißen lassen: Morgen- und Abendleistung zusammengerechnet, hatte ihr Knuchel zum ersten Mal über 25 Liter Milch aus den Euterzisternen gepumpt.

Flora hatte kein riesiges, nutzlos bis zum Boden herumschlampendes Euter, unter das man keinen Kessel schieben konnte; ein fein-festes Euterchen hatte sie, an dessen tadellosen Zitzen sich Knuchel erst kreuzweise, dann vorne noch überraschend lange gleichstrichig die Fingergelenke wund gemolken hatte. Mit dem letzten mobilisierbaren Säftlein im Bauch hatte sich die Jungkuh gegen das Versiegen gewehrt. Das Rückgrat hatte sie gewölbt, und statt auf dem während der Melkung zwar ungesetzmäßig, doch in gutem Glauben zur Beruhigung in den Futtertrog gegebenen Kraftfutter rumzukauen, hatte sie schwer und tief geatmet.

Als Knuchel endlich von ihr gelassen hatte, war er sitzen geblieben, fast wie benommen hatte er dagesessen. Noch halb unter dem Bauch der Kuh und nicht mehr so ganz sicher auf dem einbeinigen, an seinen Hintern geschnallten Melkstuhl, hatte er auf den überschäumenden Kübel zwischen seinen Knien gestarrt. Knuchel hatte sich das Käppi in den Nacken geschoben, hatte sich mit den Unterarmen das Gemisch aus Kopfschweiß und Fellstaub von seiner Stirne gewischt und hatte gebrummt: »Es mangelte uns weiß Gott an einem Melker. Wenn dieser Spanier nur bald kommen wollte.«

Besorgt war er gewesen. Sehr besorgt. Schon mehrmals hatte er an seinen Handgelenken doktern müssen, war wiederholt in Bäder auf dem Berg und hinter dem Berg gefahren, nach Schwarzenburg, auf den Gurnigel, sogar bis Weißenburg. Nichts haßte er mehr, als mit dick besalbten Sehnenentzündungen untätig im Stall zu stehen und zuzuhören, wie die Milch ohne sein Zutun in die Kübel zischte. Nur ungern hatte er jeweils die Bäuerin aus der Küche in den Stall geholt, denn im stillen dachte er doch immer, eine Frau habe unter einer Kuh nichts zu suchen. Während solcher leidvollen Tage war sein einziger Trost die Tatsache gewesen, daß die Federwaage beim Fenster über der Stallbank Gewichte anzeigte, die weit unter dem nur ihm bekannten Durchschnitt lagen. Er versuchte aber die Minderleistungen zu vertuschen, erwähnte, wenn am Ende des Monats eher wenig Milchgeld gutgeschrieben worden war, gar sauflustige Mastkälber, kränkelnde Schweine, denen er mit Milch nachgeholfen haben wollte, und auch seiner Meinung nach viel zu zahlreiche und viel zu freche Katzen, denen er waschbeckenweise Milch um Nasen, Ohren und Schleckschnauzen gestrichen zu haben vorgab.

Das Schreckensbild des Melkmaschinenvertreters war trotzdem jedesmal aufgetaucht. Das Gespenst einer unerwünschten Lösung, die ihm tagsüber die Ruhe und nachts den Schlaf raubte. Längst wagten Frau und Sohn nichts mehr davon zu sagen, doch noch immer schob ihm die Großmutter Prospekte, Erfahrungsberichte von melkmaschinenbegeisterten Landwirten, dazu freundliche, unverbindlich verfaßte Einladungen zu Ausstellungen, zu stallgerechten Vorführungen mit der Morgenpost neben die Kaffeetasse. Aber schon der Gedanke an die tuckernden, kalt saugenden Apparate schmerzte ihn. Er mißtraute dem Glanz der Chromstahlkübel, der Flexibilität der durchsichtigen Plastikschläuche; er konnte sich seine Kühe einfach nicht als eine Art Ausgangspunkt für ein Netz von Röhren, Pumpen, Ventilen vorstellen. Er wollte seine Milch sehen, hören, fühlen, nicht einem System anvertrauen, über das er keine Kontrolle mehr hatte, von dem er nicht einmal genau wußte, wie und wohin genau es weiterführen würde.

Daß der Spanier doch noch rechtzeitig vor der nächsten Sehnenentzündung eintreffen möge, hatte sich Knuchel deshalb um so inbrünstiger gewünscht. Denn der nächste Rückfall würde nicht lange auf sich warten lassen, wo doch Ruedi wieder zur Schule gehen mußte und der ganze Stall wegen der Grünfütterung um die Wette zu laktieren begann. Nicht nur Flora, auch die Spiegel, auch Tiger, Stine, Fleck und Bäbe hatten sich selbst zu übertrumpfen versucht. Alle hatten flott produziert und auch kuhfreudig hingehalten: Einmal mehr hatten sie in zielgerichteter Eintracht der trocken stehenden Blösch, die sich noch nicht wehren konnte, unmißverständlich gezeigt, was für großstirniges Simmentaler Fleckvieh sie waren. Die erste und die letzte, alle verzeichneten überdurchschnittliche Leistungen. An die 200 Liter hatten Knuchel und Sohn aus dem Stall getragen, und ihr Stolz war sogar auf »Prinz«, den Sennenhund, übergegangen, der noch übermütiger als üblich, mit lechzender Zunge die drei bis zum Rand gefüllten Aluminiumkannen auf dem Milchkarren neben Ruedi her den Abhang zum Dorf hinaufgezogen hatte.

»Ob wohl einer mehr bringt?« hatte Knuchel gefragt.

»Der Käser wird sich etwas denken«, hatte die Bäuerin erwidert, die auch vor den Hof hinausgetreten war.

Ambrosio scharrte die angerauchte Zigarette in den Wegstaub, trat dabei gegen einen Kieselstein und steuerte, möge da kommen was wolle, Sterne hin oder her, auf den Knuchelhof zu.

»Pues ya estamos aquí, caramba«, dachte er, und als er mit dem Koffer etwas unsicher die Böschung hinunterschwankte, spürte er, wie sich seine Sinne zuspitzten, wie ihn eine Fülle von Eindrücken überwältigte. Keiner Einzelheit konnte er sich entziehen. Mächtig war auch hier der Miststock, der unter der Belagerung von Fliegen- und Mückenschwärmen vor sich hin gärte. Doch nicht nur dessen Geruch, alles, die Ausmaße und die

Proportionen der schattenhaft in die Nacht ragenden Scheunen und Schuppen, der Bäume und Sträucher, die Konturen des Geländes, die darüberliegende Ruhe, alles prägte sich ihm in im einzelnen kaum beachteten Farben und Formen, in Melodien und Schattierungen ein. Noch Monate danach konnte er sich ganz genau erinnern, wie der erste, wie der zweite, wie der dritte Apfelbaum am Wegrand nach harzigen Knospen gerochen hatte, auch welches blaugraue Glitzern von den Zaunpfählen ausgegangen war. Das aus einem Stall dringende Schweinegrunzen klang fett und übersättigt, das waren schlachtreife Kastraten, die sich um die bequemsten Liegeplätze stritten. Ambrosio roch die Brutglucken, die hinter gekalkten Hühnerhauswänden in ihren Legenestern beschäftigt waren. Da roch es nach gedämpften Kartoffeln, nach gekochter Erde an den Schalen; nach Katzen und nach frisch gespaltenem Zedernholz roch es. Ambrosio hörte auch das von Großtierlungen hervorgestoßene Schnauben und Stöhnen, das Rasseln von Stallketten, das sehr tief gezogene Ausmuhen eines hochträchtigen Tieres. »Daß die keinen Hund haben«, dachte er noch und wurde auch schon von einem hechelnden Fellbündel überrannt. »Caramba!« Kaum hatte er den Hof betreten, lag er schon rücklings im Staub am Boden unter einem Sennenhund, der mit einer Waschlappenzunge versuchte, ihm den Schnurrbart aus dem Gesicht zu lecken. »Caramba! Vaya perrazo! Si es como una vaca.« Ambrosio wehrte sich verzweifelt, doch erst ein scharfes »Hee Prinz!« brachte den Hund zur Besinnung. Der Knuchelbauer war unter die Küchentür getreten.

Ambrosio rappelte sich auf, klopfte sich den Staub von Hemd und Hose, stopfte das aufgesprungene Holzköfferchen wieder zu und suchte einmal mehr nach den Formularen in den Taschen.

Ambrosios Empfang in der Küche war herzlich. Die drei jüngsten Knuchelkinder staunten den Spanier, der ihnen gegenüber an den schon abgeräumten Tisch genötigt wurde, aus schüchternen Augen an und kriegten von der Bäuerin eine Extraschale Knuchelmilch unter die offenen Mäuler gestellt. »Das ist

Ambrosio«, sagte sie. »Und das ist unser Stini, das der Hans, und das ist unsere Theres.«

Der fette Brocken Siedfleisch wurde noch einmal aus der Tiefe des Suppentopfes geholt, und die Großmutter tischte ihn Ambrosio daumendick geschnitten mitsamt tellergroßen Brotscheiben auf. Der Bauer hatte die Flasche mit dem übriggebliebenen Sonntagsweißen gebracht und prostete Ambrosio zu. Gleichzeitig begann er mit der Betrachtung der Südländerhände, die unruhig auf dem Küchentisch hin und her rutschten.

Es waren knorrige, trockenhäutige Hände. Werkzeugcharakter konnte ihnen der Knuchelbauer nicht absprechen. Diese Zangenfinger haben schon oft zugegriffen, ohne sich zu schonen, schon manch eine harte und, ohne sich zu schämen, auch schmutzige Arbeit verrichtet. Hornhäutige Schwielen, gestraffte Sehnen, vernarbte Wunden, kalkstarke und fest eingebettete Nägel waren dran, an diesen Händen. Aber haben sie gemolken? Das ist die Frage! Kennen sie die Launen der Euter? Verbirgt sich unter dem rauhen Äußern auch wirklich die zum Kuhmelken unerläßliche innere Zärtlichkeit? Was, wenn diese Hände nur an verklemmten Ziegenärschen rumgeboxt, was, wenn diese Hände bis dahin lediglich ein paar lumpige Geißenliter für den Hausgebrauch zwischen mageren Hinterstorzen hinaus in halbrostiges Küchengeschirr gerupft haben? Die Knuchelkühe waren kein knöchernes Kleinvieh, das sich seine sieben trockenen Kräutchen am Kirchhof und um Grabsteine zusammensuchen mußte. Auf dem Knuchelhof dachte niemand, er hätte jetzt gemolken, wenn so eine im freien Sprung gezeugte Saanenziege dreimal geizig hinten hinaus tröpfelte und dann noch meinte, was sie jetzt weiß Wunder geleistet habe. Hätte er gewußt wie, der Knuchelbauer würde Ambrosio zu ein paar Probestrichen vom Küchentisch weg in den Stall hinauskomplimentiert haben.

Ambrosio fühlte sich auch längst unangenehm belagert, er wagte deshalb kaum, seinem Hunger entsprechend zuzugreifen. Am liebsten wäre er mit ein paar Scheiben Brot in die Nacht hinausgegangen, er sagte jedoch nur: »Sí! Sí! Ambrosio! Sí! Sí! España. Sí!« Die forschenden Blicke, die Fragen, der Wein vor ihm, der Hund unter dem Tisch, der Fliegenfängerklebestreifen über dem Tisch, der starrende Bauer, alles bedrängte ihn immer stärker, schloß sich enger, immer enger um ihn, wie ein Schraubstock, der langsam zugedreht wird. Alles preßte ihm das Blut unter die heiß werdende Gesichtshaut.

Man sei ja froh, daß er endlich gekommen sei, sagte der Bauer, die Begutachtung der Hände nur halb unterbrechend. Man habe beinahe schon befürchtet, es hätte sich etwas Dummes ergeben. Aber jetzt sei Ambrosio ja da, und das sei ja gut so, denn im Stall sei wahrhaftig not am dritten Melker, ungebremst ließen nämlich die Kühe allesamt ihre Milch runter, und dazu wolle Blösch, die brävste Kuh im Stall, noch kalbern, wenn alles gut gehe, bei Gott, noch fast in dieser Nacht, er werde ihm schon ein Zeichen geben, wenn sich etwas tue im Stall draußen, darauf könne er sich verlassen, dann könne er gleich selber sehen, wie das so eine Sache sei mit den Kühen auf dem Langen Berg. Aber auf dem Felde gebe es auch noch gar manches zu erledigen, er solle nicht etwa denken, daß sie im Hintertreffen seien, gar nicht, aber trotzdem, man habe wohl Traktor und Maschinen, mehr als mancher im Dorfe oben, nur gerade im Stall habe man sich bis jetzt gegen das allzu Moderne wehren können, aber an Arbeit mangle es auf einem richtigen Hof halt doch nie, besonders da noch dieses Jahr die Weide unbedingt neu eingezäunt werden müsse, und zwar nicht etwa wieder mit Tannigem, nein, diesen Winter hätten er und der Sohn für Nußbaumschwiren gesorgt. Man habe auch angefangen, Grünes zu füttern, nicht daß sie schon den Heuboden mit dem feineren Besen wischen müßten, um noch eine Krüpfe voll Heu zusammenzukriegen, bei weitem nicht, aber so ein Schübel Klee springe halt sofort in die Milch, da könne man sagen, was man wolle, aber er, Ambrosio, werde ja dann schon selber sehen.

In ihrer ganzen hochgegurteten Leiblichkeit, bis zum Einschneiden geschnürt das quellende Fleisch, stieg die Knuchelbäuerin wenig später vor Ambrosio her die Treppe hoch. Es war eine

Frau wie ein Baum, die ihn hier auf die Laube führte. Sie war zweimal so schwer wie er, doch weder dick noch plump. Was sich ihm hier unter den Röcken versteckte, war arbeitsfähig, paßte zu Hof und Mann, gedieh dank der weißen Schürze zu stattlicher Anmut. Und wie sie aussah, bewegte sie sich, und wie sie sich bewegte, so sprach sie auch.

»Herrenzimmer ist unser Gaden wäger keins, aber unsere Stube ist ja auch noch da, und gar so unkommod ist die Küche dann auch nicht. Nein, behüt'is, da braucht sich keiner wie eine Maus im Gaden zu verkriechen. Das wäre mir noch!«

Ambrosio hing an ihren Gesten, las aus Tonfall und Rhythmus ihrer Stimme.

»So, hier wäre das Stübli. Vor bald einem Monat haben wir es zurechtgemacht. Die Helgen haben wir extra für unseren Spanier an die Wand gehängt. Also, Gott wiuche.«

Als sich die Schritte der Bäuerin über die Laube und über die Außentreppe hinunter entfernten, besah sich Ambrosio den mansardenähnlichen Raum.

Rauh-hölzig gezimmert und in riechbarer Nähe von Futterboden und Heubühne lag er zuoberst, wie ein Taubenschlag unter dem Knuchelhofdach. In der Mitte, schwer wie ein Altar und mit einem dicken, rot-weißen Duvet, stand das Bett. Daneben ein Schrank, in einer anderen Ecke ein Stuhl, und in einem Kästchen, das mit Blumen bemalt war, ein Nachttopf. An den Wänden hingen mehrere als Titelbilder einer Zeitschrift erschienene Albert-Anker-Reproduktionen.

Den Koffer noch immer an der Hand, bestaunte Ambrosio den gewaltigen Schlafaltar. Ihm graute vor dem ersten Arbeitsmorgen; wer auf solchen Liegestätten schlief, der kannte körperliche Müdigkeit nicht nur vom Hörensagen; wer für seine Glieder solche Ruhelager baute, der kannte das Glück der weichen Kissen nach einem langen Tag voller knochenharter Arbeit.

Er stellte sein Köfferchen auf den Stuhl, holte sein Familienporträt hervor, lächelte seiner Frau und den Kindern zu, stellte das gerahmte Foto auf das Kästchen und rollte sich eine Zigarette, die er aber nicht mehr rauchte, da er, von aufgestauter Müdigkeit überwältigt, auf das Bett kletterte und einschlief.

Träumend setzte Ambrosio seine Reise ins Innere des wohlhabenden Landes fort, doch schon hallten auf der Laube Schritte, es knarrte in der Dunkelheit, die Gadentür öffnete sich, und ein mondbeschienener Knuchel sagte:

»Es ist wegen der Leitkuh im Stall, ja, wegen der Blösch. Komm doch difig runter, zieh die Hosen an. Sie stößt gewiß schon die Klauen raus.«

Leise vor sich hin fluchend folgte Ambrosio dem Bauer die Treppe hinunter in den Kuhstall.

Die Knuchelkühe waren alle auf den Beinen. Sie reihten sich Rücken an Rücken und starrten ohne zu kauen in den geschlossenen Futterbarren. Nur Blösch lag auf dem Leitkuhplatz neben der Stalltür im Stroh. Sie war losgekettet und drückte mit schweren Stößen den Kopf eines Kalbs aus ihrem Leib hervor. Ab und zu unterbrach sie ihre Anstrengung eine Atempause lang, doch gleich darauf ließ sie um so kräftigere Stöße folgen, Stöße, die ihr wie Wellen durch den ganzen Leib, vom Hals über den Bauch, über die Lenden liefen und die das mit Milch angeschwollene Euter so unsanft zwischen die ausgestreckten Hintergliedmaßen zwängten, daß es, dem Überdruck nachgebend, etliche gelbliche Spritzer fahren ließ. Unter dem eckig abstehenden Schwanz drängte sich der schleimfeuchte Kälberschädel immer weiter ans Licht. Ruckweise kamen die Schnauze, die Augen, die Hornhöcker hervor, darauf verschwanden Kopf und Vorderbeine wieder fest aneinandergeschmiegt in der Kuh, nur um bei der nächsten Anwallung tiefer und tiefer in den Schorrgraben gestoßen zu werden.

Noch schien der Kopf unberührt von Leben; schlaff und gleichzeitig sperrig kam das Kalb in die Quere des Stalles zur Welt. Aber auf einmal hob es zu röcheln an, entschleimte deziliterweise seine Atemwege, begann, noch bevor der Leib nachrutschte, allein als Kopf und Hals und Vorderbeine im Stroh rumzukrabbeln, tastete erst blind nach festem Halt, wand sich nach links, wand sich nach rechts, bis plötzlich dunkle

Augen in dem Weiß-rot der Kopfhaut glänzten, auch schon panikerfüllt nach dem noch nicht geborenen Teil des Körpers schielten.

Und dann kam der Nabel.

»Schon wieder ein Munikalb. Da soll doch helfen, wer will«, sagte der Knuchelbauer vor sich hin. Und zu Ambrosio:

»Weit und breit auf dem Langen Berg die brävste Kuh, aber den Ranzen hat sie weiß Gott bis hinten hinaus voller Stierengringel! Einen Rücken wie Dachbalken, ein Euter wie ein bodenloses Faß, Fett in der Milch, als würden wir hier morgens und abends OVOMALTINE füttern, und es soll mir einer ein gefälligeres Blöschfell zeigen. Gibt es auf dem ganzen Berg nicht! Auch keine schöneren Hörner. Das hat doch der Teufel gesehen! Warum muß die jetzt Jahr für Jahr Munikälber werfen?«

Er klopfte an der Stallbank die Pfeife aus und verschwand.

Ambrosio trat zu Blösch, die sich ihrem lebendiger werdenden halben Kalb zuwandte, und tätschelte sie auf den Hals. Ganz nahe kamen sich Kuh und Kalbskopf, schnupperten sich an mit geblähten und rotztropfenden Nüstern, dann, mit einer letzten, gemeinsamen Anstrengung, brach die Nabelschnur, und der Hinterteil des Fötusses rutschte als Kälberbündel ins Stroh hinaus, röchelte und stöhnte, blähte den Brustkasten: Aus Kopf und Fuß, aus Hinter- und Vorderteil war eine Kreatur, ein steif im Stroh liegendes Kalb geworden.

Blösch ließ sich wenig anmerken. Ein paar Atemzüge lang ruhte sie aus, erhob sich endlich, was für die anderen Knuchelkühe das Signal zum Sich-Hinlegen war, und begann das Neugeborene zu trocknen. Sie schleckte mit weit herausgreifender Zunge Blut und Schleim und Überreste der Gebärmutter vom Fell des Kalbes, stieß es dabei an, stupste es in die Lenden und an den Hals, bis das kaum zehn Minuten alte Tier auf Hinterfüßen und Knien wackelte. Dünn waren die Beine, zerbrechlich. Das Kalb verlor auch gleich wieder das Gleichgewicht, kam aber erneut hoch, wie ein Boxer rappelte es sich, kaum gestürzt, immer neu und immer sicherer auf die Wackelbeine. Noch zitterte es am ganzen Leib, stürzte auch schon wieder zurück ins Stroh.

Ambrosio setzte sich auf die Stallbank: Das Kalb stand und blieb stehen. Noch schwankte es, noch reckte es, um das Gleichgewicht zu halten, den Hals, und doch war hier in ganz wenigen Minuten ein Kuhleben aus dem anderen gekrochen und hatte seine 50 bis 60 kg Fleisch und Blut auf eigene Beine gestellt.

Rot-weiß geschniegelt und geschnagelt stand das Kalb im Knuchelstall, als hätte es schon immer dagestanden, im Gegensatz zu Ambrosio schien es sich auch wenig darüber zu wundern: Es war da. Hierher gehörte es. Und jetzt wollte es an die Milch!

Am Tag nach Ambrosios Ankunft im wohlhabenden Land war auf dem Knuchelhof schon frühmorgens der Teufel los. Die hölzerne Außentreppe holperte und polterte es rauf und runter, über die Laube hin und her, rumorte auf dem Heuboden und im Futtergang, und wieder auf der Laube: überall Höllenkrach!

Knuchel fluchte, schwitzte in die Morgenluft, eigenfüßig stampfte er eine wilde Wut in eigenen Grund und Boden, trommelte gegen Stallwände und gegen Scheunentüren eigene Fäuste wund und warf hinter dem Speicher ein Dutzend eigene Tannenscheiter über den Stacheldrahtzaun in die Hofweide hinab. Blindlings riß er das Holz von der Beige und schleuderte es von sich.

»Der Teufel hat es gesehen, der Teufel soll es holen!« Fußtritte krachten gegen die Hundehütte, gegen das Hühnerhaus.

In den Fenstern gingen die Lichter an. Verstört fuhr der Knuchelhaushalt aus den Federn. Hühner, Hahn und Hund, Kühe und Schweine krähten, muhten, gackerten, schrien, bellten; Schlafzimmertüren wurden aufgerissen und wieder zugeschlagen, protestierende Stimmen, hastige Schritte schallten durchs Haus. Die drei kleinen Knuchelkinder vor sich herschiebend, trat die Bäuerin vor die Küchentür und stützte herausfordernd die Arme in die Hüften. Die Kinder krallten sich fest in ihrem Rock und Schürzentuch, starrten, die Augen reibend, auf den Vater, der nur zaghaft von seinem Tobgang abzulassen begann, der noch immer vor den Ställen hin und her ging, als wollte er sich dort selbst durch die dicken Eichenplanken hindurch in die Jauchegrube darunter stampfen. »Weg ist er! Einfach weg! Aus dem Haus und davon!«

»So ein Zetermordio. Man könnte auch meinen«, sagte die Bäuerin.

»Und mitten in der Nacht«, sagte die Großmutter. »Ich habe bei Gott gedacht, es wolle brennen. Das hat doch keine Gattig, vom Dorf her hat es noch nicht einmal fünf geschlagen, und du rennst durchs Haus wie ein sturmer Güggel.«

»Wenn er weg ist! Einfach wieder weg!«

»Hättest du eine Melkmaschine angeschafft, das wäre gescheiter gewesen. Aber eben, ich bin nur eine alte Frau, auf mich hört man nicht«, sagte die Großmutter.

»Jä my Türi, ich kann der Sache kaum recht trauen.« Die Bäuerin löste sich von ihren Kindern und fragte, eine Hand schon am Handlauf des Treppengeländers: »Bist du auch im Gaden oben gewesen? Ist von seiner Ruschtig nichts mehr da? Jä sag doch, Hans?«

»Jetzt beim Donner«, antwortete der Bauer, »so glaubt mir doch, weg ist er. Die Bettstatt ist leer, drunter wird er kaum liegen.«

»Ruschtig? My Türi«, sagte die Großmutter hinter der die Außentreppe hochsteigenden Bäuerin her. »Dem sein Bündel ist schnell geschnürt, was könnte in so einem Lumpenköfferchen, wie der eins hatte, schon auszupacken sein. Nein, Hans, glaube mir, das ist gut so, sei du froh, daß er wieder weg ist, und gerade der kräftigste war er auch nicht, aber was kratzest du dich auch wieder am Hals, mach noch, bis du wieder blutest.«

Knuchel gab keine Antwort mehr.

Erst sehr spät hatte er sich zur Bäuerin in die hintere Stube gelegt, ohne Schlaf zu finden. Als er nach der Kalberung aus dem Stall getreten war, hatte es gar ungewohnt stark in seiner Brust herum gewurmt und gewürgt und gebittert, ja, er hatte, als er nachher noch unter den Obstbäumen in der Hofstatt der ganzen Sache nachgrübelte, sogar an Atemnot gelitten. Die Sache hatte ihm die Kehle zugeschnürt und die Sehnen an seinen Melkerhänden zum Zittern gebracht. Er hatte in der Nacht draußen an den Stämmen und an den Ästen seiner Apfelbäume rumgefingert, hatte so lange an der Rinde geklaubt und gekratzt, bis es schmerzte. Einen Nagel, einen seiner starken Fingernägel, hatte er sich aus dem Nagelbett gebrochen.

In Sachen Blösch ging einfach nicht alles mit rechten Dingen zu, davon war er längst überzeugt, und er hatte zuerst der Kuh, dann seiner Frau und schließlich sich selbst die heftigsten Vorwürfe gemacht. Gar leichtsinnig hatte man die hoffärtige Leitkuh verhätschelt. Hatte man nicht versucht, ihr jeden Kuhwunsch von den Glotzaugen abzulesen? Das hatte man jetzt vom ewigen »Blösch hier und Blösch da«, das war jetzt der Lohn für das ewige Tätschelen und Chüderlen und Vehdoktern wegen jedem halbpatzigen Wespenstich. Sogar eine neue Glocke hatte vor der letzten Weidezeit noch herbeigeschleppt werden müssen: für sie höchstkuhpersönlich angemessen, gegossen, verziert, »Blösch« gezeichnet. Und jetzt purzelt ein Munikalb nach dem anderen in den Schorrgraben hinaus. Mehrmals hatte Knuchel ins Gras gespuckt, hatte versucht zu urinieren. Wem sollte diese Donnerskuh denn ein anständiges Kuhkalb verwehren wollen? War sie schon zu nobel, um ihresgleichen neben sich auf dem Läger zu dulden? Fürchtet die sich vor der Rivalität ihrer eigenen Töchter? Eine verhexte Ehrenkuh, ein niederträchtiges Heldentier, genau, das ist sie! Hoch prämiert, der Stolz jeder Zuchtschau, gemäß der »Bauernzeitung« sogar eine unentbehrliche Stütze des hohen Leistungsdurchschnitts der Rasse und trotzdem den Ranzen voller nichtsnutziger Stierengringe. Aber fortan sollte wieder vermehrt der ganze Stall, die erste und die letzte, die brävste und die strübste Knuchelkuh zum Zuge kommen, jetzt wird die Futterrechnung wieder mit allen gemacht. Die Hofdame von Blösch mußte von ihrem hohen Roß runter gezwungen, kuhdemokratische Gerechtigkeit im Knuchelstall wieder groß geschrieben werden.

Mit diesen Vorsätzen war der Bauer durchs feuchte Gras aus der Hofstatt zurückgekommen und zu Bett gegangen. Der kurzen Nacht und auch der munikalbernden Blösch zum Trotz wollte er möglichst früh auf das Land hinausfahren. Taufrisch sollte die Grasig eingeholt und in die Krippen gegabelt werden, und als er dazu seinen Spanier aus dem Gaden holen wollte, mehrmals knuchelhart gegen die Tür geknöchelt, darauf im Gaden nur das leerstehende Bett vorgefunden hatte, da war ihm das Wurmen und Würgen und Bittern wieder von tief unten im Magen durch die Brust hinauf in den Hals und weiter hochrutschend schließlich wie ein übler Rausch in den Kopf gestiegen.

»So hör doch jetzt endlich auf zu kratzen!« beharrte die Großmutter.

»Glück hatte er in seinem Lumpenköfferchen wäger keins. Die Donnersblöschkuh hat wieder ein Munikalb rausgedrückt!« Knuchel fuhr sich noch einmal über die Bartstoppeln.

»Eben, eben! Da siehst du nur, fremde Leute, wildfremde Ausländer auf den Hof nehmen, das kommt davon, aber auf mich hört man nicht.« Als wollte sie sich gegen einen unsichtbaren Mückenschwarm wehren, hob die Großmutter ihre Hände beschwörend auf die Höhe ihres Kopfes.

»Jetzt macht doch Schluß mit eurem Gestürm!« meldete sich da die Bäuerin von der Laube herab. »Man könnte auch meinen, dabei ist alles noch im Gaden, und Frau und Kind hat er auch, hier seht selbst! Hier ist das Familienfoto von unserem Spanier!« Sie hielt die gerahmte Aufnahme über das Laubengeländer hinaus.

»Eh du also!« Erschrocken wandte sich die Großmutter der Bäuerin zu. »Es wird nicht sein! Eh du also!«

Auch der Bauer reckte den Kopf, hörte auf, seine Bartstoppeln zu kratzen: »Wo steckt er denn? Wo ist er? Was ist mit ihm? Ich kann der Sache nicht so recht trauen. Der hat doch nicht etwa...« Knuchel unterbrach sich. Ein Schloß klickte. Die Knuchelkinder, die mit alles verfolgenden Augen still an der Hauswand gestanden hatten, kicherten, hielten sich die Nachthemdzipfel vor die Gesichter: Langsam öffnete sich der obere Flügel der zweiteiligen Stalltür.

»Eh beim Donner, da ist er ja!«

»Buenos días«, sagte Ambrosio, und noch einmal, ein wenig leiser, »buenos días«, und ein drittes Mal, kaum hörbar, fast nur die Lippen bewegend, »buenos días«.

»So, im Stall bist du gewesen. Auf der Stallbank eingeschlafen, he?« Der Anflug eines Lächelns kam über Knuchels erhitztes Gesicht. Er atmete auf. »Daß ich den Stall vergessen habe! Bei Gott suchte ich dich gerade dort nicht. Henusode, so wollen wir jetzt fahren. Komm! Vor dem Schopf ist angespannt. Heute wollen wir Grünes füttern. Das gibt Milch.«

Ohne recht zu wissen, wie ihm geschah, saß Ambrosio in seinen knielangen Hosen, in Sandalen und Unterhemd neben dem Knuchelbauer auf dem Traktor, der Motor sprang an, Ambrosio hielt sich fest am harten Notsitz über dem hohen Rad, und das Gespann ratterte auf das Land hinaus.

»So däräwäg, aha so! Däräwäg. Die ganze Nacht allein im Stall. Das hat man jetzt davon.« Die Arme wieder beschwörend gegen einen unsichtbaren Feind erhoben, träppelte die Großmutter zum Hühnerhof hinunter, klaubte noch im Gehen aus der Tiefe der Schürzentasche eine Handvoll Körner hervor und warf sie durchs Drahtgitter vor die Hühner.

»Komm, Bibi, komm!« sagte sie. »Ja, so ist es, komm, Bibi, ja, die ganze Nacht allein im Stall, komm, Bibi, komm!«

Die Knuchelfelder lagen unter graublauem Dunst. Sie atmeten, glühten dumpf. Nebelschwaden zogen darüber hinauf gegen die Anhöhen des Langen Berges. Kieselsteine stoben unter den Traktorreifen weg, kollerten in die Äcker. In den Fahrrinnen des Feldweges wurde der Graswagen hin und her geschleudert. Gabeln und Rechen polterten auf der Ladebrücke.

»So, hier wären wir!« Knuchel riß den Bremshebel hoch und sprang vom Traktor.

Ambrosio tastete nach einem Halt, zog seine Hand zurück.

Der ganze hintere Traktor war mit einer Schicht Wagenschmiere überzogen. Unter der staubschwarzen Oberfläche kam sie gelblichgrün hervor.

Und gleich machte er ein paar unsichere Schritte darauf, hatte ihn endlich unter den Füßen, den Knuchelboden, fühlte auch schon die zähe Schwere, die von ihm ausging, an ihm haftete, lehmig und grün. Solch feucht-fettes Grün. Grün. Grün. Wie angestrichen. Wie Wachs. Zierparkgrün. Grün war auch die feuchte Luft, die Ambrosio kühl in die Lungen glitt. Bald sollte er diesen Boden überall, an seinem ganzen Leib, mit jeder Pore spüren: unter den Fingernägeln, in den Haaren, in den Ohren! Nicht mehr loskommen sollte er von ihm, sollte sich davon ernähren, sollte darin wühlen, ihn auf- und zukratzen.

Ambrosio trat von einem Bein auf das andere. Das Gras kitzelte ihn.

»Ich mähe jetzt, und du nimmst den Rechen. Zweimal längs über die ganze Matte, und dann laden wir auf.« Knuchel hatte mit beiden Händen Grasbüschel ausgerupft, hatte sie unters Auge genommen und mit einem »potz Donner« über sich in die Luft geworfen. »Das fressen sie gern. Schau nur, wie schnell es verschwindet, wirst sehen, potz Donner noch einmal!« Knuchel steckte sich einen Grashalm zwischen die Lippen, koppelte den Wagen los und schwang sich zurück auf den Traktor. Der Grasmäher neigte sich hydraulisch gesteuert in die Horizontale, Knuchel sagte noch einmal »potz Donner«, schaltete, gab Gas und führte die Messer ins Gras.

Nur mühsam ließ sich das Gras zu zwei langen Haufen zusammenrechen. Die Stoppeln stachen Ambrosio in die Füße. Der Rechen war riesig. Immer wieder verhakte er sich im Boden. Ambrosio strampelte und wütete, stemmte sich mit ganzem Gewicht dagegen. Er schwitzte. Noch schwerer und sperriger als der Rechen lag die vierzinkige Grasgabel in Ambrosios Händen. Wie an einem mittelalterlichen Kriegsgerät hielt er sich fest an dem zwei Meter langen Stiel, stach sich beinahe in den eigenen Fuß. Seine Hände schmerzten. Und auf der anderen Seite des Wagens lud Knuchel anstrengungslos seinen Haufen auf. Ambrosio wollte mithalten, kam außer Atem, und als das Fuder endlich geladen war, ließ er sich erschöpft obendrauf fallen.

Auf dem Knuchelhof mußte das Gras wieder runter von der Ladebrücke, mußte mit gezielten Gabelstichen in den Futtergang geworfen und von dort in die Krippen verteilt werden.

»Gib dann der Donnersblösch kein Gäbelchen Grünes mehr als den anderen auch, verstanden!« befahl der Bauer.

Ambrosio verstand nicht.

Während er mit Blasen an den Händen Gabel um Gabel Gras vor die Kuhmäuler hißte, bemerkte er jedoch wohl, daß Blösch ihren Kopf nicht mit den anderen Kühen durch den geöffneten Futterbarren gesteckt hatte; nicht einmal erhoben hatte sie sich.

Blösch lag im Stroh. Gelangweilt betrachtete sie ihr Kalb, die neben ihr gierig fressende Spiegel, dann die geweißelte Wand. Sie, die sonst von pathologischem Futterneid getrieben, keinem zweizentrigen Guschti einen Schübel Klee kampflos überlassen konnte, sie, die es punkto Gefräßigkeit mit den größten Schlemmerkühen der Welt hätte aufnehmen können, sie ignorierte den Duft des ersten Grases im Knuchelstall. Die in Eintracht fressenden Rivalinnen ließen sie kalt. Alles prallte von der breiten, weißen Kuhstirn ab. Nichts interessierte sie: weder Knuchel noch Kalb noch Futter. Nicht einmal die Katzen, die ihre Pfoten in den Schorrgraben stemmten und die wie Messerchen blitzenden Zähne in die noch nicht ganz abgeschiedene, fetzenhaft unter dem Schwanz heraushängende Nachgeburt verkrallten, daran zupften, zerrten und knabberten, nicht einmal die durchbrachen Blöschs apathische Ruhe.

»So soll sie«, sagte Knuchel, »soll sie doch ihren holzbockigen Stierengring hängen lassen. Morgen früh zwängt sie ihn sowieso wieder als erste in den Futterbarren. Ich kenne sie doch, bei Gott, ich kenne die Donnerskuh. Schleckig ist sie, schleckiger als jede andere, und gieriger als Widlilismers Frau! Und jetzt will sie noch anfangen zu theatern, ha, und dann wieder an der Kette reißen wie eine Verrückte, gegen das Holz hornen, nicht aufhören tut sie, bis man den Barrenschieber in die Hände nimmt. Und wenn geöffnet ist, fährt sie gleich mit dem halben Gring ins Heu, und raus mit der Zunge, runter unter das Futter, bis sie sich fast selbst erwürgt. Hör dann, wie das chroset und tätscht, wenn die frißt. Aber diese Donnersblöschkuh hat mich jetzt lange genug geärgert, soll sie einen anderen zum Löl halten. Dieser roten Dame wollen wir's jetzt zeigen. Da kannst du sicher sein.

Die Vorbereitungen für die Melkung wurden getroffen, ohne daß Knuchel in die unmittelbare Nähe der hungerstreikenden Blösch geriet, auch für ihr Kalb hatte er kein gutes Wort übrig, hinderte sogar Ambrosio daran, länger als unbedingt notwendig bei diesen beiden Tieren zu verweilen.

»Der brauchst du wäger nicht noch zu chüderlen, laß die nur täupelen.« Nicht einen Blick warf Knuchel auf den Nabel des Kalbes, nicht einen prüfenden Griff tat er ihm ins Fell. Die Netzhaut wurde nicht auf Vitaminmangel, Rachen und Mundhöhle nicht auf eine Schleimverstopfung untersucht. Knuchels Aufmerksamkeit galt dem anderen Kuhvolk im Stall. Da wurde getätschelt, gekrault, links und rechts gut zugesprochen, auch gewitzelt und gekuhhänselt. Ambrosio folgte dem Bauern in jede Ecke, nickte, berührte schon ab und zu ein Fell.

»Ja, schau ihn dir nur an! Da hätten wir ihn jetzt, den Spanier, unsern Melker. Möchtest ihm wohl eine Vorderklaue hinstrekken?« meinte der Bauer zu der munteren Bäbe, die Ambrosio am Arm leckte.

Noch war es düster im Stall. Spärlich war das Licht, das zwei Glühbirnen über die zwölf Kuhleiber hinwegwarfen. Ein Geranke von Spinnennetzen hing wie ein Schleier an Decke und Wänden. Dunkel war auch die Ecke, aus der Knuchel nacheinander Kotschippe, Mistgabel, Streugabel, Stallbesen hervorholte. Demonstrativ hantierte der Bauer das Stallwerkzeug um eine oder zwei Kühe herum und reichte es mit einem unausgesprochenen »so, mach's nach« im Gesicht an Ambrosio weiter.

Knuchels Gesten waren unmißverständlich. Ambrosio merkte sich Griffe und Kniffe, staunte, dachte: Caray, si éste se mueve por cinco.

Der Bauer stallwerkte bedächtig, doch mit Eleganz; da krümmte sich kein Finger ohne Nutzen, nichts bewegte sich planlos, ruhig und riesig stand er da und handhabte Kotschippe, Mistgabel, Streugabel, Stallbesen, als wären es natürliche Verlängerungen seiner Arme und nicht viel zu großes Herkuleszeug, nicht wahre Undinger von Geräten, wie es davon in ganz Coruña keine gibt.

»Hooo! Hüüü!« rief Ambrosio den Kühen zu. Wie Knuchel hob und senkte er seine Stimme, drängte sich mit diesen beiden ersten Wörtern in einer neuen Sprache zwischen die Leiber. Er stemmte sich gegen ihre Hinterteile, preßte sie an den Flanken zur Seite und trat trotz der Sandalen an den nackten Füßen hin, wo er hintreten mußte, wo es auch war, in Gülle, Dreck, ins stechende Stroh, dachte nur an die Dreizackgabel, die es, neben und zwischen den Beinen durch, zu führen galt. Er hob und schob den Mist, streifte keine Klaue, zettete das Stroh, kriegte feuchte Schweifschläge ins Gesicht, doch was er leistete, war von Blösch bis zu Bäbe kuhgerechte Stallarbeit.

»Es wird eine Sache sein wie hier, in Spanien«, sagte Knuchel. »Ihr habt es dort wohl nicht viel anders, he? Gut gemistet ist halb gemolken! Oder etwa nicht?« Er verfolgte, was Ambrosio unter den Tieren weg mit der Schippe vom Läger schabte, verfolgte den braungrünen Fluß, hielt bei Stauungen den eigenen Stiefel in den Schorrgraben, schob und schob, spielerisch, die Hände in den Hosentaschen, schob, bis es träge und fett in die Jauchegrube plumpste. Dieser kleine Donnersspanier kann wohl, weiß Gott, noch richtig melken, ging es ihm durch den Kopf. Schon lachte er innerlich, und als Ambrosio ein paar Büschel frischen Strohs zuviel auf der Mistgabel hatte, da rupfte Knuchel die gelben Halme aus dem Haufen von der Mistbänne und warf sie zurück auf das Läger. »Nur den Mist! Nur den Mist! « lachte er. »Oh ja, auf den Miststock bringen wir nur den Mist. Und aufzuladen brauchst du dann wäger auch nicht so hoch. Führ du die Bänne lieber einmal mehr aus dem Stall. Eh ja, pressieren tut es nicht, so nimm dir Zeit, gekippt ist so eine Karre gar schnell. Aber komm, mach! Wir wollen anfangen mit Anrüsten!«

Knuchel mußte endlich wissen, wie es stand um des Spaniers Griff. Kann er oder kann er nicht? Das war die Frage. Es zuckte in den knorrigen Melkergelenken an seinen Händen. Sein Unterkiefer drängte zur Seite, verzerrte Muskeln an Hals und Wangen. Er kratzte sich wieder an wunder Haut. Sollte sich denn der Dorfkröser dauernd ungestraft in anderer Leute Angelegenheiten mischen? Wie hat doch der Unflat diesen willigen Spanier schon vor seiner Ankunft wie einen Feglumpen über jeden ungewaschenen Küchenboden im Dorf oben gezogen, ja, beim Donner, noch durchs letzte Bschüttloch! Dieser Käserfritz! Kein gutes Haar ließ er an dem Mann. Und kannte er ihn? Überhaupt nicht. Und geht es ihn etwas an? Und hat das Vieh etwa nichts dazu zu sagen? Jetzt wollen wir doch sehen, wie die Kühe zu der Sache stehen.

Draußen vor dem Stall sah sich Ambrosio den Miststock an. Es war ein Fuhre um Fuhre aufgetragener braunschwarzer Berg. Zwei Seiten schmiegten sich in die Rundung der Auffahrt und an die Außenwand des Kuhstalls. Die anderen zwei Seiten waren in ihrer ganzen zweieinhalb-metrigen Höhe mit einem mäanderähnlichen Zopfmuster verziert. In mühsamer Gabelarbeit hatten Knuchel und Ruedi wöchendich einmal die faßbaren Strähnen und Büschel im Miststroh zusammengerafft und, ähnlich wie der Korber die Weiden, miteinander vefflochten. Das gab dem Haufen Form, auch den nötigen Halt und hielt den ganzen Mist außenrum wie innendrin feucht und frisch.

Vaya montón de mierda, dachte Ambrosio. Es roch und kroch ihm unter die Haut, wie Salbe in die Nase. Die Fliegenschwärme summten. Der Karren war überladen. Als Rampe diente ein Tannenbrett. Es wackelte unter Ambrosios Füßen. Unten rann schwarzglänzende Gülle in die Auffangrinne. In einer Lache erkannte Ambrosio seine eigenen verzerrten Gesichtszüge. Das Brett war glitschrig. Ambrosio kämpfte, kämpfte gegen einen Sturz in den Dreck. Die Fuhre wurde schwerer an seinen

Armen, er blieb stecken. Mücken schwirrten ihm um die Beine, flogen ihm in die Augen. Er zwinkerte, hatte keine Hand frei, um sich zu wehren. Caramba! Mit einem letzten Stoß gab er der Karre genug Schwung, stemmte sie hoch, die Ladung kam ins Rutschen. Schwer und träge legte sich Mist zu Mist. Caramba! Wären seine Hände sauber gewesen, hätte sich Ambrosio trotz Getier und Gestank eine Zigarette gedreht. Zuoberst auf dem Knuchelmist hätte er seinen Rücken gestreckt und den Tabakrauch von ganz tief unten gegen den Himmel geblasen. Statt dessen zog er den gekippten Karren zurück auf das Brett und führte ihn hinter sich her vom Miststock herunter.

Der Knuchelbauer wartete. Er streckte Ambrosio eine doppelpfündige STEINFELS-Seife vor die Brust und zeigte auf den Hofbrunnen. Es war ein rauher Klumpen Seife, der Ambrosio wie ein Ziegelstein in den Händen lag. Esto es para lavarse las manos? Der kantige Klotz. Die Kotkrusten waren angetrocknet. Ambrosio rieb wie wild, seifte ein, spülte, seifte wieder ein, spülte gründlicher. Der Dreck war widerspenstig. Am Fuß des Brunnentroges kratzte er sich eine Handvoll Sand zusammen, rieb diesen in Poren und Hautritzen; er führte die Borsten einer herumliegenden Bürste unter die Fingernägel. »Damit nicht!« Knuchel trat herbei und packte die Bürste. »Die ist für das Milchgeschirr, für Bränten, Kannen und Kübel. Komm du jetzt.«

Er lachte. »Deine Talpen sind jetzt schon sauber genug, sauberer als die von der Hebamme. Du hast es weiß Gott wie der Vehdoktor. Der will auch nie aufhören, im Brunnentrog herumzuschwadern. Und Seife braucht der! Gewiß jedesmal ein halbes Pfund. Aber du, du brauchst ja nicht zu operieren, nur melken mußt du.« Knuchel lachte und griff nach einem Melkkübel. »Nur melken, nicht operieren, nur melken, ha ha ha!«

Und dann saß Ambrosio unter einer Knuchelkuh.

Mit der gumpigen Bössy hatte der Bauer vorgemolken, hatte gezeigt, was auf dem Langen Berg dabei gang und gäbe war. »So exakt wie wir hier melkt sonst auf der ganzen Welt niemand«, hatte er gesagt.

Bössy war eine Kuh im besten Alter, gutmütig und, wenn

auch tief und kurz gewachsen, voll und fett in allen Griffen. Aber Geduld besaß sie weniger als ein durstiges Kalb. Beim ersten Klirren und Läuten des Milchgeschirrs am Hofbrunnen konnte sie vor Aufregung ihre Milch nicht mehr zurückhalten. Während ihre Kumpaninnen zu muhen begannen oder dem geräuschvollen Hin-und-her-Halsen an den Ketten erlagen, fing Bössys Euter beim leisesten blechernen Klang an zu tröpfeln. Oft nur zaghaft, manchmal jedoch schamlos freizügig. Besonders in den ersten Monaten ihrer Laktationszeit wechselte sie kaum noch einmal das Standbein, bevor sie dem Überdruck zwischen ihren Hinterbeinen nachgab. Darüber freuten sich jedoch nur die Katzen. Die saßen Sommer und Winter eine halbe Stunde vor der Melkzeit im Stallgang, um beim ersten Geschepper wie auf ein Kommando über den Schorrgraben hinweg unter Bössy in Stellung zu springen. Der Bauer dagegen sah die weißen Rinnsale nur ungern lange in den Katzenmäulern verschwinden und melkte Bössy immer zuerst.

Ambrosio hatte gut aufgepaßt.

Er hatte sich gemerkt, wie der Bauer die ersten Strahlen Milch aus jedem Viertel im Euter nicht in die Melchter, auch nicht in die Streue melkte, sondern gemäß Artikel 64, Absatz 5 der VERORDNUNG ÜBER DEN VERKEHR MIT LEBENSMITTELN UND GEBRAUCHSGEGENSTÄNDEN jeden Strahl gesondert in einer schwarzen Schale aufgefangen und auf seine Beschaffenheit hin geprüft hatte. Es hatte weder griesige oder flockige Ausscheidungen noch sonst eine Unregelmäßigkeit zu vermerken gegeben, und der Bauer hatte, in den Kübel zielend, eindringlicher zu drücken und zu ziehen begonnen. Die Knuchelhände hatten sich mit einer widersprüchlichen Geschmeidigkeit unter Bössy auf und ab bewegt. Klotzig, aber nicht ungelenk waren sie sofort in einen stabilen Rhythmus gefallen, den sie auch ohne Unterbruch bis über das Ausmelken hinaus einzuhalten vermocht hatten. Die ovale Melchter zwischen den Knuchelknien hatte sich dabei bis zum Rand mit Milch und Schaum angefüllt.

Und dann war es an Ambrosio gewesen, seine Kunst zu beweisen.

Tief hatte er in die Melkfettbüchse gegriffen, hatte sich vorher noch mehrmals umständlich die Hemdsärmel bis auf die Schultern hinaufgeschoben, hatte sich geräuspert und nach heimatlicher Manier, daß es fließen möge, aus trockenem Hals gespuckt. Im engsten Loch des Lederriemens hatte er sich den einbeinigen Melkstuhl umgeschnallt und war hinter die Kühe auf das Läger getreten. Wie Berge, die er zu versetzen hatte, waren die stockigen Gestelle der Kuhhinterteile vor ihm aufgebaut. Er mußte sie auseinanderdrängen, mußte eine Bresche schlagen bis hin zum vollen Flora-Euter, mußte die herumflitzenden Schwänze packen, festhalten am Stiel und über die buschigen Enden die Gummischnüre stülpen, und die blinden Brocken aus Fell und Knochen wollten nicht weichen, keinen Millimeter, wie er auch kuhkommandierte, wie er auch links und rechts an die Flanken boxte, hinten waren die Tiere x-beinig verstrebt, die Klauen wie verwurzelt fest am Boden, und vorne, vorne an den langen Hälsen in den dicken Köpfen, kümmerte man sich wenig um den Fremden, der nicht einmal auf den Zehenspitzen anständig über eine Kuhkuppe hinwegzugucken vermochte.

Die am Vortage zu leistungssteigerndem Ehrgeiz erwachte Flora machte mit ihrer Nachbarin Meye gemeinsame Sache. Sie rieben sich so inbrünstig aneinander, daß auch Knuchel Ambrosio keinen Zugang zu Floras Euter verschaffen konnte. »Was machen die jetzt wieder für ein Theater!« ärgerte er sich. »Ihr seid jetzt dumme Kühe. Man könnte meinen, tun die weiß Gott, als ob es das erste Mal wäre. Komm! Nimm halt zuerst die Meye an die Reihe!«

Und dann melkte Ambrosio.

Beim Anrüsten hatte Meye zwar mißtrauisch gemuht, war zur Seite gewichen und hatte mit einem angezogenen Hinterbein die Melchter unter ihrem Bauch wegzustoßen versucht. Ambrosio hatte ihr die Stirn in die Flanke gedrückt, hatte sie weit oben unter dem Bauch am Voreuter massiert. Der Hormonfluß war in Gang gekommen, Meye hatte sich kaum mehr gewehrt, hatte die Milch heruntergelassen und sich schon beim ersten Spritzer willig wie eine Musterkuh breit und tief über die Melchter gestellt.

Knuchels Hals streckte sich. Seine Unterlippe rutschte über die Oberlippe hoch. Er lutschte. »Schau du jetzt die Meye! Zuerst weiß sie nicht, wie blöd sie tun will, und dann ... die Donnersmeye!« sagte er.

Das Euter von Meye war leicht rechteckig, Voreuter und Hintereuter waren zuchtgerecht abgestuft, die Viertel waren drüsig, gleichmäßig gewölbt, bläulich und markant traten gesunde Adern hervor, an den Zitzen gab es keine Narben, keine infektionsanfälligen Ritzen, auch waren alle vier gleichgerichtet, milchdicht und mit schön abgerundeten Schließmuskeln versehen. Das ganze saß hoch zwischen den Hinterbeinen und war in der Breite gerade richtig für einen ungehinderten Gang. Nur einen Mangel hatte das sonst ideale Euter: An einem der Striche sprossen unerwünschte Haare. Wie Fäden umkräuselten sie die rosagelbe Haut. Wegen dieser »Donnerslocken«, wie Knuchel sie nannte, hatte sich Meye geweigert, ihre Kälber zu säugen, da deren Mäuler in ihrer unstillbaren Milchgier keine Rücksicht kannten. Sie sogen und zerrten an den Haaren, bis es Meye unerträglich geworden war. Ambrosio wußte gleich, was los war. Er faßte den betroffenen Strich noch sanfter an als die anderen und preßte die Milch nicht ziehend, sondern durch abwechselndes Zusammendrücken aller Finger heraus. Es fiel ihm leicht, behutsam zu arbeiten. Seine Hände waren vom Knuchelstallwerkzeug zerschunden und mit Blasen behaftet. Von den kuhwarmen Zitzen erhoffte er sich ein wenig Linderung der Schmerzen.

Knuchel bückte sich. Seine Unterlippe lutschte vergnügt an der Oberlippe. Er hörte die Milchbläschen in Meyes Drüsengewebe platzen; als wenn er selbst mölke, seinen eigenen Kopf an ihrem Bauch hätte, hörte er die Milch durch die Kanälchen und Ventile des aktivierten Euters rauschen, er hörte, wie sie sich in den Zisternen über den Zitzen staute, er hörte das pulsierende Blut drücken, und er mochte den Klang der ersten Strahlen. Mit metallenem Trommeln spritzten sie auf den Boden der Melchter.

Er lauschte dem fetter werdenden Zischen im sich füllenden Gefäß. »Das ist Musik, oder nicht?« flüsterte er unter Meye durch Ambrosio zu. »Das ist Musik.« Um die Kuh nicht abklingen zu lassen, massierte er ihr den Schwanzansatz. Wenn nur der Käser hier wäre, der Plagöricheib, hier könnte er vielleicht noch etwas lernen, dachte er. Aber genau. Und·die Großmutter auch. Das wäre mir noch. Melkmaschinen. Melkmaschinen. Man könnte auch meinen. Was der Mann da bietet, ist mir gewiß lieber. Ja, jetzt sollten sie kommen, die Herren Vertreter, wollten sie doch jetzt anschwirren mit ihren Krawatten und mit ihren Ledermappen. Aber eben, wenn es etwas zu sehen gibt, kommt keiner. Kein Schwanz. Nicht mal der von der Bauernzentrale. Nähme mich weiß Gott wunder, ob sie nicht wieder etwas Geschriebenes hervorziehen würden, irgend so einen Fackel mit Zahlen aus Amerika haben die ja immer noch übrig. Fähige Melker gebe es heute weit und breit keine mehr, ja bei Gott, hier sieht man es! Gaffen könnten sie jetzt, genau, bis ihnen die Stielaugen in den Mist rollen, nein, der Spanier ist in Ordnung, den kann man ungeniert an die brävsten Euter lassen, der macht nichts kaputt, der hat es in den Händen, der hat, was man brauchen kann, das sieht man auf den ersten Blick, viel besser als einen Milchsauger, viel besser konnte er Ambrosio gebrauchen! Und Strom verbraucht er auch keinen.

Für Knuchels Geschmack wirkten Ambrosios Hände an den Zitzen etwas schmal, beim genauen Hinsehen dazu noch mager. Er meinte sogar, die Bäuerin hätte mehr Fleisch an den Fingern. Was er aber damit anstellt, das darf sich sehen lassen. Nur an der Montur fehlt es ihm, anständige Hosen braucht er, eine Kutte, Stiefel und etwas auf den Kopf, Riemlischuhe sind nichts für den Knuchelstall.

Schief erhob sich Ambrosio. Der Melkstuhlriemen war leicht verrutscht. Die Melchter war platschvoll. Der Bauer zog den Kopf ein, verkürzte Hals und Nacken. Die Meyenmilch hing schwer an Ambrosio. Er schwankte. Caramba, mira que lo tienen todo enorme. Eine Kanne stand auf dem Hundekarren vor der Stalltür. Mit dem ausgestreckten rechten Arm hielt Ambrosio das Gleichgewicht. Er trug die Milch am Bauern vorbei und leerte sie durchs Sieb in die Kanne. Eine Schaumkrone blieb zurück. »Was meinst du dazu, willst du es noch einmal probieren?« fragte Knuchel. »He ja, mit der Flora. Kosten täte es nichts, es ginge wäger nur um das Probieren. Sag, was meinst du?«

Ambrosio versuchte es.

Bevor er überhaupt einen Fuß hinter sie auf das Läger gesetzt hatte, trat ihm Flora aus dem Weg und ließ ihm genügend Platz, um sich zu setzen. Den Schweif hielt sie unbeweglich zwischen den Knien, senkte am anderen Ende den Kopf; das Kettengerassel verstummte, das Muhen wurde von einem ruhigen, gleichmäßigen Atmen abgelöst. Ambrosio festigte den Halt seiner Füße im Stroh, richtete die Melchter aus, stemmte seine Stirn in die Flanke, griff zu und ... Flora war ihm ganz Euter.

»Jetzt beim Donner!« Knuchel verlor die Kontrolle über seine Unterlippe. Die Oberlippe war verschwunden. Auch Flora läßt den Fremden einfach so ran, macht keine Tänze mehr. Er holte sich Stuhl und Melchter, schob sich sein Käppi tiefer ins Gesicht und setzte sich unter die Bäbe, die ganz hinten im Stall neben Fleck besonders ungeduldig in ihrer Milch stand.

Vierhändig wurde die Montagmorgenmelkung im angeschlagenen Takt durchgezogen. Tempoeinbuße war keine zu verzeichnen. Die Milch floß, der Bauer lachte, eine Kuh nach der anderen ergab sich erleichtert dem Wiederkäuen, Prinz wurde unruhig an der Kette. Als Ruedi den Stall betrat und auch noch mithelfen wollte, da war längst der letzte weiße Tropfen aus dem Schwammgewebe der elf Blöschkumpaninnen gepreßt. Man war schon beim Abketten.

Nach dem Tränkungsgang rührte der Knuchelbauer in den Kannen auf dem Karren. »He ja, man muß sie melken, wenn sie Milch geben«, sagte er. »Aber jetzt wollen wir zu Tisch, ich rieche die Rösti. Nachher gehen wir mit dem Spanier auf die Genossenschaft. Der braucht anständige Hosen, eine Kutte, Stiefel und etwas auf den Kopf.«

Am Knuchelküchentürenholz schabten schwere Pfoten, eine Kralle drängte sich in den Spalt über der Schwelle, und auf das Kratzen folgte ein Jaulen.

»So, dann wollen wir gehen mit der Milch, unser Prinz kann kaum mehr warten.« Der Bauer fuhr sich mit dem Ärmel über die Lippen und erhob sich als erster vom Tisch.

Die Kaffeekanne und die Röstiplatte waren leer; neben dem Messer mit der gezahnten Klinge lagen noch Krümel auf dem Brotbrett. Ruedi drückte eine Fingerspitze auf sie und führte sich Krümel um Krümel zum Mund. Stini, Hans und Theres zeigten Ambrosio wiederum bloß ihre großen Augen. Die untere Hälfte ihrer Gesichter hielten sie hinter den Milchschalen versteckt. Auch gesprochen hatten sie nicht. Nur als Ambrosio nicht sofort begriffen hatte, daß der harte Rand des Knuchelbrotes zuerst im Milchkaffee aufgeweicht werden mußte, da war Stini ein Kichern entwischt. Ambrosio hatte wiederholt, jedoch vergeblich versucht, seine Zähne in die Kruste zu beißen, hatte dabei einige ächzende Geräusche in seinem Rachen nicht ganz zu unterdrücken vermocht. Der Bauer hatte aufgehört zu kauen. »Was gibt es zu lachen?« hatte er gefragt. »Nichts«, hatte Stini geantwortet.

Prinz legte sich kräftig ins Lederzeug. Wie Schraubstöcke umklammerten Knuchels Hände die Leitstangen des Milchkarrens. Der Hund hechelte. Die Stiefel des Bauern knirschten im Kiesbelag auf dem Weg. Oben am Abhang führten zwei abfallende Kurven durch das Wäldchen zwischen Dorf und Knuchelhof. Der Milchwagen holperte von einer Kurve in die andere. Ambrosios kurze Beine mußten weit ausholen, um Schritt halten zu können. Aber er mußte, er wollte Schritt halten.

Er hatte auch gemolken. Er war dabei gewesen. Der Melkertrag seiner Anstrengung war auch in den Kannen auf dem Karren, schwappte mit dem Rest hin und her. No hay que correr. Noch einmal verlängerte er seine Schritte. Genauso wie der Bauer vorne, ohne in einen Trott zu fallen, so aufrecht, so breit, genauso wollte Ambrosio hinten gehen.

Kurz vor dem Dorf, auf der Höhe des Bodenhofes, hob Prinz

den Kopf; sein Hundegang wurde ruhiger, stolzer. Er bellte, als ob er sagen wollte: Kommt her, ihr Kleinbauern, kommt herunter von euren mageren Miststöcken, kommt hervor aus euren Stuben und Ställen, kommt und seht, wieviel Milch wir heute wieder bringen.

Nicht der Hund, Ambrosio wurde beachtet.

Frau Zaugg kam an den Lattenzaun, Frau Kiener trat ans Küchenfenster, Frau Stucki hob einen roten Kopf aus dem Gemüsebeet, Frau Fankhauser schaute von der Laube herunter, die junge Frau Eggimann blieb mit leerer Tasche vor dem Dorfladen stehen, Frau Blum hielt den Bernhardiner zurück, die alte Frau Eggimann nahm ein Enkelkind an die Hand, Frau Zbinden stellte den Besen weg, Frau Stalder unterbrach das Gespräch mit Frau Bienz, Frau Marthaler holte ihren Mann aus der Tenne.

Ambrosio sah nach links, sah nach rechts. Nickend grüßte sich Knuchel an den Gehöften vorbei. Er lauschte dem Tuckern der Melkmaschinenkompressoren. Binggeli, Blum, Zbinden, Stalder und Affolter waren trotz Technisierung noch in den Ställen. Ambrosio sammelte Blicke, ein Stechen unter der Haut verzerrte sein Lächeln. Diese Frauen, dachte er, si todas son como vacas de grandes. Sollen sie doch gaffen. Noch machte er lange Schritte. Er hielt sich am Holz des Milchkarrens fest.

Vor dem Gasthof OCHSEN standen Kühe am Brunnen: rotweiß tranken sie Wasser in sich hinein, schlürften, schnaubten durch Nüstern, die sie nicht eintauchten. Prinz bellte. Die Fleckviehleiber hielten sich ruhig Rücken an Rücken, in Reih und Glied. Knuchel schimpfte auf Prinz und führte den Milchkarren in einem großen Bogen um die Herde auf den Dorfplatz. »Kühe soll man nicht beim Wässern stören«, sagte er.

Hinter dem Lagerhaus der LANDWIRTSCHAFTLICHEN GENOSSENSCHAFT INNERWALD verklang der klappernde Hufschlag eines Pferdegespanns, ein roter Traktor ratterte an, es war ein HÜRLIMANN der Zweitausenderklasse. Sonst herrschte wenig Milchverkehr, Knuchel war einer der ersten.

Auf der Rampe vor der Käserei stand der Käser; er stützte die

Hände in die Hüften und wartete. Er hatte eine unbefleckte Gummischürze umgebunden, an den Füßen Holzböden und am Körper das blau-weiß gestreifte Käserhemd ohne Kragen. »Morgen!« sagte er. Knuchel hob die Hand zum Gruß und ergriff Prinz am Halsband. »Sitz!« sagte er, und Prinz setzte sich. »Schweig!« sagte er, und Prinz schwieg.

Die Hände des Käsers hakten sich ein an den Henkeln und zogen die Kannen auf die Rampe. Ambrosio streckte seine Arme aus, wo anfassen? Wo mitschieben? Er eilte um den Zweiräderkarren, stolperte über die Leitstangen, trat Prinz auf den Schwanz, ein beleidigtes Knurren, die Kannen waren weg, Ambrosio stieß ins Leere, die Knuchelmilch hing schon im Kübel an der Waage. Der Käser sagte anerkennend »hm« und trat an das Stehpult. Knuchel schielte ihm über die Schulter ins Milchabrechnungsbuch.

Die Milch vom Vorabend war abgerahmt und von den Abkühlbecken in die drei Käsekessi gegossen worden. Der Rahm glunschte im Butterfaß, bei jeder Drehung war er einmal zu sehen: Schäumend und weiß floß er über das Glas im Guckloch. Auf dem Preßtisch, unter drei von der Decke herabreichenden Spindeln, lag der Käse vom Vortag in den Holzformen. Es roch süßlich, es roch nach Schmierseife. In der Käserei war alles sauber, alles, die weißen Plättchen an den Wänden, die Fliesen am Boden, die Fensterscheiben, die Gerätschaften, alles atmete feucht, roch nach Waschen und Putzen und Putzen und Waschen. Doch Ambrosio mochte den dumpfen Glanz des Kupfers in den Käsekessi, in die der Käser die gewogene Morgenmilch zur Abendmilch goß. Es waren riesige Becken, hüfthoch, gut vier Meter im Durchmesser und außenrum mit Eichenholz verschalt.

Aus einem Aluminiumtank sprudelte die Schotte in die geleerten Kannen, es wurde aufgeladen. Prinz wedelte, Knuchel wollte gehen, da trat der Käser an die Rampe und sagte: »Dein Spanier braucht andere Kleidung, du weißt ja, die VERORDNUNG will es so. Stallhygiene! Und paß auf, daß er sich vorher immer gründlich die Hände wäscht, und zwar mit Seife.«

Knuchel setzte den Karren wieder ab, sein Kopf war auf der gleichen Höhe wie die Holzschuhe des Käsers, er kratzte sich unter dem Kinn. »Hör zu«, antwortete er, »du brauchst da wäger keinen Kummer zu haben, der Mann ist schon recht. Ich habe ihm heute auf die Finger geschaut, und ich muß sagen, der kann melken, jawohl, du kannst es glauben oder nicht, so gut wie ein Hiesiger kann der melken. Und wegen den Kleidern, ich weiß, da hast du recht, aber wir gehen ja gleich hinüber in die Genossenschaft, also, salü Käser.« Knuchel griff zu den Leitstangen, Prinz zog, Ambrosio schob, und der Käser stemmte die Arme wieder in die Hüften.

Der Verwalter der LANDWIRTSCHAFTLICHEN GENOSSENSCHAFT INNERWALD buckelte einen Doppelzentner Milchpulver aus dem Lagerhaus. Er blieb stehen, grüßte nicht, sagte nur: »So, hast du ihn endlich, deinen Spanier?« Dann stieß er den Kopf gegen den Sack auf seinen Schultern und sagte bedeutungsvoll: »Importiert.«

Er war ein breitspuriger Mann, der Herr Genossenschaftsverwalter. Großleibig, schwerköpfig, leicht plattfüßig und manchmal um die Schläfen sowie im Nacken gar sauber rasiert. Er galt als freundlich im Dorf, aber Ambrosio maß er mit unverfrorenen Blicken, als wäre dieser ein zum Kauf angebotenes Wurstkalb. Von zuunterst bis zuoberst. Zweimal umkreiste er ihn, seitwärts, starrend, die Last noch immer auf dem Buckel. Von hinten und von vorne schaute er ihm auf die Füße, auf die Beine, auf die Hände, auf die Schultern. Pero qué le pasa a éste, dachte Ambrosio, und sein Blick flüchtete in die entfernteste Ecke. Der Genossenschaftsverwalter lachte. »Was hast du gesagt?« wandte er sich an Knuchel. »Anständige Hosen brauche er, eine Kutte, Stiefel und etwas auf den Kopf? Willst ihn also einkleiden. Ja, ich weiß nicht, Hans, ich weiß wirklich nicht, ob wir für ihn die richtige Nummer am Lager haben. Der größte ist er nicht.«

»So komm! Probieren wir doch, zeig mal ein Paar brave Überhosen.« Knuchel ging voran. Im Verkaufsraum der Genossenschaft roch es nach Leder, Hanf und Futtermittel. Auf einem Plakat lachte eine Kuh bunt und breit. EIVIMI stand darüber in großen, EIWEISS, VITAMINE, MINERALIEN darunter in kleinen Buchstaben geschrieben. Dünger, Saatgut, Salz, Maschinenfett, Farbe, Hühnerfutter stapelte sich in prallen Säcken, in Eimern und Kanistern. Von den Wänden, von der Decke hingen Gerätschaften: Spaten, Harken, Kartoffelstecher, Steinkratten, Sicheln, Sensen, Futtermesser, Hacken, Äxte, Peitschen, Gertel, Vorschlaghämmer, zwei leichte Motorsägen, Giftspritzgeräte aus feinstem Messing in jeder Größe, daneben in einer Ecke handgeschmiedete Kuhfüße, zwei Rollen Stacheldraht und überall Lederzeug, Pflugketten, Halfter, Kälberstricke, Karabinerhaken, Garbenschnüre, Bindbaumseile, alles trocken, sauber, wartend, glänzend, alles unverkratzt, keine Spur von Rost, alles mit roten, blauen, goldenen Firmenzeichen und Markenstempeln versehen; alles »extra hart«, »extra stark«, »handgedrechselt«, »unverwüstlich«, »Qualitätsprodukt«, »10 Jahre Garantie«.

Knuchel zeigte auf ein Regal mit zusammengefalteter Berufswäsche. »Hier!« sagte er. »Du hast ja alles, was wir brauchen.«

»Ja, my Türi!« antwortete der Genossenschaftsverwalter. »Willst ihm jetzt noch vom Besseren kaufen, und Grünes dazu!«

»He ja«, sagte Knuchel, »ich habe es schon dem Käser gesagt, der Mann hat Gefühl in den Händen, der kann melken. Deutsch versteht er zwar kein Wort, aber trotzdem braucht man ihm nichts zweimal zu sagen. Und aufpassen tut er wie ein Häftlimacher, dem kann ich ruhig anständige Überkleider kaufen.«

Der Genossenschaftsverwalter setzte den Milchpulversack auf den Boden, lockerte sich die Schultern und griff nach dem roten Bleistift hinter seinem rechten Ohr. Es war ein CARAN D'ACHE mittlerer Härte, mit dem er sich im Lauf der Zeit über die Gemeindegrenzen hinaus den Ruf eines großen Rechenkünstlers erkalkuliert hatte. Dieser Bleistift und der Genossenschaftsverwalter gehörten untrennbar zusammen. Munter addierten, subtrahierten, multiplizierten, dividierten sie überall auf Abruf. Ihre Kunst war jedermann zugänglich, im OCHSEN, im Schießstand, bei der Schulkommission, bei der Feuerwehrversammlung, bei der Chorprobe, bei der Milchabrechnung, vor der Predigt, nach der Predigt, stets hatte der Genossenschaftsverwalter den roten Bleistift gespitzt hinter dem Ohr dabei. Wer Probleme hatte mit Zahlen, Ziffern, Prozenten, Zins- und Steuersätzen, der wandte sich an ihn. Enttäuschungen gab es selten, der rote Bleistift arbeitete schnell und fehlerlos. Wo es gerade war, wurden die Operationen hingekritzelt: auf den Rand des AMTSBLATTES, auf Bierdeckel, an Holzwände, auf Zigarettenpackungen, hinten ins Liederbuch der protestantischen Landeskirche, wenn sich bei einem Gespräch auf einem Acker nichts anderes anerbot, sogar in die linke Handfläche. Es gab kaum ein Kalb, kaum eine Kuh auf Innerwaldner Boden, über deren Diätzusammensetzung nicht auch der Genossenschaftsverwalter, dank seinem roten Bleistift, etwas mitzubestimmen gehabt hätte. Er wußte, wieviele Liter Karbolineum der Hubelbauer brauchte, um Scheune und Wagenschopf so zu streichen, daß wohl die Holzwürmer verendeten, das Vieh aber nicht vergiftet erkrankte. Er entschied, wieviel Vitamine dem alten und wieviel dem neuen Dorfmuni in die Krüpfe gemischt wurden. Er war verantwortlich für die Zusammensetzung aus Dünger und Saatgut, er rechnete und rechnete, berechnete alles und jedes für das halbe Dorf.

Nur Knuchel hielt wenig von dem roten Bleistift.

»Was willst du rechnen?« fragte er. »Ich wüßte wäger nicht, was es da zu rechnen gäbe.« Als hätte der einen Revolver gezogen, starrte er dem Genossenschaftsverwalter auf die Hand.

»Ich weiß halt wirklich nicht, Hans«, der Genossenschaftsverwalter stockte, die Spitze des Bleistifts kratzte über den Nacken. »Das ist das Milchpulver«, sagte er erklärend. Dann wieder ringend um seine Worte: »Es ist..., es ist mir wegen..., du weißt ja, wenn da jeder..., he ja, es ist halt nicht der Brauch. Der graugrüne Stoff, so strapazierfähig, und der besondere Schnitt, die Taschen, die doppelgenähten Militärknöpfe... und die anderen? Was würden die Bauern im Dorf dazu sagen?

Könntest du denn nicht...? Möchtest du nicht, ich glaube fast, blau täte es auch. He ja, warum nicht blau? Wenn der Spanier dann bleibt, übers Jahr, dann kannst du ja noch immer grün...«

»Jetzt beim Donner!« unterbrach Knuchel den Genossenschaftsverwalter. »Habe ich hier einen Mechaniker oder einen Melker? Ich habe dir doch gesagt, daß er es kann, daß sich da kein Mensch auf dem Berg schämen muß, wenn der eine von unseren Kühen melkt. Nein, nichts da, grün muß ich haben!«

»Ja, wenn du meinst. Du wirst es ja wissen, dann will ich nichts gesagt haben«, antwortete der Genossenschaftsverwalter.

Anprobiert war schnell.

Noch die kleinsten Stiefel waren zu groß, die kürzesten Hosen zu lang, auch der kleinste Melkerkittel hatte Ärmel, die lose um Ambrosios Ellbogen flatterten. Das Stallkäppi rutschte über die Ohren hinunter. Knuchel und der Genossenschaftsverwalter knieten am Boden. Jeder rollte ein Hosenbein hoch. Das grüngraue Tuch war dick und steif. Ambrosio zog den Hosenbund bis auf die Brust hinauf. Er spürte die harten Nahtstellen. Alles doppelt genäht.

Auf dem Milchpulversack addierte der rote Bleistift die Preise, Knuchel gab noch einen Lederriemen als Gürtel dazu.

»Dreiundsechzigzwanzig«, sagte der Genossenschaftsverwalter.

Mehr schwimmend als gehend in seinen großen Stiefeln, stapfte Ambrosio hinaus. Qué país! Pero qué hago yo por aquí? Sennenhund Prinz gähnte. Er beschnupperte das graugrüne Bauerntuch.

»So, dann wollen wir. Merci!« Knuchel steckte sich den Geldbeutel zurück in die Tasche. »Beim Gemeindeammann müssen wir auch noch vorbei, wegen den Wühlmäusen. Die Donnersviecher wollen mir schier alles kaputt machen. Maulwürfe hat es heuer auch wie Sand am Meer. Also, salü, Verwalter.«

Der Bleistift verschwand hinter dem rechten Ohr. Zwei Arme streckten sich aus, Ärmel rutschten über Handgelenke zurück, zwei Hände zielten, zehn Finger schoben sich ineinander, umklammerten sich fleischig, massig, drückten, drückten kräftig. »Also, salü, Hans«, sagte der Genossenschaftsverwalter.

Auf dem Dorfplatz schüttelte Knuchel den Kopf. Beim Brunnen vor dem OCHSEN lagen Kuhfladen auf dem Kopfsteinpflaster. Knuchel zeigte auf jeden einzelnen, höhnisch lachend. Ambrosio lachte zurück.

Der Gemeindeammann wusch hinter dem Hof das Milchgeschirr. Die Bürste in seiner Hand schlug gegen Melchtern und Bränten. Die goldene Omega hatte der Gemeindeammann abgestreift und auf den Brunnensockel gelegt. »So, wie geht es auf dem Hof?« begrüßte er Knuchel.

»Könnte wäger nicht klagen«, antwortete der.

»Und deine Preiskuh? Ist es an der Zeit?«

»Sie hat schon. Sie hat schon. Wieder ein Munikalb, der Teufel hat es gesehen. – Aber den Spanier, den habe ich jetzt. Gestern ist er gekommen, mit dem letzten Postauto, und er macht sich. Glück haben wir gehabt mit dem«, gab Knuchel zurück.

»Habe doch keinen Kummer«, sagte der Gemeindeammann. »Jedesmal wenn du ein Munikalb im Stall hast, tust du gleich, als wolltest du es im Feuerweiher ersäufen. Man könnte auch meinen! Das kannst du doch für einen schönen Schübel Geld zur Zucht freigeben. Die suchen jetzt Stiere von solchen Kühen, wie du eine hast.«

»Ja, weißt du, recht wäre mir das nicht, schon beim letzten waren sie hinter mir her, als wäre das Kalb aus Gold gewesen. Aber ich gebe es gewiß lieber gemästet dem Schindler. Milch haben wir ja, und die Kinder tränken das, bis es schier zerplatzt. Dann kriege ich auch gut tausend dafür.«

Der Gemeindeammann ließ die Bürste ins Wasser fallen und stellte die letzte Bränte unsanft neben sich auf den Boden. »Aber, Hans, für einen guten Stier bezahlt die KB-Zentrale gewiß fünfzigmal mehr. Kannst es glauben oder nicht. Vor kurzem haben die einen hochdotierten Braunen angekauft. Kaum dreijährig. Ein Haus hätte man mit dem Geld bauen können.«

»Ja eben, das hat man jetzt von dieser künstlichen Besamung, aber trauen kann ich dem ganzen Zeug halt nicht so recht. Und ob das überhaupt gesunde Kälber abgibt? Das möchte ich dann noch genauer wissen. Die Milch von diesen künstlich besamten Kühen möchte ich auf alle Fälle nicht trinken müssen, ich nicht, nein danke, ich nicht!«

»So ist es«, lachte der Gemeindeammann. »Auf der anderen Seite macht es die künstliche Besamung möglich, daß wir vorankommen mit der Zucht. Die Beste mit dem Besten. Das ist doch Trumpf!«

»Aber nicht so, nein, nicht so!« antwortete Knuchel. »Samen aus dem Plastiksack. Wenn es gut geht, dazu noch tiefgefroren. Wo führt das hin?«

»Du, Hans, ich glaube halt, die Zeit der gesömmerten Mehrzweckkuh ist vorbei. Jetzt züchtet man anders. Wer fragt denn heute noch nach einem geraden Rücken und nach gleichmäßigen Hörnern. Milch müssen sie geben! Milch! Badewannen voll! Und ohne viel zu fressen, auf jeden Fall nicht nur vom teuren. Und wenn eine ein Euter hat wie so ein schlampiger Dudelsack, mit Strichen wie Stacheln dran, sogar noch warzig ist, das spielt keine Rolle mehr. Die Hauptsache ist, sie gibt mehr Milch als die anderen. Warte nur! Dein Ruedi wird auch älter. Der rechnet dir dann auch noch etwas vor. Auf der Landwirtschaftsschule melken dir die heute mit dem Bleistift. Da plagiert keiner mehr mit einem hohen Milchertrag, bevor er nicht aufgeschrieben hat, wieviel ihn das Eivimi gekostet hat.«

»Nein du, der Ruedi schaut nicht nur ins Portemonnaie. Der hat Freude am Land, am Vieh im Stall ...«

»Ja, bis es ans Heiraten geht«, unterbrach der Gemeindeammann. »Du meinst wohl, er lege sich dann auch noch immer mit den Kühen unter das gleiche Dach. In so einem Stübli, wo man sie im Stroh hört, aufwacht, jedesmal wenn eine ein bißchen schwer atmet. Ja, kannst denken! Die Jungen gehen heute den Alten voraus ins Stöckli. Da sind andere Dinge im Gang, als was wir gewohnt sind. Du, in Amerika lassen die solche Kühe, wie du eine hast, gar nicht mehr austragen. Die werden mehrfach befruchtet, und dann schneidet man ihnen die Föten aus dem

Bauch und pflanzt sie minderwertigeren Tieren zum Austragen in die Gebärmutter, und weißt du, wie die heißen?«

»So etwas Verrücktes«, murmelte Knuchel.

»Ammenkühe heißen die! Ammenkühe, genau«, lachte der Gemeindeammann.

Knuchel kratzte sich unter dem Kinn. »Amerika. Amerika. Wenn ich das nur hören muß. Was ist denn das auch für ein Donnergestürm? Sollen sie doch. Laß die doch! Wir sind hier gut gefahren. Wir hatten Glück im Stall, bevor die dort drüben überhaupt wußten, was eine Kuh ist. Und wie die dort drüben aussehen. Keine hat ein anständiges Horn auf dem Kopf, alle sind knochenmager, und Euter haben sie, als hätten drei Dutzend Wespen drein gestochen. Und fast nur Wasser sollen sie geben, die dünnste Milch der Welt! Aber eben, den guten Käse haben sie ja von uns, das hat der Bodenbauer auch gesagt, der war ja drüben, beim Schwager in Oklahoma. Solche Höfe, wie wir sie haben, gibt es dort auf alle Fälle noch keine. Das ist sicher. Du, aber ich muß, mein Spanier wartet vor dem Haus.«

Der Gemeindeammann lachte noch immer. »Wie du meinst«, sagte er.

Vor der Stalltür blieb Knuchel stehen. »Aber du, bevor ich es vergesse. Würdest du den Feldmauser wieder einmal bis unter den Wald schicken? Es täte sich auch für ihn lohnen. Die tun wüst unter dem Boden.«

»Das kann ich schon«, sagte der Gemeindeammann. »Übrigens, wegen dem Spanier, da gibt es dann noch einiges zu schreiben. Ich brauche seine Papiere.«

»So, du brauchst die Papiere? Man könnte meinen, ich wolle ein Guschti verkaufen. Aber du wirst wissen, was es da zu tun gibt. Der erste ist er ja nicht. Mit dem Italiener wird es das gleiche gewesen sein.«

Vor dem Haus hielt der Gemeindeammann Ambrosio die Hand hin. Ambrosio schlug ein. Der Gemeindeammann nahm die Mütze vom Kopf und sagte: »Grüß Gott.«

»Buenos dias.« Ambrosio nickte.

»So, wollt ihr hier bei uns werken?« fragte der Gemeindeammann.

»Sí, sí, mucho gusto.«

»Dann ist es ja gut. Wir können nämlich Hilfe gebrauchen, an Arbeit fehlt es uns hier auf dem Langen Berg nicht. Wollen wir Holz anfassen.« Lachend klopfte er mit den Fingerknödlen an den Milchkarren.

»So, wir müssen«, sagte Knuchel. Prinz schüttelte sich zurück ins Lederzeug. Beim Sitzen war ihm der Brustriemen verrutscht und ein Seil zwischen die Hinterbeine geraten.

Nach zwei Schritten stellte Knuchel den Karren wieder ab. »Ich hätte ja schon gern ein Kuhkalb gehabt von der Blösch. Es ist halt doch eine gäbige beim Melken und so. Ich habe gewiß nichts gegen sie, bestimmt nicht. Aber eben, was will man? Henusode! Vielleicht gibt es im nächsten Frühling eins.« Der Knuchelbauer bückte sich wieder nach den Leitstangen.

Der Gemeindeammann war auch stehengeblieben. »Du könntest doch den neuen Stier ausprobieren. Wer weiß, woran das liegt?«

»Meine Frau wäre auch dafür. Sie hat gar viel auf dem Pestalozzi. Mir ist der Gotthelf aber fast lieber. So ich muß ...« Knuchel schickte sich erneut an zu gehen, drehte sich aber noch einmal um.

»Nein, am Stier liegt das nicht. Auch nicht an der Kuh. Ich weiß selbst nicht, woran das liegt, der Teufel hat es gesehen. Aber am Gotthelf liegt das nicht. Der war schon immer gut für meinen Stall. Nein, das ist gutes Blut, zudem kommt er jetzt gerade ins rechte Alter, jawohl! Aber du, ich muß, wir haben noch gar viel zu tun. Also, salü, Gemeindeammann.«

»Überlege es dir dann noch! Ich würde das Munikalb auch gern nehmen. So dreimal tausend ...«

Knuchel machte eine abwehrende Armbewegung. Als wollte er seinen Kopf schützen, hob er die rechte Schulter und packte die beiden Leitstangen des Karrens. »So, aber jetzt muß ich«, sagte er.

Schlag folgte auf Schlag. Eisen auf Holz und das Holz in die Erde. Wieder sauste der Hammer nieder. Der Pfahl zitterte. Der Knuchelboden war härter, als er aussah. Hoch über dem Kopf setzte der Bauer an, zehn- bis fünfzehnmal, ehe ein weiterer Pflock eingerammt in der Scholle saß. Und wie Getrommel kam aus dem Wäldchen das Echo.

Ambrosio hielt die Pflöcke fest. Sobald einer im Boden allein genügend Halt fand für Knuchels Hammerschläge, schaffte er den nächsten herbei. Nußbaumschwiren waren es, erstklassiges Zaunmaterial. Einzeln waren sie ausgesucht und über den Holzweg aus dem Knuchelwald geschleppt worden. Mehrere Dezembertage lang hatte die Motorsäge geschrien, und nach jeder Fuhre war zwischen den Rinnen der Traktorreifen eine braune Schleifspur im Schnee zurückgeblieben.

Ambrosio setzte den neuen Pfahl neben den alten. Wie einen Baumstamm spürte er ihn im Rücken. Der alte Zaun wackelte, der Stacheldraht hatte sich gelockert, war angerostet, die Pfähle waren grau und morsch. Ambrosio war kaum größer als der Pflock in seinen Händen.

Der Bauer lud sich den Vorschlaghammer auf die linke Achsel. Damit er sich in die Hände spucken konnte, hielt er ihn im Ellbogen fest. Um den Finger mit dem losen Nagel war ein beschmutzter Verband gewickelt. Knuchel lachte. »Das geht ja gewiß ganz gäbig. Nicht so wie beim Bodenbauer. Der hat mit seinem Italiener nämlich auch gezäunt, im vergangenen Jahr, präzise wie wir hier. Nur, daß die nicht vorankommen wollten. Der Bodenbauer war am Hammer, und der Italiener hielt die Schwiren fest. Aber eben, vorwärts kamen sie nicht. Alles Fluchen trug nichts ab, und fluchen kann er, der Bodenbauer. Potz Heimatland! Das kann er. Die Donnersschwire wollte und wollte aber einfach nicht in den Donnersboden. Da sagte der Italiener zum Bodenbauer, wenn er ihm jetzt noch einmal auf den Gring schlage, könne er die Schwire allein festhalten.« Knuchel lachte, Ambrosio lachte auch, und wieder sauste der Hammer nieder, und wieder kam das Echo wie Getrommel aus dem Wäldchen.

Als der letzte Pfahl eingerammt war und Knuchel und Ambrosio über die Weide hinauf zum Misten und Melken dem Hof zuschritten, warteten vor der Stalltür schon Kinder und Katzen.

Ambrosio drehte sich noch einmal um. Er trat weniger zaghaft auf, auf dem Knuchelboden. Schon wußte er, wie kühl der Klee war und wie weich ein frischer Maulwurfhügel sein konnte, wenn man mit der Stiefelspitze darin wühlte. Er begann zu wissen, wo er war: da war der Hof, da war die Weide und da war der Zaun, dahinter war ein Acker, in fette Furchen gepflügt, und dahinter wieder ein Zaun und Büsche und eine Matte, grün, grüner, am grünsten, und Sträucher, eine ganze Hecke davon, und dann eine andere Erhöhung, ein Hubel, dann die Baumkronen eines kleinen Waldes und dahinter ein Hügel, und hinter dem Hügel noch ein Hügel, und hinter dem kleinen Wald ein größerer Wald, und hinter dem größeren Wald, auf dem Hügel dahinter, eine Waldzone und schon richtige Berge darüber, und hinter diesen wieder Hügel und Anhöhen mit braunen Flecken in den Wäldern, und über diesen Wäldern mehr Wälder, Bannwälder, wilde Wälder, Tannenwälder unten an Geröllhalden, und plötzlich grau, weiß, Eisfelder, Schnee und Licht und Stein und Felswände, schwarz und roh in kantigen Konturen zu Gipfeln und Kuppen und gratigen Spitzen aufstrebend, und darüber nur noch wenig Himmel, und die Wolken waren die gleichen wie die über dem Hof, und Ambrosio wandte sich ab und atmete tief.

In der Hofstatt blickte auch der Bauer noch einmal über die Weide hinunter. »Das geht gewiß gäbig«, sagte er. »Wir können sie schon bald hinauslassen. Den ganzen Stall. Wenn es gut geht, noch vor Pfingsten. Aber jetzt wollen wir!« Er schritt am Hühnerhof vorbei auf die Stalltür zu.

Drinnen setzten sich die Katzen hinter Bössy in den Stallgang, und die Kinder drückten sich hinter Blösch an die Wand. Das Kalb stand spreizbeinig parallel, doch verkehrt zur Mutterkuh. Während ihm die Blöschzunge um den Anus den Hinterteil säuberte und massierte, lutschte es an einer Zitze.

»Es wird den Scheißer haben«, sagte Knuchel. »Zuviel gesoffen hat das Donnersmunikalb. Schaut! Der ganze Stallgang ist verschissen. Das kommt davon, wenn man sie läßt. Komm, Hans, nimm du den Besen. Putz! Früh übt sich, wer ein rechter Mister werden will.«

»Und wann darf ich das Kälblein tränken?« fragte Theres.

»Nein, ich will es tränken«, sagte Stini.

»Morgen, morgen«, antwortete Knuchel.

Ambrosio brachte die Mistbänne. Stini zeigte auf Stine und sagte: »Das ist meine Kuh.« Der Bauer führte die Mistgabel ins Stroh und sagte: »Ja, das ist deine Kuh«, und zu Ambrosio: »In der gleichen Nacht geboren. Fast auf die Stunde gleich alt sind sie. War das eine Sache. Ich darf kaum daran denken. Man wußte weiß Gott nicht, wo wehren, ob in der Stube oder im Stall.« Während er sprach, hatte er hinter jeder Kuh, stallauf und stallab, auf das Läger geschaut. »Ja, seht ihr, unsere Ware scheißt nicht auf den Dorfplatz, und ins Abwasser brunzen tun sie auch nicht. Oh, nein, das Zeug führen wir wieder auf das Land zurück – aber ganz sicher!«

Die Streue wurde nach vorne gegabelt, der Mist nach hinten in den Schorrgraben gekratzt oder auf die Bänne geladen. Ambrosio wollte raus, raus aus der Enge des Stalls. Kinder standen im Weg, Katzen, Kühe, Kälber überall. Die Spinnengewebe hingen tief, und noch gab es Blasen vom Riesenwerkzeug. Ambrosio schob die Bänne halb leer über die Schwelle, rollte über die Planken auf dem Bschüttloch. Er nahm Anlauf für das Auffahrtsbrett. Qué carajo! Der Miststock summte, zirpte; es schwärmte von Getier. Spatzen stoben auseinander, bezogen Kanzeln auf Gemäuer und Geäst. Schwalben sturzflogen ab durchs Scheunentor. Mit zuckendem Hals stolzierte der Knuchelhahn davon. Sein Kamm leuchtete rot. Flutsch! Ambrosio zog den Karren wieder aus dem Dreck.

Nach dem Misten wurde Heu gefüttert. Der Stall füllte sich mit dem Nuscheln der fressenden Kühe. Blösch schnupperte wählerisch in der Krüpfe herum. Sie rupfte sich vereinzelte Halme zurecht. Der Futterbarren war zu. Zwei Holzlatten hatten sich hinter dem Kopf eng an den Hals geschlossen. Der

Bauer trat zu ihr. »So friß, das tut dir gut. Da hat die Sonne lang drauf geschienen.« Er hatte einen blechernen Maulkorb geholt. Das Kalb halste hin und her. Knuchel lachte. »Ja die Blöschkälber, die tun immer am dümmsten. Aber länger als zwei Tage lassen wir die nicht allein an die Milch, und zuviel saugen sollen sie auch nicht. Bis es ihnen noch bleibt. Das sind doch keine rechten Kühe, die schon trächtig sind und noch immer überall etwas Donners lutschen wollen, an jedem Finger, an Ohren und an jedem Gabelstiel. He ja, noch an den eigenen Strichen. Das ist doch nichts. Komm, Ambrosio! Nimm ihn beim Gring!« Die Hanfschnur glitt dem Kalb über die Ohren, der Maulkratten saß fest auf der Schnauze, die Augen schwollen an, schielten auf das Saughindernis, verdrehten sich, als guckten sie gleichzeitig überall und nirgends hin.

»So, Kinder, zur Seite!« Im Stallgang hatte Knuchel mit Stroh für das Kalb ein Nest gemacht. Vierfüßig stampfte es, widersetzte sich. Knuchel knüpfte den Halsstrick an den Ring in der Wand.

»So! Das hätten wir. Aber was ich noch sagen wollte...« Knuchel schluckte leer, würgte, kratzte sich wieder am Hals. Von Ambrosio schaute er auf Blösch und von Blösch auf Ambrosios linke Hand. »Es ist wegen... es ist mir wegen dem Ring dort. Du könntest nämlich die Blösch ausmelken, in den Kübel da, für das Kalb. Aber ohne den Ring an der Hand.«

Ambrosio starrte Knuchels Blick folgend auf Blöschs Euter, dann auf seine eigene Hand.

»Der Ring! Der Ring!« wiederholte Knuchel. »Nicht beim Melken. Wenn du es doch kannst, und richtig.«

Der Ring glitt von Ambrosios Finger, die Kinder kraulten das Kalb im Fell, Bössy tröpfelte schon, und die Katzen schleckten sich die Schnauzen.

Beim Waschen der Euter bemerkte Ambrosio, daß Blösch leicht fiebrig war. Als er ihr den Kopf in die Lenden stemmte, die Brieschmilch ausmelken wollte, da plätscherte und gurgelte es in ihrem Bauch wie in einem tiefen Brunnen. Er fuhr ihr über das Fell, die Haare und die Haut hatten ihre Elastizität verloren. Er berührte das Euter, der ganze Kuhleib bebte. Behutsam preßte er heraus, was das Kalb zurückgelassen hatte: eine halbe Melchter voll.

Ambrosio hatte nie eine größere, nie eine stärkere Kuh gesehen als Blösch, ja er hatte nicht einmal geahnt, daß es solche Tiere gab. Doch jetzt war sie krank, und er holte den Bauern unter Bössy hervor. »Esa vaca no está bien, está enferma.«

Knuchel stellte seine Melchter auf die Stallbank. Zögernd, mit hochgezogenen Augenbrauen folgte er den Gesten seines Spaniers. Er trat neben Blösch, griff ihr an den Rücken, an den Hals, ans Maul. Er untersuchte ihre Augen. Sie waren entzündet und träge. »Ja wenn sie nicht fressen will!« Er verschob den Unterkiefer und kratzte sich. »Was soll ich machen? Beim Donner! Jetzt tut sie wohl noch wegen dem Kalb beleidigt.«

Als für die Tränkung abgekettet wurde, führte Gertrud, die älteste Kuh im Knuchelstall, den Zug zum Brunnen an. Stine, Fleck und Tiger folgten ihr, dicht dahinter kamen Flora und Bössy. Keine hatte auf die Leitkuh gewartet. Blösch blieb im Stall zurück.

2

Fünf Uhr dreißig.

Der Morgen, den ich nicht besitze.

Komm! Gib mir meinen täglichen Mut.

Gestern.

Gestern habe ich mir viel zu viel vorgenommen. Keinen Mucks habe ich gemacht.

Nichts.

Alles spielte sich auf der Großleinwand in meinem Schädel ab. Da weiß ich zu glänzen. Was ich in meinem Privatkino schon für Reden gehalten habe! Niemand hat mehr Übung im kameragerechten Vorbeten von utopischen Geheimrezepten. Entschuldigen Sie den Einwand, Herr Bössiger, aber gerade in einem Schlachthof gibt es doch einiges, dem man mit Zahlen und Ziffern allein einfach nicht gerecht werden kann. Da wäre zum Beispiel...

Nicht einmal in der Hosentasche ballen sich meine Finger zu einer Faust.

Und die Schwere im Hals. Die Verengung.

Lange vor dem ersten ICH ist Schluß, fertig, kein Wort rutscht mir die Kehle hoch: ich bleibe stumm.

Den Wänden entlang schleichen wir uns davon.

Alle.

Jeder in eine andere Richtung.

Nur niemandem ins Gesicht schauen müssen.

Aber im Umkleideraum standen wir doch wieder alle zusammen vor den geöffneten Schränken. Wir starrten in die riechenden Lumpen, auf die Blutflecken, kratzten uns in den Haaren. Mit entblößten Oberkörpern beugten wir uns über das Waschbecken. Hügli beschnitt sich die Fingernägel. Huber hielt die Dusche lange besetzt; niemand protestierte.

Ambrosio ließ mehrmals die Seife flutschen. Nicht unabsichtlich, und wir waren nicht undankbar.

Sogar der blöde Witz über Fernandos Sockenhalter wurde belacht.

Solange nur einer etwas sagte.

Immer wieder wuschen wir uns das Gesicht: Wir ließen die zusammengehaltenen Hände unter dem Strahl vollaufen und versteckten uns dann für ein paar Sekunden länger als sonst in der angestauten Wärme.

Die Tür flog auf; Gilgen platzte herein, mit seinem ganzen Kleiderschrankgewicht hatte er sich dagegen geworfen.

Aufgeblasen stand er im Türrahmen. Seine Gesichtsfarbe veränderte sich von Sekunde zu Sekunde: er war schneeweiß, dann schoß ihm alles Blut in den Kopf, und schon erbleichte er wieder. Seine Augen flackerten. Wie Flügel hielt er seine Hebelarme nach hinten gestreckt; die Hände geöffnet, die Finger wie Stacheln ausgefächert. Sein Unterkiefer war verschoben; zitterte. Eine Brissago steckte in seinem Mund. Die Schlächterkutte war quer über die ganze Brust aufgerissen: Auf den stahlwollenen Haaren leuchtete der in Gold gegossene Wiederkäuerzahn mit der dreizackigen Wurzel.

Keiner richtete sich auf.

In der Duschkabine wurde es still.

Bewegungslos beugten wir uns über das Waschbecken.

Zuerst riß Gilgen Rötlisberger hoch. Bis ganz nahe unter seine funkelnden Augen.

Dann packte er Luigi.

Einen nach dem anderen ergriff er. Wie Spielzeug behandelte er uns.

Keiner wehrte sich.

Wie Säcke standen wir da und ließen ihn rund um das Waschbecken gehen.

Aber es war Ruhe in seiner Wut.

Es war eine von Klarheit begleitete, es war die ihm ins Gesicht gemeißelte, es war die ewige Wut, zu der ich nicht fähig bin.

Plötzlich sagte er mit klarer Stimme: »Des vaches, des vaches, oui! Rien que des vaches! Vacas, capito! Kühe, verdammte Kühe mit ausgebrannten Glotzaugen! Des vaches! Vacas! Kühe!«

Wie gestutzte Flügel hielt er seine Arme wieder nach hinten gestreckt. Wie ein Adler.

Und weg war er.

Und heute wird auch Gilgen wieder da sein.

Alle werden wieder da sein.

Alle.

Auch Ambrosio. Auch Rötlisberger. Auch Huber und Hofer und Co. Auch der Überländer. Auch ich.

Brav tragen wir unsere goldenen Morgenstunden hinaus in den Schlachthof hinter dem hohen Zaun am Rande der schönen Stadt.

Rot! Stop!

An der Kreuzung errötet eine Ampel.

Ich bremse.

In den leeren Straßen bin ich zu schnell gefahren.

Ich stelle den Motor der LAMBRETTA ab.

Die Ampeln signalisieren in die Nacht hinaus. Ein Nebelschleier hängt darüber.

Dort geht die Sicherheitslinie weiter.

Strich um Strich unter den Nebelschwaden hindurch.

Die wiegenden Straßenlaternen. Die Stille.

Nur nicht wieder träumen.

Ich will nicht mehr von Kühen träumen.

Keine totenstarrigen Tierleiber mehr unter meiner Bettdecke! Ist das so viel verlangt?

Ich bitte ja nur um ein paar Stunden Schlaf, der das nagende Grübeln ertränkt.

Nur ein wenig von der Flucht in die Dunkelheit, von jener Flucht, für die niemand eine Rechnung noch eine Erklärung verlangt. Nur ein paar Schritte im Jenseits des Schlafes.

Die entstellten Kälberleiber, die dreiköpfigen Achtfüßler, die Schweine mit den vertauschten Gliedern, die so belustigt auf vier Schnauzen tanzen, die schon geschlachteten Kühe, die wieder aufstehen.

Der ganze Klamauk soll mich endlich verschonen.
Ich habe keinen Jahrmarkt bestellt.
Mir genügen die Alpträume des Tages.
Und vor mir noch immer rotes Licht.
Und hinter dem roten Licht die Morsezeichen der Sicherheitslinie.
Und hinter den Strichen: die Stempeluhr.
Und hinter der Stempeluhr nichts als Zeit, nichts als die Zeit, in der jeder Morgen ersäuft, bevor er begonnen hat.

Und draußen im Schlachthof hinter dem hohen Zaun am Rande der schönen Stadt Ellbogengedränge im Umkleideraum: Was da mit dem linken Scheichen aus dem Nest? Bist du ein Seckel, ja ein Seckel, porco dio, steh doch auf deine eigenen Stinkstorzen, beim Donner, ich brauche Platz, und komm mir jetzt nicht so, und wo soll ich hin und du? Du! Ja du! Que cosa fare? Morgen Fritz, Morgen Hans und guten Morgen Flödu, ist der Gilgen nicht da, der Buri ja, wie immer der erste, schläft auf der Holzbank, ist halt gern hier, mach doch du deinen Mund mal zu, ah ah, ich dachte, du schläfst noch, exküsee, und wie das noch immer kalt ist draußen, und habt ihr schon mal dem seine Überhosen gesehen? Die braucht er bald nicht mehr aufzuhängen, die sind so steif von getrocknetem Blut, daß er sie in den Schrank stellen kann, hast du noch eine MARY LONG? Ich rauche nur MARYLAND, wer hat eine MARY LONG? Willst du eine STELLA SUPER? Hier ist eine PARISIENNE, das Kraut kannst du selber rauchen, da wäre mir ein RÖSSLI-, sogar ein VILLIGER STUMPEN lieber, und es qualmt aus allen Ecken, huscht in Fetzen durch die Luftumwälzungsanlage in den frühen Morgen hinaus, aber das stinkt jetzt wieder, was da, halt den Mund? Könntest du deine Krampfadern nicht einmal zu Hause beträufeln? Und du, du mit deinem blöden DUL-X! Weißt du eigentlich, wo wir sind? Der denkt doch, wir seien auf dem Fußballplatz, aber eben, die ZEITUNG sagt es auch, viel ist mit denen nicht mehr los, verloren haben sie wieder, ja wo hast du denn schon eine Zeitung her, doch nicht etwa vom Kiosk bei der Waffenfabrik vorne? Am Bahnhof, ah am Bahnhof, ja am Bahnhof und darunter, dazwischen, dahinter, darüber, mitten drin und überall, kaum weggesaugt über Nacht, dick und stickig in allen Nasen der Geruch nach Blut und Schweiß und ranzigem Rinderfett und verbrannten Schweineborsten und Schmierseife und Salzsäure und Ammoniak und Kuhstall und Galle und ausgetrocknetem Gummi und Jod und abgestandenem Bier und Mörtel und Nässe und Haarspray und Kutteln und Öl und geräuchertem Fleisch und Stärke Vaseline Brillantine Orangenschale Schuhwichse Gorgonzola Kaugummi Lebertran Kümmelwurst Fensterputz Mottengift Salbei Holz Kunstleder Schweineharn Rasierwasser Sägemehl Thermoskaffee, nie ganz wegzukriegen durchs Entlüftungsrohr aus Metzgerkitteln, Kuttlerschürzen, Wollensocken, Stützkorsetts, Filzeinlagen, Fußbinden, Baskenmützen, Knieschonern, Taschentüchern, Zweitpullovern, Zipfelmützen, Deckelkappen, Überhosen, Werkhandschuhen, Gummistiefeln, das muß stinken, ewig riechen auf der Haut, weg da vom Spiegel! Caramba! Nicht schon wieder mit meinem Strähl! Jetzt ist der Winter ja praktisch vorbei, aber was würde es kosten, viel kann's doch nicht sein, was müßte man hinlegen für einen Töffmantel, wie du einen hast? Billig zu haben! Billig! Billig! Sí sí baratto! Niente pagare molto! Das ist kein Leder! Natürlich ist das Leder! Das beste Leder, hier kerbfrei gehäutet, hier gegerbt! Nicht von Mistgabeln zerstochen, von Striegeln zerkratzt, von Zugstricken zerschunden, von einem Texasbrand nutzlos markiert, auch nicht von Stacheldraht beschädigt und auch nicht von Dasselfliegen zerfressen! Verstehst du? Leder! Richtiges, währschaftes Kuhleder! Was? Was? Kuhleder sagst du? Erzähl du das dem Frankenstein! Da muß ja ein Roß lachen, dieser Mantel ist doch aus Chüngelbälgen zusammengeblätzt, aber kommt der Stift schon wieder zu spät? Und der Gilgen? Hast du den gestern wieder gesehen? Ja, der Gilgen Aschi, ja, ja, der Gilgen Aschi, ja der Ernest, hat er dich etwa nicht auch gepackt? Und wie! Ich hatte schon Angst, der Schnauf wolle ihm ausgehen, oh, ja, der Rötlisberger hat schön gestöhnt, und der Buri-Schnuri, habt ihr ihn gesehen, ah Gilgen Aschi molto verruggt, niente pensare, esta loco sí pero qué buena mira, und schon geht Ambrosio umher und packt Gilgen imitierend zu, brüllt auch übertrieben: des vaches, des vaches, Kuh, du Kuh, vacas, Kuh, capito? My Seel, der Hofer ist auch noch nicht da, und der hat doch einen Wagen, aber dem seine Alte und ja eben die Jungen, die Jungen, die bringt man nicht mehr aus den Nestern, ja gell, nichts ist mehr wie früher, komm da, hör doch auf, Ambrosio, rutsch ein wenig, und noch versenkt man sich minutenweise in der Ruhe vor dem Sturm auf der Garderobenbank, die Köpfe tief, die Ellbogen auf den gespreizten Schenkeln, die Hände dazwischen wie in Furcht atmende Tiere, und es scheppern noch Blechtüren, unsanft verschwinden Straßenschuhe, Gummistiefel, Holzböden, Ordonnanzschuhe kommen zum Vorschein, und im Automat in der Ecke spritzen auf Münzgeklimper hin Getränke in die Plastikbecher, aber trari trara der Huber ist da und hinter ihm, wer drängt sich herbei? Guten Tag die Herren, Morgen, Morgen, na und? Habt ihr wenigstens gut geschlafen? Warum auch nicht einmal Blauen machen, he, was meinst du, warum auch nicht, he ja, ja denk doch mal, natürlich auch, genau, du sagst es richtig, so ist das, wer? Wer sagt da zuviel gesoffen? Schau du nur zu deiner eigenen Sache, ja genau, mir braucht niemand so vorbeizukommen, Tschinggengestürm, schweig doch du endlich, wer kann sich denn tagsüber schon hinlegen wie du? Achtung, Achtung, paß auf, was du sagst! Stimmt doch! Im Sägemehl-Keller, auf den Salzsäcken, da legt er sich hin! Du Lugihung! Du Fotzelcheib! Nüt ist wahr! Und warum rennt ihm Piccolo nach, sobald der Bössiger oder der Krummen nach ihm fragen, he, wenn nicht, um ihn zu warnen? Gestern, als sie ihn vermißten, he? Ein alter Mann mit Gsüchti, ein bißchen die schweren Beine hoch legen, mach du nur so weiter, aber wenn etwas los ist, reißt du deine dumme Röhre auf? Sagst du je etwas? Das hört er jetzt auch nicht so gern, ja, schau nur in den Spiegel, dieser Scheitel ist längst gerade genug, strecke du mal deinen Rücken, bäng! Und noch mal: bäng! Meine Frau ist auch eine Kuh! Bäng! Huber hat seinen Schlüssel schon wieder in den anderen Hosen, dice que su mujer es una vaca, warum nicht, stark bist du ja, brich den Schrank nur auf! Schlag zu! Nur immer drauf! Und warum gehst du nicht zum Kilchenmann, der hat doch einen Zweitschlüssel, bist doch nicht ein jähzorniger Muni, oder? Steh du beizeiten auf, als könnte die arme Frau was dafür, eine Kuh, eine Kuh, die doch auch nicht, das kommt nur, weil man seinen Gring immer mit dem Hut in den Garderobenschrank hängt, ganz genau! Geschwunderich Hirnensis! Nichts mehr übrig, nichts mehr da, ist ja nur schade, daß du deine eigene Birne nicht öfter verstecken kannst, hänge du sie doch in den Schrank, würde das uns den Tag versüßen, einmal nicht dem Rötlisberger seinen Gring sehen müssen, wer kichert da wie ein altes Weib? Bißchen mehr Respekt für den edlen Rötlisbergerkopf. Was? Wie nennt er das? Kopf? Das, ein Kopf? Edles Haupt! Hochwohlgeborene Denkerstirne! Göttlich modellierter Heldenschädel! Gibt es sonst nur in Gips! Beim Donner, beim Donner, schau jetzt, der Kuttler-Fritz, der hält was auf seinen Gring, beim Donner, beim Donner, ja ein schlecht gebrühter Schweinskopf, eine morchel-garnierte Saublattere, ein mehbesseres Kälbergekröse! Aber genau! Und doch trage ich mehr Sorge dazu als ihr zu euren pomadigen Runkelrüben! Nein, eins ist sicher, meinen Gring schließe ich nie ein, in meinen Schrank hänge ich nichts Lebendiges, meinen Gring nehme ich mit, der braucht Luft, Abwechslung, hier und da auch Sonne, komm jetzt, Rötlisberger! Zum Rauchen, nur zum Rauchen brauchst du deinen Gring, schloten tust du ja schlimmer als der Kamin bei der Von Roll hinten, eine Brissago nach der anderen, richtiger Kettenraucher, Krebskandidat, bei dem muß das aussehen auf der Brust, sauf du doch noch eine Ovomaltine, das macht schön und stark und frisch und fröhlich und frei und fromm, und da kannst du noch hundert Jahre hier antanzen, und was wäre bei einer Belichtungszeit von $^1/_{125}$ und einer Brennweite von 22 mit 23 Din hier rauszuholen? Angegrauter Schlächter betrachtet mit leicht traurigen Augen seine nicht entfachte Brissago. Als ob die für den Kopf wäre, etwas so Saudummes habe ich selten gehört, die ist fürs Herz, hier, hier drinnen tut die mir wohl, aber ganz sicher, und doch tickt die Uhr, zappelt der roten Stempelzone entgegen, wir sollten wohl, oder wollt ihr wieder nicht, muß man in Italien eigentlich auch stempeln? Luigi, Italie anche stample? Ou Ja, Italie viu stämple wie verruggt, und du? Stempelst du wieder die ganze Karte rot? Ist dem doch schisseglych! Der kann doch nicht gut genug rechnen, um beim Zahltag einen Unterschied zu bemerken, ich kenne aber einen, der das kann, den kenne ich auch, ich auch, das steht fest, rechnen kann der, und wenn er sonst nichts kann, rechnen kann der Mann! Was ist wohl mit dem Gilgen los? Wenn der nur weiß, was er tut, komm du jetzt, oder willst du den ganzen Morgen hier an der Wärme höckeln, laß du den Gilgen Aschi Gilgen Aschi sein, der weiß schon, was er tut, aber ein paar Leute mehr wäre beim Donner nicht mehr als nur richtig, wenn der jetzt auch noch fehlt, wie sollen wir das schaffen, Kühe sind ja noch keine da, vorhin war der Stall noch immer leer, mach dir nur keine Gedanken, wir nehmen es halt, wie es kommt, und wenn es nicht kommt, warum sollte uns das nicht so lang wie breit sein, kannst du mir das erklären...

Kein Kaiser, kein König, kein Edelmann, kein Bürger, kein Bauer und kein Handelsmann, dafür aber etliche Metzger und Schlächter und Schweinetreiber, und Kuttler und Darmer und Totengräber traten einer nach dem anderen aus dem Umkleideraum. Widerwillen sprach aus verhaltenen Gesten. Die Männer waren noch steif vom Schlaf, und sie brummten und sie rauchten, und trotzig defilierten sie an der Stempeluhr vorbei an die Arbeit. An die Arbeit, die nicht lockte.

Keiner stempelte rot, man kannte die Tücken der Zeit, man wußte, für wen sie tickte. Eine halbe Minute Verspätung, rote Ziffern auf der Karte, auf der Lohnabrechnung eine halbe Stunde Abzug.

Ohne viel zu reden, war man aus den Straßenkleidern geschlüpft und hatte sich die Schlachthofmontur übergezogen. Man war gerüstet, doch was gärte in Bäuchen und Köpfen, die

Gefühle, die Bruchteile von unaussprechbaren Gedanken, die ziellose Wut auf sich und die Welt, die Wut im Ranzen, die sie alle verband, die hatte niemand so recht zu berühren gewagt. Wohl sagte einer dies, der andere das, der dritte sagte jenes, der vierte sagte es auch, und der fünfte sagte das gleiche wie der erste, aber höchstens der sechste fragte nach dem Verbleiben des Schlächterkollegen Gilgen, und keiner staunte und keiner murrte, und alles war wieder – und keiner fragte warum.

Huber und Hofer schoben ihre Karten in den Schlitz der Stempeluhr. Der Apparat schlug zu. Ganz leicht zuckten ihre Finger zurück. Huber und Hofer zogen die Karten heraus und entledigten sich mit je einem Seufzer und etlichem Winden und Wenden ihrer Armbanduhren. Sie taten es langsam. Damit sie die Uhren in die Hosentaschen stecken konnten, mußten sie die Bäuche einziehen, was zum zweiten Seufzer führte. Der alte Rötlisberger schaute grinsend zu. Er brauchte längst keine Uhr mehr, weder am Arm noch in der Tasche noch an der Wand. Auch wenn ihr eine pfündige OMEGA in den Taschen habt, die Zeit hier, die gehört euch nicht. Und hinter der Stempeluhr zündete Rötlisberger seine BRISSAGO an.

– Qué frío, sagte jemand.

Luigi schlotterte demonstrativ. Als spielte er eine Stummfilmszene am Nordpol. Piccolo krempelte die Ärmel seiner Metzgerbluse wieder herunter. Er fluchte. Die GABA-Tabletten, die er aus der kleinen blauen Blechbüchse in die hingestreckten Hände schütteln wollte, klebten alle aneinander fest.

– Dann sollte man wohl. Der schöne Hügli verschwand mit Ambrosio und dem Lehrling in der Großviehschlachthalle. Rötlisberger stapfte Richtung Kuttelhof und Buri Richtung Salzkeller davon. Die anderen banden sich die Gummischürzen um, suchten ihre Schneidewerkzeuge zusammen, schlugen an den Blusen die Kragen hoch und begaben sich in die Kühlhalle.

Zum Frischfleischverkauf bestimmte Tierhälften reihten sich in geordneten Kolonnen von Wand zu Wand. Die Hinterteile langgestreckt, hingen sie, die ausgefransten Hälse nach unten, mit einem Haken in der Fersenbeinsehne, von den Laufkatzen an der Hochrollbahn. Am Boden, geronnen und schwarz, die letzten Tropfen Blut. Im spärlichen Licht war alles fahl, es gab keine Farben, nur Kälte und den Geruch nach leicht ranzigem Fett. Und *das Abhängen des Fleisches und das Ausreifen des Apfels im Keller beruhen auf fermentativ gesteuerten Umsetzungen.* Zwei Dutzend Kühe waren nicht zur Lagerung bestimmt. Erst am Vortag hatte man sie, noch immer dampfend, mit noch zuckenden Muskeln zum Herunterkühlen hereingeschoben. Bevor in der Großviehhalle die Schlacht des Tages beginnen konnte, mußten diese steifen Gerippe geviertelt und transportfertig gemacht sein.

Saubere Hände griffen nach sauberen Messern in sauberen Scheiden. Saubere Schürzen rieben gegen das an den Tierleibern zu Schutzschichten erstarrte Außenfett. Nierstücke wurden abgestochen, mit horizontalen Schnitten von den Keulen gelöst, weniger wertvolle, zur Wurstherstellung vorgesehene Fleischteile der Vorderviertel von den Knochen geschält, Rippen und Steißbeine durchsägt, Rinderrücken beim dreizehnten, Kuhrükken beim elften Wirbel mit gezielten Spalterhieben entzweigeschlagen.

Knochen barsten, ein verzogenes Sägeblatt quietschte, Fasern zerrissen, Fleischteile klatschten zu Boden, die Ketten eines alten Flaschenzuges rasselten, die neuen Abstechaufzüge surrten. Fett und Mark und Knochenmehl vom Sägen sammelten sich an Messern und Schürzen und Händen. Die Arbeit hatte begonnen. Huber machte Hofer darauf aufmerksam, daß er ungenau sägte. Das sei ihm doch Wurst, antwortete Hofer. Porco Dio. Luigi fröstelte. Er arbeitete mit Fernando zusammen. Der schaute immer weg. Hinter den Reihen von Kuhhälften, halb so hoch und noch blasser im Fleisch, geschlachtete Kälber an den Seitenwänden. Sie hingen an Fleischrechen, die gemäß Vorschrift *aus glattem, rostfreiem oder gegen Rost geschütztem Material* angefertigt und mit spitzen Stacheln versehen waren. Die Kälber hatten aufgeschlitzte Vorderseiten, ihre Keulen waren gespreizt und festgehakt an dem Stachel in jedem Knie. Wie verkehrt gekreuzigt hingen sie an der Kühlhallenwand. Fernando starrte auf die durchstochenen Haxen. Madonna! Ma qué fai tu!

Und keiner arbeitete gern mit Hugentobler. Der rüstige Überländer war gutmütig genug. Aber schwierig war es doch, denn Hugentobler schielte, und niemand traute dem Schnitt seines Messers, niemand wollte Fleisch und Knochen festhalten, wenn Hugentobler die Säge führte. Der Überländer bangte um seine Finger. Bis es mir geht wie dem Ambrosio. Der Überländer schrie Hugentobler an. Er solle doch endlich dort durchschneiden, wo er hinschaue, sonst solle er dort hinschauen, wo er durchschneide. Es sei ja zum Verzweifeln mit ihm!

Hugentobler grinste nur. Er hatte ein Artilleristenohr. Dazu eine dicke Fellmütze auf dem Kopf.

Die Umwälzanlage war leistungsfähig, sie sorgte dafür, daß die Kaltluft den Männern wie Eiswasser durch Socken und Hosen auf den Leib kroch. Hurenscheißkälte. Sie wehrten sich durch noch kräftigeres Zugreifen, durch eifriges Sägen und Säbeln. So schnell wie möglich raus hier, war die Devise. Mit gefährlicher Sorglosigkeit um die Schärfe der Messer wurde schneller und schneller gearbeitet.

In der aufkommenden Hetzerei blieb nur Hugentobler seinem eigenen Rhythmus treu. Als befände er sich in einer angenehm temperierten Werkstatt, arbeitete er ruhig vor sich hin. Er feierte einmal mehr einen kleinen Triumph. Weil er als Kühlraum-Mann an die Kälte gewöhnt und auch als einziger den Umständen entsprechend warm und dick in mehrere Wollsachenschichten eingehüllt war. Hugentobler verbrachte seine Tage in den Kühlräumen. Viele Stunden davon in den noch viel tieferen Temperaturen der Gefrieranlagen. Schau jetzt die Südländer. Jetzt schnadelen sie wie nasse Hunde im Schnee. Diese Italiener, diese Spanier wissen doch gar nicht, was kalt ist. Statt daß sie sich anständig einkleiden. Die müssen ja schlottern und fuchteln und tun in ihren Hudelleibchen unter der Bluse. Jetzt sagen sie nichts.

Hugentobler war ein eckiger Mann. An ihm war alles eckig, der Kopf, die Nase, die Hände, Schultern, Füße, alles. Auch sein Gang. Die verschiedenen Pullover und Strickjacken und langen

Unterhosen behinderten den Fluß seiner Bewegungen. Dazu war er in jüngeren Jahren der Bangschen Krankheit zum Opfer gefallen. Die Schwere, die damals während der heftigen Fieberanfälle wie flüssiges Blei in seine Glieder und seine Gelenke geflossen war, hatte noch immer ihre Nachwirkungen. Seine Beine waren nie ganz frei von Müdigkeit. Er ging leicht gebückt, und bevor er einen Fuß absetzte, schwebte dieser den Bruchteil einer Sekunde lang über dem Boden. Nicht zuletzt deshalb wurde er Frankenstein genannt, was er nur selten hörte und nie richtig verstand. Er redete wenig, aß mehrere Tafeln Schokolade pro Tag, kaufte regelmäßig Lottoscheine und war immer froh, wenn die Abstecherei vorbei war, wenn draußen mit dem Schlachten begonnen wurde. Er war gern allein.

Der Überländer schrie ihn wieder an:

– Schau! der Daumen!

Piccolo steckte sein Messer weg. Huber und Hofer füllten das Wurstfleisch in fahrbare Behälter. Nichts wie raus hier. Die Werkzeuge wurden weggeschafft, und *die Fleischstücke müssen immer wenigstens zwei Tage an der Luft gehangen haben, damit der Sauerstoff derselben die Gewebefasern des Fleisches durchdringt und dieselben lockert. Die Fasern solch mürben Fleisches lassen sich zwischen den Fingern zerreiben, was bei frisch geschlachtetem nie geschehen kann,* und an den Laufkatzen der Hochrollbahn blieben nur die kurzen, dickfleischigen Stümpfe der Keulen zurück. Der Überländer boxte von unten in die durchschnittenen Muskeln. Schöne Stötzen! *Der Hinterviertel besteht aus Stotzen oder Keule, Nierstück und Lempen,* und als der Überländer als letzter aus der Kühlhalle eilte, griff Hugentobler zum Besen. Er putzte weg, was bei all dem Sägen und Hacken an Fleischfetzen, Knochensplittern und Fettklümpchen auf den Boden gefallen war.

Sechs Uhr.

Wir haben gestempelt.

Wir schleppen Messer, Knochensäge, Spaltbeile aus dem Materialraum.

Wir machen die Großviehhalle schlachtbereit.

Wir rauchen.

Zu jedem Wasserhahn kommt ein Spülbecken; zu jedem Arbeitsplatz ein Eimer mit heißem Wasser zum Händewaschen.

Ich fühle mich träge, wehre mich nicht dagegen.

In den Hosentaschen unter den Schürzen halten wir noch etwas Umkleideraumwärme versteckt.

In diese Kanne kommt kaltes Wasser. Und Pulver aus einem Beutel. Mit einem Holzstock rühre ich um. Auf dem Beutel steht: »Zur Verhinderung der Blutgerinnung bei Rindern und Schweinen. Ein Beutel-Inhalt ist ausreichend für 15 Liter Blut. Dies entspricht ungefähr der Blutmenge eines Rindes oder der von vier Schweinen.«

Noch sind unsere Gesichter, unsere Unterarme nicht mit Schleim, Fett, Galle, Kot und Blut verkrustet. Noch sind die Stiefel unbeschmutzt. Die trockene Gummimontur ist nicht unbequem.

Wir rauchen, atmen. Ruhig und bewußt. Gleich werden sie kommen, die Gase und Dämpfe aus den Leibern der Kühe.

Der schöne Hügli ist da.

Ambrosio ist da.

Die andern sind im Kühlraum.

Wir sind bereit.

Wir könnten die ersten Tiere stechen, könnten die Schlacht beginnen, das Demontageband in Gang bringen.

Auch Hallenaufseher Kilchenmann und Dr. Wyss, der Tierarzt, warten.

Kilchenmann ist fürs Schießen, Dr. Wyss für die Fleischschau verantwortlich.

Kein Grund zur Ungeduld.

Der schöne Hügli pfeift wieder dieses Lied und ergibt sich seinem ewigen Trick: Blitzschnell schnallt er sich seine Messerscheide um, schnallt sie wieder ab, schnallt sie wieder um und schnallt sie wieder ab.

Die Melodie, die er pfeift, kommt mir bekannt vor.

Aber Schlachtkühe sind noch keine da.

Kommt! Gehen wir zur Rampe hinaus.

Schlachthofareal und Stallungen stehen leer. Nirgends ein blökendes Tier. Kein Schwein, kein Kalb, kein Schaf zwängt sich gegen die Gitterstäbe des Wartegeheges. Kein Kettengerassel, kein Schnauben, kein Muhen, kein Schreien.

Auf den Geleisen hinter den Stallungen verschwindet im Nebel das rote Schlußlicht einer Rangierlokomotive.

Hier kommen sie angerollt, die Kühe, die wegen Milchschwemme und Butterberg den staatlich subventionierten Ausmerzkaufaktionen zugetrieben werden.

Alles billige Wurstkühe.

Warum geben sie soviel Milch!

Ihr Arbeitseifer ist ihr Tod. Milchfettlawinengefahr.

Seit Tagen schlachten wir jeden Morgen zuerst zwei bis drei Dutzend dieser Ausmerzkühe.

Von überschußbewußten Viehbestandsexperten werden sie ausgemustert und verramscht.

Die spannen den Kühen die Mäuler auf, legen ihnen die Gebisse frei. An den abgemalmten Zahnkronen, an den Löchern zwischen den Schaufelzähnen im Unterkiefer sieht man den Tieren das hohe Alter an.

Bei Krähenbühls Waaghäuschen steht ein Güterwagen.

Die Großviehannahmerampe.

Es ist kalt.

Ein Bündel Papiere unter den Arm geklemmt, öffnet Waagmeister Krähenbühl die Plombierung an der Schiebetür des Güterwagens. Er legt sein Ohr ans Holz der Tür, er spricht zu Krummen. Krummen ist ungeduldig. Er sieht uns untätig rumstehen und drängt.

So komm! Raus mit dem Zeug! Auf die Waage und dann unters Messer damit! Wir haben keine Zeit zum Vergeuden!

Krähenbühl läßt sich nicht aus der Ruhe bringen.

Erst müssen alle Papiere in Ordnung sein.

Die Morgenluft streicht uns kühl um die Unterarme. Noch ist nicht Sommer. Der letzte Rest aus dem Umkleideraum geschmuggelter Wärme ist aufgebraucht.

Um uns etwas zu bewegen, greifen Ambrosio und ich nach unseren Messern. Wir führen sie, zuerst das längste, zuletzt das kürzeste, der Reihe nach über den Wetzstahl. Wir fühlen mit dem Daumen die Schärfe der Klingen.

Wir schlagen die Kragen an unseren Schlächterkitteln hoch. Ambrosios längstes Messer ist länger als sein Unterarm.

Ungelenk zieht er es ab.

Bei jedem Schleifgeräusch verzerrt er kurz das Gesicht.

Er haßt den Klang von Stahl auf Stahl.

Ich auch.

Jetzt hält er den Kopf schief und zwinkert sich den Rauch seiner Zigarette aus den Augen.

Die fingerbreite Lücke am Heft des Messers in seiner Hand.

Nur ein paar Wochen sind vergangen, seit Ambrosio bei einem Unfall seinen rechten Mittelfinger dem Schlachthof überließ.

Die Witze, die er darüber machte.

Und die Witze, die die anderen über ihn machen.

Gut hält er sich. Sehr gut. Immer gute Miene zum bösen Spiel.

Im endlich geöffneten Güterwagen brüllt Krummen die Kühe an.

Ketten rasseln. Klauen schlagen auf Holzplanken.

Komm jetzt, du dumme Kuh! Jetzt ist fertig ins Quellwasser gekuhplättert und Alprosen gefressen! Willst du wohl, du Saumore!

Solche Sprüche bedeuten bei Vorarbeiter Krummen wenig Gutes.

Wenn der so viel spricht!

Und draußen im Schlachthof hinter dem hohen Zaun am Rande der schönen Stadt erschien die erste Kuh in der Türöffnung des Viehwaggons. Sie zögerte und muhte. Zwischen den schwarzen Kugeln ihrer Augen, die trübe in den grauen Morgen blickten, legte sich die Kopfhaut in Falten. Die Kuh drängte zurück in die Dunkelheit des Güterwagens. Ihre Vorderbeine waren steif, sie hatte die Bahnfahrt an einen kurzen Strick gebunden verbracht, und *auf den überwachten Marktveranstaltungen sind Banktiere bei schwachem Angebot und reger Nachfrage flüssig, mehrheitlich sogar lebhaft bis sehr lebhaft gehandelt worden. Bei ruhigem, vielfach flauem Marktverlauf wechselten Verarbeitungskühe praktisch durchwegs zu Übernahmepreisen die Hand,* und Vorarbeiter Krummen zerrte unsanft an der Halfter und fluchte, während Waagmeister Krähenbühl mit seinem Papierbündel gegen den dürren Kuhbauch schlug und sagte: Hu, hu, hu, du dummes Kuhli!

Noch schlief die Stadt. Gegenüber der Großviehannahmerampe des Schlachthofes erhob sich auf der anderen Seite der Geleise eine graue Wand aus Nebel und Beton. Neonschriften schimmerten: Matra in großen roten, Maschinen Traktoren in kleinen blauen Buchstaben. Und über den Konturen von Fabriken und Lagerhäusern ein Schlot, unendlich hoch, als ragte er über den Nebel hinaus in den Himmel. Weit oben flimmerte ein Firmenzeichen: Von Roll. Daneben, kleiner und schwarz, der Hochkamin der schlachthofeigenen Konfiskatverbrennungsanlage.

Ein Zug eilte vorbei, hell erleuchtet die Abteilfenster.

Vor den Stallungen warteten der schöne Hügli, der Lehrling und Ambrosio. Der Lehrling fröstelte. Ambrosio wetzte eines seiner Messer, hielt plötzlich inne und ließ die Klinge zu Boden fallen.

– Caramba! Esa vaca! Blösch! Pero si yo la conozco! Blösch! und *die Rinder gehören zu den ›Säugetieren‹, zur Ordnung der ›Paarhufer‹ und der Unterordnung der ›Wiederkäuer‹ und schließlich zur Familie der ›Hohlhörnigen‹ (Cavicornier) oder Boviden,* und elend folgte Blösch Krummen aus dem Viehwaggon, ging an einem Bein lahm über die Annahmerampe:

Sie sah aus wie ein Krämerstand, ausgemergelt und geschunden, ihre Knochen stachen hervor, ihre Haut war schlaff, ihr Euter war vom Maschinenmelken verunstaltet. Meterweit roch sie nach Desinfektionsalkohol, nach Harn und Vaseline. Ein erbärmliches Knochengerüst, das vor dem Waagkäfig noch einmal stehenblieb und in langanhaltenden Stößen, die vom Schwanzansatz her über den ganzen Rücken rollten, muhte.

– Willst du wohl, fauchte Krummen, und Krähenbühl riß sie an den Ohren, um die dort angebrachte Metallmarke ablesen zu können.

Und Blösch blieb ruhig.

Sogar während des demütigenden Wägerituals ging ein Hauch von urkreatürlicher Wärme von ihr aus, und *das Hausrind (das domestizierte Rind) gehört zur Art: ›Rind‹. Bei den anderen Rindergruppen trifft man die Art noch im Wildzustand an, während beim Hausrind die ursprünglichen Artangehörigen verschwunden sind. Es war der Auerochs, der in Europa noch im Mittelalter heimisch war,* und erhaben über jeden Spott, senkte Blösch ihren Schädel nicht zum Hornstoß, sie machte keinen Gebrauch von der Kraft, die in ihrem großen Leib noch immer vorhanden sein mußte. Auch unter den mildernden Umständen der einwandfrei feststellbaren Notwehr verzichtete sie auf jegliche Anwendung von Gewalt. Innen und außen, von Horn bis Euter zivilisiert, blieb sie auf der Schlachthoframpe zuchtgetreu unterwürfig und schlagtolerant. Weltweit geachtet waren diese Grundsätze, und Blösch blieb ihnen bis zur letzten Minute treu.

Sieben Uhr fünf.

Achtung! Schießgefahr!

Ein Knall. Der dritte. Dann der Aufprall: dumpf, kurz.

Als ob sie geblendet würde, preßt die Kuh die Augenlider zusammen.

Aber dann endlich ran an das Zeug!

Krummen geht im Kreis, zeigt hierhin, dorthin, weiß nicht wohin mit seiner Wut. 21 Kühe hat er mit Krähenbühl auf die Waage gezerrt.

Verfluchter Scheißdreck! Wir sind eine ganze Stunde zu spät dran. Nur weil die Herren von der Stadt ums Verrecken noch schlafen müssen.

Keiner fühlt sich angesprochen.

Fluchend stapft Krummen davon. Er holt die nächste Kuh aus dem Wartestall. Auch sie: Rot-weißes Simmentaler Fleckvieh

Darmereifachmann Buri wartet auf die ersten Gedärme.

Das gibt wieder einen Kampf! Jeden Tag weniger Leute, aber immer ein paar Stück mehr Großvieh!

Der schöne Hügli hat aufgehört zu pfeifen. Verächtlich schaut er auf die drei geschossenen Kühe nieder.

Schon wieder ein ganzer Wagen Ausmerzware! Verlotete Böcke wie gestern; nur ausgetrocknete Sehnen! Verknöcherter Knorpel! Daß man schon mittags wieder nachschleifen muß!

Sei du froh, daß du sie nicht häuten mußt, sagt Huber, und Hofer nickt beistimmend.

Andiamo, porco Dio, sagt Luigi.

Es muß gestochen werden.

Ich darf als erster zugreifen.

Komm, Ambrosio, weg mit den Zigaretten, ab an die Front.

Die Simmentaler wollen bluten.

Krummen hat die Tiere sauber in die Schlachtbeete gelegt: Sie liegen auf ihrer rechten Seite, mit den Hinterflanken genau unter der elektrischen Aufziehvorrichtung. Damit ziehen wir die ausgeweideten und abgehäuteten Tierleichen nachher auf. An einem Stahlhaken in einem Schlitz zwischen den Kniesehnen und den Schenkelknochen an den Hinterbeinen. Dann schieben wir sie an einer Rollkatze über das Laufschienensystem unter der Decke zur Kühlung, oder zur Weiterverarbeitung, aus der Halle.

Leer hat die Halle etwas von einer Kirche. Sie ist groß und weiß, hat zwei Flügel, in der Mitte einen Gang, der bis hin zur Waage am einen Ende führt. Auch sind die Fenster leicht bogenförmig, aus verziertem Milchglas.

Ambrosio geht es nicht gut. Er bewegt seinen Mund, als würde er diesen Kuhnamen aussprechen.

Blösch. Blösch.

Bemerkt er auch, daß die Tiere günstig liegen? Wir müssen die tonnenschwer niedergesackten Milchmaschinen in ihrer total unkooperativen Trägheit nicht erst über den Hallenboden in die richtige Position schleifen.

Soll eine Kuh richtig fallen, muß sie von Krummen auf das richtige Standbein gezwungen werden. Hält sie dann ihren Kopf ruhig vor sich hin, schiebt Kilchenmann den Stift im Schußapparat zurück, fügt eine Patrone ein und setzt da an, wo die Schädeldecke am leichtesten durchschlagen werden kann.

Das ist im Schnittpunkt von zwei Linien, die Kilchenmann der Kuh in Gedanken auf die Stirn zeichnet. Die eine Linie zieht er vom rechten Ohr zum linken Auge, die andere vom linken Ohr zum rechten Auge.

Die schmerzlose Betäubung der Schlachttiere.

Wenn Kilchenmann abdrückt, schnellt das Kuhhaupt eine Hornlänge nach oben, der Hals biegt sich nach hinten, jeglicher Halt verfliegt in alle Richtungen, und die Kuh stürzt nieder, schlägt mit den Hörnern, dann mit der Vorderflanke auf, kommt auf der rechten Seite zu liegen, liegt plötzlich da, so brutal plötzlich, jeder Würde beraubt, hingeplatzt und ausgestreckt am Boden.

Ich bücke mich über meine erste Kuh des Tages.

Ich arbeite.

Die erste ist die schwerste. Sie reckt und streckt sich, schabt mit den Hinterbeinen, spannt den Schwanz.

Ich suche in den Falten im Fell hinter dem Hornhöcker nach dem Strick.

Das Fell ist warm und borstig.

Die Berührung mit dem wegsterbenden Tier immer dort, wo ich es auch kraulen würde.

Würde ich?

Ich taste nach Schlaufe und Knoten, versuche den Strick zu lösen.

Ich weiß, niedergestreckt machst du nicht mehr muh, nie mehr. Gleich wirst du noch einmal gebunden mit diesem Strick. Ich fühle daran Schweiß und Speichel und Urin; ich rieche Stall und Stroh und Milch. Ich binde ihn um die Klaue an deinem linken Vorderfuß. Wie wachsig sie ist. Ich gehe um deinen Leib, zerre am Strick, ziehe deine Vorderflanke zurück, gebe deinen Hals frei, befestige die Schlaufe an deinem linken Hinterbein und krümme mich über deinen Hals.

Ich steche zu.

Ich steche mein mittellanges Messer in den Fellwulst an der Brust der Kuh. Ich steche mein mittellanges Messer hinein in die sterbenden Zellen, durchschneide Haut und Haar und Muskeln und Sehnen.

Ich schneide dich auf am Hals, schneide den Strängen deiner Halsmuskulatur entlang, schneide dich auf bis zum knorpeligen Weiß deiner Luftröhre. Ich löse Muskel von Muskel, Gefäß von Gefäß.

Ich schneide, trenne, durchbreche, teile, entzweie.

Die Trachea ist frei. Ich lege mein Messer darauf, schiebe die Rundung der Spitze auf dieser leitenden Schiene hinein in die Kuh. Ich erwische die Halsschlagader. Das Blut sprudelt mir leuchtend rot über die Hände, wäscht über die Klinge, über den Holzgriff des Messers.

Deine letzte Flut vor der langen Ebbe. Ich fange dein Leben auf, leite den Überfluß ins Auffangbecken unter deinem Hals. Du vermischst dich mit der Lösung, die dein Blut am Gerinnen hindert.

Zwanzig Sekunden Ruhe.

Drei Atemzüge für mich.

In Afrika gebe es Stämme, die ihre Kühe bluten, wie andere sie melken. Alle paar Tage werde ein Kuhhals angezapft wie ein Faß, nach dem Aderlaß dann wieder mit Gras und Erde zugestopft.

Rötlisberger sagte, es gebe viele Arten, langsam zu sterben; auf einer geschützten Weide in Zentralafrika rumzustehen, sich vollzufressen und zu sonnen, zwischendurch mal ein wenig Blut zu spenden, sei nicht die schlimmste.

Ich beschütze meinen Tagtraum mit dem Abziehen meines Messers am Wetzstahl.

Zum Schärfen der Klingen darf die Arbeit unterbrochen werden.

Wie dein Blut davonhastet.

Es quellt aus dir wie aus einem Berg.

Und ich Henkersknecht, ich Sklave an der roten Front knie säbelwetzend auf deinem Hals. Ich bin es. Bin ich es? Ich rette dich hinüber auf unsere Konten, mit Stumpf und Stiel.

Krummen bleibt über mir stehen.

Nicht zu tief stechen. Das Zeug soll nicht in die Bauchhöhle fließen. Raus muß es. Raus ins Becken, raus in die Zentrifuge, dann als Bindemittel in die Wurst.

Wenn Krummen spricht, weiß er nie, was er mit den Händen tun könnte.

Und ihr da? Wir sind hier nicht in einem Ferienheim. Weg mit diesen Kuhgringen! Helft doch dem Stift stechen, wir sind spät dran. Und wo ist eigentlich der Hügli? Himmelheilanddonnerwetter! Wo ist jetzt der schöne Hügli wieder?

Was kümmert mich der schöne Hügli!

Krummen soll nur brüllen. Gestern hat er auch gebrüllt. Aber nicht zuletzt, und wer zuletzt brüllt, brüllt am besten. Jeder weiß das.

Ich bohre ein kurzes Messer unter die Haut des Kuhschädels.

Es geht dir an den Kragen, ich ziehe dir den Kopfpelz runter, packe dich aus.

Ich weiß, ich gebe dir Blößen.

Ich drehe dich auf deine Hörner.

Das Fell spannt sich über Unterkiefer und Kehlkopf, läßt sich leicht aufschlitzen bis zum Blutbrunnen an deinem Hals.

Nackt, unsäglich nackt, geisterst du mich an.

Dein Schädel ist von rot-weißen Äderchen durchsetzt. Ich schneide die Faserstränge unter deinem Genick durch, bis auf den letzten Wirbel.

Leicht rutscht die Klinge von den mit Gelenkflüssigkeit geölten Knochen ab oder bleibt in den Verkapselungen der Präzisionsgelenke stecken und bricht.

Fertig.

Dein Kopf ist ab, befreit von deinem Leib.

Ich stehe auf, strecke meinen Rücken.

Ich habe scharf gerichtet.
Meine Wirbelsäule schmerzt.
Jetzt die Zunge aus der Rachenhöhle. Ich entschleime sie unter dem Strahl im Spülbecken.
Die Augäpfel festzuklammern, damit ich Sehnerv und Sehne durchschneiden kann, fällt mir schwer. Die Kugeln rutschen mir immer wieder aus den Fingern. Ich grabe tief in die Augenhöhlen, um besser greifen zu können.
Ausgeglotzt
Hungrig, der glitzernde Nerv, die geölten Häutchen in den geleerten Löchern.
Wer spielt mit?
Was?
Blinde Kuh!
Als ob schon alles vorüber wäre.
Bevor ich mich an den Hals der nächsten mache, schlitze ich, quer durch die warmen Zisternen, dein Euter auf. Die Mutterkuh von Kalb und Rind und Ochs muß sich leeren. Die Milch muß raus. Viermal steche ich zu. Ich wende mich ab. Meine Augen brennen.
Ich kann die weißen Rinnsale hinten, die roten vorne nicht mehr sehen.
Weg von diesen Hautfetzen, die oben am Hals auf dem Boden liegen.
Noch blutest du.

3

Keuchen. Bis zum Wäldchen war der Weg steil. Ruedi und Prinz zogen, Ambrosio schob am Milchkarren. Um ganze vier Kannen war das Halteseil geschlungen. Alle bis zum Rand gefüllt. Und Knuchel hatte weder beim Tränken der Kälber noch beim Abmessen für die Küche gegeizt. Die Bäuerin mußte sich sogar wehren. »Was soll ich denn auch mit all der Milch?« hatte sie gefragt.

Die Grünfütterung machte sich bemerkbar. Der Knuchelklee wuchs auf gut gedüngtem Boden, und wenn er fett und saftig, mit Löwenzahnblättern vermischt und mit Tau behaftet in die Krüpfe gegabelt wurde, hielten sich die Kühe nicht zurück. Sie fraßen mit Lust, daß es spritzte und schmatzte und knackte. Jede Faser wurde aufgeschleckt, solange es im Futtergang noch einen Halm zu riechen gab, wurde nicht mit Wiederkäuen begonnen. Sie waren gutes Arbeitsvieh. Es ging ihnen über in Fleisch und Milch.

Dazu kam, daß Blösch wieder ganz die alte war. Sie hatte den Verlust ihres Kalbes endlich überwunden, schien auch die kühle Behandlung von seiten des Bauern vergessen zu haben. Einige Tage lang war sie noch kränkelnd und zurückgezogen in ihrer Ecke gestanden. Schleim war ihr aus den Nüstern getropft, und in ihrem Innern hatte es weitergeplätschert wie in einem tiefen Brunnen. Der Bauer hatte eine Lungenentzündung vermutet. Der Tierarzt konnte diesen Verdacht jedoch nicht bestätigen. Er wisse nicht so recht, warum diese Kuh nicht im Senkel sei, hatte er gesagt. Eine innere Entzündung? Vielleicht. Nur eine vorübergehende Depression? Auch möglich. Aber eine Lungenentzündung? Nein, das bestimmt nicht. Ein Sprutz Penicillin könne ihr auf jeden Fall nicht schaden, hatte er schon zustechend noch beigefügt. Am nächsten Morgen, bei der Wässerung, verließ

Blösch den Stall dann auch wieder als erste, und zwar mit allem üblichen Gehabe und Getue. Über der Stalltürschwelle war sie mit den Vorderfüßen draußen und den Hinterfüßen drinnen stehengeblieben. Sie hielt den Engpaß zum Hofbrunnen besetzt. Die Herde muhte auf, machte aus ihrer Ungeduld kein Geheimnis, doch keine der Thronfolgerinnen wurde stößig. Blösch war und blieb die Leitkuh.

Aber auch Scheck war mitverantwortlich für den erneut gestiegenen Melkertrag im Knuchelstall. Sie hatte endlich gekalbt. Nach dem Kalender mit zehn Tagen Verspätung. Alle paar Stunden hatte der Bauer hinter ihr im Stallgang gestanden. Ihr Euter war schon so stark angeschwollen gewesen, daß sie nicht mehr aufstehen konnte, ohne sich dabei auf die eigenen Zitzen zu treten, und daß es ihr beim Sich-ins-Stroh-Legen weh tat. Ein Korsett aus Zeltplane und zwei über den Rücken geführte Lederriemen hatte ihr Knuchel unter den Hinterbauch schnallen müssen. Dann hatte die buntscheckige Kuh – ihr Fell war mit fünf spiegeleiförmigen Flecken überzogen – nicht nur ein überreifes und schneeweißes Kalb in den Stall gestellt, sie hatte ihre Laktationszeit auch gleich mit Rekordergebnissen begonnen.

Und wie es floß aus den milchwütigen Knuchelkühen, so stand es auf dem Milchkarren: in Mengen und schwer. Ambrosio grub die Stiefelspitzen in den Kiesbelag. Er schob aus Leibeskräften.

Gegen den Rand des Wäldchens hin ebnete sich der Weg. Brennesseln und Dornsträucher umwucherten einen Flecken Gras. Ruedi ließ den Milchkarren stehen und setzte sich. Vom Knuchelhof kamen ein Kinderruf, vereinzelte Ausbrüche von Schweinegequietsche und Milchgeschirrläuten durch die Stille herauf. Zu sehen war der Hof nicht mehr.

»Daß der nicht mit dem Traktor in die Käserei will!« sagte Ruedi. Er war außer Atem. »Sogar der Kneubühler bringt seine fünfzig Literlein mit dem LANDROVER. Aber wir, wir ... das ist doch nicht normal.« Er lehnte sich gegen einen Wurzelstock und starrte gegen den Himmel.

Ambrosio holte eine Zigarette hervor. Gelbe PARISIENNE. »Es de aquí«, sagte er, brach sie entzwei und hielt Ruedi die eine Hälfte hin. Er schob die Packung zurück in die Hosentasche und suchte sein Feuerzeug. Es bestand aus einer zu einem Ball aufgerollten Zunderschnur und einem einfachen Zünder. Mit dem Daumen drehte er das winzige Eisenrädchen. Das Rädchen rieb gegen den Feuerstein. Ein Funke verfing sich in der Schnur, der Zunder glimmte auf, Ambrosio blies in das bißchen modernde Glut und zündete die Stummel an.

Prinz hechelte. Er blieb startbereit neben dem Milchkarren stehen.

»Ob die heute wieder so dumm reden müssen?« fragte Ruedi, der hustete.

»Tranquilo, tranquilo. No te gusta fumar?« fragte Ambrosio.

»Die wissen auch nie, wie blöd sie noch... schau, dort kommt der Feldmauser, der Mäder Fritz.« Ruedi hob den Arm und zeigte auf einen Hügelrücken.

Wie ein Stück Wild schob sich der Feldmauser durch die Büsche am Waldrand. Nach vorne gebeugt preßte er sich durch sie hindurch, unbeirrt vom unwegsamen Unterholz. Das Blattwerk bog sich, Zweige und Äste glitten an seinem Körper entlang, strichen über den grauen Umhang, über das Gesicht, über die Haut. Der Feldmauser wich ihnen nicht aus. Federnd schwang das Geäst hinter ihm zurück. Ohne sich darauf zu stützen, ging er an einem Stock. Auf dem Rücken trug er eine Holzkiste. Er blieb stehen und richtete sich auf. Er war von großer Gestalt.

»Komm, wir gehen«, sagte Ruedi.

»Vamos«, sagte Ambrosio.

Ambrosio konnte sämtliche Knuchelkühe schon beim Namen rufen, kannte ihre Lüste und Launen. Er konnte auch schon ohne Hilfe die Kartoffeln für die Schweine dämpfen. Er wußte, wie die Bäuerin ihren Pflanzblätz begossen haben wollte: die Salatsetzlinge feuchter als die Bohnen, und die Tomatensprößlinge lediglich dreimal pro Woche. Er hatte zwar noch nicht herausfinden können, woher das rhythmische Klopfen stammte, welches manchmal abends, wenn er rauchend auf seinem Bett im Gaden lag, die Holzwände erschütterte, aber er lebte sich auf dem Hof schrittweise ein, dem Dorf kam er dagegen kaum näher. Nie würde es ihm möglich sein, diese Gesichter zu ergründen. Wenn sie ihn von den Höfen aus begafften, hing so unheimlich viel loses Muskelfleisch um die dicklippigen Münder. So unsicher bohrten hinter vordergründigem Stolz die Augen. Und würde es ihm je gelingen, sich mit der gleichen Hand, mit der er den Melkerhut anhob, im Kopfhaar zu kratzen? Nie würde er das schaffen. Nie würde er, um etwas Gesagtem auch Gehör zu verleihen, seine rechte Faust nach ortsüblicher Manier in die rechte Hüfte stemmen können. Er könnte hundert Jahre üben, und es wäre ihm noch immer unmöglich, seine Hemdsärmel so exakt gefaltet und so peinlich genau ausgerichtet über den Bizeps hochzukrempeln, wie er dies auf dem Dorfplatz beobachten konnte. Nie würde er lernen, den einen Arm ruhig hinter seinem Rücken zu verstecken, nur um mit dem andern in großzügigen Gesten anscheinend schwerwiegende Worte zu illustrieren. Nein, Innerwaldner sein, das würde er nie meistern. Auch die Sprache würde ihn daran hindern. Er hegte längst den Verdacht, daß schweigend am meisten gesagt wurde. Worte kamen so unheimlich langsam daher, ganz als müßten sie immer erst erfunden werden. Ambrosio konnte sie schon unterscheiden, versuchte schon Silben zu ordnen oder einfach mitzuzählen. Allein schienen die Worte selten viel zu bewirken. Es gab Gesichter, auf denen sich Scham zeigte, sobald sich die Lippen bewegten. Auf anderen legte sich sofort die Stirn in Falten. Nachher, immer nachher, tat sich etwas. Es wurde gesprochen, dann wurde geschwiegen, und dann, erst dann gab es eine Antwort oder eine Reaktion. Wie könnte er je dieses Schweigen erlernen?

Vieles würde unerreichbar, würde ihm ewig verschlossen bleiben. Er fühlte es, und er sah es. Er sah es in Gesten und Gesichtern, er sah es den Gehöften an, er sah es in den Feldern und in den Äckern. Die Häuser im Dorf hatten alle breite, wuchtig gerahmte Türen, die knarrten und in den Angeln quietschten, und schwere Granittritte lagen wie Grenzsteine vor den abgetretenen Eichenschwellen. Die Felder verliefen haarscharf der March entlang oder waren bis über den Wegrand hinaus gepflügt, geeggt, gewalzt. Kleinkariert, nach einem unergründlichen Plan ausgebreitet, umsäumten sie das Dorf. Täglich staunte Ambrosio, und täglich entdeckte er andere Spuren von kunstvoll verrichteter Feldarbeit: Spuren von Rädern und Maschinen, mäandernd, im Zickzack, ausgeglichen in das Hügelgelände gezogen, elegant den Bodenformen entlang geschwungene Spuren, Spuren, die wie Spitzenmuster die Landschaft zierten. Er sah es auch in den Hofweiden, die dem in den Ställen wartenden Milchvieh entgegengrünten. Die Weiden lagen an den steilen Hängen, auf dem weniger leicht bebaubaren Boden des Langen Berges. Sie waren jedoch nicht nur kuhsicher eingezäunt, sie waren befestigt, verbarrikadiert, zwei Meter hoch waren sie umhagt, nirgends wurde mit Stacheldraht gespart.

Ambrosio würde es nie verstehen.

Vor der Käserei auf dem Dorfplatz wurde umgeschlagen.

Halteseile wurden aufgeknüpft. Hundespeichel hing in Fäden von hechelnden Zungen. Pferdefüße, Gummistiefel, Holzschuhe scharrten auf dem Asphalt. Auf der Rampe blähte der Käser seinen Brustkasten. Schotte dampfte. Es roch nach Salz und Stall, nach Feierabend. Hände steckten in Hosentaschen, Hände kratzten, Hände ruhten auf Lenkrädern, Hände grüßten, Hände klammerten sich fest an milchschweren Kannen, Hände zeigten, Hände sprachen. Unter bauerngrünem Tuch spannten sich Sehnen, Muskeln verhärteten sich. Ho ruck! Milch wurde von den Karren gehoben, wurde getragen, gewogen, bewundert, aufgeschrieben, die Milch floß, und die Hände schrieben, lebten, und Zigaretten rutschten aus gelben Packungen, Zungen schnalzten, es wurde gelacht, zwischen den Pausen wurde geredet: Daß der Knuchelbauer seine Kühe jetzt auch von einem Fremden melken lasse, das sei doch längst nichts Neues mehr im Dorf, ob man aber schon gehört habe, was der Spanier abends auf dem Miststock treibe? Es wurde gekratzt und Vorschuß gelacht. Mit einer Mistgabel würde er Stabhochsprung trainieren. Und warum er sich nicht mehr im Schweinefuttertrog baden wolle? Der sei ihm zu tief, wer es nicht glauben wolle, könne ihn gerade selbst fragen, dort komme er mit der Knuchelmilch

Hände lachten, Hände griffen an dicke Nacken, Hände zeigten auf Ambrosio. Ruedi errötete.

Und ob man wisse, warum der Knuchelhofprinz einen Lätsch mache? Das sei, weil er mit einem Ausländer die Hundehütte teilen müsse. Und was denn der Schreiner und der Schmied auf dem Knuchelhof zu tun hätten? Der Schmied mache ein Reserverad an die Mistbänne, und der Schreiner baue eine Brücke über den Schorrgraben. Vergnügte Blicke senkten sich zu Boden, lachend wurden Unterkiefer verschoben und Köpfe quergestellt. Ruedi und Ambrosio schleppten die vier Kannen zur Waage. Ja, das sei beim Donner ein kleiner Cheib, wurde es laut, aber der Bauer täte ihn rühmen, o ja, und wie. Der könne doch jetzt nicht mehr anders, jetzt sei er ja da, kam es zurück. Und was so einer wohl koste, wurde weiter gefragt. Die seien billig zu haben, ganz billig, für diesen Lohn gäbe es noch lange keinen rechten Melker. Billig, ja, meinte ein anderer, ein Melker sei viel teurer, auch nicht so leicht zu finden, doch wüßte man dann, woran man sei. So ein Ausländer im Stall! Bis einem die Schwalben unter den Kühen durchfliegen. So billig sei das aber gar nicht, wurde eingewendet, dort wo die herkämen, hätten sie kaum genug zu fressen, die verdienten hier gut, sehr gut. Ja genau, sonst wären sie nämlich zu Hause geblieben, wurde zu bedenken gegeben. Und Hände gruben tiefer in Hosentaschen, Finger bohrten in Nasen, in Ohren.

Ruedi schüttelte den Kopf. »Stürmicheiben!« sagte er. Ambrosio wunderte sich kaum. Er lachte mit, grinste zu den höhnischen Gesichtern hinauf.

»Ruedi, hombre! Vamonos!«

Ambrosio lag auf dem Bett. Er rauchte. Der Deckel einer Melkfettbüchse diente ihm als Aschenbecher. Er spielte mit seinem Feuerzeug. Die Socken hatte er ausgezogen und über die

Stiefelschäfte gehängt. Ein aufgerissener Luftpostbrief war zu Boden gefallen. Ambrosio fühlte die Luft an seinen Zehen. Er tat einen tiefen Zug. Der Büchsendeckel auf seinem Bauch hob sich. Er ließ einen Rauchring davonsegeln. Der Ring stieg gegen die Gadendecke. Langsam löste er sich auf. Ambrosio formte einen zweiten Ring. Und einen dritten.

Kettengerassel drang durch die Holzwände. Las vacas no fuman, dachte Ambrosio. Was machen Kühe abends, die ganze Nacht? Was tut sich in den Schädeln? In diesen großen Schädeln an diesen großen Leibern! Como elefantes de grandes. Daß die Kühe groß seien, riesig, unglaublich riesig, genau das würde er nach Hause schreiben. Und auch, daß sie futterneidisch sind.

Bei der Fütterung vor der Abendmelkung hatte Ambrosio beobachtet, wie Blösch zuerst gar nicht von ihrem eigenen Haufen fraß. Was ihr zugeteilt worden war, ließ sie links liegen und machte sich statt dessen rechts am Heuhaufen ihrer Nachbarin Spiegel zu schaffen. Gierig stemmte sie sich gegen die Latten des Futterbarrens, reckte und streckte den Hals tief in die Krüpfe. Mit kuhtypischen Schlingbewegungen rupfte Blösch Heu aus Spiegels Ration. Büschel um Büschel bugsierte sie von rechts nach links in ihre Ecke. Erst als es in ihrer Reichweite nichts mehr zu erhaschen gab, begann Blösch zu futtern.

Ambrosio hörte, wie die Kühe ihr Gewicht auf den Hinterbeinen hin und her schoben, wie sich eine nach der anderen niederlegte. Er stellte sich vor, wie ihre Wammen beim Wiederkäuen ins Stroh hingen.

Caramba, ya estamos otra vez! Das Klopfen begann. Dumpf und rhythmisch. Bum. Bum. Bum. Die Holztäfelung zitterte. Ambrosio drückte den Zigarettenstummel aus. Das Klopfen klang, als würden unten schwere Gegenstände gegen die Wand geschlagen. Ambrosio schmiß das Feuerzeug in eine Ecke. Er setzte sich auf den Bettrand. Auf einem der Bilder an der Wand saß ein alter Mann vor einem Bauernhaus auf einer Bank und rauchte Pfeife. Das Bauernhaus war wie der Knuchelhof gebaut: aus Holz, mit ausladendem Dach. Der alte Mann trug eine schwarze Zipfelmütze. Kinder umlagerten ihn. Sie schienen ihm zuzuhören, bescheiden und still wie die Knuchelkinder am Küchentisch.

Das Klopfen hörte nicht auf. Bum. Bum. Bum. Ambrosio trat ans Fenster. Unter den nackten Füßen war der Boden kühl.

Ambrosio betrachtete das Fenster. Schon oft hatten seine Finger über den lackierten Rahmen gestrichen, über die Fugen. Es war ein Fenster aus zwei Flügeln, die winddicht und lotterfest in den Rahmen paßten. Ambrosio hielt die schmiedeiserne Fensterfalle am Messingknauf fest. Er stützte die Stirn auf den rechten Handrücken. Er lockerte den Verschluß, schob dann die Falle wieder zurück über den Haltebügel. Das Fenster drückte sich selbst zu, Holz preßte sich auf Holz, es knirschte. Ambrosio öffnete den kleinen Fensterflügel, schloß ihn zu, öffnete ihn, schloß ihn wieder zu. Er stieß die Nase an die Scheibe darunter. Draußen lag die Nacht grau über den Hügelrücken des Langen Berges. Autoscheinwerfer leuchteten auf, verschwanden wieder. Links unten in der Hofweide flackerte eine Laterne. Das gelbliche Licht verschob sich bald nach oben, bald nach unten, als ginge jemand hin und her. Der alte Mann mit dem Stock und der Kiste auf dem Rücken? Dieser wilde Fallensteller? Ambrosio legte sich zurück auf das Bett. Das Klopfen hatte aufgehört. Ruhe fand Ambrosio keine.

»Komm, Theres, schlaf nicht bei Tisch! Gib mir die Platte. Aber doch nicht die, die andere! Und du, Ambrosio, es hat noch, nimm, um Gottes willen.« Der Knuchelbauer stach mit der Schöpfgabel zu, daß es über den ganzen Tisch hinweg spritzte. »Fleisch und Wurst ist halt immer noch das beste Gemüse«, sagte er, und die Bäuerin meinte mit kauendem Mund: »Das kann es dir, he? So eine Platte mit Zungenwurst und mit viel Schweinigem, das hast du noch immer gern gehabt, aber sag, was ist los mit deinem Fingernagel? Warum will das jetzt nicht besser werden? Möchtest du am Ende nicht doch noch sehen, was der Doktor dazu sagt?« Sie schaute auf den Verband an des Bauern Hand.

»Er wird wieder Kuhmist draufgebunden haben«, sagte die Großmutter.

»Was redest du jetzt da wieder für dummes Zeug!« Knuchel nahm seine Gabel in die linke Hand, die rechte hielt er unter den Tisch. »Schenk du mir noch einen Schluck Roten ein.«

»Du solltest bigoscht aufpassen, bis du noch eine Blutvergiftung bekommst. Uhgh, trage dir nur Sorge«, warnte die Bäuerin.

»Chuzemischt! Iß du noch ein Gnagi. Aufwärmen wollen wir diese Schweinsohren auf alle Fälle nicht. Und diesen Schwanz da, nimmt den niemand?« Der Knuchelbauer zeigte auf die Fleischplatte. Beim Kauen bewegten sich auch seine Nackenmuskeln, und Fettropfen quollen aus seinen Mundwinkeln. Beim Schlucken nickte er: »Von den Faselschweinen im dritten Pferch rechts könnten wir dann wieder eins für uns mästen, für im Herbst. Ja, ja. Speck und Bohnen, potz Millionen.«

»Willst also doch wieder metzgen lassen?« fragte die Bäuerin.

»Warum nicht? Wir haben einen währschaften Wurf im Stall, und wenn man dann gerade weiß, was sie gefressen haben. Und dem Störenmetzger, dem kann man auf die Finger schauen, da weiß man, was in die Würste kommt. Ich markiere dann eins mit einer blauen Schleife. Ihr könnt dann machen, daß es vom Besseren frißt. Auch daß es raus kommt an die Luft, zum Wühlen im Dreck.«

»Bis der Überländer da ist, dann kannst es kaum erwarten, daß er seine Messer wieder einpackt. Fast vom Hof gejagt hast ihn letztes Mal.«

»Dabei wollte er mir den halben Keller leersaufen. Alles, auch die Blutwürste, wollte er mit Wein anrühren, und immer mußte er ihn erst probieren. Geh mir doch weg. Der war im letzten Herbst nicht ganz bei Trost«, verteidigte sich Knuchel, stand auf und wollte gehen.

»Aber wie hast es jetzt mit den Kühen? Läßt du sie heute auf die Weide?« fragte die Bäuerin.

Knuchel stutzte, kratzte sich am Hals. »Warten wir lieber noch einen Tag oder zwei.«

»Aber der neue Zaun steht doch, und der Wind hat nachgelassen, es würde dir doch Arbeit ersparen, im Stall.«

»Ja wegen der Arbeit, die macht uns keinen Kummer. Aber es ist mir wegen dem Heu. Zuerst muß mir das noch ganz von der Futterbühne runter. Das Gras auf der Weide läuft uns ja nicht weg. Und so mild ist das Wetter dann auch nicht. Im Stall schwanzen sie ganz unerchannt. Es könnte gewiß noch einen Schauer geben.«

»Sonst konntest du kaum warten, Luft und Bewegung täte ihnen gut, je früher, desto besser, hast du immer gesagt. Es ist doch nicht etwa etwas passiert, oder? Sind sie nicht gesund im Stall? Es wird kaum an dem halben Klafter Heu liegen.«

Ruedi rutschte auf der Eckbank hin und her. »Aber Mutter, was willst du jetzt, wenn doch Bössy der Melchter einen Stupf gegeben hat.«

»Ja so, da liegt der Hase im Pfeffer. Bössy hat ihre Milch verschüttet. Hättet ihr mir das doch gleich gesagt. Wie verstockt ihr tun könnt. Henusode, dann halt morgen, oder übermorgen.« Die Knuchelbäuerin rückte ihren Stuhl vom Tisch und begann das Geschirr zusammenzustellen. »So, das nervöse Kuhli hat wieder Milch verschüttet«, raunte die Großmutter.

»Passiert ist passiert.« Der Bauer hob die Schultern. »Über vergossene Milch soll man nicht reden. Aber wer kommt?«

Prinz bellte, und die Kinder rannten vom Tisch zur Küchentür hinaus. Ambrosio folgte ihnen.

Ein schwarzer MERCEDES 190 Diesel kam vor den Knuchelställen zum Stehen.

»Es ist der Ammann, mit dem Merz!« rief Ruedi in die Küche.

Ambrosio warf Prinz einen Knochen vor die Pfoten. Der schnupperte daran und bellte weiter. »Prinz frißt doch keine Sauknochen«, sagte Theres.

Der Gemeindeammann erkundigte sich bei den Kindern, wo sie denn ihren Vater hätten, kniff dabei Stini in die Wangen und ließ seinen Blick über den Hof gleiten. Unter der Küchentür nahm er den Hut in die Hände, scharrte mit den Schuhen auf der Schwelle wie auf einer Fußmatte und grüßte. Noch immer die

Sohlen schabend, sagte er: »Hätte ich gewußt, daß ihr beim Essen seid, ich wäre wäger weitergefahren, stören wollte ich nicht, aber eben, ich war in der Stadt, und ich habe gedacht, als ich hintenrum über den Berg hochkam, he ja, schaust schnell vorbei, habe ich gedacht.«

Mit einem Blick auf die scharrenden Halbschuhe bat Knuchel den Gemeindeammann einzutreten, auch die Bäuerin sagte: »Ach was jetzt, mit Essen sind wir schon lange fertig.« Und die Großmutter meinte, er solle doch nur, und ob er nicht wolle, von der Platte sei noch ein Schweinsohr übrig und die Bohnen seien doch schnell gewärmt.

»Oder hättest du lieber einen Kaffee?« fragte der Bauer. »Oder ein Gläslein Bäziwasser?«

»Macht um Gottes willen keine Umstände. Ich wollte wäger nur hurtig hereinschauen. Aber Kaffee nähme ich schon einen Schluck, wenn ihr auch...«

»Ja was jetzt auch«, wehrte die Bäuerin ab. »So ein Kaffee ist doch schnell gemacht.«

Der Gemeindeammann legte seinen Hut auf den Tisch und setzte sich auf die Kante eines Stuhls. »Und? Hast du schon weiden lassen?« fragte er Knuchel.

»Es pressiert ihm heuer etwa gar nicht«, antwortete die Großmutter, während sich der Knuchelbauer zurück an den Tisch begab.

»Ich habe gesehen, du hast neu gezäunt. Brave Schwiren. Potz Donner! Ein braver Hag«, fuhr der Gemeindeammann fort.

»Ja, man tut, was man kann. Mit dem Spanier habe ich gezäunt.«

»Kannst ihn wohl gut gebrauchen, deinen Spanier?«

»So ist es. Und gemolken muß ja auch sein, hier bei uns auf dem Land.«

»Und gute Melker sind dünn gesät«, sagte der Gemeindeammann.

»Ja«, sagte Knuchel.

»Und wegen dem Kalb von der Preiskuh? Hast du es dir noch einmal überlegt? Ich habe dir doch gesagt, he ja, weißt du noch?«

»Das Blöschkalb? Das säuft schön, das wird schnell schwer und fett. Milch haben wir ja.«

»Du hast es also doch in die Mast genommen, willst es dem Schindler geben? Aber das ist doch gewiß ... «

»Oh, noch letzte Woche sagte der Schindler, daß IA Kälber schon wieder mehr gelten. Die Preise gehen hinauf wie verrückt. Für 100 kg Totgewicht ...«

»Aber, Hans. Jetzt auf den Sommer hin können die doch gar nicht besonders viel wert sein.«

»Hast du eine Ahnung!« Knuchel lachte. »Die Leute in der Stadt wollen nur noch vom Allerbesten fressen. Der Schindler rast schon bis ins Welschland hinüber, um seine Kälber zusammenzukriegen. Jeden Schwanz nimmt er. Mir hat er gesagt, wenn ich zehn vollgemästete hätte, er würde sie alle nehmen. Und je schwerer, desto lieber.«

»Bis es ans Rechnen geht, dann macht er dir alles schlecht, behauptet, nichts verdienen zu können, drauflegen müsse er dauernd und die Metzger würden ihm Abzüge machen. Wenn eins einmal nicht ein roter Sauhund war, dann wurde ihm bestimmt die Leber konfisziert, und du kommst dafür auf. Nein, Hans, den Schindler kennen wir doch.«

»Das sage ich ja auch immer wieder, aber auf mich hört er ja nie«, klagte die Bäuerin.

»Stimmt überhaupt nicht«, protestierte Knuchel. »Macht mir doch unseren Kälberhändler nicht schlechter, als er ist. Es kommt dann auch noch auf die Kälber an, ob man zu ihnen schaut, und wie man sie tränkt, ob mit Milch oder nur mit importiertem Pulver. Und wir mit unserem gesunden Brunnenwasser. Nein, Abzüge hat mir der Schindler auf alle Fälle noch nie gemacht.«

»Ja, wer weiß, was du ihnen fütterst. Es sagen ja alle, so große und so fette Kälber wie auf dem Knuchelhof gebe es sonst nirgends mehr.«

Knuchel wurde rot im Gesicht. »Wird öppen nicht sein. Man könnte meinen, wir würden ihnen dutzendweise Eier in die Saugmelchter schlagen. Du, Theres«, sagte er nach einer Weile, »hole mir doch in der Stube die Pfeife!«

»Nimm du eine von diesen hier!« Der Gemeindeammann zog eine Packung RÖSSLI-STUMPEN aus der Busentasche.

Knuchel zögerte.

»Nimm doch!«

»Merci«, sagte Knuchel.

»Und der Spanier, ist er in der Nähe? Ich könnte seine Papiere mitnehmen, wenn ich schon gerade hier bin.«

»Weit wird er nicht sein. Wohl in der Hofstatt, bei den Kindern. Theres, geh! Rufe den Ambrosio!« sagte die Bäuerin.

»Ambrosio! Du sollst hereinkommen!« rief Theres vor der Küchentür.

»Was für Papiere sind denn das, was willst du damit?« fragte Knuchel.

»Die Ausweise, die Aufenthaltsbewilligung, die Arbeitserlaubnis, daß ihn der Gemeindeschreiber ordentlich in die Bücher aufnehmen kann. Dann weiß man auch gerade, wer er ist.«

»Schaffen sollte einer wohl noch dürfen, daß es da noch extra eine Erlaubnis braucht. Immer muß etwas geschrieben sein!«

»Das muß halt alles geregelt werden, schon wegen den Steuern. Nein, Hans, auf die Ausländer muß man schon ein Auge haben. Da kann doch nicht jeder tun, wie es ihm gerade in den Korb paßt. In der Stadt gebe es sie ja schon, die fremden Schwarzarbeiter.«

»Ja, in der Fabrik, oder auf dem Bau, da wo sie jeden dahergelaufenen Schnudderi einfach so anstellen. Aber doch nicht bei uns auf dem Land. Hier weiß man doch, wie es der Brauch ist mit dem Werken. Das wäre mir noch, unser Ambrosio ein schwarzer Fremdarbeiter!«

»Aber ein Ausländer ist er, und registriert muß er sein.«

»Der Ammann wird schon wissen, was er zu tun hat«, mischte sich die Großmutter ein.

Ambrosio hatte in der Hofstatt mit Stini und dem kleinen Hans »gallina ciega« gespielt. Die Kinder nannten das Spiel »Blindekuh«. Mit einem roten Taschentuch hatten sie Ambrosio die Augen verbunden, und er hatte versucht, sie einzufangen. Zu ihrer Belustigung hatte er übermütig gegackert wie ein Huhn.

Die Kinder hatten gemuht. Als er Theres rufen hörte, nahm sich Ambrosio das Taschentuch vom Kopf. Und die kleine Stini schrie sofort:

»Gib mir meinen Nasenlumpen!«

Drinnen in der Küche wurde Ambrosio befohlen, seine Papiere zu holen.

Verdutzt schaute er in die Knuchelgesichter, hob die Schultern und schüttelte den Kopf.

»Die Aufenthaltsbewilligung, Ihre Ausweispapiere«, sagte der Gemeindeammann.

»No entiendo.« Ambrosio zuckte erneut die Schultern.

»Geburtschein, Fahrausweis, Arbeitserlaubnis, Familienbüchlein, Impfkarte, alles, was Ihr habt an Geschriebenem.« Der Gemeindeammann sprach mit lauter Stimme.

»Er versteht beim Donner nicht, was du meinst«, sagte Knuchel und streckte seine linke Hand aus, um darüber mit seiner rechten Schreibbewegungen nachzuahmen. Übertrieben große Kreise zog er in die Luft.

Noch lauter als vorher sagte der Gemeindeammann: »Heiratsurkunde, Pensionskassen-Karte, Visum, Auszug aus dem Strafregister, Gesundheitszeugnis, Empfehlungsschreiben, Paß, Fremdenpolizei!«

Die Bäuerin und die Großmutter sperrten ihren Mund auf. »Po...Po...Po...Polizei?!« Auch der Bauer wunderte sich.

»Fremdenpolizei«, sagte der Gemeindeammann. »Nur die Papiere von der Fremdenpolizei.«

»Quieren ver a los documentos?« Ambrosio hatte verstanden.

Mit seinem Paß und mit mehreren amtlichen Formularen in den Händen kam er zurück.

»So, das hätten wir«, sagte der Gemeindeammann. »Der Schreiber ist gar ein exakter. Da muß immer alles gehen, wie es im Büchlein steht.«

»Schlimmer als der Genossenschaftsverwalter ist der«, sagte Knuchel.

Der Gemeindeammann faltete Ambrosios Papiere auseinander, überflog sie mit einem prüfenden Blick.

»Ein Paß«, sagte die dabeistehende Theres.

»Ein blauer«, sagte Ruedi.

Ambrosio sah zu, wie seine Papiere in den Kleidern des Gemeindeammanns verschwanden. Aber ohne etwas zu sagen, verließ er die Küche.

Der Gemeindeammann war zufrieden. Er schlürfte seine Kaffeetasse leer, stand auf, griff zu seinem Hut und fragte: »Könnte ich nicht schnell in den Stall schauen, es würde mich interessieren, wie das Kalb aussieht?«

»Wenn du meinst, so komm!«

Die zwölf Knuchelkühe lagen vor dem verschlossenen Futterbarren im Stroh, ihre Köpfe drehten sich gegen die Stalltür und strahlten Langeweile aus. Die drei Kälber rappelten sich auf die Beine.

»Glück in den Stall«, sagte der Gemeindeammann beim Eintreten.

»Das ist es, das von der Blösch.« Knuchel zeigte auf eines der Kälber.

»So, das da?« Der Gemeindeammann griff es ins Fell, drückte und kniff es hinten und vorn, trat einen Schritt zurück, faßte Größe und Proportionen ins Auge, trat wieder heran, schaute unter den Schwanz, unter den Bauch. Er löste die Schnur am Maulkorb, reckte dem Kalb ins Maul, zog ihm die Augendeckel zurück, inspizierte die weißen Schleimhäute. »Ja, so hat man sie gern«, sagte er. »Das hätte einen schönen Muni abgegeben, und du mästest es einfach, wie irgendein Kalb. Schade ist das.«

Knuchel hielt dem Gemeindeammann einen Lumpen hin. Reibend vergruben sich dessen Hände im Tuch, die Finger schoben sich ineinander, suchten eine saubere Ecke und kneteten wieder weiter. Auf einmal räusperte er sich, ohne das Kalb aus den Augen zu lassen. »Du, Hans, äh, äh, du, nichts für ungut, aber der Käser war bei mir. Ein Arztzeugnis von deinem Spanier wollte er sehen. Es sei da etwas im Tun. Vorhin habe ich es ja selber gesehen. Da ist weit und breit kein Arztzeugnis bei den Papieren.«

»Jetzt beim Teufel abeinander!« entfuhr es Knuchel.

»Der Käser meinte, er habe ein Recht darauf, es stehe in der Verordnung.«

»Ein Herrgottsdonner ist er, und der Ruedi hat mir schon berichtet, es gehe nicht gut, die Leute würden dumm reden. Schon der Verwalter tat so saublöd, nur wegen einem Paar Hosen. Und jetzt noch der Käser! Ja Heilanddonner! Warum wollen die jetzt alle unseren Spanier brandmarken. Dabei ist er anständig, tut niemandem etwas zuleide, und immer da ist er auch. Und immer aller hint[illegible]

»Aufzuregen brauchst dich deswegen wäger nicht, das fehlte noch, und auf das Gerede darfst du nicht achten. Den Italiener haben sie ja auch schlecht gemacht. Aber der Käser meint halt, es sei wieder etwas mit der Milch.«

»Ein Schwafli ist das! Ein Plagöricheib!«

»Eh, du kennst ihn ja, er muß immer ein wenig reklamieren, sonst könnte man am Ende vergessen, daß er auch noch da ist. Man sagt allerdings keiner Kuh Scheck, oder sie habe dann etwas Weißes.«

»Was sollte jetzt mit meiner Milch sein? Schau doch selbst! Unsere Ware liegt gut, die fressen gut, die saufen gut. Nein, Ammann, hier in dem Stall geht es bräver zu als beim Käser in der Stube!«

»Er meint halt, da seien Bakterien.«

Knuchel schaute über die im Stroh liegenden Kuhleiber hinweg, nahm den Rössli-Stumpen aus dem Mund und sagte leise: »Gell, es ist wieder Melkmaschinengestürm? Habe ich recht? Hygiene, genau. Hygiene! Das kann es den Herren im Dorfe oben. Aber sag mir, was sollte jetzt an so einer Maschine sauberer sein? Die Hauptsache ist doch, daß man gut zu den Tieren schaut, daß man wäscht und putzt, morgens und abends, daß man nicht geizt mit der Streue. Was sollte da schiefgehen? Gopfridstutz. Es wird kaum unserem Ambrosio seine Schuld sein, wenn der Käser nicht käsen kann und ihm die Milch unter den Händen sauert.«

»Ich wollte es dir nur sagen, Hans. Vielleicht solltest ihn zum Doktor schicken, dann hätte er ja ein Zeugnis. Gesetz ist halt Gesetz, und Stallhygiene muß sein, da hat der Käser recht.«

»Dem bringen wir zuviel, ich weiß schon. Und mehr Fett hat sie, unsere Milch. Mehr als ihm lieb ist, dem Hornochs!«

Der Gemeindeammann wollte gehen.

»So etwas Blödes, immer reklamieren, aber wenn man etwas von ihnen will, dann muß man ihnen den Gottswillen anhaben«, murmelte Knuchel leise, während er die Stalltür ins Schloß zog. Und den Feldmauser hat er auch noch nicht vorbeigeschickt. Schon zweimal habe ich es ihm gesagt, das wäre besser, als mit solchen Geschichten über den Langen Berg zu reisen. Er spürte, daß sich Blicke in seinen Rücken bohrten.

Den RÖSSLI-STUMPEN hatte er in den Schorrgraben fallen lassen. Es hatte leise gezischt.

»Dann will ich weiter«, sagte der Gemeindeammann.

»Ja, wollt Ihr schon gehen?« Mit einer Gießkanne in der Hand näherte sich die Bäuerin. Man sagte sich mehrmals »salü« und »uf Widerluege«, und gedankt wurde eifrig, und Entschuldigungen wurden ausgesprochen. Bei jedem zweiten Schritt, den der Gemeindeammann rückwärts, mit dem Hut in der Hand, auf seinen Wagen zu machte, murmelte er ein »merci« oder ein »adieu«, und »habt Dank für den Kaffee« sagte er zweimal.

In der Küche war auch die Großmutter ans Fenster getreten und sah dem MERCEDES nach. »Aber der Schindler, der gibt den Kindern dann immer einen Schokoladebatzen, wenn er kommt«, sagte sie.

Daß auf dem Knuchelhof sonntags auch die Arbeit gefeiert wurde, war Ambrosio nicht entgangen. In frisch gewaschenen Überkleidern ging man ans Füttern der Tiere, mit Bügelfalten im bauerngrünen Hosentuch machte man sich ans Misten und Melken. Knuchel nahm sich Zeit, er neckte das Vieh, es wurde gelächelt, gelacht, innegehalten. Das Futtergras wurde weniger früh eingeholt, und die Kinder fuhrwerkten mit. Der kleine

Hans durfte auf den Traktor hinauf, das Lenkrad durfte er halten. Und Stini hatte eine Strohpuppe dabei.

In der Knuchelküche gab sich die Großmutter feierlich. Sie trank eine Tasse Kaffee mehr als sonst, und die Bäuerin trug die weiße Schürze.

Und mit dem Milchgeschirr wurde am Hofbrunnen noch mehr als üblich geläutet. Immer wieder wurden die Melchtern tief ins Wasser getaucht. Alles mußte besonders sauber sein, besonders schön ausgerichtet an der Wand hängen, alles mußte stimmen und glänzen, und alles wurde zweimal angefaßt, in den Händen herumgedreht, von oben und unten, von hinten und von vorne betrachtet.

So bedächtig und langsam hatte sich der Bauer nach dem Morgenessen den Kühen gewidmet, und so wischte Ambrosio. Er wischte mit einem Reisigbesen, er wischte die Heubühne, er wischte die Auffahrt, er wischte die Tenne, er wischte den Futtergang, er wischte gemächlich, immer schön von links nach rechts, er wischte das kleinste Strohhälmchen von den Planken auf der Jauchegrube, er wischte die betonierte Terrasse vor dem Haus, er wischte den Kiesbelag hinter dem Haus, er wischte um die Hundehütte, er wischte die Asche um die Feuerstelle des Kartoffeldämpfers, er wischte unter dem Holztrog mit dem Schweinefutterzusatz, er wischte schon, seit er vom Milchgang zurück war, er wischte, wie er noch nie gewischt hatte, er wischte, wie er nie vermutet hätte, daß man wischen könnte, er wischte, wie es Knuchel gern sah.

Da krachte ein Schuß in die Stille.

Wie ein Donnerschlag aus heiterem Himmel platzte er vom Wäldchen her auf den Hof. Und gleich ein zweiter, ein dritter. Ambrosio erstarrte, der Reisigbesen glitt ihm aus den Händen. »Pero qué pasa? Maldita sea!« Nichts tat sich. Ohne aufzuschauen, spielten in der Hofstatt Stini und Hans, unbekümmert beugte sich beim Speicher Ruedi über den in Teile zerlegten Motor seines Mopeds, im Hundehaus döste Prinz. Nirgends ein Zeichen von Aufregung. Die Fenster im Haus wurden nicht aufgerissen. Niemand kam mit erhobenen Armen hinter dem Miststock hervorgerannt, nichts fiel aus dem Himmel auf das breite Dach herunter, kein Knuchelhuhn unterbrach sich beim Durchpicken des Hühnerhofes, kein Knuchelhahn krähte.

Es waren schwere Gewehrschüsse, die jetzt in rascher Folge daherkrachten. Ambrosio schaute in den Stall. Nicht eine einzige Kuh war aus dem Stroh gefahren, nur die Kälber standen auf ihren wackligen Beinen. Glotzen taten sie wie immer.

»Hi de puta!« Ambrosio griff sich an die Glatze. Mit einem Gewehr auf dem Rücken trat der Knuchelbauer aus der Küche. Er hatte sich umgezogen, die Schüsse beachtete er nicht. Ambrosio tastete nach den Zigaretten, nach dem Feuerzeug. Die Finger nestelten an Nähten und Nieten entlang, ohne an den Hosen den Eingang einer Tasche zu finden.

»Was schaust du wie ein abgestochenes Kalb? Habe ich etwa Hörner?« Der Bauer lachte. »Das ist mein Karabiner, heute schießen wir, ja, heute schießen wir.« Prinz kam aus der Hundehütte und schlich dem Bauern um die Beine. Mit einem Lappen fuhr sich der über die Schuhe, und zufrieden mit dem Glanz marschierte er davon.

Der Knuchelbauer marschierte rüstig über den Hofweg hinauf in die Landschaft hinein. Er sah nicht nach rechts, nicht nach links, er schritt davon, als hörte er in der Ferne eine Trommel, als hörte er weit weg einen Marsch der Dorfmusik. Er trug einen braunen Filzhut auf dem Kopf, schwang den linken Arm und umklammerte mit der rechten Hand den Gewehrriemen. Unterhalb der Schulter hielt er ihn fest in seiner Faust, so fest, daß Adern und Sehnen auf dem Handrücken hervortraten. Knuchel ging wie jemand, der wußte, wohin er wollte, und auch warum. Er lauschte dem Knarren und Knirschen seiner Schuhe im Kies. Das war ein Geräusch, das zu seiner Haltung paßte, das ihn noch bestärkte. Er fühlte sich gut. Hier gehe ich, ich, der Knuchelhans vom Knuchelhof, ich habe zwölf schöne Kühe im Stall, Schweine und Hühner dazu, und es ist braves Futter, das auf meinem Boden wächst. Soll einer kommen und versuchen, mir meinen grünen Teppich unter den Füßen wegzuziehen. Mich bringt keiner aus dem Gleichgewicht, mir stellt sich keiner ungestraft in den Weg, sonst potz Donner! Bauch herein, Schultern zurück, Kinn hinaus. Ich kann ruhig aufrecht gehen, auf diesem Boden bin ich und ist auch mein Brot gewachsen. Bei jedem Schritt genoß er die eigene Gewichtigkeit, mit jedem Tritt liebkoste er unter den Füßen eigene Erde. Und schon war er am Waldrand angekommen.

Ambrosio sah ihn ausschreiten, sah, wie der Messingdeckel auf dem Gewehrlauf in der Sonne glänzte. Er ließ den Nesteln an Nähten und Nieten, hob den Reisigbesen auf und eilte dem Bauern nach. Noch wurde ohne Unterbruch geschossen.

Ambrosio zappelte und flatterte über den Hofweg hinauf, er rutschte und stiefelte und hastete auf dem Sträßchen dem Bord entlang, lief ein paar Schritte schneller, fluchte: »Hijo de puta! Qué país!«, fiel wieder in die haspelnde Gangart zurück, fuchtelte dazu mit dem Reisigbesen, den er sich quer auf die Schultern lud, dann wie einen Schwanz hinter sich herzog, ihn sogar als Stock benützte, damit ruderte. Außer Atem erreichte er den Waldrand, er eilte durch das Wäldchen, nach vorne gebeugt wie ein Huhn, das zu schnell geht und ständig in Gefahr ist, vornüber auf den Schnabel zu fallen.

Knuchel hatte den Dorfweg, der nach Innerwald hinauf führte, verlassen, er steuerte auf eine Anhöhe zu. Es war Weideland, eingezäunt nach Innerwaldner Art, Stacheldraht spannte sich von Pflock zu Pflock. Täglich war Ambrosio viermal neben dieser Anhöhe vorbeigekommen, es war ein Hügel, ein Buckel wie viele andere auf dem Langen Berg, doch jetzt steckten drei rote Fahnen im Boden, rote Tücher an mannshohen Stangen über die Weide verteilt. Und gleich dahinter explodierten die Schüsse.

Der Bauer verschwand hinter der Anhöhe, Ambrosio sah eben noch den braunen Filzhut. Er nahm den Besenstiel in beide Hände, verlangsamte seine Schritte. Schleichend, mit eingezogenem Kopf, näherte er sich einer der Fahnen. Die Schüsse waren so nahe, er konnte ihr Pfeifen hören, er konnte fühlen, wie sie die Luft zerrissen, sie krachten nicht mehr langgezogen, ohne Echo knallten sie auf: paff! paff! paff! Sie schmerzten ihn, als explodierten sie in seinem Kopf.

Hinter der roten Fahne verließ Ambrosio den Weg, trat ins Gras, machte noch ein paar Schritte und warf sich plötzlich jäh zu Boden. Ganz nahe vor ihm wurde aus einem Schuppen hinausgeschossen, fast wäre Ambrosio in die Feuerlinie getreten. Schlagartig hatte ihn der Ausblick durchfahren: Da waren ausgerichtete Gewehrläufe, dahinter Männer bäuchlings auf braunen Matten ausgestreckt, verzerrte Gesichter, an Gewehrkolben geschmiegte Unterkiefer, zugekniffene Augen, bei Rückschlägen zuckende Glieder. Ein Bild von Wut und Schmerz. Und das in dieser sanft gewellten Hügellandschaft? Mitten in diesen umsorgten Wiesen?

Ambrosio drückte sich platt, grub sein Gesicht ins Gras. Er hörte, wie leergeschossene Patronenhülsen über einen Steinboden klimperten, hörte zwischen den Schüssen das Zuschnappen der Gewehrschlösser. Den Besenstiel neben sich herziehend, kroch er zurück, noch wagte er nicht, sich aufzurichten. Er krabbelte bäuchlings durchs Gras, da legte sich eine Hand um sein rechtes Fußgelenk. Ambrosio riß sich los, schnellte herum, sprang auf und holte mit dem Besen drohend aus.

»Ma che cosa, che cosa fai tu? Piano, piano!«

Ambrosio sah in ein Paar dunkle Augen, das waren keine Knuchelaugen, und in diesem halb lachenden, halb verängstigten Gesicht saß kein fleischiger, rosa Knollen, das war eine stolze Nase, schmal und leicht nach unten gewölbt, viel feiner geformt als die Knuchelnasen. Ambrosio fluchte, so überrascht war er. »Que cabrón! Hi de puta! Un italiano! Si eres italiano. Un italiano en este pueblo!«

»Che vuoi! italiano, italiano! Mi chiamo Luigi, eh sí, Luigi!« sagte der andere.

»Tú eres el Luigi?« fragte Ambrosio.

»Sí, sí, Luigi!«

»Yo me llamo Ambrosio.«

»Fa piacere«, sagte Luigi und zeigte auf den Besen, den Ambrosio noch immer drohend erhoben hielt.

Ambrosio stand hilflos mitten in dieser Weide, drehte den Besen in allen Richtungen und lauschte den Schüssen, ihrem Knallen und Pfeifen, und er hörte auch die Worte, vokalkräftige Laute, die Luigi an ihn richtete. Luigi sprach freudig und überschwenglich, doch Ambrosio hörte nicht, was er sagte, er hörte nur die Melodie, den Klang, und er beruhigte sich. Als ihm Luigi zum zweiten Mal die Hand zum Gruß hinstreckte, schlug er ein, folgte dem wild drauflos redenden und gestikulierenden Mann den Hang hinunter. Hinter einem anderen Buckel der Anhöhe blieb Luigi stehen. »Ecco«, sagte er. Von dieser Stelle aus konnte die ganze Schießanlage übersehen werden. Links war das Schützenhaus, rechts oben, gegen das Dorf hin, der Scheibenstand. Schwarz-weiße Zielscheiben verschwanden im Boden, tauchten, gefolgt von roten Zeigekellen, gleich wieder auf.

»Hijo de puta!« Ambrosio wollte umdrehen. Weg von dieser Schießerei. Was für Geheimnisse würden die anderen Hügel bergen? Was befand sich hinter dem dort? Was hinter jenem Wald, und was bedeutete der braune Flecken Erde dort drüben? Ein bodenloses Loch im trügerischen Grün? Und warum türmte sich alles auf um ihn herum? Zaun hinter Zaun, Hügel hinter Hügel, Berg hinter Berg, bis hinauf zum wolkenlosen Himmel? Nie mehr würde er sich so weit nach vorn wagen.

Noch bevor im Dorf die Predigtglocke zu läuten begann und die Innerwaldner Männer einzeln und in Gruppen, aber alle mit ihrer Faust am Gewehrriemen, aus dem Schützenhaus trieb, öffnete Luigi auf dem Bodenhof die Kuhstalltür. Er tat es mit ausholenden Gesten, machte sich unnötig lange an den Riegeln zu schaffen, parlierte dazu wild drauflos. Lediglich beim Andrehen des Lichtschalters wurde er still, geradezu feierlich.

Der Schalter klickte, und zwanzig im Stroh liegende Kühe unterbrachen sich beim Wiederkäuen. Luigi winkte Ambrosio, ging dann wie ein Wachtmeister in einem Kasernenhof in breiten Sonntagsschritten im Stall hin und her, klatschte in die Hände und schrie: »So ufe! ufe! ufe da!«

Ambrosio sah zu, wie eine Kuh nach der anderen ihren Schädel zurückschnellte, wie sich die Tiere mit dem daraus resultierenden Schwung auf die Knie stemmten, wie sie mit den angeknickten Hinterbeinen in der Spreue nach einer rutschfesten Stelle suchten, wie sie das Kreuz bereits leicht anhoben, wie sie das Sprunggelenk der Hinterbeine streckten, gleichzeitig das rechte Vorderbein anwinkelten und die Klaue aufsetzten. Ambrosio sah, daß hier die Strohschnipsel nicht weniger eifrig als auf dem Knuchelhof von Haut und Euter geschüttelt wurden, daß anscheinend alle Simmentaler gleich ordnungsbeflissen waren, daß auch die Bodenhofkühe auf Befehl nur eine halbe Minute brauchten, um aus der Spreue zu fahren und um in zwei geordneten Reihen stramm zu stehen. »Muy bonito«, sagte er Luigi zunickend. »Muy bonito.« Doch es war ihm nicht entgangen: Auch auf dem Bodenhof gab es keinen Stier im Stall.

Vom eben demonstrierten Gehorsam der Kühe ermuntert, forderte Luigi ein unruhiges Tier auf, den sich rasch drehenden Schwanz still zu halten. Er versetzte der Kuh einen Klaps auf die Kruppe, boxte sie dann in die Flanke. Als auch ein Fußtritt ans linke Hinterbein erfolglos blieb, überspielte Luigi seine Enttäuschung mit einem Lachen und wandte sich, vom eigenartigen Charakter der Kühe im wohlhabenden Land schwatzend, wieder Ambrosio zu.

Schon seit ihrer Begegnung beim Schießstand hatte Luigi ununterbrochen gelacht, geredet und geflucht. Auch an Ambrosios zu großen Überkleidern rumgezupft hatte er. Er selbst trug einen braunen Anzug, ein gelbes Hemd und schwarze Schuhe. In der Hosentasche hatte er ein weißes Tuch, das er auf der Wiese mit der Aussicht auf die Innerwaldner Schießanlage hervorgeholt und zum Sich-Draufsetzen ausgebreitet hatte. Dort hatte er dann, ohne seinen längst in Schwung gekommenen Redeschwall zu unterbrechen, in den Ärmeln seines Jacketts nach den Manschetten gesucht. Ambrosio war, auf seinen Besen gestützt, stumm dabei gestanden. Und dann war noch die Krawatte an der Reihe gewesen. Während Luigi daran rumgezerrt hatte, war er auf den Scheibenstand zu sprechen gekommen. Was die verschiedenen, bei jedem Schuß winkenden Zeigekellen bedeuteten, was sie anzeigten, hatte er erklärt. Luigi wußte, wann ein Innerwaldner ins Schwarze getroffen hatte. Heute werde gut geschossen, hatte er gesagt, und als an seinem Anzug wieder alles zurechtgerückt war, hatte er auf den Bodenhof gewiesen, auch auf die verstreuten Felder und Äcker, die dazugehörten. Das dort sei die Scheune, das daneben das Ofenhaus, dahinter seien das Altenteil und der neue Stall zu sehen. Der neue Stall, über welchem sich seine »camera« befinde, sein Zimmer mit fließendem Wasser, »acqua calda e fredda«. Ambrosio hatte Zigaretten hervorgeholt, auch Luigi davon angeboten, worauf ihn dieser eingeladen hatte, sich den Bodenhof doch aus der Nähe zu besehen.

Beim Verlassen des Kuhstalles fuhr Luigi fort mit seinen Erklärungen, er kannte den Himmel über Innerwald, er hatte erfahren, woher der Wind über den Langen Berg wehte, und redend wies er Ambrosio den Weg zur »camera mia«. Dort habe er eine Flasche Grappa, auch Nescafé.

Das Zimmer befand sich in einem neu erbauten Betriebsgebäude, das außer einem Freilaufstall für Masttiere auch eine Traktorgarage und einen Geräteschuppen überdachte. Beim Betreten knarrten unter dem Linoleumboden die Bretter, tierisches Schnauben war zu hören, und in unregelmäßigen Abständen ein brummendes Geräusch, das von der nicht isolierten Wasserleitung der Tränkungsanlage verursacht wurde. In der Mitte des Zimmers stand das Bett, daneben ein Tisch, darüber hing ein Fliegenfänger von der Decke, an dem nur als schwarze Punkte erkennbare Insekten, die zumeist nur an einem Bein oder an einer Flügelspitze an der honiggelben Klebefläche hafteten, in den verworrensten Haltungen erstarrt waren.

Luigi stellte den Grappa auf den Tisch, schüttete Kaffeepulver in zwei Gläser, hielt sie unter den Heißwasserhahn seines Waschbeckens, holte aus dem am Boden liegenden Bastkoffer zwei mit der Aufschrift: Rest. Ochsen Innerwald bedruckte Packungen Würfelzucker hervor und hielt Ambrosio das eine Glas hin, während er mit dem Zeigefinger im anderen rührte. Dazu erzählte er, das K und das CH jeweils als G aussprechend, ausführlich von »Gäserei« und »Gnuggelhof«, unterbrach seine italienische Lautmalerei auch ab und zu mit einem stolz reproduzierten Dialektausdruck, sogar mit einem Fluch aus der Gegend, nannte diesen und jenen einen »Grüppelgeib«, den Feldmauser jedoch, den er rühmte und dem er viel zu verdanken hatte, den nannte er seinen »Gollegen«.

Luigi warnte Ambrosio, er solle »in nome di Gesù Cristo« nicht zu nahe ans Schützenhaus geraten, das sei mit dem Leben gespielt, denn Spaß verstünde hier sowieso keiner, erst recht nicht beim Schießen. Er selbst habe da, als er im Dorf noch neu gewesen war, auch einmal seine Nase reingesteckt, er habe eigentlich nur sehen wollen, was es da so gebe. Aber, »mamma mia«, vierhändig hätten sie ihn in die Brennesseln geschmissen. »Tschinggen« hätten im Schützenhaus nichts verloren, das sei keine Schießbude, hätten sie ihm gesagt. Und des Spionierens hätten sie ihn verdächtigt. »Attenzione! Molto attenzione!« sagte Luigi mit erhobenem Finger.

Nach einigen Schlucken aus der GRAPPA-Flasche begann auch Ambrosio aufzutauen. Erst sagte er nur, daß er in seinem Zimmer eine Flasche COÑAC habe, holte dann aber weiter aus, bis auch er von seinen eigenen Lauten mitgerissen wurde, übersprudelte und nicht weniger eifrig als Luigi daherparlierte. Bald sprachen beide zur gleichen Zeit, so daß sie den engen Raum zum Platzen füllten mit ihren Sprachen. Mit glänzenden Augen redeten und redeten sie, teilten sich mit, amüsierten sich derart, daß sie häufig in Gelächter ausbrachen, daß sie sich anstießen, daß sie, höhnisch ein paar Gewehrgriffe imitierend, auf den Knuchelbesen, den Ambrosio in eine Ecke gestellt hatte, zeigten und daß die Flasche leer auf dem Tisch stand, bevor sie sich Gedanken machen konnten, wie gut der eine das Gerede des anderen überhaupt verstand.

Als von der Kirche her die Predigt ausgeläutet wurde, begleitete Luigi seinen Gast bis zur Bodenhofweide hinaus. Mit einer Handfläche gegen einen Zaunpfahl schlagend, wiederholte er die Aufforderung, Ambrosio solle doch am Nachmittag in den »OGSEN« kommen, um die Bekanntschaft seines »Gollegen«, des Feldmausers, zu machen. Ambrosio sagte zu, gab Luigi die Hand, lud sich seinen Besen auf die Schulter und machte sich an dem rot beflaggten Hügel vorbei auf den Heimweg. Solange die Glocken läuteten, würde die Schießerei nicht weitergehen, hatte ihm Luigi noch nachgerufen.

Im Wäldchen oberhalb des Knuchelhofes kam ihm auf einem Fahrrad eine Frau entgegen. Anstrengungslos pedalte sie die Steigung herauf und strampelte, ohne zu grüßen, an Ambrosio vorbei. Er war in den Straßengraben getreten und hatte sich gewundert über die riesigen Schenkel und die ebenso gewaltigen Waden dieser Frau.

Beim Einbiegen auf den Hofweg bemerkte er den Knuchelbauer. Er stand in einer Wiese und stocherte mit den Schuhspitzen in einem Maulwurfshügel, kniete sich hin, um mit den Händen weiterzugraben. Kopfschüttelnd richtete er sich wieder auf und zeigte, als er Ambrosio gewahrte, auf ein paar sich davonringelnde Regenwürmer. »Das ist gut für den Boden, aber das nicht!« sagte er, indem er ausholte und einem Maulwurfshügel einen Fußtritt versetzte.

»Gehen wir zu Tisch«, sagte er dann. »Heute gibt es Suppenfleisch.«

In ruhigen Abendstunden, aber auch sonntags, wenn ihn keine Arbeit vom Grübeln abhielt und ihn die Sehnsucht nach Ehefrau und Familie besonders schnell schwermütig machte, war es Ambrosio zu einem Bedürfnis geworden, sich hinter die Knuchelkühe auf die Stallbank zu setzen. Hier konnte er nachdenken und träumen, hier fühlte er sich schon seit jener ersten Nacht, die er im wohlhabenden Land verbracht hatte, geborgen und verstanden. Genau wie in den Ställen von Coruña roch es hier nach Tünche und Teer, nach Holz und Heu, nach Milch und Mist.

Als Ambrosio die Türflügel hinter sich ins Schloß zog, fühlte er sich aufgewühlt. Er rauchte mehrere Zigaretten, hielt sich mit seiner einzigen, längst ausgelesenen Zeitung die Mistfliegen vom Leib und starrte auf die im Stroh dösenden Kühe.

Er fand die Kühe krampfhaft verschwiegen und knuchelhaft eigenbrötlerisch. Auch sie bevorzugten das Gestenspiel. Bevor sie einmal muhten, behornten sie sich erst zweimal gegenseitig, schlugen aus, beschissen und bebrunzten sich oder ließen den Schwanz hin und her fliegen. Aber ihre Verschwiegenheit kam Ambrosio nicht unnatürlich vor, die Kühe waren bestimmt weniger verstockt als die zahlreichen Stummen, denen er sowohl auf dem Hof wie auch im Dorf begegnete.

»Qué país!« Er kratzte sich an der Glatze, spuckte in den Schorrgraben, nickte dem Blöschkalb zu, das neben der Stallbank stand und ihn traurig, als wäre es voll von Verständnis und Teilnahme, über den Rand des blechernen Maulkorbes anstarrte.

Ein Schnauben der Bäbe kam aus der hinteren Ecke des Stalles. Diese dumme Kuh bemitleidete sich in ihrer Langeweile wieder selbst. Bäbe war so linkisch, daß sie sich öfters mit einem Vorderbein in Strick und Kette verhedderte oder aber eines ihrer langen Hörner im Gebälk des Futterbarrens verkeilte. Schon oft hatte sich Ambrosio über sie geärgert. Schwer von Begriff war sie, und in ihrer Nähe war keine halbgefüllte Melchter sicher.

»Menudo país de vacas tontas«, spottete er. Die neben Bäbe liegende Fleck schüttelte ihren Schädel, daß die Ketten rasselten. Eine Fliege hatte sie am Auge irritiert. Als sich Ambrosio wieder abwandte, blieb sein Blick am Fell der Scheck hängen. So hatte er diese großen roten Flecken noch nie gesehen. Er stellte seinen Kopf schief, erst auf eine, dann auf die andere Seite, er blinzelte, stand auf, täuschte ihn vielleicht das düstere Licht im Stall? Er trat näher, kein Zweifel, diese Form, wie eigenartig, diese Umrisse waren ihm vertraut, was da von einem Flecken zum anderen über den Rücken verlief, das war der Hals der Pyrenäenhalbinsel, dort, unterhalb von Schecks Hüftknochen lag Barcelona, da war die Costa Brava, und unten am Bauch lag Gibraltar, ganz genau, da waren die Umrisse Spaniens, dort gegen die Schulter hin, dort lag Coruña, und der Rand des Fleckens auf dem Kuhfell flimmerte vor Ambrosios Augen, und seine Gedanken wanderten: Diese Knuchelkühe! Es lohnte sich tatsächlich, sie innig und immer wieder in ihrer ganzen Demut genauestens zu beobachten. Ambrosio erkundete ihre Gesichtszüge, er betrachtete die friedliche Architektur ihres Körperbaus, der in seiner ungelenken Eckigkeit für das Wurzelschlagen gemacht und zum Stillstehen verurteilt schien. Wer könnte sich, dachte er, so einen stattlichen, aber sonst eben doch steif gehobelten Klotz im Galopp oder gar im natürlichen tierischen Kampf vorstellen?

Richtig gefallen konnten ihm diese Kühe unmöglich. Als kleiner Südländer hatte er Grund genug, allem Überdimensionierten, allem zu hoch Gewachsenen mit Vorsicht und Mißtrauen zu begegnen, und diese Rasse hier war ihm einfach zu steif in die schwerfällige Form gegossen. Er hätte den Tieren gern ein wenig mehr Beschwingtheit gegönnt, er bezweifelte, daß sich die Kühe in ihrer trägen Wucht richtig wohl fühlten. Das hatte man ihnen aufgekreuzt. Und die Augen! Viel zu ehrlich guckten ihm diese aus den übergewichtigen Hohlschädeln. Diese Haustiere! dachte er verächtlich. Nein, um diese Simmentaler Kühe bewundern zu können, hatte er in ihren Mienen schon zu oft vergebens nach einem Anflug von Zorn gesucht. Nicht einmal eine Prise Schalk hatte er gefunden, nur krankhafte Anspruchslosigkeit und würdevolle Passivität. In ihrem erhabenen Getue, in ihrem Hang zur Selbstüberschätzung war nichts, das sich mit dem Stolz und mit der flinken Wut eines jungen Stieres aus Coruña hätte vergleichen lassen.

Was ihnen Ambrosio dagegen, ihrer Sturheit bei nichtssagenden Kleinigkeiten zum Trotz, gern zugestand, war eine zivilisierte Kompromißfreudigkeit in den ernsthaften Dingen. Den Kampf bis aufs Blut, bis zur Vernichtung, den gab es nicht. Und etwas beruhigend Braves konnte er diesen überzüchteten Leibern einfach nicht absprechen, vielleicht war es langweilig, doch die Wärme, die von ihnen ausging, die unaufhaltsame innere Beschäftigung, das unablässige Fortkauen, das ewige Digerieren, Multiplizieren, Laktieren, das Noch-im-Schlaf-Produzieren, das alles beeindruckte Ambrosio wider seinen eigenen

Willen. Manchmal kam ihm das nie abbrechende Schaffen geradezu göttlich vor, und er lernte es zu achten. Um so unverständlicher war es ihm, daß sowohl über Blösch wie über Bäbe, über Flora wie über Scheck und Fleck, zwar noch unsichtbar, jedoch schon drohend genug, das Schlächterbeil schwebte. Jede Kuh im Knuchelstall hatte einen Wirbel im Genick, der früher oder später gebrochen werden würde. Alle würden sie sang- und klanglos die mit Kot verschmierte Ladebrücke eines Viehanhängers besteigen, um in Richtung Schlachthof zu verschwinden.

Mit einem letzten Blick auf Schecks Fleckhaut verließ Ambrosio den Stall. Ins Dorf hinauf, in den OCHSEN wollte er gehen.

Oberhalb des Wäldchens waren die Fahnen wieder verschwunden. Das Schießen hatte aufgehört. Die Baskenmütze auf dem Kopf, schritt er am Wegrand den Zäunen entlang. Er begegnete drei spielenden Kindern, einem Hund und noch einmal dieser Frau mit dem Fahrrad, die ihm nun in mörderischem Tempo bergab entgegensauste. Und durch einen Lattenzaun sah er beim Feuerweiher die über ein Blumenbeet gekrümmte Käserin. Ihr Kleid zeigte unter den Armen Schweißflecken und spannte sich blau über ihren Rücken. Auf einem Miststock blieb ein Huhn auf einem Bein stehen.

Der Gasthof ZUM GOLDENEN OCHSEN war nach der Art der Bauernhäuser mit Ziegeln überdacht und hatte über der Fassade auf der Dorfplatzseite einen sich unter den Giebel spannenden Rundbogen. Lindenbäume blühten hell, unter einer dunklen Eiche standen Gartenstühle und Tische, Lorbeer säumte den Vorplatz. Kieselsteine knirschten unter Ambrosios Sandalen. Auf der obersten Stufe der Eingangstreppe gewahrte er die mächtige Schwelle: In diesem Dorf war beim Betreten unvertrauten Geländes Vorsicht geboten. In der Fassade über ihm reihte sich Fenster an Fenster, drei Stockwerke hoch, alle blitzblank, alle mit Geranien, mit grün gestrichenen Läden und mit weißen Vorhängen verziert. Und ein vergoldeter, schmiedeeisener Ochse von der Größe eines kleineren Kalbes hing an der Hauswand. Es war die Silhouette eines gedrungenen Leibes: ein

Nacken gebeugt unter einem Joch, ein tief hängender Schädel. Im Korridor stand an einer Tür SPEISESÄLI, amtliche Plakate hingen an der Wand. Auf einem Emailleschild an der zweiten Tür stand GASTSTUBE. Hier hörte Ambrosio Stimmen und trat ein.

Einige Innerwaldner, die mit dem Rücken zur Wand auf Eckbänken saßen, wandten sich, mitten im Reden verstummend, der Tür zu. »Buenos dias«, grüßte Ambrosio. Er nahm sich die Mütze vom Kopf. Der Raum war niedrig und düster wie die hintere Ecke im Knuchelstall, doch Ambrosio erkannte sie alle, die Gesichter des Genossenschaftsverwalters, des Käsers, der Bauern. Das waren die Gesichter, die sich auch im Dorf nach ihm umdrehten, das waren die Männer, die auf ihn zeigten, die ihm unverständliche Witze machten, die ihm an seinen Überkleidern rumzupften, wenn er morgens und abends mit der Knuchelmilch vor der Käserei in ihre Mitte kam.

Ein Stuhl wurde verschoben. Die Serviererin trat neben den Schanktisch. Ganz hinten war Luigi aufgestanden. Ambrosio ging zwischen den Tischen hindurch. Auf einer grünen Samtdecke lagen sternförmig vier rosig geschrubbte Hände. Erst waren sie erstarrt, bewegten sich nun wieder, tasteten blind nach Jasskarten, noch musterten die vier Spieler den kleinen Spanier. Dann Grußgemurmel, lust- und ziellos. Und Hälse streckten, Stirnen glätteten sich wieder, Münder klappten zu, ein Streichholz flammte auf, Lippen schlossen sich um speichelfeuchte Tabakstumpen.

Luigi gegenüber saß der Feldmauser, der alte Feldmauser Fritz, dem das ganze Dorf sektiererische Machenschaften und Schlimmeres nachsagte. Er war der Feldstecher, Rattenteufel, Ohrengrübler, Landstreicher, Nachtgänger vom Langen Berg. Hüte sich wer kann vor der Berührung seiner Lumpen! Buben, geht ihm aus dem Weg! hieß es, und die Bäuerinnen schickten ihre Kinder ins Haus, wenn sie ihn am langen Stock über den Hofweg näher kommen sahen.

Ambrosio grüßte erneut, Luigi freute sich, winkte der Serviererin, und der Feldmauser öffnete, Ambrosios Blick folgend, langsam seine linke Hand, die wie eine aus Lehm geformte

Prothese auf der Tischplatte lag. Luigi lachte und sagte: »Du Muser, du immer spielen.« Ambrosio aber starrte auf die schwarzen Finger, die sich spreizten und gleichzeitig eine tief von Narben, Rissen, Schwielen und Wunden durchfurchte Handfläche freigaben. Verwachsen saßen Spuren von Sand und Erde tief in der braunschwarzen Kruste von Haut. Und so wie die Hand, so sah auch das Gesicht des Feldmausers aus: Die Nase war eine formlose Geschwulst von der Größe einer Kartoffel, die Haut schien aus weit geöffneten Poren zu atmen, wie Unkraut auf einem brachen Acker wucherten neben Bartstoppeln und Brauen knotige Grieben, Warzen und Furunkel. Stahlblaue, von Alkohol getrübte Augen musterten Ambrosio, und während sich seine Hand wieder langsam schloß und auf die Fingerspitzen drehte, sagte der Feldmauser: »Auf deinem Ranzen sollst du kriechen und Erde fressen dein Leben lang!«

Ambrosio drehte sich um. Hinter ihm wurden die Stimmen wieder lauter. »Habt ihr den Knuchelspanier gesehen? Er trägt wieder diese Heilandsandalen«, sagte ein Innerwaldner. »Ja, ja, dem Knuchel sein billiger Melker«, sagte ein anderer. Luigi winkte ab. Mit einer Handbewegung bedeutete er Ambrosio, das Gerede nicht zu beachten, bestellen solle er, die Bedienung fragte bereits zum zweiten Mal, was es denn sein dürfe. Ambrosio wunderte sich noch über die Breite dieser erdigen Hand, da stieg ihm der Geruch einer jungen Frau in die Nase. Ganz nahe stand sie neben ihm, er konnte ihre Körperwärme spüren. Ratlos wies er auf die herumstehenden Gläser und Tassen, hob die Schultern.

»Kaffee fertig«, sagte der Feldmauser. »Ja, Kaffee fertig! Ein Löffel in einem Glas, dann Kaffee, bis man den Löffel nicht mehr sieht, ja, und dann Schnaps! Schnaps, bis man den Löffel wieder sieht!«

Ambrosio nickte, und die Serviererin sagte: »Einmal Kaffee fertig, gern, merci«, und weg war sie.

»Du, Muser, zeig ihm, zeig ihm, was du in der Tasche hast«, Luigi stieß den Feldmauser an, der tat jedoch, als würde er nichts verstehen. Bei Luigis zweiter Aufforderung überging er die ihm zukommende Aufmerksamkeit noch mit schlecht gespielter Bescheidenheit, mit vorgeschobenem Kinn sah er sich in der Gaststube um, aber bei der dritten streckte er sich, so gut er konnte, zwischen Tischrand und Bank, wühlte mit verkrusteter Pranke in seiner Kleidung und zog schließlich ein Bündel hervor, das aussah wie zusammengeschnürte Gummistücke. Der Feldmauser wackelte damit, kicherte, schlenkerte es über den Tisch unter Luigis und Ambrosios Nasenspitzen durch. Abgehackte, gelbgraue Mäuseschwänze waren es, und schon steckte sie der Feldmauser wieder weg. »Schermäuse. Frisch vom Bodenhof. Heuer ganz schlimm.«

Zu Ambrosios Erstaunen brachte die Bedienung ein Tablett voller Geschirr zum Tisch. Er hatte doch nur einen Kaffee bestellt. Luigi lächelte vielwissend und sagte: »Eh! Que cosa vuoi!«

Ein kelchförmiges Kaffeeglas stand in einer Untertasse auf einer weißen Papiereinlage. Fein säuberlich wurde Übergeschwapptes weggesaugt. In einem Schälchen, außen braun und innen weiß, lagen zwei Packungen von jenem Zucker, den Luigi bei sich aus dem Koffer geholt hatte. In einem anderen Schälchen stand ein mit Rahm gefülltes Miniaturkännchen aus Silber, daneben lag ein Löffelchen, verziert und nach einem eingeprägten Markenzeichen im wohlhabenden Land selbst hergestellt, und darunter, mit trottenden Ochsen bestickt, die Serviette.

»Zwei fünfundzwanzig bitte, wenn ich gerade einziehen darf«, sagte die Serviererin, und Ambrosio war wie gebannt von ihrer Hand, die unter einem Spitzenschürzchen vor dem Bauch in einem Lederbeutel voller klimpernder Münzen kraulte. Da verstecken die ihr Geld!

Währenddessen hatte sich der Feldmauser geräuspert, auch mit seiner Knollennase wie ein Hund in der Luft herumgeschnuppert. Er rutschte hin und her, stützte sich auf den Tisch und rappelte sich auf die Füße, konnte aber nicht völlig aufrecht stehen. »Auf deinem Ranzen sollst du kriechen und Erde fressen dein Leben lang!« sagte er laut und ließ sich, da er in der Enge zwischen Tischrand und Bank hin und her schwankte, wieder zurückfallen. Niedersackend senkte er den Kopf so tief, daß sein Gesicht hinter dem Rand des Hutes verschwand.

Von den anderen Tischen kam Hohn daher, spöttische Bemerkungen wurden geäußert, von zuviel Schnaps war die Rede, doch keiner der Gäste ließ dem Feldmauser seine ungeteilte Aufmerksamkeit zukommen. Indirekt und noch verstohlen galt das Interesse den beiden Ausländern.

An ihr morgendliches Gespräch anknüpfend, hätte sich Luigi gern wieder in einen Rausch geredet, er wollte wieder in jenem Gemisch aus Italienisch und Spanisch zu parlieren anheben. Ambrosio wäre das mehr als recht gewesen, hätte er doch auch Fragen gehabt, wer die schenkelstarke Frau sei, die es im Radfahren zu solch beachtenswerter Fertigkeit gebracht habe, daß sie sogar bergauf die Innerwaldner Feldwege verunsichere, und woher dieser felsige Mann da komme, was er tue mit solchen Händen, wie die Serviererin heiße, auch was das solle mit den Mäuseschwänzen, aber seine eigenen Worte klangen fremd, er fühlte, daß er in diesem Raum nicht richtig reden konnte. Aus fleischigen Gesichtern wurde herübergeschielt, aufgedunsene Hälse streckten sich, Gelächter wurde laut. Die aufkommenden fremden Silben, Luigis Überschwenglichkeit, Ambrosios Zurückhaltung, alles mißfiel den anderen Gästen.

»Ja, ja. Jetzt ist dann der Spanier Meister auf dem Knuchelhof, wenn der Bauer in den WK muß«, sagte jemand. Ob der Knuchelhans denn in diesem Jahr in den Militärdienst müsse, wurde zurückgefragt. »Jawohl«, hieß es, der sei bei den leichten Truppen, beim Train-Regiment 18 sei der, in ein paar Wochen habe er einzurücken. »Der Knuchelhans einrücken?« zweifelte der Genossenschaftsverwalter. Das wäre ihm das Neueste, sagte er, während er sich, ohne zu bemerken, daß er nicht seinen Bleistift in der Hand hielt, mit der Jasskreide den Nacken weiß kratzte. »So geh doch selber nachsehen«, sagte der Käser. »Im Gang neben der Tür sind sie alle angeschlagen, die Wiederholungskurse und die Inspektionstage.« Und als der Genossenschaftsverwalter seine Karten niederlegte, den Stuhl zurückschob, hinausging und auf einem der klein bedruckten amtlichen

Plakate zu lesen begann, rief der Käser gegen die offenstehende Tür: »He, du schaust ja auf dem Viehmärkte-Kalender!«, worauf die beiden anderen Kartenspieler in ein halb unterdrücktes Kichern ausbrachen.

Gegrinst und gelacht wurde aber auch deshalb, weil sich der Feldmauser erneut aufzurichten versuchte. Mehrmals plumpste er zurück, hob drohend einen Arm und fauchte: »Auf deinem Bauche sollst du fressen und Erde gehen dein Leben lang.«

»Ja du, das stimmt«, sagte der Genossenschaftsverwalter zurückkommend. »Das wird mir zu- und hergehen auf dem Knuchelhof, wenn der Hans im Dienst ist.«

»Und ich soll dann käsen, ja genau, aber Doktorzeugnis habe ich noch immer keins gesehen, dabei steht es in der Verordnung«, sagte der Käser.

Schwankend und halb aufgerichtet begann der Feldmauser erst lallend, dann jedoch verständlich genug, um sämtliche Gäste zum Verstummen zu bringen, derbe Flüche auszustoßen, und als sich auch das letzte rosige Gesicht ihm zugewandt hatte, stützte er sich auf Ambrosios Schultern und sagte, er sei der Feldmauser, ja, der Feldmauser vom Langen Berg sei er, sein Geld trage er in einem Maulwurfspelz, das passe da rein, und ob denn hier einer sei, bei dem er Schulden habe, fragte er, und ob es denn nicht wahr sei, daß Ratten jeden Monat ein Nest voll Junge würfen, wenn man sie zu heftig bekämpfe? Bei diesen Worten schien er das Gleichgewicht vollends zu verlieren, doch nach vorne taumelnd legte er auch Luigi eine Hand auf die Schulter.

Er kenne sich nämlich aus mit Gift, fuhr er fort, ja er sei Feldmauser und noch nie habe er eine gestellte Falle vergessen, in fünfunddreißig Jahren nicht, und es solle ihm einer eine Handvoll Erde bringen, ungeniert, er würde ihm dann schon sagen, von welchem Acker sie komme, ganz egal, was zuletzt da angepflanzt worden sei, aber eben, diese Innerwaldnergringe, was sähen die schon. Beim heiligen Sankt Ulrich würde er es ihnen zeigen, und als sich ein junger Bauer erhob, auf den Feldmauser zuging, sich dann aber wieder setzte, sagte er: »Denn du sollst dich nicht schämen des Dreckes unter deinen

Fingernägeln!« Und nachdem er behauptet hatte, welcher Bauer die größten Kälber habe, wisse jeder, aber er, der Feldmauser, könne sagen, auf welchem Hof auch die Mäuse ihr Auskommen hätten, nahm er seine Pranken von Luigis und Ambrosios Schultern und brüllte: »Goldene Mäuse nach der Zahl der Höfe im Dorf, sollt ihr als Schuldopfer geben, denn es ist einerlei Plage gewesen, über euch alle!« Und auf die Sitzbank plumpsend, hauchte er weiter, die Augen verdrehend: »Ich bin der Feldmauser, Feldmauser bin ich.«

Darauf sackte er zusammen, sein Kopf fiel auf die Tischplatte, brachte ein Kaffeeglas zu Fall. Ein rauher, schnarchender Seufzer wurde laut. Der zerbeulte Hut fiel dem alten Mann vom Kopf und rollte über den Tisch weg zu Boden. Der junge Bauer, der sich vorhin wieder hingesetzt hatte, verrückte seinen Stuhl, griff nach dem Hut am Boden und sagte: »So, jetzt reicht es dann.« Eine Faust krachte nieder, eine Bierflasche wurde mit einem Knall geöffnet.

»Jetzt Heilanddonner«, sagte der Käser.

Eine rosige Hand krallte sich am Kragen des Feldmausers fest. »Loslassen«, sagte Luigi. Die Hand zog den Feldmauser hoch, und Luigi schlug zu. Als sich eine andere Hand um Luigis Hals legte, sauste Ambrosios Ellbogen in einen Innerwaldner Bierbauch. Wie Zangen legten sich ein Dutzend Hände um strampelnde Glieder. Nur der Feldmauser leistete keinen Widerstand.

»Nicht einmal mehr am Sonntag kann man in Ruhe jassen«, sagte der Genossenschaftsverwalter.

Luigi, Ambrosio und der Feldmauser wurden die Freitreppe vor dem OCHSEN hinuntergestoßen. Der junge Bauer schlug seine Hände gegeneinander, als wollte er sie von festklebendem Dreck befreien, und sagte: »Der Spanier stolziert ja auch schon auf unserem Land herum, als würde es ihm gehören, präzise wie der Feldmauser.« »Und in grünen Überkleidern«, fügte ein anderer Innerwaldner hinzu. »Was wollen die jetzt hier bei uns ihren Hosenladen lüften und uns in den Weg beisseln!« sagte ein dritter.

4

In der Großviehhalle im Schlachthof am Rande der schönen Stadt ließ die Hetzerei nicht auf sich warten. Es wurde nicht mehr nur unterdrückt geflucht, verachtend spuckte man hierhin, gestikulierte mit Messern und spuckte dorthin. Verdammter Scheißdreck! Diese Hurenidioten von saublöden Kuhhändlern! Und die Tschinggen! Drei Mann weniger, und jetzt ist auch noch der Gilgen weggeblieben.

Krummen hatte einen feuerroten Kopf. Es wollte kein Schwung in die Schlacht kommen. Die Verspätung betrug schon über eine Stunde.

Das erste halbe Dutzend Kühe wurde gemeinsam angeschlachtet. Erst danach konnte jeder Schlächter einen Posten beziehen, von Tier zu Tier gehen und sich routinehaft immer wieder auf den gleichen Arbeitsschritt konzentrieren. Noch griff jeder überall zu, tat, was zu tun war, jedoch schwerfälliger als üblich.

Am schwerfälligsten von allen gab sich Ambrosio. Er stand da und zitterte. Er war schwach in den Knien, bleich im Gesicht, starrte auf das Messer in seiner vierfingerigen Hand, dann auf das Kuhschienbein in seiner Linken. Er hatte es aus dem Fell gepackt und am Sprunggelenk abgesäbelt. Lose wackelten die Klauen an dem weiß-glitschigen Knochen; die Fersenbeinsehne war durchschnitten. *Unsere Metzger haben das Material in der Hand und können durch eigene Betrachtungen ermessen, wie großflächig und wertvoll eine Haut mit richtigem Aufschnitt und wie verzipfelt und minderwertig eine schlechtaufgeschnittene Haut ist.* Ambrosio machte einen Schritt weg von diesem Leib, der nur noch drei Beine in die Luft streckte.

– Siehst du keine Arbeit? Schläfst noch? Oder sucht der wieder seinen Mittelfinger? Huber und Hofer zischten aus ihren verzerrten Gesichtern. Ambrosio beachtete sie nicht. Er war erstarrt. Krummen zerrte am Strick die vierte Kuh in die Schlachthalle. Ambrosio ließ zum zweiten Mal sein Messer auf den Boden fallen. Die Kuh am Strick war Blösch. Blösch, die Leitkuh aus dem Knuchelstall. Ambrosio wich zurück. Seit sieben Jahren hatte er diese Kuh nicht mehr gesehen, doch er hatte sie mühelos erkannt, draußen vor dem Viehwagen auf der Rampe. Gespenstisch ist sie im Morgennebel aufgetaucht, ist in den Waagkäfig gehinkt, und Waagmeister Krähenbühl hatte mit spöttisch zusammengezogenen Augenbrauen ein kümmerliches Kuhlebendgewicht in sein Kontrollbuch notiert. Sang- und klanglos wurde der ehemalige Stolz des Langen Berges, die Stütze der Innerwaldner Zucht zum Schafott geführt. Nirgends ertönte ein Treichelklang, nirgends dröhnte eine Orgel, hier forderte kein Fanfarenstoß zur Achtungstellung auf. Wo war die Blöschglocke? Wo war das bestickte Band? Wo war die Dorfmusik?

Blösch leistete noch immer keinen Widerstand. Kuhfriedlich, als hätte sie saftiges Gras von der Knuchelhofweide unter den Klauen, stand sie neben Krummen und wartete.

Bis auf die Knochen war sie ausgehöhlt, ihr gerader Rücken war zu einer kantigen Bergkette von hervorstehenden Wirbeln geschrumpft, spindeldürr, entkalkt waren die Hörner, am linken Hinterbein eiterte eine schlecht vernarbte Gabelstichwunde, ihre Sprunggelenke waren geschwollen, und ihr Schädel hing tief an einem ausgemergelten Hals.

Die Tiere der Rinder-, Schaf-, Ziegen-, Schweine- und Pferdegattung sind – Notfälle ausgenommen – durch Bolzen- oder Kugelschuß ins Gehirn zu betäuben. Krummen würdigte die Kuh in seinem Griff mit keinem Blick. Kilchenmann! Schießen! Lang und hager lag Blösch am Boden.

Ambrosio war schon auf der Höhe der ersten Kuh im Mittelgang der Schlachthalle. Apathisch zog er sich zurück. Schlachthofmarschall Bössiger war aufgetaucht. Doch er mischte sich nicht ein. Er hielt Distanz zum Kampfgebiet. Um so wilder gebärdeten sich seine Adjutanten und Aspiranten. Und das volle Blutgeschirr! Und die Scheichen! Kann man euch eigentlich nie allein lassen? Muß man euch noch das Füdlen putzen helfen? Und diese Gringe? So hü! Himmelheilanddonnerwetter! Ambrosio! Ambrosio! Wohin willst du jetzt wieder?

Ambrosio starrte ins Leere.

Krummen fauchte Piccolo, dann noch den Lehrling an. Er kommandierte wild drauflos, hieß den einen die begonnene Arbeit unterbrechen, wußte nicht, was er ihm befehlen wollte, trat gleichzeitig einem dritten auf die Füße, schaute allen auf die Messer, war allen im Weg. Huber und Hofer eiferten ihm nach, erteilten auch links und rechts unnötige Befehle, bespritzten Ambrosio zuerst mit Wasser, dann mit Blut. Hinter Krummens Rücken beschimpften sie sich gegenseitig, meinten, es sei wohl nicht das erste Mal, daß man metzge, es wisse doch jeder, was er zu tun hätte. Mehrmals schielten sie zu Bössiger. Der hielt sich still im weißen Mantel, tat, als ob er nichts bemerke, als wäre er mit der Schlachtkontrolle in seinem schwarzen Buch beschäftigt.

Ambrosio tastete sich rückwärts aus der Halle. Überall war er mit Blut besudelt. Bei jedem Schritt saftete es in seinen Stiefeln, als wate er durch einen Sumpf. Dort wo die Hose nicht durch die Gummischürze verdeckt war, klebte sie ihm an den Beinen. *Denn du hast ihn zum Herrn gemacht über deiner Hände Werk; alles hast du unter seine Füße getan: Schafe und Ochsen allzumal, dazu auch die wilden Tiere.*

Ohne die Klinge mit den Händen zu berühren, öffnete Ambrosio die Toilettentür. Vor dem Spiegel stand der schöne Hügli und kämmte sich.

Ambrosio trat nicht ein.

Er ging weiter durch den langen Mittelgang des Schlachthofs. Messerscheide und Wetzstahl schepperten an seiner Hüfte, schlugen gegen die Beine. Endlos und leer wie ein Tunnel war der Gang, und Ambrosio trottete daher, immer weiter und weiter, bei jedem Schritt ein Schlag der scheppernden Messerscheide auf den Schenkel, und Ambrosio wiegte auch den Kopf im Rhythmus seiner Schritte. Bald würde die Schlächterei durch die Flügeltür aus der Halle ausbrechen, überquellen in diesen

Gang, Kampfgebrüll, Maschinenlärm, krachende Schüsse gingen ihr voraus. Die Opfer würden folgen, über die Waage weg, an den Kontrollbüchern der Händler und Waagmeister, an den fleischschauenden Tierärzten vorbei, gerichtet und gestempelt, gewogen und numeriert würde auch Blösch an einem Spreizhaken dahergeschoben werden, jene Teile, die nicht erst zur Weiterverarbeitung in der Kuttlerei, in der Darmerei, im Haut- und Fettlager verschwanden, würden hier herausgekrochen kommen, mit anderen hornlosen, augenlosen Kuhschädeln würde sich ihr Kopf auf einem Karren zu einem Berg auftürmen. In fahrbaren Mulden, in Stahlbehältern würde in einem Durcheinander von Lungen, Herzen, Nieren, Milzen, Lebern auch Blöschs Innerstes in allen Farben feucht glänzen, würde neue, den Leibern von hauptlosem Getier aus den Tiefen des Meeres ähnliche Formen annehmen, aber noch war der Gang unberührt von den Produkten der anlaufenden Schlachtarbeit.

Nur die Kiste stand da. Die Kiste, die seit Wochen von einer Seite zur anderen geschoben wurde. Die Kiste, die immer allen im Weg war, gegen die schon mancher in seiner Wut mit den Füßen getreten hatte.

Eine mannshohe Kiste aus Tannenholz.

Ambrosio beachtete sie nicht.

Sieben Uhr fünfzehn.

Schon schreien sie wieder.

Befehlen.

Jeder will befehlen.

So befehlt doch.

Kuh Nummer zwei und Kuh Nummer drei sind gestochen und enthauptet. Wir greifen nach ihren Beinen. Wir drehen sie auf den Rücken.

Beim Aufdrehen schiebt der Überländer ein Eisengestell unter die Leiber. Das verleiht den nötigen Halt.

Schwere Schwein, sagt Luigi.

Huber und Hofer keifen und wirbeln. Nur weil sie dem

Bössiger ihre Unentbehrlichkeit beweisen wollen. Immer das gleiche.

Bössiger beachtet sie nicht.

Piccolo schlitzt den Kühen den Bauch auf, zieht die Kranzdärme heraus, macht Raum im Innern der Kuh. Dann sägt er Schloß- und Brustbein auf.

Io niente pressiere.

Piccolo lächelt.

Luigi und Huber entfernen mit kraftvollen Schnitten die Klauen, die Fesselgelenke, die Schienbeine.

Auch Buri beugt sich über einen Kadaver und fuchtelt mit dem Darmermesser. Steif und unsicher auf den Beinen ist der riesige Buri. Er protestiert. Immer muß man noch anderer Leute Arbeit tun. Sein Darmermesser wirkt winzig. Mir hilft auch keiner, wenn ich im Rückstand bin. Buri wartet auf die Gedärme der ersten Kuh.

Die vierte Kuh liegt unruhig am Boden. Ich erkenne sie. Bei der hat Ambrosio auf der Rampe draußen losgebrüllt.

Wo ist Ambrosio?

Ich bücke mich.

Wie mager dieses Tier ist. Nichts als Haut und Knochen. Einen durchhängenden Rücken. Lange, spitze, überall vorstehende Knochen. Als ob sie das Fell durchstechen wollten. Nur Knochen. Knochen. Kein Fett, kein Polster. Nerven, Sehnen, Knochen.

Die Kuh zappelt, biegt den Rücken.

Vor dem Schuß war sie doch zahm, ganz ruhig war sie doch.

Sie rutscht hin und her.

Eine einheitlich strohrote Kuh.

Ein Blöschfell.

Nur am Widerrist, am Schwanzansatz, am Kopf ein paar weiße Flecken.

Sie reißt den Schädel vom Boden.

Die Hörner sind lang und gleichmäßig. Sie sind von vielen Geburten gezeichnet. Die Ringe sind nicht mehr einzeln erkennbar.

Ich presse mein Knie auf den dürren Hals.

An den Haarwurzeln ist das rote Fell angegraut. Es zittert in nutzloser Nervosität. Ein Beben läuft darunter hin und her.

Nur mit Mühe kann ich die Haut durchschneiden. Die wurde schon bei lebendigem Leib gegerbt.

Die Kuh wälzt sich hin und her. Sie sperzt und trotzt, spottet dem Loch in ihrer Stirn. Über den ganzen Leib hinweg verkrampfen sich die wenigen Muskeln. Die Kuh windet sich.

Ich kämpfe um mein Gleichgewicht.

Denn der Herr ist der Schatten über deiner rechten Hand.

Achtung, das Messer.

Mein Konfirmationsspruch.

Ich spüre die Kraft unter mir.

Der Hals will auf und nieder schlagen, wie die Schwanzflosse eines krepierenden Fisches.

Ich verankere einen Gummistiefel.

Konzentriere dich!

Schnell steche ich zu.

Ich verfehle die Halsschlagader beim ersten, auch beim zweiten, erwische sie beim dritten Versuch. Das Rot sprudelt hervor, in gewaltigen Stößen pumpt das Herz es hinaus ans Licht. Die hat doch unnormal viel...

Der Hals unter mir zittert stärker.

Ein Stöhnen, ein durch die Luftröhre bebendes Röcheln, ein Zucken, ein starker Ruck: ich springe auf.

Weg.

Die Kuh hebt den Schädel. Alles wackelt, zittert: Die rafft das Gerippe auf die Vorderbeine, die will aufstehen.

Mit rottropfenden Nüstern posaunt sie durch die Schlachthalle. Sie sitzt da und wiegt vor dem Rumpf Hals und Haupt von links nach rechts und von rechts nach links und noch einmal von links nach rechts.

Ich weiche zurück.

Die Kuh blutet aus der Wunde am Hals.

Stolz die Hörner. Das Kuhgeweih.

Ich klebe mich an die Wand, das Schlachtmesser in der ausgestreckten Hand.

Und da! Die Kuh sackt zusammen, fertig, in ihrer nervösen Kraft erschöpft liegt sie in ihrem Blut.

Piccolo starrt mich an.

Schon gut. Die Geister sind gebannt.

Niemand hat seine Arbeit unterbrochen.

Kilchenmann hat nur vergessen, den armlangen Draht durchs Schußloch ins Rückenmark zu stoßen.

Zuviel bleibt unzerstört.

Eine Blutleere in meinem Kopf.

Ich schließe die Augen, gleite mit dem Rücken an der Wand nieder in die Hocke und versuche, nichts mehr zu denken.

und Ambrosio im schlachthofgang an der kiste vorbei, nichts gesehen, scheppernd die messer, blutüberspritzt über und über der kleine spanier und die zentrifuge noch rein und fein im maschinenraum, noch ganz unblöschblutbesudelt, doch strömt es bereits zusammen aus jugularis und karotis, dazugegebenes citrat gerinnungsverhindernd bis Luigi kommt mit dem großen trichter, ihn aufsetzt auf das zentrifugengehäuse und blöschblut wird rinnen, zerwuchtet in blutsatz, in öliges plasma, dann ab in einer aluminiumkanne, als eiweißzusatz wird blöschblutplasma im wurstbrät landen, wird vorher rumspritzen, an wände, an die decke, blöschflecken überall, die letzten spuren einer kuh an Luigis armen und händen und auf den steinboden wird es tropfen, schmierig, glatt wird es Luigi unter die stiefel kriechen, der muß um sein gleichgewicht ringen, streckt die arme aus beim wegtragen der plasmakannen ist die ausrutschgefahr unermeßlich und ist nicht auch Ambrosio schon gesessen, auf dem hosenboden, durchtränkt im blut und Ambrosio sieht nichts, hört nichts, nur raus aus dem gang, wie lebendig muß ich sein mit soviel flüssigem tod und über das schlachthofareal getrottet, blind auf die anfahrtstraße, mitten auf der straße geht er, he! Ambrosio! einfach auf den horizont zu, messerscheide hin, messerscheide herunter von der straße der pförtnerruf, und bier ist in flaschen und in anderen ist keins weder bock dunkel noch spezial in harassen grünsoldatenstramm zu zwölf zu vierundzwanzig mit ketten gesichert jede unter der anderen darüber neben jeder dazwischen fünf lagen hoch auf dem FBW der runterschaltet Ambrosio hört kein leerflaschengeschepper geht nur sicherheitslinienlang und ein SAURER kommt hupend bremsklötze heiß ran und Ambrosio weiter, weiter und der SAURER dem FBW nach richtung schlachthöflich durchs tor im zaun aufhopsen tausend flaschen zum aus den kisten springen und ein drosselsurren um die einfahrtskurve kuhleibpoltern gegen viehtransportdinoSAURERkasten vier klauen haltlos auf den kotplanken und ein schlag die strickhalfter fest am ring hornlos der schädel aufgeprallt und im bauch gärt kraut kommt hoch drückt bläht unwiederkaufähig wie auch gaumen preßt das bierflaschengerumpel schaum unter dem patentverschluß runter in kantinenkeller ganz hinten am hof und auf der rampe zugbrückt sich der SAURER auf holtertipolter frischluft genüstert schnappen gittertore zu gewogen wird im käfig mit tupffinger ans schiebegewicht dreihundertsiebenundachtzig kilo jungkuh für SAURERbesitzer und viehhandelnden schindler vermerkt bei kantinenwirtin leerflaschen hydraulisch heckgeladen am FabrikBierWagen ganz tanzverrücktes gerassel und im wartestall hoch das kraut aus pansen ganz bolus um bolus wartekauend die jungkuh.

Sieben Uhr dreißig.

Krummen dreht auf.

Alle eifern ihm nach, hetzen sich selbst voran.

Immer nur hü hü hü.

In der Hast vergißt man die Zeit – manchmal.

Nur nicht den Griff am Messer lockern.

Meine Hand ist klamm. Ich fühle mich nicht gut. Die Kuh vorhin, die hat mich fertiggemacht. Meine Nase blutet. Wie an unsichtbaren Drähten hat die sich aufgerappelt. Das Röcheln. Das Zittern.

Ich säble wild, aber unsicher. Die Hautfetzen, an denen ich reiße, rutschen mir dauernd aus den Fingern.

Und das heute.

So stark wollte ich sein.

Krummen will aufholen.

Rasend schnell schleppt er die Kühe herbei und legt sie um.

Kilchenmann bremst; nur nicht gar zu forciert! Hübscheli, sagt er. Hübscheli.

Ich kann mithalten. Ich falle nicht zurück. Mich überrundet ihr nicht.

Wie Piccolo die Fliegen an der Wand im Eßraum, so drücken wir die Kühe auf dem Schlachthausboden aus.

Himmelheilanddonnerwetternocheinmal!

Die Tiere hat Krummen noch nie angeflucht.

Er wird sogar handgreiflich. Und du sollst nicht...

Eine kommt mit roten Striemen auf den Nüstern, eine hinkt mit einer offenen Wunde am Bein daher. Sie findet keinen Halt auf den nassen Granitplatten.

Sonst brüllen die Kühe nie so laut.

Krummen treibt sie im Laufschritt zu den frei gewordenen Schlachtbeeten.

Eine Kuh ohne Hörner: Verstört kriecht sie auf den Knien vor Krummen her.

Einen Ochsenziemer hat er sich geholt.

Kilchenmann behauptet, sein Schußapparat müsse geputzt werden. Auch brauche er andere Patronen. Für jedes Tier, dem Stirnhaarwuchs und der Schädeldicke angemessene Mengen Pulver. Diese greisenhaften Wurstkühe hier seien zu hartköpfig, zu hartnäckig, geradezu stierengringig. Sei einer das Rückenmark schon weggeschrumpft oder ausgetrocknet, könne man ihr lange mit dem Draht in die Wirbelsäule hinunter gusseln, das trage wenig ab, da müsse langsamer und sorgfältiger geschossen werden. Er verschwindet im Waagbüro.

Krummen protestiert. Groß aufgeblasen steht er neben der Kuh.

Die Kuh versucht, ihren Kopf loszureißen. Krummen hält sie

fest, wie im Schwitzkasten, drückt das Kuhhaupt an sich. Von Kühen läßt er sich nicht so leicht aus der Ruhe bringen. Er schaut auf die Leiber am Boden. Die ersten enthauptet, entstellt, ohne tierische Form; andere noch ganz nahe beim letzten Muh, noch erfüllt von Wärme, Leben, Blut.

Tadellos geworfen hat er sie.

Aus jedem Gang geht er mit zehn Punkten hervor.

Ein ewiger Sieger.

Und wer krümmt sich über die Besiegten?

Ich klopfe ihnen das Sägemehl vom Leib.

Auch aus meiner Nase tropft es. Mein verschmiertes Gesicht!

Ich gehe von Strick zu Strick, von Euter zu Euter, von Hals zu Hals, von Kuhkopf zu Kuhkopf.

Nur aufgepaßt auf das Messer.

Er steht über mir und schaut auf meine Nase.

Ich drehe mich ab.

Hast du etwa Nasenbluten?

Ich? Wo? Natürlich nicht.

Auch in der geduckten Haltung versuche ich mein Körpergewicht hinter die Klinge zu manövrieren.

Bleich bist du!

Ich höre, wie die Kuh schnaubt, gegen seine Schürze schabt. Wirf ihn doch. Eher bricht er ihr das Genick. Er hält sie fest, als wäre ihr Glotzkopf der Unspunnenstein.

Ich will wieder diesen Rhythmus, dieses Gefühl der Konzentration und des Vergessens, des Aufgehens in der Arbeit herbeiführen.

Luigi hat der Geisterkuh einen vollen Gebärmuttersack aus dem Leib gezerrt.

Nur nicht an diese blöde Kuh denken.

Nur nicht verkrampfen.

Ich habe keinen schweren Kopf.

Ich fühle mich nicht benommen.

Mir tut nichts weh.

Meine Hand ist ruhig.

Meine Nase blutet nicht.

Ich habe keine Schürfungen an den Händen, und nicht in einem einzigen Kratzer ätzt mir fremdes Blut.

Und der vierte Wirbel in meinem Rücken, ja, das ist das Zentrum der Welt.

Nicht auf das hervorsprudelnde Blut achten! Nur rein mit der Klinge hinter die Kopfhaut, nur nicht schlapp machen, nur nichts denken! Nichts denken. Nichts denken. Nichts denken. Nichts...

Von hinten mache ich mich an den nächsten Kuhrumpf. Die steht nicht wieder auf. Nicht jede ist besessen. Ich binde, ich öffne, ich steche zu. Ich lasse bluten, ich häute, skalpiere, enthaupte... ich wühle mich durch Haut, Sehnen, Fleisch, Schmerz, krieche daher, schlage um mich mit meinen Messern, suche Deckung hinter dem Arbeitsdruck.

Gut gehetzt ist halb überstanden.

Beim Leeren des Blutauffangbeckens richte ich mich auf.

Ich strecke meinen Rücken, greife verstohlen mit der Hand nach den zusammengestauchten Wirbeln. Gilgen hat gut reden. Gilgen hat einen breiten Rücken. Einen gesunden Rücken. Einen starken Rücken sollte man haben.

Mit weit gespreizten Hinterbeinen wird die Kuh, die nicht krepieren wollte, hochgezogen.

Die steht nie mehr auf.

Ihre Gebärmutter liegt graublau auf dem grünen Granitboden.

Piccolo schiebt einen Karren für die Eingeweide herbei. Er darf nicht allein vordringen, in die innersten Kammern der Kuh. Er transportiert das Zeug nur in die Kuttlerei hinaus. Er wartet auf Hügli. Der übt sicher Posen vor dem Garderobenspiegel, reibt sich Vaseline ins Gesicht.

Ich nehme schon den siebenten Hals unters Messer.

Die Einsamkeit der kopflosen Rümpfe hinter, hoffnungsloses Röcheln vor mir.

Die noch verdauenden Gedärme blähen die Bauchhöhlen zu Kugeln auf. Ein lahmes Sausen, dann rieche ich den aus einem erschlafften Ringmuskel entwischten Überdruck.

Knöcherig neben jedem Leib der dazugehörige, abgehäutete Schädel mit den leeren Augenhöhlen. Jeder hängt an einem Stachel des Rechens, der durch die Nüstern hervorsticht. Was zu einer Kuh gehört, muß bis zur tierärztlichen Kontrolle zusammenbleiben.

Fleischschauverordnung!

Fein säuberlich zur Seite des aufgestachelten Schädels auch die entsprechende Zunge. Daneben die Halfter.

Fein säuberlich dahinter der sich langsam füllende Bluttank.

Alles meine Arbeit.

Mein Werk.

Himmelheilanddonnerwetternocheinmal!

Krummen wird ungeduldig.

Kilchenmann! Heilanddonner! Schießen!

Numme langsam! kommt es aus dem Waagbüro.

Die Kuh wird nervös, bläht die Nüstern, schlägt mit dem Schwanz um sich. Niemand versteht es besser als Krummen, einer Kuh kurz vor dem Ende noch stoisch-aristokratisches Getue einzuflößen. Länger als fünf Minuten steht keine brav in der Schlachthalle herum.

Aber halt sie mir vom Leibe.

Ich ritze die Schlagader im Hals unter meinem Knie an.

Nichts!

Ist die Spitze meines Messer beschädigt?

Ich steche richtig zu. Das Blut sprudelt, schießt hervor, getrieben vom noch pumpenden Herzen.

Im Schlachtbeet hinter mir setzt Kilchenmann endlich seine Kanone an, drückt ab, wie ein Sack fällt die Kuh von Krummens Arm. Er schaut nicht hin, sieht nicht, wie sie fällt, niederkracht, stirbt.

Wenn er nur Chef spielen kann.

Er geht von Kadaver zu Kadaver und kontrolliert unsere Arbeit: An den gehäuteten Tieren darf nicht die kleinste Spur Dreck von der Haut sein, innen am Fleisch kein Blut, am Fett keine Galle, an der Zunge kein Schleim, in den Gedärmen kein Loch.

Die Kunst des Schlächters.

Krummen sieht, daß die vierte Kuh schon hängt, daß sie aber niemand ausweidet. Er geht ein paarmal hin und her, greift mit der linken Hand weit ausholend um seine ganze Stämmigkeit herum, vergräbt seine fünf Wurstfinger tief im Tuch an seinem Arsch und brüllt.

Wo ist jetzt der schöne Hügli wieder!

Himmelheilanddonnerwetter!

Und der Ambrosio!

Piccolo lächelt versteckt.

Ich möchte zurücklächeln, fühle dabei die Kruste an meinem Gesicht, habe keine Hand frei, um mich am Kinn zu kratzen.

Ich ziehe die Kopfhaut ganz ab.

Messerwechsel.

Ich lasse die mittellange Klinge langsam über meinen Wetzstahl gleiten. Mein kurzes Messer muß nachgeschliffen werden.

Wegen dieser blöden Hetzerei bin ich ausgerutscht.

An einem der einbetonierten Bodenringe habe ich es abgestumpft.

In der Mitte eines jeden Schlachtbeets ist ein schwerer Eisenring am Boden. Früher band man daran die Tiere fest, bevor man sie mit einem Schlachthammer oder mit einer Axt niederschlug. Später benützte man sie noch für die schweren Stiere. Eine Stange mit zwei Karabinerhaken wurde an dem Bodenring und an dem Nasenring eingeklickt.

Hügli kommt.

Schuldbewußt wie ein Hund schleicht er durch den Seiteneingang herein. Er sieht abgeschleckt aus. Er schnallt seine Messerscheide nicht um; er nimmt sie vom Rechen und rollt sich mit geübter Eleganz in den Gürtel, bewegt dabei seine Hüften wie eine Frau und wirft den Kopf zurück.

Schon gut, Hügli. Denkst wohl wieder, es seien Revolver. Hörst Musik he? Filmmusik.

Jetzt weiß ich auch, was der vorhin für eine Melodie gepfiffen hat.

Und meine Hände! Beinahe hätte ich die Messerspitze abgebrochen.

Irgendwo in dieser Genickkapsel muß es doch eine Sehne geben.

Ob die vierte Kuh ein Zeichen im Bauch trägt?

Vielleicht platzt einmal etwas Unerwartetes aus so einer Magengruft hervor.

Hügli macht sich ans Ausweiden.

Das Gerippe wird noch von einigen Fasern zusammengehalten.

Hügli schneidet sie durch.

Wie immer: Man hofft auf einen Wink, auf eine Antwort, und nichts passiert. Nur schlabriges Darmzeug hängt sich der geborstenen Kuh vor die Fellbrust.

Wie gekotzt hängt es aus ihr heraus.

Die verbirgt keine Geheimnisse mehr, die hat sich jetzt radikal offenbart – und nichts ist außergewöhnlich an ihr.

Der übliche Tintenfisch der Mägen und Därme.

Kein Kuhorakelspruch.

Ihr Innerstes ist außen. Die Werkstatt ihres Bauches ist leer. War sie vom Kuhteufel besessen, so trug sie ihn nicht im Ranzen.

Hügli gestikuliert mit seinem längsten Säbel. Ob denn Piccolo beim Gugger nicht warten könne? Wenn da jeder einfach irgendwo ziehen wollte! Zuerst müsse doch da, so, ja, hier, dieses Netz raus. Und zwar ohne überall wieder Kuhscheiße dranzuschmieren.

Hügli brüllt. Da sei ja doch nur immer er schuld.

Brülle nur. Gegen den Maschinenlärm kommst du nicht an.

Io? Non ho fatto niente io! Piccolo reißt die Hände hoch, als ob ihn Hügli mit einer Pistole bedroht hätte.

Schon wieder ein Duell gewonnen. Und jetzt arbeitet er übertrieben langsam. Wenn der Schlachthof ein Western wäre. Du kannst, was du kannst.

Piccolo will wissen, wozu dieses Netz denn eigentlich gut sei?

Netzbraten! Netzbraten! brüllt Hügli. Da läuft der Saft nicht raus. Capito?

Du weißt, was du weißt.
Molto bene, fare Brate.
Ich nicke Piccolo zu.
Er lächelt.

Ernest Gilgen war wütend.

Ernest Gilgen, der Meisterschlächter am Hof, Ernest Gilgen, der welsche Riese, Ernest Gilgen, der »Aschi«, der Ambrosiofreund, der Ernest Gilgen, der Kühe nicht schlachtete, der sie an die Wurzeln schlug und fällte wie Bäume, der Ernest Gilgen, dessen wilde Kraft weit über die Schlachthofmauern hinaus berühmt war, dieser Ernest Gilgen ballte seine Zangenfinger zur Faust. Sein Unterkiefer zuckte, schnellte vor, und eine dicke Ader schwoll an seinem Hals vom Hemdkragen bis unter die Bartstoppeln am unrasierten Kinn. Er hätte losrennen können, einfach ab wie früher, über Wiesen und Weiden, durch eine Schlucht, durch ein ganzes Bergtal, über eine Geröllhalde hinauf einem Gletscher zu.

Vor dem Kiosk an der Anfahrtstraße zum Schlachthof stapfte er hin und her.

In Blechkanistern und Gurkenbüchsen standen Glockenblumen und Schwertlilien im Wasser. Gilgen zielte mit dem linken Fuß, wandte sich wieder ab, zielte erneut, holte noch weiter aus – und dirigierte den Schwung im letzten Moment gegen den Abfallkorb. Papierfetzen, Zeitungen flatterten durch die Luft; Flaschen kollerten über Gehsteig und Straße.

– Eh du also! Was ist jetzt mit dem Gilgen los! Als hätte sie Atembeschwerden, schlug sich Frau Kramer, die Kioskfrau, mit den Händen vor die Brust. Herr Gilgen! Und um diese Zeit!

– Nom de Dieu! Sacré tonnerre! Schon gut. Gib mir ein Bier. Gilgen streckte einen Arm in den Kiosk hinein und lachte den herbeitretenden Waffenfabrikleuten zu.

Mehrere Werkzeugmacher, Dreher, Feinmechaniker, Maschinenschlosser und Büchsenmacher lungerten vor dem Werkeingang herum. Sie trugen blaue Überkleider, wühlten in ihren

Hosentaschen, grinsten Gilgen an und schauten sich über die Schultern in die Zeitung. Noch zehn Minuten bis zur Sirene der Achtuhrschicht. Sie umlagerten den fluchenden Schlächter, behielten auch den Werksverkehr im Auge:

Aufrechte Körper in langen Mänteln, zusammengeklappte Körper in kurzen Mänteln, auf Velos, auf Mopeds, auf Rollern, zurückgelehnte Körper in Autos, rauchend und nichtrauchend, fuhren auf den rot-weißen Schlagbalken am Waffenfabrikeingang zu. Der hob sich, senkte sich, der Pförtner musterte die Gesichter, ließ sie defilieren im Morgennebel. Hände hoben sich kurz winkend von Lenkstangen, Handschuhe wurden abgestreift, und der Werkzeugmacher Müller wünschte Pförtner Hirt einen schönen guten Morgen, und Präzisionsdreher Schuhmacher grüßte Werkzeugmacher Käser, Feinmechaniker Küfer erkannte im anrollenden Arbeiterstrom die Kollegen Waldmann, Holzer und Zimmermann, und der Maschinenschlosser Meier nickte dem vermummten Apparatemonteur Schäfer zu. Auch die Büchsenmacher Maurer, Gerber, Kohler, Wagner, Amman, Eisenschmied wünschten sich gegenseitig einen guten Tag. Kollege Beck drosselte die VESPA, nickte Richtung Kiosk. Elektrotechniker Jäger strahlte aus seinem neuen OPEL, Ackermann, der Laborant, schnallte noch im Fahren seinen Mantel auf, lockerte den Halsriemen am Sturzhelm. Viele Gesichter blieben verborgen hinter Tüchern, Huträndern, hinter Brillen und Schildern.

Graue Figuren auf Rädern auf Asphalt vor Nebel.

Nur Ernest Gilgen war bunt.

Seine Wut war bunt, sein Lachen, sein Fluchen, sein Hemd. Die Kopfhaut gerötet von Kälte, Zorn und Bier. Ernest Gilgen war da, voll und ganz, mit jeder Ader, wach und wütend, und die Werkzeugmacher, Dreher, Feinmechaniker, Maschinenschlosser, Büchsenmacher erwärmten sich an ihm ihre Gemüter. Sie wühlten in ihren Hosentaschen, stachelten einander auf, noch träge, und sie begannen zu witzeln:

– He, Gilgen, um diese Zeit schon besoffen?

– Schon wieder besoffen?

– Noch besoffen!
– Wohnst du immer noch an der Metzgergasse?
– Und jetzt machst du einfach wieder blau?
Sie stießen Rauch aus ihren Lungen. Sie standen bei den Schwaden wie Feuerschlucker bei ihren Flammen. Papiertüten hatten sie unter den Arm geklemmt. Schinkenbrote. Cervelats. Für die Kaffeepause.
– Wer will die Zeitung?
– Machst du heute wirklich einfach blau?
– Und? Warum nicht? He? Heute geht Ernest Gilgen blutspenden. Ja. Blutspenden. Nichts da von Gummistiefel und Gummischurz. Heute nicht. Wißt ihr, wo die mich können? In seiner Wut war Hohn, Verachtung für die Backsteinbauten hinter der Schlachthofmauer, in deren Richtung er spuckte. Hier! Hier können die mich! Voilà. Er griff an seine Hose, packte zwischen seinen Schenkeln alles, was er erwischte mit seiner schaufelgroßen Tatze. Er wippte in den Knien, hielt sich fest am Unterbauch, griff zu, schüttelte den Wulst im Hosentuch, als wollte er Saft aus seinen Hoden pressen. Sollen die ihre Wurstkühe ohne mich umlegen. Moi, je suis vachement bien ici!
– Hast du wieder zu wenig Blut im Alkohol?
– Mußt halt noch ein paar Liter saufen!
– Wenn du ja doch blutspenden willst, beim Roten Kreuz.
Werkzeugmacher, Dreher, Feinmechaniker, Maschinenschlosser, Büchsenmacher grinsten. Der Metzger spinnt.
– Du, Gilgen, kennst du den schon, den von dem Bub, der aus der Schule kommt und nicht weiß, was er werden soll?
– Hü, erzähl schon!
– He ja, der Lehrer kam nach Hause, mit den Eltern wollte er reden. Euer Hans ist jetzt dann fertig, im Frühjahr kommt er aus der Schule. Was habt ihr euch gedacht, he ja, was soll aus ihm werden? Werkzeugmacher, Dreher, Feinmechaniker, Maschinenschlosser, Büchsenmacher traten näher an den Sprechenden heran. Es wurde zum voraus gelacht. Gilgen, zwei Kopf größer als alle andern, beugte wie eine Giraffe den Hals. Ein unterdrücktes Kichern, ein Ellbogen prallte auf Rippen.

– Und was sagt die Mutter?

– He ja, sagt sie, sie hätten schon darüber nachgedacht, schon mehrmals hätten sie und der Mann davon gesprochen, so sei es halt, der Hansli könne es gar gut mit den Tieren, Tiere möge er über alles, und so hätten sie halt gedacht, eh ja, warum nicht Metzger?

Lachen barst aus den Gesichtern von Werkzeugmacher, Dreher, Feinmechaniker, Maschinenschlosser, Büchsenmacher. Man stieß sich in die Seiten, schielte auf Gilgen, klopfte dem Erzähler auf die Schulter. Es wurde weitergetrunken, Gilgen gab mehrere Flaschen aus. Allen zuprostend stand er in der Runde. Mit einem Handkantenschlag an den Patentverschluß öffnete er eine neue Flasche. Weiß lief der Schaum am grünen Glas hinunter. Gilgen leckte sich die Lippen.

Längst hatte er gelernt, über Spott auch in angetrunkenem Zustand erhaben zu sein. Sollen sie doch lachen! Spottsucht hatte ihn durch sein ganzes Leben begleitet. Spott hatte ihn auch schon einiges gekostet.

Die ersten Schritte hatte Gilgen in einem jener Grenztäler gemacht, die vor allem für die dort gezüchtete Rinderrasse – das Eringer Kurzhornvieh – bekannt waren, die aber auch wegen des grassierenden Tannensterbens von sich reden machten. Gilgen kam aus einem hochgelegenen Tal, aus einem Dorf, das unter dem Schutz der Bannwälder an den Hängen klebte. Die Holzhäuser waren sonnenverbrannt. Aus Lärchenplanken waren sie gezimmert. Manchmal wurde auch Fichte verwendet. Für die ganz neuen Tanne. Es waren einfache, aber hoch aufgerichtete Konstruktionen. Litt eine wachsende Familie an Platzmangel, so konnte das Haus ohne Schwierigkeiten aufgestockt werden.

Die Gäßchen zwischen den Häusern hatten Tiernamen. »Le Chemin du Mouton blanc«, »Le Chemin du Loup«. Die Hauptgasse hieß »La Rue des Vaches noires«. Außerhalb des Dorfes gab es wenig nennenswerte Wege. Auch keine Straßen. Steinige

Saumpfade führten die Hänge hinauf. Man achtete das Maultier wegen seines schwindelfreien Schrittes und betrachtete bei den Kühen die Berggängigkeit als ein Hauptziel der Zucht. Alle Männer trugen gutes Schuhwerk.

Die Frauen trugen schwarze Röcke mit schwarzem Mieder, weiße Spitzenblusen, und um den Hals banden sie sich rote Tücher. Auch während der Woche hatten sie eine schwarze Haube auf dem Kopf. Sie setzten gesunde Kinder in die Welt, Kinder, die schon kurz nach der Geburt in ihren rosigen Gesichtern Trotzfalten zeigten. Der Priester war der meistgegrüßte Mann im Dorf. Ein Hauch von Zwang, Strafe und Arbeit ging von ihm aus.

Das Leben der Leute war eng mit dem ihrer Tiere verknüpft. Wie Nomaden stiegen die Männer im Sommer über die Saumpfade hinauf ihren Herden nach. War nach ein paar Wochen eine Alp abgeweidet, wurde die nächst höhere bestoßen. Immer in äußerst bedächtigem Gang. Immer unter großem Glockenklang. Und in den Hütten machten sie Käse, den sie auf Holzgestelle schnallten und auf dem Rücken ins Dorf hinuntertrugen.

Die Viehzucht wurde mit Ehrgeiz betrieben. Drei- bis vierhundertköpfige Herden kamen auf den genossenschaftlich verwalteten Alpweiden zusammen. In hitzigen Kämpfen rangen die Leitkühe um die Machtpositionen. Das Vieh stritt um die wenigen Weideplätze, und um die stattlichen Herden erhalten zu können, stiegen Wildheuer bis über die Baumgrenze hinaus in die Berge hinauf. Die Wildheuer waren breitspurige Männer mit Gesichtern, die gekerbt waren wie Tannastmasken. Wetterflekken hatten sie auf der Haut. Und Furunkel, groß wie Kirschensteine. Auf der Suche nach Winterfutter für ihre Tiere war ihnen kein Aufstieg zu gewagt, keiner zu steil. Bevor ein Wildheuer auf einem Heuplatz die Sichel ins saftige Wildgras führte, gab er durch lautes Johlen seine Inbesitznahme des Fleckens bekannt. Das Echo leitete das Johlen weiter. So stieg keiner vergebens durch eine gefährliche Wand hinauf. Das Heu wurde Büschel um Büschel gesammelt, zu Ballen gebunden und wiederum auf dem

Rücken zum nächst gelegenen Schober getragen. Kapuzen an den Hemden der Männer schützten vor zu starkem Jucken im Nacken.

Blieb Zeit übrig, arbeiteten die Männer an Lawinenverbauungen. Oder sie errichteten auf einem Berggipfel, der vom Dorf aus zu sehen war, aus Lärchenholz ein neues Kreuz.

Geboren wurde Gilgen am 10. Mai 1925. Mutter und Vater unbekannt. Gemeinde gibt das Findelkind an ohnehin kinderreiche Familie ab. Dann Verdingbub auf einer Alm. An starker Sennenhand wird er aus dem Dorf geführt. Es ist Sonntag. Frauen in roten Tüchern, in schwarzen Hauben stehen an Gartenzäunen, schauen dem Jungen nach, ringen die Hände.

Vier Stunden über dem Dorf, mitten in einer Weide, die Alphütte. Aufgeschichteter Gneis, Wettertannengebälk. Schwere Brocken auf dem Schieferdach. Unter dem Dach ineinanderübergehend Ställe und Raum für Hirten und Helfer. Mensch und Tier atmen die gleiche Luft, trinken aus einem Brunnen. Weiter unten am Hang die zweite Hütte. Für Kleinvieh. Für Färsen und hochträchtige Kühe freier Auslauf. Salz wird dort gelagert. Sehr nahe in geschlossenem Kreis die Berge. Ein überschaubarer Horizont, eine ganze Welt.

Ernest Gilgen ist sieben Jahre alt, kommt daher wie ein Zehnjähriger. Übermäßige Absonderung von Wachstumshormonen. Er hat die Ziegen zu hüten, Reisig zu sammeln, zum Einfeuern beim Käsen und Kochen. Ein kleiner Knecht. Genannt: »Le boûbe«.

Auf der Alm wird wenig geredet. Mit dem Jungen schon gar nicht. Es gilt allgemein: Besser zuviel gefressen als zuviel geredet. Trotzdem Geschichten. Es wird erzählt von Zwergen und Kobolden, von wilden Wassern, von einstürzenden Bergen. Bei Vollmond öfter eine eigenartige Angst bei den Leuten auf der Alm. Als hauste in der Nähe ein Drachen. Alpträume für den hormongeschädigten Jungen.

Die Winter über zurück ins Tal hinunter. Besuch der Dorfschule. Alphabet und etwas Wissen kriegt er wie Streiche verabreicht. Mit elf Jahren überragt er um mehr als einen Kopf den Lehrer, der in einer überfüllten Stube über die Jugend des Dorfes herrscht.

»Le boûbe« wird gehänselt, immer häufiger ausgelacht.

Einmal schreibt er seinen richtigen Namen auf. Er stampft die Buchstaben mit den Schuhen in ein Schneefeld. Riesengroß steht es geschrieben: ERNEST GILGEN.

Nahe am Gestein, in unwegsamen Geröllhalden, beim Herausholen eines verlorenen Zickleins aus einer Felswand, erste Gefühle bewußt registriert. Was ist innen. Was ist außen. Diese Welt aus Härte machte nicht halt an der Haut seiner Hände, an seinem Körper. Geröll überall. Er ist überzeugt, auch in seiner Brust befinde sich kantiges Gestein.

Lernt die Handgriffe: die Pflege der Tiere. Melken. Schleppen. Die Salzsäcke, die er von der unteren zur oberen Hütte bringt, sind zu schwer. Er wird wegen seines Äußeren oft überfordert. Ein Sack Salz gleitet ihm von der Schulter. Bricht auf. Weiß rieselt das Salz ins grüne Gras. »Le boûbe« wird gescholten. Man fragt sich, ob sich seine Existenz überhaupt lohne. Für wen denn. Eine Bohnenstange von einem nichtsnutzigen Verdingbub. Heuen soll er. Die Wildheuer haben schon alles abgegrast. Er macht Jagd auf Murmeltiere. Nichts ist grün in dieser Welt aus Stein.

Man belädt ihn wie einen Packesel, schickt ihn mit Käse ins Dorf hinab. Die schwerste Last: die Steine in der Brust. Hunde bellen ihn an. Mädchen fürchten sich vor ihm. Die Frauen in roten Tüchern, in schwarzen Hauben kichern. Die nackten Unterarme legen sie auf die Gartenzäune. Dreizehnjährig hat er einen Schnurrbart und ist so grobknochig, man behauptet, er habe einen ansehnlichen Schuß Rinderblut mit in die Adern bekommen. Er würde aus der ganz großen Melchter saure Sahne saufen. Gras würde er fressen. Mit bloßen Händen Füchse fangen und erwürgen. Es heißt: Wo der Heu holt, da hat sich noch kein Mensch hinaufgewagt. Der wildeste Wildheuer im wilden Tal.

Eine hünenhafte Gestalt im Zustand fortgeschrittener Verrohung. Und doch noch ein Kind. Zur Furcht kommt beim

Anhören der nächtlichen Geschichten auch Neugier. Bei der Geschichte der drei reichen Schwestern zum Beispiel. Alle drei waren Jungfern. Die verstorbene vierte, die ist verheiratet gewesen. Die drei Schwestern plagen den Witwer bis aufs Blut. Sie schinden ihn ärger als ein Tier. Der erzählende Älpler beschreibt den erlösenden Tod als eine Welt ohne Zwang, ohne Strafe, ohne Arbeit. Im Schnee habe der gepeinigte Mann den seligen Schlaf gefunden. Ernest Gilgen hockt in einer Ecke und lauscht.

Im Herbst fällt überraschend eine große Menge Schnee. An einen Alpabzug mit den Tieren ist nicht mehr zu denken. Man ist eingeschneit. Der Lehrer befreit Ernest Gilgen von der Schulpflicht. Futter muß auf die Alp, Milch und Käse durch den Bannwald hinunter ins Dorf getragen werden. Und das Brennholz. In den Stunden unter drückender Last zählt er die Steine in seiner Brust.

Die Hütte wird für ihn das, was die Männer in den Geschichten als Hölle bezeichnen. Das Feuer unter dem gewaltigen Käsekessi. Die Köpfe der Tiere. Klauen. Hörner. Die Werkzeuge. Zangen. Gabeln. Im Finstern wird der Junge gesucht. Tastende, zugreifende Hände.

In einer Vollmondnacht verläßt er die Hütte. Er stapft durch den Schnee. Er dreht sich nicht um. Die drei reichen Schwestern waten ihm nach. In seiner Spur. Eine Welt ohne Zwang, ohne Strafe, ohne Arbeit habe der geschundene Mann gefunden. Ernest Gilgen breitet die Steine in seiner Brust aus, er verteilt sie vor sich im Schnee. Alles Graue soll weiß und leicht werden. Die Müdigkeit vom Tag ist groß, er schläft sofort ein.

Dann Knirschen. Wo ist er? Ist er aus Schnee? Stöße ans Gesicht. Hinter einer Kruste ein Schnauben. Bewegt sich ein Berg? Er friert. Er ist steif, kann sich kaum regen. Eine Kuh steht über ihm. Die Zunge ist rauh und warm. Sie dampft aus den Nüstern, ihre Hörner reichen bis in die Sterne. Alles glitzert. Eine Welt aus Glas.

Tannen, Kuppen, Berggipfel, alles ist wach.

Ernest Gilgen ist wach.

Er ist im Freilaufgehege der unteren Hütte. Drei Rinder staunen ihn an. Wie Sicheln die Hörner vor dem tiefblauen Himmel. Die Kuh leckt sich das Maul. Wo er das Salz verschüttet hatte, da hatte er die Steine ausgebreitet. Er steht auf, steif. Seine Brust ist leicht. Zu den Tieren legt er sich ins Stroh.

Für die Kuh, die ihn nicht schlafen ließ, hamstert er Roggenbrot. Das beste Heu bringt er in den unteren Stall. Diese Kuh soll stärker werden. Er packt sie bei den Hörnern und ringt mit ihr. Läßt sie nicht aufstehen, zwingt sie, sich hinzulegen. Der Weg durch den Bannwald ist immer neu zugeschneit, vereist an den steilen Stellen. Beim Gehen starrt er auf die Schuhspitzen. Er macht Pläne. Seine Stirn brennt. Wenn er aufschaut, sieht er die Berge wie in der Vollmondnacht hinter der Kuh: wach. Er will etwas von seiner Kuh. Und sein Schritt wird unfehlbar.

Die berggängigen Kühe der Eringerrasse sind untersetzt, dunkelbraun bis schwarz. Auf den Flanken ein rötlicher Schimmer. Kurzkopfrinder. Arm an den typischen Eigenschaften domestizierter Tiere. Das Gehirn in Proportion zum Körper noch immer relativ groß. Die Augen lebhaft. Die Anzahl der Schwanzwirbel nicht reduziert. Nur wenige kindliche Merkmale. Eringer werden erwachsen, wiegen aber selten über 500 kg. Und höher hinauf als die Eringer geht im unwegsamen Gelände keine andere Kuh. Geschichte: Den Römern haben sie gedient. Gastrinder. Das einheimische römische Vieh hatte rauhe Manieren. Gehöckert, ohne Wamme am Hals, es war häßlich, aber stark und arbeitsam. Auf den Feldern unentbehrlich. Zum Säugen der Kälber brauchten die Römer die genügsamen Eringer als Ammen. Pflegemütter, die aus den Bergen kamen.

Und Ernest Gilgens Pläne für seine Kuh: Krönung zur Leitkuh. Bei dem im Frühjahr stattfindenden Kampf um die Vorherrschaft auf den Weiden muß sie gewinnen. Heerkuh der ganzen Alp soll sie sein. Er verwöhnt sie beim Füttern, spricht mit ihr, geht mit ihr über Eis, treibt sie Abhänge hinauf und hinunter. Feste Beine hat sie. Eine stattliche Kuh. Eine starke Kuh. Und täglich nimmt er sie bei den Hörnern, ringt mit ihr.

Am groben Holztisch ein Streit um ein Stück Käse. Zum

ersten Mal macht »le boûbe« den Männern gegenüber von seiner Kraft für eigene Zwecke Gebrauch. Er wird sofort in Ruhe gelassen. Seine gekrümmt verwachsene Wirbelsäule beginnt sich aufzurichten. Ist Ernest Gilgen noch bei Dunkelheit unterwegs zwischen Tal und Alpsäß, schaut er in die Sterne. Er streckt sich. Auch auf Glatteis geht er aufrecht. So sicher ist sein Schritt geworden. Wach wie der Gang eines Steinbocks, zugleich ruhig wie der eines Maultiers.

Die Alpweiden grünen. Die Zeit der Kälber. Seine Kuh wirft früh. Dann der große Tag. Er flößt ihr Wein ein, stopft sie noch einmal mit Roggenbrot. Als wollte sie bei jedem Schritt Wurzeln fassen, pflanzt sie ihre Paarhufe auf den Boden. Sie ist gerüstet. Mit einem Stein schärft er die schwarzen Spitzen der Hörner. Der Kampfrichter aus dem Tal schleift sie mit dem Taschenmesser wieder stumpf. Am Treichelband führt Ernest Gilgen seine Hoffnung auf den Kampfplatz, wo sich die Tiere aus eigenem Antrieb messen wollen. Instinkt. Erst muht sie uninteressiert. Er hält ihr Salz unter die Nüstern. Ein Aufprall, ein Puffen. Plötzlich sind zwei Hornpaare verkeilt. Wie unabsichtlich kam sie mit einer anderen Kuh zusammen, Stirn an Stirn. Sie bleibt über mehrere Kämpfe hinweg siegreich, sticht die Tiere in der Nähe alle aus. Unterlegene Kühe geben sofort auf, machen sich davon, als wäre nichts geschehen. Keine kämpft einen verlorenen Kampf. Die Sennen werden auf die Außenseiterin aufmerksam. Was ist mit der? Die ist noch nie aufgefallen. Gegen die Favoritinnen geht es härter zu. Man erschwert ihr die Ausgangslage. Sie muß bergauf angreifen. »Le boûbe« soll schweigen, er hat nichts zu protestieren. Einmal steckt sie ein Horn bis zum Hornhöcker in den Boden. Erdschollen fliegen durch die Luft. Sofort richtet sie die Nüstern erneut auf die Rivalin, zielt mit einem Auge, setzt an, den Kopf tiefer als die Schultern. Beim Stoßen verändert sie den Angriffswinkel. Sie bleibt ungeschlagen. Der Senn staunt. Er ahnt nicht, daß sie trainiert, an besonderer Kost gehalten wurde. Sie wird bekränzt, aber man spart mit Blumen. Und Ernest Gilgen schwillt trotzdem im geheimen Stolz. Ja, man kann. Es ist erwiesen. Man kann planen, entscheiden, vorbereiten, ausführen. Man kann wollen. Ernest Gilgen lacht. Er läßt sich nicht mehr rumschubsen. Die Hundekommandos, mit welchen ihn die Männer hetzten und plagten, verstummen. Der schiefe Rücken wird gerade wie der eines Ochsen. Zu gerade. Aufrecht gehend ist den Männern der Junge zu groß.

Kriegsbeginn. Not am Metzger. Aus dem Verdingbub wird ein Lehrbub. Was sollte die Gemeinde auf die Dauer mit einem Riesen auf der Alp. Die Ordnung wäre gefährdet. Und ein Findelkind. Ein zwei Meter großer Geißenpeter geht mit der nächsten Käsefuhr ins untere Tal.

Arbeit gibt es genug. Der Metzger hält sich Schweine und eine Kuh. Mangel an Gehilfen. Ernest Gilgen lädt täglich Futtergras, Mist, im Dorf eingesammeltes Schweinefutter auf einen Handwagen. Er ist Knecht, Laufbursche, Schweinetreiber. Er lernt, wie man Tierhälften für den Verkauf zerlegt. In seinen Händen betrachtet er eine Sekunde lang das Fleisch, noch warm von der Schlacht, bevor er zum Metzgerhaken greift und sticht.

Allgemein wenig Heimweh nach Dorf, Alp, Bergen.

Der Lehrmeister betet, bevor er ausholt zum Schlag gegen ein Tier. Bei Stieren holt man den Priester für eine Weihe. In Gilgen, der dabeisteht, Werkzeuge gerüstet, Messer geschliffen, der Nachhall des Gebetes, des »Ranz de vache«, das der Senn abends mit tragender Stimme vor der Hütte sang.

Mit den Soldaten im Dorf erstes Parlieren, erstes Provozieren in einer fremden Sprache. Le bœuf, der Ochse, la vache, die Kuh, fermez la porte, die Türe zu. Ha ha ha. La maîtresse, die Matratze, le comestible, der Gummistiefel. Und wie stark ist denn nun das riesengroße Mondkalb wirklich. Die Soldaten fordern Ernest Gilgen zum Schwingen heraus. Hatte er im Nacken nicht den Muskelkamm eines Stieres. Er lernt schnell, legt alle auf den Rücken und lacht. Er hatte bis dahin genügend Gelegenheiten gehabt, bei der Arbeit in den Bergen zu lernen, wie man nach vaterländischer Art das Gesicht verzerrt, wie man murksen, wie man knorzen, wie man trotzen kann.

Man spricht von seiner gutmütigen Kraft.

Der ersten Kuh, die er selber schlägt, trinkt er eine gewölbte Hand voll Blut aus den Adern, daß sie weiterlebt, in mir, bricht ihr einen Mahlzahn aus dem Kiefer, den er sich mit einem Loch versehen läßt, damit er ihn umhängen kann.

Nach der Lehre Wanderjahre. Er gibt einen Satz Messer in Auftrag. Ausbeiner, Hauter, Abbinder, Stech-, Brüh-, Bank-, Rasier- und Abschwartmesser. An jedem das Heft groß genug für seine Hände. Jede Klinge mit seinem Monogramm. Wahre Schwerter läßt er sich schmieden.

Neben den Messern ist noch die Berufswäsche vom Burschen zu stellen. Ernest Gilgen krempelt seine Metzgerblusenärmel bei einem Pferdemetzger hoch. Nach zwei Tagen krempelt er sie wieder runter. Er geht über die Berge, schlachtet in deutschsprachigen Regionen. Man begegnet ihm mit Mißtrauen, mit Spott. Wirtshausschlägereien. Noch steigt ihm der Wirbelsäule entlang Stolz in den Körper. Längst keine Spur mehr von Verformung. Nur groß, unheimlich groß. Ein derartiger Kleiderschrank von einem Mann. Mädchen erröten in seiner Gegenwart. Dem möchte ich lieber nicht an einem finsteren Ort begegnen. Meisterfrauen, Wirtinnen schauen ihm auf die Hände und schweigen. Ein Metzger. Wenn der. Man kann sie ja sehen, die bluttropfenden Riesentatzen. Sind sie untätig, gleichen die Finger züngelnden Schlangen voller Kraft und Können – und doch stumm verworren. Ohne Messer sind Gilgens Hände hilflos, drängen sich ungelenk auf, eilen dem Körper voraus, immer grifflustig, lüstern, scharf auf das Holz am Messerheft, scharf auf Fleisch.

Gilgen schwingt. An etlichen Festen verdirbt er den etablierten Helden den Spaß. Er führt nur wenige Schwünge im Repertoire. Sie reichen aus. Er gewinnt oft, er gewinnt hoch. Obschon man mit der Maximalnote geizt. Er schnallt sich nie den Gurt der Zwilchhose zu, ohne an die Alp zu denken. Betritt er das Sägemehl, sieht er auf dem ganzen Kampfplatz für eine Sekunde nur Kühe. Er sieht, wie sie sich paarweise die Hörner verkeilen, wie sie sich gegeneinander stemmen. Mehrmals wurde Gilgen wegen übermäßigen Gelächters disqualifiziert. Hier wird geschwungen, nicht so saublöd gelacht.

Dann die Episode mit dem Preismuni. Zwischen den Kämpfen am Fest spielt Gilgen mit dem bekränzten Tier. Zur Freude des Publikums legt er den 12 Monate alten Stier aufs Kreuz. Die Marignanogesichter der Schwingergarde wenden sich ab. Nur so tun, als bemerkten wir nichts. Platzverweis für Ernest Gilgen. Platzverweis für diesen komischen Vogel. So eine Gelegenheit lassen wir uns doch nicht entgehen. Bis der noch Schwingerkönig wird. Den sperren wir jetzt. Bis Ende Saison. Aufatmen im Schwingerstaat

Darauf viel Schadenfreude. Schlägereien. Schwierigkeiten mit Militärbehörden. Wiederholungskurs verpaßt. Einem Wachtmeister der Kantonspolizei den Hund im Feuerweiher ertränkt.

Neue Anstellung als Wurster in mittlerem Betrieb. Der siebte Stellenwechsel in zehn Jahren. Im Lagerkeller ist er auf drei Dutzend Säcke Weißmehl gestoßen. Gestapelt zwischen Salztonnen und Darmfässern. Ob denn hier auch noch gebacken werde, will Ernest Gilgen vom Meister wissen. Oh, das Mehl? Das ist im Krieg auf einem Abstellgeleise vergessen worden. Ein ganzer Eisenbahnwaggon davon. Das war günstig zu haben. Was er aber nun damit vorhabe. Er habe gewiß gerade mit ihm darüber sprechen wollen. Es ginge nämlich um das Wurstbrät. Gilgen solle es doch ein wenig strecken, nicht übermäßig, einfach so wie früher. Man habe das ja auch mit Erdäpfelmehl gemacht. Mais, la guerre, c'est fini. Non? Ja schon, aber Mehl sei noch da. Darauf zeigte Ernest Gilgen auf die schwarzen Punkte, oben in einem angebrochenen Sack. Hier sind doch schon die Mäuse drin. Oh, wegen dem bißchen Mäusedreck. Er solle nur gut umrühren. Gilgen ahnte Schlimmes, doch er blieb. Es ist nicht leicht gewesen, eine Stellung zu finden.

Der Meister befiehlt ihm außer dem Mehl noch ein Pulver unter das Wurstbrät zu rühren. Die Würstchen waren bleich geblieben. Trotz Paprika, trotz Pökelsalz. Die beim Räuchern eintretende Umrötung war nie kräftig genug. Gilgen schnuppert an dem unbeschrifteten Plastikbeutel, den ihm der Meister neben die Gewürzwaage legt. Ob das etwa Farbe sei? Das sei doch verboten. Die kurze Antwort: Von Gesetz und Geschäft verstehe er soviel wie eine Kuh vom Sonntag. Er solle gefälligst tun, wie ihm befohlen. Und wenn es ihm nicht passe, dann könne er.

Wenige Monate später steht der Landjäger in der Schwingtür der Wurstküche. Die Daumen eingehakt im Gürtel der Uniform. Gilgen solle ins Schloß hinauf auf den Posten kommen. Es gäbe da etwas zu regeln. Der alte Kantonstierarzt war gestorben, der neue hatte bei Amtsantritt bei der Metzgerschaft Stichproben machen lassen. Laboruntersuchung von Fleischwaren. Warum ist dieses Gehackte so rot? Warum diese Cervelats? Wenn doch fast kein Fleisch drin ist? Der Meister lehnt jegliche Verantwortung ab. Der Gilgen, der große Gilgen habe bei ihm die Würste gemacht. Und der große Gilgen hängt. Den kenne man ja. Man kommt von weit her, um auszusagen über seinen Charakter. So groß, und so stolz, Herr Richter. Wenn man da nicht ab und zu einen Ast absägt an diesem Baum. Ernest Gilgen bekommt drei Monate unbedingt.

Kurz nach der Einlieferung in die Strafanstalt Sitzwil ein Schreiben vom Metzgereipersonalverband, eins vom Schwingerverein: In Anbetracht der Umstände. Mitgliedschaft aufgehoben. Und Gilgen lacht. So ein Witz. Die Hosenscheißer.

Dem Anstaltsgut zugeteilt, lernt Gilgen mehr über Umgang mit Simmentalerstieren, mit Simmentalerochsen. Es sind die größten im Land. Wuchtiger als Traktoren. Gilgen beweist Fingerspitzengefühl. Gegen seinen Einspruch wegen guten Betragens vorzeitig entlassen.

Findet keine Arbeit. So groß, und vorbestraft. Der ungepflegte welsche Riese. Gelegenheitsarbeiten. Schneeschaufeln. Aushilfe im Schlachthof. Saufen. In den Wirtschaften an der Metzgergasse gut bekannt. Nächte in der Ernüchterungszelle der Stadtpolizei.

Bekanntschaft mit Louise Fröhlicher, 42, ehemals Barmaid im Gasthof ZUR GOLDENEN GLOCKE. Jetzt Serviertochter im SCHWERT. Sie entdeckt das Kind im großen Mann. Später vom Gericht als mitschuldig am erneuten Entgleisen des Angeklagten Ernest Gilgen betrachtet.

Es war die Zeit der steigenden Fleischpreise. Bei Gastwirten herrschte großes Interesse an billigen Spezialstücken vom Rind, z. B. Entrecôte, Filet, Huft. Ernest Gilgen schafft sich einen Lieferwagen an, gibt sich als Storenmetzger aus. Er fährt auf entlegene Weiden, beobachtet Rinder, junge Kühe. Nachts schlägt er zu. Er kuhwildert. Bauern kratzen sich beim Nachzählen ihrer Herden die Hälse wund. Jetzt beim Donner. Gilgen zerlegt die leichten Tiere an Ort und Stelle. Vergräbt Haut und Innereien. Das Fleisch verkauft er ungestempelt auf dem schwarzen Markt. Es gefällt ihm, allein mit den Opfern unter freiem Himmel zu arbeiten. Das versickerte Blut, der Geruch der Organe im taufrischen Gras. Die aufgebrochene Erde. Louise Fröhlicher wirbt Kundschaft. Eines Nachts blenden ihn gleichzeitig mehrere Lichtkegel. Er steht mit blutbespritztem Schurz, das Messer in der Hand, mit nackten Armen und Schultern da. Er ist umstellt. Verhaftung. Er hatte zu oft zugeschlagen. Zorn im Bauernstand. An den Galgen mit dem Gilgenvogel. Zwei Jahre Sitzwil unbedingt.

Zurück zu den Stieren, zu den Ochsen. Wieder gutes Betragen. Hang zum Übermut. Kein Verständnis für Autorität. So der Direktor zur Vormundschaftsbehörde. Ein lebender Stier habe in der Anstaltsküche nichts zu suchen. Die Ochsen treibe man erst aus dem Stall, wenn man die Tür geöffnet habe. Den Melktieren falsch gelagertes, mit Alkohol von der Gärung durchsättigtes Futter zu verabreichen, sei unverantwortlich. Kühe müßten beim Melken auf eigenen Beinen stehen können. Und weiter im Text: Treten im Anstaltsbereich solche und ähnliche Störungen auf, gibt sich der Häftling Ernest Gilgen regelmäßig durch sein krankhaft inbrünstiges Lachen als schuldig zu erkennen. Deshalb habe man unter Berücksichtigung von, usw.

Nach der Entlassung verschafft ihm ein eifriger Vormund Arbeit im Schlachthof. Da können Sie sich austoben. Nur der Geschäftsführer ist informiert. Und der Vorarbeiter sei ein Kranzschwinger. Vielleicht könnten Sie wieder. Versuchen Sie es doch. Fräulein Fröhlicher wäre bestimmt nicht abgeneigt, falls Sie an eine Stabilisierung ihrer Lebensumstände denken.

Waren Sie vielleicht schon einmal in einem Schlachthof? Waren Sie schon einmal bei Fräulein Fröhlicher? Aber Ernest Gilgen tat, wie ihm empfohlen.

Sein letzter Aufstieg: Vom Zuchthäusler zum Schlachthäusler.

Nach soviel Gutmütigkeit, wie Ernest Gilgen beim Anhören des Metzgerwitzes gezeigt hatte, waren die Werkzeugmacher, Dreher, Feinmechaniker, Maschinenschlosser, Büchsenmacher beim Kiosk neben dem Eingang zur Waffenfabrik, nun auch willig, aus der starken Schlächterhand eine offerierte Flasche Bier entgegenzunehmen. Hier: Prost. Hier: Ein Pröstlein. Hier: Gesundheit. Gilgen trank vor, sie tranken nach. Er konnte halt doch einiges ertragen, der große Gilgen, er wurde nicht immer gleich wütend, wegen des kleinsten Witzes.

Trinken wir halt mal vor Schichtbeginn eine Flasche Bier. Und die Gruppe scharte sich enger um Ernest Gilgen.

– Wenn ich zurückkomme vom Blutspenden, dann erzähle ich diesen Witz dem Krummen, dem Arschloch. Aber sicher. Prost!

– Dem Krummen?

– Krummen? Ist das der Kranzschwinger?

– Arbeitet der im Schlachthof?

– Klar. Der ist dort Vorarbeiter.

– Gell Gilgen, dein Chef?

– Chef?! Ha! Der kann sich einen anderen suchen. Mich hält der nicht mehr zum Löl. So ein Arschlecker! Oh, wie ich den Sauhund könnte! Aber dann ungespitzt in den Boden. Aber mir befiehlt der nichts mehr. Mir nicht. Mich juckt es auch immer, wenn der in meine Nähe kommt. Ja, hier in den Armen. Und Ernest Gilgen trat zurück, er brauchte Platz, um ausholen zu können, um zu demonstrieren, mit was für einer Ohrfeige Krummen konfrontiert werden könnte. Gilgen knirschte mit den Zähnen, das Blut wallte ihm in den Kopf. Der soll mir in die Hände laufen. Schon lange möchte ich mal mit ihm Schwingen. Uhgh, den würde ich aber!

– Du Aschi, paß dann auf. Am regionalen Schwingfest war er wieder im Schlußgang. Zweiter hat er gemacht. Der Mann hat Kraft, wagte jemand einzuwenden.

Kraft! Hast du ihn gesehen im Sägemehl? Weiße Schühlein trägt er jetzt, ein weißes Hemdchen für die Tribüne. Dieser Sonntagsschwinger! Gewichtheben und OVOMALTINE saufen, aber hier im Ranzen, hier, da fehlts an Kraft und Saft. Ein Taktiker ist er. Ein Spörtler. Vor dem habe ich doch keine Angst. Gilgen war in Schwingerstellung gegangen, er stöhnte und tat, als würde er einen Gegner an den zum Schwingen benützten Zwilchhosen hochreißen. Einen Schaukampf gegen Unsichtbar inszenierte er auf dem Kioskvorplatz. Nach bekannter Manier preßte er sich die Zungenspitze aus dem Mund, *und urkundlich wird das Kleiderringen erstmals 1235 erwähnt,* und die Adern in Gilgens Nackenfleisch zerplatzten schier. Er setzte zu einem Oberarmschlungg an, kniete nieder, tat, als zappelte jemand im Straßengraben. Aufs Kreuz muß mir der Krummen, der Sauhund!

Die Werkzeugmacher, Dreher, Feinmechaniker, Maschinenschlosser, Büchsenmacher machten Gilgen lachend Platz, und auf einmal gab es noch etwas anderes zu begaffen. Hände griffen nach Streichhölzern und Zigaretten, Hände begannen an Haut zu kratzen, Hände gestikulierten, Hände in Überhosentaschen spielten plötzlich noch intensiver durchs Tuch hindurch mit Schwänzen und Hoden, Hände, die eben noch ruhig an der Zeitung herumgefingert hatten, begannen diese zu zerknüllen, Hände an Bierflaschen verkrampften sich. Beim Donner: Was soll jetzt das bedeuten?

Mitten auf der Zufahrtstraße zum Schlachthof kam der Sicherheitslinie entlang Ambrosio angetrottet. Er war in voller Schlachtmontur, bewaffnet mit den Messern an den Hüften, in Gummistiefeln und Gummischurz. Verloren, mit großen, weit aufgesperrten Augen kam er daher, schaute nicht nach links und nicht nach rechts, wiegte nur den Kopf im Rhythmus seiner Schritte.

– He, Ambrosio! Ambrosio! Paß auf!

Der Brauereiwagen hupte an ihm vorbei. Er beachtete ihn nicht. Viehhändler Schindler am Steuer seines SAURER-Viehtransporters brauste die Zufahrtstraße hinunter auf das Schlachthoftor zu. Ambrosio war nicht ausgewichen, er ging einfach weiter, die Augen unbeirrt wie bei einem Schlafwandler auf den Horizont gerichtet.

– Sacré tonnerre! Gilgen sprang auf, war sofort auf der Straße und zog Ambrosio von der Fahrbahn. Du könntest ja tot sein! Nom de Dieu! Schau doch, wo du gehst! Jetzt schaut euch einmal diesen Bajazzo an!

Die Werkzeugmacher, Dreher, Feinmechaniker, Maschinenschlosser, Büchsenmacher sahen, was Ernest Gilgen längst nicht mehr auffiel: Sie sahen Blut. Es war tierisches Blut, und es war da, wo es nicht hingehörte. Sie starrten halb angeekelt, halb lüstern, sie verzogen die Gesichter und spuckten in den Straßengraben. Keiner beachtete die Sirene, die im Waffenfabrikareal zum Beginn der Achtuhrschicht aufheulte. Ihre Hände rieben Nasenspitzen, klaubten in Ohren, kratzten hier und dort, tippten Asche von Zigaretten. Die graue Routine war durchbrochen, dieser Tag begann nicht wie alle anderen. Ein Zeigefinger bohrte an einer Schläfe, ein Kopf stellte sich schief, ein Kiefer mahlte, verschob sich fragend, die dabei hervortretenden Sehnen zeigten es an, die aufgesperrten Münder würden gleich Worte formen.

– Hm.

– Ah, so.

– Du, das ist ja wahnsinnig.

– Hans, hast du das gesehen?

– So ein Sauhund.

– Soviel Blut!

– So arbeiten die?

– Sauhunde.

– Schau, sogar noch auf der Glatze.

– Ja, wo Fleisch ist, da ist Blut.

– Du, Gilgen, ich habe gemeint, ihr stecht Kühe ab, um mit dem Blut Würste zu machen. Nehmt ihr vorher noch ein Bad darin?

– Hier, Ambrosio. Gilgen hatte Bier geholt. Was diese Waffenfabrikherren wieder für Zeug erzählen.

– Aber wahr ist es. So kommt doch kein anständiger Mensch daher. Du siehst ja selbst. Und überhaupt...

– Du bist auch ein anständiger Mensch! Bis es dir noch ergeht wie dem Studenten gestern. Der wußte auch nicht, wie dumm er reden wollte. Den haben wir aber eingetaucht, in den Bluttank.

Gilgen trat mit geballten Fäusten auf den Sprecher zu: Laß mir doch den Ambrosio in Ruhe!

Und die Werkzeugmacher, Dreher, Feinmechaniker, Maschinenschlosser, Büchsenmacher traten zurück. Distanz zu diesem bluttriefenden Gastarbeiter! Auch zu Gilgen. Wer weiß, vielleicht fängt er doch noch an zu spinnen. Wer konnte es genau wissen, bei so einem. Dieser Metzger. Gut, daß man nichts mit ihm zu tun hatte. Überhaupt dieser ganze Schlachthof. Ging es da mit rechten Dingen zu?

Täglich sahen sie die Backsteinbauten, den rauchenden Schlot, sie sahen beschürzte Gestalten hinter dem Schlachthofzaun, auch kannten sie die Viehtransporter, die Lieferwagen der Metzgereien in der Stadt, und sie kannten die Schlächter, die wie Gilgen auf eine Flasche Bier oder um die Zeitung zu kaufen an ihren Kiosk kamen. Das Brüllen der Kühe in den Eisenbahnwaggons auf den Abstellgeleisen hatten sie schon gehört, Fleisch aßen sie täglich und gern, doch was geschah mit den Tieren unter den angeschrägten Glasdächern, was genau geschah hinter dem hohen Zaun? Was mußte geschehen, bis die Kuh als Braten im Lieferwagen lag? Was war das für ein Prozeß, der als Nebenprodukt mit Blut übertünchte Fremdarbeiter absonderte und zum Schlachthoftor hinauswandeln ließ?

In den Köpfen der Werkzeugmacher, Dreher, Feinmechaniker, Maschinenschlosser, Büchsenmacher gab es ein paar Kindheitserinnerungen, mit dem großen Pinsel übermalt, vermischt mit schlimmen Kriegsfilmbildern. Wie hatte doch damals die Katze geschrien, als Großvater sie im Brunnen ertränkte? Und die Fische bluten auch, wenn man ihnen auf dem Bootssteg die Köpfe zerschmettert. Und das graue Pferd am Milchwagen, das abgestürzt war und sich auf unglückliche Weise selbst an der Deichsel aufgespießt hatte. Schaute da unter der weggerissenen Haut nicht schon das Schnitzel hervor? Bestimmt hatte es etwas mit Leben und Sterben zu tun. Schießen mußte einer. Mit Karabinern. Mit Kanonen. Mit Schußapparaten. Nach Pulver roch es in jedem Fall. Das wußte man. Und das reichte. Man brauchte keinen blutbesudelten Ambrosio vor dem Kiosk. Weg mit ihm. Der stinkt ja richtig. Waschen soll sich der! Der Sauhund!

Und auch Frau Kramer kam aus dem Kiosk, musterte Ambrosio und stellte sich vor ihre Blumensträuße.

– Dieses widerliche Blut.

– Komm, gehen wir, bevor mir noch schlecht wird.

– Mir dreht es auch den Magen um.

– Aber eben, die Ausländer.

– Und der Gilgen Aschi.

– Ich möchte ja nicht wissen, was die mit den Tieren tun.

– Die Kühe lassen sich eben alles gefallen.

– Jawohl. Denen können auch die Italiener befehlen.

– Komm, gehen wir.

Man schob sich gegenseitig an, zaghaft, man wollte nicht alleine zur Schicht. Handrücken fuhren nach dem letzten Schluck über bierfeuchte Lippen.

– Ja, gehen wir. Ich komme auch.

– So geht doch! Haut doch endlich ab. Stempelt eure Karten! Gilgen lachte der Gruppe der Werkzeugmacher, Dreher, Feinmechaniker, Maschinenschlosser, Büchsenmacher höhnisch nach. Sie waren schon beim Schlagbalken am Eingang zum Waffenfabrikareal, und er schrie immer noch. Meint wohl, ihr seid etwas Besseres! Weil sie euch mit Herr anreden, weil ihr Bleistifte hinter den Ohren habt. Mais vous aussi, vous êtes des vaches! Bleich seid ihr! Bleich! Gilgen krähte wie ein Hahn mit gestrecktem Hals und vorgebeugtem Oberkörper. Ihr seid ja alle blau, ihr großgekotzten Waffenfabrikherren. Paßt auf, daß ihr euch mit dem Bleistift nicht in die Finger stecht. Ihr könntet ja verbluten. Ha, ha, ha. Ernest Gilgen krümmte sich vor Lachen.

Ambrosio lachte nicht.

Ambrosio rauchte. Er kratzte sich die Blutkrusten von seinem Gesicht. Weg mit dieser Maske. Wie egal ihm doch diese Leute auf einmal waren. Keinen hatte er angeschaut. Wozu? Und die blöden Witze. Über den Verlust seines Mittelfingers haben sie gelacht. Nur in ihre sprechenden Münder hatte er geschaut. Wie kleine Höhlen hatten sie sich über ihm geöffnet und geschlossen, und in jedem Loch hatte er nur den rosa Schimmer der Schleimhäute gesehen, und er hatte dahinter wieder diese Wortbeutel vermutet, diese Säcke, die man in unzähligen Köpfen extra für ihn bereithielt, die man seinetwegen aufschnürte und die doch immer nur leer waren. Überall richtete man Leere auf ihn, warum gerade auf mich? Träge wie Gewürm stiegen ihm aus diesen dunklen Rachen immer wieder Knorz- und Krachlaute entgegen. Nie hatte er etwas richtig verstehen können. Nie. Wie weit weg war doch jetzt das Verlangen, zu verstehen.

Nur rauchen wollte Ambrosio, in Ruhe die Zigarette rauchen. Sonst nichts. Nein, er hatte keine Lust, mit Gilgen blutspenden zu gehen.

Und in der Großviehschlachthalle hatte der schöne Hügli das Bauchfell der an den Hinterbeinen aufgehängten Blösch angeritzt und so eine Lawine von Eingeweiden zum Hervorbersten gebracht. Schleimig und grün und verworren hingen sie aus der Kuh heraus, und *am Wiederkäuermagen unterscheidet man die Abschnitte: Pansen, Netz-M., Blätter-M. und Labmagen,* und noch saß der Pansen wie ein aufgedunsener Sack festgeklemmt in dem Blöschgerippe.

Piccolo griff zu. Er verkrallte seine Finger in dem schwammigen Gewebe und begann zu zerren.

Aber nur die Kugel des Blättermagens, der Netz- und der Labmagen rutschten aus dem aufgeschlitzten Leib. Und die Gedärme waren Piccolo im Weg. Sie sahen aus wie ein Labyrinth von Beuteln, Schläuchen, Schleusen, Düsen: ein Kraftwerk aus dem Innern einer Kuh, eine Eiweißfabrik voller Wuchern und

Werken, und *die Nahrung gelangt zunächst wenig zerkaut in den Pansen und wird dann fortwährend zur Zerkleinerung und Durchmischung zwischen Pansen und Netzmagen hin- und hergeschleudert. Portionenweise wird sie dann zum abermaligen, nun intensiven Zerkauen (Wiederkäuen) in die Mundhöhle zurückbefördert, von wo aus sie, zu einem Brei verarbeitet und chem. aufbereitet, direkt in den Blättermagen und dann in den Labmagen weitergeleitet wird,* und so sehr Piccolo sich auch anstrengte, der Sack des Pansens wollte nicht raus aus der Kuh.

Da fuhr der schöne Hügli dazwischen. Er entfernte das Netz – die einem Spinnengewebe ähnliche Hülle aus durchsichtigen Häutchen und fettigen Nähten –, hängte es an den Rechen über dem Schlachtbeet, steckte sein Messer weg und half Piccolo, den Pansen aus Blösch herauszuziehen. Als die gesamten Eingeweide auf dem Handkarren lagen, riß Hügli den Zwölffingerdarm entzwei, um die so von den Mägen losgetrennten Gedärme zu einem der Tische an der Hallenwand zu tragen.

– Hier! Damit du etwas zu tun hast und uns nicht wieder einschläfst, sagte er zu Darmereifachmann Hans-Peter Buri, der den hingeplatzten Knäuel mit den Fingerspitzen anstieß und dabei das Gesicht verzog, als ekelte ihn davor.

– Alles ausgeschissen. Dazu noch entzündet. Das ist uraltes Zeug. Brauchst es mir erst gar nicht hinzuwerfen.

– Buri, erzähl keinen Seich! Bist du Darmer oder bist du nicht Darmer? Schöne fette Rinderdärme kann jeder Italiener ausbrechen. Zeig, was du kannst! Hügli hatte sich mit ausgelaufenen Magensäften besudelt. Er wischte sich die Hände an der Schürze ab.

– Dummer Mist, brummte Buri. Er rupfte noch hier und dort an dem Kranzdarm, und *die Därme eines kranken Tieres, das an einer Darmentzündung leidet, sind oft rot, verdickt und verklebt,* und Buri schüttelte schließlich den Kopf. Nein, nein, Hügli, so einer läßt selten etwas Brauchbares übrig. Den kann man mit Samthandschuhen anfassen, kann ihm beim Ausbrechen mit warmem Wasser chüderlen und hat nachher doch nur noch Fetzen in der Hand.

Und während die Gedärme der Blösch in hohem Bogen in den Konfiskatbehälter flogen, rutschten ihre Mägen auf Piccolos Zweiräderkarren hin und her. Die Ladefläche des Karrens war mit Blut und Schleim beschmiert, der schwere Pansen drohte vor die Achse zu rutschen. Piccolo fluchte. Das war gefährlich. Es war schon vorgekommen, daß ihn einer dieser vollgefressenen Futtersäcke einfach an den Leitstangen des Karrens in die Luft gehoben hatte. Einmal war ein 150 kg schwerer Pansen übergekippt und vor einer Kuh, die Krummen eben hereinführte, auf den Boden geflutscht. Zuerst war die Kuh, dann auch Krummen gestrauchelt. Und ein Zetermordiogebrüll hatte es gegeben.

Piccolo umklammerte die Leitstangen noch fester und manövrierte den Karren zur Hintertür der Halle hinaus ins Schlachthofareal.

Piccolo steuerte auf den Eingang zum Nebenprodukteverwertungsblock zu, und *im Metzgereigewerbe heißen Wiederkäuermägen: Kutteln.* In einem Heißluftsog huschten ihm Dampfschwaden entgegen. Ein elektrischer Aufzug dröhnte. Aus allen Ecken brodelte, gurgelte, zischte es. Von der Decke fielen Kondenswassertropfen, hier war alles glühend heiß oder eiskalt, alles war feucht. In zwei Reihen standen Kochkessel, groß wie Gulaschkanonen und durch den Dampf nur in ihren Umrissen zu sehen, an den Wänden. Hier war Fritz Rötlisbergers Revier. Er war der Herr im Kuttelhof, und eben hißte er aus einem der Dampfkessel Kutteln vom Vortag. 14 Stunden lang war ihnen der Geruch und die Zähigkeit aus dem Gewebe gekocht worden. Wie die Opfer in einer riesigen Reuse hielt sie Rötlisberger in einem Metallkorb am Aufzug gefangen. Mit einem Eisenhaken zog er am heißen Eisen, rollte seine Beute an der Laufschiene zu einem Wassertrog, wo er die ganze Ladung hineinplumpsen ließ. Das Kühlwasser schwappte über und spritzte durch die ganze Kuttlerei.

– Porco Dio! Fridu! Que cosa fai tu? Piccolo sprang zurück.

Rötlisberger kicherte. Da, halt fest, sagte er und hielt Piccolo seine brennende BRISSAGO hin. Ich will mir den Gring waschen. Er tauchte seine zu einer Kelle geformten Hände in den Spültrog und wusch sich den Schweiß vom Gesicht. Rötlisberger verzichtete nicht nur auf Gummistiefel zugunsten echter Holzschuhe aus Kuhleder und junger Eiche, er lehnte es auch ab, sich einen Gummischurz um den Bauch zu binden. Er bevorzugte Sacktuchschürzen, von denen er immer fünf Exemplare gleichzeitig umgeschnürt hatte. Die unterste Schürze war am trockensten, mit ihr frottierte er sich.

– Du viu verruggt, sagte Piccolo, und Rötlisberger fragte mit einem Blick auf den Pansen im Karren:

– Daraus soll ich Kutteln machen? Aus diesem alten Sauranzen? Der Kummen soll doch das Krüppelzeug selbst ausputzen. Oder weißt du was? Führe du den ganzen Kram ins Büro hinüber. Legst einfach alles der Frau Spreussiger auf den Schreibtisch.

– Du viu verruggt, sagte Piccolo.

– Eben gell, porco Dio. Niente comprendere, he? Rötlisberger kicherte erneut und packte zu: Er schleuderte die Blöschmägen aus dem Karren auf den Kuttlertisch, und ruck-zuck war sämtliches Gebeutel aufgeschlitzt, rupf-zupf, war es gewendet, und Rötlisberger schabte Futterzeug, stinkenden Ballast aus den Waben, aus den Zotten der Magenwände, und *der Panseninhalt geschlachteter Tiere kann als Dünger dienen,* und die Luft füllte sich mit unausgerülpsten Gasen.

Piccolo rümpfte die Nase. Er war neben Rötlisberger stehen geblieben und verfolgte dessen flink zugreifende Hände. Rötlisberger hatte Hände, die ganzen Generationen von Kühen und Rindern die Kutteln geputzt und die sich auch dementsprechend geformt hatten. Bei der Arbeit mit dem grün-schwammigen Gewebe der Innereien, bei der ewigen Feuchtigkeit, bei dem dauernd wechselnden Heiß und Kalt waren sie immer größer geworden. Tintenfischähnliche Pranken waren es, und hielt sie Rötlisberger untätig an seiner Seite, war es, als hätte er drei Gesichter, dann wieder, als hätte er drei Fäuste.

Als die Blöschmägen leergeschabt in den Kochkessel für minderwertige Kutteln klatschten, hob Piccolo seinen Karren wieder auf. Beim Eingang drehte er sich noch einmal um:

– Du Fridu! No si fuma gui! brüllte er und stieß dabei rückwärts gegen Krummen, der auf seinem Weg von den Stallungen zur Großviehhalle mit einer Kuh an der Hand die Kuttlerei betrat. Vorarbeiter Krummen fluchte unerbärmlich und ging weiter. Die Kuh folgte ihm, zahm wie am Gängelband.

– Rötlisberger! Wo bist du? Der Bössiger will mit dir reden! Hörst du? Dicker Dampf umhüllte Krummen und die Kuh.

Rötlisberger beförderte einen weiteren Metallkorb voller Kutteln von einem Kochkessel zu einem Spültrog. Ketten rasselten, der Aufzug dröhnte, Rötlisberger hörte nichts.

Da tauchten die Umrisse der Kuh vor ihm auf. Plötzlich ragten ihm Hörner entgegen.

My Seel! Jetzt wollen sie die Ränzen wohl noch lebendig dahertreiben! Aber nichts da! Er griff zur Schöpfkelle und verabreichte der Kuh eine Kuttelwasserdusche.

– Himmelheilanddonnerwettersternsteufelabeinandernocheinmal!

Krummen tobte.

– Da muß man dem Herrn persönliche Einladungen nachtragen, und dann schmeißt er mir Wasser an den Gring! Gopfridstutz, jetzt reicht es aber! Du machst hier ja nur das Kalb! Und den Italiener versäumst du auch. Himmelheilanddonner! Der eine läuft einfach davon, der andere versteckt sich hier, die Händler bringen die Ware nicht, und die Herren von der Stadt sind zu faul zum Schießen!

– Jetzt hör aber auf! Man könnte auch meinen! Was kommst du denn da mit einer Kuh in die Kuttlerei? Ist doch my Seel wahr. Und dann brüllst mich an. Ich habe dich doch nicht gesehen!

– Ja, ja. Tue nur so! Du heimlichfeister Cheib. Gestern warst du doch auch dabei, oder etwa nicht? Die Leute hetzest du auf, genau. Aber warte nur, genug ist genug! Als ob man mit den Ausländern nicht schon genug Theater hätte. Aber zum Bössiger aufs Büro sollst du! Hast gehört? Krummen mußte wieder laut brüllen. Rötlisberger hatte die Preßspindeln eines Kochkessels aufgedreht und den Aufzug eingeschaltet. Als der sich senkende

Eisenhaken an dem Drahtkorb in der brodelnden Lauge eingehängt werden konnte, unterbrach Rötlisberger das laute Dröhnen mit einem Knopfdruck und fragte:

– Was sagst?

– Zum Bössiger sollst! Wirst wissen warum.

– So? Und warum kommt der nicht hierher? Er hat my Seel gleich weit. Oder ist es ihm hier etwa zu naß für seine Halbschuhe?

– Frag ihn doch selbst, du Herrgottsdonner! Krummen wandte sich ab. Er zog an dem Strick. Die Kuh bockte. Krummen zog stärker. Der Raum zwischen Kochkesseln und Trögen und Karren war eng, der Boden war glatt. Die Kuh war verschüchtert. Eingeklemmt, wie gefangen war ihr unbeweglicher Leib. Sie wollte nicht vorwärts, nicht zurück. Krummen fluchte und hieb ihr die Faust auf das Flotzmaul. Rötlisberger griff zu einer Zange, packte kurz den Schwanz, ließ wieder los. Die Kuh sprang hoch, verfing sich mit einer Klaue in einem Eimer, riß Krummen den Strick aus der Hand und galoppierte zur Kuttlerei hinaus. Der Eimer an ihrem Fuß schepperte. Krummen rannte ihr nach. Rötlisberger lachte und trat vor die Eingangstür.

Unmittelbar über Rötlisberger hing ein kaum mehr erkennbarer Kuhschädel an der Hauswand. Von Motten zerfressen und mit Spinnengewebe umgarnt, unansehnlich grau und gelb. Lediglich die Hörner waren noch unbeschädigt.

Rötlisberger paffte an seiner BRISSAGO.

Sieben Uhr fünfundvierzig.

Huber und Hofer haben die Teufelskuh unter den Preßluftmessern. Sie ziehen an der Haut, straffen die Innenseite und setzen die Klingen an. Häuten ist anstrengend. Hofer stößt seine Zungenspitze aus dem linken Mundwinkel hervor. Wenn er zu einem neuen Messerzug ansetzt, verschwindet sie wieder.

Die Schneidegeräte surren.

Widerwillig löst sich das Seitenfleisch am Rumpf von der

vernarbten, von Zecken verbohrten, von Flechten zerfressenen Unterhaut.

Wie eine heruntergelassene Hose hängt das Fell an der Kuh.

Aber verdammter Scheißdreck! Ich komme nicht weg. Nichts von Rhythmus, nichts da von Vergessen, von Sich-hinter-der-Arbeit-Verstecken. Alles muß ich sehen, riechen, hören. Heute löse ich mich nicht auf im Sog der Hetzerei.

Ich versuche mitzuhalten, eile ihnen voran; ehrgeizig. Mit abgestumpften Messern. Mit zittriger Hand.

Ich wetze und schwitze.

Was gafft ihr?

Man wird wohl noch sein Messer abziehen dürfen.

Der Überländer bleibt neben meiner Kuh stehen.

Gib mir das Messer! Nicht wetzen, schleifen mußt du. Da könnte man ja mit dem blutten Arsch draufsitzen.

Ich würge vergebens.

Die Ringe. Die Eisenringe.

Es ist wegen...

Unter den Hautfetzen am Boden sieht man sie nicht. Oder man rutscht ab. Weg ist die Schärfe der Klinge.

Schleifen?

Jetzt?

Als ob ich einfach während der Arbeit meine Messer schleifen dürfte.

Mit schlechtem Werkzeug ist gar schnell etwas Dummes passiert.

Der Überländer gibt nicht nach. Mit stumpfen Messern werken! Nein, danke. Geh du schleifen! Geh! Bevor du dich in die Finger schneidest.

Wie wüten? Hassen? Zuschlagen?

Ich drücke stärker am Heft; zäh widerstehen Haut und Fleisch meinem Schnitt.

Drauf. Zack. Metzgerhaft. Schlächterstolz.

Ich schlucke leer.

Meine Lippen liegen lose aufeinander. Schlaff ist jeder Muskel in meinem Gesicht. Ich fühle die Blässe. Den Klumpen im Hals.

Raus müßte es.

Raus und rauf.

Aufstehen müßte man.

Aufstehen, brüllen, weggehen.

Nach der Art von Hügli werfe ich meinen Kopf zurück und fühle mich nicht größer.

Nach der Art von Huber presse ich meine Lippen zusammen und fühle mich nicht sicherer.

Nach der Art von Hofer drücke ich meinen Unterkiefer nach vorne und fühle mich nicht stärker.

Nach der Art von Krummen verenge ich krampfhaft meine Augenhöhlen, falte die Stirn, verrenke das Kinn, zwänge am Hals die Sehnen hervor, beiße mit aller Kraft auf die Zähne und fühle mich nicht aggressiver.

Luigi starrt mich an, schüttelt den Kopf.

Porco Dio.

Blut tropft aus verletzten Nüstern. Ich höre das Brüllen der Stiere. Einen Ring im Boden, einen Ring in der Nase. Eng geschnallte Kopfriemen. Der Ring schneidet in die Schleimhaut ein. Kettengerassel, Karabinerhaken, Scheuklappen, Schlachtmasken, Stockschläge. Mäuler schäumen, Speichel rinnt, Augen verdrehen sich ins Weiße. Der Nasenring schneidet tiefer ein. Die Hörner. Der Nacken: gekrümmt und aufrecht wie der Kamm am Hahn. Zwei Tonnen und mehr gezähmtes Stierenfleisch. Und das Beil zersplittert die Trotzköpfe, in Fetzen zerspritzt das Gehirn, und jeder zweite legt sich nicht. Noch ein Schlag. Wieder nichts. Warte du ... ein Schnauben: Der mächtige Schädel schüttelt sich. Eine Schere her! Der Kraushaarwirbel am Breitstirnkopf. Fünf Finger dicker Haarwuchs hat den Schlag gedämpft. Die Stierenlocken fallen. Das Beil schlägt zu, und senkrecht wie ein stolzes Schiff im Meer geht der breite Rücken unter.

Himmelheilanddonner. Was ist mit dir los?

Der Buckelfritz von einem Überländer hat Krummen geholt.

Die Hand.

Sie holt aus, greift weit um Krummens Stämmigkeit herum, gräbt, wühlt im Hosentuch.

Bleich bist du! Warum geht ihr nie ins Nest! Schlaft doch richtig, so mögt ihr krampfen!

Er prüft mein Messer. Er fährt über die Härchen an seinem linken Unterarm. Heilanddonner. Ist das ein Küchenschnitzer! Wollen wir metzgen oder wollen wir nicht metzgen? Mit so einem Gertel macht man doch höchstens Unfall.

Ich richte mich auf.

Der Hals unter mir streckt sich. Die Kuh bebt.

Daß du mir dein Werkzeug in Ordnung bringst! Und zwar sofort. Verstanden?

Er dreht sich noch einmal um. Aber daß du mir schleifst, wie es sich gehört. Tengele nicht darauf herum wie auf einer Sense. Sonst potz Heilanddonner.

Nur wenige Kühe hatten Nasenringe. Die leichteren hielt man im Schlächtergriff fest. Die größeren hat man auch niedergebunden. Dreimal um die Hörner der Strick, eine schnelle Schlaufe durch den Bodenring, und schon holt der Hammer aus zum Schlag.

Die gesicherte Ruhe der Toilettenkabine lockt.

Türe zu. Riegel vor: besetzt.

Wenn man muß, dann muß man.

Ich habe keine Toilettenmarken mehr.

Das Pißbecken lockt mich nicht.

Ich drücke mit dem Zeigefinger auf die Warze an meinem rechten Daumen. Schwach, leicht elektrisierend schlägt mir der Puls durch die Hand. Bei jedem Schlag ein dressierter Warzenschmerz.

Ich mag die Kachelwände der Schlachthofgänge. Einfach weitergehen. Dreißig Sekunden der kahlen Wand entlang.

Der Lärm, die klebrige Feuchtigkeit der Schlachthalle bleibt zurück.

Beim Gehen schlafen; schlafend durch den Schlachthof wandeln.

Bei der Kantine werden Bierflaschen verladen.

Eine Kühlhalle steht offen.

Ich gerate zwischen die hängenden Tierhälften. Arsch an Arsch hängen sie zu Hunderten in Reih und Glied. Alle gewogen, gestempelt; die Wirbelsäule entzweigesägt. Und jetzt wartet ihr auf die Muskelstarre. Die Milchsäure soll euch die Zellwände zersetzen. Zart sollt ihr werden.

Junge Kühe sollten fettüberzogen sein. Fett hält Luft und unerwünschte Bakterien fern, schützt und macht beim Braten saftig.

Ein Kettenaufzug rasselt.

Den Eisenhaken zwischen zwei Rippen, mit dem Messer den Plattknochen entlang, mit der Handsäge durch die Wirbelsäule, und die Kuh hängt geviertteilt am Aufzug.

Ein Vorderviertel fährt in die luftige Höhe der Kühlhalle.

Ich verstecke mich hinter einem Kadaver.

Nur nicht Bössiger begegnen.

Das Dröhnen der Kühlmaschinen würde jeden Schrei verschlucken.

Ich schreie nicht.

Ich setze meinen Umweg fort, jaule innerlich, wundere mich über den Halt in meinem Rücken. Jeder Wirbel unsicher auf dem anderen, ein hölzerner Turm aus Spielklötzen. Und sie halten. Ich gehe. Nach vorne gebeugt, aber ich gehe. Meine Glieder tragen mich, der Wirbelsturm in meinem Rücken fällt nicht zusammen.

Weiter, immer weiter der Wand entlang.

Elend.

Wie ein Hund, der sich ekelt vor seinen bewarzten Pfoten.

He du! Machst du einen Gring.

Rötlisberger.

Was gibt's? Wohin zottelst du so gottverlassen?

Er bleibt stehen. Ein steifhüftiger alter Mann, gebückt und müde, sobald er die Kuttlerei verläßt. Er trägt nur eine Sackschürze. Mit den anderen hat er auch seine Kraft an den Nagel hinter den ersten Kuttelbrühkessel gehängt.

Was soll ich sagen?

Meine Messer sind stumpf. Ich muß nachschleifen.

So? Bist du wieder ausgerutscht? Wenn man halt nicht aufpaßt.

Er holt sich sicher BRISSAGO-Nachschub aus der Garderobe. In der Kuttlerei werden sie feucht. Neun Stück raucht er pro Tag, neun von diesen stinkigen Sargnägeln. Ich müßte kotzen. Grün ist er ja auch. Graugrün und uralt sieht er aus.

Ich soll aufs Büro gehen. Etwas Teufels Donners ist im Tun. Wenn es nur nicht wegen der verfluchten Kiste ist.

Ich glaube, Bössiger ist im Kühlraum, beim Abstechen.

Um so besser, meint er.

Ich warte schon im Büro. Frau Spreussiger ist ja auch noch da. Der schaue ich gern ein wenig aufs Euter. Nierstück hat sie auch kein schlechtes. My Seel! Von den Stötzen wollen wir gar nicht reden.

Als wären sie an unsichtbare Schienen gebunden, schiebt er seine Holzschuhe vor sich hin.

Ich sollte endlich schleifen gehen. In der Pause muß ich Toilettenmarken holen. Vielleicht läßt mich Krummen gar nicht Pause machen.

Rötlisberger bückt sich.

Man sieht, daß es ihn schmerzt. Als sprühten Funken aus seinem Rücken, seinen Hüften. Er legt die BRISSAGO auf die Türschwelle und verschwindet im Büro.

5

Die Bäuerin stand in der Knuchelküche am Spültrog. Sie fischte Teller und Tassen aus dem Abwaschwasser, fuhr mit dem Lappen darüber, kratzte auch ab und zu mit dem Daumennagel an einem Flecken aus angetrocknetem Röstischmalz, tauchte Stück für Stück in ein Becken mit klarem Nachspülwasser und ließ das ganze Geschirr im Drahtgestell zu ihrer Rechten abtropfen. Gleichzeitig behielt sie durchs geöffnete Küchenfenster das Treiben auf dem Hof im Auge.

Unter den Bäumen im Obstgarten spielten ihre drei kleinen Kinder mit Holztieren und Blechautos im Gras, auf dem First des Scheunendaches versammelten sich die Knucheltauben, auf der Telefonleitung die zwitschernden Spatzen, im Hühnerhof herrschte dagegen erwartungsvolle Ruhe, und vor den Stallungen strichen Hund und Katzen herum. Prinz, der hechelte und mit dem Schwanz wedelte, konnte sich nur noch sekundenweise hinsetzen, und die Katzen waren für einmal nicht gleich nach der Morgenmelkung in die Felder verschwunden, sondern lungerten vor der Stalltür. Der Knuchelbauer hatte sich nämlich entschlossen, an diesem frühsommerlich milden Tag seine Kühe zum ersten Mal auf die Weide zu lassen, und dies dem Rauhreif zum Trotz, was für maßlos gierige Wiederkäuermägen nicht ungefährlich war.

Gedämpfte Glockenklänge kamen aus dem Stall. Gleich würde die erste Kuh losgekettet werden. Die Bäuerin beeilte sich. Sie arbeitete flink. So flink, daß die Großmutter, die ein Tuch von der Leine genommen und mit Abtrocknen begonnen hatte, erst ihren grauen Kopf schüttelte, und dann, während sie an jedem einzelnen Geschirrstück heftig reibend vom Tropfgestell zum Küchenschrank und wieder zurück trabbelte, in unausgesprochenem Protest ihre Lippen bewegte. Als aber das Glockengeläut im Stall lebendiger wurde und in immer rascher aufeinanderfolgenden Klängen in die Knuchelküche drang, raffte sie sich schließlich doch auf zu fragen, ob die Bäuerin auch wirklich gut aufpasse auf die Kühe. Sie, die Großmutter, sahe es nämlich gar nicht gern, wenn schon wieder so ein sturmes Guschti in den Pflanzblätz hinunterrennen und dort alle Setzlinge zertrampeln würde.

»Habt keine Angst, Mutter, mein Haselstecken ist parat. Sowie die Blösch aus dem Stall kommt, gehe ich hinaus und helfe wehren.« Die Großmutter ließ sich jedoch kaum beruhigen, sondern klagte weinerlich weiter von diesem unnötigen Kühe-Hinauslassen, das noch immer eine unangenehme Sache gewesen sei, ganz besonders, wenn der Hans den nervösen Tieren noch extra einheize, daß sie my Türi über jeden Gartenhag gumpen wollten, kaum seien sie zehn Schritte aus dem Stall. Ja, ja, sagte sie zur Bäuerin, sie solle nur große Augen machen, so sei es nämlich, sie wisse es schon, und so müsse es wohl weitergehen; bevor nicht etwas Ungefreutes passiert sei, bevor nicht eine Kuh ein Kind überrannt oder jemand ein Bein gebrochen habe, gebe auf diesem Hof ja kein Mensch nach. Dann klagte sie noch über den Spanier, der ihr schier angst mache.

Die rot-weißen Felle der Knuchelkühe waren jedoch längst auf Hochglanz gestriegelt worden, seit Tagen hatten der Bauer, Ruedi und Ambrosio die Tiere auf den ersten Weidegang vorbereitet. Sämtliche Klauen waren gestutzt, die Hörner mit einem öligen Lumpen abgerieben. »So verschissen wie der Bodenbauer seine Ware lassen wir unsere Kühe nicht zur Stalltür hinaus. Bis man sich noch schämen muß«, hatte der Bauer gesagt.

Auch die Glocken waren bereit. Ambrosio, der sich immer wieder neu über die Bräuche und Sitten im wohlhabenden Land wunderte, hatte sie auf Knuchels Anweisungen hin geputzt. Auf der inzwischen bis zum letzten Heuresten leergefegten Futterbühne über dem Kuhstall hatte Ambrosio mit Stoffresten, mit Schuhwichse und mit SIGOLIN stundenlang an den aus Bronze gegossenen Glocken und an den aus Blech geschmiedeten Treicheln und an ihren dazugehörigen Halsriemen herumpoliert. Er hatte gestaunt wegen ihres beträchtlichen Gewichts, wegen der eingegossenen Namen, wegen all der Verzierungen, wegen all der von Lorbeerzweigen umkränzten Kreuzchen.

Und jetzt wurden die schweren Instrumente auf die Kuhhälse verteilt. Wer kriegte welche Glocke zu tragen? Der Bauer und Ruedi waren sich nicht in jedem Falle einig. So wurde diskutiert und ausprobiert. Welcher Jungkuh sollte der erst erwachende Ehrgeiz mit einer etwas größeren Glocke untermauert, und welcher älteren Dame das allzu hochfahrende Selbstverständnis mit einer kleineren gedämpft werden? Seit dem letzten Weidegang im vorjährigen Herbst hatte sich die Rangordnung im Knuchelstall verändert, das war eine Tatsache, und das ganze zwölftönige Knuchelglockenspiel wollte neu darauf abgestimmt sein.

Der Bauer wußte wohl, daß ein in der Luft liegender Zwist durch geschicktes Auswählen der Glocken im voraus beigelegt werden konnte, denn die Kühe hatten die wertvolle Weidezeit auszunützen, sie sollten ihre Energie nicht in überflüssiger Unruhe oder gar in ernsthaften Rivalitätskämpfen verpuffen lassen. »Nein, ins Gras beißen, fressen sollen sie, das gibt Fett unter die Haut und Milch ins Euter«, sagte er.

Die zweitgrößte Glocke wollte Ruedi wiederum der Gertrud umhängen. Sie sei immerhin die älteste Kuh im Stall, auch sei sie in der letzten Zeit eher etwas unlustig gewesen, argumentierte er. Der Vater erwiderte, je größer die Glocke am Hals, desto aufrechter der Gang, das stimme schon, da habe Ruedi ganz recht, aber diese Gertrud, diese Donnerskuh, die habe man schließlich schon einmal durchgeseucht, was nicht gerade spurlos an ihr vorübergegangen sei, und gegenwärtig gehe ihre Milch eher zurück, obschon sie erst vor kurzem gekalbt habe, er werde schon sehen, die sei einfach nicht mehr, was sie war, die möge das kaum noch prästieren, da könne man lange versuchen, mit einer großen Glocke nachzuhelfen.

Mehrere Entscheidungen wurden erst nur provisorisch gefällt, morgen, wenn man die ganze Herde einmal beim Weiden gesehen habe, werde man mehr wissen, meinte der Bauer, und als der letzte Halsriemen festgeschnallt war und Ruedi neben Blösch auf das Läger trat, um bei ihr mit dem Abketten zu beginnen, öffnete Knuchel nun auch den unteren Flügel der Stalltür und griff zum Ochsenziemer, den er sich bereitgelegt hatte.

Blösch nahm sich Zeit. Als wollte sie die Glocke ausprobieren, schwenkte sie ihren Schädel, hob ihn dann so hoch, daß ihre Hörner beinahe an die Decke stießen. Sie muhte kurz, krümmte, um sich leichter umdrehen zu können, ihren Rücken und kam langsam aus ihrer Ecke heraus. Zu dem für einen riesigen Kuhleib recht anspruchsvollen Manöver stand ihr nur wenig Raum zur Verfügung, so wenig, daß sie es nicht vermeiden konnte, der Spiegel, ihrer Nachbarskuh, beim Umdrehen mit der Wamme der ganzen Länge nach über den Rücken zu streichen. Nach dieser unfreiwilligen Liebkosung kam ihre Glocke endlich zum ersten Mal voll und ganz zum Klingen, und die Leitkuh aus dem Knuchelstall blieb auch prompt breit und mächtig in der Tür stehen. Lediglich ihr Kopf und ihr Hals ragten über die Schwelle hinaus ins Freie.

Bevor sich Blösch zu einem weiteren Schritt entschließen konnte, stieß sie dreimal hintereinander ein Muhen hervor, welches erst tief wie ein Alphornstoß anhob, dann aber durchdringender, geradezu herausfordernd wurde. Was da aus dem Innern des Kuhleibes durch den langgestreckten Hals herausdröhnte, war ein rechthaberisches Brüllen, gleichzeitig ein autoritäres Losposaunen, das auch tatsächlich sämtliche Tauben und sämtliche Spatzen aufscheuchte, den Prinz zum Kläffen verleitete, das die Bäuerin mit dem Haselstecken in der Hand aus der Küche eilen ließ und der ganzen Knuchelherde als Signal zum Aufbruch galt.

Jetzt kam Leben in die abgeketteten Kühe, jetzt wurde nicht mehr stumpfsinnig in den verschlossenen Futterbarren gestarrt. Alle drehten sich gleichzeitig um, begannen zu drängeln, bimmelten und läuteten mit Glocken und Treicheln, schlugen mit den Schwänzen um sich und muhten ungeduldig zurück.

»Ho, ho«, sagte der Bauer, »nur nicht gar zu übermütig, das Gras wird euch wohl nicht davonlaufen.« Aber kaum hatte Blösch den Stalleingang freigegeben, verkeilten sich Spiegel und Stine mit den dicken Bäuchen so stark im Türrahmen, daß sie einen Augenblick lang festsaßen, weder rückwärts noch vorwärts konnten. Hatte sie sich einmal in eine solche Situation verstrickt, konnte die Spiegel wie keine zweite kuhzwängen und vaterländisch unumstößlich murksen. Der jüngeren Stine blieb nichts anderes übrig, als sich wieder einen Schritt weit in den Stall zurückzuziehen. Das trug ihr jedoch einen Hornstoß von Gertrud ein, den Stine sofort mit einem Fußtritt vergalt.

Noch wurden einige der massigen Kuhleiber unsanft von anderen zur Seite gedrängt, noch glitten Hinterfüße in den Schorrgraben, wo sie vergebens Halt suchten und mit ihrem Zappeln und panikerfüllten Ausschlagen Gülle verspritzend das wilde Gedränge verschlimmerten, noch kam es an der Stalltürschwelle zu einem blutigen Kniefall von Bössy, ehe die ganze Knuchelherde über die Planken der Jauchegrube hinweg getrampelt und vor den Hof hinausgetrieben war.

Ambrosio war, im Gegensatz zum Knuchelbauer, in einer Stallecke stehengeblieben. Er hätte nicht gewußt, wo er mit seinem Stecken wirkungsvoll hätte eingreifen können. Alles war viel zu schnell gegangen. Etwas verlegen folgte er der übermütigen Herde, freute sich aber über deren Anblick. Die rot-weißen Kühe hoben sich schön von dem bläulichen Morgenhimmel ab, bildeten einen Horizont aus Fleisch und Blut. Die Schädel, die Hörner, die Konturen der Leiber sahen der Bergkette, die sie Ambrosio verdeckten, gar nicht so unähnlich. Estas vacas son como montañas, dachte er.

Die Bäuerin war der Herde voraus in den Obstgarten hinunter geeilt. »Kinder, Kinder! Fort mit euch!« rief sie. »Die Kühe kommen.« Den kleinen Hans nahm sie auf den Arm, Stini und Theres schubste sie hinter den Schutz gewährenden Stamm eines Apfelbaumes. Die Spielsachen lagen noch im Gras, und die dahertrottende Blösch sorgte erneut für eine Stockung im Auszug der Knuchelherde auf dic Weide. Die buntbemalten Holztiere und Blechautos am Boden interessierten sie, lockten sie vom Weg. Sie streckte ihren Hals, steckte ihr Flotzmaul tief ins üppige Gras und schnupperte und leckte an den Spielsachen. Sie bewegte Unterkiefer und Kehlkopf, als wollte sie etwas herunterschlingen, das ihr im Hals steckengeblieben war, sie würgte.

Erst ein Hieb mit dem Ochsenziemer auf den Schwanzansatz brachte Blösch zum Weitergehen. Aber keine Kuh hatte sie zu überholen gewagt, sie war die Leitkuh, und sie hatte die Weide als erste zu betreten. Trotzdem hatte es in den hinteren Rängen Ausbrüche aus der Herde gegeben. Bössy und Flora waren unter wildem Glockengeläut davongaloppiert, und die dumme Bäbe hatte es doch noch geschafft, unbemerkt bis in die Gemüsepflanzung zu entweichen, wo sie sich im Kabisbeet zwar nicht wie von der Großmutter vorausgesehen austobte, aber einfach in die weiche Erde legte und auch so beträchtlichen Schaden anrichtete.

Auf der Hofweide selbst fing dann das übliche Gerangel um die zentralen Positionen an, jede Kuh wollte in der Mitte der Herde fressen. Mit allerlei Kniffen versuchten sich die Tiere gegenseitig zu übertölpeln. Richtig stößig wurde keine, jede schielte nach links und rechts, jede beobachtete, wie die anderen auf die Glocken reagierten, mit einfachen Richtungsänderungen, auch mit verschärftem Anwinkeln der Schädel wurden Ansprüche und Drohungen kundgetan. Ein Schritt nach links, ein halber nach rechts, dann ein flüchtiges Zungenlecken der unterlegenen an der Schulter oder am Euter der siegreichen Kuh, so subtil zivilisiert trugen die Knuchelkühe ihre Stellungskämpfe aus.

Der Bauer beobachtete das Treiben von der Hofstatt aus. Er lauschte dem Schellengeläut. Nach einer Weile zeigte er mit dem Ziemer in seiner Hand auf die Herde und sagte zu Ruedi: »So schön steht der Klee, man möchte ein Ochs sein und reinbeißen, aber was tun die Kühe, das futterneidische Pack? Nichts als zanken! Man sieht es kaum, aber so ist es, jede will die andere ausstechen.«

Ambrosio interessierte sich dagegen für den Zaun, für den neu errichteten Knuchelhag. Tagelang hatte er daran gearbeitet, geschwitzt und geflucht hatte er, wegen der riesigen Pfähle und wegen der harten Erde, und jetzt war überhaupt nichts passiert, die Abschrankung war nicht auf ihre Festigkeit geprüft worden, kein einziges Kuhhaar war mit dem Stacheldraht in Berührung gekommen. Ambrosio fragte sich, wozu man das Ganze wohl so tief im Boden verankert und so überaus solide aufgebaut habe, wenn sich die Knuchelkühe ja doch nur brav in der Mitte der Weide aufhalten wollten?

Als man zum Hof zurückkehrte, um im Stall nach den dort gebliebenen Kälbern zu sehen, hob in der Hofstatt der kleine Hans laut zu weinen an. Er saß neben den Spielsachen im Gras und schluchzte. Im Vorbeigehen fragte der Bauer, was es jetzt wieder zu grännen gebe. Aufhalten ließ er sich nicht. Ambrosio bückte sich jedoch zu dem kleinen Jungen hinunter, hob eines der geschnitzten Holztiere auf und machte, um ihn zu erheitern, mehrmals »muh«. Der kleine Hans schrie nur noch lauter. Er wollte nicht mit einer Kuh spielen. »Ich will das Auto. Das Auto ist weg. Ich will mein Auto haben«, schrie er.

Da der nächtlichen Kälte wegen vorläufig nur tagsüber geweidet wurde, dauerte es ganze zwei Wochen, ehe das Knuchelglockenspiel für des Bauern Geschmack ausgewogen genug zu klingen begann. Die Bäuerin aber, die, während sie auf dem Hof ihren Verrichtungen nachging, noch viel zu oft jenes Gebimmel zu Ohren bekam, das von galoppierenden oder gar Freudesprünge vollführenden Jungkühen herrührte, war in ihren Ansprüchen an die Sittsamkeit der Knuchelherde noch nicht zufriedengestellt. Ihr waren da einfach noch zuviele Mißklänge dabei.

Was Gertrud betraf, hatte Ruedi recht behalten. Mit der zweitgrößten Glocke am Hals lebte die alte Kuh wieder auf, gab auch wieder mehr Milch.

Nahezu unlösbare Schwierigkeiten machte aber Flora. Diese Kuh war so unbescheiden, so ehrgeizig, daß sie ihren Platz in der Herde einfach nicht finden konnte. Andauernd drängte sie um ein paar Ränge zu hoch hinaus und zog so den Zorn der anderen Kühe auf sich. Sogar die um vier Jahre ältere und ihr auch an Körpergewicht überlegene Fleck forderte sie heraus. Verletzt wurde sie, und während der Bauer doktern mußte, entsetzte sich die Bäuerin. So einer Fotzelkuh müsse man doch den Meister zeigen. Da nütze nur noch einsperren und geizig füttern. Emmi würde sie dieser Floratasche auf alle Fälle keins mehr geben, das könne man sich ruhig sparen, meinte sie.

»Junges Blut hat halt Mut«, sagte Knuchel, der nach den heftigen Worten der Bäuerin noch einmal versuchte, mit einem ausgeklügelten Glockenabtausch der Sache Herr zu werden. Er vermochte Floras Eskapaden aber erst zu unterbinden, als er sie bar jeden Schmuckes, ohne Glocke, ohne Treichel, nicht einmal mit einer Geißenschelle am Hals, auf die Weide schickte.

Sonst hatte sich die Herde jedoch nach den ersten paar Weidetagen schnell wieder beruhigt. Besonders die älteren Kühe konzentrierten sich auf die Befriedigung ihrer grenzenlosen Freßlust. Morgens kamen sie heraus, sahen und fraßen immer schön ausgefächert den Abhang entlang, bis sie, von den milchprall gewordenen Eutern an die Melkung erinnert, sich muhend oben auf der Weide versammelten, um wieder in den Stall zurückgeführt zu werden.

Aber noch war Blösch nicht wieder brünstig geworden.

Bis Ambrosio an einem schönen Dienstagmorgen stutzte, als er, den Kübel zwischen den Knien, die Stirn gegen ihre Flanke gepreßt, unter der Knuchelleitkuh saß. War das schon die ganze Blöschmilch?

Ambrosio kraulte die Kuh am Voreuter, strich ihr durchs rote Fellhaar, schnalzte dazu lockend mit der Zunge, doch wie er sich auch bemühte, er vermochte keinen nennenswerten Milchstrahl mehr aus den Zitzen zu pressen.

Knuchel bemerkte die kaum zu einem Drittel gefüllte Melchter. Er stellte sich hinter seine Leitkuh, kratzte sich am Hals und meinte: »So, so, mehr will sie nicht hergeben? Das paßt zu ihrem Schwanzen und Muhen. Schon den ganzen Morgen tut sie nervös.«

Und wirklich: Als die Knuchelkühe nach der Melkung zum Wässern und Weiden abgekettet wurden, verlagerte Blösch ihr Gewicht sofort auf die Hinterhand, muhte und versuchte sich noch mitten in der Enge des Stalles mit strampelnden Vorderbeinen aufzurichten, um auf die Spiegel zu steigen. Ihre Hörner krachten gegen die Decke, Holz zersplitterte. Ihr Schwanz fegte Spinnengewebe herunter. Staub breitete sich aus. Die Spiegel sprang zur Seite und versetzte Gertrud einen Stoß. Glocken und Schellen schlugen an, es wurde Protest gemuht. Der Bauer schlug mit dem Ochsenziemer zu, bis sich die ganze Herde hinter Blösch her aus dem Staub machte.

Kaum standen die Kühe wieder beruhigt zum Saufen am Brunnen, rief die Bäuerin, die eben vor die Küchentür trat: »Hans! Hans! Komm schnell! Schau die Blösch!« Ohne sich zu wehren, ließ sich die Knuchelleitkuh von der Flora besteigen, wölbte sich sogar, als wollte sie einen Stier empfangen, und lieferte so einen weiteren Beweis ihrer Brunst.

»Ja, ja! Erst sperzen und keine Milch geben, das kennen wir. Und ich habe fast noch gedacht, es sei der Donnerskuh vergangen. Aber eben, wenn man bei der nicht Tag und Nacht aufpaßt.« Knuchel faßte Blösch am Glockenhalsband. »Ja, sauf nur weiter, aber nachher führen wir dich zurück in den Stall«, sagte er. Und wieder zur Bäuerin: »Verrückt ist es, mit dieser Kuh. Weißt du noch, einmal war sie so brünstig, sie wollte beim Donner auf mich hinauf. Zum Glück ist ihr ein Pfosten in die Quere gekommen, sonst – ich weiß nicht. Wenn man die einfach machen ließe, die würde gewiß an der höchsten Stelle über den neuen Zaun springen. Und dann hinauf durchs Wäldlein. Aus lauter Ungeduld würde die sich auf dem erstbesten Erdäpfelacker so ein mickeriges Dorfmuneli aufladen.«

»Ganz so schlimm wird es wohl kaum sein. Zu übertreiben brauchst du nicht«, sagte die Bäuerin über die Rücken der trinkenden Kühe hinweg.

»Was heißt übertreiben? Die kenne ich doch!« verteidigte sich Knuchel. »Im letzten Jahr habe ich sie mit zwei schweren Ketten festmachen müssen. Jawohl. Und dann hat sie mir erst noch den halben Futterbarren zerschlagen wollen. Aber warte, noch heute werden wir mit ihr gehen, ich sorge schon dafür, daß die unter keinen schlechteren als unter den Gotthelf kommt.«

Die Bäuerin öffnete ihren Mund, holte Luft. Daß es auch andere Stiere gebe, daß der Gotthelf nicht etwa der einzige sei, der sich sehen lassen könne, wollte sie zu bedenken geben. Da die Kühe aber ihre Schädel hoben und sich mit tropfenden Mäulern vom Brunnen zurückzogen, ließ sie es bei einem Kopfschütteln bewenden.

»Hü! Hü!« und »Ho! Ho!« rufend trieb Ambrosio die Knuchelherde ohne Blösch durch die Hofstatt hinunter auf die Weide. Gertrud übernahm die Führung. Nur die Spiegel lehnte sich gegen diese Neuordnung auf. Bei einem Ausbruchsversuch wurde sie aber von ihrer Treichel, die wie ein blecherner Sack unter ihrem Hals hing, so stark behindert, daß sie sich schon nach ein paar Sprüngen eines Besseren besann.

Bevor Knuchel die Küche betrat, hielt er sich am Türrahmen fest, streifte die mit Mist behafteten Gummistiefel von den Füßen und zog den oberen Teil seiner bauerngrünen Überkleidung aus. »Sobald wir mit dem Nachtessen fertig sind, gehe ich mit der Blösch zum Gotthelf«, sagte er. »Die muß mir noch heute gedeckt werden. Der Ambrosio kann sie mir treiben.«

»Wirst dich deswegen doch nicht extra umziehen wollen?« erkundigte sich die Bäuerin, die zusammen mit der Großmutter am Tisch Kartoffeln schälte.

»Richtig sonntäglich zu machen brauche ich mich nicht, nein, aber eine frische Stallkutte könnte nichts schaden. Die hier sieht ja schon aus, man könnte meinen, wir müßten an der Wäsche sparen. In kein fremdes Haus dürfte ich mich damit wagen, und wenn man einmal im Dorfe oben ist, ergibt sich immer das eine oder das andere. Auf die Post sollte ich ja auch noch.« Knuchel schob die Daumen unter seine Hosenträger und trat hinter die Stubentür. Er war noch nicht ganz verschwunden, da fragte die Bäuerin, was er denn auf der Post wolle, ob die Milch schon unterwegs sei und wo eigentlich die Kinder wieder steckten.

»Die Kinder sind mitgegangen, mit Ambrosio zur Käserei«, sagte Knuchel, ohne sich umzudrehen, die elastischen Hosenträger noch immer über die Daumen gespannt. »Und wegen der Post, der Ambrosio hat da etwas gesagt. Ich glaube, er will Geld nach Spanien schicken. Zum ersten Mal. Da ist es besser, wenn ich mit ihm gehe, zum Posthalter!«

Die Großmutter schaute von ihrer Arbeit auf.

Die Bäuerin drehte die Kartoffel in ihren Händen auf einmal schneller. Nur zur Hälfte geschält ließ sie sie in eine Keramikschüssel fallen. Ruckartig richtete sie sich auf, verwurstelte ihre Hände im Schürzentuch und schob die Finger ineinander, als wollte sie diese zusammenpfropfen: »Daß die Kinder jetzt immer dem Ambrosio nachlaufen müssen, ich sehe das gar nicht gern, und ich weiß nicht, Hans, nicht daß ich etwas gesagt haben wollte, o nein, du mußt wäger tun, was du für richtig hältst, das wäre mir noch, wenn ich dir dreinreden wollte, sicher nicht, aber eigentlich, du weißt ja, daß eben, he ja, meinst du nicht? Es geht mich ja nichts an, du wirst wissen, was du tust, aber muß es denn wirklich immer wieder dieser Gotthelf sein?«

Der Knuchelbauer, der unter der Stubentür ausgeharrt und über seine Schulter auf die Bäuerin geschaut hatte, ließ die auf seine Daumen gespannten Hosenträger schnellen und kam zurück in die Küche.

Sie wolle ihm überhaupt nicht in die Sache pfuschen, gar nicht, fuhr die Bäuerin fort. Aber er habe ja selbst sehen können, was nun seit drei Jahren daraus werde. Nicht der Haufen. Und dabei schlage es ihm selbst doch am heftigsten aufs Gemüt, und die Sehnenentzündung, daran müsse man doch auch denken. Es sei doch manchmal nicht zu ertragen, wenn er sich so bös kratze am Hals. »He ja, was hältst du davon?«

»Was wohl? Mir ist die Sache auch nicht recht. Aber am Gotthelf wird es kaum liegen, einen bräveren Stier findet man halt doch nicht so schnell.«

»Uhgh, Hans, der Pestalozzi, der hat also wirklich nicht

weniger Fleisch im Nacken als der Gotthelf, ganz im Gegenteil. Und gelenkig ist der, so um die Seiten. Noch letzte Woche, als sie ihn durchs Dorf hinauf vor dem Lädeli vorbeiführten, habe ich ihn gesehen. Ist der gesund und rüstig! Die Frau Gfeller hat es auch gesagt, das ist der brävste, den die Genossenschaft je gekauft hat. Ich kann mich auf alle Fälle an keinen schöneren Muni erinnern. Hans, es ginge ja nur ums Probieren, nur einmal«, wurde die Bäuerin eindringlich. »Nur einmal. Er lasse sich gut herbei, der Pestalozzi, alle Leute sagen es, und im Sprung sei er eher besser als der Gotthelf, wenigstens nicht so wählerisch, der tue ja manchmal, es sei nicht zum Dabeisein, habe ich gehört. Manchmal sei ihm keine Kuh gut genug.«

»Ja, wenn du meinst, probieren könnte man es ja, aber es wäre mir halt auch wegen ihr, ich weiß nicht, vielleicht, wenn man dem Gotthelf noch einmal eine Chance geben würde, wer weiß, nur noch einmal, und plötzlich haben wir das schönste Kuhkalb auf dem Langen Berg in unserem Stall. Zusammenpassen würden die nämlich, wie so schnell nicht zwei, und er tat ja auch immer aufgeregter als der Misthannes an der Hochzeit, mit der Blösch, aber wenn du meinst, nur daß der Pestalozzi eben ein angekaufter ist, ich weiß halt nicht so recht, der ist nicht von hier. Wenn es dann nur gut geht.« Knuchel hielt sich an einem Türpfosten fest, gab sich einen Ruck und verschwand hinter der Stubentür. Seine Socken ließen auf dem Küchenboden Schweißabdrücke zurück.

Die Bäuerin starrte auf die beiden Flecken. Sie hatte viel härteren Widerstand erwartet. Seit Tagen hatte sie sich deshalb auch vorbereitet. Insgeheim hatte sie sich eine lange Liste von Gründen zurechtgelegt, die sie anführen könnte, um ihren Mann bei der Bullenwahl umzustimmen. Und jetzt war alles enttäuschend problemlos gegangen. Wie gern hätte sie Pestalozzi noch mehr Wasser auf die Mühle geredet. Da waren noch die Punktwerte gewesen, die besonders nach der neuen Tabelle des Zuchtverbandes kaum unter denen Gotthelfs lagen. Und die viel schöneren, weniger Furcht erregenden Hörner, das gleichmäßiger gezeichnete Fell, die kurzen, aber lustigen Vorderbeine, und dann, was ihr besonders am Herzen lag, diese ruhigen, liebreizenden Augen. Noch nie, bei keinem einzigen Stier hatte sie je solche Augen gesehen. Pestalozzi zeigte genau jenen Blick, den sie seit einiger Zeit bei den jungen Knuchelkühen, allen voran bei Flora, so schmerzlich vermißte. Es schien ihr immer, alle seien frecher, auflüpfischer, ja geradezu unverschämt geworden. Früher war es auf der Weide doch anders zu- und hergegangen. Mehr ruhiges Blut hatte sie sich in den Stall gewünscht. Aber daß der Bauer so schnell klein beigegeben hatte? »Hans, Hans, was ist mit dir«, sagte sie leise vor sich hin.

Die Großmutter saß dabei und schwieg.

Nach dem Essen holte Knuchel Blösch aus dem Stall, nahm sie an die lange Halfter und ging ihr voraus. Ambrosio folgte mit einem Hüterstecken in der Hand. Er brauchte nicht zu treiben, Blösch trottete gehorsam hinter dem Bauern her. Ab und zu muhte sie, war aber nie unbändig. Sie schien zu wissen, wohin es ging.

Der Gemeindeammann, der den stattlichsten Innerwaldner Hof bewirtschaftete und in seinem Stall die beiden Stiere der Zuchtgenossenschaft stehen hatte, war von der Knuchelbäuerin telefonisch benachrichtigt worden. »Ja, so kommt mit der Kuh, wenn es noch heute sein muß«, hatte er gesagt.

Die Hände in den Hosentaschen, stand er vor seinen Stallungen, zog an einem Rössli-Stumpen und vergewisserte sich mit prüfendem Blick, ob seine Überkleidung wirklich so sauber war, wie ihm seine Frau soeben versichert hatte. Auch überflog er, um ganz sicher zu sein, daß nirgends Unordnung herrschte, Gerätschaften und Stallwerkzeuge.

Auf dem Brunnenrand war eine Reisigbürste vergessen worden. Der Gemeindeammann hob sie auf und legte sie an ihren Platz. Den Melkmaschinenschlauch mußte er schöner aufrollen. Und vor der Stalltür gab es noch Spuren vom Mistkarren.

Als er den Besen zurück hinter die Schopftüre stellte, kamen Knuchel und Ambrosio mit Blösch durchs Dorf herauf. Nach der Begrüßung übernahm Ambrosio die Halfter. Auf den Stall zugehend, sagte der Gemeindeammann zu Knuchel: »So, wechseln willst du, habe ich gehört.« Und während er sich über den unteren Flügel der Stalltür lehnte, um die Sperrklinke von innen zu öffnen: »Und warum? Wenn man fragen darf.«

»Nicht daß ich etwas gegen den Gotthelf hätte, im Gegenteil, vielleicht liegt es gar nicht an ihm, nur eben, es ist wegen all den Munikälbern. Jetzt schon jahrelang. Und meine Frau hat auch gemeint, man könnte doch«, sagte Knuchel, nicht ohne beim Übertreten der Türschwelle »Glück in den Stall« zu wünschen.

Der Gemeindeammann nahm seinen Rössli-Stumpen in die Hand und schüttelte den Kopf. »Ja, Hans, wenn du die Munikälber alle gemästet dem Schindler gibst! Da bist du doch wäger selber schuld. Hans, hättest du mir das Kalb für die Zucht verkauft. Das hätte einen Stier abgegeben! Uhgh, ich habe da so ein Auge dafür. Einen ganz feinen Stier hätte das gegeben. Einen für die Landesausstellung. Aber passiert ist passiert.« Er steckte sich den Rössli-Stumpen wieder in den Mund und kam in beiläufigerem Ton auf den Freilaufstall zu sprechen, den er sich für seine Mastochsen hatte anbauen lassen. Man könne ja nachher noch kurz hinübergehen, um sich die Sache genauer anzuschauen. Durch einiges umständliches Reden gab der Gemeindeammann auch noch zu verstehen, daß man nicht etwa erst jetzt mit dem Melken fertig geworden sei, gar nicht! So eine Melkmaschine mache sich halt schon bezahlt, es sei gewiß fast eine halbe Stunde her, seit man alles abgewaschen und weggeräumt habe.

Knuchel schwieg. Er kratzte sich am Hals und musterte den Stall. Dem Vieh war großzügig gebettet worden, bis zu den Knien standen die Kühe im Stroh. Ihre Hintergliedmaßen waren trocken und rein. Der Futterbarren war geschlossen. Decke und Wände waren frisch geweißelt. Ab und zu senkte eine Kuh ihren Schädel, und ihr Flotzmaul betätigte den Hebel der Selbsttränkungsanlage. Der Stall war geräumig und hell, lediglich ganz hinten, wo die beiden Dorfstiere standen, war es düster, aber auch wärmer. Knuchel sog sich den würzigen, leicht beißenden

Bullengeruch durch die Nase und tätschelte Gotthelf auf Kruppe und Kreuz.

Der Gemeindeammann nahm eine Eisenstange, die an einem Ende einen Karabinerhaken festgeschweißt hatte, von der Wand: »Also, wollen wir sehen, was der Pestalozzi dazu meint. Sag doch deinem Spanier, er solle mit der Kuh in die Hofstatt kommen, dort ist es immer am ruhigsten. Ich bringe den Muni gleich.«

»Du, ich nehme die Blösch lieber selber an die Hand, man weiß ja nie.« Knuchel verließ den Stall, und der Gemeindeammann zwängte sich zwischen die beiden Bullen. Er stieß sie mit der Eisenstange an und machte sich an Riemen und Ketten zu schaffen. »So, weg da mit der Zunge!« rief er Pestalozzi zu, der am Kopf rot-weißes Lederzeug und in den Nüstern einen Messingring hatte.

Der Gemeindeammann spannte Pestalozzi den Stirnriemen enger, klickte den Karabinerhaken an dem Nasenring ein, sagte: »So, gehen wir«, und führte den Stier an der Eisenstange aus dem Stall.

Pestalozzi war einer der größten Bullen im wohlhabenden Land. Er war so breit, daß seine Bauchseiten die Stalltürpfosten scheuerten. Kaum vierjährig, verfügte er über Exterieur-Eigenschaften, die keinem Punktrichter entgehen konnten. Sein Brustumfang betrug 281 cm, und er war mit einem per Waagschein amtlich attestierten Gewicht von 1227 kg nach Innerwald gekommen, ein Gewicht, das er in der guten Luft auf dem Langen Berg noch auf 1246 kg hatte steigern können. Ein gewaltiger Bulle, darüber war man sich einig im Dorf. Besonders die Frauen fanden Pestalozzi groß und schön wie das letzte Fuder Heu vor dem Regen. Eine große Zukunft wurde ihm vorausgesagt.

Nur der Knuchelbauer hegte Zweifel.

Pestalozzi hatte eine leicht schlampige, nicht ganz reinweiße Wamme, die ihm vom Hals bis zwischen die Beine herunterhing. Dicke Fellhaut verhüllte ihm auch den Halsansatz und die Ganaschen. Beim kleinsten Anlaß legte sie sich in wulstige

Falten, formte an den Maulecken griesgrämige Kautaschen. Sein Stierenblick war verschleiert, manchmal ausdruckslos, nicht zuletzt wegen der zierlichen Löckchen, die seine Augen verdeckten. Überhaupt war Pestalozzis Fell bis über die Schultern hinaus lockig und struppig, was die einen als anziehend, die andern als eines Bullen unwürdig empfanden. »Wozu brauchen wir jetzt solche Ringelfransen an unserem Vieh?« hatte Knuchel einmal gefragt.

Dieses an der Vorderhand so stark gekräuselte Fell war eine der Erbeigenschaften, die Pestalozzi mit seinem Großvater mütterlicherseits, dem Jean-Jacques, verbanden, ihn sogar zu dessen Ebenbild machten. Jean-Jacques war allerdings kein echter Simmentaler gewesen, er war ein Pie Rouge, hatte also zu jener rot-weißen Rasse gehört, die ihren Ursprung wohl im wohlhabenden Land genommen hatte, aber unter freizügigeren und klimatisch veränderten Zuchtbedingungen im Ausland zu ihrem Vorteil leicht mutiert war.

Die Pie Rouge warfen nämlich nicht nur lockige Bullenkälber, sie erzeugten auch Töchter von vorzüglicher Melkbarkeit, alle mit beachtlichem Voreuterindex, dazu vermachten sie ihrem Nachwuchs eine sehr hohe Fruchtbarkeit. Die war so hoch, daß Jean-Jacques neben einigen anderen Pie-Rouge-Musterbullen, nach Generationen im Exil, zur blutauffrischenden Rückkreuzung wieder in die heimatlichen Ställe gerufen worden war. Natürlich wurde das ausländische Blut sofort verdünnt, dennoch sah Pestalozzi seinem Großvater so aufs Haar ähnlich, daß sich bei seinem Anblick manch ein stierenkundiger Bauer wunderte. »Ganz dem Großvater aus dem Gesicht geschnitten«, hatte mehr als einer gesagt.

Wundern tat sich auch Ambrosio. »Qué país«, murmelte er, als der Gemeindeammann Pestalozzi so spielend leicht an der Nase daherführte. Beunruhigend war es. In diesem Land sind die Hunde so groß wie zu Hause in Coruña die Kälber, und die Kälber sind so groß wie Kühe, und die Kühe sind größer als Elefanten. Dieser Berg von Muskeln! Ein Rücken wie ein Dach. Ein Hackklotz der Kopf. So viel verhaltene Kraft und so zahm.

Ganz gemächlich bewegte sich Pestalozzi. Nur die halb verdeckten Augen rollten, weiße Stellen kamen zum Vorschein. Der Atem ging stoßhaft.

Und Blösch war nervös. Ihre Hinterhand schwang auf tänzelnden Beinen hin und her, immer wieder schweifte sie aus. Pestalozzi röchelte leise, senkte seinen Schädel, um an einem Grashalm zu schnuppern. »Ja jetzt Heilanddonner!« sagte Knuchel, der Blösch an der Halfter hielt. Als habe er seine Eichenbeine mit Wurzeln im Boden verankert, stand Pestalozzi regungslos hinter der Kuh. »Was meinst du eigentlich, warum wir für dich ein Vermögen auf den Tisch gelegt haben? Willst du wohl, du Cheib! Oder ich mache dir Beine! Die Kuh ist doch brünstig«, sagte der Gemeindeammann mit einem Blick auf den Schleim, der in dicken Fäden aus Blöschs angeschwollener Schamspalte hing, und er zerrte stärker mit der Eisenstange an dem Bullenkopf. In ihre Nähe gezwungen, roch Pestalozzi an Blöschs Kruppe. »So, nichts da, mit der Schnauze am Arsch rumphilosophieren, auf sie hinauf sollst du!« Die Stirn des Gemeindeammanns zeigte Sorgenfalten. Er winkte Ambrosio zu: »Gib mir deinen Stecken!« sagte er.

Während Pestalozzi ein Dutzend Hiebe auf den Hornhöcker bekam, schaute ihm Knuchel unter den Bauch: »Ist er etwa übermüdet?«

»Der hat nicht müde zu sein. Das wäre mir noch. Bei dem Preis, und wie der frißt! Komm, bring die Kuh, wir probieren es im Zwinger, wenn der Cheib zum Sprung zu faul ist.«

Der Zwinger war der Deckstand, ein Käfig, der so gezimmert war, daß sich die zu deckende Kuh auf drei Seiten eingeschlossen sah und der Bulle, der auf der offenen Seite von hinten an sie herangeführt wurde, mit den Vorderbeinen neben dem Bauch der Kuh auf zwei Brettern stehen konnte und so für den Begattungsakt Halt und Stütze fand.

Blösch ließ sich in den Holzkasten führen, sie war willig, doch Pestalozzi wollte nicht. Der Gemeindeammann zerrte den Stier am Nasenring, bis er vor Schmerzen laut röchelnd auf die Stützbretter stieg und auf Blöschs Rücken zu liegen kam. Als sich wieder nichts tat, sagte Knuchel: »Du Ammann, wenn wir schon da sind, wir könnten es noch mit dem Gotthelf probieren. Ich bin sicher, die Kuh ist stierig. Was meinst? He Ja, komm Ambrosio, halt sie fest, ich hole den richtigen Muni. Hier mit diesem Pestalozzi, das ist doch nichts.« Er zog Blösch aus dem Deckstand und überließ Ambrosio die Halfter.

»No te preocupes que ya viene el toro«, redete Ambrosio auf Blösch ein. Sie war schwierig zu bändigen, warf ihren Schädel zur Seite, rupfte am Strick, riß Ambrosio mit und muhte. Schon brannte das Hanfseil Ambrosios Hände. Blösch bog die Lenden, versuchte immer von neuem auszubrechen und schwanzte, als müßte sie sich gegen einen ganzen Schwarm Bremsen wehren.

Gotthelf brachte einige Kilo weniger auf die Waage als Pestalozzi. Auch fehlten ihm die Löckchen am Leib, nur auf der Stirn hatte er krauses Fell. Sein Kopf war weiß, auch der Sattel, die Flanken und die Füße. Der Rest war rot. Gotthelf war muskulöser und um vier Jahre älter als sein Stallnachbar, auch er eine Berühmtheit im Land. Er stammte von guten Eltern. Der reinrassige Stammbaum stand ihm ins Gesicht geschrieben. Er hatte den Kopf seines Vaters, der als Leihbulle in fremden Diensten Zuchtarbeit geleistet hatte und dadurch gezwungen worden war, eine besonders breite Stirn zu entwickeln. In Statur und Knochenbau glich Gotthelf dagegen seinem Onkel Ferdinand, der als Zugochse gleichfalls ein zum größten Teil unterjochtes Leben gefristet hatte.

Die Angestammten mütterlicherseits hatten Gotthelf dagegen vor allem Zuchtmerkmale äußerlicher Natur vermacht. Sie kamen aus dem Oberland, waren deshalb nicht nur schön behornt, sondern auch äußerst berggängig, und hatten breite Euter. Der einen oder anderen Kuh in der Familie gelang es denn auch, an Festen und Viehausstellungen aufzufallen, sei es als Ehrendame oder als Punktesiegerin bei der Prämiierung von Herdenbuchtieren.

Als Knuchel Gotthelf aus dem Stall holte, begegneten sich die beiden Bullen und stierten sich an. Pestalozzi schnaubte laut. Dampfend fuhr ihm der Atem aus den Nüstern. Doch Gotthelf interessierte sich nicht weiter für seinen Rivalen, es drängte ihn vorwärts, und er trottete zielbewußt auf die Hofstatt zu. Knuchel mußte ihn am Nasenring leicht zurückhalten.

Da die Nacht hereinbrach, war Blösch erst gar nicht, dann als dunkler Fleck zwischen den noch dunkleren Bäumen zu erkennen. Aber Gotthelfs Flotzmaul begann zu zucken. Er blähte die Nüstern, blieb stehen, hob den Schädel, röchelte und fuhr die Spitze seiner Rute aus der behaarten Quaste unter seinem Bauch. Er scharrte mit der Vorderhand am Boden, schleuderte sich Erde und Grasfetzen unter den Hinterbauch, schlenkerte seinen Hodensack zwischen den Hinterbeinen hin und her und sah aus, als wollte er sagen: »So, her damit! Bringt sie endlich, oder worauf wartet ihr?«

Blösch drängte sich denn auch herbei. Seitwärts, mit abgebogenem Kopf kam sie näher. Nur indem er sie zwang, die Bäume der Hofstatt zu umkreisen, konnte Ambrosio ihre Unbändigkeit kontrollieren.

Blösch muhte.

Der Knuchelbauer stieß Gotthelf mit dem Ellbogen in den Nacken: »He, wie die läuft! Es brennt sie, es sticht sie, das Euter will ihr schier zerbrechen, es tut ihr grausig weh!« Und vom Stall her rufend fragte der Gemeindeammann, wie es gehe mit dem Gotthelf, ob er auch wolle, ob er könne und ob die Kuh ihn lasse.

Gotthelf konnte, und Blösch ließ ihn.

Sobald die Kuh mit dem Hinterteil vor den Bullen kam, bäumte sich der auf, strampelte suchend mit den Vorderbeinen und drückte sich von unten ins Geäst eines Apfelbaumes. Alles ging ganz schnell. An den Hinterbeinen, dann am ganzen Leib spannten sich die Muskeln, wie gemeißelt traten sie unter der Haut hervor. Zur Seite tänzelnd stieß er Blösch die Rute in die Scheide, gab sich noch einen Ruck, grunzte, seine mächtige Brust bebte, er schäumte, lechzte nach Luft, wie schwarze Flammen die Nüstern, und Blösch zitterte, ihre Vorderbeine stemmte sie in den Boden, die hinteren drohten einzuknicken unter der Tonnenlast, und ihre Zitzen wurden zu Stacheln, den

Kopf warf sie zurück, ihre Hörner gerieten ins Geäst, der ganze Baum wackelte schon, und kaum war Gotthelf in eine protzige Hocke und schließlich mit der Vorderhand wieder ins Gras hinuntergerutscht, drehte Blösch den Schädel gegen die Dorfstraße, muhte und zog so stark am Strick, daß Ambrosio erneut Mühe hatte, sie zurückzuhalten.

»So also, es war mir doch. Komm, Muni, kannst deinen Püntel wieder einpacken«, sagte Knuchel.

Am Haarwirbel kratzend kam der Gemeindeammann näher und meinte: »Ist dieser Pestalozzi jetzt ein Heilandsdonner! Was ist auch mit ihm? Da kannst du mir halt sagen, was du willst, aber die künstliche Besamung hat auch ihr Gutes. Du, da weißt du gerade, woran du bist. Und die Kuh auch. Das ist doch Zeitverschwendung. Ich habe jetzt dann genug. Immer muß man weiß Gott warten, daß die Boss-Buben am Radio einen Kuhjodel spielen, bis sich so ein Muniherr auf eine Kuh hinaufbequemen will. Ist doch wahr! Aber, Hans, komm, ich zeige dir noch den neuen Stall, he ja, wenn du doch schon da bist.«

Knuchel führte Gotthelf zurück und folgte dem Gemeindeammann hinter den Wagenschopf zu einem erst im Rohbau fertigen Betriebsgebäude.

Der Gemeindeammann machte Licht und sagte: »So, da.«

In einem Auslauf erkannte Knuchel vor unverputzten Backsteinmauern ein halbes Dutzend Mastochsen. Er holte die Pfeife hervor und stopfte sie. Nach dem ersten Zug fragte er: »Und die scheißen einfach so, wo es gerade hinkommt? Einfach so mitten in den Stall?«

»Eh, nur bis sie es gelernt haben. Nachher scheißen die auch wie die Schweine, alle auf einen Haufen.«

»Alle?«

»Aber sicher. Da brauchst du nachher nur noch einmal in der Woche mit der großen Schaufel und mit dem Wasserschlauch reinzugehen, und deine Ware ist geputzt.«

»Da hast du aber nicht viel vom Mist, oder?«

»Ja, Hans, was willst jetzt da noch lang jedem Pfund Kuhmist und jedem Sprutz Bschütti nachrennen. Da lade ich doch lieber in der Genossenschaft ein Säcklein Dünger mehr auf, und basta.«

»Kunstdünger meinst du?«

»He ja!«

»Du Ammann, also wir sind jetzt mit unserem eigenen Mist wäger noch immer gut gefahren. Unsere Ware frißt gerne und viel. Gesund sind sie auch, die Donnerskühe«, sagte Knuchel und wandte sich ab.

»Du und dein Mist.« Der Gemeindeammann machte das Licht wieder aus und folgte Knuchel, der schweigend voranging, sich dann räusperte, stehenblieb und mit besorgter Stimme sagte:

»Es ist doch ein verfluchtes Cheibenzeug mit den Mäusen in diesem Jahr. Tun die mir jetzt wüst unter dem Boden. Gewiß gibt es davon viel mehr als in den letzten Jahren, aber was ich sagen wollte, wo ist er, der Feldmauser? Warum kommt er nie bis unterhalb des Wäldchens? Erst einmal ist er gekommen. Weißt nicht, wo ich mit ihm ein Wörtchen reden kann?«

»Ja, im Dorfe oben gibt es halt auch Schermäuse, daß einem darob graust. Da muß der Feldmauser wäger nicht bis zu dir hinunter, der verdient hier schon genug. Aber wenn du mit ihm reden willst, so bis es einnachtet, sitzt der sicher im OCHSEN. Der kriegt ja so viele Schwänze zusammen, daß es ihm nicht mehr fehlt an Geld zum Schnapsen.«

»Ja dann, wenn dem so ist. Ich muß noch zum Posthalter, wegen meinem Spanier, nachher kann ich ja reinschauen beim OCHSEN«, sagte Knuchel, der seine Hand vergebens zum Gruß ausgestreckt hatte.

Die Innerwaldner Post war schon seit Stunden geschlossen.

Der Knuchelbauer nahm die Pfeife aus dem Mund, drückte an der Eingangstür seine Nase platt, und die frisch begattete Blösch, die der Bauer an der langen Halfter hielt, wölbte den Rücken, um Wasser zu lassen. »Jetzt beim Donner!« sagte Knuchel. Die vergitterte Scheibe war aus Milchglas. Ohne die angeschlagenen Öffnungszeiten zu beachten, pochte Knuchel an den Türrahmen. Es regte sich nichts. Er klopfte gegen den Briefkasten an der Hauswand. Auf einem der Höfe, die in der Dunkelheit zu einem einzigen schwarzen Schatten zusammenflossen, bellte ein Hund. Und Blösch zerrte am Strick.

Knuchel deutete auf den Gartenhag neben der Eingangstür, übergab Ambrosio die Kuh, sagte: »Festbinden«, zertrampelte eine Reihe von Blumensetzlingen und zwängte sich durch eine Schutzhecke aus Dornengesträuch. Er hatte in der Wohnung des Posthalters, die hinter den Amtsräumen im gleichen Haus lag, ein erleuchtetes Fenster erspäht.

Er mußte sich strecken, um über eine Kiste mit Geranien hinweg an die Scheibe klopfen zu können.

Der Posthalter öffnete, hemdsärmelig, stützte sich auf das Fensterbrett, grüßte und fragte: »Was ist los, Hans? Wo brennt's?« Knuchel fuhr sich mit der Hand über Gesicht und Stirn, schob sich die Mütze vom Kopf, hielt sie mit zwei Fingern fest, kratzte sich mit den anderen im Haar und sagte, über die Geranien in die Stube schielend, wo die Frau des Posthalters eben den Fernseher leiser stellte: »Geld möchten wir schicken, nach Spanien hinunter.«

»Ja, Hans, die Post ist zu«, sagte der Posthalter.

»So? Und warum, wenn man fragen darf? Sollte man jetzt noch vom Melken weglaufen, um dir Geld bringen zu dürfen? Komm, mach auf!« sagte Knuchel und zwängte sich auch schon wieder zurück in die Dornenhecke.

Der Posthalter schluckte leer, ließ einen Seufzer fahren, warf seiner Frau einen schuldbewußten Blick zu und erschien unverzüglich mit klirrenden Schlüsseln hinter der Milchglastür. »So, so, das ist er also, dein Spanier, ein Brief oder zwei von ihm habe ich ja schon gesehen. Und eine Kuh habt ihr auch hier«, sagte er beim Aufschließen. Er hatte sich einen grauen Berufsmantel übergeworfen, den er von oben bis unten zuknöpfte.

»Ziehst du jetzt noch extra einen Schurz an?« fragte der Knuchelbauer.

»Du gehst doch auch nicht ohne Überhosen in den Stall, oder?«

»Aber ich habe es mit Mist zu tun«, sagte Knuchel, worauf der Posthalter meinte, es komme nicht so darauf an, womit man es zu tun habe, ob Geld, Post oder Mist, wenn man nur wisse, was so der Brauch sei. »Ja, das ist die Hauptsache«, fügte er noch hinzu, und beim letzten Knopf an seinem Mantel angelangt, begab er sich hinter die Schalterwand.

Ambrosio zögerte. Er blieb bei der Tür stehen. Auch dieses Haus bestand nur aus Zimmern, aus Zimmern mit vier Wänden, mit einem Boden und einer Decke, das Normalste der Welt, und trotzdem fühlte er sich einmal mehr bedrängt von diesen Innerwaldner Innenräumen. Diese Post berührte ihn wie eine Gefahrenzone. Lag es an den Dimensionen? Am Baumaterial? An der Sauberkeit? An der wartenden Kuh? Waren es die Männer, die für ihre breiten Gesten, für ihre harzende Sprache soviel Raum und Luft beanspruchten? Und was an den Wänden hing! Vergrößerte Briefmarken leuchteten bunt hinter Glas. Eine Serie zeigte Blumen, eine andere Gestein, eine dritte verschiedene Rinderrassen. Rot-weiß, braun, schwarz-weiß und bräunlich-schwarz waren die abgebildeten Tiere. Kein Stier war dabei. Und auf Reklameplakaten umkurvten auf steilen Paßstraßen gelbe Postautos weidendes Vieh. Alles Kühe. Und JEDESMAL POSTLEITZAHL stand über einem Briefkasten.

»Wie wollt ihr es denn schicken, das Geld? Per Nachnahme?« fragte der Posthalter, der sich am Schalter Kontrollbuch, Papiere, Stempel, Stempelkissen und Befeuchtungsschwamm zurechtlegte.

»He ja, wohl schon«, sagte Knuchel.

»Und wieviel?« Die Hand des Posthalters harrte schreibbereit auf einem Formular.

»1000«, sagte Knuchel.

»1000?« Über der Hornbrille des Posthalters kamen die Augenbrauen zum Vorschein. »Du schaust gut zu ihm, zu deinem Spanier«, sagte er.

»Der Spanier zu uns auch«, gab Knuchel zurück.

»Und mit dem Die-Sprache-Reden, wie hat er es da?«

»Oh, mit der Sprache? Gerade rühmen könnte ich nicht. Er versteht etwa, was man so von ihm will. Mehr nicht.«

»Dann wollen wir einmal sehen, wie das geht, komm buchstabier mir die Adresse«, sagte der Posthalter zu Ambrosio, der vergebens tat, wie ihm befohlen. Nachdem er wegen mehrerer Mißverständnisse drei Formulare zerrissen hatte, gab es der Posthalter auf, so zu tun, als verstünde er Spanisch. Er hielt Ambrosio den Kugelschreiber hin und sagte: »Hü, schreib selbst, da kommt ja kein Kalb draus, bei deiner Buchstabiererei.«

Danach blätterte Ambrosio die zehn Hunderterscheine hin. Langsam, einen auf den anderen, legte er sie auf die Marmorplatte des Schalters. Knuchels Lippen bewegten sich, er zählte mit, und sowie die letzte Note obenauf lag, meinte er: »Der hat gespart, unser Spanier, fast seinen ganzen Lohn will der nach Spanien hinunterschicken.« Und Ambrosio seinerseits dachte daran, daß er in drei Monaten kaum ein halbes Dutzend Gelegenheiten gehabt hatte, für sich selbst etwas auszugeben, aber bald würde er sich auch etwas leisten, als erstes würde er sich im Dorfladen, dort, wo er sich seine Zigaretten kaufte, einen von den Sportsäcken, die man oben zuschnüren konnte, aussuchen, und dann würde er in die Stadt fahren, bis zu dem Bahnhof, wo er bei seiner Ankunft im wohlhabenden Land in den gelben Bus nach Innerwald umgestiegen war, und an diesem Bahnhof würde er sich eine Zeitung mit den spanischen Fußballresultaten kaufen, und Wein, richtigen Wein würde er sich besorgen, und dann würde er sich noch nach einer Uhr umsehen, nach einer schönen Armbanduhr, er würde sie sich aus den Schaufenstern holen und erklären lassen, und dann würde er sie sonntags, und vielleicht auch abends, ganz vorne am Handgelenk tragen, noch vor der Manschette, genauso wie Luigi würde er seine neue Uhr tragen. Als Ambrosio an der ihm angezeigten Stelle die Quittung unterschrieb, glitt ihm sein Namenszug schwungvoller als je aus der Hand.

»Ja, ja, deine Frau wird sich freuen, in Spanien unten, wenn sie das Geld sieht. Und die Kinder! Du kannst ruhig schreiben, wo das herkomme, gebe es noch mehr zu verdienen«, sagte Knuchel. »Unser Vieh frißt nämlich brav, wie Bäche geben sie Milch hier bei uns auf dem Langen Berg, und das Wetter meint es heuer auch gut mit uns, ja, mit dem neuen Stier, da sind wir reingefallen, und Schermäuse haben wir im Boden, daß einem darob graust, aber sonst, was meinst du, Posthalter, haben wir Grund zu klagen?«

»Es ist wäger, wie du sagst, Hans«, antwortete der Posthalter, der die abgestempelte Quittung, um sie nicht zu beschädigen, äußerst behutsam vom Formular trennte, dabei an jeder Hand drei Finger ausgefächert in die Luft gestreckt hielt. »Mit den Mäusen soll es schlimm sein, habe ich gehört«, fuhr er fort, ohne aufzuschauen. »He ja, aber sonst hat gewiß jeder ein paar Seiten Speck im Kamin hängen, und von wegen Stier, was soll an dem nicht gut sein?«

»Lahm ist er, der neue Stier, ein müder Muni!« sagte Knuchel lachend, während er dachte, so einer wie der Posthalter, der alles nur noch mit zwei Fingern in die Hand nimmt, der verstehe gewiß nicht sehr viel von Viehzucht. Und er schickte sich an zu gehen.

Der Posthalter legte Papiere, Stempel, Schwamm und Kontrollbuch zurück in eine Schublade, drehte den Schlüssel und kam hinter der Schalterwand hervor, um Knuchel und Ambrosio hinauszubegleiten. Die Hände in den Taschen vergraben, stellte er sich vor die Eingangstür, schaute auf die unruhige Blösch, die ihm im düsteren Straßenlampenlicht unheimlich groß und gefährlich behornt vorkam, besah sich den verunreinigten Vorplatz, die zerrüttete Hecke, die zertrampelten Blumen und sagte: »Ihr müßt wohl, mit der Kuh, oder? So wie die Stalldrang hat!« Aber während er Knuchel die Hand schüttelte, ihm mehrmals eine gute Nacht wünschte, dreimal »Adieu« sagte und sich aus irgendeinem Grund oder auch einer Gewohnheit wegen für irgend etwas Unbestimmtes bedankte, dachte der Posthalter: Ja geht, bevor die blöde Kuh auch noch scheißt, mir den Zaun ausreißt, geht, aber schnell! Und als er die Tür wieder abschloß, nur noch die sich entfernenden Klauentritte hörte, brummelte er: »Diese Kuh schleckt doch auch kein fremdes Kalb, das Geld könnte doch auch einer von hier gebrauchen. Was wollen wir das jetzt nach Spanien hinunterschicken!«

Und noch bevor der Posthalter seinen grauen Berufsschurz wieder aufknöpfte, holte er aus der Besenkammer einen feuchten Lappen, kniete sich auf den Fliesenboden der Post und entfernte die Spuren von Knuchels und Ambrosios Stiefeln. »Himmelheilanddonnerwetternocheinmal!« fluchte er im Rhythmus seiner Armbewegungen.

Auf dem Dorfplatz angekommen, setzte Knuchel den linken Fuß auf die Freitreppe vor dem OCHSEN, klopfte den Wegstaub von den Überhosen und sagte: »Also komm, dann wollen wir sehen, ob wir den Feldmauser Fritz noch erwischen.«

Ambrosio, der Blösch zum Brunnen führte, winkte ab. »Yo no«, sagte er.

»Was? Hast du keinen Durst?« Knuchel richtete sich auf, und als Ambrosios ausgestreckter Zeigefinger wie ein Scheibenwischer hin und her ging, stemmte er sich beide Hände auf das angewinkelte Knie und gab sich einen Ruck. »Dann läßt du es eben sein.«

Auf der Türschwelle der Gaststube streifte sich Knuchel den Dreck von den Sohlen, nahm seine Stallmütze in die Hand und die Pfeife aus dem Mund. »Guten Abend wohl«, grüßte er. Die OCHSEN-Gäste verstummten, drehten ihre Köpfe, und zwei Dutzend Hände unterbrachen sich beim Bieranheben, beim Jassen, beim Rauchen, beim Grübeln und beim Kratzen durch Hemden und Hosen. Wie lauschend lagen die Hände neben Gläsern und Spielkarten, ein paar Sekunden lang bewegte sich nichts, dann rutschten unter den Tischen Stallstiefel und Ordonnanzschuhe über den Boden, Krampfadern schabten gegen Stuhlbeine, um die sich das Schuhwerk schlang und festhakte.

Ja beim Donner, da sitzt wieder eine Brut beisammen, aber jassen will ich nicht, und um mit dem Käser zu stürmen, dazu ist mir die Zeit zu schade. Knuchel massierte sich den Nacken.

Wohin sollte er sich nur setzen? Er zeigte auf den Feldmauser, der zuhinterst in der Gaststube mit in den Armen vergrabenem Gesicht allein an einem Tisch saß und zu schlafen schien: »Was ist mit dem Fritz?« fragte er, während er sich auf die durchgehende Bank an der Wand setzte.

»Ja, der Feldmauser Fritz, ein wenig berauscht ist der halt immer«, meinte Stucki, ein alter Bauer aus dem Dorf, und ein anderer Innerwaldner namens Eggimann rief über drei Tische hinweg: »He, schau, jetzt kommt gewiß noch der Knuchel Hans!«

»Eh, wenn man schon mal im Dorf zu tun hat, so nach dem Feierabend.« Knuchel bestellte Bier, paffte, und ehe er es bemerkte, hatte sich das Netz der OCHSEN-Gespräche, das seine Fäden weitmaschig durch die Gaststube spannte, auch über ihn gelegt.

Vom Obermoosbauer wurde gesprochen, der sein kleines, doch hochverschuldetes Gut verkaufen wolle, um mit seiner Familie in die Stadt zu ziehen, wo er in einer Fabrik eine Stelle gefunden habe. Als Portier oder als Arealgärtner, wurde vermutet. Es war Stucki, der das Ganze als einen weiteren Fall von tragischer Landflucht betrachtete. Knuchel war nicht einverstanden. Das sei doch Bauernzeitungsgestürm, wenn einer schon vom Land flüchten wolle, dann müsse er viel weiter gehen als nur bis in eine Fabrik in der Stadt. »Ja, ja«, sagte da der Bauer Eggimann: »Es sind dann schon solche mit bräveren Hosen, als sie der Obermösler am Füdlen hat, wieder zurückgekommen, aber ganz sicher.«

Was Knuchel darauf über seinen Besuch bei den Dorfstieren berichtete, stieß nicht nur auf großes Interesse, sondern teilte die OCHSEN-Gäste einmal mehr quer durch die Gaststube in zwei feindliche Lager, die sich gegenseitig der Übertreibung, auch der groben Mißachtung der Tatsachen beschuldigten.

Knuchel lobte den Gotthelf, erwähnte auch seine Blösch, die ja weit über den Langen Berg hinaus berühmt sei, und meinte, er selbst habe dem Pestalozzi ja noch nie so recht getraut, wie könnte er denn, wenn einer solche Ringelfransen habe, und sich im Halsfleisch kratzend, fügte er hinzu, er wäre jedenfalls überhaupt nicht überrascht, wenn sich der Stierenausschuß in der Zuchtgenossenschaft noch in diesem Jahr gezwungen sähe, diesen teuren Muni mit Verlust weiterzuverkaufen.

Aber das hieße doch, das Huhn, das goldene Eier lege, schlachten, das sei doch unverantwortliches Gestürm, und Knuchel sei auf dem linken Auge blind, meldeten sich hier die Anhänger Pestalozzis zu Wort. Wie es denn stehe um Gotthelfs Nachzuchtprüfungen? Ob nicht endlich Zeit wäre, daß die Herren lernten, wie man eine Statistik lese. Nur mit dem Greifen und gut Hinschauen auf Hörner und Hodensack sei es nämlich heute bei der Stierenevaluation nicht mehr gemacht! Das habe der VKB doch schon oft genug bewiesen!

Knuchel lachte nur, schaute belustigt in die Runde und fragte: »Und die Reinzucht? Was ist mit der? Geht mir doch weg, mit eurem Verband für künstliche Besamung! Haben wir denen unser gesundes Vieh zu verdanken? Ja Heilanddonner, sind wir noch Bauern oder nur batzenhungerige Kreuzungszüchter?«

Gemurmel breitete sich aus, die OCHSEN-Gäste griffen zu ihren Gläsern, prüften trinkend die sich zaghaft anbahnenden Reaktionen auf den Gesichtern links und rechts. Jeder runzelte seine Stirn, doch nicht tiefer als sein Nachbar. Jeder zog die Augenbrauen hoch, aber nicht höher, als die anderen es taten.

Der erst kürzlich zum Landwirt diplomierte Blum sprach in dem Gemurmel als erster wieder deutlich: »Es ist doch verrückt, daß überall studierte Leute forschen und erfinden, neue Methoden und Verfahren ausprobieren, und wir hier in Innerwald, wir tun, als wüßten wir schon alles, als könnten wir nicht noch dieses und jenes dazulernen. Es ist doch wahr!« Und mit rotem Kopf verstummte er. »Genauso ist es«, fuhr der Großbauer Strahm fort. Kürzlich sei er im Tierspital gewesen, und dort habe ein Veterinär gesagt, er wolle ihm etwas zeigen, und einen Gummischurz, auch andere Stiefel habe er anziehen müssen, erzählte Strahm. Der Veterinär habe ihn nämlich in einen Experimentierstall geführt. Dort habe eine junge Kuh gestanden, die habe auf einer Seite ein regelrechtes Fenster im Bauch gehabt, so daß man in den Wiederkäuermagen habe schauen können, ganz deutlich habe man das Gras gesehen.

»Jetzt beim Donner«, lachte da Knuchel. »Haben denn die studierten Herren Dökter nicht gewußt, daß eine Kuh etwa das im Ranzen hat, was sie frißt?«

Nach etlichen Reaktionen auf diese Bemerkung – die einen kicherten, die anderen schüttelten die Köpfe, schimpften über Knuchels Engstirnigkeit, redeten von großen Tannenbrettern, die angeblich aus der Sägemühle verschwunden wären und jetzt von gewissen Leuten vor dem Kopf getragen würden – kamen die Dorfbauern an dem Tisch zu Knuchels Linken auf die allerneuste Errungenschaft in Sachen Melktechnik zu sprechen. Knuchel hörte eine Weile zu und sagte dann: »Seid doch froh, daß ihr das Tuckerzeug habt, wenn ihr doch zufrieden seid, aber laßt mich in Ruhe damit: Was wollt ihr da jetzt dauernd eure Milchsauger rühmen.«

Darauf nahm der Käser seinen Stumpen aus dem Mund, ließ die Hand mit den Jasskarten hinter sich über die Stuhllehne herabhängen und drehte sich nach Knuchel um: »Es gibt solche, die haben Melkmaschinen,und es gibt solche, die haben Ausländer im Stall!« Der Genossenschaftsverwalter fügte im gleichen Ton hinzu, was den Lärm betreffe, so mache ein Ausländer zumindest an Sonntagen soviel Lärm wie eine Melkmaschine, wenn nicht noch mehr.

Als aber noch der Großbauer Strahm auf ihn einzureden begann, spürte Knuchel zum ersten Mal seit Wochen wieder das Würgen im Hals.

Strahm hatte kurz zuvor seine eigene Melkanlage ganz besonders eifrig gepriesen, war nicht einmal vor der Behauptung zurückgeschreckt, diese Maschinen seien ein wahres Geschenk des Lieben Gottes an die Milchproduzenten, und er sei stolz darauf, gerade jetzt im Melkmaschinenzeitalter im Agrarbereich tätig sein zu dürfen. Strahm wollte von Knuchel wissen, wieviele Großvieheinheiten er denn eigentlich in der Produktion habe, die neusten Verfahren seien nämlich auch für mittlere und kleinere Betriebe durchaus nicht unerschwinglich, im Gegenteil, lohnen würden sich diese Geräte auch für den kleinsten Bauern.

Knuchel stellte das eben angehobene Bierglas unsanft zurück auf den Tisch, legte die Pfeife in den Aschenbecher und, als ob er beweisen wollte, daß er kein kleiner Bauer sei, stand er auf, räusperte sich und sagte: »Ich habe keine Großvieheinheiten im Stall! Ich habe Kühe, und zwar alles prämiierte Simmentaler. Jawohl. Die Blösch da draußen beim Brunnen, das ist die brävste, Bäbe ist die dümmste, Fleck die jüngste, mehr als gut genug sind sie mir alle, und solange ich Hände zum Melken habe, solange kommt mir kein Milchsauger auf den Hof!«

Laut hatte er gesprochen, so laut, daß einige Innerwaldner beleidigte Blicke tauschten. Was kommst jetzt hier in den Ochsen zum Brüllen? Um dein Haus herum zu werken, zu wischen und wüst zu tun reicht dir wohl nicht mehr? Aber wie sich Knuchel wieder auf die Bank niederließ, hob ganz hinten in der Wirtschaft der Feldmauser seinen Kopf, starrte aus seinem zerfurchten Gesicht ins Leere und kreischte: »Bis daß du wieder zu Erde werdest, von der du genommen bist. Denn du bist der Dreck unter deinen Fingernägeln, der bist du!«

Auch darauf lief Gemurmel von Tisch zu Tisch, es wurde an Wangen gekratzt, nach links und rechts geschielt, nur keine voreiligen Stellungnahmen, doch ein Hals nach dem andern drehte sich, schwere Innerwaldner Leiber verlagerten auf Stühlen und Bänken tief liegende Schwerpunkte. Es war klar, vereint wandten sich die Ochsen-Gäste von Knuchel ab und richteten ihre Mißachtung voll und ganz auf den Feldmauser ganz hinten in der Gaststube.

Der alte Mann rieb sich mit seinen erdigen Händen die Augen, drückte sich den verrutschten Hut fest auf den Kopf und klagte halblaut vor sich hin, es sei doch höchste Zeit, draußen habe es schon genachtet, aber es habe ihn wieder keiner geweckt, nicht einmal auf sie, auf die dort, auf die Serviererin könne er sich verlassen. Langsam stand er auf, kam hinter dem Tisch hervor. In seinem schwarzgrauen Überwurf sah er aus wie ein riesiger Raubvogel, der seine Flügel ausprobiert.

»Ja du!« höhnte der alte Stucki. »Dunkel ist es schon lange. Du mit deiner Beterei!«

»Geh du einmal richtig zur Predigt, das wäre gescheiter«, sagte der Käser, und durcheinander redend meinten andere OCHSEN-Gäste, da könne sich ja keiner darüber wundern, daß es mit der verfluchten Wurzelabfresserei der Maulwürfe so schlimm stehe, wenn der dorfeigene Feldmauser jeden Sonnenuntergang verschnapse, auf jeden Fall meistens verschlafe, dazu noch große Reden halte, und dabei nickten sie dem alten Mann von unten herauf zu, als wollten sie ihn mit ihren vorgeschobenen Kinnladen anstoßen. Man könne ja bald nicht einmal mehr auf dem Friedhof spazieren gehen, ohne dauernd über die verdammten Maulwurfshügel zu stolpern, sagte der Käser, und der alte Stucki schrie, seit anno 33 habe man nie mehr so viele Mäuse gezählt, auf dem ganzen Langen Berg nicht, bis just in diesem Jahr, und er behauptete weiter, sein Junger, der Samuel, der habe schon drei Kühe im Stall, die sich wegen der aufgeworfenen Hügel beim Weiden mit Mißtritten an den Beinen Zerrungen zugezogen hätten! Auch Diplomlandwirt Blum warf dem Feldmauser zornige Blicke zu und sagte, so einem Scherenschleifer könne man doch bei der Schädlingsbekämpfung nicht mehr trauen, es sei höchste Zeit, daß man dieses Problem selbst einmal richtig bei den Hörnern packe, seine Frau habe nämlich erst gestern sogar in ihrem Rhabarberbeet einen mordsdonner Gang entdeckt, alles sei untergraben, daß es ihm schier den Schlaf nehme. Eben, eben, meinten die OCHSEN-Gäste wieder im Chor, wenn einer nur saufe und schlafe und fromm tue, was man denn da denke, natürlich würden sich in so einem Fall die Wühlmäuse seelenruhig vermehren, und zwar difig wie das Bisenwetter, und wer denn überhaupt sagen könne, was dieser Gesundbeter von einem Gartenhag- und Landstreicher mit dem 50-kg-Sack Gift anstelle, den ihm die Gemeinde so mir nichts dir nichts anvertraut habe.

Doch der Feldmauser straffte seinen Überwurf, bückte sich nach der Werkzeugkiste, holte unter dem Tisch die Laterne hervor, griff zu seinem Stab und durchmaß bestimmt und zielsicher in seinen Bewegungen die Gaststube. An seinen mit Erde verkrusteten Stiefeln waren deutlich die Eisenbeschläge zu hören. Sein Blick eilte ihm voraus, war klar, als würde er über einen mondbeschienenen Acker gleiten, und gleich von Anfang an klopfte sein Stab rhythmisch auf die Bodenbretter; es war der kräftesparende Rhythmus eines an lange Wege gewöhnten Mannes. Der Überwurf, der wie eine Pelerine an ihm herunterhing, das erdige Gesicht, die Pranke am Stab, alles gab den Anschein von innerer Ruhe und Größe. Der Feldmauser würdigte kein Schimpfwort, keine Anspielung mit einer noch so kurzen Verteidigung, er ging einfach mit einer solch unantastbaren Erhabenheit davon, daß die OCHSEN-Gäste verdutzt auf die wieder ins Schloß zurückgeglittene Eingangstür starrten, bevor ihnen klar wurde, daß sie gegen eine Wand geredet hatten.

Als Leiber und Glieder auf Stühlen und Bänken wieder nach bequemeren Sitzstellungen suchten, als Innerwaldner Hände wieder nach Gläsern, Stumpen und Jasskarten griffen, erinnerte sich Knuchel daran, daß er ja mit dem Feldmauser hatte reden wollen.

»Beim Donner! Macht man die Stalltür zu, ist eben schon raus die Kuh. Der ist mir ab. So ist es halt mit dem Reden.« Darauf erkundigte er sich, wo die Serviertochter bleibe, bezahlen wolle er.

Aber noch bevor Knuchel seinen Geldbeutel in der Hose unter den Überkleidern in den Griff bekam, setzte sich Armin Gfeller, ein Bauer, der hinter dem Galgenhubel ein kleineres Gut bewirtschaftete, neben ihn. Gfeller hatte eine Bierflasche unter dem Arm und sein Glas in der Hand. »Ja, Hans, willst schon wieder ein Haus weiter?« fragte er.

Knuchel wühlte weiter in seiner Gesäßtasche. Schief saß er zwischen Tisch und Bank. Als er den Geldbeutel endlich hervorgeklaubt hatte, antwortete er, draußen habe er eben noch die Kuh, und sein Spanier, der Ambrosio, der warte ja auch.

»So, so. Dein Spanier wartet«, meinte Gfeller.

»Hereinkommen wollte er nicht. Es wird unser Bier sein, das ihm nicht paßt.«

Armin Gfeller rutschte näher, er lächelte. »Weißt du, Hans,

bevor du gehst, ich hätte noch... eh ja, ich wollte fragen, wie wäre es, was meinst du dazu, he ja, der Ammann, der Gemeindeammann hat mich gestern darauf gebracht, und wenn du jetzt schon hier im OCHSEN bist, es ist wegen, sag, was meinst du dazu! Weil... hättest du noch Heu?«

»Heu? Ich? Warum?«

»He warum? Verrechnet habe ich mich. Wie es so geht.« Gfellers Mund war ein schmaler Schlitz von Ohr zu Ohr. »Zu viel Ware habe ich in die Mast genommen. Die zwei Bodenhofrinder, dann noch diesen Ochsen von dir, das macht halt etwas aus im Stall. Schier das Dach wollen die mir jetzt vom Kopf fressen. Nur gerade EIVIMI kann man ihnen ja nicht in die Krüpfe schaufeln, und mein Gras, es kommt schon, aber langsam, da habe ich gedacht, anstatt zu früh zuviel Grünes mähen, he ja, mit ein paar Klaftern wäre mir geholfen, wenn der Ammann doch sagt... he ja, was meinst du? Sag!«

Knuchel schoß das Blut in den Kopf. Als ob seine Futterbühne noch bis unter das Dach mit vorjährigem Heu vollgestopft, nicht schon seit mehr als zwei Wochen leergefegt gewesen wäre, dachte er entsetzt: Sollen jetzt dem seine mickerigen Unfallkühe mein Heu fressen?

Gfeller, der sein Glas zum Mund führte, es jedoch gleich wieder auf den Tisch stellte und sich am Ohr kratzte, fuhr fort: »Bei diesem Ochsen im Herbst, da sind wir uns doch auch schnell einig geworden, ich habe damals auch noch zu meiner Frau gesagt, da könne kommen wer wolle, aber mit dem Knuchel Hans, mit dem ist gut handeln, habe ich gesagt. Also, wie hast es? Ich würde es ja holen kommen.«

»Heu zum Verkaufen! Kannst denken, Armin!« sagte Knuchel, während er dachte, da könne sich der Galgenhubelbauer lange in den Ohren grübeln und am Ohrläppchen rumfieggen, aber das fehlte gerade noch, daß er auch anfangen würde, den Händler zu spielen. Eine blöde Mode sei das, jeder wolle jedem etwas zuhalten und dabei möglichst ohne einen Finger zu rühren ein so großes Sümmchen herausschinden, daß er es niemandem zuflüstern dürfte, ohne sich dabei zu versündigen, aber die

Arbeit, ja die Arbeit, die mache keiner. »Nein, Armin, ich bin kein Heureisender«, sagte Knuchel. »Ich zerfahre den Acker, säe, mähe und ernte für unseren Hof und unseren Stall, nicht für den Handel, diese blöde Rumschieberei, hundertmal hierhin und dorthin, das kann es mir gar nicht. Zu verkaufen habe ich nur die Milch, ab und zu ein Stück Vieh, einen Pferch voll Schweine oder ein Kalb, und im Herbst, was wir so ab dem Land führen an Gerste und Roggen und Hopfen und Erdäpfel, aber Heu? Das wäre mir noch!«

»Aber, Hans, was ist denn?« Gfellers Stimme zitterte leicht. »Du läßt doch deine Ware schon weiden, und Land hast du auch mehr als genug, aber ich will ja nichts gesagt haben, ich habe ja nur gefragt, und fragen wird wohl noch erlaubt sein.« Er dachte aber, von so einem, von einem, der sich fast den Arm ausrenken müsse, weil er sich aus purer Angst, er könnte einmal einen Fünfer zuviel ausgeben, den Geldsäckel unter drei Paar Hosen in der hintersten Füdlentasche vergraben müsse, von so einem lasse er sich dann ungern alles sagen.

Es sei schon in Ordnung, meinte Knuchel, nichts für ungut, und es stimme schon, das müsse er zugeben, weiden würden seine Kühe schon lange, das sei halt die Schuld des Wetters, gut habe es das mit ihm gemeint, und dem Vieh tue es auch gut, da könne man sagen, was man wolle, dick und stark täten sie sich draußen fressen, und ehrlich gesagt, fügte er nach einer Pause hinzu, etwa stören lasse er sich von dem Gebimmel der Glocken auf der Weide unter dem Hof überhaupt nicht, nein, nicht im geringsten, die Frau habe manchmal etwas zu klagen, wenn die eine oder andere Kuh ein wenig wüst täte, aber sonst, er freue sich schon, daß es wärmer werde, damit er auch nachts weiden lassen könne, was vielleicht schon bald möglich sei bei all den Kuhschwanzwolken am Himmel. Darauf könne man sich nämlich getrost verlassen, sagte er nachdrücklich.

Da sich die Bedienung näherte, wechselte der Knuchelbauer ein paar freundliche Worte mit ihr, fragte, warum sich der Wirt nicht sehen lasse, und scherzhaft, ob er bezahlen müsse für den Parkplatz, den seine Blösch dort draußen beanspruche, und indem er sich erhob, um den Geldbeutel zurück unter die Überhosen in die Gesäßtasche zu stecken, sagte er von oben herab wiederum zu Gfeller: »Uhgh ja, ich freue mich schon. Da kann man dann wieder gut schlafen, wenn man sie so fressen hört. Ich glaube fast, nachts die Ware vor dem Haus auf der Weide zu haben, das ist das Schönste, was es gibt! So, aber jetzt muß ich, mein Spanier wartet, und die Kuh steht auch lieber im Stroh als da draußen vor dem OCHSEN.«

»Ja eben, du hast halt einen Spanier«, sagte Gfeller, der sich keine Mühe mehr gab, ein Lächeln zu formen. Sein Wangenfleisch hing ihm rosig und lose im Gesicht, doch sein Unterkiefer mahlte, und als Knuchel begann sich zu verabschieden, nickte und Hände schüttelte, fragte er ihn laut: »Wie geht es denn eigentlich? Bis du zufrieden mit ihm?«

»Mit wem?« fragte Knuchel.

»He ja, mit deinem Spanier, bereust du es nicht, daß ihn hast kommen lassen?« Gfeller nahm einen Schluck Bier, zuckte dann mit der linken Schulter und kratzte sich mit der linken Hand unter dem Tisch am linken Knie. Seine Augen waren auf Knuchel gerichtet, der, bevor er antwortete, selbstgefällig lächelte: »Gut geht das, ich bin wäger froh um ihn, jawohl, willig ist er, und melken kann er auch, gewiß wie einer von hier. Und wegen dem Reklamieren, du, da hört man nie ein ungerades Wort, der macht, was man ihm sagt, und zwar so, wie man es ihm zeigt. Und mit der Ware, mit der kann er es gewiß gut, auch mit den Kindern, also ich, ich habe nur gute Erfahrungen gemacht.«

»Ja, ja, man hat schon gemerkt, daß er sich gut einlebt«, mischte sich der Käser ein, worauf der Genossenschaftsverwalter vergaß, die Jasskarten auszugeben. »Hier im OCHSEN fühlt sich der kleine Cheib ja auch schon verdammt wohl«, sagte Armin Gfeller. Vereint schielten die meisten Gäste wieder auf Knuchel, der sich am Hals kratzte und rückwärts auf die Tür zuging. Er schien zu schwanken, so nachdrücklich verlagerte er sein Gewicht von einem Fuß auf den andern. Als noch der junge Eggimann laut und stotternd meldete, dem Do...Do...Donnersspanier sei es schon so wo wo ... wo ...wohl, daß er sich auf dem Langen Berg zu Ha...Hause fühle, als ob er hier gebo ...boren wäre, da setzte sich der Knuchelbauer sein Käppi wieder auf, kratzte sich darunter im Haar und sagte: »Aber er schafft doch auch hier bei uns auf dem Langen Berg, he ja, ich meine ja nur, aber eben, ich muß halt, die Kuh wartet.«

»Ein Fremder ist er trotzdem, da kann er lang hier werken und melken«, sagte der Genossenschaftsverwalter, der eben die Karten austeilte und bei jeder mit seinen Knöcheln auf die Tischplatte klopfte. »Und nur weil einer nichts sagt, das will dann noch nichts heißen.«

So sei es, unterstützte der Käser den Genossenschaftsverwalter, denn wenn einer schon mit grünen Überhosen vor die Käserei komme, dann sollte er vielleicht auch die Sprache lernen, zu viel wäre das sicher nicht verlangt. »Das mindeste ist das!« rief Armin Gfeller dazwischen.

»Eh beim Donner!« Knuchel machte einen weiteren Schritt zurück und verfluchte das Würgen, das ihm aus der Brust hochstieg, ihm den Hals zuschnürte, daß er kaum mehr sprechen konnte. »Leicht ist das für ihn auch nicht, mit der Sprache, und klein ist er, das stimmt, klein aber drahtig, ja, drahtig ist er! Drahtig wie ein Cheib! Und ob ihr es glauben wollt oder nicht, beim Anfassen ist er kein bißchen zimperlich, nie hat der Angst, es komme ihm dann etwa ein wenig Arbeit bis an die Hände heran, nie, und ich kenne dann mehr als einen, der ihm noch etwas abschauen könnte! Aber ich sollte doch, he ja, ich muß! Also dann, gute Nacht! Auf Wiederluegen allerseits, lebt wohl, also adieu, Fräulein!«

Kaum hatte Knuchel die Tür ins Schloß gezogen, schwoll der Gaststubenlärm stark an, bis auf die Freitreppe hinaus hallte das Gelächter und Gefluche.

Ja, ja, brüllte einer, der kleine Lumpenspanier sei drahtig, das habe man ja gesehen bei der Schlägerei, die er angefangen habe. Es wurde durcheinandergeschwatzt, mit Verunglimpfungen gewetteifert. Ja, die Jungen hätten denen aber den Speck eingesalzen, hätten ihnen gezeigt, wer hier Meister sei, aber so müsse es kommen, wenn die Ausländer nicht wüßten, wie man sich aufzuführen habe, und ob man denn einfach zuschauen sollte, und was man sich noch alles gefallen lassen müsse, nein, alles was recht sei, wurde verkündet, aber wenn so einer noch einmal dumm tue im OCHSEN, dann lande er in den Brennesseln oder werde in den Brunnentrog getaucht, bis ihm Hören und Scheißen vergehe! Aber das sei doch nichts, wurde laut protestiert, nein, dem würde man ein Loch in den Gring schlagen, so groß, daß dem Knuchel seine Preiskuh daraus saufen könne. Eine ruhigere Stimme behauptete noch, daß der Feldmauser früher ja auch schon zuviel gesoffen habe, aber schlimmer sei es mit ihm trotzdem geworden, nicht halb so viel hätte er noch vor einem Jahr geredet, wenn das dann nichts mit den Ausländern zu tun habe!

Aber Knuchel schritt hinter der von Ambrosio geführten Blösch durchs Dorf hinunter. Er hörte nur die Klauenaufschläge auf dem Asphalt der Straße. Ja, die schönste Kuh im Dorf, so eine können sie nicht aus ihrem Stall herausziehen, die Herren haben nur Großvieheinheiten! Zu gern hätte Knuchel in die Nacht hinausgeflucht, doch alles Ringen war nutzlos, er brachte längere Zeit keinen einzigen Laut hervor, sein Hals war zugeschnürt. Und die Pfeife habe ich im Aschenbecher vergessen, einfach liegen lassen. Und wieder konnte er nicht fluchen.

Als sie das Dorf hinter sich hatten, links unten schon die Scheunen vom Bodenhof schwarzsilbern im Mondlicht glänzten und rechts oben die fünf hellen Einschußlöcher des Scheibenstandes auf der sonst dunkel daliegenden Anhöhe zu sehen waren, beschleunigte Knuchel seinen Schritt, holte erst die Kuh ein, klopfte sie auf den Hals und sagte dann, neben Ambrosio hergehend: »Ja gell, die Dorfbauern! Die Möffen!« Ambrosio verstand den Bauern nicht. Er konnte auch nicht verstehen, warum dieser plötzlich stehenblieb, sich breitbeinig mitten auf das Sträßchen stellte, die Hände vor dem Mund zu einem Trichter formte und gegen das Dorf hinauf brüllte: »Ja Heilanddonner! Großvieheinheiten und Melkverfahren! Hat denn hier keiner mehr ein Gehirn im Gring!«

Kurz vor dem Saumwäldchen blieb der Bauer noch einmal stehen. Er zeigte auf den Wegrand, wo trotz der Dunkelheit mehrere Löwenzahnblüten zu erkennen waren, und sagte: »Schön sind sie, die Kuhblumen.«

Auf dem Hof führte Ambrosio Blösch zum Brunnen, brachte sie in den Stall und kettete sie fest. Der Bauer wünschte Ambrosio, während er mit den Füßen auf der Küchentürschwelle scharrte, eine gute Nacht.

Das Geländer der Außentreppe zitterte leicht, als Ambrosio es berührte. Er fühlte durch das Holz hindurch, daß die Balkenstruktur des Hofes wieder durch das Klopfen erschüttert wurde. Beim Betreten seiner Kammer hörte er es ganz deutlich. Bum, bum, bum! kam es von unten herauf.

6

Hab ich jetzt vergessen anzuklopfen?

Frau Spreussiger fuhr auf, ihr Drehstuhl quietschte; ein Spiegel flitzte unter den Schreibtisch. Herr Rötlisberger! Bin ich erschrocken!

– Habe ich gesehen. Rötlisberger stand, die Daumen hinter dem Brustlatz seiner Sackschürze eingehakt, vor Bössigers Sekretärin im Schlachthofbüro. Von der Abwesenheit ihres Chefs profitierend, hatte Frau Spreussiger eben ihre Hände mit Atrix nachgefettet und auch kurz, Spieglein, Spieglein in der Hand, wer ist die schönste im ganzen Land, Lippen, Teint und Frisur inspiziert.

– Sie wollen mit Bössiger sprechen? Oder nicht? Ich gebe ihm einen Funk. Jetzt piepst es wieder bei ihm im Suchgerät, sagte sie, während sie zum Telefon griff und eine Nummer wählte. Aber sagen Sie, Herr Rötlisberger, was ist mit Ihnen? Ist Ihnen nicht gut?

– Was sollte jetzt mit mir sein?

– Ja gerade gesund sehen Sie nicht aus.

– Aber dafür alt. Oder nicht?

– Eh du also, Herr Rötlisberger! So habe ich es doch nicht gemeint. Ein Mann wie Sie, im besten Alter. Aber setzen Sie sich! Rötlisberger blieb stehen. Hinter dem Schreibtisch kamen zusammengepreßte Knie mitsamt nylonbestrumpften und nur halb bedeckten Schenkeln zum Vorschein.

– Ich sage es ja immer, Bürolist sollte man sein, seufzte Rötlisberger.

– So etwas, kokettierte Frau Spreussiger, und ohne den Busen zu senken, ohne weder das durchgedrückte Kreuz noch den prallen Rock zu lockern, drehte sie sich um die eigene Achse. Sie verstand es, sich zwischen den staubfreien Glanzflächen von Büromaschinen und Büromöbeln mit Eleganz zu bewegen.

– Ja my Seel, Bürolist, das wäre ein Leben. Rötlisberger nahm seine Mütze vom Kopf und kratzte sich im Haar. Aber eben, was will man machen? Manchmal geht es hier bei euch sicher auch bös zu und her. Habe ich recht oder nicht?

– Herr Rötlisberger, wenn Sie wüßten. Die Sache gestern, uhgh! Und dann brüllt er mich an. Aber wenn er diesen Studenten, diesen Lukas erwischt, sagte sie halb tuschelnd, dann passiert aber etwas. Nichts Gefreutes. Das ist sicher.

– Das trifft sich ja gut, der Lukas will heute noch einmal kommen. Das trifft sich my Seel gut.

– Ah, Sie sind da. Kommen Sie mit in mein Büro! Die Tür war aufgeflogen. Bössiger kam hereingestürzt. Eine Flut von überschüssiger Energie eilte ihm voraus. Sein geöffneter Berufsmantel umflatterte ihn, lies ihn wuchtiger erscheinen, als er war. Noch piepste in seiner Brusttasche das elektronische Suchgerät. Mit drei Schritten stand Bössiger hinter dem Schreibtisch im Nebenraum, knallte das große, schwarze Buch nieder und visierte einen Zeigefinger auf Rötlisberger, der ihm nur bis unter den Türrahmen gefolgt war.

– Sie führen ab sofort Fernando in sämtliche Kuttlereiarbeiten ein, wir brauchen Sie, Rötlisberger! Bössiger sprach laut. Wir haben einen verantwortungsvollen Posten für Sie!

Rötlisberger wich einen Schritt zurück.

Frau Spreussigers flüssig ineinanderübergehende Bewegungen kamen ins Stocken. Ihr Gesäß preßte sich plötzlich noch praller in den roten Rock.

Noch immer piepste das Suchgerät.

– Was meinen Sie? Wie lange brauchen Sie, um Fernando einzuarbeiten? Ganz so exakt wie bisher braucht es ja in der Kuttlerei nicht weiterzugehen. Die Kutteln, die wir heute noch frisch verkaufen, sind schnell geputzt. Machen Sie es für ihn also einfacher, als Sie es sich selbst gemacht haben. Zeigen Sie ihm ein paar zeitgewinnende Abkürzungen. Sagen wir drei Tage? Genügt das? Klar. Fernando ist ja schon jahrelang bei uns.

– Der kann das nicht, sagte Rötlisberger; er kratzte sich wieder in den Haaren.

– Ha! Natürlich kann der das!

– Und wenn dann die Kutteln stinken? Oder ganz grün sind? Wie soll das einer in drei Tagen lernen. My Seel, Herr Bössiger, bis da einer das nötige Gefühl in die Hand bekommt. Das geht beim Donner nicht von heute auf morgen.

– Gefühl! Gefühl! Sie müssen ihm nur alles richtig zeigen. Schreiben Sie ihm die Temperaturen auf, auch die Kochzeiten. Schließlich ist Fernando einer unserer besten Italiener.

– Fernando ist Spanier.

– Rötlisberger! Keine Schneckentänze! Spanier, Italiener, Jugoslawe, Portugiese, meinetwegen Türke. Zuverlässig ist er, und kapiert hat er schneller als die gelernten Herren Metzger. Sonst bleiben Sie halt noch die ganze Woche dort. Wir brauchen Sie aber in der Darmwäsche. Und zwar so bald als möglich. Es wird umdisponiert. Sie übernehmen einen Aufsichtsposten.

– So? Einen Aufsichtsposten? Rötlisberger trat näher an den Schreibtisch heran. Soll das etwa eine Beförderung sein?

– Ganz genau. Leichtere, weniger anstrengende Arbeit. Bössiger setzte sich und schaltete das Suchgerät aus.

– Die Kiste!, entfuhr es Rötlisberger, aber Schlachthofmarschall Bössiger sagte:

– In der Darmerei geht uns zuviel kaputt, da muß ein verantwortungsbewußter Mann hin.

– Ein Gestürm ist das. Mich befördert Ihr nicht auf den Misthaufen. Nein danke. Immer wenn so eine Kiste im Gang herumsteht, wollt ihr mich aus der Kuttlerei jagen. Aber nüt isch! Rötlisberger wandte sich ab und verließ das Büro.

– Bleiben Sie hier, befahl Bössiger so bestimmt, daß der Kuttler stehenblieb.

– Heute ist Dienstag. Am Freitag übernehmen Sie den Posten in der Darmwäsche. Verstanden? Und gleich nach der Neun-Uhr-Pause nehmen Sie Fernando mit in die Kuttlerei.

– So geht das? Ich verstehe. Daß einer seine Sache richtig macht, sein ganzes Leben lang, das ist nichts mehr wert. Versetzt wird man, wie ein Erdapfel. Einfach so. Und auf einmal ist ein Handlanger gut genug. Ja. Einfach weg, fort mit dem Alten.

– Rötlisberger! Hören Sie zu. Und schließen Sie die Tür Bössiger sprach leise. Niemand zweifelt an Ihnen. Wir wissen, Sie sind ein IA Kuttler. Sie arbeiten für zwei. Als man Ihnen einen Mann in die Kuttlerei geben wollte, haben Sie das nicht akzeptiert. Sie wollten alles allein machen. Und Sie machen es gut. Stimmt. Wegen Kutteln gab es nie Reklamationen. Aber auch Sie werden älter. Auch Sie Rötlisberger. Sie brauchen eine leichtere Arbeit, bevor Sie uns krank werden. Die Darmwäsche ist heute rationell mechanisiert, und wir bauen sie weiter aus. Dort überanstrengen Sie sich nicht, Sie brauchen nicht mehr schwer zu tragen, nicht mehr schwer zu heben.

– Machen Sie mir doch nichts vor. In der Kiste draußen habt Ihr wieder so einen Roboter und wollt mich dahinter stellen. Ihr wollt mich ums Verrecken noch zum Maschinenfritzen machen. Warum nennt man das jetzt schon Aufsichtsposten? Aber, Herr Bössiger, ich habe einen Beruf gelernt, ich bin Metzger und Wurster, ganz genau, und seit über dreißig Jahren Kuttler! Aber wegen der Maschine, nein, laßt mich ausreden, wenn Ihr es schon nicht wißt, sage ich es noch einmal: Maschinen haben mich nicht gern! Überhaupt nicht. Im Gegenteil. Wenn ich eine berühre, geht sie kaputt, bleibt stecken, es ist beim Donner wahr, unter meinen Händen fangen Maschinen an zu brennen, eine ist mir sogar explodiert, so! Rötlisberger hob die Arme, ballte die Fäuste und riß sie mit Gewalt auseinander. – Einfach so! Päng! Auseinandergekracht!

– Es gibt keine Diskussion, sagte Bössiger. Aus betriebstechnischen und hygienischen Gründen übernimmt Fernando ihren Posten, und Sie kommen in die Darmerei.

– Was? Jetzt habt Ihr noch hygienische Gründe?

– Ist das etwa nicht Ihre Brissago, dort auf der Schwelle draußen? Nehmen Sie doch Vernunft an! Wissen Sie eigentlich, wie viele Beschwerden wir wegen Ihrer Raucherei bekommen? Jetzt verstecken Sie Ihre Brissago nicht einmal mehr. Der Oberfleischschauer wollte Ihnen schon längst ein Schlachthausverbot verhängen. Nur weil der Patron persönlich mit ihm gesprochen hat, sind Sie überhaupt noch da. Aber jetzt ist Schluß. Sie verstecken sich nicht mehr in der Kuttlerei. Und wenn wir schon gerade dabei sind, wissen Sie überhaupt, daß man sagt, Sie würden die Italiener aufhetzen, daß Sie den Studenten da, diesen Lukas, mitgebracht haben? Und gestern? Wo waren Sie gestern? Wo, Herr Rötlisberger? Sehen Sie doch endlich ein, wie gut wir es mit Ihnen meinen. Wir kommen Ihnen doch entgegen.

– Mit mir braucht es niemand gut zu meinen. Ich mache meine Arbeit, und Ihr wollt mich an eine Maschine stellen, aber ich bin kein Knopfdruckmetzger, ich bin jetzt beim Donner über 63, laßt mich doch in Ruhe, flickt doch den Kessel dort, wo er nicht dicht ist, potz Heilanddonner, als ob es nichts Wichtigeres geben würde, als mich aus der Kuttlerei zu jagen.

– Beruhigen Sie sich, ich bitte Sie! Was ist auch los? Erstens ist so eine Maschine idiotensicher, da kann nichts passieren, die springt Ihnen nicht an den Kopf, und zweitens verrichten Sie auch in der Darmerei notwendige, geschätzte und gut bezahlte Arbeit.

– Eben darum. Rötlisberger lehnte sich über den Schreibtisch. Bössiger fuhr zurück. So stellt doch einen Idioten an Eure idiotensicheren Maschinen! Aber nicht mich! Und von wegen notwendiger, geschätzter, gut bezahlter Arbeit, Herr Bössiger? Wer schätzt sie? Wer bezahlt sie? Was meinen die Herren auf dem Büro, was ich schon alles in der Kuttlerei hinten zurückgelassen habe? So kuhdumm bin ich nicht. Glaubt nur nicht, Ihr könntet bezahlen, was uns hier unter den Sohlen weg mit dem Spülwasser in die Abläufe davonrinnt. Ihr glaubt my Seel, man könne alles in Eure mickerigen Zahltagsumschläge stopfen? So! Jawohl!

Rötlisberger stapfte davon. Bössiger griff zum Telefon und Frau Spreussiger erneut zum Spiegel: sie war schneeweiß im Gesicht.

Acht Uhr fünfzehn.

Messerschleifen.

Der rotierende Stein reißt Schärfe an die Klingen.

Die Leere im eigenen Bauch. Wie schnell sie wieder hier war. Ganz plötzlich greifen die Räder ineinander, die Treibriemen beginnen zu orgeln, und ich fühle, wie sich meine Eingeweide zermalmen, aufreiben, zersetzen.

Der Stein dreht sich ungleichmäßig; unter der Schutzhaube spritzt Wasser hervor.

Noch acht Stunden bis Feierabend.

Ich könnte mein mittellanges Messer wegstecken, mein rechter Arm könnte sich heben, die Hand könnte sich öffnen mit einem Griff, mit einer Drehbewegung könnte ich den Strom unterbrechen, den Motor abwürgen, ausschalten.

Der Stein würde sich noch mehrmals um die eigene Achse drehen, immer langsamer. Dann würde er still stehen.

Ich prüfe die Klinge mit der Daumenspitze. Ich ziehe sie über den Daumennagel. Der feine Faden der Metallfasern kitzelt.

Ob man sich zu Tode schweigen kann?

Wie die Kuh auf den Vorderbeinen röhrte.

Wenn Sand den Ausfluß unter dem Stein verstopft, sammelt sich das zum Schleifen benützte Wasser und zersetzt den weichen Stein.

Um diese Zeit gehen die Herren in den grauen Mänteln auf ihre Büros.

Wir sind wieder in der Kampfbahn.

Immer wieder ist man da und wundert sich darüber.

Die schwerere Seite des unausgewogenen Steins kommt hoch, beim Wegplumpsen beschleunigt sich die Drehbewegung, und ein Spritzer landet auf meinen Unterarmen, auf meiner Schürze.

Die Herren in den grauen Mänteln stehen an Bushaltestellen und heben ihre Hüte an. Bei jedem Gruß kippen sie den Oberkörper fast unmerklich nach vorn. Viele tragen Regenschirme über den Armen.

Gedenke, daß du Knecht in Ägypten bist.

Es hätte losbrüllen müssen, rausdonnern aus mir. Ganz allein.

Ohne mein Zutun. Ich hätte dabeistehen wollen. Zuschauer meiner selbst.

Und Schultaschen fliegen quer durch geheizte Klassenzimmer; ich höre, wie sie auf die Pulte klatschen.

Was treibt uns drei Stunden vor Tagesanbruch in den naßkalten Morgen hinaus? Was lockt sie von den heißen Leibern ihrer Weiber weg? Die tasten sich doch auf Zehenspitzen in die Küche, auf leisen Sohlen die Treppe hinunter, hinaus in die Nacht.

Ich drücke die Spitze der Klinge auf den feinkernigen Abziehstein.

Und die Herren in Mänteln und Hüten verabschieden sich unter den Wohnungstüren von Frauen in bunten Morgenrökken.

Ambrosio und ich haben zugeschaut, wie Gilgen in der Mittagspause eine Axt schliff. Nach Feierabend rasierte er sich damit in der Garderobe. Er sagte nicht, wozu er sie brauchte.

Ob er wieder kommt?

Und Ambrosio?

Ich muß nur aufpassen, daß Kilchenmann jeder Kuh den Eisendraht ins Rückenmark hinunter stößt.

Die Herren gehen sehr aufrecht durch die Gassen. Sie tragen Aktentaschen, und die meisten kennen sich.

Das Öl zwischen Stein und Stahl macht das Wetzgeräusch erträglich.

In einer Geschichte stand ein Junge allein vor einem großen Haus in der Nacht und schliff auf dem weichen Stein des Brunnentroges seine Griffel.

Auf dem Schleifstein wird nur ein Faden an die Kante geschliffen: ein kaum sichtbares Bärtchen aus Stahl. Von Hand wird dieser Faden auf dem Abziehstein entfernt. Und Bössiger sagte: Wenn noch einmal einer vergißt, das Wasser restlos zu entfernen, bezahlt ihr den nächsten Stein!

Er habe sich unterwegs verspätet, erzählte der Überländer. Als er mit seinem JAVA angeknattert kam, hatte der Bauer schon die Geduld verloren und eigenhändig geschossen. Aus nächster

Nähe habe er mit einer Doppelflinte zuerst auf das eine, dann auf das andere Auge gezielt. Warum gerade auf die Augen? Das wisse der Teufel. Jedenfalls hätten die Böllerschüsse der Kuh die halbe Schädeldecke weggerissen, wie einen Hut, aber bewußtlos sei sie nicht gewesen. Nicht einmal gelähmt. Während der Bauer nachlud und die Bäuerin die Kinder wegjagte, habe sich die Kuh wieder aufgerafft. Wie ein Hund ohne Kopf habe sie auf den Vorderbeinen unter dem Baum gesessen. Ohne den JAVA abzustellen und noch im Mantel habe er die Kuh gestochen.

Und Krummen: 17mal hätten die beiden Lehrlinge dem Kalb auf den Kopf geklopft, damals, als die leichteren Wurstkälber noch mit dem Holzhammer betäubt worden seien.

Aber potz Heilanddonner, diesen Bürschchen hätte er gesagt, was sie für Metzger wären.

Ohne sein Kauen zu unterbrechen, meinte der Überländer, er sage den Bauern auf seiner Stör halt immer und immer wieder, sie sollten doch um Gottes willen warten mit Schießen, bis er komme, dazu brauche man einen Schußapparat und das nötige Gefühl in der Hand. Man sei doch schließlich nicht auf Wildsaujagd.

Zuerst durch die Kühlhallen, dann durch einen Seitengang. Vielleicht einen Blick ins Grüne stehlen. Ein Stück Himmel. Nur nicht auf direktem Weg zurück.

Ist doch auch wahr, hatte der Überländer nach einer Pause noch beigefügt.

Auf seine Art, als möchte er gar nicht, hatte sich Buri eingemischt. Man könnte ja auch meinen, hatte er gesagt, bei der SWIFT & Co. in Chicago sei immer alles so teuflisch schnell gegangen; da habe manch ein Ochse hinten noch mit dem Schweif gewedelt, und doch sei sein Maul schon im Salatessig gelegen.

Vor dem Gefrierraum stößt mich eiskalte Luft an. Ventilatoren wie Flugzeugmotoren.

Hugentobler-Territorium.

Los einisch, habe der Überländer noch zu dem Bauern gesagt, mit diesen Kanonenkugeln hier hättest du bei Gott aus 300 Metern einen Elefanten erschießen können.

Bevor das Fleisch in den Gefrierraum kommt, wird es von Hugentobler hier aufgeschichtet und dann unter höllischem Getose schockartig durchgekühlt. Minus 37°.

Vor der Großviehschlachthalle wieder die Kiste, der Geruch nach körperheißem Rinderfett.

Die Wärme, die aus den geöffneten Kuhleibern steigt.

Zurück an die Arbeit.

Mit scharfen Messern.

Buris Hände betasteten die Gedärme. Feinfühlig wie die Hände eines Blinden zupften sie hier, drückten da leicht zu, hielten prüfend inne und bewegten sich schlangenhaft geschmeidig weiter über das auf dem Holztisch ausgebreitete Gekröse. Es war das sechste des Tages und kein schlechtes. Dünndarm und Dickdarm fühlten sich zäh an, stark genug für Cervelats und Zungenwürste. Buri fluchte. Bis jetzt hatte er nur das magere und entzündete Gekröse aus dem Bauch der Blösch zum Abfall schmeißen können. Bei diesem hier mußte er schon wieder ran; dieser Stich mußte verwertet werden.

Die letzten 75 cm des Dickdarmes kommen zu den Kutteln. Buri nahm Maß. Ein Schnitt. Mastdarm und After flogen in ein Becken, und Buri ging in Darmerstellung: Er schob einen Stiefel vor, bückte sich und begann, den 40 m langen Dünndarm in einen Plastikkübel abzuziehen. Gleichmäßig nachgreifend zog er den langen Schlauch über seine Klinge vom Gekröse weg. Bei jedem Armzug nickte er mit dem Kopf. Seine Augenbrauen zogen sich zusammen. Er konzentrierte sich auf das Messer. Eine kleine Unachtsamkeit, und der ganze Darm ist kaputt. Buri schwitzte. Er fuhr sich mit dem Unterarm über die Stirn. Er war durch. Er legte das Darmmesser weg und drang wieder mit bloßen Händen ein, in die fettgepolsterten Überreste aus dem Innern der sechsten Kuh.

Stark wie ein Schlächter war Buri längst nicht mehr. Nicht einmal richtig gesund. In seiner Gesichtsfarbe spiegelte sich nicht wenig von dem gallig-darmigen Grün wieder, in dem seine

Hände täglich zu wühlen hatten. Völlig aufrecht konnte er sich auch nicht mehr halten: Er ging gebückt und gebrochen; als hätten sich seine Knochen aneinander wundgerieben, schleppte er sich von einem Arbeitsplatz zum anderen durch die Hallen und Gänge des Schlachthofes. Buri hatte ein Holzbein.

Aber noch war Buri ein Hüne. Ein müder Hüne, aber ein Hüne. Wie schwerfällig er sich auch immer bewegte, sein Brustkorb war groß wie ein Faß, seine Schultern breit und die Proportionen seiner Glieder noch immer gewaltig. Um so eigenartiger war die Sanftheit, die ihm bei der Arbeit ölig rund, fast damenhaft, aber auch lebendig wie Quecksilber aus den Handgelenken in die Fingerspitzen floß. Geradezu zärtlich behandelte er jedes scheinbar noch so undurchdringliche Knäuel aus allerzerbrechlichsten Darmgefäßen und verwandelte es schnell und anstrengungslos in ein Häufchen Fett, ein Häufchen Sehnen und Äderchen und in mehrere Schläuche, die er alle an beiden Enden zuknotete und, je nach Farbe und Kaliber, bis zur Weiterverarbeitung in verschiedene Kübel legte.

Sauberkeit war Buris erstes Gebot, seine Kunst und sein Stolz. Nie war sein Schurz mit Kot befleckt, und nur selten bekam er einen Spritzer ab. Von Schlächtern, die aussahen, als wären sie in eine Jauchegrube gefallen, nur weil sie fünf Minuten an einem Darmtisch standen, hielt Buri wenig. Er selbst berührte keinen Darm, ohne einen Eimer voll heißen Wassers neben sich stehen zu haben, und riß einmal ein allzu poröser Darm der fachmännischen Behandlung zum Trotz, so ließ er nicht locker, bis auch das kleinste grünliche Flecklein, bis auch die winzigste Spur hervorgequollenen Magensaftes beseitigt war.

Doch nicht nur Darmereifachmann Buri hatte sich nach dem Anschlachten auf seinen Posten zurückgezogen. Mit dem Fortschreiten des Kuhdemontageprozesses hatten sich auch alle anderen, wie Grenadiere vom Harst weg, in ihre Einzelstellungen fallen lassen. Gemeinsam hatte die Equipe das Ganze auf Touren gebracht, aber jetzt rollte der Karren und diktierte seinerseits das Schlachttempo. Jeder mußte alleine kämpfen, mußte allein sehen, wie er mithalten konnte an der roten Front.

Krummen schaffte die Kühe herbei.
Kilchenmann schoß.
Der Lehrling machte die Kühe stechfertig, entblutete und enthauptete sie.
Fernando und Eusebio säbelten Klauen und Schienbeine von den Leibern. Zusammen mit Luigi drehten sie die Kühe auf ihre Rücken.
Hackend und sägend öffnete Luigi die Kadaver, entfernte die Euter, auch die Schwänze und befestigte die Hinterbeine an den Spreizhaken der Aufzüge.
Hügli ließ die Rümpfe in die Höhe gleiten, weidete sie aus, brachte Herz, Lungen, Leber und Nieren hervor.
Piccolo verfrachtete die Mägen in die Kuttlerei und brachte leere Karren zurück.
Huber und Hofer bedienten die Enthäutungsapparate, schnitten und zerrten die rot-weißen Felle von den Kuhgerippen.
Krummen spaltete zwischen seinen Gängen in den Wartestall die Leiber entzwei.
Der Überländer trimmte, putzte und wusch, was von den Kühen zum Wägen übrigblieb.
Rasch und gespenstisch entglitt den Tieren die angestammte Form. Kaum gefallen, hingen sie Hals über Kopf, dampfend und nackt vor prüfenden Fleischschauerblicken an der Rollbahn, und noch beschleunigte sich das Ganze, noch intensivierte sich der Schlachtlärm überall: Die Preßluftmesser surrten, die Kettenaufzüge rasselten, die elektrische Säge fraß sich ratternd und kreischend durch die Wirbelsäule eines angeschlachteten Tieres; die hydraulische Guillotine knackte knirschend und exakt Klauen und Knochen entzwei, darüber hinweg flogen Kilchenmanns Schüsse päng päng päng durch die Halle. Der Lärm staute sich auf, fiel in hundertfachem Echo auf die arbeitenden Männer zurück, und immer stärker traten an Schläfen, an rot beschmierten Unterarmen blaue Adern dick hervor, blähten sich auf unter dem steigenden Druck der Schlacht, in der einer Kuh nach der anderen der pulsierende Schlag in der Brust erlosch. Rot floß es den Tieren aus den Wunden am Hals, rot schwappte es vom

Auffangbecken in den Sammeltank über, rot tropfte es von den Wänden, von Haken und Schürzen, von den Gesichtern der Männer, von ihren Messern, von den fleischfressenden Schwertern.

Wie Pudding lag neben Hautfetzen und Sehnenschnipseln geronnenes Blut am Boden und machte ihn glitschrig. In einer Pfütze von allem, was tropft und tropft aus erlahmten Gliedern und Organen, suchten Krummens Gummistiefel nach dem bestmöglichen Halt. Blösch mußte gespalten werden.

Krummen sah noch einmal in die Runde. Auch ohne Gilgen, ohne Ambrosio hatte er das Schlachttempo dauernd forciert. Die vorwurfsvollen Blicke waren ihm nicht entgangen. Entgingen ihm auch jetzt nicht.

– Wollt ihr diese Krüppelkühe etwa melken und über Nacht füttern! Weg müssen sie! Und zwar bevor die Kälber kommen! schrie er, während er dem Blöschkadaver die elektrische Knochensäge auf die Kruppe stemmte.

Hinter Krummen lag die Blöschhaut ausgebreitet wie ein Teppich im Mittelgang der Schlachthalle. Die Fleischseite oben. Huber und Hofer standen daneben, zeigten mit ausgestreckten Armen auf Hautschrunden, Narben, Quetschungen in den Flankenteilen, auf ein eiterndes Ekzem in der Nackenpartie, zählten zusammen 17 durchgebrochene Larven von Dasselfliegen. Huber sagte: Löcherbecken! Abfallzeug!

– Nicht mal gut genug für Schuhriemen, sagte Hofer.

– Also! Worauf wartet ihr? Salz drauf, und weg mit dem Lumpenzeug, fuhr sie Krummen an.

Wie eine nasse Zeltplane falteten sie die Blöschhaut zu einem koffergroßen Bündel zusammen, banden eine Schnur darum und ließen sie neben dem graublauen Sack der Gebärmutter hinter dem Schlachtbeet am Boden liegen.

Mit einem leidenden Schrei heulte die Knochensäge auf: Die Zähne wollten nicht greifen, kreischten nur flehentlich, protestierten in hochtourigem Leerlauf, und *Knochen bestehen aus: 1. Der kompakten Substanz (hart wie eine Zementröhre)*, und Krummen spuckte an das Sägeblatt. Der Speichel zischte.

– Sauhund! Dann eben nicht. Krummen griff nach dem Spaltbeil. Er holte weit aus und schlug zu. Nichts. Er hob die meterlange Klinge noch höher über seinen Kopf und ließ sie noch gewaltiger niedersausen.

In der Halle wurde es auf einmal still. Der schöne Hügli näherte sich Krummen mit offenem Mund. Der Lehrling hob seinen Kopf und wetzte sein Messer. Huber und Hofer schalteten ihre Enthäutungsgeräte aus. Am Darmtisch an der Wand unterbrach auch Buri seine Arbeit.

Nicht einmal eine Kerbe hatte Krummens Hieb hinterlassen, aber ein Funke war aus dem hängenden Rumpf gestoben.

Krummens Unterkiefer zitterte. Wie ein Hund um einen Baum ging er um den Blöschkadaver herum.

– Wo ist der andere Spalter? Habt ihr nicht gehört! Wo der große Spalter sei! Er schrie, ohne den Kuhrumpf aus den Augen zu lassen. Den großen Spalter her! Diese verknöcherte Lumpenkuh! Der will ich zeigen. Potz Himmelheilanddonner! Und *die Knochen formen das Körpergerüst: Die ›Wirbelsäule‹ dient als Rumpfstütze,* und Fernando hielt Krummen ein riesiges Spalteisen hin. Es war so überdimensioniert, so unhandlich, daß es von niemandem mehr benutzt wurde, sogar Rostflecken angesetzt hatte.

Krummen schnappte nach dem Holzgriff, riß das schwere Werkzeug an sich und prüfte die Schärfe der Schneide. Er spuckte in die Hände. Alle Blicke richteten sich auf den Knochen, der sich nicht teilen wollte.

Krummen setzte an.

– Jetzt, du Sauhund! schrie er und zog dem Blöschkadaver einen meisterhaften Hieb aufs Kreuzbein, aber spalten tat sich nichts. Kein Knacken, nichts. Er schlug wieder und wieder zu, hob das Eisen immer wütender über den feuerroten Kopf, schrie und ächzte und stampfte und fluchte: Wie von Glas spritzten alle seine Schläge ab. Als hätte es sich schon vor dem Tod versteinert, widerstand Blöschs Kreuzbein Krummens Kraft. Krummen schlug noch immer zu, doch diese Wirbelsäule war unteilbar.

Immer weniger sicher landeten seine Schläge auf den gläsernen Knochen. Buri wandte sich ab, kopfschüttelnd. Huber und Hofer verzogen verlegen die Schultern und schalteten die Enthäutungsgeräte wieder ein.

– Jetzt beim Donner! Das ist doch nicht zu glauben, sagte der Überländer, und noch einmal verdrehte Vorarbeiter Krummen die Augen, reckte das Spalteisen hoch hinter seinen Kopf und ließ es mit letzter Anstrengung neben dem Kreuzbein niederkrachen: Der rechte Beckenknochen barst, zersplitterte. Das Beil landete im warmen, zuckenden Fleisch. Der Überländer fuhr zusammen, als hätte der Schlag ihm gegolten. Hüglis Gesicht verzerrte sich. Krummen durchhackte das Lendenfleisch. Die Wirbel zersplitterten. Das rechte Nierstück zermalmend hackte er weiter neben der Wirbelsäule durch den Kuhrücken hinunter, durchhackte die Reifen der Rippen, zerhackte am Nacken Seitenflügel der breiten Halswirbel und dunkelrotes, dampfendes Fleisch zu einem häßlichen Mus, hieb blind auf den letzten Wirbel, auf den federnden Atlas ein, bis die beiden Kuhseiten der Blöschkarkasse, mehr zerfleischt als gespalten, von sich ließen und das Eisen in Krummens Händen, mit ungehemmtem Schwung ein Loch in den Granitboden grub.

Acht Uhr fünfundvierzig.

Ich verstecke meine Schadenfreude.

Schwingerkönig von Kuh in die Knie gezwungen.

Mir hat sie einen Schrecken eingejagt; ihn hat sie geworfen.

Ob Kühe wirklich nicht hassen können?

Das hat er jetzt von seiner stockhornhaften Von-oben-herab-Mißhandlung. Hätte er nicht so oft zugeschlagen.

Sonst schafft er es immer mit Worten.

Ja, er, der wortgeizigste Schweiger, er, der eigentlich nur nickt, zeigt, deutet, höchstens brummt oder brüllt, er, der es mit Rücksicht auf seinen Berufsstolz und auf seine Schwingerehre nicht wagt, anderen mehr als drei bis vier Silben auf einmal hinzuwerfen, er schafft es sonst immer mit Worten.

Aber die alte Gespensterkuh hat sich gerächt.
Der läuft ja wieder das ganze Blut in den Ranzen!
Paß doch auf! Du hast wieder durchgestochen.
Der schöne Hügli kann mir gestohlen werden. Der soll sich doch in die Garderobe vor dem Spiegel verkriechen. Pfeif du doch das Lied vom Tod!
Es läuft nur spärlich aus dem Hals unter meinem Knie.
Wenn Krummen sie ansteckt, fangen alle zu spinnen an.
Weil sie nicht tot ist. Ich verteidige mich.
Ha! Nicht tot! Hügli lacht.
Nur richtig aufpassen und nicht träumen. Ja genau.
Wenn sie zittert.
Wenn sie noch glüht vor Wärme.
Wenn der ganze zusammengesackte Haufen noch lebt!
Einmal mehr steche ich mein Hautmesser hinter die zähe Stirnhaut einer nur schlecht ausblutenden Kuh.
Nicht Haar schneiden!
Brülle du nur.
An den Hörnern, auf denen ich den Schädel verankere, drängen sich die Ringe dicht aneinander. Jeder Ring ein Kalb; jeder Ring ein Jahresring. Der im Uterus plätschernde Fötus quittiert sein anspruchsvolles Zehren vom mütterlichen Kalkhaushalt mit je einer ringförmigen Wachstumsbehinderung an den mütterlichen Hörnern.
Dr. Wyss steht bei der Kuh, die mich erschreckte und die Krummen nicht spalten konnte.
Spitz wie ein Seziergerät hält er sein Messer in der Hand. Eine zierliche Leichtmetallscheide für ein einziges Messer hängt an seinem Medizinermantel.
Er zeigt auf die verunstalteten Hälften.
Er will etwas, und der Überländer zuckt die Schultern.
Der Fleischschauer tippt mit einem Schuh gegen den Gebärmuttersack, der am Hallenboden liegt.
So blau waren an Krummens Schläfen die Adern hervorgetreten.
Verläuft einmal etwas nicht, wie er es erwartet, kann er nur

noch brüllen und fluchen. Ereifert hatte er sich. Verloren wie ein Kind. Auch er in einem unsichtbaren Käfig.

Ich bin nicht allein mit meinem vom Willen zur Willenlosigkeit verdrängten eigenen Willen.

Tief unten kennt auch Krummen weder Ruhe noch Abstand zu seiner Arbeit. Sein Schwingergang: Fassade! Seine Wortkargheit: Fassade! Das lockere Handhaben der Werkzeuge: Fassade! Kommt ihm einmal etwas nahe, etwas wie die gläserne Kuh vorhin, da fängt er gleich an sich zu verfärben, explodiert, kann nur noch wüten und tanzen und fluchen.

Würde der einen Schritt ins Freie wagen?

Wir könnten alle aufstehen, uns umdrehen und weggehen.

Einfach weggehen.

Hennen wagen es.

Gäbe man ihnen die Wahl: karge Kost und Kälte draußen, oder reichliches Fressen im Käfig, die Hennen zögen die Freiheit vor.

Ich halte mich still.

Jemand muß es tun.

Wir tun alle, was getan werden muß.

Nur in Utopia, so behauptete einer von den Freunden von Lukas, nur dort werde die Schlachthausarbeit von Leibeigenen, und zwar außerhalb der Städte, erledigt. Es handle sich aber durchaus um mittelalterliche Ideen.

Noch ein Schluck Blut aus dem Hals gepreßt. Das Blutauffanggefäß hängt sich schwer an meine Wirbelsäule. Das Riesending.

Gleich gibt es ein Zetermordiogebrüll: Dr. Wyss sucht das Blut der vierten Kuh.

Das Tierarzt-Messer verschwindet in dem zierlichen Futteral.

Jetzt soll hier dann endlich einmal einer eine Fleischschauverordnung durchlesen.

Dr. Wyss spricht laut. Bei ihm im Büro wäre das gebrüllt.

Wie oft muß man den Herrschaften noch wiederholen, daß, bevor die Fleischschau nicht abgeschlossen und die Karkasse nicht vorschriftsgemäß gestempelt worden ist, von keiner Kuh das Blut in den Sammeltank gegossen werden darf? Ist das so schwer? Jetzt dürft ihr wieder einmal so gut sein und sämtliches heute gefaßte Blut vor meinen Augen ausgießen. Bitte die Herren. Die vierte Kuh kommt auf die Freibank, ihr Blut darf nicht in den Verkehr gelangen.

Kilchenmann entrollt den dicken Wasserschlauch.

Hügli und der Überländer sagen nichts.

Zusammen kippen sie den Bluttank aus.

Die rote Flut überzieht den Boden, begegnet dem von Kilchenmann dirigiertenWasserstrahl.

Huber und Hofer wetzen ihre Enthäutungsgeräte. Sie werfen mir Seitenblicke zu.

Und dann Leichenhallenruhe: Jetzt wird gekaut, geschmatzt, reingebissen in die knackenden Schweinswürste aus dem heißen Wasser im Eimer drinnen beim Znüni im düsteren Eßraum, und Bierflaschen knallen auf, unter angeschwitztem Tuch hat man sich Luft verschafft, Gürtel gelockert, von tief unten steigen die Rülpser hoch, ah, der erste Schluck, und gierig wird verschlungen, einverleibt, in Reihen an langen Tischen, nur Krummen, trotzrot im schwer mahlenden Gesicht, sitzt allein, sieht nichts, hört nichts, sagt nichts, doch in seinem Nacken spielen Muskeln, zucken und zucken, und Buri wirft ihm einen Blick zu, solche Kühe gibt es halt, das kommt vor, daß man sie nicht spalten kann, nicht oft, aber eben doch hier und da und eine Krankheit sei es, alles gehe den Tieren in die Knochen, die werden hart wie Eisen, ich kenne das, habe ich ein paarmal erlebt, bei der SWIFT & Co., und Buri drückt sich an den Eimer heran, fischt sich die zweite Schweinswurst aus dem Wasser, schnappt nach ihr, Fett spritzt heraus, und auch Rötlisberger schiebt ein, beißt zu, und Hügli schneuzt in ein großes Tuch und protestiert mit vollem Mund, brauchst mich nicht anzuspucken, kannst deine Wurst ruhig allein fressen, und Piccolo beginnt die Fliegenjagd: klatsch, ein Flecken mehr an der Eßraumwand, und Krummen entfaltet die Zeitung, seine Hände zittern, und er sieht nichts, hört nichts, sagt nichts, und Rötlisberger starrt Hügli giftig an, kaut weiter, Hügli weicht zurück, jetzt hör doch endlich auf, aus deiner Fresse rauszuspritzen, du Sauhund! Und Rötlisberger steht auf, setzt sich zu Krummen, glättend und schützend fährt dieser mit dem Unterarm über die Sportseiten, ein Krummenbrummen: brauchst nicht hierherzukommen, Gopfridstutz! Willst jetzt mich anspucken? Kann man jetzt nicht einmal mehr in Ruhe das Znüni essen, aber blast ihr mir ins Füdlen, und klatsch! Piccolo lacht der zweite Streich, potz Heilanddonner, ich schon erwischen, und mit zwei Henkelkörben drängt sich Bäckermeister Frutiger herbei, Backstubengeruch: hier ist der Kuchen! Und du? Willst du die Wurst probieren? Schmalzend kommt die Überländerzunge zum Vorschein, da ist etwas, zwischen den Stockzähnen muß es stecken, drei Finger grübeln im Schlund, noch kleben die Spuren von Blutflecken an dem behaarten Handrücken, und dann, den geborgenen Fleischfetzen betrachtend: Nußgipfel? He? Hast du Nußgipfel? So gib mir doch zwei, komm, hier ist das Geld, und Luigi packt das gebogene Gebäck, hält es sich wie Hörner an die Schläfen, muh, muh, muh macht er und gibt es nicht weiter, lacht und muht und klatsch! Piccolo schon wieder siegreich, und gleich noch einmal: klatsch! Gib jetzt das Zeug her, Luigi! Hast du verstanden! Luigi! Und der lacht und lacht, und hör doch jetzt auf, du bist ein Gigu! Ein Löl! Ja, ein Löl bist du! Komm jetzt, du Möff, du dummer Cheib! Das ist jetzt ein blöder Siech! Und ein Gigu ist ein Schwanz, ein Löl ist ein Trottel, ein Möff ein Muffel, und Cheib hatte vielleicht einmal etwas mit einem Chyber, einem Spitzeber zu tun, während Siech bestimmt von dahinsiechen kommt, und doch lacht Luigi muhend weiter, und Gopferdori! Dich juckt wohl das Fell! Und diese Ausländer tun wieder wie Säue an der Fasnacht, und muß denn hier eigentlich andauernd rumgekalbert werden? Heilanddonner! Man könnte meinen! Und wo ist Gilgen? Wo bleibt Ambrosio? Und ich gehe zur Kantine, so du gehst zur Schlachthofbeiz? Dann bring mir doch auch eine Flasche mit, oder auch zwei, gell, und ja, ja, sauft ihr nur, sauft in Gottes Namen, so schneidet ihr euch dann wieder in die Pfoten! Paß auf, was du sagst! Mit dir habe ich noch nie Schweine gehütet! Verstanden! Und eine MARY LONG fängt Feuer, und in Bäckermeister Frutigers Hand klimpern die Münzen, er habe den Gilgen schon gesehen, er wisse, wo der sei, vorne beim Kiosk vor der Waffenfabrik, dort stecke er, und Ambrosio sei bei ihm, das hättet ihr sehen sollen, eine halbe Schicht haben sie von der Arbeit abgehalten, und Krummen sieht und Krummen hört, und Ambrosio trage seinen Schurz, eh natürlich, den blutigen Gummischurz, und die Messer hat er auch noch umgeschnallt, und Krummen verschiebt den Unterkiefer, schiebt die linke Hand unter sein Gesäß auf dem Stuhl, und wer möchte noch eine Cremeschnitte? Sind ganz frisch, ja gib mir noch eine, sagt Hofer, gib mir so einen Eiterriemen, und Huber ist aufgestanden, gib mir auch einen, und Krummen platzt, Krummen spricht: Himmelheilanddonnerwettersternsteufelnocheinmal! Am Kiosk rumplagieren, das große Arschloch, und wir ersaufen in der Büetz, der Teufel hat es gesehen, und von weit hinten, aus tiefen Augenhöhlen heraus, glotzt der Lehrling, schweigt und kaut und schaut und bleich ist er, und Gilgen wolle zum Blutspendedienst, heute, ja, zum ROTEN KREUZ, und Ambrosio wolle er auch mitnehmen, der Spinner, was wollen die jetzt beim Blutspendedienst? Nicht arbeiten, das wollen sie! Faules Pack! Von der Arbeit weglaufen, Zigeuner, Vaganten, Lumpengesindel, und mit denen soll man die Arbeit schaffen, reg dich doch jetzt nicht so auf, mir reicht es bald, mir auch, und mit diesen Italienercheiben will ich bald nichts mehr zu tun haben, und Fernando gestikuliert, du paß auf, ja, ja, lachen und mit den Händen in der Luft rumfuchteln wie ein Mähdrescher, das könnt ihr, aber euch sollte man alle, ja genau, ungespitzt in den Boden rammen, ma che cosa vuoi, mamma mia, sempre reklamieren, mamma mia, du nicht schlafen mit Frau Grummen, du bist auch mamma mia, jetzt lacht ihr wieder, lachen, ja, lachen, das können sie, und in die Därme stechen, jedes Gekröse versauen, das können sie auch, sagt Buri und beim Anhäuten faustgroße Löcher in die Felle schneiden, daß wir schuld sind, das können sie gut, sagt Hofer, und alle zehn Minuten verschwinden zum Rauchen auf dem Scheißhaus, das können sie, und zum Wixen, sagt Hügli, und Buri meint, es sei eben alles nur eine Sache der Dimensionen, versteht doch, seht doch, anders denken müßt ihr, in größeren Dimensionen, bei der SWIFT & Co. in Chicago, da gab es nicht gleich ein Gestürm, ein Drunterunddrüber, nur weil ein oder zwei Stück mehr Großvieh im Stall stehen! Erzähl du das doch dem Hugentobler, hier sind wir nicht in Chicago, und spitzfingerig faltet Krummen die Zeitung zusammen, schnellt auf, hinter ihm schlägt der Stuhl an die Wand, Maulecken tief herunter gezogen steht er da wie ein fliehstirniger Neandertaler, der unsichtbare Knüppel zu seinen Füßen, die Augen, als würde er wieder ausholen zu einem Hieb mit dem Spalter, und der Befehl kommt: Da ist noch ein Kuhli im Stall, der Stift soll es holen, hast du gehört, du gehst mit ihm, ja du, und Krummen zeigt mit der Zeitung auf den Überländer, zeig ihm die Griffe, das Gewicht soll er schätzen, der soll auch mal eine Kuh an die Halfter nehmen! Jetzt? Heute? Der Überländer stutzt, zerkaut wird der Nußgipfel sichtbar im Schlund, warum denn? Meinst du nicht? Aber? Warum denn gerade heute? Der hat doch noch nie eine Kuh geführt, und was willst jetzt hier lange rummaulen, Bössiger will es so, und klatsch! wieder eine Fliege an die Wand geklebt, und die Zeit läuft, und Krummen schiebt die Armbanduhr zurück in die Hosentasche, schaut sich um, kopfschüttelnd kaut der Überländer weiter, der Lehrling drückt den Rücken durch, du, paß dann auf, die Kühe riechen das, wenn einer nicht so recht weiß wie, den Meister mußt du ihnen zeigen, ja, ja, die riechen das, und warum wollt ihr dem Stift jetzt angst machen? Heilanddonner! Und auch bei Huber und Hofer, nichts als Nußgipfelwürgen, und leere Flaschen verschwinden unter dem Tisch, weniger saufen solltet ihr, du mit deiner BRISSAGO hast gerade noch etwas zu sagen, schweig du, und hinter Krummen kracht die Tür ins Schloß, und was hat der auch? Was ist denn wieder los mit dem? Und das fragst du? Habt ihr das Loch gesehen, das der Krummen mit dem

Spalter in den Boden schlug! Potz Sternenföifi! Und du schmeißt ihm Kuttelwasser an den Gring! Da kann ich doch nichts dafür, ah, hört doch auf zu stürmen! Wegen der Kuh ist es, das ganze Nierstück hat er kaputt gemacht, ausgehängt hat es ihm, die war halt stahlhart, und was hättest du denn gemacht? Eh, sieht diese Kuh jetzt schlimm aus! Es tut mir gewiß weh in den Augen, und jetzt ist auch noch der Ambrosio davongelaufen, einfach weg, mir nichts, dir nichts, weg! Ja, diese Kuhhälften sind schön verkaffelt, auf die Freibank kommen die, und der Gilgen, der kommt dann noch auf die Welt, der Aff, bis sie ihn wieder ins Gefängnis stecken, aber wenn man nie nie, überhaupt nie ein wenig reklamiert, dann nehmen die uns doch gar nicht mehr ernst, und was redest du jetzt? Und mich wollen sie an die Maschine in der Kiste da draußen stellen und befördern, hat er gesagt, und der Student? Ja der Löl, der nimmt dich jetzt wohl ernst! So ein engbrüstiges Asphaltbüblein, so ein Herrensöhnlein, den ein wenig beim Schwanz nehmen, dem ein wenig das Gurrli fieggen, ihm den Gring ins Blutfaß drücken, daß er weiß, warum er so lange Haare hat, daß er ein paar Tage lang rot choderen kann, ja, das trägt was ab, und gut ist es auch und besser als nur zu praschalleren, und Buri meint, er wisse nicht so recht, aber eins auf die Flaumschnauze habe noch keinem Plagöricheib geschadet, große Klappen, ringsum Brot fressen, das ja, aber Fleisch, Fleisch, bei Gott Fleisch sei da wenig dran, das habe man gestern gesehen, und der komme nie mehr, das kannst du glauben, und der könne doch anderswo fotografieren, und Rötlisberger solle doch nicht so tun, froh sein solle er, kannst denken, die befördern mich nicht in die Darmwäsche, aber sicher, und ein Löl bist du, dort hättest du es doch leichter, my Seel, hätte ich es leichter, ich werde jetzt in meinen alten Tagen noch anfangen, so einer Maschine den Handlanger zu spielen, das kann ich nicht, äh, dummes Zeug, jeder Affe kann doch so einen Darmentschleimer bedienen, da ist doch weiß Gott nicht der Haufen dabei, ja, ja, das ist leicht, und, eben, eben, sollen sie doch einen Affen davor stellen, sollen sie doch, aber nicht den alten

Rötlisberger, ich bin Kuttler, aber du in deinem Alter, was hat das mit meinem Alter zu tun, he? Wenn die einen richtigen Affen dorthin stellen würden, so hätten sie innerhalb kürzester Zeit den Tierschutzverein auf dem Buckel, aber alles hat ein Ende, nur die Wurst hat zwei, aber habt nur keinen Kummer, alte Ochsen treten hart, eher schmeiße ich denen mein Bündel hin, jetzt hör doch auf, geh doch noch zum Waffenfabrikkiosk, ihr würdet alle drei zusammenpassen, und nehmt doch noch den Studenten mit, der soll Bildchen machen von euch, und Luigi hört mit und Fernando hört mit und Pasquale hört mit und José hört mit und Piccolo hört mit, und sagen tun sie nichts, und der Lehrling streckt sich, und Piccolo schlägt noch klatsch! gegen die Wand, doch er lacht nicht mehr, und wenn jeder so wie du! Ah leckt doch dem Krummen die Pfoten, aber ich habe auch noch einen Gring, klopf mal dran! Aber was willst du jetzt, wir haben hier auch manches, an Arbeit fehlt es uns nicht, und parkieren, ja parkieren, das ist auch etwas wert, hier am Hof, da hat man immer einen Parkplatz, genau, das hat mein Schwager auch gesagt, und wenn die Ausmerzaktionen vorbei sind, dann können wir es auch wieder leichter nehmen, und anderer Leute Kühe haben halt immer größere Euter, aber wir sind hier, und man soll die Kühe melken, nicht schinden, und kriecht doch dem Krummen in den Arsch, eh ja, Heilanddonner, aber paßt auf, der hat seinen Gring schon im Arsch von Bössiger, und der hat seinen im Arsch von, jetzt hör doch auf! Leicht haben die es auch nicht, und heute war um sechs wieder noch kein Schwanz im Stall, he, wenn die Ware spät kommt, und ist das jetzt meine Schuld? Man wird sich doch ein bißchen einrichten dürfen, ab und zu etwas mitreden, oder nicht? Also alles, was recht ist, das wäre mir noch, my Seel, immer nur rennen und fluchen und hetzen und kritisieren, man könnte meinen, und dabei wird es immer schlimmer und Pfarrer hättest du werden sollen, nicht Kuttler, wenn deine Fresse Velo fahren könnte, du müßtest noch den Stutz hinauf bremsen, mit beiden Händen, so laß ihn doch reden, nein, wie spät ist es? Oh, potz Heilanddonner! Wir sind spät dran, wir müssen, mit hoch

Angeben hat noch nie einer eine Kuh geschlachtet, und Bänke werden verschoben, Hosen wieder enger geschnallt, noch ein Schluck, eine STELLA SUPER stirbt neben einer PARISIENNE im Aschenbecher, so kommt, andiamo, und Rötlisbergers BRISSAGO brennt und...

Neun Uhr fünfzehn.

Zigaretten weg.

Wie lange wollt ihr eigentlich noch Pause machen!

Gehen wir halt.

Mir doch gleich.

Dieser Darm mußte ja platzen.

Kommt es nicht seit Wochen auf mich zu, unabwendbar wie ein riesiges Rad, unter dem ich früher oder später liegen muß?

Ich schlucke leer.

Also los, komm, wenn es sein muß, die werden ja wissen, was sie wollen, sollen sie es durchstieren.

Der Überländer bindet sich im Gehen den Gummischurz wieder um den Leib. Er geht nicht, er zappelt davon, winkt mir, ohne sich umzudrehen, zu. Ich stapfe ihm nach. Durch Länge und Gewichtigkeit versuche ich meinen Schritten Charakter zu geben.

Nur Mut.

Meine Füße fühlen den Hohlraum in den Gummistiefeln; an meinen Waden zerren die Stiefelschäfte.

An der Tür der Großviehschlachthalle bleibt der Überländer stehen.

He! Kilchenmann! ruft er, der Stift bringt noch eine Kuh zum Schießen, leg die Kanone noch nicht weg.

Das werden wir auch noch schaffen.

Du kannst, wenn du willst. Du willst, wenn du kannst.

Ich will nicht.

Auch nicht, wenn ich muß.

Du möchtest nicht.

Nicht einmal die mir zustehenden Toilettenmarken wage ich

zu verlangen. Steh doch auf, stell dich vor Krummen hin und sag, ich will... Gegessen habe ich auch nichts.

Immer nur ertragen, aushalten, verkraften, durchstehen. Durchstehen ist ihr Lieblingswort. Dies durchstehen, jenes durchstehen, durchstehen muß man. Er hat es durchgestanden. Es war äußerst hart, fürchterlich, unmenschlich schwer, aber er hat es durchgestanden. Jeder hat mindestens die Rekrutenschule durchgestanden.

Durchstehen.

Du kannst, wenn du mußt. Du willst, wenn du mußt.

Wenn ich richtig fluchen könnte.

Himmel...Gott...Teufel... ich kann nicht fluchen.

Seit Tagen fand ich in der Mittagspause keine Ruhe mehr. Ich konnte mich nicht mehr auf den Holzrost am Boden legen. Auch nicht auf die Garderobenbank. Mit den paar Minuten Halbschlaf war es aus.

In den Mittagspausen mußte ich raus.

Von den Verladerampen an den Bahngeleisen bis hin zu den Schiebetüren der Tötebuchten, bis hin zu den Schlachtvieheingängen der Schlachthallen durchschweifte ich das ganze Schlachthofareal. Es trieb mich von Gittertür zu Gittertür, immer weiter dem Gestänge entlang, immer weiter durch das Wirrwarr der Sortierschleusen, Treibgänge und Wartekäfige. Gedankenlos zog ich an den Sperren die Riegel auf, wehrte einem Kalb, das mir folgte, stieg über Schweine, die sich transportgeschädigt mit verzerrten Muskeln oder mit einem gebrochenen Bein in die entferntesten Winkel verkrochen und mich angrunzten. Ich beachtete sie kaum. Die Schmerzen der in den Treibgängen herumliegenden, von den Rudeln ausgesonderten Schweine waren nicht meine Schmerzen. Auch die dünnbeinigen Schafe, die ihre Wollköpfe zwischen die Gitterstäbe der Pferche zwängten und mich anblökten, interessierten mich nicht.

Treiben ließ ich mich.

Scheinbar ziellos, nur um früher oder später doch hinter einer schnaubenden Kuh im Großviehstall zu stehen. Es gab kein Ausweichen mehr. Täglich landete ich bei diesen Tieren.

Und in Gedanken habe ich sie losgebunden.

Herdenweise.

Als gälte es, sie vor einer Feuersbrunst zu retten, kettete ich sie ab, trieb Simmentaler, Freiburger, Braune und Eringer zur Stalltür hinaus ins Freie.

Und immer wieder ging ich auf sie zu.

Griff ihnen an den Rücken, an den Hals, an den Kopf.

Nur keine Angst. Nur keine Angst, flüsterte ich ihnen zu. Schon gut, nur keine Angst.

Ihnen, ja ihnen versuche ich die Angst auszureden, dabei drücken sie mich an die Wand.

Und jetzt fühle ich die Blässe in meinem Gesicht.

Der Überländer öffnet eine Stalltür. Leer. Es riecht nach Mist, Urin, Heu, staubigem Sägemehl.

Gewürgt hat es mich. Jetzt hat es mich an der Kehle.

Der zweite Stall: leer. Im dritten Stall steht eine einzige Kuh.

So, sagt der Überländer. Die Kuh steht ganz hinten. Sie zerrt an der Kette, bläst sich geräuschvoll Luft durch tropfende Nüstern. Sie ist unruhig. Ihre Ohren zirkeln und zielen.

So, was meinst du, was hat die für ein Lebendgewicht?

He? Nach deiner Meinung? Schätze mal. Schau sie dir an. Wie wenn du sie kaufen wolltest.

Ich will keine Kuh kaufen.

800 kg! platzt es aus mir heraus.

Achthundert Kilo? Dieses schwacheutrige Guschti hier? Wo schaust du hin? Ist hier etwa noch eine andere Kuh im Stall? Oder hast du keine Augen im Gring?

600 kg!

So ein minderjähriges Fräulein von einer Simmentalerkuh? Du! Paß mir nur auf. Plötzlich stehst du vor der Lehrabschlußprüfung und hast keine Ahnung von Viehkunde. So auf die zwanzig oder dreißig kg genau muß das dann gehen, sonst!

Sonst?

Waagmeister Krähenbühl schaut herein. Besen in der Hand: Der Schindler hat die noch gebracht. Ein nervöses Kuhli. Und verspätet angekarrt.

Krähenbühl verschwindet.

Aber was ich sagen wollte, es gibt Händler, die irren sich selten um mehr als fünf kg. Da muß man halt üben. Jeden Tag ein paar Tiere anschauen. Aber dann richtig. Merke dir, wie die Viertel zusammengewachsen sind, die Proportionen.

Lebendgewicht. Totgewicht. Schlachtausbeute. Marktgerechter Verfettungsgrad. Gesundheitszustand.

Die Kuh krümmt sich, hebt abwechslungsweise die Hinterbeine an.

Die will raus. Die ist Stroh und Heu und lange Stricke gewohnt. Die will raus aus dem düsteren Stall, weg von dem dünnen Sägemehlbelag, weg vom blanken Futtertrog.

Hast du Angst? Der Überlander lacht. Ich möchte wetten, die wiegt nicht mehr als 400 kg. Knappe 400 kg bringt die auf die Waage. Schön ausgefüllt ist sie ums Becken, aber noch nicht breit. Schau, fast keine Vertiefung in der Huft. Die Knochen stehen nur wenig hervor. Nicht wie bei einer alten Geiß. Nein, mehr als einmal hat die noch nicht gekalbt. Und das Stockmaß? Klein. Klein. Ein braves junges Kuhli.

Der Überländer lebt auf. Ich spüre, wie er die Nähe des Tieres mag. Er geht auf es ein. Spricht ihm zu. Er greift es an den Rücken, an den Hals, an den Kopf.

Ein feiner Kopf, ein leichter Kopf. Aufpassen, das rate ich dir. Der haben sie die Hörner amputiert. Eine Schweinerei, wenn du mich fragst. Ein enthornter Kopf wirkt immer leichter. Dem mußt du bei der Schätzung Rechnung tragen.

Das sollte verboten sein.

Einer Kuh die Hörner wegnehmen.

Ich gebe mir einen Ruck.

Warum ist die hier? Ist doch kein Mastrind.

Kann sein, daß sie nicht mehr aufnehmen will. Kein Muni gut genug.

Wenn eine nicht will. He ja.

Jetzt krault er sich selbst am Nacken.

Krank scheint die nicht zu sein. Das hätte mal eine schöne Kuh abgegeben. O ja. Schau, wie die von hinten bis vorn einen geraden Rücken hat. Schnurgerade. Wie ein Besenstiel. Einen geraden Nacken wie eine stolze Frau.

Sein Blick folgt der Hand, die über Widerrist, Rücken, Lenden streicht. Mit der anderen Hand tätschelt er die volle Flanke.

Schön rund ist die.

Und dann? Was machst du dann? Nach dem Schätzen? Wenn wir doch schon hier sind.

Noch liegt seine Hand auf dem Rücken der Kuh.

Ich...

Habt ihr schon in der Gewerbeschule davon gesprochen?

Ich kenne die schattierten Stellen der Zeichnungen im Buch: Ohrengriff, Nahtgriff, Rippengriff, Lendengriff, Brustgriff, Voreuter- bzw. Hodensackgriff.

Ich stelle dann... ich stelle den Mastzustand fest.

Hingreifen, überall, fingern, fühlen, abtasten, anfassen, kneifen, knutschen. Mit meinen Händen soll ich durch ihr staubiges Fell hindurch Fettablagerungen zwischen den Muskeln spüren. Meine Finger sollen herausfinden, ob ihr Fleisch marmoriert sein wird oder nicht, meine Finger sollen ihre Körperteile kneten und wissen, wie sie innen aussieht.

Also, greif zu.

Jetzt ist sie auch noch leckfreudig.

Diese Kuh ist nicht schlachtreif: Noch ist ihr Fleisch vom Transport überhitzt, noch ist ihr Muskelgewebe voll von unerwünschten Hormonen.

Ruhig! Stillhalten!

Anstatt sich zu beruhigen, hat sie sich den Hals wundgerieben.

Sie scharrt und muht.

Der Schultergriff ist gut entwickelt. Die ist mit Fett überzogen.

Hier ist sie auch dick gewachsen.

Du, da mußt du aber anders ran an den Speck! Der Überländer stößt mich zur Seite. Zugreifen mußt du, richtig. So! Uh du, wenn da einer nicht richtig zugreifen kann, uh, der bringt es weiß Gott nicht weit im Leben. Schau hier beim Brustgriff, so, nimm die Wamme in die Hand. Nicht nur so halbpatzig wie ein Schulmädchen.

Der Überländer bückt sich unter die Kuh. Ohne ihr Sträuben zu beachten, umarmt er sie am Hals. Seine Hände klammern sich fest an den Griffstellen im Fell.

Sonst spürst du ja nichts.

Meine Kehle verengt sich.

Und alles wälzt sich unaufhaltsam heran.

Über die eigene Stimme, über die eigene Willenlosigkeit hinweg, zermalmt alles, und trotzdem dreht man sich weiter, immer weiter.

Ich klebe an der Kuh, versuche mein Kinn von ihrer Rückenhaut fernzuhalten. Ich greife ihr ins Fleisch. Ich greife zu.

So, ja, sagt der Überländer.

Der Voreutergriff zeigt an, ob die Gedärme stark mit Fett überzogen sind.

Die Haut am Euter ist weich, warm und schmalzig. Die Fellhaare fast flaumig.

Himmelheilanddonnersternsteufelnocheinmal!

Habe ich gesagt, ihr sollt eine halbe Stunde im Stall diskutieren? Schluß jetzt mit der Greiferei. So ein Krüppelkuhli ist doch schnell einmal geschätzt.

Krummen!

Mit einem Stecken schlägt er sich gegen den Schurz.

Der Überländer krault sich wieder am Nacken.

So, jetzt rein in die Halle mit der Ware. Wir sind ja schon fast fertig, und ihr schlaft hier draußen.

Nein! Laß nur. Der Lehrling soll die Kuh reinführen.

Der Überländer läßt die Kette wieder fallen.

Krummen schlägt weiter mit dem Stecken gegen seinen Schurz.

Und dann immer mit den Tieren reden, sagt er.

Du Meisterschwinger. Ich greife der Kuh wieder an den Leib, an den Hals, an den Kopf.

Schon gut. Nicht brüllen.

Der Zunge ausweichend, löse ich zuerst den Strick vom Ring unter der Futterkrippe.

Gut, daß sie wenigstens keine Hörner hat.

Sie verfolgt meine Handgriffe mit neugierigen Augen.

Nume häre! Wenn du einem Tier vor den Kopf kommst, so folgt es dir wie einer Leitkuh.

Mir ist nicht nach Anschwingen zumute. Bitte nicht gleich bei meinem ersten Gang ein Kräftemessen.

Kopf runter! Stillhalten!

Eine träge, unwillige Kuh wäre mir lieber.

Am liebsten eine von jener ungelenken Gattung, die wie riesige Holzklötze buchstäblich geschoben, manchmal sogar unters Schlächterbeil getragen werden müssen.

Nur keinen hopsfreudigen Übermut.

Ich will nicht unter deinen vierfach trampelnden Rumpf zu liegen kommen.

Nume häre! Sofort anfassen und richtig in den Griff nehmen.

Der Überländer ist verschwunden.

Kaum losgebunden und abgekettet, schnellt die Kuh den Kopf hoch, drängt mich zur Seite und visiert das Licht in der Türöffnung an.

Im Stallgang braust sie auf, springt einmal hinten, einmal vorne hoch, muht und schlägt mit dem Schweif um sich.

Krummen muß ausweichen.

So, hü da! ruft er.

Ich verkürze den Strick, halte mich an der Halfter fest. So nahe am Hals bekomme ich eine Ahnung von der Kraft in diesem Leib. Ohne Bremswirkung stemme ich mich gegen die Vorderflanke.

Die Kuh drängt seitwärts aus dem Stall. Sie schleift mich einfach mit. Ein lautes Scheppern, ein Stoß gegen meinen Magen. Meine Messerscheide prallt gegen den Türpfosten.

Himmelheilanddonnerwetternocheinmal! Und die Messer! Krummen verwirft die Arme.

Ich habe das erste und einzige Gebot des letzten Ganges mißachtet.

Er hat es nicht bemerkt.

Denn du sollst nicht hingehen zu dem da wartenden Tier, ohne dich zu entledigen der Messer Schärfe an deiner Hüfte.

Draußen, im Gestänge der Schranken und Treibgänge zwischen Stall und Schlachthalle reiße ich den Schädel der Kuh gegen mich.

Ruhig! Ruhig! Beruhige dich doch! Du überrennst mich noch, schlägst mir die Messer aus der Scheide in die Luft, quetschst mich gegen eine Abschrankung.

Mit einem Ruck an ihrem Maul breche ich ihren Vorwärtsdrang.

Nicht nachlassen.

Ich stemme mich gegen ihren Bauch, zerre an ihrem Kopf.

Du verdammte ...

Sie dreht sich ab, sie dreht sich im Kreis. Sie will mich abdrängen. Ineinander verstrickt, kommen wir nicht aus der Karussellbewegung hinaus. Wir drehen uns, einmal, zweimal, dreimal. Ein gestellter erster, ein gestellter letzter Gang.

Ich klebe wieder an der Kuh.

Hilflos.

Ich spüre den Staub aus dem rot-weißen Fell überall auf meiner Haut. Er beißt mich im Gesicht, am Kinn, am Hals. Ich verfluche den Schmerz in meinen Händen, verfluche den Speichel, der aus dem Flotzmaul läuft.

Der Hanfstrick weicht auf, wird schlüpfrig.

Ich schwitze.

Und meine Messer.

Und wir drehen uns weiter.

Nicht nachlassen!

Krummengebrüll.

Nur nicht nachlassen! Nachgreifen! Ich habe dir doch gesagt, du sollst einen Stecken nehmen. Krummen schlägt der Kuh auf den Schwanzansatz.

Sie fährt auf, reißt mir Halfter und Strick aus den Händen. Ich verliere das Gleichgewicht. Ein Tritt. Ein Hufschlag auf den Oberarm schickt mich zu Boden. Noch ein Tritt. Ich werde gegen die Schlachthallenmauer geschleudert. Klirrend fliegen meine Messer aus der Scheide.

Im linken Gummistiefel fühle ich warme Nässe.

Himmelheilanddonnerwetternocheinmal!

Krummen schlägt zu. Er wird sie einfangen. Der Apparat in Kilchenmanns Hand wird einschnappen. Dann der Schuß, der Aufprall, das satte Niedersacken auf den Hallenboden.

Ich werde meine Messer zusammensuchen, werde die beschädigten Klingen noch einmal nachschleifen. Ich werde mich auf die Garderobenbank legen. Heute werde ich mich in der Mittagspause wieder auf die Garderobenbank legen. Ich werde zu Krummen gehen und sagen: Ich will Toilettenmarken.

Ein Messer hat meinen Stiefel durchstochen. Ich versuche, ihn auszuziehen, lehne mich dazu gegen die Mauer der Schlachthalle. VELOS ANSTELLEN VERBOTEN! steht in roten Buchstaben auf dem abbröckelnden Mörtel.

Die Nässe im Strumpf.

Schweiß.

Ein kleiner roter Flecken.

Ein kleiner Stich im Fußballen.

1 Schere, 1 Pincette, 1 Fläschchen Jodtinktur oder Wundpulver, Watte, Gaze, Verbandstoff gehören in die kleine Apotheke des Metzgers, und griffbereit soll sie in Reichweite der gefährdeten Glieder sich befinden, am besten gut markiert mit einem roten Kreuz, und es empfiehlt sich ferner, mit dem Messer in der Hand keine großen Gesten zu vollführen, man geht auch nicht mit Messern in der Hand herum. Man steckt sie in die Messerhalter (Futterale). Gegen die sehr gefährlichen Messerstiche in die Bauch- und Leistengegend schützt beim Ausbeinen eine MESSERSTICH-SCHUTZSCHÜRZE, *ein schürzenförmiges Geflecht aus Leichtmetall. Messer müssen einen Handformgriff haben, der unverkrampftes Festhalten ermöglicht. Man läßt seine Messer nicht auf dem Tisch herumliegen, schon gar nicht auf dem Boden von Behältern; und da der Metzger gewöhnlich stehend arbeitet, muß er gutes Schuhwerk tragen, das hilft Plattfüße, Krampfadern, Gelenkentzündungen verhindern. – Bekämpft den Rotlauf, die Flechte, die Bangsche Krankheit, die Schweinehirtenkrankheit, den Starrkrampf, bekämpft sämtliche Berufskrankheiten. Die Nothilfe verhindert eine Verschlimmerung des Übels: bei starken Blutungen die Wunde mit steriler Gaze stark zusammendrücken und den Verletzten zum Arzt bringen; bei Quetschungen durch Stürze auf glitschigem Boden (naß, fettig), auf Häuten, Abfällen oder durch Hornstöße der Schlachttiere, Huf- und Klauentritte, Stöße gegen Haken usw. dem Verunglückten weder zu essen noch zu trinken geben! Innere Verletzungen! Auf einer Bahre zum Arzt bringen.*

Das Fell eines Fötusses hat auch seinen Wert. Die Gerber sind erpicht auf die zarten Bälge, und *dünnledrige Kalbfelle werden naturell gefärbt in Standard- und Modefarben, geschoren und bedruckt, zu Winter- und Sommerpelzen verarbeitet,* aber unbeschädigt müssen sie sein, und Krummen versetzte der Gebärmutter aus dem Bauch der Blösch einen Fußtritt. Er schob den nierenförmigen Beutel mit den Stiefelspitzen vor sich her über den Boden. Überall lagen Sehnenschnipsel und Fettfetzen. So ein Scheißdreck! Heilanddonner! Alles muß man allein machen.

Die Bogenfenster der Großviehschlachthalle klärten sich. Der Dampfbeschlag rann in Tropfen über die Scheiben herunter. Kilchenmann schob das letzte, das noch nachträglich geschlachtete Rind auf die Waage. 237 kg Schlachtgewicht. Der Überländer sammelte die Stricke ein. Die mußten gewaschen werden. Hier, gib mir so eine Halfter, sagte Krummen. Piccolo nahm die Gallenbeutel von den Rechen und schlitzte sie über einem Becken auf, und *die Galle stimuliert die Darmbewegungen. Sie verdaut die Fette. In der Industrie braucht man sie bei der Herstellung von Reinigungsmitteln (Seifen) und im Druckereigewerbe,* und Rindergalle ist dickflüssig, sie glänzt wie Leuchtfarbe.

Krummen öffnete die Blösch-Gebärmutter. Das Fruchtwasser spritzte ihm über Messer und Hände. Der Fötus war hellbraun. Auf der Stirn hatte er einen weißen Flecken. Er war schmal, hatte den Rücken eines Windhundes, und seine feuchten Fellhaare glitzerten sauber. Krummen löste die Haut am Kopf an und zog sie zwei Handbreit zurück. Er schlang die Halfter um den bloß-gelegten Hals und band ihn am nächst gelegenen Bodenring fest. Die angelösten Teile des Fells befestigte er mit einem Fleischerhaken an dem Aufzug. Er drückte auf den Knopf. Der Motor surrte, und Piccolo hob den Kopf. Sein Gesicht war mit Gallenflecken übersät. Galle lief ihm an den Armen, an der Schürze herunter. Zwischen Bodenring und Aufzug strafften sich Halfter, Fötus und Fell. Geräuschlos und blau glitt der schmale Leib aus seiner Hülle: zuerst der Vorderleib, dann die Lenden, die Hinterbeine kippten hoch, knackend sprangen sie aus den Hüftgelenken. Zuletzt glitt der Schwanz aus der umgestülpten Haut.

Krummen bückte sich und lockerte den Strick. Aus dem Fötus wäre ein weibliches Kalb geworden, und *mit 9 Mt. Länge des Föten: 90 cm, Haarkleid gut ausgebildet. Die Hoden sind in den Hodensäcken. Milchschneidezähne und Milchbackenzähne vorhanden,* und der vom Hals gelöste Halfterstrick flog Piccolo vor die Füße. Weg mit dem Zeug! Den gehäuteten Leib ließ Krummen neben dem Konfiskatbehälter liegen.

– Wenn finitio Galle subito lavare, e poi Kälber aufhängen! Piccolo nickte mit seinem grünen Kopf. Immer die gleichen Befehle, und immer mit Nachdruck.

Auch vor dem Eingang zur Großviehschlachthalle wurde gebrüllt. Bössiger hatte im langen Gang die gespaltenen Hälften der Blösch entdeckt.

– Der Krummen soll kommen! Aber sofort! Habt Ihr gehört! Bössiger hatte seine Arme von sich gestreckt, er umkreiste die Karkasse, die von Krummens Spalterhieben verunstaltet an der Hochrollbahn hing. Blösch war vorerst nur bedingt bankwürdig, und *das bankwürdige Fleisch wird (gemäß Art. 52, § 1 der Fleischschauverordnung) mit einem ovalen, das bedingt bankwürdige Fleisch mit einem dreieckigen Farbstempel nach Muster*

(Anlage Nr. 1) gekennzeichnet. Fleisch von Tieren der Pferdegattung ist überdies mit »Pferd« zu stempeln, und Blöschs sämtliche Lymphknoten waren angeschwollen; das Fleisch war dunkel, fast schwarz und erhitzt. Es fühlte sich trocken und klebrig an. Schlaff hing es an den überall hervorstechenden Knochen. »Gallertig und fiebrig!« lautete der Fleischschaurapport. Und Dr. Wyss hatte eine Laborprüfung angeordnet.

Aber Bössiger protestierte.

– Wie wird jetzt hier gemetzelt? Ihr seid mir noch schöne Metzger! Er zeigte auf die durchgehackten Nierstücke. Krummen zog seinen Kopf ein und griff sich ins Hosentuch. Wie eben noch die Karkasse der Kuh, umkreiste Schlachthofmarschall Bössiger jetzt Vorarbeiter Krummen. Da waren wohl die Hunde dran?

– Wenn es ... wenn es an den Leuten fehlt ... wenn man alles allein machen muß! Wenn man doch ...

– Und da zerhackt man einfach das Nierstück. Zu 30 Stutz das Kilo? Jetzt hört aber alles auf!

– Die kommt doch auf die Freibank, verteidigte sich Krummen, und *allen Kunden wird dringend empfohlen, von der Freibank erworbenes Fleisch so lange zu kochen, bis es im Zentrum grau ist,* und Krummen war am Verzweifeln. Diese Kuh hat mir doch das Werkzeug kaputt gemacht. Zwei Spalteisen habe ich auf dieser Saumore stumpf geschlagen.

– Jetzt hört mir zu, Krummen! Bössiger war barsch. Die Anschafferei verlangt mehr Verarbeitungsfleisch. Sähe die hier nicht so aus, wäre sie auch nicht dreieckig gestempelt worden. Wir brauchen Wurstfleisch. Auf der Freibank nützt uns eine Kuh gar nichts. Wir wollen Wiener, Cervelats und Schüblig produzieren.

– Was soll ich auch machen? Der Gilgen ist nicht da, der Ambrosio läuft weg von der Büetz wie ein Huhn, der Stift läßt sich vom mickerigsten Guschti überrennen, und die Handlanger, die machen sowieso mehr kaputt, als man denkt. Wenn sie einmal nicht gerade auf dem Scheißloch hocken!

– Kommt mir jetzt nicht so: Sie haben hier bessere Leute als der Hauptbetrieb. Wissen Sie denn eigentlich, wie schwer es ist, einen gelernten Metzger zu finden? Die schneit es nicht vom Himmel. Lernt die Leute nur richtig an! Man muß sie halt auch richtig einsetzen können. Zeigt ihnen etwas! Was man ihnen heute beibringt, das können sie morgen schon.

– Aber Handlanger sind eben Handlanger! Ich habe gesagt, ich brauche sechs Metzger, um die Mehrarbeit zu schaffen, und was schickt man mir? Einen Stift, einen Spanier und einen halben Italiener, der noch nie ein Messer in der Hand gehabt hat.

– Denken Sie, wir haben die guten Metzger einfach im Tiefkühlfach?

– Ja, wenn der Gilgen sie nicht noch immer aufstacheln würde! Und der Rötlisberger bläst ins gleiche Horn!

– Aber, Krummen, die guten Leute schneiden sich doch ins eigene Fleisch. Kümmern Sie sich nicht darum! Bössiger eilte davon, blieb aber gleich wieder stehen. Und daß mir kein Blut mehr verloren geht! Wir brauchen jeden Tropfen, den wir fassen können, sagte er und verschwand im Schlachthofbüro.

Krummen wühlte weiter in seinem Hosentuch. Sein Kiefer mahlte. Handlanger anlernen! Die Tschinggen sollen erst mal lernen, wie man einer Kuh einen Scheichen abschneidet. Die sollen abwaschen, Blut rühren und Därme putzen. Die Facharbeit erledigen wir schon! Wenn da jeder unsere Arbeit für die Hälfte des Lohnes machen könnte, nur weil er einen Schnauz und eine große Röhre hat! Was denken diese Bürolisten eigentlich? Sollen sie doch selbst einmal rauskommen in ihren weißen Mäntelchen. Da kann einer seinen Bleistift lange hin und her schieben, eine Kuh hat trotzdem vier Scheichen, und bevor man sie verwursten kann, muß sie gestochen und gehäutet werden.

Neun Uhr fünfundvierzig.

Luft!

Licht!

Ein paar Atemzüge im Freien. Ich soll Kälber holen. Mache

ich mit Vergnügen. Nur raus aus dem Dampf und dem Gestank.

Hinter den Schlachthofmauern Backsteinwände und Türme, Fabriken, Lagerhäuser, Rauchkronen auf den Schloten der Gießerei. Ein Schnellzug. Ganz nah sind die Geleise. Vor der Rampe donnert er vorbei. So kurz nach dem Bahnhof stehen noch viele der Reisenden in den Abteilen, ziehen Mäntel aus und verstauen Gepäck.

Nur hinter mir, beim Verwaltungsgebäude, wo die Fleischschauer ein- und ausgehen, nur dort einen Flecken grün.

Es riecht nach abgesengten Borsten.

Ich habe mich in die Ferse gestochen.

Es tut nicht weh, aber...

Wie mich Huber und Hofer anstarrten? Als ob ich Hörner hätte. Sie putzten mit Wasser und Preßluft ihre Häutungsapparate und sahen auf mich.

In einem Pferch neben dem Haupttreibgang liegt ein abgesondertes Schwein. Es röchelt. Schaum fließt ihm aus dem Rüssel.

Was Huber und Hofer denken, das sollte mir wirklich egal sein.

Ich bin kein Feigling. Bin ich ein Feigling? Ein Fremdarbeiter im eigenen Land, das bin ich. Aber Toilettenmarken habe ich verlangt.

Ich war selbst erstaunt über meine Worte. Krummen hat sich plötzlich vor mich hingestellt, griff sich auch schon an den Arsch, doch noch bevor er mir etwas befehlen konnte, habe ich gesagt, ich brauche Marken. Er hatte nicht hingehört. Geh zur Kälberrampe! Schau, ob Ware gekommen ist!

Mir ist nicht ganz gut, ich muß unbedingt...

Heilanddonner! Alle wollen Toilettenmarken. Muß denn immer fünfmal am Tag geschissen werden? Oder habt ihr alle Durchfall?

Dann hätte ich mich beinahe doch wieder entschuldigt.

Der ganzen Welt komme ich entgegen.

Nur nichts forcieren – immer ja und amen.

Als hätte ich einen verdammten Niklaus von der Flüe in der

Brust. Eingebaut wie ein Autoradio, das mich ewig und immer zum Frieden anstiftet.

Im Frieden zerquetscht.

Wir sind im Druck, ich kann jetzt nicht weg, hat Krummen gesagt. Aber er hat mir eine Marke gegeben. Nicht mit meiner Nummer.

272 steht auf meinen Marken. Auch auf meiner Stempelkarte, an meinem Schrank, auf meiner Wäsche, auf meinem Zahltagstäschchen.

Wenn ich neben das Klo scheiße, können sie im Türschloß der Kabine rausfinden, daß es Nr. 272 war.

Paß auf! Sonst machst du noch Unfall. Du bist bleich im Gesicht. Aber komm nicht ohne Kälber zurück.

Krummen hat einen besorgten Ton in der Stimme gehabt. Entweder meinetwegen oder wegen der Kälber.

Ich gehe aufrecht und atme tief. Meine Gummistiefel schaben gegen die Schürze.

Wie zerbrechlich bin ich? Wie dünn ist meine Haut?

Was ist ein arbeitender Körper, hier auf diesem Asphalt, zwischen Beton und Stahl?

Ich spüre die Härte des Bodens unter meinen Stiefeln.

Im Wartekäfig glotzen mich ein halbes Dutzend Kälber an. Fünf drängen sich sofort durch das Gittertor in den Treibgang.

Je beweglicher, desto besser.

Hü, hü, hü.

Das sechste Kalb versteift sich, verstrebt mit den Füßen. Als wolle es sich die Lunge aus dem Leib brüllen, röhrt es aus gestrecktem Hals.

Ich schiebe, zerre, stoße, brülle, boxe.

Hü, hü, hü.

Du Sauhund.

Das war nicht einmal ein halber Schritt.

Du Kälberklotz!

Kötzerig röhrt es aus ihm heraus. Eintönig und anhaltend wie ein Bankalarm.

Ich kann dich doch nicht in die Kälberhalle tragen.

Der Schwanz steht steif ab. Gelber Ausfluß klebt am Hinterteil.

Jetzt fühle ich es. Mein Sturz hat mich doch ganz schön geschwächt. Ich komme mit dem Kalb nur zentimeterweise voran.

Ich schiebe ihm einen Finger in den Mund und lasse es lutschen.

Es beißt an. Es will nicht mehr loslassen. Es folgt meiner Hand.

Beim Kälbertotschlagen habe es schon schlimme Arbeitsunfälle gegeben. Da Bier die Treffsicherheit nicht gerade fördere, sei einer beim Aufhängen unter den Vorschlaghammer geraten. Der Schlag, der ein Kalb nur betäubt, zerschmettere den Schädel eines Mannes wie eine Porzellanvase.

Vor der Schiebetür der Kälberschlachthalle sperre ich die sechs Tiere noch einmal in einen Pferch. Sie stehen dicht beisammen in einer Ecke.

Meine Arbeitsunfälle sind nie spektakulär: ein Schnitt, ein Sturz.

Sechs Kälber zum Aufhängen bereit.

Ich werde es Krummen melden.

Klonck. Gitter zu. Ich bin auch so ein Riegelvorschieber.

Die Kälber fangen wieder zu röhren an. Der Schlachtbankalarm geht weiter.

Ihr Dünnscheißer!

Was können die Kälber dafür?

Geschwollene Gelenke und verkrüppelte Füße haben sie.

Weil sie aus hygienischen Gründen auf Lattenrostböden gehalten werden, auf denen sie keinen richtigen Halt finden können.

Nicht rumstehen!

Wir sind hier nicht im Zoo.

Ich drücke meine Zähne aufeinander, bis es schmerzt.

Immer nur jaulen, Gott verdammte…

Meine Stiefelspitze trifft die Schiebetür.

Ich renne davon.

Die Kälber röhren weiter.

Durch die Halle hinaus in den Gang.
Ich sehe nicht nach links, nicht nach rechts.
Die Toilettentür kracht zu.
Die Marke rein, ich rüttle, sie fällt runter: FREI.
Ich reiße die Kabine auf und bäng! Zu!
BESETZT.
Atmen.
Härter ist mein Schädel nicht geworden, aber Fäuste habe ich schon wie eine Kuh Klauen.
Ich kann damit gegen die Wand trommeln.
Mit voller Wucht und verspüre keinen Schmerz.
Hart und schmerzunempfindlich wie Steine.
Aber was malträtiere ich damit?
Eine Scheißhauswand!
Und nur, weil ich genau weiß, daß mich niemand hören kann.
Ich sitze hier mit kaltem Arsch im Durchzug und trommle auf eine Scheißhauswand, auf der es nicht einmal Kritzeleien gibt, keine Scheiden, keine Schwänze, keine Sprüche. Nichts, gar nichts ist auf die Flächen geschmiert: keine Telefonnummer, kein Hilferuf, kein Entsetzen, keine Spuren von heruntergelaufenem Samen, keine Spuren von Rotz.
Hier nicht!
Alles piccobello.
Kein Tropfen Blut.
Nur ich.
Hilflos klein, enthost und ratlos polternd, klopfend, brüllend.
Ihr könnt mich alle am Arsch lecken!
Ich bin allein.
Ich einsamer Trommler in der Nacht, allein in zwei Kubikmeter abschließbarer Scheißfreiheit.

– Und keine Angst vor Fremdarbeitern, hatte ihr Bössiger gleich am ersten Tag gesagt. Nur nicht provozieren. Seien Sie anständig und freundlich, außer der Wirtin in der Kantine sind Sie die einzige Frau am Hof.

Frau Spreussiger ging durch den Hauptverbindungsgang Richtung Waagbüro. In Bössigers Schlachtkontrolle stimmte eine Gewichtseintragung nicht mit der offiziellen Wägung überein. Das wäre ja eine Schlachtausbeute von nicht einmal 35 %! Frau Spreussiger, gehen Sie sofort zum Kilchenmann, ich will wissen, was mit diesem Totgewicht los ist, hatte er gesagt.

Frau Spreussiger wich einem Flecken am Boden aus. Zwischen Großviehschlachthalle und Kühlraum war der Gang voll von Kuhgerippen, die in Hälften gesägt an der Rollbahn hingen. Blau waren die Muskelfetzen an den Hälsen und gelb das spärliche Fett. Nur nicht ins Nasse treten! Und wie das alles von oben herabhängt und tropft und dampft und riecht. Die erschlafften Leiber ragten gestreckt fünf bis sechs Meter hoch über sie, als hinge das ganze Fleisch vom Himmel herab, aber wegen einem Kuhgerippe erschrak sie längst nicht mehr.

– Grüß Gott, Herr Sperandio. Luigi manöverierte den Bluttank um mit Innereien gefüllte Mulden und um die wartende Holzkiste vor der Großviehschlachthallentür herum. Die Kühe waren durch, es war ausgestochen. So hopp! In die Zentrifuge mit dem Zeug, hatte Krummen gefaucht. Wenn schon nur ein einziger kleiner Tank voll übrig bleibt, weil die Herren wieder schlafen, dann wollen wir den nicht noch lange anglotzen. Weg damit! Subito!

– Hoppla! Frau Spreussiger trat Luigi aus dem Weg. Überschwappendes Blut war ihr vor die Füße geplatscht. Nur nicht ins Nasse treten. Luigis Hände am Bluttankkarren waren knorrig wie Wurzeln. Sie mochte die Arme. Dunkelhäutig waren sie unter den Krusten von Blut.

– Attenzione! Mamma mia! Luigi kam zu spät. Frau Spreussiger war gegen die Palette, auf der seit Tagen die Holzkiste allen im Wege stand, gestoßen. Sie stolperte. Und da war noch eine Lache am Boden. Frau Spreussiger kam mit einer Karkasse in Berührung. Das klebrige, blutige Zeug! Sie fuhr zurück. Sie streckte ihre Arme aus, sie suchte Halt und hob dabei ihren Rock noch eine Handbreite höher über die Knie hinauf. Ein Kichern kam von der Kühlraumtür. Hugentobler spähte heraus. Dünne

Knie hatte sie, und bläulich schimmerten die Krampfäderchen durch die Nylonstrümpfe. In der Großviehschlachthalle reckte Piccolo seinen Hals. Porco Dio. Um Frau Spreussiger länger vorbeigehen zu sehen, machte er zwei Schritte zur Seite, Messer und eine Gallenblase in den Händen. In der Toilettentür erschien der schöne Hügli. Er sah Frau Spreussiger und blieb stehen. Huber und Hofer kamen daher. Sie trugen die Preßluftmesser bei sich. Sie gingen so langsam, sie bewegten sich kaum.

– Die hat Haxen, sagte Hofer.

– Und Stötzen, sagte Huber.

– Aber mager.

– Ja.

– Bäuerin ist an der keine verloren gegangen, sagte Hofer.

– Aber so ein Euter, potz Millionen! sagte Huber bewundernd.

– Ja, wie die Holsteiner. Nichts als Haut und Knochen und Euter. Nirgends kein Fleisch an der Sache.

– Sag mir jetzt nur nicht, du würdest...

– Hör doch auf zu stürmen. Hofer schwenkte ab in die Kälberhalle. Hier von uns vögelt die nur einer, und wir wissen, wie der heißt. Aber sicher.

– Der Sauhund. Huber blieb stehen. Der Arsch wäre mir recht. Die ist sicher schon über vierzig und hat noch immer einen Rücken wie ein gumpiges Guschti!

Huber selbst war dicklich. In Wülsten hing ihm das Fett um den Unterleib in Hemd und Hosen. Einen Bierbauch hatte er noch dazu. Er lachte über den schönen Hügli, der, ganz Charmeur, vaselinenglatt Frau Spreussiger in den Weg getreten war. Da muß der sich noch lange strählen. Für den schönen Hügli gibt's da auch nichts zu märten. Huber löste seinen Blick vom roten Rock und folgte Hofer in die Kälberschlachthalle.

Frau Spreussiger hatte erst im Hauptbetrieb als Bürokraft gearbeitet, war dann plötzlich zu ihrem eigenen Schrecken als Bössigers Sekretärin im Schlachthof gelandet. Niemand hatte nach ihrer Meinung gefragt. In der Fabrikverwaltung war sie die älteste gewesen. Nach der Meinung des Personalchefs plötzlich auch die selbständigste. Nur Sie können das schaffen, hatte er ihr bei der Versetzung gesagt.

Und sie hatte es geschafft.

Zu Anfang ekelte ihr noch vor dem Geruch, der aus den Schlachthallen kroch und sich feucht-frisch in jede Ecke hockte. Eingenebelt und abgekapselt hatte sie sich, nur nicht immer diese blutige Luft an der Haut. Innerhalb einer Woche hatte sich ihr Zigarettenverbrauch verdoppelt. Auf drei Schachteln MURATTI pro Tag war er gestiegen. Sie paffte und paffte, trug nur noch Rollkragen oder hochgeschlossene Kleider und holte von zuhinterst aus einem Kasten alte Kopftücher hervor. In verschiedene Warenhäuser war sie gerannt, um unauffällig große Mengen billigen Kölnischwassers zu erstehen. Damit rieb sie sich während der Bürostunden einmal morgens und einmal nachmittags von Kopf bis Fuß ein, und Parfüm hatte sie auch dabei, und ihre DEODORANT-Stifte schleppte sie in ihrer Handtasche herum.

Kaum war sie abends zu Hause, schrubbte sie sich unter heißem Wasser mit Bimsstein und Kernseife die Poren wund. Als hätte sie mit den Schlächtern zusammen dan ganzen Tag unter der Blutdusche gearbeitet, spülte sie ihre Haare wieder und wieder, und nach dem Bad hielt sie die Gesichtshaut über Kamillendampf. Nur weg von dem Geruch der Schlachthauswelt.

Sie stutzte sich an Händen und Füßen die Nägel, lackierte nur noch klar und ließ den Ehering zu Hause in der Nachttischschublade. Dann hatte sie per Zufall auf der medizinischen Seite einer Frauenzeitschrift einen Artikel über Hautprobleme gelesen. *Während nur 7 bis 10 % der Gesamtbevölkerung davon betroffen werden, hat die Forschung gezeigt, daß 28,5 % der Schlachthofangestellten Warzen haben.*

Frau Spreussiger war in Panik geraten.

Als sie aber nach einem Monat noch von all den schlimmen Veränderungen, die sie befürchtete an Haut und Haar, verschont geblieben war, beruhigte sie sich.

Zwar kaufte sie weiterhin nur Aufschnitt ein, vor allem Lyoner und ab und zu eine Kalbsbratwurst oder etwas Sülze, nur kein in Form und Farbe als solches erkennbares Fleisch. Herr Spreussiger mußte lange warten, bis sie ihm wieder einmal einen Braten zurichtete. Wenn du etwas zum richtig Draufbeißen zwischen die Zähne willst, wie du das nennst, dann mußt du es dir schon selber kochen, hatte sie ihm gesagt.

Doch der neue Posten im Schlachthof, der begann ihr sogar zu gefallen.

Nur des Geschreis der Schweine wegen, das ausnahmsweise durch die doppelte Tür bis ins Büro drang, machte sie längst keine Tippfehler mehr. Sie hatte sich eingelebt. Sie wich Bössigers forschendem Blick nicht mehr aus, wenn ein aufgebrachter Stier besonders laut und nach einem ersten mißglückten Schuß noch lauter brüllte. Ja, das muß halt auch sein, sagte sie dann.

Und die vielen Männer, die mochte sie. Die Fremdarbeiter waren immer guter Laune, geizten nie mit Lachen und überhäuften Frau Spreussiger mit lüsternen Blicken. Wie die reden. Wie die fuchteln mit Händen und Füßen. Und vor den beschürzten und bewaffneten Gestalten der wortkargen Schlächter lief ihr nicht selten ein Prickeln den Rücken hinunter. All die Blicke, so viele Augenpaare, die um jede Ecke lugten. Jung und begehrt fühlte sie sich von den Männern, die ihr mit herabhängenden Armen und Händen voller Unruhe in den Weg traten. Aber MURATTI rauchte sie noch immer täglich drei Packungen, und den Ehering ließ sie weiterhin zu Hause in der Nachttischschublade liegen.

Im Gang vor der Kälberschlachthalle streichelte der schöne Hügli Frau Spreussigers Ellbogen. Und? Kommt Ihr ein wenig zu uns? fragte er.

– Uhgh, im Büro haben wir doch auch so viel zu tun. Und der Bössiger, ist der wieder launisch. Wenn Ihr wüßtet.

– Tut doch jetzt nicht so. Wir fangen gleich mit den Kälbern an. Leistet uns doch ein wenig Gesellschaft.

– Aber, Herr Hügli, ich muß doch.

– Kommt, schaut einmal, wie das spritzt und tätscht.

– Das ist doch nichts für eine Frau. Sie wollte Hüglis Griff an ihrem Arm lockern.

Hügli griff noch stärker zu. Was? Was ist denn etwas für eine Frau?

– Laßt mich los! Was ist auch mit Euch allen? So, da haben wir's, jetzt habe ich wegen Euch die Strümpfe verspritzt. Frau Spreussiger war ins Nasse getreten. Das ist ja Blut! Blut! zischte sie und starrte auf die Flecken an ihren Fingerspitzen.

– Ja habt Ihr es denn nicht gern, wenn man Euch ein wenig hält am Arm? Hügli wußte nicht wohin mit seiner Hand.

– Wer gibt mir denn jetzt ein paar frische Strümpfe? Sie eilte davon, Hügli schaute ihr nach, wie sie mit robiaten Schritten auf das Waagbüro zuging. So ein dummes Gitzi. Die sucht ja doch nur den Gilgen.

Hinten bei den Geleisen hatte der schöne Hügli Frau Spreussiger mit Ernest Gilgen gesehen. Wie ein Kälbchen war sie vor ihm hergegangen. Dann hatte sie Gilgen von hinten gepackt und herumgerissen. Auf sie eingesprochen hatte er, sie hatte nur mit dem Kopf geschüttelt, ganz brav und aufrecht. Nicht mir dir, du Gorilla, hatte der schöne Hügli schon triumphiert. Als Frau Spreussiger aber weitergegangen war und bemerkt hatte, daß ihr Gilgen nicht mehr folgte, hatte sie sich umgedreht und gelacht, und am Ende des Treibganges, beim Gittertor vor der Außentür zu ihrem und Bössigers Büro, hatte sie sich umgeschaut, und als sie außer Gilgen niemanden in der Nähe sah, hatte sie so getan, als ob sie den Riegel nicht hätte zurückschieben können. Und schon war Gilgen an ihrer Seite gewesen. Er hatte sie angeschubst, mit ausgestreckten Fingern in ihrer Hüftgegend herumgestochert. Er hatte sie vor sich her zurück zum ersten Kuhstall getrieben. Sie waren auch noch kaum im Innern verschwunden, da hatte sie sich schon unter den Rock gegriffen. Leer geschluckt hatte Hügli beim Anblick des Höschens. Die Spreussiger so spitz und mit diesem welschen Bock von einem Gilgen, der sich nur alle drei Tage rasiert, der zum Hosenladen herausstinkt wie ein Fuder Schweinemist? Und dann noch fünfminutenweise in der Neunuhrpause gegen die Strohballen im ersten Stall! Und Hügli hatte ihr wochenlang vergeblich mit Schönreden den Hof gemacht.

Beleidigt war er gewesen.

Immerhin besser als mit einem Italiener, hatte er dann gedacht.

Im Waagbüro wischte sich Frau Spreussiger mit einem Lappen die Strümpfe sauber und trat neben Waagmeister Kilchenmann, der am Stehpult stand und Eintragungen machte.

– Der Herr Bössiger möchte wissen, wie es kommt, daß die siebzehnte Wurstkuh von heute früh bei einem Lebendgewicht von 620 kg tot nur 180 kg auf die Waage bringt?

Waagmeister Kilchenmann blätterte sein Kontrollbuch zurück, setzte oben an der Kolonne für »Bemerkungen der Fleischschau« den Finger an, und *die Feststellung des Schlachtgewichtes der ausgeschlachteten Tiere untersteht Gesetzesbestimmungen, die in der Fleischschauverordnung festgehalten sind,* und Kilchenmanns Finger fuhr weiter über die Zeilen hinunter.

– Hier! sagte er. Abszesse!

– Was meint Ihr? Frau Spreussiger hob die Schultern. Warum soviel Gewichtsverlust?

– Infektionen, Geschwülste, von Keimen zersetzte Stellen, pflaumengroße Eiterbeulen im Fleisch. Versteht Ihr, Frau Spreussiger? Giftige Rückstände von Krankheiten, stinkige Ausflüsse. Da wird halt auch alles drumherum zur Konfiskation weggeschnitten.

Frau Spreussiger wurde weiß im Gesicht. Gut. Ist gut, sagte sie und eilte aus dem Waagbüro. Im langen Gang beachtete sie weder die Bluttropfen am Boden noch die Männer, die ihr nachstarrten. Infektionen! Geschwülste! Pflaumengroße Eiterbeulen! Giftige Rückstände! Stinkige Ausflüsse! echote es durch ihren Kopf.

7

»Schau, hier haben wir es nach links geflochten, siehst du? Jetzt flechten wir nach rechts, so gibt es ein schönes Zickzack. Also man sticht die Gabel rein, du mußt dich halt ein wenig strecken, dreht am Stiel, bis man den Büschel in einem Strang hat, aber dann festhalten, sonst potz Donner! Da wäre ja alles für die Katz! Und dann stößt man es unten wieder rein, wieder so. schräg, siehst du?« Der Bauer hantierte die vierzackige Gabel auf Kopfhöhe, er zeigte Ambrosio, wie er die Muster in den Knuchelmist zu flechten hatte. Schwärme von Fliegen und Mücken summten. Der Haufen war mannshoch. Es war eine mühsame Arbeit, Schatten gab es keinen. Der Schweiß rann den Männern unter den Melkermützen hervor.

Ambrosio fühlte, wie sich der Geruch des Kuhdrecks ganz hinten in seiner Nasenhöhle festsetzte und weiter fermentierte. »Menuda mierda!« Mist verzieren! Er wußte kaum noch, was er denken sollte. »Carajo! Hijo de puta! Caramba!« Und prompt nickte Knuchel: »Die Donnersfliegen, gell! Eine Sauerei ist das. Aber weißt du«, fuhr er fort, »es kommt dann schon darauf an, womit man es zu tun hat. An irgendwelchem blöden Gehäcksel braucht man gar nicht mit Verzopfen anzufangen. Oh nein. Anständiges Stroh muß man haben, am besten Weizenstroh, je länger, desto besser für den Kuhdreck.«

Ambrosio zündete sich eine Zigarette an. Während er sich den Knäuel seines Feuerzeuges zurück in die Hosentasche stopfte, sah er, wie die Kühe auf der Knuchelweide wie immer alle in der gleichen Richtung fraßen. Blösch und Gertrud in der Mitte der Herde, Bäbe und Stine am Rand. Und oben beim Wäldchen sah er aufgewirbelten Staub. Es war die Frau mit dem Fahrrad, die zwischen den Sträuchern hervor, den Oberkörper wie ein Radprofi nach vorne gebeugt, den Kopf eingezogen, das Sträßchen herunterraste. Schon sah er den Knoten ihrer Haare. Nur eine Hand hatte sie an der Lenkstange, mit der anderen hielt sie sich den Rock fest. Eng legte sich das braune Tuch an die Schenkel. Solche Beine! Qué mujer! Und wie sie hinter den Apfelbäumen vorbeiflitzte!

»Die kann velofahren, he? Die wäre gut für die Tour de Spanien«, lachte Knuchel, der stolz wie ein Hahn oben auf dem Miststock stand. Ambrosio lachte zurück, und wieder fuhren die Gabelzacken in den trägen Dreck, Muskeln spannten sich, hoben, schoben, rupften, zerrten ihn von Fleck zu Fleck, es wurde gepustet, geschwitzt, nach Fliegen geschlagen, und immer gleichmäßiger lag der gestapelte Mist.

»So, jetzt kommt noch der Schindler.« Der Knuchelbauer stützte sich auf seine Gabel. Ein LANDROVER brauste den Berg herauf, verlangsamte die Fahrt und bog auf den Hofweg ein. Sein Anhänger wackelte, wurde in den tiefen, von Traktorrädern gegrabenen Furchen hin- und hergeschleudert, ein Holzkäfig polterte auf der Ladebrücke. Hühner ergriffen gackernd die Flucht, Prinz bellte, und auf der Weide hoben die Kühe ihre Schädel aus dem Gras.

Kälberhändler Schindler kurvte über das Hofpflaster, jagte noch ein Huhn in die Flucht und brachte seinen Wagen vor dem Miststock zum Stehen. »So, habt ihr die Hebamme auch gesehen?« fragte er beim Aussteigen.

»Ja, die fährt dann beim Donner noch mal gegen eine Tanne.« Knuchel kletterte vom Miststock herunter und wischte sich die rechte Hand an den Überhosen ab, um sie Schindler hinzustrekken. »Du wirst wegen dem Blöschkalb kommen?«

»Anschauen möchte ich es. Gemästet sei es ja, hat deine Frau am Telefon gesagt.« Schindler nahm seinen blauen Küherüberwurf aus dem Wagen und stülpte ihn sich über den Kopf, versuchte aber vergebens ganz hineinzuschlüpfen. Knuchel kam zu Hilfe, da verstrickte sich der Kälberhändler noch mehr und keuchte unter dem dicken Tuch hervor, jetzt wolle er sich dann doch so einen Berufsmantel zum Zuknöpfen anschaffen. »Was ist das auch für ein blödes Hemd!« meinte Knuchel.

Als sein Kopf wieder zum Vorschein kam, pfiff der Kälberhändler durch die Zähne: »Potz Donner! Mist habt ihr noch, das ist ein währschafter Haufen.«

»Ja, unser Mist, hoch steht er. Es ist wohl an der Zeit, daß wir wieder ein paar Fuder auf das Land hinausführen, aber jetzt kann man die Ware ja schon bald die ganze Nacht über auf der Weide lassen.«

»Eben gell, dann ist das Läger schnell einmal geputzt.«

»Man hat aber auch weniger vom Mist. Das muß auch gesagt sein. Und mit dem Kalb, wie hast es jetzt, Fritz? Willst es sehen?«

»He ja, komm! Gehn wir!«

»He ja, oder? Wenn du doch schon da bist.«

Zuhinterst im leeren Kuhstall blökten die Kälber. Das größte von ihnen band Knuchel los, nahm ihm den Maulkorb ab und fragte: »So, was meinst?«

Das Tier hielt die Vorderbeine weit gespreizt, senkte den Kopf, schnaubte und schneuzte, betrachtete von weit unten den Kälberhändler, der näher trat und ihm mit der fleischig-rosigen Hand ins Halsfell fuhr.

»Paßt es dir in den Kram oder nicht? Eier haben wir ihm keine gegeben, aber fette Milch bis genug.« Knuchel trat zurück und knetete mit der rechten Hand das Tuch in seiner linken Achselhöhle.

»Es, es hat gewiß fast ein bißchen einen Hunderücken, gar nicht so fleischig gegen den Schwanz hin.« Schindler betastete den ganzen Kälberleib, strich ihm über die Lenden.

»Hunderücken!? Das wäre mir jetzt noch!« Knuchel griff eigenhändig zu. »Wie das brustet hier, das läßt sich auseinander, breit ist das, alles IA Voressen.«

»Ja, Hans, Brust ist gut und recht, aber nicht mehr so gefragt wie früher. Wer kauft heute denn noch Voressen? Die Metzger wollen schöne Nieren, Kalbsnierchen, das ist Trumpf. Und dazu am liebsten zwei sechspfündige Filets und eine Riesenleber.«

Während Schindler dem Kalb ins Maul reckte und ihm die

Augenbrauen auseinanderzog, um zu sehen, wie weiß es hinter der dumpf-blauen Pupille war, wühlte Knuchel mit einem Stiefel im Stroh auf dem Läger. Er schlug erst mit einer Faust gegen einen Balken des Futterbarrens, trat gegen eine der herunterhängenden Ketten, und vorne auf dem Läger angekommen, schlug er gegen die schwarze Tafel, auf der mit Kreide Blöschs Name sowie die Daten ihrer letzten Brunst und der voraussichtlichen nächsten Kalberung notiert waren. Dazu brummte er, da habe man es wieder, da stopfe man diesen Donnersblöschkälbern die Milch noch fast hinten hinein, damit sie ja brusten würden, und dann wolle dieser Kälberhändler plötzlich mehr Fleisch im Schwanzgriff. Nicht zum Dabeisein sei so etwas.

»Ja weißt du, Hans, vielleicht meinst du es auch zu gut mit der Milch.« Schindler rieb sich an seinem blauen Hemd die Hände sauber. »Du hast halt viel Eisen im Boden, zu gutes Wasser. Gesund ist das ja, aber rotes Kalbfleisch, Gopfridstutz! Dieses hier ist gewiß auch wieder fuchsig. Und wenn sie mir einen Abzug machen? Vielleicht müßtest du halt doch, he ja, frag doch mal auf der Genossenschaft, man könnte doch ...«

»Das wäre mir jetzt noch! Milchpulver und Kälbermastzusatz. Milch haben wir selber!« Knuchel spürte das Würgen, gleich mußte es ihm in den Hals steigen. Hastig sagte er: »Also wenn dann unsere Milch nicht mehr gut genug ist, dann frage ich mich, mit was man überhaupt noch mästen kann!«

»Du hast ja gute Ware, ich will doch nichts dagegen sagen, behüt'is auch, aber die finden heute halt manches heraus, wie man am besten füttert und wässert und mästet.«

»Ja, ja, dir würde es auf alle Fälle auch nicht schaden, wenn du darüber etwas mehr wüßtest! Schwer und feist bist du geworden. Es ist beim Donner wahr. Aber sag! Wie hast du es jetzt? Willst es aufladen oder nicht?«

Schindler schielte sich auf den eigenen Leib. »Du, Hans, man muß doch fressen, solang man kann. Wer weiß denn, was es im Himmel oben gibt? Viel werden die nicht auftischen. Bäzi-Wasser gibt es dort sicher nur noch in ganz winzigen Cheiben-

Gläschen. Und du weißt es ja, lieber einen Ranzen vom Fressen als einen Buckel vom vielen Schaffen. He, he, he, he!«

»Aber das Blöschkalb, willst es?«

Schindler hörte auf zu kichern. »Habe ich dir schon einmal ein Kalb nicht abgenommen?«

»Abgenommen! Abgenommen! Das ist ja präzise, als ob du mir damit einen Gefallen tun würdest! Überbezahlt hast du sie sicher nie. Sag jetzt nur noch, du hättest dabei Geld verspielt!«

»Das nicht, aber Millionär bin ich auch nicht geworden, und überhaupt, Hans, es sieht gar nicht gut aus im Kälberhandel, gar nicht. Man tut, was man kann, und trotzdem, jetzt muß ich auch noch mit Großvieh handeln, eh ja, ich wollte dich ja noch fragen, hättest nicht auch noch eine Kuh?«

»Jetzt im Brachmonat? Wo schon fast der Heuet kommt? Das wäre mir noch.«

»Auch kein Rind?«

»Kannst denken, Fritz. Aber wenn du schon mit Großem handeln willst. Im Dorf oben, da kannst du den Pestalozzi holen.« Grinsend zeigte Knuchel mit dem rechten Daumen über seine Schulter in Richtung Innerwald. »Dort steht ein müder Muni.«

»Sag es recht, ist dir doch nicht ernst?«

»He ja, dem welschen Herrn tut die Höhenluft nicht gut. Die einen profitieren, die anderen werden krank davon. Aber auf mich hat ja niemand gehört. Sie wollen ihn aber noch aufpäppelen, mit Spritzen, aber wirst sehen, es geht nicht mehr lange, und wir müssen ihn verkaufen.«

»Es ist gewiß gut, daß du mir das sagst, nicht daß es mir an Großem fehlen würde, gar nicht, manch einer muß jetzt zwei, drei Kühe verkaufen, weil ihm die Mäuse das halbe Grasland kaputt machen.«

»Gell, das ist schlimm. Du, da gibt es Matten, die sehen aus, gerade wie wenn ein Besoffener mit dem Pflug darin rumgekarrt wäre. Ein Scherhaufen neben dem anderen. Ganze Äcker mußten wir hier ja noch keine striegeln, aber sie tun wüst, wüst wie ein Hund, und jetzt machen sie im Dorf oben den Feldmauser schlecht. Uhgh, wie die jammern, und weißt du was, der Teufel hat es gesehen, aber sogar wegen meinem Spanier tun sie noch dumm. Ich muß ihn gewiß bald wieder gehen lassen, wenn ich nur wüßte wie und wohin?«

»So, was Donners ist denn das?« fragte Schindler und setzte sich auf die Stallbank.

»Der Käser, der Ammann, alle tun dumm. Das halbe Dorf redet blödes Zeug und will ihn hänseln. Und dem Bodenhofbauer seinen Italiener noch gerade dazu. Ungefreut ist das. Dabei ist er doch ein guter, ein bißchen klein, aber willig.«

»Gerade groß ist er nicht. Aber was kann er denn, dein Spanier?« fragte Schindler.

Knuchel steckte seine Hände in die Überhosentaschen, zog sie gleich wieder hervor, verwarf sie und sagte laut: »Werken! Werken kann er! Ist das nichts? Und anstellig wie nicht schnell einer ist er auch. Nein, Fritz, das ist nicht nur so ein Hüterbub, den kann man gebrauchen. Eingekleidet haben wir ihn ja auch. In Sandalen ist er gekommen, aber jetzt hat er Rustig: Stiefel, anständige Hosen, alles, was man so braucht zum Werken.«

»Ich könnte ja mal, eh ja, es ginge ums Probieren, vielleicht könnte ihn ein Metzger ... die tun ja auch immer, als gäbe es im ganzen Land niemanden mehr, der etwas arbeiten möchte.«

»Du, Fritz, warum nicht? Dankbar wäre ich dir. Jetzt muß ich noch in den Dienst, beim Donner gerade während dem Heuet, aber dann, he ja, wenn ihn jemand gebrauchen könnte, ich habe ja immer gemeint, da kommt schnell eine Kuh mit größeren Hörnern durchs Dorf, aber nein, schlimmer ist es geworden, man kann ihn kaum mehr allein in die Käserei schicken.«

Schindler stand auf, trat vor den Stall und sagte: »Hab keinen Kummer, Hans. Es wird sich geben, es soll an mir nicht fehlen. Nur garantieren will ich nichts. Aber wo ist er, dein Spanier? Er könnte doch helfen, beim Aufladen.«

Als das Blöschkalb des Maulkrattens entledigt im Transportkäfig auf dem Anhänger stand, schnupperte es an dem ausgebreiteten Stroh herum, glotzte dabei zwischen den Holzlatten hindurch, schüttelte sich, als fröstelte es, zwinkerte auch mit den Augen: Es stand zum ersten Mal im Sonnenlicht.

Knuchel holte noch den Verkehrsschein aus der Stube, und Schindler schaute nach, ob die Ohrmarke auch damit übereinstimmte. Er faltete das Papier zusammen und sagte: »Also, wir wollen sehen, wie es herauskommt, wenn es über 120 kg macht, die Stötzen vollfleischig und weiß sind, dann rechnen wir mit dem heutigen IA-Bankkälber-Preis. Ich komme dann vorbei, in einer Woche oder so.« Und dann rollte, nach einigem Händeschütteln und wiederholtem Hin- und Hergrüßen, der LANDROVER mit dem Anhänger über den Hofweg davon. Wieder polterte die Holzkiste auf der Ladefläche. Zwischen den Latten hindurch sah Ambrosio in weiß-roten Streifen das Kalb.

Knuchel hatte die untere Hälfte der Stalltür von innen wieder zugezogen. Er lehnte sich dagegen, seine Ellbogen lagen auf dem Rand des Türflügels. Mit einer Hand kratzte er sich am Unterarm, die andere Hand ließ er hängen. Wie Zacken an einem gabelähnlichen Werkzeug wirkten die gespreizten Finger vor dem gebleichten Holz.

Ambrosio schaute in die Hofweide hinunter. Keine der Kühe hatte sich beim Grasabrupfen unterbrochen.

In Maulecken glänzte Milch und Morgenkaffee. Es war Sonntag. Die drei kleinen Knuchelkinder saßen auf der Eckbank hinter dem Küchentisch. Heute kauten sie gemächlich. Bald zu der einen, dann wieder zu der anderen Seite blähten sie ihre Gesichter. Machten sie sich ans Herunterschlucken, so zogen sie ihre sonst kaum sichtbaren Brauen hoch, sperrten ihre Kugelaugen noch weiter auf und streckten dazu die Hälse wie würgende Schwäne.

Den Kindern gegenüber saßen die Großmutter und die Bäuerin. Ambrosio hatte seinen Platz auf einem Taburett neben Ruedi am unteren Ende des Tisches. Der Platz oben war leer. Knuchel war seit einer Woche im militärischen Wiederholungskurs.

Bevor er am vergangenen Montag unmittelbar nach der Morgenmelkung in der Uniform den Dorfweg hinaufgeschritten und beim Wäldchen verschwunden war, hatte auf dem Hof tagelang eine ungute Stimmung geherrscht. Mensch und Tier waren aneinandergeraten, im Stall hatte es Fußtritte, in der Stube böse Worte abgesetzt. Abends mußte sich Ambrosio länger als üblich das unerklärliche Klopfen anhören, das die Tragbalken des Hauses erschütterte.

Unablässig, wie gehetzt, hatte der Knuchelbauer vorgearbeitet. Auf der Genossenschaft hatte er Vorräte für mehrere Monate eingekauft. »Für wenn ich dann im Dienst bin«, hatte er immer wieder gesagt. Plötzlich hatte er auch noch jede liegengebliebene Nebensächlichkeit in Ordnung bringen wollen. Sämtliche während seiner Abwesenheit möglicherweise anfallenden Verrichtungen hatte er vorauszusehen versucht, war einmal trotz des ungünstigen Wetterberichtes zum Mähen auf eine Heuwiese gefahren. Ruedi war gekränkt gewesen. »Man könnte meinen, von uns wüßte keiner, wie man eine Heugabel in die Hände nimmt! Daß der uns nicht machen lassen kann«, hatte er gesagt, und Ambrosio, der sich äußerst nutzlos vorgekommen war, hatte Ruedi auf die Schultern geklopft, weil er dessen wässerige Augen bemerkt hatte. Als das Heu dann tatsächlich verregnet worden war, hatte sich die Bäuerin drei Tage lang ausgeschwiegen, ehe sie am vierten, am Samstagnachmittag, doch noch außer sich geraten war.

Obschon weder Platzmangel in der Jauchegrube noch sonst ein dringender Anlaß bestanden hatte, war Knuchel nämlich ganz überraschend mit einer Fuhre Gülle vom Hof weg gegen die Weide hinuntergefahren. Vom Traktorenlärm alarmiert hatte die Bäuerin erst entgeistert den Kopf geschüttelt, war aber dann aus dem Blumengarten auf der Sonnenseite des Hofes, wo sie gerade beschäftigt gewesen war, hinaus und mit Riesenschritten über einen mit Runkelrüben bepflanzten Acker geeilt, um Knuchel noch vor der Weide den Weg abzuschneiden.

In ihrer Entrüstung hatte sie ihr Steckholz gleich bei sich

behalten, drohend erhoben hatte sie es, und dann, als sie kurz entschlossen vor den heranknatternden Traktor getreten war, hatte sie es wie eine Pistole auf den Bauer gerichtet, der sofort runtergeschaltet und gefragt hatte: »Ja was machst denn du jetzt hier?« Er solle den Motor abstellen, hatte die Bäuerin geantwortet, und dann hatte sie gesagt, was sie zu sagen hatte.

Es sei doch einfach nicht mehr zum Dabeisein, seit Tagen habe sie einen Kopf wie ein Bienenhaus, ärger als ein sturmes Huhn fühle sie sich, und zwar wegen nichts anderem als wegen ihm, hatte sie protestiert. Es sei doch mehr, den anderen gehe es nicht viel besser, dem Ruedi sei ganz elend und die Großmutter sage auch nichts mehr, sogar der Spanier schleiche um das Haus herum wie ein geschlagener Hund. Und jetzt müsse also unbedingt auch noch beschüttet sein, unbedingt am Samstag, aber haargenau, damit es wieder den ganzen Sonntag über stinke, wenn man endlich ein wenig Zeit hätte, vor das Haus hinauszusitzen. Sie müsse sich doch fast schämen, hatte sie geklagt. So lange sie sich erinnern könne, hätte nämlich kein Mensch je an einem Samstag das Bschüttfaß von zuhinterst im Schopf hervorholen müssen! Keine Manier sei so etwas, und sie sei gewiß bald froh, wenn er endlich in seinen Dienst gehe, man werde sich nämlich dann schon zu helfen wissen, es sei ja nicht das erste Mal, daß er einmal ein paar Tage vom Hof müsse. Aber er tue gerade so, wie wenn sie selbst noch an diesem Abend mit der ganzen Familie an einen verrückten Ort in die Ferien fahren würde und dann überhaupt kein Mensch mehr auf dem Hof wäre zum Misten und zum Melken, einfach nicht zum Dabeisein sei so etwas! Sollte nämlich das Wetter doch noch umschlagen, so würde sie es doch weiß Gott noch fertig bringen, mit dem Mannenvolk zusammen ein Fuder Heu oder zwei so zu laden, daß es nicht am erstbesten Wegrand umkippe. »Aber eben, du hast nicht so viel Vertrauen in uns«, hatte sie gesagt, und dazu hatte sie sich Daumen und Zeigefinger der rechten Hand aufeinandergepreßt vor das rechte Auge gehalten.

Von einem Schluchzanfall heimgesucht, war die Bäuerin wieder zurück in den Runkelrübenacker geeilt, über das unwegsame Kraut war sie gestolpert, hatte sich aber wieder aufgefangen und umgedreht, um noch zu sagen, es wäre bei weitem gescheiter, wenn sich der Bauer endlich daran machen könnte, die Militärsachen in Ordnung zu bringen, das werde nämlich wieder eine Komedi geben, bis er seine sieben Sachen in den Tornister gepackt habe.

Knuchel war währenddessen vom Traktor heruntergeklettert, hatte sich unter der Mütze im Haarwirbel gekratzt, hatte dann, mit den Fäusten tief in den Überhosen vergraben, den Traktor umkreist, mit den Stiefelspitzen in einem Maulwurfshügel gewühlt und gesagt: »Beim Donner! Wenn man wegen dem nassen Wetter schon nicht heuen kann, he, warum nicht beschütten? Das täte der Weide mehr als nur gut.« Wieder auf dem Traktor hatte er der davonhastenden Bäuerin noch nachgerufen, wegen dem Militärzeug solle sie sich nur keine Sorgen machen, so ein Tornister sei schnell gepackt, und wenn sie nachgeschaut habe, ob am Kaput keine Knöpfe fehlten, dann brauche er auch keinen halben Tag, um den aufzurollen.

Traktor und Jauchefaß hatte er jedoch wieder gewendet, und erst auf einem weit vom Hof entfernten Stück Grasland hatte er am Öffnungsschieber gezogen.

Am Tag danach, beim Tornisterpacken, hatte es auch wirklich noch einmal einen Aufruhr gegeben. Erst hatte Knuchel sein Militärmesser nicht finden können, dann waren noch andere Lücken in der Ausrüstung entdeckt worden. An der Feldflasche fehlte der dazugehörige Becher, und im Schuhputzzeug eine Anstreichbürste. Und der Kaput hatte doch nicht richtig auf den braunen Felltornister passen wollen. Noch spät am Sonntagabend hatte der Bauer auf dem Stubenboden immer wieder vergebens versucht, mit seinen Händen und Knien den dicken grünen Stoff vorschriftsgemäß aufzurollen. Bis in Ambrosios Kammer hinauf war sein Fluchen über das Dienstreglement gedrungen.

Aber jetzt herrschte Ruhe in der Küche.

Die Bäuerin stellte noch ein frisch eingemachtes Glas Johannisbeerkonfitüre auf den Tisch und schnitt dicke Scheiben von einer Züpfe, die sie sich gegen ihren Busen preßte. Die dickste Scheibe schob sie Ambrosio hin. Dann begann auch sie wieder zu kauen. Rötliche Ränder formten sich um die Münder der Knuchelkinder. Gesprochen wurde nicht.

Als vom Scheibenstand die ersten Schüsse daherknallten, sagte die Großmutter: »So ist das. Heute muß also auch wieder geschossen sein.« Die Bäuerin nickte und sagte nach einer Weile, noch immer kauend: »Der Hans vermag auch kaum zu warten, bis er den Karabiner unter dem Bett hervorholen kann.«

Darauf legte die Großmutter ihre fast männlich anmutenden Hände, die wohl zerfurcht und abgenutzt, aber auch weich und mit den bräunlichen Flecken äußerst lebendig aussahen, wie eine Schale um ihre Kaffeetasse, balancierte sie vor ihrem Mund, als wollte sie gar nicht trinken, sondern lediglich Wärme aufnehmen, und sagte: »Dann hat man ihn wenigstens nicht in der Küche. Daß der jetzt einem am Sonntag immer auf den Füßen rumstehen muß. Uhgh, bin ich jedesmal froh, wenn er zum Scheibenstand hinauf oder sonst ein paar Schritte über Land geht. Da kann man wenigstens in Ruhe das Suppenfleisch auf den Herd stellen.«

Die Bäuerin fixierte einen der blauen Tupfen am Milchkrug und sagte: »Ja, wenn der Hans nicht arbeiten kann, dann weiß man gewiß kaum, was anfangen mit ihm.« Und als sich Ruedi erhob und ankündigte, er sei dann nicht da zum Mittagessen, kam nur ein abwesendes »So, so« über ihre Lippen.

Mit Ruedi ging auch Ambrosio vom Tisch. Die Knuchelherde war schon auf der Weide, aber die Kälber waren noch im Stall, und eines hatte Eiter an einer nur langsam abtrocknenden Nabelschnur. Darum wollte sich Ambrosio zuerst kümmern. Dann mußten die Mäusefallen kontrolliert, geleert und neu gestellt werden, auch hatte der Bauer verlangt, daß das für die Hausschlachtung bestimmte Mastschwein jeden Tag nach dem Morgenessen für eine halbe Stunde aus dem Pferch rausgelassen werde. In einem völlig aufgewühlten, jedoch besonders dazu bestimmten Gehege hinter dem Hühnerstall sollte es sich im Dreck rollen und austoben.

Erst als diese Arbeiten erledigt waren, holte Ambrosio den großen Reisigbesen aus dem Futtergang, um mit Wischen zu beginnen. Er wischte auch auf dem Pflaster vor der Küche. Dort trat die Bäuerin mit Abtrockentuch und Besteck in den Händen unter die Tür und sagte: »Es wird nächste Woche dann doch noch Heuwetter geben, wenn hier alles so sauber gewischt ist.« Und während sie sprach, entglitt ihr das Brotmesser, es fiel zu Boden, blieb aber mit der Spitze in der Türschwelle stecken. Die Bäuerin erschrak, sprang zurück, und hinter ihr schaute die Großmutter auf das im Holz federnde Messer. »Was machst jetzt du?« fragte sie.

Die Bäuerin lachte, packte den Messergriff und sagte: »Wirst sehen, wir bekommen Besuch.«

»Wird nicht sein«, sagte die Großmutter.

»Aber etwas liegt in der Luft, wenn so ein Messer stecken bleibt«, beharrte die Bäuerin. »Oder nicht?« fragte sie Ambrosio, der zurücknickte, während er weiter mit seinen Weidenruten ein Halbkreismuster in den Knuchelhofstaub wischte.

Ambrosio fühlte sich gut.

Nach dem Mittagessen hatte er sich zu den Kälbern in den sonst leerstehenden Stall gesetzt, hatte sich dort jedoch ziemlich schnell gelangweilt und war nicht einmal so lange geblieben, um wenigstens einen Zigarettenstummel im Schorrgraben zischen zu hören; ein kleines, feierliches Sonntagsgeräusch, das er zu mögen begonnen hatte.

Statt dessen wollte er zum Galgenhubel hinaufspazieren.

Der Galgenhubel war ein dem Dorf vorgelagerter Hügel, auf dem sich Ambrosio bei trockenem Wetter schon ein paarmal mit Luigi und mit dem Feldmauser zu einem Schluck aus einer mitgebrachten Flasche getroffen hatte.

Über den Hofweg schreitend dachte Ambrosio an die Knuchelbefehle, an all die Ratschläge und Anweisungen, die ihm der Bauer vorgestikuliert hatte. Er dachte an die Arbeiten, die er in der kommenden Woche noch zu erledigen hatte. Die Erdäpfel mußten vor Knuchels Rückkehr gespritzt werden. Das durfte er auf keinen Fall vergessen. Knuchel hatte ihm gezeigt, wie der auf dem Rücken tragbare Spritztank zu handhaben war, hatte dazu auch erklärt, daß die ersten beiden Furchen links außen im Acker kein Gift brauchten. Kein Tropfen solle dort auf die Stauden fallen. Diese Erdäpfel seien für den Eigenverbrauch, und weder die Schweine im Stall noch die Frauen in der Küche hätten eine Vorliebe für besonders große Exemplare. »Die Hauptsache ist, sie schmecken gut und halten sich brav im Keller«, hatte er gesagt.

Oberhalb des Wäldchens hörte Ambrosio ein Keuchen. Es war ein von körperlicher Anstrengung zeugendes, unterdrücktes Stöhnen. Und dann ein Klingeln. Ambrosio sprang zur Seite. Die Frau mit dem Fahrrad! Die Arme starr an der Lenkstange, den Kopf zwischen den Schultern eingezogen, arbeitete sie sich den Dorfweg herauf. Sie lechzte nach Sauerstoff, der Fahrtwind roch nach Schweiß. Das mußte die stämmigste Frau sein, der Ambrosio je begegnet war. Ihre Schenkel waren Hebel, ihre Waden Kolben. Nicht eine Sekunde lang hatte sich ihr Blick von Vorderrad und Kiesbelag gelöst. Die war mit diesem Fahrgestell zusammengewachsen, das war eine Tretmaschine. Und wie stetig sie die Steigung zum Dorf hinauf überwand!

An dem verschlossenen Schützenhaus vorbei durchquerte Ambrosio die Innerwaldner Schießanlage und bemerkte auch schon den Feldmauser, der mit seinem schlappigen Filzhut, mit seinem von angetrockneter Erde befleckten Umhang, wie eine tierartige Ausgeburt der Landschaft auf dem Galgenhubel stand. Der alte Mann hatte seine Stiefel wie Wurzeln im Gras verankert, stützte sich auf seinen Stab und sprach unverständliche Worte über den Langen Berg hinaus. Den näherkommenden Ambrosio beachtete er nicht.

Mit dem Rücken zur grauen Gestalt des Feldmausers saß Luigi auf einem Taschentuch im Gras. Ambrosio schüttelte die ausgestreckte Hand, steckte sich einen Grashalm in den Mund und breitete sein Taschentuch aus, um sich ebenfalls zu setzen.

Beide, Luigi und Ambrosio, trugen ihre braunen Anzüge und hatten sich eine Krawatte umgebunden, auch hielten sie ihre

Arme so auf die Knie gestützt, daß ihnen ihre Uhren groß unter den Manschetten hervor in die Handgelenke rutschten. Ambrosio lachte, und Luigi zeigte mit einer überschwenglichen Geste auf die Felsmassen der Voralpen. Auf Innerwaldner Gemeindeboden war der Galgenhubel der einzige Ort, der einen Rundblick bot, hier konnten sie ihre Blicke nach Süden richten, hier starrten sie beide ins kantige Gebirge, ohne sich vom Feldmauser beirren zu lassen, ohne auf die Worte zu hören, die sie doch nicht verstanden hätten.

Und dem alten Mann genügte ihre stumme Gegenwart.

Und von überall klang das Geläut schwerer Kuhglocken und das Schellen und Bimmeln der Treicheln herauf.

Auf den Dorfweiden, auch auf der des Bodenhofes, die sich vor Luigi und Ambrosio zwischen Scheibenstand und Dorfweg ausbreitete, war das Gras kräftig nachgewachsen. Diesem Sonntag waren ein paar Regentage vorausgegangen.

Manch ein Innerwaldner Rindvieh fand den Nachwuchs allerdings nicht kräftig genug, denn auf einigen Schnittfutterwiesen neben den Weiden stand das Gras doch um etliches dichter, in saftigere Halme aufgeschossen. Dazu waren die Kühe durch die Mäuseplage wochenlang um viele Quadratmeter Weideraum geprellt worden. Innerhalb der ungeduldigen Herden hatten sie sich verstärkt behornen müssen, der Kampf ums Gras war härter geworden, und sie ließen sich von dem bißchen neuen Grün auf den doch schon mehrmals abgeweideten Schollen nicht davon abhalten, hie und da einen Blick durch den Stacheldraht aus der Hofweide hinaus zu wagen. Längst wußte jedes Kalb, daß auf der anderen Seite der stattlichen Zäune der Rotklee blühte.

Und dies trotz des Regens, der durch Ausspülen und Überschwemmen der Gangsysteme mit der unbehinderten Ausbreitung der Mäuseplage Schluß gemacht hatte. Starke, den Nagetieren verhaßte Temperaturschwankungen hatten dazu noch das Ihre getan.

Vielerorts reihte sich zwar weiterhin ein aufgeworfener Erdhügel an den anderen; es gab noch immer zerstörte Kulturen, die in ihrem zerfurchten, aufgewühlten Zustand eher außerirdischen Kraterlandschaften als Innerwaldner Feldern glichen. Bei jedem zweiten braunen Höcker handelte es sich aber um verlassene Nester. Auch auf der Bodenhofweide reichte das jedoch nicht aus, um die Kühe die gekürzten Grasrationen vergessen zu lassen. Roch es doch überall nach Klee, nach Luzerne und Löwenzahn.

»Caramba! Mira las vacas!« Ambrosio stieß Luigi in die Seite. Noch nie hatte Ambrosio auf dem Langen Berg eine Herde so nahe am Zaun entlang weiden sehen wie diese Kühe hier unten. Diese Glocken! Hier wurde doch Protest geläutet.

»Eh! Che cosa vuoi?« fragte Luigi und hob gelangweilt die Schultern.

Die Kühe fraßen sich auf den Zaun an der Dorfwegböschung zu, aber verstreut waren diese Tiere über eine ungewohnt kleine Fläche. Jede Kuh hatte knapp genug Weideraum, um ihren Schwanz ungehemmt gegen Fliegen und Bremsen wedeln lassen zu können. Kratz- und Abfuhrmanöver waren schon schwieriger durchzuführen. Pumpte eine Kuh ihren Blaseninhalt etwas zu ehrgeizig hervor, so zwang der hohe Bogen die nachfolgenden Kühe zum Ausweichen. Dazu hatte sich der Herdenmittelpunkt schon so stark in eine ungewohnte Richtung verlagert, daß drei am rechten Flügel grasende Jungkühe wegen des Weidezauns in Bedrängnis gerieten.

Die eine davon stemmte die Vorderbeine auseinander, zirkelte mit den Ohren und senkte ihren Schädel wie ein Stier in der Defensive. Sie war mit Stacheldraht in Berührung gekommen.

Eine andere ließ sich zu einem Kniefall verleiten, streckte ein Bein weit von sich, um ihren Hals und ihre Vorderhand flach auf den Boden zu legen. Ihre Schelle war verstummt. Gierig schob sie ihren Schädel unter dem Zaun hindurch und machte sich mit ihrer Zunge an den Löwenzahn am Dorfwegrand.

Eine dritte schabte wie wild Moos von einem Zaunpfahl.

Ambrosio staunte. Luigi tat unberührt.

Und der Feldmauser sprach melodielos weiter, rhythmisch stieß er seine Worte hervor, den Blick über die Hügel hinweg auf den Horizont gerichtet: »Und immer mit den Zehen im Dreck und im Mist, wie Leder hatten wir Füße, jawohl, wie ich Bub gewesen bin, wie Leder, im Sommer sind wir immer barfuß gegangen, da gab es keine Schuhe für uns, das wäre mir noch, Schuhe im Sommer, jawohl, bis weit in den Winter hinein, und war das Gras manchmal kalt, wie Eis ist das am Morgen, und wenn wir die Kühe von der Weide holen gegangen sind, jawohl, da haben wir uns fast die Zehen abgefroren, manchmal haben wir einen Flecken gesehen, zerdrücktes Gras, wo eine Kuh gelegen hat, da sind wir dann hingerannt, dort war der Boden warm, so lange wie möglich haben wir dort gewartet, und nachher sind wir hinter dem Vieh hergerannt, und manchmal sind die Füße so kalt gewesen, daß wir beim Teufel ...«

»Caramba!« Ambrosio sprang auf.

Eine getigerte Kuh von mittelgroßem Stockmaß trottete aus dem Schoß der Herde heraus auf den Zaun zu. Wackelköpfig ging sie dem Stacheldraht entlang. Ihre Schelle bimmelte Entschlossenheit. Bei dem Pfahl, der mitten aus einem von Maulwurfshügeln durchsetzten Stück Boden ragte, blieb sie stehen, muhte, gabelte sich den oberen Stacheldraht auf die Hörner, streckte den Hals, und raus kam der Pflock. Noch hing er in den Drähten, federte. Doch wie die getigerte Kuh ihre Hörner wieder frei bekam, setzte sie eine Klaue darauf, stieß ihn um und trampelte den Zaun nieder.

»Hijo de puta«, sagte Ambrosio. »Porco Dio«, sagte Luigi. Die Bodenhofkühe steckten ihre Köpfe zusammen, muhten in den verschiedensten Tonlagen, streckten ihre Leiber, wandten sich um und trotteten über den niedergerissenen Zaun die Böschung hinunter auf den Dorfweg.

Zeit wurde keine vergeudet. Die Kühe gingen ran an das Futter. Schon fehlte am Wegrand der Löwenzahn, und während sich die waghalsigsten den Rotklee in knackenden Büscheln aus der dahinterliegenden Heuwiese am Galgenhubelhang rupften, machten sich einige andere Kühe ein kurzes Stück wegabwärts kurz entschlossen in den dort angelegten Kabisacker.

Der Feldmauser knirschte mit den Zähnen, löste sich aus seiner Erstarrung, unterbrach sein leierndes Selbstgespräch und setzte sich neben Luigi ins Gras. »Beim heiligen St. Ulrich! Dem Bodenhofbauer seine Ware auf dem Dorfweg!« kicherte er, schlug erst sich und dann Luigi aufs Knie, stocherte mit dem Stab im Boden, zeigte gegen das Dorf hinauf und sagte: »Jetzt kommt gewiß noch die Hebamme. Beim Pfarrer hat sie diesmal wohl nur eine Tasse Kaffee bekommen. Dort ist sie, schaut, wie sie schon den Gring einzieht, die kommt jetzt gerade richtig!«

Auch Luigi bemerkte die Frau mit dem Fahrrad. »La levatrice! La levatrice!« jauchzte er, sprang auf und schrie: »Qué donna! Qué donna!« Er ballte die Fäuste vor der Brust. Seinen rechten Arm würde er hergeben, wenn er nur einmal eine Nacht mit dem linken Bein dieser Frau verbringen dürfte. Mit einem Schenkel wäre er zufrieden! Diese Frau habe ja solch göttliche Beine! schwärmte er hüpfend und tanzend, dann riß er seine Arme auseinander, als wollte er einen Baumstamm umfassen. Was er nie geschafft hatte, das würde diesen Kühen da unten gelingen. Hier gab es kein Vorbeisausen!

Um eine Wegbiegung kam die Hebamme auf die ausgebrochene Herde zugerast. Sie klingelte. Ihr Tempo drosselte sie nicht. Ununterbrochen klingelte sie, klingelte, obschon sie eine Hand von der Lenkstange nahm und fuchtelte. »Weg da! Weg da!« rief sie. Erst im letzten Moment betätigte sie die Bremsen. Staub löste sich vom Kiesbelag, sie rutschte mit blockierten Rädern bis an eine Kuh heran und begann, noch bevor sie von den Pedalen stieg, auf das Tier einzuhauen. »Was ist jetzt das auch für eine Sauordnung! Und das an einem Sonntag!«

Doch keine der Kühe kümmerte sich um die Frau, die ihr Fahrrad an den Wegrand stellte und dabei die drei Männer auf dem Galgenhubel erblickte.

»Aber das ist doch nicht menschenmöglich! So etwas, also nein.« Sie stieg den Hang hinauf und rief: »Jetzt sitzt ihr da oben und schaut zu! Anstatt daß ihr runterkommt und das Vieh ab der Straße treibt.« Sie unterbrach sich, blieb stehen, hob eine Hand über die Augen und streckte den Hals, ganz genau musterte sie die drei Gestalten. »Sind da etwa die Ausländer dabei?« fragte sie. »Das habe ich mir doch gedacht! Aber jetzt kommt ihr sofort runter und treibt mir den Muni ab der Straße! Aber sofort! Habt ihr gehört!« Erbost stapfte sie den Hang entlang, stützte sich mit einer Hand, rutschte dennoch aus und brachte im Fallen den Rock durcheinander. Wie zwei eigenständige Leiber lagen die stämmigen Schenkel im Gras. Weiß wie Milch leuchteten sie. Luigi schluckte, vergaß den Mund zu schließen. Ambrosio setzte sich wieder. Er kratzte sich an der Glatze. So viel Fleisch an einem Bein! Der Feldmauser lachte und rief: »So, hast die Maus erwischt?« Dann sagte er triumphierend: »Gell, die Kühe!«

Die Hebamme fuchtelte mit den Armen zurück, rappelte sich auf, eine Hand am Rock, die andere stützend am Hang. »Jetzt kommt ihr sofort und macht, daß dieser Muni ab der Straße kommt!« rief sie.

»Wenn das ein Muni ist, dann bin ich auch einer! Und dann bist du, weißt du was?«

Die Hebamme machte kehrt, kletterte den Hang hinunter, hob ihr Fahrrad auf die Wegböschung, hob es über den niedergetrampelten Zaun, schob es zwischen den Maulwurfshügeln hindurch um die Kühe herum zurück auf den Weg, schwang sich in den Sattel und sauste gegen das Knuchelwäldchen hinunter davon.

»Qué mujer«, sagte Ambrosio. »Mamma mia«, sagte Luigi. Der Feldmauser kicherte.

Als Ambrosio und Luigi die Bodenhofkühe in die Weide zurückgetrieben und den zerstörten Zaun notdürftig wieder hergerichtet hatten, verabschiedete sich Ambrosio. Noch war es viel zu früh für die Abendmelkung. Daß sich die Knuchelkühe wohl noch gar nicht aus den hinteren Ecken der Weide zu der Hofstatt heraufbemüht und dort beim Gatter versammelt hatten, vermutete er. Gewöhnlich standen sie sich, bevor sie zur Tränkung und zum Melken hereingeholt wurden, noch eine Stunde gegenseitig auf den Klauen rum und spendeten sich, schien die Sonne, auch gegenseitig Schatten. Würden sie auch heute ... Die Bodenhofkühe hatten ihn mit ihrer Zaunschändung daran erinnert: Hatte sich in der Knuchelherde nicht auch eine Vorliebe für unter Stacheldraht blühenden Löwenzahn bemerkbar gemacht? Hatten Bäbe und Bössy nicht verdächtig oft ganz nahe am Zaun gestanden? War Blösch nicht mit einem Horn in der Erde herumstochernd auf einen Maulwurfshügel losgegangen?

Und kaum war Ambrosio ein paar hundert Meter auf dem Dorfweg ausgeschritten, sah er ein Hornpaar, darauf einen ganzen Kuhschädel. »Hijo de puta!« Hinter der Anhöhe der Schießanlage läuteten Ambrosio vertraute Glocken, dort weidete die Knuchelherde.

Ambrosio rannte los, quer durch die Wiese zum Hügelrand: Da stand Bäbe, kauend und glotzend, dort weidete Scheck und Flora, weiter unten standen Stine und Fleck im kniehohen Klee, und im allerüppigsten, im allerfettesten Grün, unmittelbar vor den verschlossenen Läden des Schützenhauses, dort biß Blösch ins allerschönste Gras.

Wie Schlangen drängten sich die vom Wiederkäuen noch grünen Zungen aus den Flotzmäulern der Knuchelkühe. Vor der Abendmelkung wurde Eivimi geleckt. Die Kauflächen der Backenzähne unten quetschten es gegen die zahnlosen Gaumen in den Oberkiefern.

Die Stalluft bebte, sie war erfüllt von tierischer Gier.

Im Futtergang hatte Ambrosio kurz gezögert. War es noch zu verantworten, diesen Kühen solch hochwertige Nahrung zu verabreichen? Würde sich die überschüssige Energie wirklich nur in den Milchdrüsen speichern, oder würde sie zu einem weiteren Übermutstaumel in der Herde führen? Nur kein zweiter Weideaufstand! Ein Ausbruch durch das Knuchelwäldchen hinauf, quer durchs Gebüsch auf die unberührten Wiesen der Schießanlage genügte.

Trotzdem hatte Ambrosio keine Schwierigkeiten gehabt, sich gegen eine Kraftfutterkürzung zu entscheiden. Wie gestern, wie vorgestern hatte er einen der Säcke auf dem Stapel gepackt, hatte ihn sich aufgeladen, um ihn direkt von der Schulter weg in die Futterrinne zu schütten.

Er hatte noch einen halben Sack über die berechnete Ration hinaus dazugegeben. Er wollte ganz sicher sein, daß es klappte mit der Milchproduktion. Während seiner Alleinherrschaft im Knuchelstall sollte sich der Melkertrag um keinen einzigen Liter verringern. Dafür wollte Ambrosio unter allen Umständen sorgen. Und wenn er zum Wasserschlauch greifen mußte.

Aber nicht Ehrgeiz allein hielt ihn davon ab, die Knuchelherde in der Futterrinne zu bestrafen. Ambrosio war seit dem vergangenen Sonntag, als er sie im schönsten Gras hatte stehen sehen, dem Charakter dieser Simmentalerinnen um einiges zugeneigter. Waren sie denn nicht bewußt auf unbändige Freßlust hin gezüchtet worden? Überhaupt fühlte Ambrosio, daß er ihnen bei seiner Einschätzung bis dahin Unrecht getan hatte. Die waren längst nicht so brav, wie sie aussahen, die wußten wohl, daß sie Hörner auf dem Kopf und Kraft im Nacken hatten.

Aus dem Schorrgraben stieg ein feines, von einem Zigarettenstummel herrührendes Zischen.

Die Ellbogen auf die Schenkel gestützt, die Ränder der zu großen Gummistiefel in den Kniekehlen saß Ambrosio auf der Stallbank. Gleich, gleich würde er mit der Melkung beginnen. Er spielte mit seinem Feuerzeug. Der Ballen war kleiner geworden. Ambrosio hatte in Innerwald schon ein beträchtliches Stück der Zunderschnur verbrannt. Juckreiz im Ohr. Er klaubte sich einen gedörrten Kleeschnipsel aus den Haaren im Nacken. Es juckte ihn am ganzen Leib. Das Wetter war endlich umgeschlagen, und man hatte unter dem Kommando der Bäuerin mit Heuen begonnen.

Seit drei Tagen fuhr Ruedi mit den verschiedensten Geräten und Maschinen am Traktor kreuz und quer über die Knuchelwiesen. Er mähte, zettete, wendete. Überall duftete es nach Heu. Gabel um Gabel wurde auf die Wagen geladen. Riesige Fuder wurden gebaut, Heuladungen mit überhängenden Seiten, mit einem Bindbaum – einem runden Balken, der zuoberst der Länge nach über das Heu gelegt und mit einer hinten an der Ladebrücke angebrachten Seilwinde heruntergezogen wurde – kippsicher für den Transport über die holperigen Knuchelwege zusammengepreßt.

Geschwitzt wurde aus allen Poren. Die Bäuerin hatte rot gebrannte Oberarme. Die Großmutter brachte die Verpflegung auf die Felder hinaus. Weidenkörbe voll. In rot-weiß gestreifte Tücher gewickelten Käse, Landjäger, Brot und literflaschenweise, doch in nie völlig ausreichenden Mengen Minzentee und Apfelsaft.

Und jetzt, während auf einer Wiese noch nicht ganz trockenes Heu wegen Rauhreif und Regengefahr für die Nacht zusammengerecht und auf Heinzen gehängt wurde, war Ambrosio schon allein voraus zum Misten und Melken in den Stall gekommen. Die Kühe hatten auf einen Weidegang verzichten müssen. Tagsüber waren sie drinnen besser vor dem Ansturm der Insekten geschützt. Bei Ambrosios Erscheinen waren sie aus dem Stroh gefahren und hatten, vom Kraftfutter angelockt, ihre Schädel in den Futterbarren gesteckt. So war das Läger hinten zum Saubermachen zugänglicher geworden. Bereits gab es unter jedem Euter Platz für Eimer und Melkstuhl. Ambrosio hatte das saubere Stroh zurückgeschoben, den Mist hatte er aus dem Stall gekarrt, und gleich, gleich würde er ins Melkfett greifen. Nur noch eine halbe Minute. Ambrosio fühlte die Schwere in seinen Gliedern. Ein Tag im Knuchelheu. Mit diesen Riesenwerkzeugen, bei dieser Hitze! Nach Knuchelmanier krempelte Ambrosio die Ärmel an seinem Kittel hoch.

Blösch muhte. Sie hatte ihre und auch einen guten Teil von Spiegels Kraftfutterration weggeschleckt. Sie stellte ihre Hinterbeine weiter auseinander. Ihr milchpralles Euter war eingeklemmt zwischen den Unterschenkeln. Sie wollte ihren Schädel aus dem Futterbarren ziehen. Die Hörner prallten krachend gegen das Holz.

Auch Bössy war unruhig. Ein halbes Dutzend auf Milch lauernde Katzen kauerten hinter ihr im Stallgang. Doch Ambrosio hatte jegliches Blechgeklimper vermieden, noch tropfte das undichte Euter nicht. Wie Blösch wollte Bössy ihren Schädel zurückziehen, dabei wich sie mit der Hinterhand bald nach rechts, dann wieder nach links aus.

Ambrosio stopfte das Feuerzeug in die Tasche und unterdrückte die Lust, mit einem Stiefel weit auszuholen und mitten in den Katzenhaufen zu treten.

Diese frechen Viecher! »Carajo!« Warum jagt ihr nicht Mäuse?

Zwischen Stallbank und Tür waren die Kälber festgebunden. Sie zogen an ihren Stricken. Eins blökte. Tienen hambre. Ambrosio streckte sich. Er nahm die STEINFELS-Seife vom Regal. Die Kälber mußte er heute wohl selber tränken, die Knuchelkinder spielten auf den abgeernteten Wiesen. Sie bauten sich unter den Heinzen Schlupfwinkel aus Heu, in denen sie sich versteckten und kicherten. Heute würden sie sich nicht herbeischleichen, um Ambrosio unter einer Kuh hindurch anzulachen, um wegzurennen, wenn er eine Zitze auf sie richtete und ihnen einen weißen Strahl nachsandte. Ambrosio betrachtete einen der Kälberköpfe. Alles und alle sahen sich ähnlich. Diese ausgeprägten, in ihrer kindlichen Rundheit dennoch stumpf wirkenden Formen, die Massigkeit, diese einfallenden Kurven zwischen Mundpartie und Schädel, die wülstigen Lippen, dann die straffe Haut um die Augen. Immer neu erinnerten ihn diese Eigenheiten der Kälber an typische Innerwaldner Gesichter. Hatten sie nicht alle, im Dorf oben und auf dem Knuchelhof überaus schwache Backenknochen? Wülste unter dem Kinn? Genau wie hier bei diesem Kalb diese Hautreifen am Hals?

Und die stark betonte Schädelwölbung mit so wenig Muskulatur darunter! Und die breite Stirn mit diesen an Beulen erinnernden abgerundeten Ecken, die oft aussahen, als könnten sie zu Hornhöckern gedeihen! Und der hochentwickelte Kopfnickermuskel im Nacken, und dann dieser Blick unter den zumeist unbehaarten Brauen hervor! Kälberhaft!

Und wie war es mit ihm selbst? Wenn er auch schon ...

Prüfend fuhr er sich über Kinn und Mund. Er war erleichtert, noch war die Haut an seinem Hals straff gespannt.

Er traf die letzten Vorbereitungen und setzte sich, den Eimer zwischen den Knien, die Hände fettig, unter Bössys Euter, das zum Vergnügen der Katzen zu tröpfeln angefangen hatte.

Hin und wieder beugte sich Ambrosio während des Melkens zur Seite, spähte durch den Stallgang auf die Tür. Vielleicht würde dort doch noch ein Blondschopf auftauchen.

Ambrosio zerbrach sich erfolglos den Kopf, er konnte es nicht verstehen: Schon gleich nach Knuchels Rückkehr aus dem Wiederholungskurs der Trainsoldaten begann abends das Klopfen wieder lauter zu werden. Zwei Wochen lang hatte es täglich etwas mehr abgenommen, und jetzt ging es wieder, bum bum bum, durchs Gebälk im Haus.

Und die Katzen wurden wieder frecher. Mehrmals hatte sie Ambrosio zum Stall hinaus auf die Felder gejagt. Vergebens. In der Gegenwart des Bauern nestelten sie schon Stunden vor der Melkung im frischesten Stroh.

Auch das Verhalten der Bäuerin änderte sich. Stolz war sie; die Hälfte der Heuernte hatte man ohne Knuchel problemlos unter Dach gebracht. Doch von jetzt an lagen die dicksten Brotscheiben wieder neben dem Teller oben am Tisch, und die blauen, roten und gelben Schürzen waren nur noch selten außerhalb von Küche und Garten zu sehen.

Der Bauer selbst war ruhig und ausgeglichen. »Zappelig, aufgedreht wie ein Kälberschwanz ist er eingerückt, und jetzt, jetzt kratzt er sich kaum noch, außer zwischendurch ein wenig am Hals. Der Dienst hat ihm wäger gut getan«, sagte die Bäuerin zur Großmutter.

Wurde der Bauer gefragt, wie es denn gewesen sei beim Militär, antwortete er: »Schön ist es gewesen. Schön, schön. Das Wetter hat es gut gemeint, und am Spatz in der Suppe hat es nie gefehlt. Potz Heimatland, war das ein WK!« Hier preßte er seine Lippen aufeinander und nickte mit dem Kopf wie eine mit den Hörnern am Barren schabende Kuh. »Die schönsten Gäule haben wir heuer fassen können. Das war ein Schauen, wie wir mit denen in den Bergen rumkutschiert sind! Nein, schön ist es gewesen im Dienst, gewiß gerade so schön wie Ferien am Meer.«

Bald kratzte er sich jedoch wieder häufiger an Haut und Haar.

Der Gemeindeammann hatte angerufen, hatte sich erst freundlich nach Frau und Kind erkundigt, war interessiert gewesen zu wissen, wer so alles dabei gewesen sei im Wiederholungskurs, hatte Knuchel sogar mit der Nachricht geschmeichelt, daß der Donners-Pestalozzi schon tagelang zu keinem Sprung zu bewegen sei, daß es also doch noch so komme, wie Knuchel es vorausgesehen habe, daß man wohl oder übel abfahren müsse mit diesem teuren Stier. Aber ob den dann noch jemand wolle, hatte der Gemeindeammann selbst zweifelnd gefragt. Man solle auf alle Fälle vorsichtig sein, so wenig darüber reden wie möglich, das unbedingt, denn noch sei der Pestalozzi weit über den Langen Berg hinaus bekannt, vielleicht ergebe es sich dann doch noch, daß sich die Zuchtgenossenschaft ohne allzuviel Verlust aus der Affäre zu ziehen vermöge.

So hatte der Gemeindeammann einige Zeit von der Stierengeschichte gesprochen, hatte auch noch andere dorfpolitischen Angelegenheiten berührt, um dann auf einmal in verschärftem Tonfall zu verkünden, es habe sich aber, während er, der Knuchelhans weg gewesen sei, noch eine weitere ganz und gar ungefreute Sache zugetragen, bestimmt habe er schon davon gehört, es sei wegen dem Spanier. Mit dem Bodenhofitaliener und mit dem Feldmauser Fritz, diesem alten Laferi, zusammen habe Ambrosio auf dem Galgenhubel gesoffen, und zwar ganz unflätig. Dem Bodenhofbauer seine Ware hätten sie sturm gemacht, bis dann die Hebamme dazu gekommen sei.

Als der Gemeindeammann dann noch erklärt hatte, der Käser habe jetzt wirklich genug, er wolle endlich ein Gesundheitszeugnis sehen und ihm selbst komme die Sache gar nicht gelegen, es wäre ihm lieber, man würde nicht auf dem ganzen Langen Berg von den Ausländern in Innerwald reden, da hatte Knuchel den Telefonhörer schon eine Weile nicht mehr ans Ohr gepreßt, sondern vor sich hingehalten, und stumm hatte er auf die Muschel gestarrt. Es war ihm gewesen, wie wenn daraus lauter unsichtbare Tiere, näselndes, summendes Ungeziefer, und nicht eine Stimme hervorgedrungen wären. Das ist gewiß gerade, wie wenn dieser Großbauer, dieser ewige Alleswisser von einem

Gemeindeammann ganz zusammengeschrumpft hier in der schwarzen Bakelitdose im Hörer sitzen würde. Darauf hatte er aufgelegt.

Gerne hätte er von Ambrosio erfahren, was sich an jenem Sonntag auf dem Galgenhubel zugetragen hatte. Er versuchte auch, mit ihm zu reden, gestikulierte und mimte und fragte und deutete, mischte sogar einige seiner Brocken Französisch unter das Knucheldeutsch, was er vor dem Militärdienst nie getan hatte, doch sämtliche Klärungsversuche schlugen fehl. Hilflos standen sich Knuchel und Ambrosio gegenüber. Aber es konnte nicht sein. So gut hat der mir zur Ware geschaut Ambrosio gesoffen! Auf dem Galgenhubel! Welcher Lumpenhund hat jetzt das wieder erstunken und erlogen? Und mit Kühen soll auch noch etwas gewesen sein. Gerade wie wenn irgendwo in einem Stall eine fehlen würde oder keine Milch mehr gäbe. Der wird jetzt im Dorf oben einer Kuh etwas zuleide getan haben! Das sollen die doch einem anderen erzählen. Der Hebamme glaube ich sowieso nichts mehr. Vielleicht liegt es halt an den Zäunen. Die müssen halt brävere ziehen, wenn ihre Weiden schon so mager und abgefressen sind, daß es keine Kuh mehr aushält!

Daß seine eigene Herde ebenfalls flüchtig geworden war, hatte der Bauer nicht erfahren. Die Bäuerin, die außer Ambrosio als einzige davon wußte, hatte geschwiegen. Sie kannte ihren Hans. Der hätte doch nur triumphiert. Und den Knuchelzaun hatte Ambrosio repariert. Einige Quadratmeter des von den Mäusen gelockerten Bodens hatte er umgegraben, um die Pflöcke neu zu verankern. Auch im Wäldchen hatte er für die Verwischung sämtlicher Trampel- und Mistspuren gesorgt.

Aber es gab noch eine andere Nachricht, die im Knuchelhaar Jucken und im Knuchelhals Würgen verursachte. Der Gemeinderat von Innerwald hatte sich einstimmig dafür entschieden, dem Feldmauser das wegen der Plage erhöhte Mäusegeld sofort um die Hälfte zu kürzen. Der profitiere doch nur von ihrem Pech, mache sich dazu noch mit allerhand Flüchen und Teufelssprüchen über die von der Plage am ärgsten betroffenen Bauern lustig. Eine Schande sei das. Und saufen täte er ärger als ein

Loch. Nein, diesem Mäder Fritz, diesem nichtsnutzigen Schwätzer, müsse einfach besser auf die dreckigen Finger geschaut werden, hatte es geheißen.

Knuchel war anderer Meinung.

»Jetzt behandeln sie den alten Mann wie einen Schulbuben. Wem das etwas nützen soll, das möchte ich wissen. Jetzt, wo er endlich einmal einen kleinen Schübel Geld verdienen konnte, jetzt tun die Möffen präzise, wie wenn er Filzhüte in Streifen geschnitten und als Mäuseschwänze verkauft hätte«, sagte er zur Bäuerin, die zu bedenken gab, daß die verflixten Nagetiere halt doch ungattlig gewühlt hätten, daß sie vielerorts auf dem Langen Berg, auch in Innerwald, mit ihrem nicht wiedergutzumachenden Schaden manchem stolzen Bauern ein Loch in den Geldsäkkel gefressen hätten. »Das kann einen halt schon fuchsen«, sagte sie, worauf der Bauer antwortete, das könne aber unmöglich am Feldmauser Fritz gelegen haben. Schikaniererei sei das. Landauf und landab, überall hätten die Mäuse wüst getan, schlimmer, viel schlimmer als auf dem Langen Berg, er habe es im WK doch mit eigenen Augen sehen können. »Nein, diese Chnuppensager! Es geht ihnen wäger um die paar Batzen Mäusegeld«, sagte Knuchel. »Gerade als ob es ein Schleck wäre, bei Nacht und Nebel, wenn es finster ist wie in einer Kuh, über Land zu gehen. Und der Fritz hat es mir selbst geklagt, das Brunnenwasser mißgönnen sie ihm, jeder macht ihn schlecht, und ausgelacht haben sie ihn, als er kein Gift streuen wollte, weil es auch die Marder, die Wiesel, die Eulen, einfach alles, was Mäuse fresse, kaputt mache. Nein, Frau! Da kannst du mir sagen, was du willst, im Dorf oben hat manch einer mehr Dreck am Stecken als der Fritz an seinen Schuhen!«

Die Bäuerin nickte zwar eifrig Zustimmung, dachte aber, seit der Hans aus dem Dienst zurück ist, redet er mir gar viel von Sachen, die ihm nicht in den Kram passen wollen. Und sie schaute wieder mit Besorgnis auf Knuchels Fingernägel.

Als tags darauf noch der Viehhändler Schindler anrief, kratzte sich der Bauer denn auch eine blutige Wunde in die Haut am Hals.

Wie der Gemeindeammann erkundigte sich Schindler erst freundlich nach Frau und Kind, dann aber gleich nach dem Wohlergehen von Pestalozzi. Wie es denn nun gehe mit dem müden Muni, was man im Stierenausschuß der Zuchtgenossenschaft zu tun gedenke und ob Knuchel etwa schon dieses und jenes zu Ohren gekommen sei, wollte Schindler wissen. Knuchel packte aus, und Schindler war mit den in Erfahrung gebrachten Einzelheiten derart zufrieden, daß er mehrmals kicherte, dann sagte: »Ich offeriere ihnen schon den Wurstmunipreis, die werden mir dann Augen machen wie Pflugräder«, doch nur um plötzlich wie nebenbei von Knuchels Blöschkalb zu reden: »Du, Hans, es tut mir gewiß leid, daß ich dir nicht eher Bescheid machen konnte, aber eben, du warst im Dienst. Das Gewicht hat es gehabt, mehr als genug hat es gewogen, gemästet war es auch schön, aber beim Donner um ein Haar zu rot. Nichts, aber gar nichts konnte ich machen, ich habe mir einen Abzug gefallen lassen müssen.«

Knuchel nahm diese Nachricht schweigend hin, was den Viehhändler beunruhigte, ihn, weil er die Stille in der Telefonleitung irgendwie überbrücken wollte, sogar dazu verleitete, unüberlegterweise zu erwähnen, daß er sich in der Stadt vergebens nach einem Arbeitsplatz für Ambrosio umgesehen habe, worum Knuchel ihn gebeten hatte. Verschiedenen Metzgermeistern und auch dem Personalchef der Fleischfabrik gegenüber habe er die Sache erwähnt, habe dabei aber nur erfahren, daß so ein Ausländer nicht einfach seine Stelle wechseln könne, die Berufssparte schon gar nicht. Nein, da könne nicht jeder tun, wie es ihm gerade passe, sonst komme die Fremdenpolizei. Die Ausländer seien nämlich für jeden Industriezweig kontingentiert. Wenn einer den Bauern zugeteilt worden sei, so habe der in der Landwirtschaft zu bleiben. Da gebe es Reglemente, erklärte Schindler.

Knuchel, der schon dadurch verstimmt worden war, daß man ihn vom Melken weg in die Stube ans Telefon geholt hatte, begab sich nicht unverzüglich in den Stall zurück. Bis das Blut an der wunden Stelle an seinem Hals gerönne, wollte er sich bei den

Schweinen verstecken. Doch die noch ungefütterten Tiere begannen zu quieken. Nach dem Klicken der Türriegel erwarteten sie sofort ihre Tränke, so waren sie es gewohnt, und sie steckten ihre Rüssel in die leeren Futtertröge. »Wollt ihr jetzt auch noch krächzen!« Knuchel hämmerte sich an einem Pferch die Knöchel wund, versuchte einmal mehr vergebens zu urinieren, beugte sich dabei über eine Trennwand und gewahrte das für die Hausschlachtung ausgesonderte Schwein. Ohne ein Auge von ihm zu lassen, sagte er: »So du da! Du hast mir jetzt lange genug die brävsten Erdäpfel gefressen! Du bist doch schon lange fett genug! Warte, ich will schon dafür sorgen, daß du noch diese Woche unter die Messer kommst!«

In der Küche war man über Knuchels Vorhaben entsetzt. »Metzgen?« fragte Ruedi, und die Bäuerin setzte sich an den Tisch, wollte es erst gar nicht glauben, versuchte dann, den Bauern mit eindringlichem Reden zur Vernunft zu bringen. »Muß jetzt mitten im Heuet noch eine Sau zu Tode geschlagen sein? Was ist nicht das? Hans, Hans! Hast an die Fliegen gedacht? Und wo würdest du einen Störenmetzger hernehmen? Und wo würden wir räuchern? Überhaupt hast du gesagt, du wolltest nie mehr zu Hause metzgen lassen, vom Überländer schon gar nicht!« protestierte sie. Währenddessen sagte die Großmutter: »Es ist wäger noch ein kleines Säulein. Noch ganz, ganz mager ist es.« Die alte Frau sprach leise vor sich hin und trug das eben abgetrocknete Geschirr vor Aufregung Stück für Stück wieder vom Schrank zum Tropfgestell.

»Der Überländer ist schon recht, man muß nur aufpassen, daß er nicht gar zu viel Weißen erwischt.« Knuchel blieb unbeirrbar. »Diese Sau wird gebrüht und geschlachtet! Und zwar bevor es Sonntag ist! Und wenn ich sie allein kratzen muß!«

Noch am gleichen Abend bat Knuchel die Bäuerin um die Telefonnummer von Störenmetzger Überländer. Mehrmals mußte er sie darum bitten. Als sie ihm dann einen Zettel hinstreckte und sagte: »Hier, das ist sie: 22 59 67«, da kratzte sich Knuchel an dem Heftpflaster am Hals, das ihm von der Bäuerin wider seinen Willen verabreicht worden war, und meinte: »Willst es nicht gerade einstellen? Sag ihm einfach, wir wollen metzgen. Und ich bezahle gut!«

Fritz Überländer glaubte erst, es handle sich um einen Witz. »Will mich der Hans jetzt zum Löl halten?« fragte er die Bäuerin, und der Bauer mußte selbst zum Hörer greifen, um mit Bestimmtheit darzulegen, daß erstens niemand an einen Streich oder sonst an etwas Saublödes denke und daß man froh wäre, wenn der Überländer noch diese Woche kommen könnte. Er würde schon dafür sorgen, daß es sich auch lohne, sagte Knuchel.

Fritz Überländer zögerte nicht lange. Er habe eine Stelle als Aushilfe. Im Schlachthof arbeite er, da würde er einen Tag frei nehmen, aber einfach so davonlaufen könne er nicht, gab dann auch noch zu bedenken, daß man so mitten im Sommer den Speck und die Schinken doppelt salzen müsse, dem solle Knuchel Rechnung tragen. Es brauche auch mehr Wasser, und ihm wäre es am angenehmsten, wenn man im Futtergang oder auf der Bühne, auf alle Fälle im Schatten, brühen und metzgen würde. Es sei ihm wegen der Fliegen, und he ja, komisch sei es eigentlich schon, sonst habe Knuchel doch immer erst so gegen Mitte November schlachten wollen. Gemäß Kalender wäre das ja auch immer gut gewesen!

»Fritz, mach dir keine Sorgen! Du kannst metzgen und wursten, wo es dir gerade paßt, wenn du nur kommst. Diese Woche ist der Mond auf alle Fälle noch am Wachsen«, gab Knuchel zurück.

8

Luigi und der Überländer zerrten das erste Kalb unter den Rechen. Krummen hielt es am Hals fest. Der Aufhängestrick kam ums linke Hinterbein, gleich oberhalb des Sprunggelenkes. Die Messer hatten sie abgeschnallt, nur der schöne Hügli nicht. Der stand da und fragte sich, ob er auch mit anfassen wollte.

– Schießen! brüllte Krummen durch die Halle. Schießen! Heilanddonner! Wir haben hier nicht den ganzen Tag Zeit! Wir sind nicht bei der Stadt! Chrrrrchüarrrchoooder! Als wollte er sich seine Schleimhäute ein für allemal aus dem Leib spucken, um nie mehr von Juckreiz, um nie mehr von atembehindernden Verstopfungen in der Kehle belästigt zu werden, säuberte sich Krummen den Hals und landete ein schluckgroßes Rotzgeschoß im Konfiskatbehälter.

– Ich komme ja schon! Im Gehen schob Kilchenmann eine Patrone in den Schußapparat. Muß denn immer gejufelt sein? protestierte er halblaut, ohne dabei jemanden anzusehen.

Oben am Rechen glänzte der Haken, und unter dem Kalb griffen sich sechs Hände an sechs kaltfeuchten Unterarmen fest, die drei Männer verriegelten sich um die zappelnden Glieder im zottigen Simmentalerfell. Sie hockten sich in die Knie vor der zu hebenden Last, ihre Wirbelsäulen streckten sich, an den Hälsen traten Adern hervor, der Atem wurde angehalten, und Ho ruck! das Kalb verlor den Boden unter den Füßen, zappelte, der Hals schüttelte sich, die Zunge schäumte, der Kalbskopf röhrte, die Haxen verteilten Hiebe. Luigi zeigte seine Zähne, sein Gesicht war ins Fell an der Hinterflanke gepreßt, Krummens Kiefer zitterte, die Kraft wollte nachlassen. Mach doch! Mit einem Knorzlaut schaffte der Überländer die letzten paar Zentimeter, die Schlinge glitt über den Haken am Rechen, und Kilchenmann nahm Maß: Wie immer, wie hundertmal am Tag, setzte er den Bolzenschußapparat an und paff! Sechs Arme ließen das Kalb fahren. Braten, Gulasch, Suppenknochen, an die 160 kg baumelten an einem Strick, schwangen, aufgehängt, mit der Zunge am Boden, nach vorn und wieder zurück. Drei Tropfen Blut traten aus dem Loch in der Schädeldecke hervor, rannen über die Blesse hinunter. Eine Welt hatte sich auf den Kopf gestellt.

Der Überländer spuckte aus. Luigi säuberte sich das Gesicht. Er vergrub es im trockenen Stück Metzgerbluse am rechten Oberarm.

– Der Nächste! Krummen öffnete die Schiebetür zum Wartekäfig. Wenn sich da gewisse Herren nicht schinieren würden zuzupacken, dann würde es auch leichter gehen!

Luigi hielt das zweite Kalb beim Schwanz, der Überländer griff an den Ohren zu. Es war ein übermästetes Tier, hatte verformte Beine und dumm guckende Augen. Ohne Widerstand zu leisten, ließ es sich in die Halle schleppen, wurde hochgehoben und geschossen, und *je kleiner das Tier ist, um so schneller schlägt das Herz. Fieber, Bewegung, Angst erhöhen die Zahl der Herzschläge.*

– Der da! Krummen zeigte auf das dritte Kalb. Es war kleiner und hatte noch ein Stück seiner Nabelschnur. Sie war braun und angetrocknet, hing wie eine kurze Rute unter dem Bauch. Sein Fell war lockig. Beim Näherkommen der Männer in den Gummischürzen verstrebte es die Vorderbeine und zeigte die Stirn wie zum Spiel. Es wollte stoßen, hornen, trotzen. Luigi lachte. Der Überländer gab dem Kalb einen Klaps auf den Rücken. Es schoß auf wie eine Ziege und hopste in die Kälberschlachthalle hinein. Da es dauernd aufhüpfte, war es schnell unter den Haken am Rechen bugsiert und zappelte auch schon an seinem Strick.

– So, der Stift soll stechen! befahl Krummen. Und der? Was will der wieder? Hinter den aufgehängten und geschossenen Kälbern war der Mann vom Tierspital aufgetaucht. Mit balancierend ausgestreckten Armen stand er auf dem leicht schrägen Boden, auf dem das Blut erst noch spärlich zu rinnen begann. Er trug einen grauen Berufsmantel und trat mit seinen Schuhen nicht ganz auf.

– Ein Herz will ich, aber eins, das noch schlägt! Er hatte einen thermosflaschenähnlichen Behälter mit einer Flüssigkeit darin, die ein sofort herausgeschnittenes Herz noch stundenlang weiterschlagen ließ.

– Experiment! sagte er.

– Was experimentieren die auch immer bei euch? fragte der Überländer.

– Ja, wenn man das wüßte, antwortete der Mann vom Tierspital.

– Also, stich du! sagte Krummen zu dem Überländer. Wir holen noch so einen Krüppelhund von einem Kalb. Dem kannst du das Herz dann nehmen. Und der Stift soll Blut rühren.

Der Überländer schnallte sich seine Messer um, der Lehrling brachte eine Milchkanne und einen Stock. Die anderen zerrten das vierte Kalb heran. Es war bockig und schwer am Boden. Hügli fluchte und griff ihm unter den Augendeckel. Krummen boxte es auf den Schwanzansatz. Du Sauhund! Hü! sagte er.

Der Mann vom Tierspital trat einen Schritt zurück.

Kilchenmann war bereit zum Schuß.

Das längste Messer aus der Scheide des Überländers steckte im Hals des ersten Kalbes, und *bei der Entblutung im Hängen darauf achten, daß Urin und Speichel sich nicht mit aufgefangenem Blut im Auffanggefäß mischen. Das Blut darf weder mit den Händen des Metzgers noch mit der Haut des Tieres in Berührung kommen,* und: paff! Das vierte Kalb zuckte zusammen. Die Glieder ganz an den Körper gezogen, schwang es zurück. Ein guter Schuß für ein übergewichtiges, zappelndes Kalb. Kilchenmann klickte den Schußapparat zum Nachladen auf. Das Kalb blinzelt nicht mehr, sagte er zu dem Mann vom Tierspital. Die leere Hülse schob er sich in die Hosentasche, und *ein Tier ist dann ungenügend betäubt, wenn es bei einer Berührung des Augapfels noch mit den Lidern zwinkert.*

Der Lehrling rührte das Blut der ersten, bereits abgestochenen

Kälber. Der Überländer trat ans vierte Kalb, stach auch das ab und öffnete ihm die Magenhöhle. Er schnitt das Fell auf und forcierte sein Messer durch das knorpelige Brustbein hinunter, indem er, um keine Organe zu beschädigen, mit der Faust am Messergriff in das Kalb hineinlangte und die Klinge nach außen ragen ließ. Bis zum Halsansatz öffnete er den Brustkasten, suchte blind nach dem Herz und zog es zwischen den Lungenflügeln hervor, und *es gibt 3 Kreislaufsysteme: Der große Kreislauf (Körperkreislauf); der kleine Kreislauf (Lungenkreislauf), der Pfortaderkreislauf;* und: Hier, es schlägt noch, sagte der Überländer, der das Herz aus dem Kalb für zwei Sekunden wie ein kleines Tier eingebettet in seinen Händen hielt, bevor er es in den geöffneten Behälter plumpsen ließ.

Das fünfte Kalb wurde aufgehängt und auch sogleich abgestochen. Das Blut wanderte in die Kanne, der Lehrling rührte und rührte, das Fibrin kräuselte sich zu wattigen Flocken und Klumpen, *und der große Kreislauf braucht viel mehr Kraftaufwand als der kleine Kreislauf. Deshalb besitzt das linke Herz eine viel stärkere Muskulatur als das rechte,* aber das sechste Kalb leistete Widerstand.

– So hü, raus mit dem Sauhund! Das Kalb bockte, stemmte sich gegen die Männer. Sollen wir jetzt den Krüppel noch tragen? Der ist viel zu schwer, der übermästete Cheib! Aber raus muß er! Nicht so! Nicht unter die Augendeckel mit dem Finger! Wenn das Dr. Wyss sieht. Krummen verdrehte dem Kalb den Schwanz, als ob er ihn brechen wollte. Das Tier ließ sich nieder, blökte und röhrte, ließ Schaum und Darmsaft über Hände, Schürzen, Stiefel fließen. Beim Stoßen am Hinterteil hatte sich auch Krummen über und über mit gelbem Ausfluß verschmiert. Aber das Kalb bewegte sich nicht.

– Wie hast denn du den Sauhund hergebracht? fragte der schöne Hügli.

– An meinen Fingern lutschen lassen, antwortete der Lehrling.

Vier Finger auf einmal schob der schöne Hügli dem Kalb ins Maul, und das Röhren hörte auf, das Kalb kam auf die Beine, streckte den Hals, machte einen Schritt, noch einen und war aus dem Wartekäfig.

– Ha! Habt ihr das gesehen? Hügli warf sich in die Brust. Er strahlte. Luigi hatte noch immer seine Arme ausgestreckt. Gelb tropfte es von seinen Fingern. Schau! der Schwein! sagte er. Zu gern hätte er noch einmal zugegriffen, noch ein wenig getrieben, gestoßen und in das Fell geklemmt. Krummen ebenso. Er trottete hinter dem Kalb her, als wäre er enttäuscht. Er hätte dem Lumpenkalb schon gezeigt, wer hier der stärkste ist.

Die Männer bückten sich. Am Hinterbein des Kalbes wurde der Aufhängestrick festgemacht, Hälse streckten sich, Hände griffen noch einmal zu, und die Finger festgekrallt, noch einmal: Ho ruck! und paff!

Gleich nach dem Schuß sagte der Mann vom Tierspital: Auf Wiederluegen. Er hatte den Behälter mit dem schlagenden Kälberherz hermetisch verschlossen. Das Kalb am Rechen schwang zuckend nach vorn und zurück. Es hatte drei goldene Striemen auf dem Rücken. Krummen hatte sich an dem Fell noch die verschissenen Hände sauber gerieben. Die Messerscheiden wurden wieder umgeschnallt. Der Mann vom Tierspital hastete davon, ohne mit der ganzen Fläche seiner Schuhsohlen auf dem Boden aufzutreten.

Nach der Wunde zu urteilen hätte die Diagnose einfach METZGERSTICH lauten können, Jakob Haueter ist jedoch durch einiges Ungeschick, nicht zuletzt auch durch eigenes Verschulden auf dem Schlachthofboden in knapp zehn Minuten verblutet. Wie ein richtiger Mörder war Karl Brugger dabei gestanden, und *alle drei Stunden wird im wohlhabenden Land ein Werktätiger getötet. Als Betriebsunfälle gelten Unfälle während der Ausübung einer dem Arbeitgeberbetrieb dienenden Tätigkeit innerhalb oder außerhalb des Betriebsareals.* Und im Gotthardeisenbahntunnel, *Todt oder krüppelhaft waren mehr oder minder 847 Menschen geworden.* Jakob Haueter ist mit dem Messer im Bauch gestorben. Karl Brugger eigentlich auch. Auch der Arbeiter, der ein Gewinde schnitt und die Maschine anschließend rückwärts laufen ließ. Eine Vierkantschraube erfaßte dabei sein Übergewand, das sich um die Antriebswelle wickelte und den Wehrlosen mitriß. Ihm wurde der Schädel geprellt, der Bauch geschürft und ein Knie deformiert, bevor Hals und Brustkorb derart zugeschnürt waren, daß er erstickte. Und damit beschäftigt, auf einem frisch ersetzten Freileitungsmast die Drähte in den Isolatoren zu befestigen, fiel ein Monteur unverhofft leblos in die Gurte, obwohl der Freileitungsstrang spannungslos gemacht worden war. Weil bei einbrechender Dunkelheit eine Fotozelle automatisch die gleichfalls über den Mast führende Straßenbeleuchtung einschaltet, und *da stürzt die Hilfskraft durch die ungesicherte Bodenöffnung, dort fällt der Vorarbeiter beinahe 12 Meter tief auf das erst im Entstehen begriffene Gerüst hinunter, da bleibt ein Maurer zerschmettert vor dem 15stöckigen Hochhaus liegen, dort stützt sich der Maler auf eine vermeintlich sichere Abschrankung und purzelt samt dieser in die Liftgrube, da strauchelt auf einem 35 Meter hohen Autobahnviadukt einer ins Leere, dort kippt der Lehrling eines Plattenlegers mit seiner Karrette über den Balkon,* und hier sticht ein Metzger dem anderen ein Messer in den Bauch. An der Maul- und Klauenseuche erkrankt der Mensch selten. Bei empfänglichen Personen bilden sich Blasen auf den Lippen, der Zunge, im Mund, seltener an Händen, Füßen, Armen, an der Brust. *In Todesgefahr begibt sich der Schlächter bei der Berührung von Milzbrand.* Vorsicht: Jede Wunde mit Jodtinktur desinfizieren. Hände, Arme, Nacken, Hals mit Alkohol waschen. Werkzeuge und Kleider auskochen. Bei den geringsten Gesundheitsstörungen sofort den Arzt konsultieren. Neben Fieber entwickeln sich bei Milzbrand kohlenartige Furunkel auf der Haut, dem Nacken, am Hals, im Gesicht, an den Armen, Händen, Lippen, in der Lunge, im Darm. Zuerst bildet sich ein kleiner roter Fleck, der juckt, dann hart wird und sich mit einer bräunlichen Flüssigkeit füllt. Diese Pustel bricht dann auf, und an ihrer Stelle zeigt sich ein schwärzliches Geschwür. Und die Schweinepest. Und der Rotz. Und die Tollwut. *Und die Bangsche Krankheit ist eine Berufs-*

krankheit der Metzger, Tierärzte und Landwirte. Aber Jakob Haueter ist wegen eines unsinnig in seinen Bauch gestoßenen Messers gestorben. Die Krankheitserscheinungen der Bangschen Krankheit oder Brucellose beim Menschen sind Fieber, Müdigkeit, Schmerzen in Nieren, Leber, Nerven, Kopfweh, Schweiß, Blutarmut und gebückter Gang. Und die Ferkelgrippe. Und der Starrkrampf. Und der Rotlauf. Und die Tuberkulose. Jahrelang hat Jakob Haueter mit einem Drahtnetz unter der Schürze gearbeitet. Auch nicht die feinste Messerklinge konnte durch dieses Drahtgeflecht dringen. Sein Bauch war geschützt vor dem gefährlichen Metzgerstich, dem Todesstoß in die Leistengegend. Aber die Langeweile am Arbeitstisch hat ihn zu Unsinn verleitet. Kalbereien hat er aufgeführt. Kam jemand in seine Nähe, versuchte er ihnen einen Schrecken einzujagen. Er tat, als rutsche er aus, als steche er sich in den Bauch. Frau Spreussiger hat Haueter so zum Schreien gebracht. Und auch Besucher. Und Neue. Er stand am Tisch, beinte Fleischstücke aus und krümmte sich plötzlich zusammen. Erst schreiend, dann lachend. Manchmal kamen Pfadfinder. Saubere Bürschchen in kurzen Hosen und kniehohen Strümpfen. Röhrenknochen wollten sie. Und in ledernen Scheiden trugen sie verzierte Messer am Gürtel. Schöne Knochen wollten sie. Um Krawattenringe zu machen. Und Jakob Haueter mochte die Bürschchen, trieb auch mit ihnen seinen Unsinn, wenn sie mit hervorquellenden Augen auf Haueters um die Knochen flitzendes Messer starrten. Autsch und Gebrüll, und schneeweiß wurden die Bürschchen. Dann kam eine ganze Schule zu Besuch. Studenten oder Gymnasiasten. Alle trugen weiße Mäntel über ihren Kleidern, auf dem Kopf hatten sie Papierhüte und einige auch Schutzhelme, an der Brust hatten sie alle ein Etikett mit ihrem Namen. Wie Lämmer folgten sie dem Schlachthofdirektor in alle Ecken. Jede Maschine wurde erklärt, gerühmt oder enträtselt: Hier geht die Kuh rein, und hier kommt die Wurst heraus. Bei der Kratzmaschine, bei der Schweineenthaarung blieben sie besonders lange stehen und staunten. In einer Stunde kratzt die sage und schreibe 60 Schweinen die Borsten ab. Es war nicht Haueter, der die Aufmerksamkeit der Besucher mit seinem dummen Trick auf sich lenken wollte. Jakob Haueter wußte, daß er an diesem Tag seinen Eisenpanzer nicht unter der Schürze trug. Aber Brugger wußte es nicht, und er war eifersüchtig auf die Maschinen, die alle umstanden, und niemand sah ihn, keiner interessierte sich für seinen Kunstgriff. In dreieinhalb Messerzügen schnitt er den Schweinen, die aus der Kratzmaschine plumpsten, die Köpfe ab. Keiner macht es ihm nach. Nach jahrelanger Übung zieht er den Schweinen seine Klinge wie ein japanischer Säbelkünstler um die Backenknochen, den Kiefern entlang, durch den Halsspeck und haarscharf durchs Genick. Da stieß er dem Jakob Haueter sein Messer in den Bauch. Theater wollte er machen, aber diesmal brüllte Haueter nicht. Verblutet ist er, elendiglich. Wie ein schlecht geschossenes und trotzdem abgestochenes Schwein, und *Unfälle, die sich nicht bei Arbeiten im Auftrage des Arbeitergebers ereignen, sind Nichtbetriebsunfälle.*

Zehn Uhr dreißig.

Hierdurch!

Wo willst du hingumpen?

Santo Cristo!

Du Krüppelhund!

Schlagt zu, stoßt, haut, tretet sie an die Beine!

So er mir, so ich dir.

Das sind die ersten sechs Kälber für heute.

Es sind schwere Mocken.

Die hochheben!

Zum Schießen auf die eigenen Rückenwirbel stemmen.

Luigi flucht wie verrückt. Krummen auch. Die Tiere strampeln und brüllen. Wie ein Gesundheitssportler schüttelt der Überländer nachher seine Arme aus. Der Fellstaub juckt, aber Kälber riechen trocken und warm.

Ich soll stechen. Nein, ich soll Blut rühren.

Buri behauptet, in Chicago hätte man nicht die Zeit gehabt, auch noch die Kälber bewußtlos zu schlagen.

Die Schweine auch nicht.

Die Ochsen ja. Die hätte man sonst gar nicht stechen können. Aber die Kälber? Ein Paar starke Arme und einer, der nicht schläft auf der Arbeit, das habe genügt in Chicago.

Automatisch seien die Kälber aufgezogen worden.

Nicht so wie hier, wo sich einer den Rücken versaue mit diesen übermästeten Munikälbern.

Das sei doch nichts.

Und in Amerika würden die Metzger rote Berufswäsche tragen. Da müsse einer nicht gleich wegen jedem Tröpflein Blut eine frische Bluse anziehen.

Kilchenmann hält seine blaue Uniform sauber. Er gerät beim Schießen nie zu nahe an die Tiere heran.

Und ich rühre Blut.

Der Typ vom Tierspital ist hier. Der tut auch immer so, als wäre er nicht jedesmal von neuem überrascht.

Was ist schon ein Schlachthof!

Ja, von außen.

Sandsteinmauern, Zäune, Hecken, Eisengehege, Glasziegel, Milchglasfenster. Ein Fabrikgewand. Ab und zu von weitem ein hängendes Viertel Fleisch vor einem Kühlraum, oder beim Verladen auf einen Laster.

Wie im Kino.

Aber hier.

Wenn das Blut fließt, wenn sich die Mägen drehen, die Därme leeren, da schauen sie entweder nicht hin oder tun, als hätten sie alles schon hundertmal gesehen.

Aber einmal richtig rein mit der Nase?

Nie.

Es muß gemacht sein. Und wir machen es. Eigentlich könnte man...

Man müßte nur...

Gesucht wird wegen Kälbermord.

Wegen Totschlag an ...

Quer habe ich mich in der Garderobe vor den Spiegel gestellt und auf mein Profil geschielt.

Mein Steckbriefgesicht.
Frontal und im Profil, in zweifacher Ausfertigung.
Und ich rühre Blut.
Wie rot es ist. Lebendig rot und tot.

Wenigstens muß ich nicht auf mein Messer aufpassen. Ich stehe da und rühre und rühre und kann denken, woran ich will.

Gras haben diese Kälber auch noch nie gesehen. Vielleicht durch eine Ritze zwischen den Brettern der Ladebrücke ein bißchen Grün. Mit einem Maulkorb werden die groß. Die sollen nicht fressen, was ihnen paßt. Milch sollen sie saufen und nichts, das Eisen enthält. Eisenmangel hält sie blutarm und weiß.

Und weiß müssen sie sein. Kalbfleisch ist unschuldig, gesund für Kinder, Kranke, Alte. Aber Eisen hat es keins.

Auch wenn sie trotzen, wirken diese Kälber sanftmütig.
Und dumm.
Warum stierst du jetzt mich an?

Krummen hält dich ja an der Wamme. Luigi hält dich am Schwanz. Der schöne Hügli hält dich am Ohr.

Nicht ich.
Der Überländer sticht die Tiere ab.
Kälberblut färbt den Aufschnitt außen rot.
Kälber verbluten nicht, die tröpfeln zu Tode.
Abhauen möchte ich.
Weg.

Bis das Blut nicht mehr warm ist, muß ich es rühren. Sonst gerinnt es.

Ja, an die Toilettenkabinenwände poltern und schreien, das kann ich.

Oder ich versuche zu wixen.
Sich äußern.
Der Griff zwischen die eigenen Beine.
So drücke ich mich aus.

Wer ist der beschissene? Ich will ihnen meine eigene Energie stehlen. Ein bißchen von meiner Kraft auf meine Mühle.

Die pochen auf unser Bestes.
Die wollen alles, von früh bis spät.

Wie wir manchmal abziehen, abends.
Zusammengefallen, gebückt, hinkend, leer. Ein Rudel geschlagene Hunde.
Auch ohne zu wixen.
Krummen macht sich ja selbst kaputt. Nur ja nicht den Eindruck aufkommen lassen, Gilgens Abwesenheit mache sich bemerkbar.
Der arbeitet sich lieber zu Tode.
Wenn ich rühre, denke ich, und wenn ich denke, will ich weg.
Einfach weg.
Ab nach Australien, nach Neuseeland, nach Amerika.
Das sechste Kalb bockt.
In der Ecke dort stehen drei Kartonschachteln. Eine zittert. Sie sind zugeschnürt und haben Luftlöcher in den Seitenwänden.
Kaninchen.
Da will einer in der Mittagspause Kaninchen aufhängen.
Rötlisberger?
Die kriegen das Kalb nicht vom Fleck.
Ich habe ihm einen Finger zum Lutschen gegeben.
Ganz brav folgt es Hüglis Hand unter den Rechen. Strick dran. Weil es vorn die Beine weit auseinander hält, ist es hinten höher. Wie auf einer Schokoladenreklame steht es da.
In der Mittagspause will ich mich auf den Rücken legen. Auf den Holzrost am Boden in der Garderobe.
Huber und Hofer beginnen mit dem Häuten der Kälber.
Unter dem Fell kommt weißes Fett hervor. Das Fleisch ist blau. Ein paar Tröpfchen Blut.
Meine Ferse tut nicht weh.
Mein Rücken auch nicht.
Ich strecke mich und denke an die Adern und Sehnen und Knochen unter meiner Haut.
Ich denke an mein Blut.

– Melde zur Stelle! Kuttlergrenadier Rötlisberger. 32 Jahre Dienst an der roten Front. Uniformiert mit Sackschürzen und Metzgerbluse. Bewaffnet mit Messer und Brühwasser. Die sollen mich kennenlernen! Die Vaganten! Die Schafseckel! Die Büromöffen! Mich hier rausekeln, einfach so! Ein alter Mann bin ich – aber nicht tot! Ich bin nicht nur ein leerer Sack mit einem Paar Armen dran, um euch den Scheißdreck aus den Kuhränzen zu putzen. Ich habe Gewerkschaftsvergangenheit. Als einziger am Hof, aber, my Seel: ich habe sie!

Aus dem linken Mundwinkel zischten die Worte hervor. Im rechten steckte die BRISSAGO. Er stampfte einen Holzschuh zu Boden. Es spritzte durch die Kuttlerei. Kommt doch gar nicht in Frage! Der Schuß geht dem Bössiger hinten hinaus! Aber ganz sicher! Ich lasse mich nicht erwischen. Der Buri, der Möff, der denkt natürlich my Seel ich hätte einen Guten gemacht. Und dann sind die Ausländer schuld. Immer die Tschinggen. Aber ich weiß schon, wo der Hase durchlauft.

Rötlisberger stand am Kuttlertisch. Die vier Beutel eines Wiederkäuermagens lagen unter seinen Händen. Sie waren aufgeschnitten. Mit der monotonen Unermüdlichkeit einer Maschine rotierte Rötlisbergers Arm. Seine Hand war eine Tatze, die sich ununterbrochen in das Innere des Haubenmagens stürzte und das angegorene Gras aus den Waben kratzte.

Ein schleimiger Teig aus Kot, aus Darm-, Schlund- und Hautfetzen saß im Auslauf der Kuttlerei. Knöcheltief war das Schmutzwasser aufgestaut. Sicherheitsventile hißten, in sechs Kesseln brodelten Innereien, in zwei anderen schwammen Kalbsköpfe und Ochsenmaul. *Ein Gemisch aus zwei Dritteln Pansen und Haube und aus einem Drittel Blättermagen, Labmagen und Mastdarm gibt Kutteln 1. Klasse.* Vorgebrüht werden sie zwei bis drei Minuten bei 69° C, dann 12 bis 14 Stunden gekocht. Ohne Druck, damit die Gerüche entweichen können. Und der Dampf. Zum Abbeißen dick an Decke und Wänden. Er nagte an der Mörtelschicht, fraß tellergroße Stücke los, die unbeschirmten Glühbirnen hüllte er ein mit einer Kruste, und nur Chromstahl widersetzte sich dem Rost. Dampfschwaden zogen gegen den Eingang ab, huschten unter dem dort angebrachten Kuhschädel hindurch ins Freie. Und der Kuhschädel tropfte. Das Spinnengewebe, das aus den Nasenlöchern und aus den Augenhöhlen hervorwucherte und die Hörner umgarnte, glitzerte silbern vor Feuchtigkeit. Saugende Geräusche stiegen aus dem Hauptauslauf. *Abwässer aus Schlachtanlagen dürfen erst nach Passieren einer Kläranlage oder Klärgrube in öffentliche Gewässer eingeleitet werden. Sofern Panseninhalt und Dünger nicht laufend abgeführt werden, sind Düngerstätten mit undurchlässiger Unterlage zu erstellen, so daß nachteilige Auswirkungen durch Verschmutzung, üble Gerüche und Ungeziefer auf die Schlachtanlage und ihre Umgebung verhindert werden.*

Rötlisberger schlug mit der Faust auf den Holztisch, dann auf den Haubenmagen. Die Sauhunde! Die BRISSAGO im rechten Mundwinkel tanzte auf und ab. Die Sauhunde! Er hieb auf einen Kälberdarmstich ein. Gelber Saft spritzte hervor. Die Sauhunde! Der gelbe Saft lief an der Wand herunter.

Oberdarmer Buri hatte die ersten Kälbereingeweide angekarrt. Das Gekröse, hatte er gesagt. Fritz, nimm du das Zeug! Das sind wieder halbe Kuhränzen. Die muß man zu den Kutteln schmeißen. Ich kann sie in der Darmerei nicht gebrauchen. Was sollte ich auch damit? Diese blöden übermästeten Munikälber!

– Ja, so geht es eben. Die Kuhränzen sind my Seel auch nicht mehr wie früher, hatte Rötlisberger geantwortet. Da war heute einer dabei, uhgh, der war uralt! Schau, was da alles drin war!

Rötlisberger hatte ein Bündel Eisen vom Fenstersims genommen. Schrauben, Kabel, Draht, Stacheldraht. Man könnte meinen, die habe auf einer Baustelle geweidet, fünf Zehnernägel! Und wer weiß, wie viel der schon weggerostet ist, unten im Magen?

– Ja, geben die jetzt denen den Magnet gerade für immer in den Bauch? fragte Buri. Ein daumendicker Magnet hielt die Eisenteile zusammen.

– Ja, my Seel. Früher haben sie ihnen nur Sonden hinuntergeschoben. Mit Gewalt. Aber jetzt, uh. Wenn du da auf einer Weide mit dem Kompaß daneben stehst, da ist Norden immer Richtung Kuh. Aber schau, was die auch noch im Ranzen hatte!

Das wird Aluminium sein. Gift! Rötlisberger hatte das korrodierte Gehäuse eines Spielzeugautos in der Hand.

– Was so eine Kuh alles frißt, he? Buri hatte geglotzt, und als er die Kälbermägen alle aus dem Karren gehoben hatte, war er näher an Rötlisberger herangetreten. Er hatte ihn mit dem Ellbogen angeschubst. Die Tschinggen! Das sind nur die Tschinggen! hatte er gesagt.

Buri konnte Worte wirken lassen, er konnte leere Worte in die Luft hängen und sie dort eine halbe, eine ganze Minute lang bewachen, mit stechenden Augen, bis sie zu einer Drohung wurden. Rötlisberger hatte aber nicht reagiert, auch nicht nach einem zweiten Ellbogenstoß. Buri hatte selbst produzieren müssen, was er hatte hören wollen. Er kenne sie schon, die Tschinggen. Aber wie einer etwas in die Hände nehme, ob er es richtig gelernt habe oder nicht, und zwar von Grund auf, das sei dann auch nicht das Unwichtigste, sagte er. Beim Donner nicht, er könne da ein Liedlein singen, er habe es in Amerika lange genug mit Handlangern zu tun gehabt, und daß man aufpassen müsse auf diese Herrgottsdonner, die täten vornedurch scharwenzeln, freundlich täten sie, und dann auf einmal hintendurch, und weg sei der eigene Posten. Das wäre ja noch, wenn da jeder, der nicht einmal wisse, wie man das Werkzeug richtig anfasse, einem einfach die Metzgerbluse ausziehen könnte. Jetzt sei es an ihm, an Fridu, aber wer wisse, wie lange es ginge, bis so ein Tschingg die ganze Darmerei mit den Lagern und dem Salzen und allem an sich reiße. Wegen Atemmangel kam Buri ins Stocken. Und wenn er jetzt auch nichts sage, er, der Fridu, werde dann schon sehen, wie es komme, und noch stärker humpelnd als üblich hatte er die Kuttlerei verlassen. Schnurriburi! Immer der gleiche Schnurriburi! hatte Rötlisberger zu sich selbst gesagt.

Aus dem Bosshardt-Dampfdruckkessel zischte es. Rötlisberger warf einen Blick auf den Thermostat. Die Schweinebäuche von gestern. Eine Hand pochte an die Milchglasscheiben im Fenster über dem Kutteltisch.

Rötlisberger hörte nichts.

Er hörte nur den Zug.

Auf den Geleisen hinter der Kuttlerei rasten die Züge vorbei. Immer auf die Sekunde pünktlich. Das war der Städteschnellzug. Rötlisberger kannte und registrierte sie alle. Wir sind heute, my Seel, spät dran. Diese Kuhränzen sollten längst vorgebrüht sein.

Früher, viel früher hatte der junge Rötlisberger mit Hilfe der Bundesbahn Kutteln gekocht. Eigene Uhr hatte er damals keine besessen, und die Fabrikuhr an der Wand, die hatte wenig bis nichts getaugt. Entweder war sie von Dampfschwaden verdeckt oder gerade wieder mit Kondenswasser beschlagen gewesen. Rötlisberger hatte schon jahrelang nicht mehr hingeschaut, und das Schutzglas war längst mit einer dicken Schicht aus Fett und Kalk überzogen. Auf die Vorbeifahrt der Züge war aber immer Verlaß gewesen, die kamen und gingen, einige hielten an der Annahmerampe vor den Stallungen, andere weiter vorn bei der Waffenfabrik.

Inzwischen war aber Rötlisberger selbst zu einer Uhr geworden. Kutteln blieben Kutteln. Man mußte sie leeren, putzen, spülen, brühen, und zwar die gleich dicken und die gleich alten immer gleich lang und immer gleich heiß. Höchst selten mußte ein Arbeitsablauf modifiziert werden. Seit 32 Jahren tat Rötlisberger praktisch täglich dasselbe, und sein Herz hatte die Zeit genützt, es hatte in all den Jahren dort draußen im Schlachthof hinter dem hohen Zaun am Rande der schönen Stadt gelernt, im Rhythmus der Kuttlerei zu ticken. Der Puls des BOSSHARDT-DAMPFDRUCKKESSELS, der Puls der ELRO-KOCHANLAGEN, der Puls der ganzen Kuttlerei war auch sein Puls, und der rührige Rötlisberger verinnerlichte Spül- und Kochzeiten so lang und so stark, daß er sie nicht mehr wußte, sondern einfach mit jeder Faser seines Wesens fühlte. Er war zu einem biologischen Wecker geworden, zu einem Kuttelwecker mit eingebauter Klingel. Gestellt war er auf Lebenszeit.

– Und wenn das der letzte Ranzen war, wenn ich nie mehr in meinem Leben einen Ranzen putze, ich gehe nicht an diese Maschine! Nüt isch! Nicht mit tausend Roß bringen die mich in die Darmwäsche.

Es hatte wieder geklopft an der Milchglasscheibe.

Rötlisberger hörte nichts. Er stapfte in der Lache herum, sprang auf, platschte nieder, hüpfte wie ein kleines Kind in einer Pfütze. Seine Hände zogen an den Trägern seiner Sackschürzen, und er krümmte sich plötzlich vor Lachen. Kommt nicht in Frage! Kommt einfach nicht in Frage! Die Glut an der BRISSAGO-Spitze tanzte auf und ab. Rötlisberger packte die ausgeschabten Vormägen auf dem Tisch, hob sie hoch, drehte sich wie ein Hammerwerfer um sich selbst und schwang die Mägen durch die Luft. Die sollen den Kuttlerfritz noch kennenlernen! Das grün-schwabbelige Bündel klatschte an die Wand, klebte eine Sekunde lang und sackte wie ein riesiger, nasser Gummihandschuh, auf den Deckel des BOSSHARDT-DAMPFDRUCKKESSELS. Macht doch euren Scheißdreck selbst! Er hopste durch die Kuttelküche und giftelte aus dem linken Mundwinkel. Allem, was ihm in die Quere kam, versetzte er mit seinen Holzschuhen Fußtritte. Glas klirrte, ein Thermostat war in die Brüche gegangen, im Gehäuse einer ELRO-KOCHANLAGE saß eine Beule, ein Kessel schepperte über den Boden davon, ein Handkarren kam ins Rollen. Rötlisberger beachtete nichts. Er griff zu einer Schöpfkelle und schlug auch damit auf alles ein. Macht doch euren Scheißdreck selbst! Macht doch euren Scheißdreck selbst! Bei jeder Wiederholung stieß er die Worte ein wenig rhythmischer hervor. Macht doch euren Scheißdreck selbst! Ein gefauchter Singsang mit Kuttlerschlagzeugbegleitung.

Es saß wieder etwas da in seinem Bauch.

Ein ungutes Gefühl, ein immer wiederkehrendes Nagen. Er kannte es wohl, und doch war es verschwommen, es kam und ging, und Rötlisberger stand machtlos dabei. Manchmal war ihm, als wäre die ganze Welt hinter einem Schleier aus Kutteldampf verborgen. Ich weiß, my Seel, nicht recht, ja, ich weiß nicht, ich könnte my Seel nicht sagen ... he ja, der Schuh drückt mich, aber wo? Wenn man es noch richtig gaxen könnte! Richtig reden können! Schnurren wie ein Buch! Wortgewalt hätte sich Rötlisberger gewünscht. Seine Schimpftiraden waren wohl giftig, aber sie waren schon früher kurz gewesen und wurden noch immer kürzer. Er hätte den Bössiger einmal einen ganzen Nachmittag lang anbrüllen wollen. Auch den Krummen und all die anderen. Schlämperlig um Schlämperlig möchte ich denen anhängen! Aber stundenlang. Ohne zu verschnaufen einmal jedem einzelnen die Kutteln putzen! Hätte er sie gehabt, er hätte die Worte zuerst genießerisch mit Speichel geölt, er hätte sie sich auf der Zunge schmecken lassen, bevor er gezielt und geschossen hätte. Er hätte ihnen allen gesagt, wie maßlos er Oberturner, Feldweibel und Frühaufsteher haßte. Er hätte ihnen erklärt, warum ihn die große Wut packte, wenn er nur an sie dachte. Ich hasse Meisterschwinger, ich hasse Personalvertreter, ich hasse Sozialdemokraten, ich hasse Steuerzahler, ich hasse Waffenläufer, ich hasse Ausschußmitglieder, ich hasse Jasser und Kirchengänger und Staatsbürger und Kuttler, und Schützenkönige hasse ich noch mehr als Viehhändler und Vorarbeiter noch mehr als Fernsehansagerinnen und Sonntagsschützen noch mehr als Fremdenhasser und Spaziergänger noch mehr als Schulkommissionspräsidenten und Schlachthäusler noch mehr als Verkehrsteilnehmer, viel mehr sogar, und all die anderen Ausländer, wie ich sie hasse, wie ich sie hasse! Noch viel, viel mehr als den Präsidenten der Vereinigten Staaten von Amerika!

Rötlisberger hätte nie wieder aufgehört, ewig hätte er alle weiterbeschimpft, und er hätte nie wieder Sauhund gesagt, und nie wieder Vagant, nie wieder einfach Löl, nie wieder Möff noch Schafseckel.

Er wußte es jedoch nur zu gut: Im Schlachthof war ein temperamentvolles Mundwerk kein geachteter Artikel. Wenn einer einmal ein bißchen etwas gaxen tut, so heißt es my Seel im Handkehrum, man habe eine große Röhre! Warum redest du soviel? Bist du etwa ein Querulant? Es hat wäger keinen Sinn, immer etwas Donners zu stürmen! Wir sind zum Werken hier!

Auch ohne die großen Worte, die er sich so sehr gewünscht hätte, war Rötlisberger oft genug in Schwierigkeiten geraten.

Geboren wurde Fritz Rötlisberger am 17. März 1906 auf dem Kleinfeldgut in Wydenau. Er hatte zwei Brüder und eine Schwester. Zum Hof gehörten ein Knecht, drei Freiberger Pferde, eine Kuhherde von 20 Simmentalern und mehrere Ställe voll Kleinvieh. Maschinen gab es kaum. Jede Hand auf dem Hof mußte zugreifen. Arbeitend ist Fritz Rötlisberger aufgewachsen.

In der Dorfschule gab es eine Lehrerin, die am liebsten Musik und Gesang unterrichtete. Den Bauernkindern sollte nichts vorenthalten werden, was es an Schönem gab auf der Welt. Der kleine Rötlisberger hatte eine schöne Stimme, und die Lehrerin mochte ihn deswegen besonders gern. Euer Fritzli kann singen wie ein Vögelein im Wald, sagte sie den Leuten auf dem Kleinfeldgut. Darauf brachte Vater Rötlisberger vom nächsten Marktgang in die nahe Stadt eine kleine Handorgel nach Hause. Die Lehrerin soll dir zeigen, wie und wo man drückt, sagte er.

Als Rötlisberger 15 Jahre alt war, kam er zum Dorfmetzger in die Lehre. Die Metzgerei war einem Gasthof angeschlossen, und er zog sich mit Bierkistenschleppen einen Rückenschaden zu. Und singen tat er nicht mehr so gern, obschon er nie eine Probe des Bubenchores versäumte und auch noch immer in der Dorfmusik mitspielte. Er hatte neben der Handorgelei gelernt, die Trommel zu rühren.

Bei der Rekrutenaushebung meldete er sich zu den leichten Truppen. Trainsoldat wollte er werden. Oder Gebirgsfüsilier. Er hätte gern endlich die Berge von nahem gesehen, von denen er sein junges Leben lang gesungen hatte. Eingeteilt wurde er aber bei den Verpflegungstruppen. Auch in der Rekrutenschule wurde viel gesungen. »Ich hatt' einen Kameraden« war Rötlisbergers Lieblingslied. Und endlich sah er die Berge aus nächster Nähe. Er lernte, wie man auf einem Felsvorsprung, ohne Seilwinde und ohne Licht, ein abgestürztes Pferd schlachtet. Wie man die Fleischteile in die Haut wickelt, wie man die einzelnen Pakete aus der Schlucht zu der nächsten Feldküche schafft. Weniger gefährlich war das Schlachten von Kühen mitten im Wald. Dort konnten zwischen zwei Bäumen einfache

Aufziehvorrichtungen gebaut werden. Als sich Rötlisberger noch vor der Entlassung aus der Rekrutenschule bei Metzgermeister Hunziker, Fleisch & Wurst, Engros & Detail, vorstellte, hatte er ein Abzeichen mit zwei goldenen Ähren an der Uniform.

Rötlisberger wurde bei Meister Hunziker als selbständiger Metzger eingestellt. Er schlachtete Woche für Woche im Alleingang vier Schweine und eine Kuh, jede zweite Woche kam noch ein Kalb dazu. Das ganze verarbeitete er zu Cervelats, zu Bratwürsten, zu Geräuchertem, zu Salzspeck, zu mehreren Sorten Aufschnitt und auch zu Suppenfleisch mit und ohne Bein. Sein Rücken war beim Turnen in der Rekrutenschule wieder erstarkt, und Rötlisberger spürte ihn nur noch nach dem Hausieren. Zweimal in der Woche, meistens an Diens- und Donnerstagen, fuhr er auf dem Militärvelo von Meister Hunziker über den Langen Berg. Mit einer Hutte voll Würsten ging er von Hof zu Hof. Die Hutte war ein großer, aus Weiden geflochtener Korb, den er sich mit zwei Tragriemen wie einen Tornister auf den Rücken schnallte.

Entlöhnt wurde Rötlisberger jeden vierten Samstag direkt aus dem Geldbeutel, den Meister Hunziker umständlich aus einer Gesäßtasche hervorzog. Der Beutel war aus Schweinsleder und dick wie ein Kirchengesangbuch. Hier, da ist noch dein Zahltag, pflegte Hunziker zu sagen, und Rötlisberger wurde immer rot im Gesicht und stotterte, merci, Herr Hunziker, und der Meister sagte, ja, willst du es nicht nachzählen? Rötlisberger blätterte dann die vier Scheine – ein Fünfziger und drei Zehner – von einer Hand in die andere und sagte: stimmt.

Die Metzgerei Hunziker war an der oberen Dorfstraße in Mundigen, und in Mundigen gab es einen Gesangsverein. Ein Männerchor, ein Jodlerklub und eine Trachtengruppe gehörten dazu. Rötlisberger war Mitglied. Gesungen wurde im Mutz, also in schwarzen Schuhen, halbleinenen Hosen, einem schwarzen Samtkittel mit roten Rändern und in einem gestärkten, schneeweißen Hemd. Die Mundiger Männer sangen viel von Gletschermilch und Abendrot, von Käse und Ziger. »B'hüet is Gott dr Chüejerstand« sangen sie gern. Bevor sie ihre Stimmen erhoben, steckten sie die Hände in die Hosentaschen, machten ein hohles Kreuz und scharrten mit den Füßen am Boden. Ein paar Sekunden lang schoben sie ihre Schuhe hin und her, als stünden sie selbst auf der Alp, als suchten sie im glitschigen Stall oder zum Holzen im Wald den bestmöglichen Halt.

Bei einem Trachtenfest lernte Rötlisberger seine spätere Frau kennen. Sie war die Tochter des Geleisewärters von Mundigen. Die Bundesbahn hatte schon damals geregelte Arbeitszeit. Rötlisberger träumte von der 54-Stunden-Woche. Es gefiel ihm gut bei Hunziker. Er konnte schalten und walten, wie er wollte, die Arbeit mußte gemacht sein, das war alles. Aber manchmal dachte er, wenn man nach dem Feierabend noch so eine Stunde für sich hätte, man könnte so vieles ...

Dann trat Rötlisberger dem Metzgerburschenchor in der nahen Stadt bei. Jetzt sang er in der Metzgerbluse und mit der einmal schräg gefalteten weißen Schürze am Leib. »Mir fahren üsen Chäs ids Tal und hindedry chunts Veh, ja, ja dr Chüjerstand, dä darf sech no la gseh« war auch bei den Metzgern ein sehr beliebtes Lied. Es kam jedoch vor, daß Rötlisberger nach dem Auswählen der Lieder beim Ansingen in seiner Hosentasche die rechte Faust ballte. Der Geleisewärter von Mundigen hatte ihm das Zugfahren verbilligen können. Er war oft in der Stadt, und es gab dort einiges, das er lieber besungen hätte.

Einmal trat das Metzgerburschenchörli bei einem Treffen von Arbeitergesangvereinen auf. Schön und kräftig sangen sie von gesonnten Kühen und von Rahm und Butter, die nie ausgehen auf der Alp. Rötlisberger stand wie immer in der Mitte der vorderen Reihe. Nach der Darbietung war der Applaus aus dem Festsaal gewaltig.

Aber dann kamen die Metallarbeiter und sangen von Stahl, von Schweiß und von Maschinen in Fabriken, die ihnen nicht gehörten. Ganz ruhig wurde es im Saal, und einige der Metzgerburschen, die noch hinten auf der Bühne standen, krempelten sich schon die Ärmel hoch. Ihre rosigen Gesichter leuchteten von der Lust auf eine vaterländische Schlägerei. Das Publikum applaudierte. Nur zurückhaltend, doch laut genug, um das Pfeifen der Anhänger der Metzger zu übertönen.

Rötlisberger mochte die Lieder der Metallarbeiter. Er sagte es auch. Mit einem gewissen Max Gschwend stieß er an und wurde noch am gleichen Tag Sozialdemokrat. Im Männerchor der Partei sang er dann zum ersten Mal das Metzgerlied:

Nun frisch auf ihr Metzgerherzen
und vergesset eure Schmerzen;
jetzt geht's auf die Arbeit los!

Scharfe Messer müssen wir haben,
wenn wir wollen ins Schlachthaus fahren,
und dazu ein gut Glas Wein!

Wenn die Spalter nichts mehr hauen
und die Kraut'rer uns zuschauen,
heißt es gleich: Der Bursch kann nichts!

Meister gebt uns besser z fressen,
wie's vor Zeiten ist gewesen,
und drei Taler Wochenlohn!

Meister müssen zum Händler laufen,
müssen Schurz und Stahl verkaufen,
das gibt Geld für Burschenlohn!

Rötlisberger hörte von einigen anderen Metzgerburschen, die auch nicht mehr singen wollten: »Wir Sennen sind König und Kaiser dazu, am frühen Morgen auf den Bergen!« Zusammen engagierten sie sich für einen Metzgerei-Personalverband. Von klar definierten Arbeitsaufgaben redeten sie. Und von definierter Arbeitszeit. Auch von Betäubungsmethoden für das Vieh, die das Leben der Schlächter nicht aufs Spiel setzten. Einer sagte einmal etwas von einer Unfallversicherung. Ein anderer etwas von bezahlten Ferien.

Als Rötlisberger bei dem darauffolgenden Zahltag seine vier

Scheine durchgeblättert hatte, sagte er: Stimmt, aber wie wäre es, wenn vielleicht, eh ja, ich bin ja jetzt schon drei Jahre hier. Meister Hunziker war ganz verdutzt. Was? Unser Metzgerbursch! sagte er dann. Ein Bauernsohn! Ein Sozi! Ich kenne an die drei Dutzend brave Metzger, die deine Arbeit gern für die Hälfte machen würden.

Mit einem schlechten Zeugnis im Gesellenbuch hatte Rötlisberger Schwierigkeiten, eine neue Stelle zu finden. Hunziker hatte in seiner verschnörkelten Schrift mit schwarzer Tinte geschrieben: Ein guter, aber aufmüpfelnder Bursche. Rötlisberger mußte die Heirat verschieben. Sein Bruder auf dem Kleinfeldgut in Wydenau nahm ihn an die Kost, aber nur ungern. Rötlisberger arbeitete zwar überall mit wie ein Knecht, und doch gönnte man ihm keinen Teller Rösti, ohne daß gestichelt wurde, von den Roten und von was die noch alles wollen für nichts.

Endlich wurde er als Aushilfe in einer Großschlächterei angestellt. Gleich am ersten Tag mißfiel ihm der ganze Betrieb. Gearbeitet wurde in Kellern, die feucht und schlecht beleuchtet waren. Die Kühlräume wurden so vollgepackt, daß Rötlisberger, um etwas hervorzuholen, auf allen vieren unter dem aufgehängten Fleisch durchkriechen mußte.

Als Aushilfe konnte Rötlisberger jede beliebige Arbeit zugewiesen werden. Er weißelte Wände, spritzte Borkenkäfergift, trug ganze Eisenbahnladungen Salz in den Keller. Die meiste Zeit verbrachte er mit einer Reisigbürste in der Hand am Spültrog. Stundenlang wusch er Wurstbrätblechbehälter ab. Bis dahin hatte er nicht gewußt, daß die Länge eines Tages zur Strafe werden kann.

Einmal wurde ihm befohlen, die Räucherkamine zu fegen. Er hatte einen dreizehnstündigen Tag hinter sich. Sein Rücken hatte sich wieder verkrampft. So überhörte Rötlisberger, was ihm aufgetragen wurde. Der Obermetzger begann zu brüllen. Er war Feldweibel beim Militär und stolz darauf. Ob man ihm im Dienst noch nicht beigebracht habe zu parieren, wenn es nötig sei. Nein, aber wie man sich selbst wehre, das habe man ihn schon in der Rekrutenschule gelehrt, sagte Rötlisberger und versetzte dem Obermetzger eine Ohrfeige.

Danach wurde es schwierig für Rötlisberger. Das Gesellenbuch wurde ihm entzogen. Er konnte keine befriedigende Stellung mehr finden. Mit dreißig Jahren war er fertig. Abgeschoben in die Kuttlerei. Jegliche andere Arbeit in seinem Beruf blieb ihm verwehrt.

Er war isoliert worden. Geheiratet hatte er noch, aber alle anderen Bindungen zerfielen. Max Gschwend und die Genossen setzten plötzlich auf Maschinen. Warte nur, die nehmen uns alles ab. In Amerika gibt es schon, hieß es immer öfter. Und Rötlisberger sah, wie seine Kollegen in die Motorengehäuse krochen, wenn die Wundermaschinen nicht mehr funktionierten. Alle wollten auch noch Mechaniker sein, und man war stolz auf jeden Ölflecken an der Metzgerbluse. Rötlisberger lachte über die Maschinengläubigen, die plötzlich lieber einen Schraubenschlüssel als ein Messer in den Händen hielten. Er lachte über ihre Sucht, sämtliche Chromstahlstellen am Fleischkutter und am Wurstfüller dreimal wöchentlich mit Putzfäden zu liebkosen.

Und so wie das Nebenprodukt Kutteln in sein Leben kam, so ist sein Leben zu einem Nebenprodukt geworden. Rötlisberger wußte es wohl. Er wußte auch, daß eine so unerwünschte und versteckte Arbeit wie das Kutteln einem Mann kaum die zum Leben notwendige Würde verleihen konnte. Er mußte seiner Arbeit selbst Würde verschaffen.

Zuerst fühlte er sich nur leer. Er begann BRISSAGOS zu rauchen, und er begann zu grübeln. Fortan hieß es: BRISSAGO rechts, reden links. Ab und zu besoff er sich auch. Dann bemerkte er, daß es an der Routine liegen mußte. Wie ein Sklave hinkte er seinen Aufgaben nach. Und auch der Zeit, die ihm dafür zur Verfügung stand. Der Inhalt seiner Tage war nicht mehr das vollbrachte Werk, sondern die überstandenen Stunden. Die einzige mögliche Äußerung, die ihm noch blieb, war der Versuch, die Zeit zu übertrumpfen, ihr vorauszueilen. So fing er an, in der Kuttelküche ein hektisches Kommando zu führen. Der Zeit immer einen Schritt voraus. Nur nicht das totale Zurücksinken in die Ketten. Nicht geschleppt werden! Ziehen! Indem er von dieser seiner einzigen Freiheit Gebrauch machte, arbeitete er notgedrungen für zwei.

Seine Herrschaft im Kuttelhof wurde nur noch einmal unterbrochen: vom Aktivdienst. Er leistete über tausend Tage in der Feldschlächterei einer Gebirgsbrigade. Dort übte er seinen Beruf zum letzten Mal voll und ganz aus. Dort sang er auch wieder.

Nach dem Krieg ging er zurück in die Kuttlerei. Rötlisberger wehrte sich nicht. Aber in Ruhe lassen sollen sie mich. Die Sommerabende und die Wochenenden verbrachte er im Schrebergarten. Drei Sektionen erschlich er sich. Die drei schönsten. Sie lagen hinter der Waffenfabrik direkt am Waldrand.

Dort kratzte er im Boden. Er kroch durch die Beete und spürte die Erde unter den Fingernägeln. Werkzeuge benützte er selten. Er arbeitete soviel wie möglich mit bloßen Händen.

Für die Rosen stahl er im Schlachthof Blut. Er züchtete Rosen mit großen Stacheln. Für die Blüten interessierte er sich kaum. Er mochte es, wenn er beim Schneiden hängenblieb, wenn sich ein Stachel einhakte, nicht tief, aber doch so, daß er ihn fühlte unter seiner dicken Haut, unter seinen Schwielen an den Händen.

Auch Gemüse und Salat und Petersilie, Dill, Majoran und Kuttelkraut zog Rötlisberger. Er bündelte die Kräuter zu Büscheln. Außerhalb des Schlachthofes rauchte er nie. Ich wär ja ein Löl. Manchmal saß er vor dem Gartenhäuschen und steckte seine Nase in ein Büschel Petersilie, als ob es eine Sauerstoffmaske wäre.

An Tieren hielt er sich einen Hund und ein Dutzend Kaninchen. Der Hund war eine Promenadenmischung zwischen einem Dackel und einem Niederlaufhund. Züsu hieß er. Die Kaninchen hatten alle Kuhnamen. Der Bock hieß Bössiger. Es kam vor, daß Rötlisberger den Eindruck hatte, seine Tablarkühe würden sich wie richtiges Großvieh benehmen. Die fressen wie Kühe, die glotzen wie Kühe, die sind alle dumm wie die Kühe.

Singen tat er nicht mehr. Schon gar nicht vom Vieh auf der

Alp. Ein paarmal hatte seine Frau gefragt, ob er nicht vielleicht doch, warum auch nicht, eh ja, mit der Orgel? Eh, was jetzt auch, hör doch nur, drinnen im Wald, hör doch, die Vögelein, hatte Rötlisberger jedesmal geantwortet. Aber Frau Rötlisberger wußte es auch: Seine Finger waren vom Kuttlern im Brühwasser zum Musizieren unbrauchbar dick und steif geworden.

– Sie mißhandeln ja die Maschinen! schrie Lukas durch die Kuttlerei. Auf den Schuhspitzen stand er in dem aufgestauten Abwasser und lachte. Seine Blue jeans hatte er sich hochgekrempelt. Hören Sie auf! Sie Maschinenstürmer! Ich zeige Sie beim Maschinenschutzverein an!

Der Singsang »Macht doch euren Scheißdreck selbst« verklang. Eh, das ist ja my Seel der Lukas! Das Löcherbecken, mit dem Rötlisberger auf den BOSSHARDT-DAMPFDRUCKKESSEL eingehauen hatte, platschte in einen Spültrog. Aber das Hissen der Ventile blieb, auch das Brodeln und Gurgeln im Boden. Rötlisberger watete auf Lukas zu. He ja, der Stift hat mir ja noch gesagt, du wolltest schon heute wiederkommen. Aber eben, wegen gestern, ich hätte nicht gedacht ... Du, daß die dich überhaupt reingelassen haben!

– Haben sie auch nicht. Ein Schlachthofverbot haben sie mir verhängt, und *die Organisation der öffentlichen Schlachtanlagen, deren sanitarische und polizeiliche Beaufsichtigung, Öffnung, Schließung, Schlacht- und Beschauzeit usw. werden durch ein von der Gemeindebehörde zu erlassendes Regelment bestimmt,* und Lukas sagte: Ich sei ein Unbefugter, ein sogenannter. Das hat mir der Portier erklärt. Und Unbefugte, die hätten keinen Zutritt zum Städtischen Schlachthof.

– Ein Schlachthofverbot? Ja, my Seel? Rötlisberger nahm die BRISSAGO aus dem Mund, rieb sein Kinn gegen den Kragen der Metzgerbluse, trocknete an der untersten Schürze die Hände, streckte Lukas die Rechte hin und sagte: Salü, du!

– Ja, jetzt bin ich geächtet, im Schlachthof.

– Aber du bist doch nicht etwa über die Geleise...?

– Eben ja. Wie die Kühe, über die Schienen. Ich habe an das Fenster dort geklopft. Sie haben aber nichts gehört.

– Ah, Lukas, daß du mir Obacht gibst! Nicht daß sie dir dann wieder das Gurrli fieggen. He ja! Er stieß Lukas vor die Brust. Die haben ja schön Mixed Grill gemacht aus dir, ich habe, my Seel, gemeint, die wollten dich noch zu Cipollata verwursten. Aber verreckt bist du ja nicht, oder?

– Gestorben bin ich nicht, nein, gestorben bin ich nicht. Aber gekotzt habe ich eine ganze Schublade voll. Beim Tierarzt im Büro. War mir schlecht! Und Blut habe er jetzt noch im Haar. Wie das Zeug klebrig werde, wenn es antrockne, erzählte er. Und Fleisch? Da wisse er nicht so recht. Heute und morgen würde er auf alle Fälle keins mehr anrühren. Er rümpfte die Nase. Hier sieht es auch nicht gerade appetitlich aus. Ist das jetzt der goldene Boden des Handwerks? fragte er, auf die graubraune Lache deutend.

Rötlisberger drehte an seiner Kurbel, betätigte den Aufzug. Drehspindeln, die sich unter seinen Kellenschlägen gelockert hatten, mußten gefestigt werden. Und die Kutteln des Tages schwammen noch immer erst im Spülwasser. Die sollten schon lange kochen. Rötlisberger winkte Lukas zu und brüllte: Komm näher, man versteht ja nicht mal sein eigenes Wort! Und die Fotografiererkiste? Wo Lukas die denn überhaupt habe, wollte er wissen. Er sei doch nicht etwa ohne gekommen?

Lukas öffnete seine US-Army-Jacke und berührte den Pullover an einer über dem Bauch aufgebauschten Stelle. Meine Kamera? Die ist hier. Aber warum? Gestern wollten Sie sich ja auch nicht fotografieren lassen.

– Gestern! Gestern! Heute ist heute. Oder nicht? Heute ist Dienstag, Dienstag, der 11. März. Hervor mit dem Zeug! Mach ein paar Helgen von mir! Aber dann richtige! Und daß du mir auch ein paar bringen tust! Hast du das kapiert?

– Und wenn jemand kommt?

– Fang du an! Laß die kommen! So hü! Mach! Drück ab!

Die Kamera kam unter dem Pullover hervor! Lukas fotografierte einen Rötlisberger, der stolz wie ein Lokomotivführer an seinen Kuttelkochern stand, der sich festhielt an seiner Arbeit, als wollte er sie nie mehr loslassen. Hier bin ich, ich, der Kuttlerfritz, ja ja, alt bin ich, aber wenn man doch nur den Gestank fotografieren könnte!

Lukas knipste und knipste. Aus allen Lagen. Die Lache am Boden beachtete er kaum. Der Film war fast durch. Er wollte Rötlisberger noch an der Kippkurbel, am Dampfhahn, am Salzfaß, am Enthaarungsapparat, am Mistgrubenloch, mit und ohne Messer. Lukas richtete sich auf. Noch ein Bild, das letzte, sagte er.

– Komm! Rötlisberger stellte sich mitten in den Kuttlereieingang unter den Kuhschädel. Von draußen, sagte er. Den Kuhgring! Den Kuhgring da oben. Aber meinen auch. Ja, schau nur! Altes Zeug, he? Aber die hat kein Schußloch in der Stirn, kannst es glauben oder nicht. Die haben wir noch von Hand erschlagen, und ich habe den Schädel ausgekocht. Die letzte war's. Er stemmte sich die Arme in die Seiten und vergewisserte sich ein zweites Mal, ob er auch wirklich genau unter dem Kuhschädel stand.

– So, jetzt hast mich fotografiert, jetzt hast du deinen Kuttlergring. Das hast du doch gewollt, oder nicht? Blut, Dreck, tote Kühe! Und in allem rühren, wie in einem Bschüttloch! Was wir denken hier, wenn wir die Ware zu Tode schlagen. Das hast du wissen wollen.

– Gerade so habe ich es nicht formuliert, aber ungefähr, ich weiß nicht, ungefähr so schon.

– Und? Was weißt du jetzt? Brauchst deswegen nicht rot zu werden. Aber was ich sagen wollte, wegen der Fotografiererei: Es gibt dann da noch Sachen, ich glaube, my Seel, mit so einem Apparat kann man sie nicht sehen. Aber gut, daß du noch gekommen bist. Wer weiß, ob ich noch lange hier bin, es geht da einiges. Bringst mir die Bilder halt in den Garten hinüber.

– Aufhören wollen Sie? So plötzlich? Und könnten Sie denn, ich meine, Sie sind doch auf die angewiesen. Sie können doch nicht mehr Stelle …

– In das Füdlen blasen können die mich. Ich putze denen doch nicht 32 Jahre die Ränzen und lasse mich jetzt so behandeln. Als ob wir nur Stroh im Gring hätten. Und wenn die meinen, es sei ein Schleck, hier zu stehen und zu werken, ja ich weiß nicht.

– Und leben? Wie würden Sie denn ein Auskommen haben? Und die Pensionskasse? Man könnte Sie doch ausschließen. Ich will ja nichts gesagt haben, nur ... Wenigstens kündigen.

– Was nützt mir denn eine Pension, wenn ich an einer blöden Maschine verrecke? He? Wenn ich abkratze mit einem halben Kilometer ungeleerten Schweinsdärmen um den Hals gewickelt. Ja, was lachst du? Das hat schon manchem den Gring auch gleich zerquetscht. My Seel, viel braucht das nicht, plötzlich bleibst du hängen, und fort ist der Husten! – Nein, ich bin nicht mehr auf die angewiesen. Dazu lebe ich zu einfach. Wir haben die Fünfer immer zweimal gedreht, meine Frau und ich. Gott sei Dank. Sonst gehe ich als Aushilfe einen Tag oder zwei pro Woche zu einem kleinen Metzger. Den Garten habe ich ja auch noch. Und das Kaninchengeld. Und BRISSAGO brauche ich keine mehr. Und in ein paar Tagen werde ich my Seel schon 63. Ja, 63 Jahre alt. Zwei Jahre noch, dann gibt's AHV. Aber komm! Ich will dir etwas zeigen! Rötlisberger stieß die Tür zum Fellraum auf.

– Schau! sagte er. Ein richtiges Blöschfell! Ganz rot. Nur am Kopf und am Schwanz weiß. Und am Widerrist. Du, das gibt es heute selten. Die Kuh über dem Eingang, da, der Schädel, der war auch von einer ganz roten Kuh. Von einer echten Blösch. Aber die hier, die ist schon angegraut. Wie ich. Hier an den Haarwurzeln sieht man es.

Haarseite außen, Fleischseite innen lagen die zusammengeschnürten Bündel auf Hubstaplerpaletten im Fellagerraum, und *schlachthofnaße, blutige, kotige Häute dürfen nicht mit gesunder Ware zusammen gesalzen werden,* und den Wänden entlang hingen an rostigen Haken aufgespannte Kaninchenbälge. Schafspelze türmten sich in einer Ecke. Es roch feuchtkalt nach Salz, auch nach ranzigem Fett. Und an jedem Fellpaket war eine Etikette befestigt. Mit Schlachtdatum, Gewicht ohne Salz, mit der Angabe der Gattung des Tieres.

Rötlisberger stieß mit dem rechten Holzschuh gegen das separat auf einer Palette aufbewahrte Blöschfell. Die Schnur löste sich, das Bündel verrutschte und lag aufgefaltet am Boden.

– He? Meinst nicht, ohne den Stacheldrahtschaden wäre das ein schönes Fell?

– Was verstehe ich schon von Kuhfellen, antwortete Lukas.

Elf Uhr fünfzehn.

Mehr Kälber.

Noch zwei Dutzend haben sie bei der Rampe vorn abgeladen und gewogen. Alle übermästet.

Krummen hat sie selbst geholt.

Durch die offene Schiebetür konnte ich ihn in den Treibgängen herumbrüllen und zuschlagen hören.

Acht Stück davon haben wir schon aufgehängt. Macht zusamen vierzehn.

Viehhändler Schindler hat auch einen Lastwagen voll geliefert.

Der hat zu tun heute.

Jetzt steht er hier in seinem weiten Küherhemd und ist stolz. He? Was ich für Ware bringe? Nicht nur so halbpatziges Zeug!

Die Eisenbahner, hinten auf den Geleisen, tragen ähnliche Arbeitskleider wie er. Lange Hemden aus dickem Stoff. Aus blauem Stoff. Aber sie haben keinen Kuhmist an den Stiefeln.

Huber und Hofer mögen es, wenn Schindler ihnen bei der Arbeit zusieht und erzählt, wo er die Kälber herhabe.

Im Wartekäfig drängeln die Viecher durcheinander. Sie legen sich ihre schweren Köpfe gegenseitig auf die Rückenkuppen. Oder sie versuchen, sich zu bespringen. Ungelenk sind sie. Übermästet und nicht an so viel Raumfreiheit gewöhnt. Die wachsen in Käfigen auf. In Einzelhaft. Links ein Brett. Rechts ein Brett. Hinten ein Brett. Und vor dem Kopf Wasser und Milchpulver.

Von den sechs Kälbern, die ich auf der Rampe geholt habe, ist kaum noch eine Spur übrig! Die Köpfe hat Luigi auf einen

Karren geladen. Kalbskopf wird in der Kuttlerei gebrüht. Mit dem Gekröse ist Buri abgezogen.

Die gehäuteten Kälber haben wir an die Rollkatzen gehängt und über die Waage beim Hallentor in den Hauptgang hinausgeschoben.

Bis ich wieder Blut rühren muß, schneide ich diesen hier den Siegel raus. Der Siegel, das ist die Lunge, die Leber, die Milz, das Herz, der Schlund, die Luftröhre. Alles, was in der Brusthöhle hängt.

Die Leber klebt fest. Bevor ich die Flügel einzeln vom Bauchfell reiße, ziehe ich die Gallenblase raus. Sie ist fast leer. Das Kalb muß noch am Verdauen gewesen sein. Die Galle schwamm in den Därmen rum.

Krummengebrüll: Daß du mir dann nicht wieder in die Kalbsmilken schneidest.

Ich passe ja auf.

Diese Drüse wollen sie ganz sehen. Geld!

Huber und Hofer häuten.

Das Fell um die Hinterbeine lösen sie mit dem Messer. Sobald sie sich an einem Zipfel richtig festhalten können, boxen sie mit den Fäusten auf die Innenseite der Haut ein. Dann werfen sie sich mit dem ganzen Körpergewicht dagegen.

Wenn Huber und Hofer ein Fell fertig abgezogen haben, befestigen sie eine Blechnummer daran. Jeder seine Nummer.

Sollte an der Haut später ein Messerschaden festgestellt werden, sind Huber und Hofer für den Verlust verantwortlich.

Ich blase Preßluft in die Kälberlungen. Damit sie ansehnlicher bleiben, für die Katzen.

Ich spüle den ganzen Siegel in einem Wasserbecken und hänge ihn an den Rechen. Dr. Wyss wird ihn untersuchen und stempeln.

Diese aufgepäppelten Kälber sind immer gesund. Sie werden oval gestempelt.

Der schöne Hügli wetzt sein Messer und stellt sich neben mich.

So? Hast du sie gegriffen? Im Stall draußen?

Er spricht, ohne mich anzusehen.
Weißt du jetzt, wo zugreifen?
Wenn du noch übst, gehen wir dann einmal zusammen zum Rösi in die Kantine.
Oder zur Spreussiger.
Aber üben mußt du!
Jeden Tag.
Ja, beim Rösi, da gibt es etwas zum Greifen.
Krummen.
Himmelheilanddonner! Willst jetzt noch den Stift versäumen!
So! Hügli! Piccolo! Überländer! Aufhängen!
Die nächste Ladung.
Ich soll wieder Blut rühren.
Blut rühren und träumen.
Denken.
Denken, daß ich nichts zu denken habe.
Jetzt zerren sie wieder an ihnen.
Vielleicht haben sich diese Kälber noch gar nie richtig bewegt. Die können gar nicht richtig gehen.
Uns braucht man nicht mit Gewalt hin- und herzuschieben.
Und morgen wieder in die Gewerbeschule.
Ein Nachmittag in trockener Kleidung. Kein Kühlraum. Kein Rückenweh. Keine nackten Unterarme. Hemdsärmel bis zu den Handgelenken. Wie die Leute in den Büros. Mit einer Schultasche.
Und der Lehrer brüllt seine Befehle nicht.
Er duzt uns auch nicht.
Sie, Marti! Sie, Heggenschwyler! Sie, Bühler!
Der Lehrer spricht gern von Sauberkeit. Vom Bild, das man sich mache vom sauberen Metzger. Reinlichkeit, meine Herren! Reinlichkeit! Duschen Sie häufig! Vergessen Sie die Socken nicht! Frische Wäsche ist enorm wichtig für die Hygiene.
Und das Blut?
Ich rühre Blut und denke an Reinlichkeit.
Sauber sollen wir sein.
Und dann Buchhaltung.

Ich hasse diese gottverdammte Scheißbuchhaltung.

Auf den weißen Heftseiten sind unsere Hände unheimlich groß, Schwielen haben wir, Pflaster auf angeschwollenen Schnittwunden, und die Zeilen sind unheimlich schmal.

Klein, klein und schön sollen wir schreiben.

Und ohne Fehler.

Ja können Sie nicht... Ja haben Sie nicht...

Marti! Was haben Sie eigentlich neun Jahre lang in der Schule gemacht?

Und wenn Sie dann einmal einen Brief schreiben müssen?

Da wird man denken.

Wieder ein Metzger.

Und Staatskunde.

Und das Schulzimmer wird überheizt sein. An warme Räume sind wir nicht gewöhnt. Die Augendeckel werden runterfallen. Schwer wie Blei.

So hält man uns in Schach.

Lukas hat recht.

Das wäre noch, wenn ihr plötzlich glauben würdet, ihr könntet reden, ihr hättet etwas zu sagen und könntet es auch noch aufschreiben. Wo würde das hinführen?

Schämen sollt ihr euch eurer Schrift.

Und schweigen!

Ihr sollt lernen, mit eurem Taschengeld eine Buchhaltung zu führen!

Ausgaben: ein Bleistift –.25, Fahrradreparatur 3.50.

Einnahmen: Trinkgeld 5.–.

Es bleibt übrig in einer Kolonne am Heftrand, zweimal unterstrichen: 1.25.

Gestern abend habe ich Lukas in seiner Wohnung besucht.

Er wohnt mit anderen Studenten zusammen.

Die können reden.

Die entschuldigen sich nicht für jedes überflüssige Wort.

Und von uns sprachen sie. Ohne mich anzuschauen. Als ob sie alle jahrelang im Schlachthof gearbeitet hätten. Es war mir peinlich. Die kannten alle Namen. Den Schlachthofdirektor.

Und dem Bössiger seine Krankengeschichte zeigt ja klar...

Und was ist ein Schlachthof denn anderes als ein wohlbehütetes Tabu, wo die Profitwirtschaft noch uneingeschränkt wüten kann? Es ist doch das klassische Exempel für die Machtlosigkeit der unteren Klassen. Schon Brecht hat gezeigt, daß der Unterschied zwischen Arbeiter und Vieh...

Auch Döblin beschreibt doch mit dem Berliner Viehhof nichts anderes als eine Grauzone...

Und es ist doch evident, daß rein global betrachtet...

Die können ganze Häuser bauen mit Worten.

Wackelige Häuser.

Aber man braucht sich nicht darin auszukennen, um Schlupfwinkel zu finden.

Ich kann mich verkriechen in Ideen.

Dem Lukas traue ich.

In den Blutkarren, in den vollen Tank haben sie ihn geworfen.

Huber und Hofer haben am lautesten gelacht.

Und das Blut. Der ganze Gang war verspritzt. Dann haben sie ihm die Hosen heruntergezogen.

Wir müßten uns eben abreagieren, hat Lukas gesagt.

Das liege alles in der Natur der Sache. Solange wir die Lasttiere der Gesellschaft seien, würden wir uns auch als solche verhalten.

Wir seien eben nicht stolz auf unsere Arbeit.

Schämen täten wir uns.

Die einen bewußt, die anderen unbewußt.

Dabei...

Wir trügen doch das Ganze auf dem Buckel!

Es ist nicht leicht, sich bei der Arbeit in einem Tagtraum zu verlieren.

Schon gar nicht, wenn geschossen wird.

Wenn jeder dem anderen auf die Finger schaut.

Ich muß mich hineinsteigern.

Rhythmus erleichtert es.

Das Zirkusbild: Die Reiterin. Der Hufschlag im Sägemehl. Die Musik. Das Pferd wiehert. Ein Riemen zieht ihm den Kopf auf die Brust herunter. Der Hals ist gebogen.

Und immer im Kreis.
Rühren.
Das Pferd schüttelt sich, wischt sich mit dem Schweif über die Flanken.
Und die Schenkel der Reiterin.
Immer weiter die Runde. Und immer im Takt. Und die Reiterin lacht. Halten ihre Schenkel das Pferd zurück? Jede Schranke könnte es überfliegen.
Und die Elefanten. Graue Riesenbabies.
Immer brav im Kreis.
Mit Schürzchen und Hütchen.
Warum machen die gute Miene zum dummen Spiel?
Himmelheilanddonner!
Warum hauen Elefanten nicht einfach ab? Diese Kolosse könnten doch den blöden Dompteur einfach über den Haufen ... einfach raus aus dem Zelt ... weg ... ab durchs Publikum!
Himmelheilanddonnerwettersternsteufelnocheinmal!
Krummen.
Meine Gummischürze ist ganz rot. Auch meine Bluse. Es tropft von meinen Händen.
So rührt doch kein Mensch Blut!
Siehst du nicht, daß alles zur Kanne hinausspritzt?
Schläfst du? Oder bist du besoffen?
Das braucht man doch gar nicht mehr zu rühren! Das wird doch nicht mehr dick! Komm! Hü! Nimm du das Kalb dort aus!
Jetzt grinsen sie wieder.
Ein Kalb wird erst ausgeweidet, wenn es an den Sehnen hinter den Sprunggelenken am Rechen hängt.
Die Kalbsfüße müssen weg. Die Suppenknochen.
Es ist nicht leicht, beim Knie die Stelle zu finden, wo das Gelenk durchgeschnitten werden kann. Ich säble hin und her. Meine Klinge findet die dünne Knorpelnaht nicht.
Jetzt solltest du das dann schon langsam ins Gefühl bekommen.
Immer soll man alles ins Gefühl bekommen.
Ich will es aber nicht ins Gefühl ...

Ich schweige und säble weiter. – Endlich: Das Kalb hängt.
Die Rute. Dann die Hoden.
Nicht wegschmeißen!
Huber steht neben mir und packt die beiden Drüsen. Sie sind stahlblau und noch nicht größer als ein Daumen.
Huber trägt in den Hosen an der Stelle einer Tasche einen Plastiksack. Er sammelt außer Hoden auch Rückenmark.
Ja, da kannst du dann. Er nickt dazu.
In Butter gebraten. Mit Salz und viel Pfeffer.
Potz Heilanddonner! Gell, Huber.
Hügli sagt, er fresse keine Hoden, er sei keine Sau.
Du weißt nicht, was gut ist.
Gut für was?
Eh, frag den Gilgen.
Aber Gilgen ist nicht da. Und Ambrosio auch nicht.
Hügli sagt, er nähme lieber ein kaltes Bier. Die schweren Saukälber brächten ihn ins Schwitzen.
Ich schwitze nicht.
Mir ist kalt.

9

Da war es wieder.

Bum! bum! bum! Wie wenn jemand in kurzen Zeitabständen mit einem Besenstiel unter Ambrosios Bett an die Balkendecke stoßen würde.

Dabei war Ambrosio nach einem Tag mit der Heugabel in der Hitze auf den Knuchelfeldern erschöpft auf seine Bettstatt geklettert. Er sehnte sich nach Schlaf und wälzte sich doch nur von einer Seite zur anderen

Er rauchte.

Er trat ans Fenster. Die Nacht war schwül, und der Mond stand leuchtend über den Hügeln des Langen Berges.

Ambrosio fluchte. Sein Körper hatte tagsüber Hitze gespeichert. Seine Sinne spitzten sich zu. Jeder Quadratmillimeter Haut an seinen Gliedern glühte.

»Hijo de puta! Maldito sea!«

Ambrosio rieb die geballten Fäuste über die Bretter der Täfelung. Von einer Ecke des Zimmers in die andere ging er der Wand entlang. Rauh und warm war das Holz an seiner Haut.

Er blieb vor einem der gerahmten Anker-Bilder stehen.

Mittlerweile war ihm auch im Dorf die weite Verbreitung dieser Bauernszenen aufgefallen. Überall hingen sie, die blondzopfigen Mädchen, die ehrfurchtsvollen stummen Kinder.

Ambrosio hauchte den Namen seiner Ehefrau.

Er klammerte sich an seiner Matratze fest, krümmte sich zusammen, streckte Arme und Beine wieder von sich. Sein Glied war angeschwollen. Er zerwühlte die Bettwäsche, verfluchte den Knuchelhof, den ganzen Langen Berg, den Mond, vor dessen käsigem Licht er in die untere Hälfte des Bettes floh. Und im Mondschatten preßte er sich das Kopfkissen an die Ohren. Dem Klopfen und dem Läuten der Kuhglocken wollte er entgehen.

Er stieß seinen Kopf gegen das Brett am Fußende seines Bettes: Bum, bum, bum, kostete er die Schmerzen an seiner Glatze. Er fuhr auf. Wie als Antwort auf sein eigenes Klopfen hatte auch das Klopfen unten im Haus von neuem eingesetzt. Wieder unmittelbar unter ihm. Unerbärmlich: Bum! bum! bum!

»Donnersgnuggelgeibesouhunggopfefriedestutz!« Ambrosio vergrub sein Gesicht in den Händen. Hatte er diese Knack- und Knorzlaute hervorgestoßen? Knucheldeutsche Wörter in seinem Mund?

Nach dem Gesicht betastete Ambrosio seine Muskeln an den Schultern, an den Oberarmen. Noch hatte das Jucken des Heus nicht nachgelassen. Ambrosio fühlte seine Müdigkeit mit eigenen Händen, roch den Stall und das Melkfett, die STEINFELS-Seife an seiner Haut, die trocken und braungebrannt wie Leder war.

Ambrosio rieb sich Rasierwasser ins Gesicht, auf Schultern, Brust und Bauch, auf seine Arme und Beine, auf sein Glied.

Und Ambrosio sah die Bäuerin.

Tagsüber hatte er neben ihr gearbeitet, er hatte ihre Nähe gerochen. Weiße, weiche Haut, feine Fältchen hatte sie an den Achselhöhlen. Durchschwitzter Stoff hatte an ihrem Rücken geklebt.

Wie sie sich wohl mit dem Bauern lieben würde?

Ein Becken so breit und füllig. Ein Becken zum Sich-Verkriechen.

Und die Fahrradfrau?

Ambrosio hörte ihr Keuchen. Er sah sie vorbeistrampeln, folgte den Hebelbewegungen ihrer gewaltigen Schenkel. Und er brauchte nur seinen Arm auszustrecken, brauchte sie nur leicht an der Scheitel zu berühren, schon löste sich ihr Haarknoten auf, schon fielen ihr lange, rehbraune Strähnen über die Schultern, flatterten: eine Mähne im Fahrtwind.

Blöschs Hörner kippten zurück. Die Knuchelleitkuh drückte sich das Hinterhauptbein ins Genick, preßte hinter den Ohren die Haut in Falten und entblößte am Hals ihren Kehlkopf. Bis ihr Nasenbein eine waagrechte Verlängerung von Rücken, Widerrist und Nacken bildete, hob sie ihren Schädel hoch, klappte dann den Unterkiefer runter und stieß ihr weit hinten im Bauch ansetzendes Muhen hervor. Es war ihr allerbestes Dröhnen: rechthaberisch und unnachgiebig.

Auch Spiegel und Gertrud hornten ihre Ungeduld in die Landschaft hinaus. Bei der Hofstatt, oben auf der Weide, wartete die Knuchelherde auf die Morgenmelkung. Wer nicht muhte, stand stur am Hag oder lag wie Bäbe, Stine und Fleck mit schiefem Leib im Gras. Die aufgeblähten Euter verhinderten eine bequeme Haltung.

Auf dem Hof öffnete Ambrosio die Klosettür. Ein aufgescheuchtes Huhn flatterte ihm gackernd um die Beine und hastete in riesigen Hühnerschritten über die Planken der Jauchegrube in Sicherheit.

Am Brunnen tauchte Ambrosio sein Gesicht ins Wasser, rieb sich die Augen, bespritzte sich, ließ Wasser über Schultern und Arme rieseln. Das Muhen der Kühe überhörte er. Mit geöffneten Augen tauchte er sein Gesicht noch einmal in den Brunnen.

Als Ambrosio durch die Hofstatt zur Weide hinunterstapfte, ging eben die Sonne auf. Die Stämme der Apfelbäume glitzerten silbern, im Gras funkelte der Rauhreif, und in dem flach einfallenden Licht hoben sich die Kühe in ihren Umrissen dunkel vom Hintergrund ab.

»Ho, ho!« und »Gum sässä!« rief ihnen Ambrosio beim Aufsperren des Zaunes zu. Blösch setzte sich als erste in Bewegung. Die anderen folgten, mit ihren milchschweren Eutern unter den Bäuchen zögerten sie bei jedem Schritt.

Im Stall kam Knuchel mit einem frisch gewaschenen Überkittel daher, hielt auch Ambrosio einen vor die Brust. »Hier, zieh dich um! Heute metzgen wir!« sagte er. An seinem Hals und an seinem Kinn klebten je ein Heftpflaster, er hatte sich schon frühmorgens rasiert.

Überaus großzügig schüttete der Bauer das Kraftfutter in die Krüpfe, und gleich nach den allernotwendigsten Reinigungsarbeiten wollte er mit dem Melken beginnen. »Muß ein Stall denn immer wie eine Stube aussehen? Komm, Ambrosio, wir fangen an!« Er griff zur Melkfettbüchse.

Noch vor dem Morgenessen wurde ein tischähnlicher Schragen und ein badewannengroßer Holztrog in die Tenne gebracht. Bis zum Rand wurde der Kartoffeldämpfer mit Wasser aufgefüllt. »Zum Brühen«, bemerkte Knuchel.

Als Ruedi nach dem Morgenessen von der Käserei zurückkehrte und Prinz vom Milchwagen abschirrte, fragte er: »Bekommt die Sau auch noch einmal Tränke?«

»Nein, nein! Nur noch einmal einen Eimer voll Milch und Äpfel, daß sie nicht schon schreit wie am Spieß«, antwortete Knuchel, der mit zwei Flaschen Weißwein unter dem Arm aus dem Keller kam.

»Aber...«

»Nichts aber! Lad die Schotte ab! Dann frag die Mutter, wo die Messer bleiben! Ich weiß beim Donner nicht, worauf die wieder wartet. Schürzen und Tücher sind auch noch keine da. Nicht einmal Geschirr.«

»Ja, ja, aber etwas Verrücktes ist es gleichwohl«, sagte Ruedi leise, während er zu den Kannen griff. »Der Bodenbauer mäht schon Emd, und wir? Was machen wir? Wir metzgen! Mitten im Sommer!«

»Brauchst gar nichts in deinen Bart zu brummeln!« fuhr ihn Knuchel an. »Mach du deine Sachen richtig! Jetzt kommt dann schon der Überländer Fritz, und wir sind wieder noch nicht fertig.«

»Hier ist er auf alle Fälle noch nicht, dein Störenmetzger«, meldete sich von der Küchentür her die Bäuerin. »Und sobald er kommt, bringe ich die Wäsche dann schon raus. Das laß nur meine Sorge sein! Aber wegen den Messern, davon wird dieser teure Überländer hoffentlich selbst genug mitbringen.«

Dem pflichtete die Großmutter, die über die Außentreppe auf

die Laube stieg, kopfschüttelnd bei: »Das wäre mir noch! Dem Störenmetzger die Küchenmesser hergeben.«

»Was beim Donner ist jetzt mit euch allen los?« Unmutig griff Knuchel zum Wasserschlauch, um das zu schlachtende Schwein abzuspritzen. »So ein großes Gestürm wegen einem kleinen, kleinen Säuli!«

Als die Großmutter von der Laube herunterrief: »Er kommt! Jetzt kommt er!«, und der Störenmetzger Überländer mit einem Motorrad auf den Knuchelhof ratterte, hatten sich im Brunnen längst die Etiketten von den dort kaltgestellten Flaschen gelöst.

»Ist ja auch Zeit«, brummte der Bauer, und die Bäuerin meinte: »Macht der einen Saukrach mit seinem Töff.«

»Ein JAVA«, sagte Ruedi.

Kaum stand Fritz Überländer in seinem schweren Ledermantel, den er mit einer Hand aufknöpfte, neben dem Motorrad auf Knuchelboden, fragte er: »So, ist die Sau parat? Können wir metzgen?«

»Gewiß ja, Fritz.« Der Bauer nahm Schnapsgläschen vom Küchenfenstersims, füllte sie mit Kirsch, streckte jedem eins hin und sagte: »Also, auf die Sau. Es soll gelten!« Gemeinsam wurde getrunken. »Auf die Sau!« klang es im Chor.

»Das kommt wohl in die Küche? Oder wo wursten wir?« fragte Fritz Überländer, der außer seiner Werkzeugkiste einen demontierbaren Wurstfüller vom Gepäckträger seines Motorrades schnallte.

»He ja, metzgen draußen, wursten drinnen«, sagte Knuchel.

»Also dann!« Fritz Überländer schleppte die Kiste in die Tenne, schloß sie auf, legte einen Schußapparat auf den Holzschragen, schlüpfte in eine Metzgerbluse, band sich die Schürze um und meinte: »So. Jetzt können wir von mir aus loslassen. Was meint ihr? Wollen wir sie nehmen?«

Das Licht ging an. Die Stalltür quietschte. Am Pferch rutschte der Riegel zurück. Aus der hintersten Ecke wurde erst mit dem Rüssel gerochen, an Schuhen, an Schürzen, ein Grunzen, da waren stoßende Hände, eine Schlinge, es wurde gesäumt, gezögert, vor der Stalltür machten sich Bedenken breit, kurze Beine gegen das Hofpflaster gestemmt, und dann wurde ums Leben gequiekt, gezerrt, gestrampelt.

»So du Cheib! Wenig Wolle und viel Geschrei!« Störenmetzger Überländer griff härter zu. Die Stricke an Rüssel und Haxe strafften sich, schnitten ein ins Schwein. Und Prinz schlüpfte aus der Hütte, schlich in die Hofstatt hinunter, die Großmutter machte sich Richtung Hühnerhof davon. Stumm lösten sich die Kinder von der Wand der Tenne, kamen näher. Ein Röcheln drang aus der platt auf den Boden gedrückten Kehle, und nach dem Schuß fragte Theres: »Ist es jetzt tot?«

»Tut nicht so! Sonst macht es der Sau noch mehr weh!« Der Störenmetzger bohrte dem Schwein das Stechmesser in den Hals.

Die Bäuerin hielt eine Bratpfanne unter den hellroten Strahl aus dem zur Seite geplumpsten Schwein. Ruedi und Ambrosio pumpten an den Beinen, der Bauer kniete auf dem Schweinebauch. Fritz Überländer fuhr sich mit dem Handrücken unter der Nase durch und wetzte sein tropfendes Messer.

»Wer hätte jetzt gedacht, daß das kleine Säuli so viel Blut in sich hat?« sagte die Bäuerin, während sie die bis zum Rand gefüllte Pfanne in die Küche trug.

»Eh, dann wollen wir die Sau brühen!« Der Störenmetzger steckte sein Messer weg. Eimerweise wurde das heiße Wasser aus dem Kartoffeldämpfer in die Tenne getragen und dem Schwein im Trog über die Borsten gegossen.

»So jetzt!« sagte Knuchel. Er schabte mit einer Brühglocke dem Schwein über die Schwarten. Auf seiner Stirn bildeten sich Schweißperlen. »So jetzt!« sagte er abermals.

Brühwasser spritzte durch die Tenne. Störenmetzger Überländer gab Anweisungen. Ruedi und Ambrosio kratzten eifrig mit an Schinken und Speck. Nachdem die Borstenhaut abgebrüht war, wurde der Schweineleib auf den Schragen gelegt. Weiß, immer weißer wurde das Schwein.

Und als Fritz Überländer zum langen Rasiermesser griff, um im Alleingang die letzten Haare zu entfernen, erzählte er vom

Bezirksschlachthof: An einem einzigen Nachmittag würden sie dort weit über hundert Schweine schlachten, wie am Schnürchen gehe das dann. Und gerade jetzt wolle man die Kapazität noch erhöhen. Ein größeres Brühbecken, eine neue Kratzmaschine solle demnächst eingebaut werden.

»Über hundert Schweine? An einem Nachmittag?« fragte Ruedi.

»Jawohl«, sagte Fritz Überländer und machte einen Schritt vom Schragen weg. Knuchel hatte eine Weißweinflasche geholt, schenkte ein und sagte: »So jetzt!«

»He? Das Wetter! Ist doch heiß wie eine Saumore«, sagte der Störenmetzger nach dem ersten Schluck.

»Ja, aber das Brühen, das ist immer das schlimmste«, sagte Knuchel.

»Und das hätten wir.« In einem Zug leerte Fritz Überländer sein Glas.

»Ja, das hätten wir, gell«, wiederholte Knuchel.

»Und die Frau? Wo hast sie jetzt?« fragte Fritz Überländer.

»Die Frau?« Knuchel füllte die Gläser auf. »Die Frau, die kann dann beim Wursten helfen. Beim Metzgen hat das Weibervolk nichts verloren.«

»So? Meinst nicht?«

»Nein.«

»Und warum?«

»Du Fritz, Metzgen, das ist Männerarbeit. Jawohl. Präzise so wie das Melken.«

»Gell ja, im Stall verdrehen sie den Kühen die Köpfe und grännen nachher in die Melchter, bis die Milch säuert«, sagte Fritz Überländer und lachte.

»Und beim Metzgen schneiden sie sich in die Finger«, sagte Knuchel und lachte auch.

»Ja, ja, das hat schon mein Alter gesagt«, fuhr der Störenmetzger lachend fort. »Die Frauen sollen fleißig in der Milch baden, das mache schön, aber das Melken, nein, das überlasse man besser den Männern.«

»So ist es.« Knuchel spitzte seinen Mund, stellte die leere

Flasche weg, kratzte sich im Nacken und fragte: »Was meint ihr? Wollen wir wieder?«

Das Schwein wurde kopfüber an die Tennenwand gehängt und von oben bis unten aufgeschlitzt. Graubraungrün drängten die Innereien hervor. Der Überländer arbeitete flink, unter den staunenden Blicken der dabeistehenden Männer holte er Gedärme, die Gebärmutter, Lunge, Leber, Herz und Nieren aus dem Schweineleib und verteilte alles in Schalen und Schüsseln.

Ambrosio wurde mit dem Mastdarm zum Hofbrunnen geschickt. Der müsse zuerst gewaschen werden, damit man schon Blutwürste machen könne, meinte der Störenmetzger. »Lavare bene! Girare subito!« sagte er zu Ambrosio.

»Blutwürste! Mitten im Sommer«, brummte Ruedi, der mit einer Fahrradpumpe die Harnblase des Schweins blähte, und Knuchel sagte nachdenklich: »So, du kannst Spanisch.«

»Nur ein paar Worte Italienisch,« sagte Fritz Überländer und holte aus zum ersten Schlag auf die Wirbelsäule des ausgeweideten Schweines. Der Bauer stellte sich hinter ihn, verfolgte aufmerksam, wie sich ein Wirbelknochen nach dem andern spaltete, und klagte dazu über den Käser, auch über den Gemeindeammann, darüber, wie sie ihm des Spaniers wegen alle Schwierigkeiten machen würden und wie er sich vergebens um eine Lösung bemüht habe.

Als der letzte Rückenwirbel entzweigeschlagen war, richtete sich Störenmetzger Überländer wieder auf, griff an den Speck der nun frei hängenden Schweinehälften, rümpfte die Nase und sagte: »Hans, das ist alles dummes Zeug. Schick du deinen Spanier zu uns. Im Schlachthof, da darf jeder werken. Das wäre mir noch! Wenn es sein muß, kann der noch nächste Woche anfangen.«

»Ja, du meinst...«

»Aber sicher. Wenn ich es dir doch sage.«

»Also gerade so pressieren tut es wäger nicht.« Knuchel rieb sich das rechte Handgelenk und schaute erst in die Hofstatt, dann in die Weide hinunter. »Eh ja, jetzt haben wir ja noch das

Emd, und für den Weizen, da könnten wir ihn auch gebrauchen. Nachher kommen schon bald die Erdäpfel, und bis das ganze Obst wieder in den Kisten ist. Und dann die Runkelrüben. Wer soll die wieder alle stechen? Nein, gerade so pressieren tut es nicht. Gemolken muß ja auch noch immer sein.«

»Hans, wie du meinst. Wenn's Zeit ist, schickst ihn zu mir. Ich gehe dann aufs Büro mit ihm. Die sorgen dann auch für ein Zimmer.«

»Ein Zimmer, gell? Das muß ja dann auch sein, in der Stadt.« Knuchel griff zur linken Schweinehälfte, lud sie sich auf die Schulter und fragte: »So, wollen wir hinein auf den Küchentisch mit dieser Sau?«

Vor der Tenne stand die Bäuerin. Sie schaute auf die leere Flasche, dann, als ob sie fragen wollte: »Und? Säuft er?« auf den Bauern. Stattdessen fragte sie: »Seid ihr schon fertig mit Metzgen?« Ohne eine Antwort zu erwarten, beugte sie sich vor, zog den Bauch ein, schaute an sich runter und meinte: »Das Säuli hat mich gewiß noch wüst angespritzt.«

»Warum mußt du auch eine weiße Schürze tragen. Es ist doch nicht Sonntag«, sagte Knuchel unter seiner Schweinehälfte hervor.

»Du hast doch auch Frisches angezogen. Und rasiert hast dich schon am Morgen früh.«

»Aber doch nicht wegen der Sau«, gab Knuchel zurück und ging voran in die Küche. Der Schweinehals wackelte schlabbrig auf seinem Rücken.

»Warum denn?« fragte die Bäuerin leise und hob ein Sehnenschnipsel vom Boden auf, das sie vor die Hundehütte warf, wohin sich Prinz wieder verkrochen hatte.

Ambrosio kannte diese Straße. Er kannte sie gut. Wie ein ausgelegtes Band führte sie den Hügeln entlang über den Langen Berg, schlängelte sich asphaltgrau durch Weiden und Äcker von Dorf zu Dorf. Wenn Ambrosio allein oder mit Luigi in die Stadt gefahren war, hatte er im Postbus gesessen und immer leicht zweifelnd in diese Landschaft geschaut. Diese Menschen, diese Dörfer, diese Hügel und Wälder und Berge, war das wirklich alles echt?

Auch jetzt hegte Ambrosio Zweifel. Er saß mit Viehhändler Schindler auf dem Traktor. Es wurde langsam gefahren; der Motor war überfordert, größere Steigungen vermochte er nur im Kriechgang zu überwinden, aber Schindler war nicht ungeduldig, er schleppte eine stolze Fracht: Hinten im Anhänger stand Pestalozzi.

»Ja potz Heilanddonner, die Herren Großviehhändler werden mir etwas zusammenstottern, wenn wir mit dem ganz großen Stierenanhänger auf den Platz fahren, um den da abzuladen.« Lachend zeigte Schindler mit dem Daumen über seine Schulter auf Pestalozzi.

Der Viehtransporter, den sich Schindler ausgeliehen hatte, war ein offener Holzkasten von der Größe eines kleinen Hauses, er hatte drei Achsen, ebensoviele Handbremsen und einen doppelten Boden. Da sein Schwerpunkt noch unter dem Boden lag, hätte diesen Anhänger auch ein tobender Stier nicht umkippen können. Die Seitenwände waren mit Eisen beschlagen und so hoch, daß Pestalozzis Rücken sie nur um weniges überragte. Am Nasenring angekettet, den belockten Schädel mit um die Hörner geschlungenen Stricken tief gehalten, war von ebener Erde aus wenig zu sehen vom massigen Leib des ehemaligen Innerwaldner Dorfstieres.

Aber von oben sah Ambrosio den gewaltsam gekrümmten Hals, auch den Schaum an den Nüstern des Bullen, und Ambrosio sah gleichfalls den rosigen Nacken des Viehhändlers, der vor Freude auf einen guten Handel zu glühen schien.

Und einmal mehr sah Ambrosio das fette Grün des Grases, das schwere Dunkelbraun der Erde in den gepflügten Äckern links und rechts der Straße. Bunt waren die Wälder, verdächtig bunt, verdächtig schön.

Demonstrativ langsam gingen Männer und Frauen mit Maschinen und Pferden der harten Feldarbeit nach. Tief und breit beugten sie sich über Kartoffeln und Runkelrüben. Sie bewegten sich, als täten sie es zu ihrem Vergnügen, als wären sie von der Wichtigkeit ihrer Gesten überzeugte Schauspieler.

Ambrosio holte sich eine Zigarette hervor, die er dank seinem Zunderfeuerzeug auch im Fahrtwind anstecken konnte, und nahm einen tiefen Zug. Nein, wenn alle, die hier herumgingen, die pflügenden Männer, die ewig blumenbegießenden Frauen, wenn alles, was da herumstand an bunten Bäumen, an hohen Zäunen und euterstarkem Vieh, lediglich zu den Kulissen einer gigantischen Theateraufführung gehören sollte, die eigens, um ihn irrezuführen, inszeniert worden war, so war das Unternehmen gescheitert. Ihn, Ambrosio, hatte man nicht getäuscht.

Wie diese Gehöfte doch wieder prahlten, mit ihren am Straßenrand ausgestellten Miststöcken. Aber Ambrosio hatte keine Ehrfurcht mehr vor dieser Welt, er hatte mittlerweile einiges ergründet, hatte selbst von diesem Mist auf die Felder geführt, und auch noch am Tag zuvor, bis zu seinem letzten Tag auf dem Knuchelhof, hatte er den Innerwaldnern durch die Geranien hindurch in die Stuben gesehen.

Seit Wochen war von seiner Abreise die Rede gewesen. Der Bauer hatte Luigi als Dolmetscher geholt, man hatte telefoniert, Fritz Überländer hatte recht gehabt. Und der zu erwartende Lohn in der Stadt war beachtlich. Ambrosio hatte eingewilligt, hatte nach Spanien geschrieben, daß er demnächst als »carnicero« mehr Geld verdienen werde. Der Gemeindeammann hatte die Papiere zurückgebracht, und auf dem Galgenhubel war die Stellung in der Stadt begossen worden. Sollte es Ambrosio gefallen, wollte auch Luigi seine Koffer packen, vorläufig aber klang »Schlachthof« in seinen Ohren noch zu sehr wie »Bodenhof«. Doch Fritz Mäder, der Feldmauser, der wiederholt als Taglöhner auf dem Knuchelhof bei der Ernte mitgearbeitet hatte, war ganz dafür: »Geht doch! Geht doch in die Stadt! Was wollt ihr hier auf fremdem Boden schwitzen!« hatte er gesagt.

Und gestern nach der Abendmelkung, die Herde hatte sich bereits ins Stroh gelegt und wiederkäute genüßlich gehäckselte Rüben, da hatte sich Knuchel hinter Blösch im Stallgang die Handgelenke gerieben und gesagt: »Morgen käme der Schindler.

Er holt im Dorfe oben den müden Muni ab. Könntest mit ihm fahren, bis in die Stadt. Willst? Dann komm, wenn es doch sein muß! Gehen wir in die Stube, dort können wir rechnen!«

»Como no«, hatte Ambrosio geantwortet und hatte hinter dem Bauern den Stall verlassen. Aber da war es: Bum! bum! bum! Weniger dumpf als in seiner Kammer oben, aber härter und lauter. Unter der Küchentür hatte Ambrosio gestutzt, doch beim Betreten der Knuchelstube war er zusammengezuckt. Die Knuchelkinder! Unmittelbar vor ihm hatten sie auf dem Sofa gesessen, Stini links, Theres rechts, der kleine Hans in der Mitte, und alle drei hatten, mit dem Oberkörper wippend, ihre Hinterköpfe gegen die Stubenwand geschlagen. Mit aller Wucht. Bum! bum! bum!

»Gell die Kinder«, hatte der Bauer mit einem Seitenblick auf Ambrosio gesagt. »Das machen sie gern, beruhigen solle es sie. Aber schau, hier ist Geld!«

Wie abwesend hatte Ambrosio die hingeblätterten Scheine entgegengenommen, und noch als der Bauer zwei Gläser mit Schnaps vollgegossen und gesagt hatte: »Prost. Es ist Bäzi-Wasser. Von unserem, ich gebe dir dann noch eine Flasche mit, in die Stadt, also, es soll gelten!« war ihm das Klopfen der rhythmisch an die Holzwand geknallten Kinderköpfe durch Mark und Bein gegangen.

Knuchel hatte dann erzählt, daß er noch in diesem Herbst wieder Schnaps zu brennen gedenke. Und zwar wie immer zwölf Flaschen, darauf habe er nämlich Anrecht, eine pro Kuh im Stall, was von früher her der Brauch und auch Gesetz sei, weil man da ja noch mit Gebranntem am Vieh habe herumdoktern müssen. Und die Dorfbauern hatte Knuchel einmal mehr beschimpft. »Die können mir den Buckel herunterrutschen, mitsamt ihren Melkmaschinen.« Ambrosio hatte jedoch sein Glas schon geleert und sich rückwärts, die Baskenmütze durch die Finger drehend, der Stubentür genähert. »Buenas noches«, hatte er gesagt.

Von dem Klopfen verfolgt, war er im Stall auf und ab gegangen, hatte dem Mahlen der Knuchelkühe gelauscht, ihre

Namen: Bäbe, Fleck, Scheck, Schneck, Bössy, Meye, Flora, Tiger, Stine, Gertrud, Spiegel, Blösch, hatte er vor sich hergesagt und war doch dem durchs ganze Haus dröhnenden Bum! bum! bum! nicht entkommen.

Später am Abend hatte Ambrosio seinen Sperrholzkoffer gepackt, seinen Anzug über den Stuhl bereitgelegt und auch das verdiente Geld gezählt. Es war mehr gewesen, als er erwartet hatte. Der Knuchelbauer hatte einen vereinbarten Monatslohn dazugegeben.

Jetzt auf dem Traktor betastete Ambrosio die Banknoten in seiner Westentasche. Er löste seinen Blick von den Zäunen und Scheunen, von den musterhaft bestellten Feldern und betrachtete Schindlers Kopf. Diese Konturen! Dieser Hals! Da war etwas dran, an Fett und Fleisch. Aber war dieser Schädel hinten nicht verdächtig platt? War dieser Hinterkopf nicht eine senkrechte Verlängerung des Nackens?

Ambrosios Gedanken wurden jäh unterbrochen. Mit aller Kraft stemmte Schindler unter dem Lenkrad beide Stiefel auf die Pedale. »Was will jetzt der Landjäger?« fragte er.

Ein Polizist in schwarzer Uniform winkte das Fuhrwerk an den Straßenrand. Die Hand am Mützenrand trat er neben den Traktor. »So, was habt Ihr da?«

Schindler schaute in den Anhänger, als müßte er sich selbst erst vergewissern, stellte den Motor ab und antwortete: »Einen Muni.«

»Abladen! Fahrzeuginspektion!«

Schindler schoß das Blut in den Kopf. Er rutschte in seinem Sattelsitz hin und her, würgte, drehte das Lenkrad, sagte erst ganz leise: »So ein Furz«, und dann ganz laut: »Eh, das ist der Pestalozzi von der Zuchtgenossenschaft Innerwald. Das ist der brävste Muni weit und breit, ich kann den doch jetzt nicht einfach ... man könnte meinen, er hätte die Maul- und Klauenseuche!«

»Ist es etwa ein böser?«

»Das gewiß nicht, aber ungattlich groß und breit ist er. Uhgh, bis ich den losgebunden hätte.«

Der Polizist stellte sich auf eines der Räder am Anhänger und guckte über die Seitenwand. »Ja, ja, der hat bestimmt eine Blase wie ein Elefant«, sagte er und zeigte mit ausgestrecktem Arm nach hinten auf die Straße: »Den Strich dort, bis um die Kurve, seht Ihr den? Seht Ihr, wie das naß ist?«

»He, der muß etwa auch beisseln, was er säuft.« Schindler kratzte sich unter seinem blauen Überwurf am Bauch.

»Aber nicht bei uns auf die Straße«, gab der Polizist barsch zurück. »Wenn da alle einfach so mir nichts dir nichts die Straße verdrecken würden! Macht mal auf hinten, wenn Ihr den Muni schon nicht abladen wollt.«

Schindler kletterte vom Traktor und ließ die Brücke herunter.

»Eben«, der Polizist griff zu seiner Ledertasche. »Das habe ich mir doch gedacht. Ihr habt ja gar keinen Kot- und Urinbehälter. Ich muß Euch aufschreiben!«

»Jetzt Gopfridstutz, hört mir doch auf. Das ist gewiß der erste Muni, den ich führe. Ich bin Kalberhändler, das ist ja gar nicht mein Stierenanhänger.«

Doch die Buße wurde ausgeschrieben. Mit zornrotem Kopf nahm Schindler den Zettel entgegen und faltete ihn zusammen, faltete ihn noch einmal, faltete ihn immer wieder, bis er ihn nicht mehr kleiner falten, nur noch zusammenpressen konnte und der Polizist längst in seinem weißen VOLKSWAGEN davongebraust war.

»Dieser Heilandsdonner! Man könnte auch meinen. Wegen diesem bißchen Munibeissel«, brummte Schindler. Bevor er die Ladebrücke wieder hochklappte, breitete er mit den Füßen die spärliche Streue unter Pestalozzis Hinterhand neu aus und sagte: »Mußt halt ins Stroh schiffen, du Löl!«

Kurz vor der Stadt wurde für den Viehverkehr eine Umleitung vorgeschrieben. »Munimärit« stand auf einer Signaltafel. »Genau dahin wollen wir«, wandte sich Schindler an Ambrosio. »Zuerst verkaufen wir so einem Ausländer den Pestalozzi, und nachher gehen wir mit dir ins Schlachthaus.«

Ambrosio nickte.

Der Stierenmarkt wurde auf der Allmend abgehalten, die auch

als Truppenübungs-, Spiel- und Sportplatz diente. Etliche hundert Stiere standen in Reihen oder gingen schnaubend, klotzköpfig an Ringen, Stangen und Ketten. Wie Gewehrsalven klang das Getrampel ihrer Klauen, wenn sie über steile Ladebrücken hinunter aus Anhängern und aus Lastwagen geführt wurden.

Vom Traktor aus sah Ambrosio bei der Anfahrt ein rot-weißes Meer von massigen Rücken und Nacken, auch stieg ihm sogleich der geschlechtlich-würzige Bullengeruch in die Nase.

Eine verhaltene Unruhe ging von den wuchtigen Tieren aus. Angekettet wurden sie gemäß ihrer Altersklasse in langen Reihen, bis zu fünfzig Stiere standen nebeneinander, doch noch wurden Positionen vertauscht, Preisrichter in weißen Berufsmänteln stellten eine auf Aussehen und Leistung beruhende Rangordnung her.

Die gefällten Entscheide waren nicht unumstritten. Viehhändler und Bauern gaben in Gruppen und Grüppchen wortkarge Meinungen von sich, taten feierlich, schüttelten neu herbeitretenden Bekannten die Hände – schüttelten sie lang, schüttelten sie kräftig –, hielten sich dann wieder fest an ihren Küherhemden, am Revers ihrer Kittel, stemmten sich, während sie den Preisrichtern über die Schultern guckten und, je nachdem, Einverständnis nickten oder Protest brummten, ihre Daumen unter die Kragen.

Um steigende Preise bangten die Käufer. Sie waren überzeugt, daß der Stier, der sie interessierte, unmöglich einen derart hohen Rang verdienen konnte.

Die jeweiligen Besitzer fanden dagegen, daß gerade ihre Bullen zu tief eingestuft wurden. War der eigene Stier nicht der prächtigste im ganzen Areal? Wie er dastand, auf seinen Stützpfeilern von Beinen, auf seinen suppentellergrossen Klauen! Und wie gut sich an seinem Schädel doch das Lederzeug mit den aufgestickten Blümchen und Kreuzchen machte! Welcher andere Stier war denn auch noch unter dem Schwanz so sauber gestriegelt?

So zogen Unzufriedene die Augenbrauen zusammen, bückten sich, schauten den Stieren selbst unter den Bauch, prüften die

Hochtaxierten besonders kritisch. »Es könnte ja ein Blender sein«, wurde gesagt. Wer an Stockmaßen zweifelte, stellte sich neben die Tiere, trat dann wieder einen Schritt zurück und sagte: »Das Maß hätte er« oder aber: »Reicht mir kaum zur Achsel. Wenig dran, an dem Cheib!«

Am härtesten urteilten die Bauern und Händler, die weder kaufen noch verkaufen wollten. Ihnen stand der eine zu gerade, der andere zu tief, der dritte hatte ungleiche Hörner, der vierte zu dicke Fesselgelenke, dem fünften zeigte jemand auf die nicht eingefetteten Klauen und meinte: »Nicht einmal Salbe an den Schuhen«, der sechste hatte zuviel Vorder-, der siebte zuviel Hinterhand, der achte zuwenig Fleisch am Hodensack, der neunte wurde verdächtigt, einen Schuß eingekreuztes Blut in den Adern zu haben, und der zehnte war gabel- oder gar stuhlbeinig, seine Hinterhand war den Betrachtern also entweder zu eingeknickt oder zu steif.

Enttäuschung vorspielend drehten diese Unbeteiligten den Stieren ihren Rücken zu und machten ihrer Geringschätzung Luft: »Das hat man jetzt von der künstlichen Besamung: nur noch Elite, keine Breite mehr!«, und sie hielten unter den anderen Marktfahrern nach Bekannten Ausschau. Ein alter Bauer in einem halbleinenen Anzug meinte: »Ja, ja, bevor der Junge den Hof genommen hat, bin ich auch noch immer gegangen, nach Knollenfing. Dort gab es Stiere, uhgh du!« Ein noch älterer Bauer stieß seinen Gehstock in den Boden und antwortete: »Ja, nach Knollenfing. Aber dann zu Fuß, gell!« und nach einer Pause: »Du Fritz, jetzt wollen wir einmal zusammen reden und in der Wirtschaft eine Flasche nehmen. Sonst haben wir nie Zeit, aber jetzt haben wir Zeit.«

Um so mehr Aufsehen erregte Schindler mit Pestalozzi. Schon beim Abladen scharten sich Neugierige um den großen Stierenanhänger, reckten die Hälse und meinten: »Ja, das ist noch einer, das ist ein Muni!« Einer schielte dabei auf Ambrosio und lachte: »Aber ein kleines cheiben Knechtlein.«

Als Schindler Pestalozzi durchs Marktareal führte, wurde er von allen Seiten gegrüßt, Gespräche wurden unterbrochen, man drehte sich um und musterte den Händler mit dem Innerwaldner Stier.

Bei der Sammelstelle für die Fünfjährigen griff sich Schindler an den Kopf. »Eh, habe ich mich jetzt trumpiert«, rief er aus und führte Pestalozzi noch einmal quer durchs Areal zu den Vierjährigen, wo sich ihm auch schon ein Preisrichter in den Weg stellte, der sich langsam den Berufsschurz aufknöpfte, ein rotes Taschentuch hervorzog, sein Gesicht darin vergrub, sich laut und anhaltend die Nase schneuzte, das Tuch wieder zusammenfaltete und fragte: »Was bringt Ihr da?«

»Das ist der Pestalozzi«, sagte Schindler.

»So. Ich habe es noch gedacht. Mit diesen Locken. Der Sohn von dem da, wie heißt er?«

»Vom Jean-Jacques.«

»Genau.« Der Preisrichter ging einmal rund um Pestalozzi herum und fragte: »Wollt Ihr ihn nur prämieren lassen, oder ist der zu haben?«

»Also ...«, Schindler zögerte. »Wenn einer das Geld gerade auf den Tisch legen könnte, warum nicht?«

»Dann kettet ihn ganz vorne an«, befahl der Preisrichter.

»So komm!« Schindler zog mit der Stange wieder leicht am Nasenring. Pestalozzi, der aus den Nüstern schäumte, senkte seinen Schädel und muhte. Als der Stier endlich mit Hornstrick und Kette festgemacht auf dem ersten Platz bei den Vierjährigen in der Sägemehlspreue stand, löste sich ein junger Landwirt in grüner Überkleidung aus einer Gruppe und trat neben Schindler. Er stieß den Kalberhändler mit einem Ellbogen an, zeigte mit dem Kinn auf Pestalozzi und fragte: »Warum wollen sie ihn nicht mehr, in Innerwald oben?«

Schindler räusperte sich, hob die Hand, seine Fingernägel berührten schon die Haut am Nacken, doch er ließ den Arm wieder fallen. »Ja weißt! Die Höhenluft! Dem einen tut sie gut, dem anderen nicht. Und dann he ja, die haben noch den Gotthelf.«

»Wird der nicht langsam alt?«

»Wer?«

»Eh, der Gotthelf.«

»Kannst denken.« Schindler kraulte Pestalozzi am lockigen Schädel.

»Für uns im Oberland wäre der da sowieso zu teuer«, meinte der junge Bauer. »Wir züchten sie noch selber. Aber hier, da soll ja wieder alles gemetzget werden.«

»He, wenn man sie nicht mehr braucht, oder nur noch die ganz guten.«

»Aber die Herren aus dem Ausland sollen auch wieder hier sein. Alles, was über 1000 kg wiegt, würden sie aufkaufen für ihre Besamungsstationen in Holland und in Österreich. Ja, die werden dann wieder einen Preis bezahlen, für den da.«

»Der ist seinen Preis aber auch wert«, sagte Schindler.

»Ja, ja, der Pestalozzi«, erwiderte der junge Bauer, stieß Schindler noch einmal den Ellbogen in die Rippen und lachte.

Ambrosio, der das Geschehen beobachtet und für einen sich anbahnenden Handel gehalten hatte, setzte sich in der Festwirtschaft an einen Holztisch und bestellte ein Bier. »Ein Spezial«, sagte er halb auf Knucheldeutsch, halb auf Spanisch.

»Gern ja, ein Spez«, sagte die Serviererin.

10

Und überall im Schlachthof hinter dem hohen Zaun am Rande der schönen Stadt wurde zugelangt, daß die Schwarten krachten. Die Männer fluchten und spuckten sich die Kehlen trocken bei all dem Viehtreiben und Schießen und Stechen und Bluten. Es achzte in Gelenken an Schultern und Hüften, geschundene Rückenwirbel schmerzten. Man träumte von einer Zigarette, von einem kühlen Bier. Seufzer wurden unterdrückt.

Ernest Gilgen – noch immer in Straßenkleidern – schritt die Reihen der Kuhhälften ab, die zur Lagerung in der Großviehkühlhalle hingen. Nein, heute ziehe ich mich nicht um. Heute nicht. Meine Lumpen, die bleiben im Schrank. Bei jedem Schritt schlug er mit der Faust auf eine Kuhschulter. Die Karkassen wackelten an den Hängebügeln. Gilgen schlug auf das erstarrte Außenfett von wohlgemästeten Tieren.

– Hugentobler! Hugentobler, du schwerhöriger Sauhund! brüllte er. Wo bist du? Wo versteckst du dein viereckiges Holzscheit von einem Gring denn wieder? Nom de dieu, zeig dich doch mal! Das Geschrei kam nicht zum Klingen. Wie sich Gilgen auch anstrengte, seine Worte erhoben sich nicht zu jener Resonanz, mit der er sich so gerne die eigenen Ohren füllte, dafür sorgte das Dröhnen der gewaltigen Deckenluftkühler, und eine *Kühlanlage ist eine Anlage zur Herabsetzung der Temperatur in umschlossenen Räumen oder von Gegenständen, bes. von leicht verderbl. Waren, meist ein wärmeisolierter Raum, in dem mittels Kältemaschine die Temperatur gesenkt wird,* und gegen den massiven Ansturm auf die unwillkommene Lebenstätigkeit der Mikroben mußte auch der große Gilgen verstummen.

Er bückte sich und spähte unter den aufgehängten Kühen hindurch nach Hugentoblers Beinen. Er sah nur zottige Hälse, ein Dickicht von starren Gliedmaßen. Nom de Dieu! Wo steckt der denn? Wenn man ihn einmal braucht...

Hugentobler schob Schweine, die am Vortage geschlachtet worden waren, aus der zweiten Kühlhalle. Die gespaltenen Leiber hingen an Laufkatzen. Hugentobler stemmte seine Schultern gegen die Speckseiten, Gilgen mußte brüllen, bis sich der eingemummte Mann ihm zuwandte.

– Sag, Hugentobler, wie kalt ist es jetzt im Gefriertunnel?

– He? Was willst du? Hugentobler nestelte an seiner Fellmütze rum und machte ein Ohr frei.

Gilgen wiederholte die Frage.

– Dort ist das Thermometer. Langsam hob sich die behandschuhte Hand. Sie zeigte auf den Eingang zum Vorraum der Tiefkühlanlagen.

– Sei doch nicht so rumpelsurrig, wie kalt ist es?

– Kalt.

– Aber wie kalt?

– Hast nichts gehört? Kalt, habe ich gesagt. Hugentoblers Gesichtsmuskulatur bewegte sich kaum. Er sprach, als hätte er eine Hasenscharte: undeutlich, verschliffen.

– Arschloch. Einer, der nicht einmal weiß, wo er hinschaut. Dann läßt du es eben sein. Du verzäunst mir meinen Weg nicht, da kannst du Gift drauf nehmen.

Neben dem Eingang zu den Gefrieranlagen hingen schwere, filzige Militärmäntel an der Wand. Gilgen warf sich einen über die Schultern und drückte den Hebel an der Isolationstür nieder. Die Eisschichten am Türrand brachen knackend auf. Gilgen zog den Kopf ein. Die Tür war niedrig. Flocken künstlichen Schnees verfingen sich in seinem Haar, bröckelten ihm auf den Mantel. Eine Kaltluftwelle huschte ihm über die Schuhe, biß sich fest an Füßen und Beinen. Merde, ce n'est pas drôle. Neben den Türen zu den verschiedenen Gefrierräumen waren die Wände mit Schaltern bedeckt, mit Kontrollampen, deren Schimmer den Vorraum in einen matten, rötlichen Nebel tauchten. Wo war der Lichtschalter? Welche Tür führte in den Gefriertunnel? Eiskrusten glänzten wie rotes Glas. Maschinenlärm ließ den leeren

Vorraum erzittern. Und überall schneebedeckte Rohre, weißes Gestänge. Gilgen drehte sich um. Das Licht war angegangen. Hugentobler stand hinter ihm.

– Warum machst du die Tür nicht sofort wieder zu?

Schweigend standen sich die beiden Männer gegenüber. In der gefährlichen Bewegungslosigkeit gespannt, leicht vorgebeugt, als wollten sie ausholen zu einem Schlag, zu einem bösen Wort, jeder allein und feindlich wie instinktgeladene Tiere.

So höhnisch und frech wie Gilgen konnte sich Hugentobler mit seinen schweren Beinen, mit seinem Bangrücken nicht in die Landschaft stellen. Doch seine Gestalt war von der Kühlraummontur an den Schultern mächtig aufgebauscht, und der darübergeworfene Militärmantel machte auch aus ihm eine imposante Figur.

Außerhalb der Kühlanlagen am Schlachthof verhielt sich Hugentobler immer äußerst zurückhaltend. Sobald er sein eigentliches Arbeitsrevier verließ, begegnete er der Welt scheu wie ein Kind. Als wäre die Stadt, als wären die Straßen, die Geschäfte, die öffentlichen Anlagen und Institutionen alle nur für andere Leute da, für Menschen anderer Berufe, anderer Klassen, für Menschen anderen Aussehens.

Und jetzt stand dieser zurückhaltende Mann herausfordernd vor Gilgen. Hier stehe ich. Unerschütterlich. Ein Hodlersoldat. Als hätte er all die Gefrierräume selbst gebaut, als könnte er über das letzte Gramm des hier gelagerten Gefriergutes verfügen, wie er wollte. Hier befehle ich. Seine Augen schauten für einmal merkwürdig gerade aus dem eckigen Gesicht. Er machte nicht den kleinsten Versuch, seine gewagte Haltung mit Worten zu legitimieren. Er erwähnte weder die Last der Verantwortung über die ungezählten Tonnen Fleisch, die er hier in seiner Obhut glaubte, noch das Ausmaß der von ihm hier geleisteten Arbeit. Er sagte nicht, ich habe, ich tue, wenn ich nicht wäre, wenn ich nicht würde. Er prahlte nicht mit den 2000 Speckseiten, die er, um wertvollen Raum zu sparen, unter arktischen Bedingungen ganz hinten in der dritten Gefrierzelle aufgeschichtet hatte. Er hatte keine Zahlen, keine Formeln zur Hand. Er dachte nicht einmal daran, den Wert seines Tuns und Lassens zu demonstrieren. Der gedankenlose Griff der Hausfrau zum plastikverpackten Braten beschäftigte ihn nicht. Ob da draußen, auf der anderen Seite der Schlachthofmauern, auf der anderen Seite des hohen Zauns, ob da irgendeiner seine Arbeit schätzte, wer sie wem verkaufte und zu welchem Preis, das waren weit von ihm entfernte Fragen. Einmal mehr schwieg sich hier einer aus in all den Wörtern, die er gar nicht hatte, und unter *›Gefrieren‹* steht: *Erstarren einer Flüssigkeit unter Kristallbildung bei Abkühlung unter ihren Gefrierpunkt, bei organ. zersetzl. Stoffen, bes. Lebensmitteln, auch Geweben unter den Gefrierpunkt des Wassers zur Konservierung;* und er sagte auch nicht, daß er, der Christian Hugentobler, dann noch nie im Gefängnis gewesen sei, daß hier nicht jeder gleich viel von sich behaupten könne. Und hätte er daran gedacht, daß er in seinem ganzen Leben noch keinen Arbeitstag versäumt hatte, wäre ihm diese Tatsache nicht einmal als eine außergewöhnliche Leistung erschienen.

Doch Ernest Gilgen kapierte. Er befand sich nicht in irgendeiner Kälte, in irgend einem Vorraum, in irgendeinem Kühlkomplex. Diese beißende Kälte hier, der ganze Vorraum, in dem er ihm so feindlich gegenüberstand, auch die Kühlhallen davor, die Gefrierräume dahinter, gehörten mitsamt Inhalt zu Hugentobler. Und Gilgen krebste zurück. Während er die Herausforderung in seiner Haltung und in seinem Gesicht vorsichtig abbaute, bis er wie mit eingezogenem Schwanz dastand, wie ein Hund, der irrtümlicherweise zu tief in ein bereits markiertes Territorium vorgedrungen war, verschwand auch aus Hugentoblers Blick die drohende Schärfe. Die Augenmuskeln verkrampften sich wieder, die Pupillen flackerten, zuckten gegen die Nase hin, und die Sehachsen kreuzten sich.

Gilgen suchte nach einem vermittelnden Ton:

– Es ist mir wegen – he ja, ich wollte ja nur, man wird noch das Recht haben zu fragen. Den Schlüssel will ich. Den Schlüssel zum Gefriertunnel. Ich brauche ihn, und helfen mußt du mir. Verstehst du denn nichts? Aber sag doch, wie kalt ist es jetzt, oder darf man das etwa nicht wissen? Ist doch wahr, oder?

Hugentobler starrte Gilgen weiter schweigend an, dann hob er den einen Fuß, begann sich zu bewegen, steif, eckig wie immer und ohne Gilgen aus den Augen zu verlieren. Da kann ja jeder kommen, und plötzlich redet der große Binggu wie ein Bürofräulein, man könnte auch meinen. Was der wohl wieder will? Statt sich umzuziehen, als ob es nichts mehr zu metzgen gäbe. Hugentobler drehte an mehreren Schaltern, zog einen Schlüssel aus der Manteltasche. Der Schlüssel war an einen Knochen gebunden, an ein graues, hohles Markbein. Die Tür knirschte, als wäre sie aus Glas, und ein *Gefriertunnel* ist ein *langgestreckter Raum, in dem das Lagergut strömender Luft ausgesetzt und dabei schnell abgekühlt wird.*

– Schockgefrieranlage, sagte Hugentobler stolz.

– Hurenkälte, sagte Ernest Gilgen.

– Warte nur, ich drehe die Maschinen an. Das ist ja noch nichts. Hugentobler drückte auf einen Knopf. Ein höllisches Tosen begann, ein Kaltluftwirbel fegte Eispartikel aus dem Tunnel.

– Nom de Dieu! Regarde ça!

– Minus 36°. Geht bis minus 44°.

– Du, da wäre einer schnell abgekühlt da drinnen, oder nicht?

– Wenn da einer drinnen bleibt, ist er in ein paar Stunden tot. Hugentobler schloß die Tür wieder zu. Dem hat er es gezeigt. Meint wohl, das sei Spielzeug. Als ob die Maschinen alle nur zum Plagieren wären, aber so sind sie, haben keine Ahnung, was in so einer Anlage steckt, jetzt schaut er wie vom Affen gebissen und friert. Das ist halt Ultraschnellkühlung, gibt es selten, und da muß einer Bescheid wissen, sonst passiert etwas, und *die Zellstrukturen von pflanzl. und tier. Gewebe werden beim G. der Zellflüssigkeit zerrissen, die Waren machen deshalb nach dem Auftauen einen erweichten »schlaffen« Eindruck, der nicht auf chem. Zersetzung zurückzuführen ist,* und Hugentobler, der außerhalb der Kühlanlagen des Städtischen Schlachthofes unter anderm auch immer dadurch auffiel, daß er außerstande war, die Lautstärke seiner Stimme den gegebenen Umständen anzupassen, schrie diesmal angemessen auf Gilgen ein.

Trotz Brausen und Tosen der Kühlmaschinen war jedes Wort verständlich:

– Wenn du etwas willst, Gilgen, den Schlüssel oder so, du weißt ja, wo ich bin.

– Kann man denn diese Tür auch von innen öffnen?

– Nur von außen.

– Und wenn einer wirklich gerade zu heiß hat, wie lange würde es dauern, bis er noch alleine rauskommen kann?

– Kommt darauf an, ob er kocht oder nicht, so zehn Minuten würden manchem nicht schaden.

– Siehst du!

Zusammen traten die beiden Männer aus dem Vorraum und schlüpften aus den schweren Militärmänteln. Der zweite Kühlraum, in dem Hugentobler von Gilgen beim Schweinehinausschieben unterbrochen worden war, wirkte beinahe warm, und *die Kälte vernichtet gewisse Parasiten des Fleisches, z. B. die Bandwurmfinnen durch Gefrieren.*

Draußen, unter freiem Himmel, wurden einst der Ochse und das Lamm geschlachtet. *Eine junge Kuh sollen sie von den Rindern nehmen, mit der man noch nicht gearbeitet und die noch nicht am Joch gezogen hat, und sollen sie hinabführen in einen kiesigen Grund, der weder bearbeitet noch besät ist, und daselbst im Grund ihr den Hals brechen.* Später waren geschütztere Orte gefragt. Im Schatten einer Eiche, wenn möglich in der Nähe eines Baches, holte man aus zum kräftigen Schlag mit der Axt. Dann in der Stadt im Hinterhof. An der Gasse lag der Laden, und während der zünftige Metzger mit dem abgestochenen Schwein auf die Käufer wartete, stopfte er schon diesen und jenen Muskelteil ins gewendete Gedärm. Die Wurst gesellte sich zum Braten. Und wegen des Gestankes, der aus dem Stadtbach stieg, wurde das blutige Gewerbe bald in den Schlachthof verlegt. Für jeden Fleischhauer eine Einzelschlachtstelle unter einem gemeinsamen Dach. Fortan war es *denen Meistern und ihren Knechten ausdrücklich verbotten, weder groß noch kleines*

Vieh heimlich in den Häusern zu metzgen, sondern sie sollen es in dem Schlachthaus schlachten. Alles bey der Straf von zehn Pfund, nebst Confiscation des Fleisches.

Im Blocksystem war der Regionalschlachthof hinter dem hohen Zaun am Rande der schönen Stadt vor schon fast hundert Jahren erbaut worden. Schlachthalle reihte sich an Schlachthalle: die erste war für Großvieh, die zweite für Schafe und Kälber, die dritte für Schweine. Alle in einem Gebäude. Auch der Maschinenraum, die Büros, die Kantine, die Kühlanlagen, die Gefrierräume waren in Blöcken unter demselben Dach angelegt. Und alle Wege führten durch den Hauptverbindungsgang, der sich an die 200 Meter lang quer durch den ganzen Schlachthof zog.

Immer weiß und immer sauber war dieser Gang. Drei Fabrikuhren hingen vom Gestänge der Rollbahnen unter dem Glasziegeldach. Hier kamen aus allen Hallen heraus die Schienen zusammen, hier mußte alles durch. Hier kreuzte sich der Weg des Biers mit dem der leeren Flaschen. Hier kam das Blut im Tank von den Kühen, und hier ging das Plasma in sauberen Milchkannen vom Maschinenraum auf die Rampe. Hier karrte Buri die Eingeweide durch, hier rollte er sie, eingesalzen in einem Faß, wieder zurück. Im Hauptverbindungsgang wurden Schritte verlangsamt, wurde tiefer geatmet, mit einem Blick auf die Uhr schwenkte man zur Toilette ab. Hier sprachen schaulustige Besucher mit den Schlächtern, hier begegnete Dr. Wyss dem rauchenden Rötlisberger, und hier umkreiste Bössiger eines der frisch geschlachteten Kälber.

Das Kalb hing abgesondert an einer Spreize.

– Jetzt hören Sie mir doch auf damit! Die Bauern! Die Bauern! Wem kaufen wir eigentlich die Kälber ab? Ihnen oder den Bauern? Bössiger gestikulierte. In der einen Hand hielt er das schwarze Buch, in der anderen seine Brille. Hinter dem Ohr, spitz auf Viehhändler Schindler gerichtet, steckte ein roter Bleistift. Ein Fuchs ist das! Ein richtiger Fuchs! Was kann ich denn dafür, daß die Herren Landwirte nicht mehr wissen, wie man ein anständiges Mastkalb produziert?

Schlachthofmarschall Bössiger hatte Schindler verunsichert. Der Viehhändler hätte sich gerne ganz nahe an Bössigers Bauch herangeschoben, so, wie er mit den Bauern redete, wäre er gerne auch Bössiger begegnet. Dreiminütiges Händeschütteln, der tiefe Blick in die Augen: Gell, Hans, ja Fritz, schau doch hier und schau doch da, und dann der Händedruck, der sich noch dauernd verstärkte, wenn sich die Männer langsam dem Abschluß eines Handels näherten. Statt dessen sah Bössiger nur das Kalb, sah nur das rötliche Fleisch, das gelbliche Fett. Das schwarze Buch schlug er auf und schob sich die Brille auf die Nase. Hier! Schon gestern. Nummer 6, Nummer 13 und 19! Alle rot! Unbrauchbar rot! Füchse! Vier Füchse haben Sie uns hier abgeladen. Glauben Sie, wir bezahlen Ihnen den Marktpreis für Mastkälber, um diese dann zu verwursten? Wie sieht das aus? Weiß soll Kalbfleisch sein! Weiß, verdammt nochmal!

– Aber jetzt...! Ich verstehe das nicht. Schindler suchte Bössigers Blick. Er streckte seine Hand aus. Vergebens. Verzweifelt klammerte sich Schindler an das umstrittene Kalb. Er sperrte ihm die Rippen auseinander und steckte ihm den Kopf in den Brustkorb. Er griff dem Gerippe an den Rücken und an die Keulen, als wollte er das schon abkaltende Fleisch wieder warm massieren.

– So rot kann das doch gar nicht sein, sagte er nach dieser Inspektion. Ich weiß wäger nicht. Die Augen waren auf alle Fälle schneeweiß, auch unter dem Schwanz hätte man ihm gewiß nichts ansehen können. Ich kaufe meine Kälber ja noch fast mit dem Maulkratten am Gring. Wo sollte jetzt so ein Tier fressen können?

– Hören Sie mir auf! Gestern haben wir eine Magenprobe gemacht. Ja genau! Eines der Kälber hatte richtige Knollen im Bauch. Das hat nicht nur Milch gesehen.

– Knollen? Im Bauch? Schindler steckte seinen Kopf wieder in den Brustkorb des Kalbes. Es wird Haar gewesen sein, sagte er. Haar! He ja. Haar. Etwas müssen die sich ja zusammenrupfen. Jeder Vehdoktor sagt das auch. Das sind nicht dreiwöchige Kälbchen, die haben schon richtige Ränzen. Und diese Ränzen, die wollen arbeiten – verdauen. Wenn es sein muß, saugen die sich das eigene Fellhaar durch die Löcher im Maulkratten.

– Aber wir wollen weißes Kalbfleisch. Um Bratwürste zu machen, haben wir genug gefrorene Importware aus Amerika. Sie müssen den Bauern halt auf die Finger schauen. Da geht manches. Die geben den Viechern Pfeffer, damit sie ungattlig saufen, oder sie schneiden ihnen eine Ader auf. Das taugt doch alles nichts.

– Das wäre mir jetzt das Neueste. Schindler betrachtete das an den Hinterbeinen hängende Gerippe noch einmal von allen Seiten. Dieses Kalb hier, das kommt vom Knuchelhof in Innerwald. Wenn das nicht ein gesundes Tier ist, dann weiß ich auch nicht, was die Leute hier in der Stadt eigentlich fressen wollen. So viel Fett! Das hat nur Vollmilch gesoffen. Diese Nieren! Da ist doch Geld rauszuholen. An einem Knuchelkalb aus Innerwald hat doch noch nie ein Metzger Geld verspielt. Der junge Knuchel, der Ruedi, der weiß doch, wie man mästet. Aber schon gut, ich nehme das »Fresserkalb« zurück. An mir soll es nicht liegen. Schindler hob seinen weiten Händlerüberwurf und grübelte einen Notizblock aus der Hosentasche hervor. So, das ist gestrichen. Und abgerechnet haben wir auch schon. Nichts für ungut, es soll gelten. Schindler streckte Bössiger die Hand hin.

– Wie Sie meinen. Bössiger schlug kurz ein und ging. Ohne ein weiteres Wort zu verlieren, schritt er an der Holzkiste vor dem Eingang zur Großviehhalle vorbei, durch den langen Hauptgang davon.

– Da wäre noch mancher froh, ich würde ihm überhaupt ein Knuchelkalb bringen, sagte Schindler halblaut, während er den Notizblock in eine Gesäßtasche stopfte. Aber alles was gut und recht ist, der Bössiger sieht es noch einer Kuh am Füdlen an, wann der Benzinpreis steigt. Der ist doch dumm wie ein Ochse. Dabei weiß doch jeder, wo der Hase im Pfeffer liegt. Auf dem Knuchelhof trinken sie zu gutes Wasser. Richtiges Gesundbeterwasser. Wer dieses Kalbfleisch nicht fressen will, der soll es halt sein lassen. Das ist doch schon seit Jahren so. Aber sicher. Mit einem letzten Blick zurück machte sich auch Schindler durch den Hauptverbindungsgang Richtung Schlachthofkantine davon.

Von der Schweineverladerampe drang Gekreisch herein. Ein spitzes, wehleidiges, anschwellendes und abflauendes Schreien. Dann Grunzen und Quietschen, und erneut von Panik erfülltes Geschrei.

»Mööggicheiben!« brummte Viehhändler Schindler, und beim Betreten der kleinen Wirtschaft sagte er zu Frau Bangerter, der Wirtin: »Du Rösi, mach mir einen Kaffee!«, ließ sich auf einen Stuhl fallen und begann auch gleich zu erzählen, wie das alles ermüdend sei, wie er manchmal bis hier genug davon habe, immer stehe er zwischen sämtlichen Interessen. Er könne es doch nicht der halben Welt recht machen, sein Spielraum sei doch begrenzt.

Beide Hände legte er sich um seinen Nacken, massierte sich mit den Daumen unter dem Kragen den Hals, seufzte.

Seit vier Uhr morgens sei er mit dem Viehtransporter unterwegs, um erhandelte Kälber und eine junge Kuh abzuholen, sei er über holperige Feldwege auf Gehöfte gefahren, die so abgelegen seien, daß einem angst werden könnte. Kalt sei es gewesen, und wenn er es auch eilig gehabt habe, sei er bei mehr als nur einem Bauer noch in den Stall gegangen, habe sich angesehen, was man ihm habe zeigen wollen. Er habe sich auch die Klagerei über die steigenden Futterkosten, über die neuen Maschinen, über das billige Gestänge und schnell rostendes Hudelzeug angehört. Jedem Lumpenziegenbauer habe er zugehört, habe er selbst aber einmal den Mund aufmachen wollen, habe es wieder gleich geheißen, ja du, komm mir jetzt noch so, du hast doch keinen Grund zum Jammern, du mit deinem neuen Lastwagen, du mit deinen Großabnehmern, du hast doch Ficken und Mühle. Als ob es sich rentieren würde, mit so einem großen Viehtransporter die halbe Zeit leer von diesen Knauserhöfen wegzufahren, nur weil sie glaubten, er hätte einen Geldscheißer, um ihnen die allerübertriebensten Preise für ihre Ware bezahlen zu können. Ob er denn nicht auch gelebt haben müsse? Ob er dazu etwa kein Recht mehr habe? Es sei doch wahr. Dann habe man ihn auch noch auf den Langen Berg hinauf gesprengt. Nur weil ein Kuhli einen Knoten im Mastdarm gehabt habe, weder wiederkäuen noch abführen wollte, habe sich einer am Telefon schier aufhängen wollen. Man hätte gewiß meinen können, der Hof und alles wolle ihm über dem Gring und unter dem Füdlen abbrennen. Und nur, weil einer von diesen Viehdöktern, von diesen modernen, etwas von Gift im Fleisch gemunkelt habe. Da würden diese Bauern natürlich vor Angst, sie könnten einen Fünfer weniger verdienen, als sie errechnet hätten, gleich in die Hosen scheißen. Dann müsse das Kuhli auf der Stelle verkauft werden, damit es ja noch reiche für den Rinderpreis.

– Und wem telefonieren sie dann? He, wem? Wenn sie sofort einen brauchen. Wer ist dann gut genug? fragte Viehhändler Schindler die Kantinenwirtin.

– Mir telefonieren sie dann! Ja Rösi, dann bin ich wieder gut genug, und ich gehe natürlich, ich Löl, auch wenn ich haargenau weiß, daß es da nichts zu verdienen gibt. Aber was willst du machen? Ich bin so froh um jeden Schwanz, den die Großaufkäufer nicht holen wollen. He ja, man muß ja auch ans Kontingent denken. Wenn ich hier nicht viel verdiene, Umsatz muß ich trotzdem machen, sonst bekomme ich ja auch keine Importware zum Verteilen. Jeder will doch mehr verdienen, nur ich soll rückwärts machen. Soll ich denn noch früher aus dem Bett, noch weiter in der Landschaft herumfahren, weiß Gott bis ins Schwabenland hinüber, nur um den Herren zu bringen, was es gar nicht gibt. Sollen die Knausermöffen doch Mondkälber metzgen. Vielleicht sind die weißer als die Knuchelkälber. Da fährt man über Land, bis einem der Rücken so wahnsinnig weh tut, daß man kaum mehr gerade stehen kann, da kümmert man sich bei jedem Bauer um die trächtigen Kühe, rühmt noch jedem die Frau, drückt den Kindern Geld in die Hand, aber glaubst du, da sei einmal einer zufrieden?

Als hätte er einen Gemeinderat vor sich, sprach Schindler auf Frau Bangerter ein. Er raufte sich im Haar, rieb sich den Nacken, der so aufgedunsen war, daß er einem Schweinehals ähnelte. Mit unsteten Händen griff Schindler zum Kaffee im

Glas. Seine Augen waren wässerig, auch leicht entzündet. Längst hustete und keuchte er beim Sprechen. Jeder Redeschwall kam mühsamer, gedrängter als der vorangegangene aus ihm hoch. Der ganze Körper pumpte; war schließlich der letzte Rest Luft aus den Lungen gepreßt, fiel Schindler in sich zusammen, verlor an Statur, sein Brustkasten wurde schmächtig, und aus den Falten des blauen Händlerüberwurfs stieg der Geruch nach Vieh und Stall und Schweiß.

Ob ihm denn diese wehleidigen Bauern nicht dauernd einen Ochsen für eine Kuh verkaufen wollten? fragte er. Ob er denn nicht zu tun habe wie Misthans an der Hochzeit im Umgehen der Finten und Fallen, der Beine, die man ihm stelle? Schaue er aber in ihrer Gegenwart einem angeblichen Rind ins Maul, machten diese Herren Landwirte gleich Gesichter wie beleidigte Leberwürste. Und dann würden sie ihre Ware erst noch alle bar bezahlt haben wollen, am liebsten auf der Stelle mit nagelneuen Banknoten! Ja Sie, Frau Bangerter solle nur große Augen machen, aber genau so sei es. Wie oft habe sich doch so ein jammernder Großbauer beinahe am nächsten Apfelbaum aufhängen wollen, nur weil er ihm den ausgefransten und dazu noch verschissenen Strick an der Kuh nicht zum Neupreis verrechnet habe. Und früher, als man noch auf Lebendgewicht gehandelt habe, da hätten sie doch weiß Gott alle versucht, ihn übers Ohr zu hauen. Nein, nein, diese Kuh ist nüchtern, die hat tagelang nichts gefressen, habe es immer geheißen, dabei habe ihr das Gras noch büschelweise zwischen den Zähnen hervorgeschaut. Oder ein Tier habe 30 bis 40 Liter Wasser im Ranzen gehabt, die er hätte bezahlen sollen. Zum Heulen sei es gewesen. Er habe doch nicht in jede Kuh hineinsehen können.

– Weißt du, Rösi, sagte Schindler leise, es ist gewiß schon vorgekommen, daß ich eingeschlagen habe, daß ich die ausgestreckte Hand schüttelte und doch genau wußte, der Schein trügt, mit diesem Kalb, da stimmt etwas nicht. Aber kann man denn noch handeln, wenn man keinem mehr traut? Ich kann doch nicht immer denken, daß der jetzt lügt. So ginge der Viehhandel noch vollends kaputt. Ich kann schon mit den

Preisen rumschaukeln, daß mir schwindlig dabei wird, aber länger, als bis ich daran verlumpe, geht das auch nicht. Den Bauern bin ich ja sowieso immer zu billig und den Herren Metzgern erst recht zu teuer. Die sind überhaupt nie zufrieden, und wenn sie es einmal wären, dann wäre Schindler Fritz der letzte, dem sie es sagen würden. Ich kenne die doch!

– Am allerschlimmsten treiben es aber die Großen, hob er, von einem Hustenanfall unterbrochen, wieder an. Diese neuen Firmen da, diese Verteiler und Verdingser der Futtermühlen. Haben die vielleicht Vertreter und Berater! Mit den schönsten Prospekten schicken sie die in der Weltgeschichte umher. Das sind dann Vaganten! Auf keinem Hof kann man mehr anhalten, immer ist schon so einer da, immer das Bauernparadies in der Mappe. Mit denen bleiben die Donnersbauern aber nicht am Küchentisch hocken, wie etwa mit unsereinem beim Abrechnen, nein, mit diesen Herren gehen sie hinein in die Stuben, und dann wird gelogen, potz Heilanddonner! Können die lügen. Du, wenn Lügen den Dünnscheißer geben würde, die könntest mit einem Bschüttiverteiler am Füdlen aufs Feld hinausschicken! Jawohl. Aber wenn die Bäuerin rauskommt, um zu sehen, warum der Hund angibt, solltest sehen, wie sanft und süferli sie die Stubentür hinter sich zuzieht. Man könnte meinen, die verhandeln über die wichtigsten Sachen der Welt. Aber was unterschreiben sie? Verträge! Verträge, die kein Mensch lesen kann, so klein ist das Zeug gedruckt, und dann, he ja, dann geht es los mit dem Versprechen. Das Blaue wird vom Himmel herunter versprochen, ohne auch nur ein birnenbißchen rot zu werden. Die tun einfach so, als ob man neuerdings im Stall mit Schönreden das Glück erzwingen könnte. So etwas Saublödes.

Schindler hustete erneut. Keuchend schlürfte er am zweiten Glas Kaffee, tropfte auf die Tischplatte, wischte mit dem Ärmel darüber und, weiter auf Frau Bangerter einredend, die sich auf den Rand eines Stuhles gesetzt hatte, wo sie eifrig nickte, fuhr er fort:

– So die ersten paar Monate bezahlen die ja auch recht, manchmal so viel, die reichsten Bauern bekommen beim Abzählen der Hunderternoten ganz nervöse Finger. Aber warum? Nur weil sie es übertreiben, weil sie keine Brunst mehr überspringen können, forcieren müssen sie, die Kühe nehmen sie dran, daß ihnen die Ränzen krachen. Und welchen Samen bestellen sie für jedes minderwüchsige Guschti gleich beim ersten Mal? He, welcher! Der vom allergrößten Stier muß her. Habe ich es nicht selbst gesehen beim Marti Fritz in Holperswil, und beim Hungerbühler im Moos? Eine Sauerei ist das, wenn so eine Kuh ein viel zu großes Kalb trägt, daß man beim Kalbern weiß Gott mit der Seilwinde ziehen helfen muß. Und dann meinen sie alle, jetzt müsse gebaut werden, vergrößern, alle müssen ums Verrekken vergrößern! Die Scheune umbauen, das Dach heben, aus jedem Ofenhaus machen sie einen Stall. Den Traktor stellen sie unters Vordach, damit sie ja im Schopf noch drei Ochsen mästen können. Verfüttern tun sie aber dann dreimal mehr Futter, als sie auf dem eigenen Land anbauen könnten. Das geht doch nicht lange gut. Vom gekauften Futter wird man doch nicht reich. Das wäre mir auf alle Fälle das Neuste. Wenn nämlich nachher soviel Ware da ist, daß dir die Saugkälber in der Waschküche und auf dem Heuboden entgegenplärren, wenn hinter jedem Scheiterhaufen noch ein Mastrind hervorschaut, dann kommen die Herren nämlich wieder angeschwirrt mit ihren Mappen und nehmen die Bauern in die Zange. Ich habe es gesehen, mehr als nur einmal, ich weiß, wie das geht. Meinem Bruder, dem habe ich auch immer gesagt, paß auf, Max, es sind noch keine Bäume in den Himmel gewachsen. Dann wird nämlich plötzlich nichts mehr bezahlt, dann ist nur noch die unbegrenzte Abnahme garantiert, aber vom Preis spricht keiner mehr. So sind sie, die Großen. Wenn sie dich einmal erwischt haben beim Schwanz, dann drehen sie ihn um. Und für das Futter ist ja dann auch ein Vertrag da. Eine ungefreute Sache ist das, und das Verreckte dran ist noch, daß dann Schindler Fritz plötzlich wieder gut genug ist. Wenn sie nichts mehr verdienen an der aufgepäppelten Ware, wenn es ihnen keine Freude mehr macht, in den Stall zu gehen, weil sie nicht mehr wissen, ob ihre Tiere jetzt gesund oder krank sind, weil sie spritzen müssen, daß einem darob graust, dann wollen sie wieder mit mir handeln. Möchtest nicht wieder mal bei uns vorbeikommen, he ja, wenn du gerade in der Gegend bist, ich hätte etwas für dich im Stall. So heißt es dann plötzlich am Telefon, dann ist mein Überkleid wieder stubenfähiger als die geschniegelten Anzüge. Aber wohin sollte ich denn mit den wassergetriebenen Batteriekälbern? Ich brauche 1A Bankqualität, am künstlich gesäugten Zeug verdiene ich auch nichts, da gibt es nur Abzüge, und die Hälfte wird dreieckig gestempelt. Oder die Leber ist schlecht, die Nieren nichts wert, was hat man denn noch von so einem Kalb, ohne Leber, ohne Nieren? Da ist doch für den Metzger das Geld drin. Nein, Rösi, nein, da fahre ich lieber bis ins Oberland hinauf und putze beim letzten Krachenbauer meine Schuhe ab. Aber ein Elend ist es, daß so einer wie der Bössiger kommen kann und mir die allerbeste Ware schlecht macht. Jetzt hat der Möff doch wieder die Knuchelkälber beanstandet. Seit Jahren tut er das. Die besten Kälber, die es gibt. So einer ist doch nicht mehr ganz bei Trost. Das ist doch der Geiz. Die wollen doch einfach nichts bezahlen. Sollen sie doch ihre Bankkälber dort herholen, wo sie das Fabrikzeug zum Verwursten herhaben. Aber das dürfen sie nicht zeigen, he, da könnten sie die Platten im Laden mit einem ganzen Gartenbeet voll Petersilie schmücken, das Zeug würde deswegen nicht gesünder aussehen. So wässerig, so durchsichtig ist das Gelump. Und dann kommt noch der Krummen, so ein Bützer, der meint, was er jetzt sei, weil er ein paar Hilfsarbeitern befehlen muß, wie sie sich das Füdlen zu putzen haben. Der braucht mich doch nicht anzufluchen, nur weil ich noch eine Kuh bringe, die nicht mehr fressen will. Die waren ja noch gar nicht fertig mit Metzgen, nichts hat es ihnen ausgemacht, und dann kommt so ein Möff, stellt sich vor mich hin, als wäre er der Leibhaftige, und liest mir die Leviten. Ja muß man sich denn das alles gefallen lassen?

Auf Schindlers Nacken sammelte sich der Schweiß in schillernden Tropfen. Er rieb sich die Stirn, hustete.

Frau Bangerter nickte ihm zu, immer wieder. Voll und ganz sei sie mit ihm einverstanden. Sie kriege ja auch einiges zu spüren, was sie alles mitansehen müsse, wie es drunter und drüber gehe am Hof, da meine man, es könne nichts passieren, man kenne die Leute, man wisse, mit wem man es zu tun habe, und plötzlich sei es gerade, als ob man die Leute noch gar nie gesehen hätte, so anders könnten sie sein.

Sie war aufgestanden, schob Schindler eine Zeitung hin, zeigte auf ein abgebildetes Kalb und sagte:

– Aber lies, was hier in dem Artikel steht!

Und Viehhändler Schindler, schwitzend, vom Reden ermüdet, nahm das drucksichere Brillenetui unter seinem Überwurf hervor, schob das leere Kaffeeglas zur Seite, rückte den Stuhl zurecht, machte sich lesefertig. Noch glättete er das Blatt, bevor er es an den oberen Ecken leicht anhob und dann, die Lippen bewegend, die Geschichte von dem Kalb zu lesen begann.

Auf einer Paßstraße sei es angefahren worden, das arme Kalb, und der Besitzer habe Schadenersatz gefordert. Der Autofahrer habe auch bezahlt, habe aber gleichzeitig darauf bestanden, das Tier behalten zu können. Bei einem Tierarzt habe er das gebrochene Bein schienen lassen und sei schließlich zu Hause mit einem Spielgefährten für seine Kinder im Kofferraum vorgefahren. So etwas Saudummes, brummte Schindler. Ein Kalb ist doch ein Kalb! Die Kinder hätten sich gefreut, stand in der Zeitung. Das gute Kalb sei aber größer geworden, was Schindler nicht verwunderte. Dreimal mehr als ein Hund habe es fressen wollen, vor allem Haferschleim, Milchpulver und Rasengras, und sämtliche Kinder der Nachbarschaft seien zum Reiten auf dem Kälberrücken eingeladen worden, viele seien heruntergefallen, oft sogar, doch das Kälblein hätten alle so, so geliebt.

Das Kälbchen sei aber immer noch größer geworden. Bei einem Bauern habe man Heu gekauft, und alle hätten sich um das Tier gekümmert. Als aber dann eben doch eine junge Kuh daraus geworden sei und man ans Schlachten hätte denken müssen, habe man dies der Kinderschar nicht antun können. Was würden die Kinder denn auch denken vom Leben? Man habe doch nicht ihren Freund umbringen können, einfach so, brutal in einem Schlachthof, und Schindler traute seinen Augen nicht, er nahm die Brille ab, setzte sie wieder auf. Ein Komitee sei in der Nachbarschaft gegründet worden. Lisi darf nicht sterben, habe die Losung geheißen. Darauf habe man auch die Stiftung für die Kuh ins Leben gerufen. Schindler hustete. Eine Stiftung für die Kuh! Er keuchte und pustete. Eine Stiftung für die Kuh! Seine Gesichtshaut glühte, jede Pore schwoll einzeln an, blaugrüne und weißliche Äderchen traten hervor, überzogen die Nasen- und Mundpartie wie ein Netz, aus den zusammengepreßten Augen quoll Tränenwasser. In heftigen Stößen hustete er. Eine Stiftung für die Kuh! Sein Leib schüttelte sich, unter dem Stuhl rutschten die mistbehafteten Gummistiefel hin und her. Eine Stiftung für die Kuh! Seine Stimme kratzte, keuchte, und von draußen drang das anschwellende Gekreisch der wartenden Schweine in die kleine Kantine.

– Um Gottes willen! Frau Bangerter drückte sich die Hände auf den Mund. Um Gottes willen!

Schindler schielte durch die verrutschte Brille wieder in die Zeitung. Die Stiftung für die Kuh habe dafür gesorgt, daß das Kalb im zoologischen Garten weiterleben könne, vor der Schlachtbank hätten sie es gerettet. Schindler las, wie glücklich und froh alle Kinder seien. Ein Fest habe es gegeben. Schindler rang nach Luft. Die erste Kuh im Zoo. Er stand auf, stand keuchend, schwankend auf den Beinen. Eine Stiftung für die Kuh! Eine Simmentalerkuh im Zoo! Wie ein Blasbalg hob und senkte sich seine Brust, das Keuchen wurde lauter, kratzte. Vorneübergebeugt, als wollte er sich erbrechen, hielt sich Schindler an der Tischkante fest. Rötlicher Speichel tropfte ihm aus dem Mund. Frau Bangerter klopfte auf den breiten Händlerrücken, versuchte ihn auf den Stuhl zurückzuziehen, der Stuhl kippte, der Tisch glitt zur Seite, krachte an die Wand, das Kaffeeglas zerbrach am Boden, und noch schwoll das Schweinegekreisch weiter an.

– Um Gottes willen! Frau Bangerter heulte, ihre Hände verkrallten sich in ihrem Haar. Hört auf! Sie zerrte an Schindlers Überwurf. Hock doch ab! Doch der Viehhändler richtete sich auf, nach Luft ringend riß er sich das blaue Tuch quer über die

Brust in Fetzen. Er streckte die Zunge heraus, sein Atem pfiff, seine Brille hing ihm über den Mund. Als seine Beine unter ihm wegglitten, fing ihn Frau Bangerter auf, eine Sekunde lang lag er in ihren Armen, rutschte dann an ihr hinunter in die Scherben auf den Boden. Ganz leise röchelte er. Zitternd und schneeweiß stand Frau Bangerter neben dem massigen Leib.

Da stand Ernest Gilgen unter der Kantinentür.

– Um Gottes willen, schluchzte Frau Bangerter.

– Das ist das Blut, sagte Gilgen.

Elf Uhr fünfundvierzig.

Stehen.

Stillstehen.

Gebückt über den Tisch, und die Zeit vergeht nicht.

Hör doch jetzt endlich mal auf, in dem blöden Blut zu rühren. Daß du mir in die Darmerei gehst! Aber sofort!

Wenn Krummen nur brüllen kann.

Ich putze Bauchspeicheldrüsen: Äderchen und Fett und Häutchen werden vom wertvolleren Gewebe weggeschnitten.

Noch eine Viertelstunde.

Die Stiefel ausziehen können.

Mich hinlegen. Ausstrecken.

Hunger habe ich keinen.

Von hier aus ist keine Uhr zu sehen.

Da drüben soll die neue Darmreinigungsmaschine hinkommen. Vorhin haben sie im Gang draußen die Kiste aufgebrochen.

Die Monotonie hier am Tisch war schon oft hundertmal schlimmer.

Gedanken.

Sofort ist alles zerquetscht in meinem Kopf. Wie in einem Fleischwolf.

Nicht in die Finger schneiden.

Den ganzen Tag allein mit einem Messer.

Und die Studenten gestern, die hatten eine versteckte Druckmaschine. Wie in einem Film, in einem Kellerraum, den man durch eine Tür hinter einer falschen Bücherwand erreichte. Unten an einer Treppe, die knarrte, als wir hinabstiegen.

Dort haben sie die Flugblätter gedruckt.

Und eine Dunkelkammer hätten sie auch.

Aber in der Wohnung hatten sie soviel Licht. Überall gab es große Fenster. Zeitungen lagen herum. Massenweise. Und aufgeschlagene Bücher und Bücher mit vielen Zetteln zwischen den Seiten. An den Wänden hingen Poster von Karl Marx und Engels und Lenin und Ho Chi Minh.

In der Küche stand eine Korbflasche roter Wein auf dem Tisch.

Monotonie wollte ich ihnen beschreiben.

Monotonie ist überhaupt das schlimmste.

Das können die nicht begreifen.

Warum arbeiten die in der Kälberhalle drüben denn wieder um die Wette, wenn nicht, um der Monotonie zu entgehen?

Aber das interessiert die Studenten nicht.

Das sollte einer mal fotografieren.

Im Hals ist es. Im Bauch. So eine Leere, die alles verdaut, alles zerfrißt. Nichts hängt mehr zusammen. Man weiß nichts. Nicht was man tut, nicht was man will, nichts.

Gefangen.

Weh tut es.

Im Hals. Überall.

Der Kopf ist so dumpf, und doch ist die Zeit so klar.

So tot.

Richtig kann man das eben nicht beschreiben, habe ich gesagt. Man könnte sich doch auch nicht den ganzen Tag lang immer wieder das gleiche anhören. Man könnte sich doch auch nicht den ganzen Tag lang immer wieder das gleiche anhören. Man könnte sich doch auch nicht den ganzen Tag lang immer wieder das gleiche anhören. Man könnte sich doch auch nicht den ganzen Tag lang immer wieder das gleiche anhören. Man könnte sich doch auch nicht den ganzen Tag lang immer wieder das gleiche anhören. Man könnte sich doch auch nicht den ganzen Tag lang immer wieder das gleiche anhören. Man könnte sich doch auch...

Das können die nicht verstehen.

Entfremdung ist für die ganz etwas anderes.

Buri kommt vorbei.

Wie der auch immer humpelt.

Wie spät ist es eigentlich?

Er reibt sich an den Hosen die Hände trocken und zieht seine Armbanduhr aus der Hosentasche.

Er streckt mir die Uhr ins Gesicht. Es ist eine schöne OMEGA.

Jubiläumsgeschenk von der Firma.

Gold.

Weil ich 25 Jahre hier bin.

Es ist gleich zwölf.

Buri steckt die Uhr wieder weg.

Wenn man den Freunden von Lukas so zuhört.

Die wollen gerade uns hier, uns hier im Schlachthof Heldenstatus verleihen.

Vielleicht sollte man eben doch Hoden fressen.

Und Rückenmark.

Gebraten in Butter.

Jeder Mensch sollte einem anderen entgegentreten können, ohne dabei seine Mütze untertänig am Rand durch die Hände drehen zu müssen.

Und es habe keinen Sinn, in einen privaten Untergrund umzuziehen.

Meine Umwelt: Kühe, Därme, Drüsen.

Und innen Kinobilder.

Und der Sekundenzeiger zappelt rechts runter, kurvt unten durch, biegt in die Zielgerade ein, schwipp! Stunden- und Minutenzeiger stehen endlich senkrecht in der Uhr, Mittag ist's, Mittag! Schrei doch nicht so, die Hälfte hätten wir, und nach den Stunden mit Kühen tauchen die Hände in Eimer, jetzt wird wieder eigene Haut gewaschen, und aus den Schlachthallen, aus den Arbeitsräumen treten die Schlächter, Kuttler, Darmer, Fremdarbeiter, still ist es geworden, die Kompressoren schweigen, nur die Ventilatoren dröhnen weiter, Mittagsruhe, hört doch da oben auf dem Glasdach, das sind die Tauben, die gurren! Und? Jetzt stehst du da an der Tür wie ein Ochs am Hag, laß mich durch! Und? Wie kommt die Scheiße aufs Dach? Hat sich die Kuh auf den Schwanz geschissen und mit Schwung hinaufgeschmissen. Ja Sternteufelnocheinmal! Das war wieder ein Vormittag, aufschreiben sollte man es, ja aufschreiben, mit Blut, aber habe ich einen Hunger, komm Piccolo, rutsch zur Seite, laß mich an den Tisch, ich habe schon immer hier gesessen, und Sitzordnung einhalten, auch im Eßraum, und Rötlisberger hat es eilig, Kaninchen will er in der Mittagspause schlachten, und Huber und Hofer öffnen ihr Blechgeschirr, heiß kommt's aus dem Aufwärmeschrank: Kartoffeln, Nudeln, Sauerkraut und was denn dazu? Dem Beil entronnen, aufs neue bedrängt, gebunden, ins Wasser geworfen, gehängt – wer leidet so grause Martersitten und ist doch bei Tische wohlgelitten? Und was frißt du heute? Dampf aus geöffneten Gamellen, daneben Bier, alle Flaschen wieder voll, Durst, Durst, Durst in Schlächterkehlen, haben wir nicht geschwitzt? Kühe machen Mühe, gezielt, Prost! angestemmt, getrunken, ah, das tut gut, und Schaum tropft von Lippen, Zungen schnalzen, Handrücken wischen, hast du einen Kuhschluck, gerülpst wird um die Wette, und dann ran, jetzt wird gefuttert, Löcher öffnen sich, Gier, Gabel, Löffel schaufeln, das Brot entzweigebrochen, Finger schieben nach, stopfen geblähte Wangen, schlingende Hälse, Adamsäpfel turnen, Schultern machen die Würgebewegungen mit, und was frißt du da? Schweinskotelett, willst? Um Himmels willen nein! Kein Schweinefleisch, das hat der Doktor auch dem Schindler gesagt, gar nicht gut ist das! An einem Schweinskotelett ist doch noch keiner verreckt! Ja habt ihr nicht gehört, daß der Schindler einen Anfall hatte? Was? Wo? In der Kantine beim Rösi habe er... Siehst du, der Schnaps! Der Schindler Fritz? He ja, zusammengesackt sei er, und wo ist er jetzt? Bei Dr. Wyss, im Fleischschauerbüro. Den Krankenwagen haben sie bestellt. Ja, ja, wenn einer halt schon zum Morgenessen Gebranntes säuft! Mußt etwas für die Gesundheit tun, hat er immer gesagt. Nimm am Morgen zur Rösti ein Gläschen Erdäpfelschnaps, das wärmt und hilft verdauen, das hat er jetzt davon. Warum hat ihn der Bössiger denn versungen? Die werden ihn nicht mehr brauchen, wegen der zwei, drei Kälblein, die er bringt, und Vorarbeiter Krummen durch den Teig in seinem Rachen hindurch: Du mußt essen! Wenn einer nicht ißt... er würgt, schluckt... dann kann er auch nicht werken, und pieken tut's, Krummen schweig, du Halsabschneider! Nur einer denkt's, und wie das Kälberhaar im Nacken beißt! Die einen kratzen, die anderen nicht, stumpfe Haut, das Bier spült alles runter, doch wer stets sich füllt wie eine Kuh... Der Überländer wischt sich mit dem Ärmel über's Gesicht, dunkle Flecken hat er unter den Armen an der Metzgerbluse: Laßt doch jetzt mal den Stift in Ruhe! Aber das dreimal durchgeseuchte Gibeli von einem Guschti ist ihm durchgebrannt! Mehr fressen sollte er! Mußt du jetzt noch ins gleiche Horn blasen? Laß doch den, die Kühe, die am meisten brüllen, ja gerade die, die geben am wenigsten Milch, und fürs erste ist wieder aufgetankt, unter Schmatzen und Schlürfen mischen sich die Worte, Köpfe heben sich, und muh muh muh, so ruft im Stall die Kuh, sie gibt uns Milch und Butter, wir geben ihr das Futter, und eitelglatt greift Hügli zur MARLBORO: Wer weiß denn, was der mit dem Kuhli getrieben hat? Sag, wo hast es gegriffen, daß es so scharf wurde? Aber ach, diese Not habe ich mir selbst getan, sagte die Kuh, als sie ihren Mist aufs Feld führen mußte. Buris Eßgeschirr ist ausgekratzt, Hofers Militärlöffel abgeschleckt, eine Hand auf den Bauch: gorps! So, das magere Kuhli hat ihn also geworfen? Ja, so eins aus nichts als Flechsen und Geäder, so eins ohne Brust, ohne Fleisch am Füdlen, nur Knochen anstatt Waden! So dünnes Zeug wie die Spreussiger, und wer mit jungen Ochsen pflügt, macht krumme Furchen, ja Heilanddonner! Krummenbrummen: Einfangen habe ich sie müssen, die Kuh, ja wenn der Lehrbub nicht frißt, Diekuhranntebissiefielaufihrohrum! Bis Kuhkleefand! Ja die Spreussiger, Huber lacht, Hofer lacht. Und zu jedem Arbeitsplatz ein

Suppenplatz, Rauchplatz, Fluchplatz, Furzplatz, und hinter dem Freßplatz der Saufplatz, der Jaßplatz, der Scheißplatz, der Umziehplatz, und auch den aus dickspeckigen Kehlen schreienden Schweinen ihren Warteplatz, aber die Frau Spreussiger, gell Hügli, bei der hast du einen Bock geschossen? Die, die braucht einen Samentechniker, gell Stift? Und alte Kuh gar leicht vergißt, daß sie ein Kalb gewesen ist, ja ja, einen Samentechniker, so einen, der von Hof zu Hof geht, oder einen Muni braucht die! Und fürchte den Stier von vorn, das Pferd von hinten und den Melker von allen Seiten! Du mußt halt auch Hoden fressen, Hügli! Hoden! Hoden fressen! Und Burl streckt seinen Rücken, stöhnt: Die Neger, die Neger in Chicago, die haben immer Hoden gefressen. Aber nicht ungekocht! Der wird ein Sauhund sein! Ungekochte Hoden fressen. Und wo ist Hugentobler? Hat ihn wieder keiner gerufen? Krummenbrummen: Luigi, hol den Hugentobler! Ah Franggestei scho Gühlraum inne frässe. Du sollst ihn rufen, habe ich gesagt! Huber lacht: Bring noch gerade die Spreussiger, für den Hügli, und mit Huber lacht Hofer: Die wird doch wieder gehobelt, im Stall hinten. Geh Stift! Geh! Da kannst sehen, wie man es macht. So! Hört jetzt einmal auf! In Kuhzunft redet ... in Zukunft redet ihr anders mit dem Lehrbuben, jawohl! Aber da, wo die Spreussiger herkommt, dort stehen die Kühe unter Naturschutz. Und warum? Weil sie mit den Frauen verwechselt werden. Und wißt ihr, warum die Bauern dort so lange Arme haben? Hügli leuchtet, Hügli glänzt! He? Wieso? Daß sie beim Melken die Kühe auch küssen können, aber du, ich wette, die Spreussiger chlefelet und klappert im Nest! Wie so ein Skelett, ein Gespenst! Aber warum hängt der Bauer der Kuh die Glocke um den Hals? Der Hugentobler, der hört doch nichts, Artilleristenohr. Holen sollst du ihn, Heilanddonner! Jetzt ... Was ist auch mit dir? Der Stift will einfach nicht fressen, und noch ein Lachen zwischen Schlücken, der Bauer macht die Kühe froh, schenkt er ihnen ein Radio, und Piccolo verfehlt die Fliege an der Wand, verfehlt sie schon wieder. Luigi? Fernando? Kartenspielen? Ambrosio fehlt, und am Schützenfest, da habe ich ihn gesehen, gell Luigi, am Sonntag? Ein Bier haben wir getrunken. Hat der ein Fraueli! Nicht so eine Ausmerzkuh, Kalbfleisch ist da dran. Und was machen die Tschinggen jetzt am Schützenfest? Du Buri? Scho ufpasse! Alles war voll, von Maisern, das halbe Bierzelt hat italienisch geredet! He ja, wenn sie jetzt noch alle ihre Frauen mitbringen! Mit einem Dutzend Kinder jeder! Es macht einem am Sonntag gewiß bald keine Freude mehr, sich anders anzuziehen. Geht man spazieren, sieht man überall nur Ausländer! Tschinggen! Aber die größten Kühe, die haben sie, jawohl: in der Nähe von Milano. Chianina heißen die! Eben, die dümmsten Bauern haben die größten Erdäpfel, und die kleinsten die größten Kühe! Was hast du auch immer gegen die Tschinggen? Ist doch my Seel wahr! Huber kichert, Hofer kichert, klar hat der ein buschperes Fraueli, er hat ja auch wochenlang auf der Freibank Euterchen gekauft, aber gebessert hat es ihr recht wenig um die Brust, weil du selbst mehr Hirn fressen solltest, du Hornochs, und Hoden und Seckel, aber wahr ist es trotzdem, es ist schon bald wie mit den Schwarzen in Chicago, mit den Negercheiben, ja, hier haben sie vor Jahren ja auch so einen Kaminfeger angestellt. Was? Hier? Das war doch ein Araber! Einen schwarzen Gring hatte er aber, und in Chicago, als sie immer streikten, die Metzger, da haben sie bei der SWIFT & CO. halt Schwarze reingelassen, aber in den Speckraum, dort wo alles weiß war, die Wände, das Licht, die Tische, dort wo sie immer alle Besucher hingeführt haben, dort ist kein Neger reingekommen, nie, die wollten keine schwarzen Hände auf ihrem weißen Speck! Und den Negerfrauen haben sie jede Stunde mit Schmierseife die Hände gewaschen, die Fingernägel haben sie ihnen kontrolliert, vor jeder Schicht! Und üsi Chue het Hose-n-a u dr Stier e Chutte wenn mer das nid gloube witt so chasch i Stall ga gugge, und Rötlisberger streckt die leere Feldflasche aus: Du Luigi, füllst sie mir wieder mit Blut, für den Garten, gell? Und kennt ihr den? Kommt doch so ein Bauernsohn mit seinem Schatz an der Weide seines Vaters vorbei, und gerade in dem Moment springt der Muni auf eine Kuh. Das möchte ich jetzt auch, sagt er, und sie nicht schüchtern: Das kannst du doch, sind ja alles eure Kühe! Eh, das ist akkurat wie die Frau an der Landwirtschaftsausstellung. Einen schönen Muni haben sie dort gehabt, und die Frau hat den Stallknecht gefragt, wie oft er denn eben ja, in der Woche? He, jeden Tag, hat der Knecht gesagt, und da schaut die ihren Mann an, so von oben herab, so richtig, und da sagt der Knecht: Aber dann jeden Tag mit einer anderen Kuh! Und die Frau Nachbarin? Rötlisberger klappt sein Militärmesser zu. Die Frau Nachbarin, die kommt und klagt und tut, euer Bub, euer Bub, der hat mir Kuh gesagt! Seht ihr, meint die Mutter, dieser Schnudderi, und immer wieder sage ich ihm, er dürfe die Leute nicht nach ihrem Aussehen einschätzen, und Müüler grinsen rund um Zigaretten, und der Hansli? Ja, der Hansli kommt zu spät zur Schule, die Lehrerin schimpft, der Hansli entschuldigt sich: Exküse, ich habe halt den Stier zur Kuh führen müssen, da fragt die Lehrerin: Ja, hätte das denn nicht dein Vater besorgen können? Schon, sagt der Hansli, aber nicht so gut wie der Stier! Siehst du! Bis es ihm geht wie dem Muni in Kuba, ah du meinst, der Bulle, der aus der Kälte kam? He ja, was war mit dem? Eh, einen teuren Muni haben sie importiert, einen der größten! Aber dann konnte der nicht, dort drüben. Genau, keine Kuh war ihm gut genug, nur immer rumgestanden, der Donnersmuni! Und? Haben sie ihn zurückgebracht? Nichts da! Einem Kubaner kam die Idee, ihm doch eine Kühlanlage einzubauen, he ja, im Stall, und wirklich, kaum war's kalt, wollte er wieder auf alle hinauf! Und kennst du den von den zwei Kühen? Aber das mit dem Muni, das ist wahr, und du? Kennst ihn nicht? Erzähl doch, hü, worauf wartest du? Henusode, zwei Kühe kommen nach der Sömmerung wieder zusammen, die eine ist zufrieden, die andere nicht, und unter den aufgeknöpften Schlächterkutten, was für Gestalten hinter Schürzen und Schweiß? Wer zählt die Wunden, nennt die Narben, die garstig hier zusammenkamen? Jetzt weg mit deinen Melkerpfoten von meinem Bier! Und das? Was ist das? Kaffee, willst auch einen Schluck? Pfui Teufel, ist der zum Einreiben? Zum Kuren? Gerade wie wenn eine Katze dreingeschissen hätte! Jetzt hör doch auf! Würde ich heute gerne zu einer Beerdigung gehen, ja my Seel? Zu welcher denn? Zu deiner, aber wißt ihr, wieviele es braucht, da von denen, wo die Spreussiger herkommt? Wieviele es braucht zum Melken? Uhgh du, das ist ein alter Witz! Genau, 24 Mann! Einer pro Strich und 20, die die Kuh rauf und runter heben! Aber du Buri, sag! Warum haben denn dort soviele Schweine Holzbeine? Sag Buri! Und Buri wird rot, und im Eßraum wird es still. Sag Buri! Jetzt laß ihn doch in Ruhe! Weil sie nicht wegen jedem Gnagi eine ganze Sau schlachten wollen, und aus vorgebeugten Köpfen wird auf Oberdarmer Buri geschielt, gell Buri! Hofer höhnt, Huber lacht, Hügli spritzt Kaffee zum Mund heraus, und du Überländer! Was sagt die Kuh, wenn sie zum ersten Mal künstlich besamt wird? Viel wird es nicht sein, eben, muhen tut sie, Kühe können nämlich nicht reden ... hast du eine Ahnung, ganz oben im Simmental, im hintersten Krachen, dort habe es Kühe gegeben, die reden konnten! Rötlisberger nimmt die BRISSAGO aus dem Mund, Huber steht auf: ja etwa so wie du, gleich dumm, aber sicher nicht soviel! Jetzt hört doch zu! Der Bauer hat es ja auch nicht geglaubt, da hat er sich auf der Heubühne über dem Stall versteckt, am Heiligen Abend ist es gewesen, da ist er dort oben gelegen, und auf einmal sagt eine Kuh zur anderen, in drei Tagen müsse sie unters Joch, sie müsse den Bauern mit den Füßen voran auf den Kirchhof ziehen. Da ist das Oberländermanndli ab dem Futterboden runter wie der Blitz, in die Nacht hinaus ist er gerannt, und gerade über eine Felswand hinaus! My Seel, die Kuh, die hat ihn drei Tage später auf den Kirchhof gezogen! Huber steht, Hofer geht: was die wieder für einen Käse erzählen. Krummen blättert eine Sportseite um. So einen Seich! Und die Volksprosa blüht: Weibersterben kein Verderben, Kuh verrecken großer Schrecken! Und drei Metzger gingen auf die Jagd, dem einen wird gesagt, er solle unten bleiben, das Wild den Hang hinauftreiben, von oben wird geschossen, aber der geht mit und wird getroffen! Sagt der Arzt im Krankenhaus, die Kugel im Kopf, die kriegen wir raus, den Schaden, den können wir beheben, doch sagt, warum mußtet ihr ihm auch noch Herz, Lungen, den Magen ausnehmen? Und du spinnst, du auch! Ja siehst du die Kuh, die macht ein langes

Gesicht, kommt im Jahr nur einmal zum Stier, und lacht ihr nur! Juhe! Muni Hung! D'Ohre ab, d'Auge us! Es Loch im Buch! Juhe! Muni Hung! D'Ohre ab, d'Auge us! Es Loch im Buch! Ja der Rötlisberger Fritz, der glaubt noch an Gespenster, und sag, warum hat der Melkstuhl nur ein einziges Bein? Und warum, warum, haben die Kühe Glocken um? Die armen Kühe, das wäre noch! Das ist doch nur, damit sich der vereinsamte Knecht nicht darauf hinter ein Guschti stellen kann! Ja und wie haben die ihre Kühe gern! Die armen, die armen, aber grünes Gras fressen sie und geben trotzdem weiße Milch, jetzt hör doch endlich auf aus meiner Flasche zu saufen! Das ist mein Bier! Aber in Irland, da gab es eine Kuh, die gab so viel Milch, wie man nur wollte, jeden Kessel voll! Bis eine alte Hexe kam, die sich auch das Sieb füllen wollte. Da ist die Kuh halt weggelaufen, und in einer Gegend, wo niemand wußte, wer sie war, da wurde sie umgebracht! Aber du, Fritz, in Holland, da gab es auch so eine Wunderrasse: Vollmilch kam da nur aus einem Viertel im Euter, die anderen Zitzen gaben zweiprozentige Magermilch, Milchkaffee und Rahm! Darum melken die dort in vier Kübel! Und gell, wenn du noch hinten am Schwanz drehst, hast du auch noch Schlagrahm? He, das ist wie die Kühe in Amerika! Die fressen die Gelatine und das Erdbeeraroma auch mit dem Gras, da hast du beim Melken gleich Eiscreme in der Melchter! He Buri, in Amerika! In Chicago! Warum wirst jetzt wieder rot wie eine Blutwurst? Der hat seine Hörner halt in Amerika abgestoßen! Gell Buri, da waren die Kühe so groß, man hat sie in Milchteiche gemolken, und zum Rahmabschöpfen sind die Käser mit Schiffchen darauf rumgerudert, ja in Chicago! Potz Heilanddonner! Du Überländer, waren das die Kühe, die so große Hörner haben, man muß an Ostern reinblasen, wenn man will, daß der Ton an Pfingsten rauskommt? Ja, wer ist denn dort gewesen? Ihr oder ich? Natürlich bist du dort gewesen, bei der Frau Baumann im Konfitürenbergwerk, oder nicht? Und im Wilden Westen hat er Strohhüte gegossen, he Buri! Chicago! Potz Heilanddonner! Affen seid ihr! Wie könnt ihr wissen, was es heißt, großzügig zu denken, richtig amerikanisch! Und um zu sehen, daß nichts anbrennt, ist er bei der Swift & Co. mit dem Unterseeboot im Fettschmelzkessel rumgefahren, und Buri starrt gegen die Wand, hebt einen Arm, streckt die Hand, spricht: So weit du überhaupt sehen kannst, bis zum Horizont, nur Ochsen, alles Ochsen, Rücken an Rücken, ein Ochse neben dem andern, ein Meer von Ochsen. Wie dir da der Geruch in die Nase steigt, wie das tut, wie die brüllen, und die Viehtreiber brüllen auch, Sporen haben sie an den Stiefeln, und Peitschen haben sie, und Hügli lacht: Gell Buri, das gibt Mist, so ein Ochsenmeer! Und Buris Augen ziehen sich zusammen, die ausgestreckte Hand zittert. Und die Straßen, schnurgerade, alle schnurgerade, ohne Ende, Kilometer um Kilometer, und wenn man ... ihr seid doch Arschlöcher, Buri steht auf, Tränen auf den Wangen, und Kühe, die in Milchbars sitzen, dem Bauer selten etwas nützen, und hier bei uns, wir metzgen halt nur soviel, wie wir auch zu salzen vermögen, und Buri geht, und wie ist das jetzt eigentlich, kommt heute noch Verstärkung? Wenn doch der Gilgen, wenn Ambrosio ... Muß hier denn immer jeder für zwei krampfen? Hügli streicht sich über die Haare, wenn man auch noch danach bezahlt würde, und jetzt der Fernando auch noch weg in die Kuttlerei, und wenn die Kuh den Schwanz verliert, dann merkt sie erst, wozu er gut war, und wo führt das denn hin? Auf der Schwelle des Eßraums dreht sich Krummen um: Was kann ich denn dafür! Und ein Messer wetzt das andere, man hat doch noch das Recht zu fragen, oder? Macht ihr nur eure Arbeit richtig! Weniger rumstehen, weniger schnorren, weniger rauchen auf der Toilette! Aber jetzt tue doch nicht so! Da rackert man sich ab, und dann ... kommt, gehen wir in die Kantine! Die werden uns wieder Italiener schicken. Zum Anlernen. Handlanger. Heilanddonner, sei doch nicht so! Und wer hat denn mehr zu tun als zuvor? Das heißt doch die Kuh beim Schwanz aufzäumen. Dabei kommen sie von weit her, aber gelernte Metzger brauchen wir, Berufsleute, und der Überländer geht, was ich nicht weiß, macht mir nicht heiß, sagte der Ochse, als er gebraten wurde, komm! Der Rötlisberger, der schneidet sich doch ins eigene Fleisch! Aber warum kommen denn die Italiener alle? Wir sind eben privilegiert, in einem reichen Land wohnen wir, ja my Seel, warum sollte jetzt das Land nicht reich sein, wenn wir so werken, aber wart, ich komme auch, und du? Willst Tablarkühe schlachten? Und warum, warum hängt der Bauer Glocken um? Und der eine geht raus, der andere auch, und der Lehrling geht, und das Kalb folgt der Kuh, und die Kuh macht...

Zwölf Uhr fünfundzwanzig.

Und wieder raus, wieder durch die Treibgänge.

Eine Ratte und ihr Revier.

Es juckt mich in den Fußspitzen.

Ich möchte gegen etwas treten. Gegen einen Fußball. Hunderttausendmal. Bis mir das Bein abfällt. Oder im Lagerkeller mit beiden Fäusten blind auf einen Salzsack einhämmern. Im Kühlraum auf eine Kuhhälfte.

So ein Scheißschlachthof.

Jetzt sind meine Hände, auch die Unterarme, trocken. Ich spüre sie in den Hosentaschen.

Auf den Geleisen ein Zug.

Immer Schnellzüge. Städteschnellzüge. Und immer Reisende, die sich noch nicht gesetzt haben oder schon aufgestanden sind. Lang sind die Züge. Länger als die Stallungen, die Kuttlerei, die Rampe und das Waaghaus zusammen.

Daß ich wieder keinen Hunger hatte.

Auch keine Lust, mich hinzulegen.

Richtig schlafen kann ich doch nie. Aber es tut gut, die Augen zu schließen, den Rücken zu entlasten. Auf den Holzrost am Boden vor den Garderobenschränken.

Heute nicht.

Im Umkleideraum klopfen Luigi, Piccolo und Fernando jetzt ihre Karten ohne Ambrosio auf die Sitzbank. Mittags beim Spiel, da lachen und brüllen sie. Da gibt es auch Streit und beleidigte Gesichter.

Hinten im Areal, bei der Kleinviehannahmestelle, grunzen

und quietschen die zusammengepferchten Schweine. Sie drükken gegen das Gestänge.

Wartet nur.

Die quietschen wenigstens.

Hier hört man immer nur die Tiere. Auch das Rattern und Dröhnen der Maschinen, die Schüsse, die Züge. Die Leute hört man nie.

Ja, in der Pause.

Und mittags, wenn das Bier zu fließen anfängt.

Jedem wird das Rückenmark angezapft.

Das innerste Letzte, das Wertvollste.

Bis jeder nur noch mit eingezogenem Schwanz durch die Gegend schleicht.

Was meinen Sie eigentlich, wer Sie sind!

Was da noch lange stolz tun!

Was bildet ihr euch ein?

Jedes bißchen Selbstvertrauen wird andauernd abgesägt.

Systematisch.

Werfen sie uns nicht schöne Knochen zu?

Wau – wau!

Blut!

Hier hat einer durchgedreht.

Die Außenwand der Großviehschlachthalle ist mit Blut verschmiert.

Ein Bulle! Ein Stier!

Jemand hat die Umrisse eines riesigen Stiers gemalt. Die Beine galoppierend; den Kopf zum Angriff gesenkt, ein Geweih die Hörner. Der zornig gebogene Wulst im Nacken. Der Hodensack.

Ich traue meinen Augen nicht.

Das gibt ein Zetermordio.

Auf der Rasenfläche vor dem Verwaltungsgebäude steht ein Ahornbaum. Ich lehne mich gegen die Wurzeln und schließe die Augen, öffne sie wieder.

Der Stier ist noch da.

Ich mache die Augen wieder zu und lege den Kopf an den

Baum. So sehe ich unheimlich viel. Ganze Firmamente. Ich drücke mit den Zeigefingerrücken gegen die geschlossenen Lider. Sterne leuchten auf und fallen. Quadrate, schachbrettartig, Kreise, wirbelnd: Ich habe ein eingebautes Kaleidoskop. Verstärke ich den Druck der Finger, wird alles rot. Leuchtfiguren. Ein Formenreservoir.

Der Boden ist feucht.

Weiter.

Der Stier ist gut.

Krummen hat etwas gesagt von einer Notschlachtung. Hat wohl einer angerufen.

Ob ich wieder dranglauben muß?

He Stift!

Im Stall draußen steht noch ein krankes Kuhli. Ich hole es herein, dann kannst du es noch metzgen.

Dann kannst du es noch metzgen.

Kann ich? Darf ich?

Soll ich mich bedanken?

So ein Privileg. Ich darf das kranke Kuhli metzgen.

So viel Vertrauen bringt man mir entgegen.

Dabei kann sonst keiner weg. Nachmittags brauchen sie an der Schweineschlachtstraße die letzte verfügbare Kraft.

Am Stall gehe ich vorbei. Ich will gar nicht sehen, was auf mich wartet. Groß oder klein, mit Hörnern, ohne Hörner, schwarz-weiß, rot-weiß, braun, blau, schwarz, grün, halb tot oder nicht, mir egal.

Wenn es nur nicht wieder so eine halbvergaste Unfallkuh ist, die sie mit sieben Seilwinden aus einer Jauchegrube hißten.

Diese Bauern sollen doch ihre Mistlöcher zudecken, oder wenigstens besser auf ihr Viehzeug aufpassen.

Ich will das stinkige Zeug nicht sehen.

Und doch wirst du tun, wie dir befohlen.

Aber nicht mehr lange.

Dann kannst du es noch metzgen.

Ja, dann kann ich es noch metzgen.

Ein Schrei. Ein tierischer Angstschrei.

In der Kälberschlachthalle zieht der alte Rötlisberger ein Kaninchen aus einem Pappkarton. An der Halshaut im Genick hält er es fest, versetzt ihm mit einem abgesägten Besenstiel einen Schlag vor die Ohren, knüpft ihm eine Schnur um die Hinterläufe und hängt es an den Rechen. Das Kaninchen zappelt. Wie vorhin die Kälber schwingt es hin und her. Nur wilder.

Rötlisberger grinst mich an.

Ja, ja, ich bin halt ein Chüngelbauer.

Im Karton ein Gewühl von Fellbündeln: Belgische Riesen, Schecken, Hasenkaninchen.

Von der Kantine her kommt lautes Gelächter.

Jetzt saufen sie wieder.

Rötlisberger schüttelt den Kopf.

Wer?

Der Gilgen, der Hugentobler – alle.

Ist Gilgen zurück?

Und Ambrosio?

Dann haben die den Stier an die Wand geschmiert.

An die Außenwand der Großviehschlachthalle hat jemand einen riesigen Stier gemalt. Mit Blut.

Ja my Seel?

Wenn ich es doch gesehen habe. Über die halbe Wand.

Das auch noch.

Rötlisberger schüttelt den Kopf und pafft.

Er ist sauer.

Auf die Leute zugehen: Sag mir, wer du bist! Sag mir alles, was du weißt! Ausfragen möchte ich Rötlisberger. Einfach zuhören. Kuhgeschichten. Witze.

Reden ist schwer.

Wie diese Hasen quietschen.

Aber nicht mehr lange.

Ich ziehe einen schwarz-weißen Schecken aus dem Karton und halte ihn Rötlisberger hin.

Du! Nicht an den Ohren!

Aber die werden ja doch gleich...

Das ist egal. Nicht an den Ohren.

Ich packe ein Kaninchen am Halsfell. Es zappelt.

Was sagen?

Und morgen gibt es bei Rötlisbergers Kaninchenbraten?

Ah nein. Das wäre noch. Wir fressen nicht alles selbst; die verkaufe ich den Italienern.

Er arbeitet flink.

Die einen strecken unter dem Betäubungsschlag die Läufe von sich, die anderen ziehen sie ruckartig eng an den Leib. Aus den aufgeschlitzten Kehlen tropft Blut. Spärlich. Die laufen nicht über wie Schweine. Ein Dutzend Kaninchen hängen am Rechen und zappeln.

Rötlisberger wetzt ein Messer.

So, jetzt wollen wir ihnen das Fell über die Ohren ziehen.

Warum bleiben die Hinterpfoten eigentlich am Kaninchen?

Warum?

Daß man sieht, daß es keine Katze ist. Bei der Katze ist zwar auch der Schädel anders, etwas breiter, weniger spitz, aber wenn der Kopf weg ist, kauft man bei einem Kaninchen ohne Pfoten eine Katze im Sack.

Jetzt grinst er.

Aber doch heute nicht mehr. Wer schlachtet denn jetzt noch Katzen.

Ha. Hast du eine Ahnung. Da heißt es aufpassen. Sein Gesicht ist ganz schief vom Sprechen mit der Brissago im Mund.

Durch die Schiebetür hört man die Schweine.

Ja, ja. Ohne Fleischschauverordnung würde da schlimm gewirtschaftet werden. Wie im Krieg. Wie alt bist du jetzt?

Achtzehn.

Du bist ein junger Cheib. Sei froh. Im Krieg, da wußte my Seel der eine oder der andere den Unterschied zwischen Chüngel und Katz nicht mehr so recht. Auch nicht zwischen Kalb und Hund.

Das ist ja wohl übertrieben.

Was übertrieben. Gerade so stämmige Bernhardiner, die hat man damals gerne verwurstet. Was meinst du, wie die Leute früher Hunde gefressen haben. Und dann, ja, im Krieg, da wurde my Seel aus dem letzten Esel auf dem Weg zum Schlachthof plötzlich noch ein kleines Roß.

Ohne Fell scheinen die Kaninchen zu frieren.

Wie schnell das Gequietsche verstummte. Aber die Schweine, die quietschen weiter.

Wenn du mich fragst, sagt Rötlisberger, so dumm ist das gar nicht: Fleisch ist Fleisch.

Ja, Fleisch ist Fleisch.

Auf den Bäumen wächst es bis jetzt auf jeden Fall noch nicht. Und Hunger, richtig Hunger, gar nichts zu fressen haben, aber wirklich gar nichts, keine Knochen, nichts, weißt du, einfach nichts. He? Das gibt es doch auch, oder?

Ja schon.

Also. Ist doch my Seel wahr.

Was allein die Hunde zusammenfressen.

Und die Katzen.

Und dann nur vom Besten. Nicht etwa Lungen. Nein, Leber, schöne Plätzli und mageres Gehacktes.

Rötlisberger schabt Fett von einem Fellboden.

Ja diese Böcke hier, die sind gesund. Fett sind die. Wenn die jung sind, bekommen sie Petersilie. Viel Petersilie. Uhgh, das tut denen gut. Und starke Knochen gibt das. Vitamine.

Er zieht das abgeschabte Fell auf einen Fellspanner.

Ich denke an die Schweineschlacht. Welchen Posten darf ich wohl verteidigen.

Alle lachen über Rötlisberger. Weil er sich mit Lederjacke, Sturzhelm und Rennbrille auf sein VELO-SOLEX setzt. Er braucht Schutz. Vermummt sich gegen Asphalt und Stein.

Über Hugentobler lachen sie auch.

Jeder lacht über jeden.

Soll ich fragen?

Wie ist das ... Stimmt es eigentlich ... Ich meine nur ... Ist es wahr, daß ...

Rötlisberger hält inne. Er wendet sich von den Kaninchen ab und fixiert mich.

Ich ...

Dir kann ich es ja sagen, und wer weiß, wie lange ich noch hier bin, aber der Buri, das ist und bleibt ein Schnurri. Wenn man auf den hören würde, uhgh, das gäbe etwas. Ja Chicago hier, Chicago dort, wir bei der SWIFT & CO. Ein Schnurri ist er.

War er denn gar nie da, in Amerika?

Buri? Und wie. – Sein linker Fuß ist jetzt noch dort. Jetzt staunst du, he? Aber so ist es. Amputiert. Genau.

Buri?

Ein Holzbein.

Darum hinkt er so stark.

Nein, davon spricht er nie. Und umziehen will er sich nur, wenn niemand dabei ist. Am Morgen der erste, am Abend der letzte. Der Schnurri-Buri.

Rötlisberger schlitzt die Kaninchen auf.

Denk nur dran, ja my Seel! Jetzt haßt er die Tschinggen. Weil er selbst einer war.

Alles haben sie ihm abgenommen in Amerika. Alles.

Ja, ja. Ich habe ein paar Leute abreisen sehen. So wie der Buri. Noch vor der Krise. Jeder mit dem linken Fuß ein Kolumbus und mit dem rechten schon ein halber Rockefeller.

Paß mir nur auf, Bürschchen. Beim Ochsenspalten hat er einmal danebengehauen. Stell dir vor: tagelang Ochsen spalten.

Und weg ist der Fuß.

Und was hat er gelernt? Nicht so viel. Aber nicht so viel. Rötlisberger ballt eine grimmige Faust.

Nicht so viel.

Der Möff.

Aber jetzt praschalleren. Groß tun mit der SWIFT & CO.

Da gab es dann schon noch andere, die Chicago auch gesehen haben. Vielleicht durch weniger versoffene Augen. Fortschritt, ja my Seel. Fortschritt! Marsch in den Tod.

Als unser Personalklüblein noch so etwas wie eine Gewerkschaft war, da gab es einmal so ein Buch. Ich weiß noch gut. Grün war es. Grün wie ein Kuhranzen. »Der Dschungel« hieß es. Dort hast du nachlesen können, wie es wirklich war in Chicago. Eine riesengroße Sauerei war es. Die größte Sauerei der

Welt. Geschlachtet und kaputt gemacht wurden dort nicht nur Ochsen und Schweine. Manch ein Metzger soll dort in Büchsen abgefüllt worden sein. Ja genau.

Rötlisberger rupft den Kaninchen die Innereien aus den Bäuchen. Leber und Herz bleiben zurück. Er schmeißt die graugrünen Beutelchen in den Konfiskatbehälter.

Buri hat ein Holzbein.

Wir müssen schon bald wieder.

Das Bein.

Einfach weg.

Weg wie Ambrosios Finger?

Ja, wir müssen schon bald.

Ich wasche mir die Hände.

Rötlisberger verwischt mit dem Wasserschlauch die Spuren der Kaninchenschlacht.

So, das wäre auch gemacht. Die Zeit reicht wohl noch gerade für ein kleines Bier beim Rösi in der Kantine.

An seiner Sackschürze trocknet sich Rötlisberger die Hände ab.

Hier, wenn ein Handtuch suchst.

Ob Buri das verkraftet hat?

Buri in Chicago.

Und Ambrosio?

11

Nachdem er von Viehhändler Schindler zum Schlachthof hinter dem hohen Zaun am Rande der schönen Stadt gebracht worden war, wie verlief da Ambrosios Anstellung?

Glatt und unkompliziert. Bössiger erkundigte sich nach Ambrosios Zivilstand, sagte dann, ja, die Verheirateten, die hätten sie gern, die würden mehr arbeiten und seien auch jederzeit auf Überstunden scharf. Aushilfe und Störenmetzger Überländer erhielt einen Vermittlerbonus. Die Änderung der Aufenthaltsbewilligung war schnell geregelt. Ja also wenn es sich um den Schlachthof handle, dann könne man schon einmal ein Auge zudrücken und sich eine Ausnahme erlauben, sagte der Beamte am Telefon.

Welches waren an seinem neuen Arbeitsplatz die ersten und nachhaltigsten Eindrücke Ambrosios?

Das Rattern der Knochensägen, das Dröhnen der Kühlventilatoren, der Schlachtlärm überhaupt. Dann der allgegenwärtige Blutgeruch. Auch die Körperhaltungen der Arbeiter, die nach Arbeitsschluß alle irgendwie gebückt und bedrückt, als kämen sie aus einem verlorenen Krieg, nach Hause gingen.

Wo wurde Ambrosio untergebracht?

In einem firmeneigenen Altbau teilte er mit drei Arbeitskollegen einen ausgebauten Dachstock.

Wie stand es mit den sanitären Einrichtungen des Altbaues?

Sie waren ungenügend. Es gab weder Dusche noch Bademöglichkeit. Jeden Samstag begab sich Ambrosio ins Städtische Hallenbad, um sich dort einer ausführlichen Körperpflege zu unterziehen. Er liebte es, unter der Heißwasserdusche zu stehen und das Wasser einfach auf seine Kopfhaut niederprasseln zu lassen. Bald entwickelte er ein nie abflauendes Bedürfnis, sich wiederholt einzuseifen und zu schrubben. Zum Spaß seiner

Kameraden kämmte er seine spärlichen Haarsträhnen äußerst sorgfältig, plazierte sie mit Hilfe von Brillantine quer über den Schädel. Dieser wöchentliche Besuch im Hallenbad wurde schnell zu einem für ihn unentbehrlichen Ritual.

Wie war Ambrosios Verdienst?

An den Verhältnissen in Coruña gemessen, sehr gut. Die anderen Verhältnisse kannte Ambrosio erst überhaupt nicht, dann nur ungenügend.

Wie bekam Ambrosio seinen Lohn ausbezahlt?

In Bargeld. Die Scheine steckten zusammen mit dem Kontrollstreifen für die Sozialabzüge in einem durchsichtigen Umschlag. Ausgehändigt wurde dieser Umschlag von Vorarbeiter Krummen. An jedem zweiten Freitag war Zahltag. Man stellte sich dann nach Feierabend ungeduldig in eine Kolonne, schubste sich lachend an, schielte sich gegenseitig über die Schultern, machte Witze und konnte es kaum erwarten, bis man selbst an die Reihe kam zu unterschreiben.

Was fiel Ambrosio dabei besonders auf?

Daß sich die meisten bei der Entgegennahme des Lohnes bei Krummen dafür bedankten.

Wodurch unterschied sich die Arbeit in der Stadt von der auf dem Knuchelhof?

Vor allem durch die auf die extreme Arbeitsteilung zurückzuführende Monotonie. Ein unmöglich zu unterschätzender Vorteil bestand jedoch in der Tatsache, daß Ambrosio unter Leuten leben konnte, die seiner Sprache mächtig waren.

Unternahm Ambrosio denn keinerlei Anstrengungen, die Sprache des Landes zu erlernen?

Doch. Sogar große. Er wollte der Sprachlosigkeit, die ihm in Innerwald zu schaffen gemacht hatte, endlich entfliehen. Allerdings begannen die Sprachkurse verschiedener Erwachsenenbildungsinstitute abends sehr früh. Müde und ohne gegessen zu haben, schleppte sich Ambrosio dennoch wochenlang dorthin. Mußte schließlich aber resignieren. Als er danach mit Kollegen eine andere Lösung diskutierte und der Schlachthofdirektion den Vorschlag unterbreitete, die Firma könnte doch für die fremdsprachigen Arbeitnehmer nutzbringend Kurse organisieren, wurde dies als unnötig betrachtet.

Was waren die Folgen von Ambrosios unfruchtbaren Bemühungen?

Er erlernte zwar schlecht und recht einige Brocken Schlachthofdeutsch, erlag aber sonst der unter seinen ausländischen Arbeitskameraden vorherrschenden Apathie, mit der man den Angelegenheiten einer Gesellschaft begegnet, zu der man sich nicht zugehörig fühlt.

Wie hießen Ambrosios Freunde und Bekannte?

Giovanni, Mario, Diego, José, Pasquale, Domenico, Fernando, Juan, Vincenzo, Nicanor, Manuel, Felix, Ernesto, Marcial, Domingo, Luigi, Enrique, Ignacio, Luís, Manuel García, Chicuolo, Vicente, Mauro, Fabrizio, Roberto.

Was fiel zahlreichen Bewohnern der schönen Stadt zu den Arbeitern ausländischer Herkunft ein?

Salami-Türken, Messerstecher, Pflasterträger, Schürzenjäger, Spielsalon-Hocker, Tschinggen, Nicht-bei-mir-zu-Gast-Arbeiter, Spaghetti-Chinesen, Maiser, Stinkfüße, Fiat-Hengste, Zigeunercheiben, Geld-nach-Hause-Schicker, Unzüchtler, Ausnützer, Marroni-Fritzen.

Warum besuchte Ambrosio nie die Gaststätte direkt an seiner Straße?

Weil dort Gastarbeitern der Zutritt in die Gaststube verwehrt war. An der Eingangstür war ein diesbezügliches Schild angebracht.

Machte Ambrosio selbst keine Erfahrungen mit der Fremdenfeindlichkeit?

Oh doch.

Welche?

Im Kursaal spielte samstags ein größeres Orchester auch beschwingte, südländische Melodien. Ambrosio war ein guter Tänzer. Er sah eine junge Frau, die ihn an Coruña erinnerte. Sie trug eine weiße Bluse, rote Schuhe und einen schwarzen Rock. »Le gusta bailar? Sí, sí, por favor!« sagte er, auf sie zugehend. Sie aber wandte sich ihrer Freundin zu und fragte: »Du Sophie, was will wohl der?« Dem fehle es wahrscheinlich im Kopf, antwortete die Freundin. »Sí, sí, vamos a bailar!« sagte Ambrosio beharrlich und drehte sich mit erhobenem Arm um sich selbst, brachte dabei den kleinen Tisch ins Wanken. Sie, im schwarzen Rock und der weißen Bluse, lehnte sich hinter den Rücken ihrer Freundin, als wollte sie sich verbergen und sagte: »Niente tanze Italiener!«

Handelte es sich bei solchen Geschichten um bedauernswerte Ausnahmen?

Nein, im Gegenteil. Ein Bekannter Ambrosios wurde einmal beinahe verhaftet, einzig und allein weil er auf der Straße ein italienisches Lied gesungen hatte, was jemandem so mißfiel, daß er die Polizei anrief.

Wo hielten sich Ambrosios Freunde an freien Tagen oft auf?

Am Bahnhof.

Was tat Ambrosio, bevor er sich auf dem Bahnhofplatz ans Straßengeländer lehnte, um für eine Stunde zu rauchen, zu lachen, zu reden?

Er wischte mit dem Taschentuch den Staub von der Eisenstange.

Welche hochdeutschen Sätze beherrschte Ambrosio schon ziemlich bald?

1. »Achtung! Achtung. Wir erwarten die Einfahrt des Städteschnellzuges.«

2. »Bitte schnell einsteigen!«

3. »Der Speisewagen befindet sich hinten im Zug.«

4. »Achtung! Achtung! Die Türen schließen automatisch.«

Warum das?

Weil Ambrosio gerne auf den Bahnsteigen spazierenging.

Zu wem fühlte er sich auf eigenartige Weise hingezogen?

Zu sämtlichen Kellnerinnen. Hinter ihrer beruflichen Freundlichkeit, hinter ihrer trainierten Öffentlichkeit vermutete er eine Selbstsicherheit, die den meisten Leuten fehlte. Er bewunderte es, wie diese Frauen ihnen oft unangenehme Kontaktsituationen zu meistern wußten. Wie sie dann dastanden, wie sie unter den weißen Spitzenschürzen nach Wechselgeld suchten oder wie sie sich mit einem Knie leicht vorgeschoben an die Registrierkassen stellten, um ihre Einnahmen zu tippen, immer so, als spürten sie sie nicht, die Blicke auf ihren Nacken.

Warum empfand Ambrosio dagegen ausländischen Kellnern gegenüber Sympathie und Mitleid, beides Gefühle, die ihn zu großzügigen Trinkgeldern verleiteten?

Weil ihm ausländische Kellner vorkamen wie getriebene Tiere, weil sich die meisten Gäste unaufhaltsam über mangelnde oder nicht akzentfreie Sprachkenntnisse lustig machten, weil scheinbar alle ausländischen Kellner Plattfüße hatten, weil er in ihren Gesichtern die allergrößte Trauer las, weil Ambrosio sogar die Schlachthofarbeit menschlicher schien als dieses Gehetztwerden von Tisch zu Tisch, gepeitscht von unzufriedenen Blicken, von Unfreundlichkeit, von Reklamationen aller Art, und immer im weißen Jacket, immer mit Krawatte, immer ohne das Recht auf eine eigene Meinung.

Als sich Ambrosio einmal diesbezüglich äußerte, welches Gespräch konnte im Umkleideraum des Städtischen Schlachthofes aufgeschnappt werden?

– Er war ja selbst auch im Gastgewerbe, bevor er hierherkam.
– So? Als was denn?
– Als Kellner und Zimmerbursche.
– Wo?
– In einem Kuhhotel.

Wie war Ambrosios Verhältnis zu seinen Arbeitskollegen?

Sehr gut. Ambrosio war beliebt. Er war gutmütig, machte oft Witze und verstand es, seine gute Laune auf die ganze Belegschaft übergehen zu lassen, was allen die Arbeit erleichterte.

Von welcher Art war Ambrosios Humor?

Ambrosio hatte einen Hang zur Clownerie. Er produzierte sich, indem er sich dümmer oder kleiner stellte, als er war. Er tat zum Beispiel, als wäre seine Gummischürze ein rotes Tuch, als wäre eine Kuh ein Stier, um hinten bei den Ställen unter Olé-Gebrüll einen Stierkampf zu inszenieren. Oder er kratzte sich mit einem blutigen Finger unter seiner Baskenmütze, beugte sich dann vor, damit die Mütze zu Boden fiel und auf seiner Kopfhaut ein rotes Kreuz zum Vorschein kam.

Mit welchem Schlächter verstand sich Ambrosio auf der Stelle sehr gut?

Mit Ernest Gilgen, der ihn um rund drei Köpfe überragte.

Womit erregte Ambrosio anfänglich die Aufmerksamkeit seiner Arbeitskameraden?

Mit seinem Feuerzeug. Man lachte darüber, weil es unhandlich und unmodern wirkte. Auch weil Ambrosio behauptete, sobald der Ballen Zunderschnur aufgebraucht sei, werde er nach Spanien fahren.

Hielt er sein Wort?

Ja, zum ersten Mal fuhr er nach drei Jahren. Mit Frau und Kindern wollte er zurückkommen, hatte jedoch lediglich einen neuen Ballen Zunderschnur für sein Feuerzeug bei sich. Die Regierung war ihm zuvorgekommen und hatte mit Spanien vereinbart, daß Ehefrauen mit kleinen Kindern ihren arbeitenden Männern in das kleine Land nicht nachreisen durften.

Was waren die negativen Folgen dieser Reise?

Vertiefte Apathie, Einsamkeit, Depressionen. Die in dem Niemandsland zwischen Schlachthof, Bett, Hallenbad, Supermarkt und Bahnhof verbrachte Freizeit wurde zur Tortur. Manchmal freute sich Ambrosio schon samstags auf den Wiederbeginn der Arbeit am Montag früh. Es gab Sonntage, die er völlig verschlafen wollte. Er versuchte, sich dann selbst zu überzeugen, daß er immer noch schlief, daß er träumte, obwohl er schon stundenlang wachgelegen hatte.

Wie oft fuhr Ambrosio nach Innerwald?

Er war nur einmal gefahren. Um Luigi auf dem Bodenhof zu besuchen, um ihn über die Lage in der Stadt zu unterrichten.

Hatte sich Luigi danach auch im Schlachthof anstellen lassen?

Ja.

Wie wurde Ambrosio auf dem Knuchelhof empfangen? Kannte man ihn noch?

Ambrosio spazierte mit Luigi lediglich über den Galgenhubel, setzte sich auch unterhalb des Wäldchens an den Rand des

Dorfweges, schaute auf die Knuchelweide hinunter, zählte die Kühe und versuchte, sie von weitem wiederzuerkennen. Auf dem Hof war eine Melkmaschine installiert worden, sonst schien sich nichts verändert zu haben. Hinuntergehen wollte er nicht.

War Ambrosio schlecht auf Landwirt Knuchel zu sprechen?

Nein. Er sprach wiederholt von Innerwald, vom Knuchelhof, wie von etwas Unwirklichem, wie von einem Traum.

War Ambrosio vielleicht von der Nachricht, Fritz Mäder, der Feldmauser der Gemeinde Innerwald, habe sich unweit von der Schießanlage an einer Tanne erhängt, von weiteren Besuchen auf dem Langen Berg abgehalten worden?

Möglich.

Welches war die größte materielle Anschaffung, die sich Ambrosio leistete?

Ein Fahrrad (Marke TIGRA).

Was fand Ambrosio bei den anderen komisch, nur um es nachher gleich zu halten?

Die im Schlachthof weit verbreitete Vorliebe für Handschuhe. Viele konnten sich bei Frauen nichts Eleganteres vorstellen und sprachen auch oft darüber. Wurden Geschenke diskutiert, kam regelmäßig der Vorschlag: »Kauf ihr doch ein Paar Handschuhe, das kann sie doch immer gebrauchen, und schön ist es auch.« Ambrosio brachte seiner Frau ein Paar feine Handschuhe aus Ziegenleder nach Hause. Den Kindern Strickhandschuhe.

Wie lange arbeitete Ambrosio nun schon im Schlachthof?

Sieben Jahre.

Welches war die ihm am meisten verhaßte Arbeit?

Das Bedienen des Fleischwolfs, was er wochenlang und ausschließlich zu tun hatte. Jeden Morgen um sechs Uhr verschwand er in den Maschinenraum, um dort Tonne für Tonne nur halb aufgetautes Gefrierfleisch in den Einfüllschacht des Fleischwolfes zu stopfen. Da sich das Fleisch wie Eis anfühlte, kam an Ambrosios Händen die Durchblutung ins Stocken. Er beklagte sich darüber, daß er an der Vorstellung leide, an seinen Armen nur noch unempfindliche Knollenstümpfe zu haben.

Wie funktioniert ein Fleischwolf?

»In einem Gehäuse mit Schraubenwindungen dreht sich eine Förderschnecke, die das Fleisch gegen das Schneidezeug – durchbohrte Stahlscheiben, vor oder zwischen denen sich vierflügelige Messer bewegen – drückt.« (Brockhaus)

Warum erwachte Ambrosio des öfteren mitten in der Nacht?

Aus dem Innern des Fleischwolfs stieg ein stahlhartes Beben, vergleichbar dem Gurgeln aus einer bodenlosen Schlucht, und dieses Beben war langsam vom zitternden Gehäuse der Maschine auf Ambrosios Körper übergegangen. Besonders schlimm war es, wenn Knorpel oder Knochenstücke in das Schneidezeug gerieten. Hörte Ambrosio dieses Geräusch, dann fluchte er auf die Maschine, auf Krummen, auf den Schlachthof, auf das ganze Land, in dem sich alles unaufhörlich zu drehen schien wie die Förderschnecke im Fleischwolf. Träumte er aber von diesem Geräusch, so fuhr er schwitzend aus dem Schlaf.

Wie versuchte sich Ambrosio an der Maschine zu rächen?

Er trommelte mit seinen gefühllosen Fäusten gegen die Eisenverschalung. Er versuchte, den Fleischwolf durch Überfütterung zum Platzen zu bringen. Er preßte soviel Gefrierfleisch wie nur möglich auf einmal in den Schlund der Maschine. Aber diese mahlte und mahlte, drehte sich immer weiter, spuckte alles aus, ohne sich aus der Ruhe bringen zu lassen.

Was geschah, nachdem Bössiger dazugekommen war, wie Ambrosio dem Fleischwolf Fußtritte versetzt hatte?

Krummen überbrachte Ambrosio den Befehl, das Gefrierfleisch müsse zweimal durch den Wolf gedreht werden. Gleichzeitig wußte er zu berichten, daß es bald wieder mehr Frischfleisch auf dem Markt geben werde, daß sich Ambrosios unangenehme Arbeit dann erübrige.

Was tat Ambrosio, als er kurze Zeit später seine rechte Hand ohne den Mittelfinger aus einem Fleischberg über dem Schlund des Fleischwolfes zog?

Die Hand vor sich hertragend, begab er sich ins Büro von Tierarzt Dr. Wyss, wo er entgeistert stehenblieb und seine bluttropfende Hand auf einen Stapel aus Briefen, Formularen und Gutachten der Fleischschau legte.

Weinte er?

Ja.

Was suchte Bössiger danach erfolgreich im Fleischwolf?

Ambrosios zermalmten Finger. Damit kein Wurstfleisch konfisziert werden mußte.

Woran gab Bössiger vor, daß er das Fingerfleisch erkannt habe?

An der Farbe. Einen hellen Flecken habe er gesehen.

War dies Ambrosios schlimmste Erfahrung im Schlachthof?

Eine der schlimmsten.

12

Hände strichen mit den Fingerspitzen über Schwielen, über Wunden, glätteten Gelenkfalten. Wo war der Schorf, der noch bei Arbeitsbeginn ...?

Die Hände befühlten losgerissene Nägel, massierten Gelenke, Haut reibt Haut, die Hände drehten sich, schmiegten sich an, Handfläche gegen Handfläche, und im Ineinanderübergleiten sind sie eine Sekunde lang gefaltet wie zum Gebet, und die Hände, die mit Kraft den Griff des Messers umfassen, die wirken, werken, die Berge von Fleisch und Knochen versetzen, lagen auf den Tischen in der kleinen Schlachthofkantine: rosige Bündel von wurstigen Fingern, zitteriges Fleisch, erschlaffte Tiere.

Sie lagen neben Gläsern, oder sie umklammerten Karten beim Spiel. Auch die Unterarme waren trocken, und das Bier war kühl, und die Leiber der Schlächter atmeten in der aufgeknöpften Berufswäsche. Dankbare Lungen fand der Rauch aus Zigarren und Zigaretten und *während der Arbeitszeit ist der Arbeitnehmer im besonderen verpflichtet, den Genuß alkoholischer Getränke und das Rauchen strikte zu unterlassen,* und unter dem Tisch in den Stiefeln ruhten die Füße: Noch war Mittagspause.

– Oh, das ist mir jetzt gar nicht recht! Die Wirtin verschüttete Kaffee. Sie servierte warmes Bier, nahm es zurück. Oh, Herrjehmine! Ihr könnt euch doch gar nicht vorstellen, wie schlimm das war. Was sollte ich denn auch tun? Wenn der sich plötzlich an mir festklammert, gerade so, als wollte er nie mehr loslassen. So ein schwerer Mann! Ohne sie zu befingern, ohne die Münzen zu zählen, ließ sie Frau Bangerter heute in die Schürzentasche gleiten. Also, als der so dalag, hier am Boden, einfach keinen Mucks mehr machte, da habe ich weiß Gott einen Moment lang gedacht, so, der ist jetzt tot.

– Bis daß der Schindler todet, braucht es dann schon mehr als nur ein Gestürm mit dem Bössiger wegen einem scheißigen Fuchs, sagte der schöne Hügli, der auch gleich von Fritz Überländer unterstützt wurde:

– Nur weil der Bössiger ein bißchen die Hörner zeigt? Ha, da muß ja ein Roß lachen. Daß der Schindler todet, da braucht es ein Unhurengewitter.

– Und einen Unhurenblitz, der ihm in den dicken Ranzen schlägt, sonst putzt es den Schindler nicht, sagte Huber und ordnete die Karten in seiner Hand.

– Ja, aber wenn er denn so weiter macht mit dem Schnaps, du, ich weiß nicht, meinte der Überländer.

– Das hat doch nichts mit Schnaps zu tun, mischte sich Gilgen ein. Um das Schweinegekreisch, das durch die Kantinentür drang, zu übertönen, sprach Gilgen laut.

– Und womit denn? Womit hat es denn etwas zu tun, wenn nicht mit Schnaps?

Die drei Kartenspieler drehten die Köpfe, Gilgen stand auf. Mit dem Blut, sagte er. Der Schindler hat zuviel Blut!

Frau Bangerter griff sich ins Haar, fuhr sich über die Ohren, hielt sie zu und sagte: Was ist heute auch los? Und diese Säue! Immer das Gegrunze! Den ganzen Tag!

– Komm setz dich, nimm einen Kaffee. Buri zog Frau Bangerter auf einen Stuhl. Den Gilgen, den brauchst du wäger nicht so ernst zu nehmen. Was der erzählt! Und wer weiß, was sie mit ihm gemacht haben, beim Roten Kreuz.

– Bist du denn überhaupt gegangen, zum Blutspenden? fragte der schöne Hügli. Oder war das nur so ein Witz vom Bäcker?

– Geh du doch mal! Gilgen setzte sich wieder.

– Der wird jetzt so dumm sein und den Möffen sein Hab und Blut verkaufen. Rötlisberger betrat die Kantine, stellte sich hinter Gilgen, zog an seiner Brissago und hielt eine Hand unter dem Brustlatz der Sackschürze versteckt. Blutspenden! So etwas! Das könnte auch nur dir in den Sinn kommen. Machst einfach blau, he? Aber hast my Seel recht, Ernest, recht hast du.

– Du Fritz, nom de Dieu, das muß man gesehen haben! Gilgen

streckte einen Arm aus und legte ihn Rötlisberger um die Schultern. Die Schwestern in den weißen Uniformen, ist das ein Schauen! Nicht ein Flecklein haben die am Schurz. Und blond sind sie, alles Blonde. Du, da liegst du auf diesen Betten und hast einen Schlauch im Arm, und links und rechts liegt auch einer, und der ist auch angezapft, und alles ist mäuschenstill, und immer gehen diese Schwestern hin und her, und unter den weißen Röcken kannst du fast die Beine sehen, und nirgends ein Tröpfchen Blut. Nirgends Fritz! Kein Blut siehst du da. Nur im Plastikbeutel, ganz dunkel ist das Zeug, dunkler als bei einer alten Wurstkuh, nein Fritz, nom de Dieu! Beim Blutspendedienst geht es sauber zu, da könnten wir noch etwas lernen, da wird nicht mit allem an den Wänden herumgespritzt. Ich habe es der Schwester auch gesagt: Kommt einmal zu uns in den Schlachthof, habe ich gesagt. Und du, nachher bekommt jeder ein Sandwich und Kaffee in einer Tasse mit einem roten Kreuzchen drauf, überall haben die rote Kreuzchen, die Schwestern haben sogar eins auf dem Euter. Und weißt du, Fritz, wenn sie die Nadel rausziehen, hier aus dem Arm, meinst du, die machen da eine Sauerei? Kein Tröpfchen fällt auf den Boden. Ja, ja, nom de Dieu, wenn der Schindler einmal gegangen wäre...

– Ja my Seel, gell, anstatt zu Hause damit Blutwürste zu machen, kicherte Rötlisberger, und Buri brummte:

– Wenn der Gilgen Aschi so krampfen könnte wie schnorren!

– Was der gespendet hat, möchte ich auf alle Fälle nicht, sagte der schöne Hügli. Und Huber und Hofer wollten wissen, warum er nicht gleich beim ROTEN KREUZ geblieben sei. Er solle denen doch zeigen, wie gut er Blut entziehen könne. Doch Gilgen überhörte ihre Bemerkungen. Er stand auf und fixierte Hügli:

– Komm, sag das noch einmal!

– Hast es nicht gehört?

– Sollst es noch einmal sagen!

Rot unterlaufene Augen wichen einander aus, Kiefer mahlten, Unterlippen zitterten, es wurde eifrig nach Bier und Zigarette gelangt.

– Daß ich dein Blut auf alle Fälle nicht bekommen möchte! sagte Hügli.

– Da müßte einer ja ein schöner Sauhund sein, wenn ihm darob nicht grausen würde, sagte Huber, und Hofer meinte:

– Lieber verrecken, als mit Gilgenblut im Ranzen leben müssen.

An Gilgens Armen verkrampften sich die Muskeln, eine Faust krachte auf die Tischplatte. Gläser wackelten, Kaffeelöffel klirrten in Untertassen. Gilgen ging zu seinem Stuhl zurück. Arschlöcher!

Mach doch nicht die Kuh. Buri legte ihm eine Hand auf die Schulter. Doch nicht jetzt. Du siehst doch selbst, daß die uns das Messer an die Gurgel halten. Wir ersaufen doch fast in der Arbeit, was die wieder alles erschossen haben wollen, und du läßt uns einfach im Stich, und nachher kommst du daher und redest dummes Zeug. Zieh du dich um! Hü! Wo ist deine Metzgerbluse! Und die Stiefel! Hilf du uns! Hör doch die Säue! Über 300 Stück haben sie abgeladen.

– So ein Gestürm! Hügli winkte ab. Den brauchen wir doch nicht. Wenn der Herr sich selbst zu gut ist. Das wäre mir noch, daß man so einem den Gotteswillen anhängt.

– Der kam sowieso nur wegen der Spreussiger, den kennen wir doch, den Bock, sagte Hofer.

– Also wenn es das ist, dann soll er sie vögeln, aber richtig. Hügli sammelte die Jasskarten ein. So daß sie uns in Ruhe läßt.

Rötlisberger lachte. Ja, my Seel. Siehst du, was du wieder angerichtet hast? He, Aschi, aber... jetzt my Seel, Ambrosio! Was ist mit dir los?

– Hier Gilgen, Blumen! Ambrosio stand mit einem Strauß Schwertlilien unter der Kantinentür.

– Jetzt kommt der auch noch. Was willst? fragte Buri.

Ambrosio hatte sich im Umkleideraum die blutdurchtränkten Überkleider vom Leib geschält. Der feuchte Stoff hatte an seinen Schenkeln, an seinen Armen geklebt. Lange hatte er unter der Dusche gestanden, hatte immer wieder an sich gerochen und den süßlichen Blutgeruch verflucht. Ohne sich über den für ihn viel zu hoch angebrachten Spiegel zu ärgern, hatte er dann seine Haarsträhnen gekämmt. Und den Schrank hatte er ausgeräumt. Nummer 164 zum ersten, zum zweiten, zum dritten. Er hatte das kleine Kärtchen zerrissen, die Fetzen flattern lassen. Die Gummistiefel wollte er Piccolo schenken. Allen anderen je ein Messer.

»Vor dem Abfalleimer war Ambrosio gestanden. Er hatte tief geatmet und an dem Blut gerochen: feuchtes Blut, angetrocknetes Blut, verwestes Blut. Erst dann hatte er seine Berufswäsche weggeworfen.

Als er darauf in den Hauptverbindungsgang des Schlachthofes hinausgetreten war, hatte er zum ersten Mal bei diesem Schritt keinen Blick auf die Uhr getan, und *nach Ablauf der Probezeit beträgt die Kündigungsfrist im ersten Dienstjahr zwei Wochen. Die Kündigung muß spätestens am Samstag auf den Samstag der übernächsten Woche erfolgen und in der Regel mit eingeschriebenem Brief eingereicht werden,* und dann hatte er sich zum letzten Mal auf die Fußspitzen gestellt, um seine Karte für immer in den Stempelkartenfächerkasten am Eingang zum Schlachthof zurückzuschieben, und zum Kiosk war er gegangen, zum Kiosk beim Haupttor der Waffenfabrik. Der große Gilgen hatte ihm aufgetragen, doch Blumen zu kaufen. Viele frische Blumen, hatte er gesagt, Ambrosio, kaufe auch noch Blumen!, und *aus wichtigen Gründen kann sowohl der Dienstpflichtige als auch der Dienstherr jederzeit den Vertrag sofort auflösen,* und jetzt stand der kleine Mann aus Spanien hier unter der Kantinentür, sah die Flaschen, die Gläser, die Wirtin, den Rauch, all die Gesichter. Er sah, wie sie ihn anstarrten, ungläubig die einen, empört die anderen, und einmal mehr vermutete er Unmengen von Schnee unter ihrer Haut. Montones de nieve. Und der kleine Mann vergaß ja seine Fremdarbeiterrolle zu spielen! Wo war da die Unterwürfigkeit? Warum steht der einfach so da? Ein bißchen radebrechen, ein unverständlicher Witz, das ja, aber dieses saufreche Schweigen! Und was willst du, was hast du, was gibt's? Es sei dann gar nicht üblich, daß die Italiener einfach so mitten im Schlachten davonliefen, bis jetzt habe es hier immer noch eine gewisse Ordnung gegeben, man könne doch etwas sagen, und was er sich eigentlich einbilde, und was er meine und denke, und wenn da jeder und wenn nicht die Metzger wären und würden und wollten, und dann komme er in den Sonntagskleidern in die Wirtschaft, einfach so, als ob gar nichts passiert wäre, eine Frechheit, genau, eine verdammte, unverschämte Frechheit sei so etwas, er solle nämlich nicht meinen, nur er hätte einen Finger oder sonst irgend etwas verloren, Unfälle gebe es nun einmal, und schlimmere, und er brauche gar nicht so zu tun, und überhaupt würde er sich doch nur lustig machen, über sie, die aber nach wie vor die Hauptarbeit auf dem Buckel hätten, und Ambrosio hielt seinen Kopf schiefer und schiefer. So viele ernste Worte, so viele Münder, die sich gleichzeitig bewegten, und nur seinetwegen, und alles untermalt vom Gekreisch der Schweine, doch er übergab Gilgen die Blumen, mit einer Hand die gelben Blüten stützend, rückte sich einen Stuhl zurecht und setzte sich da, wo sich noch kein Italiener, kein Spanier und auch kein Türke und kein Jugoslawe gesetzt hatte: Ambrosio setzte sich an einen Tisch der Schlachthofkantine, und *aus wichtigen Gründen kann sowohl der Dienstpflichtige als auch der Dienstherr jederzeit den Vertrag auflösen. Als wichtiger Grund ist namentlich jeder Umstand anzusehen, bei dessen Vorhandensein dem Zurücktretenden aus Gründen der Sittlichkeit oder nach Treu und Glauben die Fortsetzung des Verhältnisses nicht mehr zugemutet werden darf*, und Ambrosio rieb sich die Hände, bestellte Bier, Birra, Cerveza, und sagte sonst kein Wort.

– Bis jetzt habt ihr euren Chianti doch immer in der Garderobe draußen saufen können. Darmereifachmann Hans-Peter Buri hustete, sein Atem stockte. Müßt ihr jetzt noch hierher kommen, bis man überall nur noch Italienisch hört?

– Man könnte my Seel meinen, der Spanier hier habe dir ganz persönlich etwas zuleide getan.

– Du Fritz, komm du mir nicht so! Gerade du! Du bist ja sowieso nicht mehr bei Trost. Wem nehmen sie denn wieder den Posten weg, he? Wem? Ja dir, nicht mir!

– Ja my Seel, das ist jetzt gerade dem Ambrosio sein Fehler.

– Und wenn dann alle Ausländer hierher kommen? Der schöne Hügli war aufgestanden. Wenn man dann hier nicht mehr in Ruhe jassen kann, wenn sie dann hier auch dumm tun, wie in der Garderobe draußen, was macht ihr dann?

– Zu spät ist es dann! Auch Buri stand auf. Dann sind wir wieder die beschissenen! Und Hofer sagte:

– Aber ganz genau!

Auch Huber schob seinen Stuhl zurück, stimmte Hofer zu, winkte Frau Bangerter mit seinem Geldbeutel und sagte, während er die Münzen auf den Tisch legte, daß Ambrosio einfach so davonlaufe, einfach von der Arbeit weg, das habe man doch einzig und allein den beiden Herren da zu verdanken. Der wäre doch sonst kein schlechter.

Aber die sollten nur sehen, noch sei nicht aller Tage Abend, meinte Hofer.

Ein Uhr.

Regentropfen auf dem Glasdach.

Es muß weitergehen.

In der Tötebucht fangen wir an.

Piccolo, Luigi, Fernando, Pasquale, Eusebio, ich.

In der Schweinetötebucht.

Jetzt aber weg mit den verdammten Lumpenzigaretten!

Krummen.

Sí, sí. Bene, bene!

Die Tötebucht liegt hinten in der Schweineschlachthalle. Sie sieht aus wie eine mit Keramikkacheln überzogene Bühne. Eine weiße, eingemauerte Rampe. Leer und sauber ist sie harmlos. Aber auch drohend steril. Sie hat etwas, diese Bucht.

Holt doch endlich die erste Ladung Schweine herein!

Sie kreischen. Draußen vor der Schiebetür.

Überall gibt es Abflußlöcher im Boden. Ich stehe mitten in einem riesigen Rinnstein. Dreht man den Hahn auf, kommen Schweine daher.

Hier beginnt die Schlachtstraße. Links ist das Brühbecken,

dahinter die Enthaarungsmaschine. Dann Rutschbahnen aus Eisenröhren. Arbeitstische. Die hydraulische Aufhängevorrichtung. Wie große Kleiderbügel die leeren Spreizen an der Hochrollbahn.

Krummen geht um.

Luigi und Pasquale und Piccolo sind im ersten Wartepferch.

Spitzes Gekreisch, dazwischen Grunzen.

Wo sind die anderen? Huber? Hofer? Hügli? Buri? Der Überländer?

Die Schiebetür geht auf.

Die ersten Schweine

Sie schnuppern, bleiben stehen. Es sind veredelte Landschweine, sie haben Hängeohren vor den Augen. Die rosa Rüsselspitzen zittern am Boden entlang. Sie untersuchen jeden Quadratmillimeter.

Und schon wollen sie zurück.

Zu spät.

Andere drängen nach.

Treibgebrüll: so hü! Saugeibe! Hopp! Porca miseria!

Piccolo und Pasquale sind mit einem Gummischlauch, Luigi ist mit einem Elektrisierapparat bewaffnet. Das ist ein taschenlampenähnlicher Stab mit zwei Elektroden. Bei Berührung erhält das Schwein einen leichten Schock, quietscht, springt hoch. Wenn es gutgeht, flieht es in die gewünschte Richtung.

Pasquale! Pasquale! Attenzione!

Das Rudel will umkehren.

Porca miseria! Pasquale schlägt zu. Mit Gummistiefel und mit Gummischlauch. Rote Striemen bleiben zurück.

Für die Betäubung ist Hans Locher zuständig. Er gehört zum Schlachthof. Aufsichtspersonal. Wartend steht er in einer Ecke der Tötebucht, überprüft den Schußapparat und klaubt Patronen aus einer Schachtel. Kleine Kupferhülsen, die er in die rechte Hosentasche gleiten läßt.

Wir fangen die Schweine ein.

An den Hinterbeinen.

Einen halben Meter über dem Boden einzementiert sind in

Abständen von drei Metern Haken an den Wänden der Tötebucht.

Einen Strick um den Schinken, den Eisenring am Strick über den nächstgelegenen Haken gestreift, und angebunden ist das Schwein.

Es gelingt selten auf den ersten Anhieb.

Der Trick besteht darin, daß man den Schweinen den Strick als Schlinge vor die Klauen legt, sie zu einem weiteren Schritt verleitet und dann nicht mehr losläßt.

Ist kein Haken in Reichweite, müssen wir die zappelnden Tiere über den Boden schleifen. Meterweit. Und die strampeln um ihr Leben. Das tut weh an den Händen.

Luigi ist Meister im Schweineanbinden.

Er legt zwei Schlingen auf einmal, erwischt mit jeder Hand ein Bein. Beide Tiere zerren in entgegengesetzte Richtungen. Luigi steht dazwischen und lacht.

Oder er spielt Torero.

He! He!

Locher fährt Fernando an, der mit dem Gummischlauch hart auf ein laut schreiendes Schwein einschlägt.

Nicht so! Das kannst du zu Hause machen. Diese Säue hier, die brauchst du nur einzufangen. Daß sie schweigen, dafür sorge ich dann schon. Und nicht mit den Stiefeln treten. Verstanden!

Sempre reglamiere du!

Und plötzlich bin ich wieder mitten drin.

So, hü! An die Haken mit den Schweinen.

Ich bin Heizer im Totenschiff. Statt Kohle wie Stanislav schleppe ich zappelnde Schweine.

Krummen steht am Brühbecken und kontrolliert die Wassertemperatur. Er schaut herauf: Und die Herrgottsdonnerherrenmetzger? Wo sind die?

Mit der Linken hält er das Thermometer, mit der Rechten wühlt er in seinem Hosentuch.

Einer solle in die Kantine gehen.

Wenn man den Herren wieder persönliche Einladungen schicken muß.

Und holt mir den Hugentobler aus dem Kühlraum!

Die festgebundenen Schweine liegen kreuz und quer übereinander. Sie versuchen sich loszureißen. Wie Maschinenhebel stampfen Hinterfüße ins Leere, straffen die Stricke um die Eisbeine.

Der Geruch!

In allen Tonlagen wird gegrunzt und gequietscht. Die Tiere, die unter anderen liegen, klingen schwächlich und elend. Heiser. Speichelschaum läuft über ihre Kiefer. Viele scheißen, pissen sich an.

Ich bin hinter dem letzten Schwein her.

Es weicht der Schlinge aus, haut ab, trabend, recht hast du, dann fällt es zurück in den Wackelgang. Es dreht mir den dicken, heruntergewaschenen Arsch zu.

Manchmal gehen Schweine wie aufgetakelte Dirnen einher: Mit Stöckelbeinen, spitzfüßig, hüfteschwingend.

Wieder verpaßt.

Sauhund.

Durch die Borsten sehe ich die Schweinehaut. Sie ist trocken und weißrosa, mehlig.

Ich lasse den Strick auf den Schweinerücken niedersausen.

Das Schwein hat ein verstümmeltes Ohr. Zur Kennzeichnung kupiert.

Auch ein Schwein, das sich der Kastration entzieht, indem es eine oder beide Hoden in der Bauchhöhle zurückbehält, also nicht in den Hodensack absteigen läßt, bekommt ein Zeichen in den Knorpel des Ohres: ein Schlitzohr. Sein Fleisch kann stinken, kann ungenießbar sein wie das eines Ebers.

Das letzte Schwein sitzt fest.

Jetzt kommt Locher.

Zwischen grunzenden Schweineköpfen hindurch zwängt er sich in Schußposition. Er steht mitten in einem sternförmig vor einem Haken ausgebreiteten Rudel.

Gekreisch.

Diese schreienden Schnauzen zwischen ausgestreckten Klauen.

Auf dem Nacken setzt Locher die Kanone an, das Schwein drückt sich platter auf den Boden, Locher streicht ihm über den Fettwulst hinter den Ohren, ruhig ist Lochers Hand, das Eisen kommt auf die flache Schädeldecke, fährt weiter, kurz über den Augen korrigiert Locher den Winkel, und ganz genau mitten im Kopf sitzt der schwarze Punkt des Bolzeneinschusses. Armes Schwein!

Wer wird seiner dankbar gedenken.

Die Trauerfeier findet nicht statt. Auch nicht im kleinen Kreis.

Ich komme.

Ich ziehe meine Schürze zurück, stelle ein Blutfaßbecken vor den Hals des zur Seite gekippten Schweins.

Steif ist es.

Mein linkes Knie ist auf dem Schweinenacken, mit dem rechten Stiefel blockiere ich die Schnauze, mit der linken Hand ziehe ich das obere Vorderbein nach hinten.

Ich steche zu.

Ich halte das Messer erst flach, ziele mit der Spitze Richtung Schwanz, gebe der Klinge eine kurze Drehbewegung.

Im roten Bogen spritzt das Blut hervor.

Das Schwein ist eingespannt wie in einem Schraubstock.

Der Schraubstock bin ich.

Ich richte das Blutauffanggefäß nach dem Strahl. Er erlahmt nach 15 Sekunden.

Locher hat vorgeschossen. Ich gehe zur nächsten Sau.

Auch die anderen haben zugestochen. Kleine rote Fontänen schießen aus den Schweinen.

Und Krummen brüllt herum.

Ich knie auf dem dritten Schwein.

Was ist wohl in der Beiz wieder los?

Schon nach drei, vier Schweinen sind wir über und über mit Blut verspritzt.

Die Luft ist rot.

– Eben, eben, fiel in der kleinen Kantine der schöne Hügli Huber und Hofer ins Wort. Seit dieser Welsche da am Hof herumstolziere, als gehörte er nur ihm allein, seit dem Moment sei immer der Teufel los. Schaut ihn doch an! Um diese Zeit schon halb besoffen. Aber so groß, wie du bist, sagte Hügli, indem er sich auf die Fußspitzen stellte. Du fliegst noch mal mit dem Fudlen voran raus hier?

– Ich bin nicht besoffen.

– Das kannst du dem Hugentobler erzählen, mir nicht.

– Je ne suis pas soûl.

Warum redest dann wie ein Besoffener?

– J'ai dit, que je ne suis pas soûl. Gilgen sprach leise. Und wegen Rausschmeißen, Hügli, ich will dir etwas sagen: Vorher passiert hier noch etwas.

Huber schob Hügli von Gilgen weg, und *der Arbeitnehmer ist im besonderen verpflichtet, die festgesetzte Arbeitszeit genau einzuhalten,* und die massigen Schlächterleiber drängten zur Tür, das schriller werdende Gekreisch der Schweine zeigte an, daß in der Tötebucht die Arbeit wieder aufgenommen wurde.

– Wir sollten doch längst, sagte Fritz Überländer. Gilgen, Ambrosio, zieht euch um, kommt! Ja Heilanddonner! Was schüttelt ihr die Gringe? So komm wenigstens du, Fritz, willst doch nicht auch noch dumm tun!

– Sag du dem Krummen einen schönen Gruß, gab Rötlisberger zurück, drehte sich auf seinem Stuhl um die eigene Achse, paffte. Noch standen Huber und Hofer, Hügli und Buri vor der Kantinentür. So hü! Geht doch! Oder wollt ihr hier übernachten? Ist doch my Seel wahr! Den Ambrosio schlecht machen, das ja.

– Du alter Möff, jetzt reicht es dann. Der schöne Hügli kam einen Schritt zurück und schimpfte Rötlisberger ein altes, saudummes Mastkalb. Ein Kalb, das noch immer schlauer sein wolle als die Kuh. So einer sei ein Schafseckel! Überhaupt sei der alte Kuttler ein Munipüntel. Der größte Munipüntel der Welt, sagte Hügli, und Buri keuchte, sich ereifernd, er sei doch ein Möff, warum er denn nicht froh sei, die neue Maschine bedienen zu dürfen, was er sich eigentlich einbilde. Er habe nämlich kein Recht, so Seich zu erzählen. Wo er denn gestern gewesen sei, als sie den Studenten in den Blutkarren getaucht hätten, fragte Buri den alten Rötlisberger. Wo? He, wo? Hinter einem Salzfaß habe er sich versteckt, und gelacht habe er, wie ein kleines Kind. So einer, genau so einer sei Rötlisberger. Ein falscher Cheib! Genau! sagte Hofer, der Bössiger sei schon durch den Gang gerannt gekommen, da habe der alte Schmersack von einem Lumpenkuttler immer noch geschrien: Nehmt ihn doch beim Seckel. Aber den Studentenlöl habe man ja schon wieder gesehen, und fotografiert hab er auch.

– Jetzt kommt euch aber my Seel der ganze Scheißdreck hoch! Rötlisberger legte seine BRISSAGO in den Aschenbecher, hakte seine Daumen an der Sackschürze ein und spuckte Hügli vor die Füße. Du bist ja noch ganz grün im Gesicht, du Schleimscheißer! Rötlisberger stand auf, Hügli drängte zurück. Wißt ihr denn, wie lange ich schon hier bin, am Hof? Und da soll man nichts sagen dürfen! Jetzt haut doch ab. Huber und Hofer zogen sich zurück, Hügli und Buri folgten ihnen.

– Ihr seid doch bleich und grün wie beidseitig geschleimte Schweinsdärme! rief ihnen Rötlisberger nach. Schaut doch einmal in eure Nasenlumpen. Ihr meint wohl, da sei nur Schnuder drin. Dabei pumpt ihr euch die letzten Reste von euren Kälbergehirnen zwischen den Fingern durch! Ja, ja! My Seel! Rotz, rotz, rotz den Klotz! Und Haarausfall habt ihr, es graust den Teufel. Wer hat euch eure Erdäpfelgringe mit einer Beißzange in Salzsäure gebrüht? He, wer? Jeder Kalbskopf hat doch mehr Grütz hinter den Ohren als ihr alle zusammen! Ihr sturen Böcke! Während Rötlisberger brüllte, hielt er sich in seinen Holzschuhen steif aufrecht, ruderte mit seinen Armen in der Luft, als hätte er Schwierigkeiten, das Gleichgewicht zu halten.

– Geht! Kriecht ihnen wieder in den Arsch, ihr aufgestengelten Lymphknoten! Was versteht ihr denn von Viehzucht, ihr Fremdenlegionäre! Ihr schlagt euch mit euren eitrigen Milzzungen um eure Zinggennasen und glaubt schon, ihr hättet was gesagt! Keinem rotläufigen Schwein Götti stehen könnt ihr, paßt mir aber jetzt dann auf, daß sie euch nicht mit einer Sau verwechseln, paßt mir ja auf den Schußapparat auf! Aber eben, euch haben sie my Seel schon so mit Watte ausgestopft, euch kann man dreimal mit dem Vorschlaghammer auf den Gring hauen, ihr reagiert nicht mehr! Aber wartet nur, wer zuletzt schlachtet, schlachtet immer noch am besten!

Kopfschüttelnd und mit den Fingern an ihren Schläfen bohrend hatten sich die Männer ihre Schürzen um die Leiber gebunden. Verspätet drängten sie sich ins blutige Gewühl der Tötebucht.

Rötlisberger kicherte. Er zog den Hals zwischen die Schultern, schwang eine Faust vor seinem Bauch hin und her, stampfte einen Holzschuh zu Boden, stapfte durch eine Lache zurück.

– So, das wäre auch gemacht. Das tat mir my Seel gut, sagte er, als er sich in der Kantine wieder auf seinen Stuhl setzte. Aber was ist mit euch los?

Gilgen bückte sich über die Tasche, die zu seinen Füßen unter dem Tisch stand, eine rot-grün karierte Sporttasche. Ambrosio hauchte einen Rauchring in die Luft.

– Hab ich etwa gelogen? fragte Rötlisberger. Einmal ist my Seel genug Heu unten! Aber jetzt nehme ich noch ein Bier!

Ernest Gilgen richtete sich auf, betrachtete den alten Kuttler, nahm die eingewickelten Blumen vom Tisch, roch daran und fragte:

– Du Fritz, wie ist das? Ist noch etwas da, an Ware?

– Ob noch etwas im Stall steht? Eine Notschlachtung haben sie abgeladen. Warum?

– Und was für ein Tier ist es?

– Eine Kuh, sagte Rötlisberger. Was sonst?

– Eine Simmentaler?

– Nein, so ein kleiner schwarzer Cheib von einem Eringer. Aber was, zum Teufel, ist jetzt wieder los?

– Eine Eringer im Stall! Gilgen war ruckartig aufgestanden. Fritz! Eine Eringer! Die können wir gebrauchen. Nom de Dieu!

Darauf wollen wir noch einen saufen! Wie hast du doch vorhin dort draußen gesagt? He? Wer zuletzt schlachtet, der schlachtet am besten.

Auf die Arbeitsplätze, fertig, los!

Krummen schritt die Schlachtstraße ab, umkreiste den neu installierten Darmwaschautomaten. Seine Gummischürze schlug ihm um die Beine, klatschte gegen seine Stiefel. Er schaute in die bereitstehenden Behälter, der leeren Mulde für die Eingeweide versetzte er einen Fußtritt.

– Warum hängen hier noch keine Schweine! Diese Heilandsdonner! Denen will ichs zeigen. Hier fangen wir um eins an, und zwar pünktlich. Das ist doch kein Ferienheim. Himmelheilanddonner! Hier wird gemetzget! Krummen trat hinter die Enthaarungsmaschine. In der Trommel drehte sich der erste Schweineleib. Krummen stellte den Geschwindigkeitshebel auf die höchste Tourenzahl. Wenn diese Herren meinen, sie könnten den halben Nachmittag in der Kantine versaufen! In dem Kasten intensivierte sich das Tosen, die herumgeschleuderten Schweinefüße klopften lauter gegen die Blechwände, und die Männer richteten sich auf, horchten, kratzten sich im Nacken, Buri und der Überländer warfen sich Blicke zu, der schöne Hügli schielte auf Krummen, er sagte nichts, doch seine Nasenflügel bebten, blähten sich, als wollten sie sich an dem verbrannten Pulver satt riechen, denn *zur Betäubung werden benutzt: die ›Schlachtkeule‹, die ›Hacken-Bouterolle‹ (ein Beil mit hohlmeißelartig eingesetztem Bolzen), die ›Schlachtmaske‹ oder ›Maskenbouterolle‹ (ebenfalls mit Schlagbolzen), der ›Bolzenschußapparat‹, bei dem ein Schlagbolzen durch eine kleine Treibladung ins Gehirn getrieben wird, und die ›Betäubungszange‹, die von den Schläfen des Tieres aus dieses in kürzester Zeit durch elekt. Strom betäubt,* und in der Tötebucht blieben nur Pasquale, Eusebio und der Lehrling zurück. Mit den Händen an Messer und Strick standen sie im Blutbad. Und immer wieder wurden sie unzimperlich rot getauft, und sie sahen aus wie römische Legionäre in der mannstiefen Grube eines Tauroboliums, wo man sich einst labte am Blute des Stieres, der an sieben Stellen abgestochen auf dem über die Grube gelegten Rost verendete, doch Eusebio und Pasquale und der Lehrling spürten wenig von der stärkenden Kraft des fließenden Schweineblutes, klebrig haftete es zwischen ihren Fingern, verkrustete, juckte an ihrer Gesichtshaut, und *mit dem ›Wap‹ Hochdruckreiniger wird rationell die vorbildliche Sauberkeit erreicht, die in einem Fleischereibetrieb so unbedingt notwendig ist. Die täglich beanspruchten Geschirre, Tische, Wände und Böden sind schnell und mühelos von allen Rückständen an Fett, Fleisch und Blut gereinigt. Bei besonders hartnäckigem Schmutz, der sich manchmal in verborgenen Ecken festsetzt, helfen dann die wirksamen Reinigungsmittel von ›Wap‹,* und gleich würden sie unten ankommen, die ersten gebrühten Schweineleiber. Alle 45 Sekunden ein neuer.

Hinter der Enthaarungsmaschine strafften Huber und Hofer ihre Schürzen. Sie hatten die Scheiden umgeschnallt, die Gürtel saßen auf ihren Hüften. Hofer spreizte die Finger, ballte sie zur Faust, biß sich auf die Lippen. Auch Huber machte Fingergymnastik.

Das erste Schwein rutschte kahlgekratzt auf das Rohrgestell neben der Enthaarungsmaschine.

– Dann müssen wir wohl, sagte Huber, und beide packten zu. Sie umklammerten die nassen Schweinebeine. Mit den längsten Klingen fuhren sie flach über die Schwarten, rasierten die letzten Borsten ab, drehten die Klingen dann auf die Schneide, und während Huber hinten zwischen Sehne und Knochen Schlitze zum Aufhängen in die Haxen stach, zog Hofer dem Schwein sein Messer durchs Backenfleisch.

Piccolo wartete.

– Una testa, subito una testa! brüllte er.

Hofer ließ seine Klinge über das Hinterhauptbein gleiten, spürte die weiche Stelle in der Genickkapsel und ritzte die Sehne dort leicht an, griff mit der linken Hand fester zu, und der ganze Schädel pendelte mit der klaffenden Wunde hinter den Ohren an Hofers Arm nach hinten. Hofer drehte sich nicht um. Er ließ den Schweinekopf zu Boden fallen.

– La prima testa, porco Dio! Piccolo hob den Schädel an den Ohren hoch in die Luft, hopste von einem Bein aufs andere. Una testa! Er johlte. Wasser, Speichel und Blut tropften auf seine Haare, auf seine Schultern. Una testa!

Dann griff auch Piccolo zum Messer. Er arbeitete an einem Hackklotz. Seine Klingen waren schmal und spitz. Er legte den Schweinekopf so vor sich hin, daß die rüsselartige Schnauze ihm entgegenragte. Zuerst stach er das linke Auge, dann das rechte aus. Er entfernte die Brauen, schnitt die linken die rechte Ohrmuschel weg: der erste von über 300 Köpfen war geschafft.

Inzwischen hatte Huber den dazugehörigen Leib auf den Schragen der hydraulischen Aufhängevorrichtung geschoben und dort an eine Laufkatze gehakt. Piccolo hängte den Schädel am Unterkiefer außen an den Bügel der Laufkatze und ließ sie zu Hügli weiterrollen.

Der schöne Hügli wetzte sein Messer, machte einen Schnitt von oben zwischen den Hinterbeinen bis auf das Brustbein hinunter. Er entfernte die Rute mitsamt der Vorhaut: eine weißbläuliche Schlange auf den Granitfließen.

Hügli mußte aufpassen, daß er mit seiner Messerspitze weder in die Harnblase noch in die Gedärme stach. Speck und Fleisch durften nicht verunreinigt werden. Er führte seine Klinge gewagt, gierig auf Widerstand. Schuften wollte er. Bis zur Schulter verschwand sein linker Arm in der Bauchhöhle, und dampfend kam das Gekröse hervor, lag an seinem Bauch, flog in die bereitstehende Mulde.

Auch das zweite Schwein hing schon kopfüber an einer Laufkatze. Schweinetier um Schweinetier kam angerollt, erbarmungslos schnell, und während alle gleich von Anfang an zugreifen mußten wie noch nie, spähten die Schlächter doch nach links, nach rechts, jeder las aus den Gesten des andern. Hügli musterte die Gesichter von Huber und Hofer, und Huber brauchte die Worte, die Luigis Lippen formten, gar nicht zu hören, auch dort fluchte einer über das forcierte Arbeitstempo.

Und Hugentobler! Ohne ihm auch nur zwei Minuten zum Umkleiden zu lassen, hatte ihn Krummen aus dem Kühlraum heraus auf einen Posten an der Schlachtstraße holen lassen. In seinen drei Paar langen Unterhosen, in seiner ganzen Kälteschutzmontur stand er hinter dem schönen Hügli und schwitzte, als würde er selbst bei lebendigem Leib gebrüht.

Hugentobler holte den Schweinen Lungen, Leber und Herz aus der Brusthöhle.

Den Schlächtern blieb kaum Zeit, erlahmende Klingen über den Wetzstahl zu ziehen. Die schweißnassen Stirnen furchten sich tiefer, aber heute kämpfte nicht jeder seine Schlacht allein, gemeinsam verwandelten sie diese Schweine, die oben in breit gefächerten Rudeln in die Tötebucht drängten, unten jedoch aneinandergereiht, im Gänsemarsch an der Hochbahn von Arbeitsstelle zu Arbeitsstelle rollten, und *der Kapitalismus brauchte Jahrzehnte, um eine willfährige Arbeiterschaft heranzudrillen. Noch in der Zwischenkriegszeit hieß ein geflügeltes Wort in den Betrieben: »Wer arbeitet und sich nicht drückt, der ist verrückt.« Die entscheidende Wende hängt wohl mit der Burgfriedensbewegung seit 1937 zusammen, welche die Gewerkschaften und die Sozialdemokratie in ein affirmatives Verhältnis zur Lohnarbeit gedrängt hat. Die Fabrikdisziplin wurde zunehmend ins positive Selbstverständnis der Arbeiterschaft eingebaut und lebt heute als verinnerlichte Selbstdisziplin, als »Arbeitsethos« fort,* die Augen dem ersten ausgeweideten Schwein auf das Schloßbein gerichtet, spuckte sich der Überländer in die Hände, griff zum Spalteisen und tat ein paar Schläge zur Probe in die Luft. Er fühlte seine Schultermuskeln unter der Metzgerbluse, unter den hochgerollten Ärmeln spannten sich die Bizepse zu Kugeln. Nur ja keinen Stau verursachen. Der Überländer holte aus zum ersten Schlag.

In dieser Besetzung konnte das Tempo an der Schlachtstraße kaum gehalten werden. Vollendete einer seinen Teil nicht wie vorgesehen, mußte der nächste Extraarbeit leisten, kam dabei selbst in Gefahr, ins Hintertreffen zu geraten.

Am schlimmsten erging es Hugentobler. Hügli sah, wie der Kühlraummann immer weiter zurückfiel. Drei Schweine lag er im Rückstand. Wie weiß lackiertes Holz glänzte sein verschwitztes Gesicht. Der verreckt ja fast, dachte der schöne Hügli und sagte:

– Ja Gopfridstutz! Jetzt reklamier doch mal! Der Krummen soll dir helfen! Oder wenigstens die Kratzmaschine bremsen!

Hugentobler sagte nichts, und Vorarbeiter Krummen drehte seine Runden, hielt die Maschinen im Auge, paßte auf, daß die Schweine nur in makellosem Zustand beim Halleneingang auf Kilchenmanns Waage rollten. Hier sah er noch ein Haar am Schinken, dort noch einen Tropfen zuviel Blut an einer Rippeninnenseite, und bei einem Schwein war noch nicht alles Rückenmark aus der gespaltenen Wirbelsäule gekratzt.

– Und dann rasieren! Wie? Jetzt ein bißchen sauber da! Und du Luigi! Niente dormire! Lavare bene, sonst potz Heilanddonner! E poi niente dimenticare Rückenmark!

Krummen sah, daß der schöne Hügli eine der fahrbaren Mulden bis zur Hälfte mit Schweinegekröse gefüllt hatte. Auf einmal ganz ruhig, stellte er sich vor die neue Darmwaschmaschine, stützte die Arme in die Seiten und betrachtete das Schaltbrett, die Schlauchanschlüsse für Wasser und Preßluft. Jeden Schalter, jeden Hebel, jeden Hahn würdigte er mit einem Blick. Er starrte auf den Sockel, auf die Chromstahlverschalung, und als wollte er ein Staubkorn wegwischen, fuhr er mit der flachen Hand über den Blechtisch, der als Arbeitsfläche der Maschine vorgelagert war. Er zog an einem Hebel, drückte auf einen Knopf. Der Motor summte, Walzen und Räder, die ähnlich wie bei einer Druckmaschine angebracht waren, drehten sich. Krummen zog einen zweiten Hebel. Wasser spritzte von innen gegen das Gehäuse, sprühte darunter hervor. Krummen bückte sich, steckte seinen Kopf in den Sprühregen und schaute von unten in die Maschine hinein. Dann schnellte er hoch, sah um sich, gewahrte Buri, der an einem Wassertrog stand, und rief:

– Buri, komm! Du kannst die Därme dort nachher entschleimen. Sollst dich hier an diesem Automaten einarbeiten! Ich zeige dir, wie das geht. Bring dort die Mulde mit dem Gekröse mit!

Buri Hans-Peter, Darmereifachmann, geboren am 30. Oktober 1909 in einer mörtelgrauen Mietskaserne am Rand der schönen Stadt. Geschwister: sechs. Vater als Schichtarbeiter im städtischen Gaswerk. Zeitweise Armut. Mutter (schwindsüchtig) sorgt für Brennholz, bebaut gemieteten Acker mit Kohl und Kartoffeln.

Brotschublade ist oft leergeplündert. Der kleine Hans-Peter leidet schon früh an dem Gedanken, Brot sei nicht unbeschränkt verfügbar. (Wenn er Brot aß, aß er es schnell, verschlang es mit hochgezogenen Augenbrauen und in Falten gelegter Stirn, hielt es mit beiden Händen an der Rinde fest und legte sich nachher die linke Hand auf den Bauch.)

Es ist die Zeit der ersten Automobile, die Zeit der langen Röcke.

Er ist ein stilles, plump-stämmiges Kind. Zeigt wenig Sinn für Spielzeug. Wirft Holztiere zum Fenster hinaus. Einem Stoffbären schlitzt er mit dem Brotmesser den Bauch auf, rupft die Holzwolle heraus. Es gibt dann noch einen Doktor aus ihm, sagt der Vater, der die Bauchoperation mit Prügel bestraft. Oder einen Metzger! Welcher Bub schlachtet jetzt seinen Teddybären! sagt die Mutter, während sie sich nach dem Brotmesser bückt.

In der Schule: negative Erfahrungen mit Autorität. Gewalttätige Lehrer; einer schäumt vor dem Mund, wenn er mit dem Stock zuschlägt.

Angst auch vor Abwart, Schularzt, Läusetante. Auf dem Schulweg wirft Hans-Peter mit Steinen nach Katzen. Dann erstes Spielzeug: eine Steinschleuder.

Familie Buri wird durch die Krankheit der Mutter finanziell überfordert, bleibt das Mietgeld schuldig. Metzgermeister Affolter, Besitzer der Mietskaserne, nimmt Hilfeleistungen und Ausläuferdienste des ältesten Kindes (Hans-Peter, 10) als Teil der Zahlung entgegen. Der Junge steht mit dem Vater auf. Schlaf und Schule leiden.

An freien Tagen und in den Ferien arbeitet Hans-Peter bei Affolter. Die Metzgergesellen geben ihm oft ein Messer in die

Hand. Hans-Peter ist anstellig, lernt, schaut, hört. Die Gesellen reden in groben Worten von der Liebe, mit Bewunderung von den größten Fleischfabriken der Welt. Es wird mit Stolz geflucht: Die Corned-Beef-Mühlen von Chicago, die sind alle hurengroß!

Warum redet der Peterli jetzt so wüst, beklagt sich die Mutter. Der Vater schlägt zu. Hans-Peter schlägt zurück, trotzt: Das ist alles ein Hurenscheißdreck! Er ist größer und stärker als alle anderen in seiner Klasse.

Nach Schulabschluß ist man sich schnell einig: Hans-Peter bleibt bei Affolter und absolviert eine Metzgerlehre. Da ist er gut untergebracht, sagt der Lehrer. Da kann er wohnen und hat das Essen, sagen die Eltern. Er kann ja schon einiges, denkt der Metzgermeister.

Buri zeigt die Muskeln wie ein Hund die Zähne und verbeißt sich in die Arbeit. Er eifert dem Gesellen nach. Gut ist grob, laut und stur.

In der Lehre muß Hans-Peter vor allem putzen und mit dem Fahrrad Ausläuferdienste leisten. Um so ehrgeiziger schlachtet er, wenn er Messer oder Spaltbeil in den Händen hat. Er prahlt, geht eine Wette ein. Mit nur sieben Hieben will er ein Schwein in zwei Hälften spalten. Die besten Schlächter brauchen 12 bis 15. Buri verliert und kann nicht bezahlen. Man kommt überein, daß er in der Metzgerei Affolter das Klappfenster über der Ladentür offen stehen läßt. Nachts angeln seine Freunde mit einem Spazierstock mehrere Speckseiten von Affolters Fleischrechen.

Es folgt eine ergebnislose Untersuchung – doch an Buri bleibt ein unausgesprochener Verdacht auf Mittäterschaft hängen. Er wird verstärkt beansprucht, er verbeißt sich noch wütender in die Arbeit. Es heißt, dieser Stift, der kann krampfen für zwei. Und Hans-Peter Buri wird zum kraftstrotzenden Hünen, der gerne mit den Füßen um sich tritt, der auf die Straße spuckt, der flucht: Schaut er von der Arbeit auf, ist alles ein Hurenscheißdreck. Die Wurstküche, die Mansarde bei Affolter, die Wohnküche in der Mietskaserne, alles ist hurenklein und hureneng. Etwas modert in ihm. Er könnte die halbe Welt in Stücke schlagen. Und schon spaltet er die Schweine besser, schneller, mit weniger Hieben als die Allerbesten. Ehrgeiz ist da. Wohin damit?

Nach der Lehre wird ihm empfohlen, sich zu spezialisieren. Bilde dich doch zum Wurstmacher aus! – Wurster sein, das ist doch nichts! – Schwer ist das. – Einfach so wenig wie möglich vom Guten, so viel wie möglich von dem, was man vorrätig hat an Billigem, und dazu eine Badewanne voll Wasser. – Das sind vielleicht gute Wurster, aber schlechte Würste. – Da mußt du dann eben würzen, und umröten, räuchern und nachher mit einem öligen Lumpen polieren. – Hurenscheißdreck! Wurster, das ist nichts für mich. Buri träumt von Chicago.

In der Rekrutenschule hört er von einem Regierungsprogramm, das die Auswanderung nach Kanada fördert. Und mehrere sind sich einig: Hier ist doch alles ein Hurenscheißdreck!

Buri läßt Berufswäsche, Stiefel mit Holzsohlen, Messer und Werkzeug in ein Benzinfaß schweißen, das er in Calais am 11. Mai 1929 eigenhändig vom Bahnhof auf das Emigranten-Schiff »Klondike« rollt.

Wie die Anker gelichtet werden, steht Buri auf dem Promenadendeck mit einem Gesichtsausdruck, als würde er zur Schlächterolympiade entsandt.

Als Gegenleistung für das Reisedarlehen muß sich Buri verpflichten, zwei Jahre beim Eisenbahnbau im Westen Kanadas zu arbeiten. Es wird gerodet, Buri häuft Schotter auf, legt Schienen, schwingt den zugespitzten Schwellenhammer. Am liebsten ist ihm die Arbeit mit der Axt. Dann denkt er an seinen Beruf, an das Spaltbeil. Von den Holzfällern lernt er einiges dazu.

Er erlebt die Wucht des nordischen Winters, auch die Plage der Insekten im Sommer. Aber das rauhe Klima der zwischenmenschlichen Umgangsformen, die Grobschlächtigkeit, die Direktheit der Leute sagt ihm zu. Er mag es, in Tavernen zu sitzen, wo Frauen keinen Zutritt haben. Hier wird nicht gleich, nur weil er mit der Faust auf den Biertisch schlägt, auf ihn gezeigt und geflüstert: ein Metzger, ein ungehobelter Fleischhacker.

Mit dem gleichen Selbstverständnis wie seine Arbeitskollegen spuckt er häufig und heftig aus.

Die Männer arbeiten von Sonnenaufgang bis Sonnenuntergang. Berittene Vorarbeiter brüllen Befehle. Aufseher treiben das Arbeitstempo hoch. Wenn sich Buri abends im Zelt auf seine Pritsche legt, zieht er nur die Stiefel aus. Und man erzählt vom »Old Country«. Was man da war, was man tat. Ja, als Metzger, sagt Buri, da hat man immer ein Stück Brot und auch eine Wurst in der Hand.

Aber man ißt keine Wurst. Unbearbeitet, unverarbeitet, in seiner angestammten Struktur, roh und rot, mitsamt Knochen und Sehnen liegt das Fleisch im Blechteller vor Buri auf dem Kantinentisch. Es gibt viel davon, Fleisch wie Brot. Man arbeitet, ißt und trinkt, für alles andere fehlt es an Zeit, an Kraft. Buri ist ein 21jähriger Riese. Er mag es, daß auf amtlichen Formularen gleich hinter dem Familiennamen nach Körpergröße und Gewicht gefragt wird. Auf dem Konsulat hat man ihm die Maße umgerechnet. Er schreibt: 6 Fuß 3 Zoll, 207 Pfund.

Die Arbeitsverpflichtung bei der Eisenbahn läuft ab. Buri arbeitet bei einem deutschstämmigen Fleischer in Winnipeg. Kontakt mit Polen, Ukrainern, Iren. Und alle sprechen wieder von Chicago. Alles, was der Schlachthof Winnipeg, einer der größten der Welt, zu bieten hat, ist nichts im Vergleich zu den »Stockyards«, im Vergleich zu den Schlachthöfen von Chicago. Von dort aus werde die halbe Welt bei Schmalz gehalten.

Buri geht zu der Tochterfirma eines amerikanischen Fleischkonzerns. Er lernt sich aufzublasen, er geht mit gefüllten Lungen in Bierlokale. Er hat einen Oberkörper wie ein Kleiderschrank. Und er spuckt den Leuten auf der Straße vor die Füße.

Zur Belustigung von Immigranten veranstalten arbeitslose Holzfäller Schauwettkämpfe. Buri macht mit. Er schwingt die Axt, hört das vielsprachige, bewundernde Getuschel, hört Applaus.

Und Chicago lockt.

Buri kommt zu Ohren, daß große Firmen Streikbrecher anstellen. Ja wenn die nicht arbeiten wollen! Auf einem Güterzug fährt er hin. Bei »Swift & Co.« wird er »knocker and sticker«. Er schlägt den ganzen Tag Ochsen auf den Kopf und steckt ihnen ein Messer in den Hals. Buri arbeitet um sein Leben, verdient wenig, schielt auf die »splitters«, sie arbeiten mit dem Spalteisen, sie verdienen am meisten.

Als Streikbrecher kommen auch Schwarze. Freddie Lewis, der Schlächter, und sein Bruder, der Ausbeiner, sind die ersten Neger im roten Beruf von Chicago. Auch Gangster werden angeheuert. Durch die Aufhebung des Alkoholverbots benachteiligte Schwarzbrenner und Schmuggler. Man arbeitet in Filzhüten unter bluttropfenden Decken, in einer Ecke steht ein Faß mit Wasser und einer Schöpfkelle. Buri schreibt die mangelnde Sauberkeit einer großzügigeren Art zu denken zu. In den Umziehräumen kriechen Mäuse in die Kleider. Buri hat Anrecht auf Ferien. Eine Woche alle 5 Jahre.

1932 ist Buri einer von 27869 Lohnempfängern, die sich an der Ecke Ashland Avenue/Madison Street, in der Nähe des »Bull's Head Market« bei 24 Firmen in die Arbeit teilen und den Fleischmittelpunkt der Welt bilden. Buri ist stolz. Das muß einer gesehen haben. Das Meer der Ochsen, die hinter den Schlachthäusern in Holzverschlägen brüllen, ist Buri Garantie für Arbeit auf Lebzeiten.

Beim Schlachten der Ochsen führen 157 Männer 78 genau definierte Handgriffe aus. Die extreme Arbeitsteilung macht hochgeschraubte Arbeitsrhythmen möglich. 1050 Stück Großvieh an einem 10-Stunden-Tag.

Unfälle und Krankheit sind Entlassungsgründe.

Es wird mit Maschinen experimentiert. Ein Bekannter Buris, ein Österreicher namens Karl Theny, arbeitet an einer der ersten Abschwartmaschinen, er befreit Schinken von der Schwarte. Eines Tages gerät dessen eigene Haut unter die Messer. Haken an der sich drehenden Walze packen außer der Schweinehaut auch seinen Daumen und häuten ihm den Unterarm bis über den Ellbogen hinaus.

Buri bewegt sich langsam von Gehaltsklasse zu Gehaltsklasse nach oben. Es gibt deren 34. Ganz oben stehen die »splitters«.

Selbst der aufmerksame Besucher bemerkt in der Stadt Chicago nichts von den gigantischen Schlachthöfen. Lediglich bei ungünstiger Witterung trägt der Wind den Geruch in die Wohnviertel, in die Geschäftsstraßen. Der Geruch erinnert an ranziges Fett, an Aas, an Mist, wenn er da ist, ist er überall.

In den Schaufenstern Chicagos stapelt sich das Brot. Alles stapelt sich in Schaufenstern, in Läden, in den Kühlräumen der Swift & Co. Aber die Gesichter der Passanten sind bleich. Vor verschlossenen Fabriktoren stehen Tag und Nacht arbeitslose, streikende, entlassene Männer und Frauen.

Erst mietet Buri eine verdreckte Matratze in einem Schlafsaal, dann ist er Untermieter eines dürftigen Zimmers. Von der Wäscheleine verschwindet sein bestes Hemd, von der Türschwelle die Flasche Milch. Buri kocht selbst und spart. Er öffnet Konservendosen, stellt sie auf den kleinen Herd. Er kocht in der Dose, ißt aus der Dose. Manchmal geht Buri zum Pferderennen. Und in der Zeitung gibt es Bildgeschichten. Baseball bleibt ihm unverständlich. Warum tun die nichts Gescheites? Dem Ball nachrennen!

An einem Montag früh bindet er sich eine Schürze aus dickem Ochsenleder um den Leib und greift zum Spalteisen. Er hat es geschafft. Buri ist »splitter«. Wenn er den Umkleideraum betritt, weicht man zur Seite. Seine Position verdient Respekt.

Buri spaltet bis zu sechzehn Ochsen pro Stunde das Rückgrat. Buri spaltet jahrelang. Seine Arbeit fordert Kraft und Konzentration.

Bald sieht er alles, die Leute, die Tiere, seine ganze Welt nur noch in zu spaltenden oder schon gespaltenen Hälften. Alles Einleibige sieht er zweiteilig. Alles kann man irgendwo der Wirbelsäule entlang in zwei gleiche Hälften spalten. Er sieht Bekannte, kann sie sich gestochen, gespalten, zerhackt vorstellen. Er fragt sich, wie sie gespalten aussehen würden, wo beim Spalten mit Schwierigkeiten zu rechnen wäre. Manchmal greift er sich an den Kopf. Da ist etwas nicht, wie es sein sollte. Und er spürt, daß er müde wird. Seine Augen brennen.

Nur einmal in seinem Leben schlägt Buri daneben. Der mit voller Kraft geführte Hieb zerschmettert ihm den eigenen Fuß. Er wird operiert, dann unter dem Knie amputiert.

Seine Ersparnisse sind aufgebraucht. Er ist dankbar, daß ihn die SWIFT & CO. wieder einstellt. Trotzdem. Neuanfang in der Eingeweideverwertung, auf einer tiefen Gehaltsstufe. Er arbeitet in feuchten Kellern. Mit einem Holzbein.

Buris Gesundheit ist bald restlos ruiniert. Die Behörden mischen sich ein. Der Mann hat Pech gehabt. Wohin mit ihm? Vor Kriegsausbruch zahlt ihm das Konsulat die Heimreise. Im Rahmen der Aktion »Das Vaterland ruft«

Zurück in der Heimat verbirgt Buri, so gut er kann, seinen körperlichen Zustand. Er erzählt von Amerika, von den Schlachthöfen. Immer wieder. Unter Metzgergesellen macht man sich lustig über ihn. Am Biertisch fragt man in die Runde: Wo arbeitest du? In der Ausbeinerei! Du? In der Wursterei! Du? Im Schlachthaus! Du? In der Darmerei! Du? In der Anschafferei! Du? In der Kuttlerei! Und der Buri? In der Wichtigtuerei! So antworten alle am Tisch wie aus einem Mund.

Schon mit 35 gab sich Buri älter, als er war. Er setzte aufs Alter. Man wird mich um Rat fragen, man wird zu einem alten Mann doch sicher anständiger sein. Wer ist denn hier in Amerika gewesen? Wer hat denn die Schlachthöfe mit eigenen Augen gesehen? Wen hat man denn »John the splitter« genannt?

Auch als er im Schlachthof hinter dem hohen Zaun am Rande der schönen Stadt eingestellt wurde, schrieb er hinter seinen Namen: 6 Fuß 3 Zoll, 207 Pfund.

Buri hat sich nie wieder auf eine Waage gestellt.

Suppig war der Dampf, der in Schwaden aus dem Brühbecken der Enthaarungsmaschine stieg, der sich unter der Hallendecke kondensierte, der von dem Eisengestänge, von den Glasziegeln heruntertropfte und sich auf der Haut der arbeitenden Männer mit Schweiß und Blut vermischte, und *die Beschleunigung von Arbeitsabläufen führt zu intensiviertem Lärm:* Krummen mußte seine Erklärungen zur Funktionsweise des neuen Darmwaschautomaten aus vollem Hals in Buris Ohr brüllen. Buri nickte und sagte immer wieder: Ja, ist gut. Aha, so macht man das. Doch seine Worte gingen unter in dem Gekreisch der Schweine, im Dröhnen der an der Hochbahn rollenden Laufkatzen. Überall traf Eisen auf Stahl oder Stahl auf schreiendes Fleisch.

Darmereifachmann Buri tat beeindruckt, machte ein ernsthaftes Gesicht. Er hieß nicht Rötlisberger. Ihm würde es schon gelingen, dem neuen Posten auch das nötige Prestige zu verleihen. An einer Maschine, die soviel Geld gekostet hat. Das ist ein Schlüsselposten. Eine große Investition wird mir hier anvertraut! Hatte er denn nicht gesehen, mit welchem Gehabe und Getue diese Maschine vor dem Mittagessen in die Schweineschlachthalle gebracht worden war!

Als Betriebsmechaniker Forestier seine Brechstange zwischen die Bretter der Kiste stemmte, hatte Krummen der Kälberschlacht den Rücken zugedreht, und selbst Bössiger war aus dem Büro in den langen Gang hinausgekommen. Buri hatte wohl bemerkt, wie sie sich alle ereifert, sich gegenseitig im Weg gestanden hatten. Krummen hatte die Maschine auf den Gabelstapler geladen und hatte sie in der Aufregung so hoch durch den Gang transportiert, daß er eine der Uhren gerammt und beschädigt hatte. Bössiger und Forestier hatten noch »Achtung! Achtung!« geschrien, aber schon hatte es Glasscherben geregnet. Jetzt hat sie eine Beule im Gehäuse! Wie besorgt Bössiger doch um die Maschine gewesen war, und wie Krummen sie dann noch einmal behutsamer, sorgfältig wie eine Kiste Porzellan in der Schweineschlachthalle abgesetzt hatte.

In der Darmwäsche hatte Rötlisberger Buri angestoßen und gesagt: Mitten in die Halle stellen sie die blöde Maschine. Dort nimmt die doch my Seel allen Platz weg! Man könnte meinen, es sei so ein neuer Farbfernseher, den man mitten in die Stube stellt, damit ja alle gaffen müssen!

Aber Buri war barsch gewesen. Die werden wohl wissen, wo so ein Darmwaschautomat am besten hinkommt. Die haben ja die Leitungen gelegt. Nicht du! hatte er gesagt.

Buris einzige Sorge war gewesen, der neu geschaffene Posten würde einem Ausländer zukommen, und jetzt war er der Auserwählte, er war der Privilegierte, und Buri war zufrieden. In seiner Zufriedenheit verzichtete er sogar darauf, Krummen beizubringen, daß solche Maschinen für ihn keinerlei Geheimnisse bargen, daß er schon vor 30 Jahren bei der SWIFT & CO. in Chicago mit ähnlichen Apparaten gearbeitet habe. Statt dessen tat er neugierig, streckte seinen Hals wie ein Schuljunge, nickte sich den Nacken steif, machte Augen, als hätte er, der Darmereifachmann, noch nie in seinem Leben ein Schweinegekröse von nahem gesehen.

– Hier! So nimmst du das Zeug auf den Zuführtisch, reißt hier den Dünndarm los, ungefähr so lang, dann stopfst ihn hier in diesen Schlitz, bis die Rollen zugreifen, und dann geht alles von alleine! schrie Krummen, und *die Därme eines gesunden Tieres sind glatt, glänzend, von hellgelber bis graugelber Farbe. Sie enthalten immer Exkremente*, und die sich gegeneinander drehenden Walzen am Eingang des Darmwaschautomaten packten zu, fraßen das Gedärm in sich hinein, Meter um Meter wurde rasend schnell von dem Gekröse weggerupft, Krummen brauchte es nur festzuhalten, und kaum waren auch die letzten Meter in dem Gehäuse verschwunden, kam der Darm hinten zu einer weißen Schnur zerquetscht, entfettet und entschleimt heraus, lief über eine Rolle in einen Metallbehälter, noch naß, aber einsalzfertig, und vorne spritzte der ganze Darminhalt, Säure, Wasser, Dreck, Galle, unter der Verschalung hervor. Buri wich auf der Stelle zurück, Krummen aber kniff die Augen zu und brüllte: Siehst du, so macht man das!

Mit dem Handrücken, dann mit einer trockenen Stelle am rechten Ärmel, fuhr sich Buri über die Stirn. An seiner Gesichtshaut klebte schleimig-brauner Kot.

– Mußt dir halt einen Hut besorgen, schrie Krummen, indem er, ohne den Sprühregen aus der Maschine zu beachten, zum nächsten Gekröse griff. Enddarm, Dickdarm, Fett, Bauchspeicheldrüse, alles, was vom ersten übriggeblieben war, ließ er in einen bereitgestellten Karren fallen. Das machen wir nachher.

Muß zuerst die Maschine umstellen. Anderes Kaliber! Mehr Wasser zum Spülen!

– Ja potz Donnerwetter! Das ist eine Maschine! Buri nickte, kniff die Augen zu, streckte die Zunge heraus und hob das dritte Gekröse selbst auf den kleinen Chromstahltisch.

Krummen stemmte sich die Arme in die Seiten und schaute zu, wie die geübten Darmerhände an die Arbeit gingen. Er bemerkte sogleich, daß diese Hände wußten, was sie taten. Krummen wandte sich ab. Was soll ich dem alten Fuchs hier noch lange etwas vorbrüllen! Ich bin fast sicher, der hat schon einmal an einer solchen Maschine gestanden. Aber gesagt hat er nichts, der Buri.

Krummen stapfte die Schlachtstraße entlang. Er wich den vorwurfsvollen Blicken aus. Er wollte nicht diskutieren, er wußte, wen er suchte.

Bei den vor Hugentobler aufgestauten Schweinen blieb Krummen stehen, seine Hand zögerte. Diese verdammten Hurenkrüppelcheiben! Er boxte ein Schwein so stark auf den Rücken, daß die ganze Reihe an der Hochbahn zurückschwang. Die sollen nur warten! brüllte er und ging durch die Hintertür aus der Halle.

Von der Tötebucht herunter, vom Brühbecken, vom Rasiertisch, von überall her sah man ihm nach, man sah, bevor sich die Flügeltür wieder schloß, wie Vorarbeiter Krummen fluchend in seinem Schwingergang in den Regen hinausging.

Ein Uhr fünfundvierzig.

Der Schweineblutspiegel im Sammeltank steigt.

Scheißdreck!

So ein verdammter Scheißdreck!

Hättet ihr euch doch vorher totgeschrien!

Und das sollen intelligente Tiere sein.

Locher schießt schnell wie verrückt.

Ich steche.

Pasquale und Eusebio schleppen die ausgebluteten Schweine zur Falltür. Piccolo steht am Brühbecken. Er schiebt sie, sobald die Bälge weich sind, in die Kratzmaschine. Er schaut herauf. Er ist braun von den Brühwasserspritzern. Die Scheiße kocht mit. Haare, Borsten, Klauen, Schaumblasen schwimmen obenauf.

Die andern sind auf ihren Posten an der Schlachtstraße.

Ich gehe zum Wasserschlauch, halte mein Gesicht in den Strahl. Das Gemetzel zu meinen Füßen. Gierig schlürfe ich Wasser.

Weiter.

Hü! Niente dormire!

Und hier wollte Lukas fotografieren.

Geholt haben sie ihn.

Hier wird nicht fotografiert!

Aber...

Hier wird nicht fotografiert, haben wir gesagt!

Sie packten ihn schon am Hosenboden, und Lukas hat weitergeknipst.

Locher setzt einen Gummistiefel auf einen Schweinebauch.

Schau, hier hast du eine Sau vergessen. Die ist noch gar nicht gestochen. Du mußt aufpassen.

Ich komme.

Ich mit dem Messer.

Ich steige über ein Schwein, spüre die ölglatte Schicht aus Blut und Wasser und Kot unter meinen Sohlen.

Nur nicht mit dem Messer in der Hand ausrutschen.

Und nur ja keine Sau übersehen.

Schon einmal ist ein Schwein ungestochen aus der Kratzmaschine gekommen. Schon weiß geschabt, aber ohne Loch im Hals. Krummen hat mich angeflucht.

Dr. Wyss drückt bei der Fleischschau nur dann einen ovalen Stempel auf die Schinken, wenn er einen Einstich sieht: Ungeblutetes Fleisch ist nicht bankwürdig.

Krummen steckte dem Schwein noch sein Messer in den Hals. Zu spät. Da floß kein Tropfen mehr.

Porco Dio!

Pasquale schnauzt mich an.

Was habe ich dir zuleide getan?

Jeder schlägt jeden.

Der Patron den Bössiger, der Bössiger den Krummen, der Krummen den Huber, der Huber den Hofer, der Hofer den Buri, der Buri den Luigi, der Luigi den Pasquale.

Und ich?

Ich versetzte dem widerspenstigen Schwein hier einen Fußtritt.

Dabei hat es Pasquale gut. Die ausgebluteten Leiber rutschen leicht über den Boden. Blut, Schleim, Scheiße sind gute Schmiermittel. Pasquale braucht sich gar nicht mehr anzustrengen.

Pasquale und Eusebio machen nur flutsch, flutsch, flutsch, und schon liegen drei Schweine vor der Eisenplatte der Falltür. Noch ein Holzknebel in die Schnauze gestopft, damit kein Wasser in den Rachen läuft, und die Schweine sind brühbereit.

Und ich muß zustechen. Nur keine Sau vergessen.

Der Locher schießt wild drauflos.

Wie sie erstarren, eine Sekunde steif stehen, zur Seite fallen und dann zu zappeln beginnen. Wie sie mir die Hälse anbieten. Wie sie mir über die Hände sprudeln.

Eine noch nicht eingefangene Sau stemmt sich einer toten entgegen, klettert auf sie rauf, will mit den Vorderfüßen auf die Mauer an der offenen Seite der Tötebucht.

Die Sau schaut auf die Schlachtstraße hinunter.

Überall dieser Dampf.

Dort unten segeln sie vorbei. In zwei Hälften gespalten, an den Hinterfüßen aufgehängt.

Im Winter gibt das Brühbecken soviel Dampf ab, daß man kaum einen Meter weit sehen kann.

Einmal sei ein Stier abgehauen und in den Nebel der Schweineschlachthalle geraten. Nur gehört habe man ihn. Den Hufschlag auf dem Boden. Manchmal einen Schatten. Er habe Schweine aufgespießt, Darmfässer umgestoßen. Mehrere Metzger seien verletzt worden.

Und ich trage ein Becken voll Blut nach dem anderen zum Sammeltank.

Der Griff meines Messers ist glitschig.

Immer dieses Gehetze.

Jetzt möchte ich mein Gesicht, meine Hände in den Wasserstrahl halten. Die Nase schneuzen. Hinter der Tür eine halbe Zigarette rauchen.

Sogar beim Zahnarzt darf man zwischendurch mal spülen.

Nur eine halbe Zigarette.

Wenn Pasquale und Eusebio die Schweine hereintreiben, dann zünden sie sich auch verstohlen eine an.

Mein Messer, Gopfridstutz. Ich sollte es abziehen. Aus dem Hals unter meinem Knie kommt wieder nichts.

Dafür läuft es der Sau aus den Nüstern. Als hätte sie Nasenbluten. Ich habe in die Luftröhre geschnitten.

Komm, paß auf.

Innere Blutungen, he?

Jetzt muß noch der Locher seinen Senf dazugeben.

Soll ich ihr vielleicht auf den Ranzen stehen? Oder soll ich ihr das Schwänzchen heben? Wer weiß, plötzlich kommt noch ein halbes Weißweingläschen voll.

Der soll doch selbst über seine blöden Witze lachen.

Beim Stechen, ja, da will immer jeder der bessere sein. Das ist etwas. Das ist Kunst. Stechen und Spalten. Das sind die Prüfsteine des Metzgers. Scheiße. Wer mehr Blut als der andere aus so einer toten Sau pumpt, der ist König.

Und der Locher.

Jetzt hast du schon so oft stechen dürfen, und das Blut läuft immer noch in die Lungen zurück oder zur Fresse hinaus. Ja, wann willst das denn endlich richtig lernen?

Der soll mich doch in Ruhe lassen.

Das Messer in die Schweinehalle hinunterschleudern. Das Blut im Becken Locher an den Kopf. Die Schürze, die Stiefel ausziehen. Wie das Schwein vorhin auf die Seitenmauer klettern. Einfach brüllen.

Und wieder rein mit der Klinge, wieder ran mit der rot verkrusteten Hand bis an die Borsten am Hals. Und diesmal sprudelt es in hohem Bogen hervor. Einen ganzen Meter weit spritzt es.

Siehst du, siehst du. Du kannst es ja. Du mußt dir nur Mühe geben. Du bist eben ein Träumer.

Wie der über mir steht. Warum geht er nicht weg? Der soll doch weiterknallen.

Und ich knie auf einer ausblutenden Sau.

Nur raus hier.

Und der Rotz vor der Nase?

Ich möchte ein weißes Tuch entfalten, es ausbreiten auf einer Hand, die sauber, trocken ist. Ich möchte den kühlen Stoff an meinen Wangen spüren, mein Gesicht darin vergraben.

Statt dessen Schleim zu Schleim.

Daumen drauf, Druck hinter die Nase, nach links ein paar Tropfen, nach rechts einen klebenden Faden.

Rote Daumenabdrucke bleiben auf den Nasenflügeln zurück.

Habe ich alle betäubten Schweine gestochen?

Nur keins vergessen.

Ich schaue mich um. Pasquale und Eusebio grinsen sich an. Sie tun so, als ob es ihnen gefallen würde, hier im Dreck zu wühlen, tote Schweine rumzuschleppen. Wenn es heiß wird, ziehen sie ihre Blusen aus. Mit nackten Oberkörpern, nur mit dem Schurzlatz auf der Brust, lassen sie sich um die Wette mit Blut und Scheiße bespritzen.

Spaghettigladiatoren.

Noch holt Locher Patronen aus seiner rechten Hosentasche. Die leergeschossenen Hülsen verschwinden in der linken.

Noch wird geschrien. Diese Ladung ist noch nicht durch.

An meinen Unterarmen, gleich vor den Ellbogen, vermute ich zwei trockene Stellen. Während ich von einem Schwein zum anderen wechsle, fahre ich mir über die Lippen, fühle kühle Haut, meine Haut auf meinen Augen. Meine Zunge leckt Salz.

Draußen warten noch über 200 Schweine.

Zuletzt schlachten wir immer die Mutterschweine. Für die Salamiproduktion. Wie Berge aus Fleisch und Fett liegen die in der Tötebucht. Zu viert muß man die ins Brühbecken schleppen. Gerunzelte Felsbrocken von Riesenköpfen.

Mutterschweine sind unheimlich fett.

Einmal habe eine Sau einen ganzen Monat lang ohne Nahrung unter einer dicken Schneeschicht elf Ferkel gesäugt. Nach einem Sturm habe man sie für verschollen gehalten, dann habe der Bauer nicht weit vom Hof gesehen, wie Dampf aus einer Schneewächte stieg. Nur zwei Ferkel seien erfroren.

Das Fett im Speck sei eben Reserve, hat der Überländer gesagt.

Wie der Höcker beim Kamel.

Aber Himmel! Teufel!

Hurenscheißdreck!

Und wieder einer die Kehle aufgeschlitzt.

Nur immer ran.

Hü! Hü!

Arbeiten lernen.

Ich möchte einfach... einfach nichts denken. Einfach alles vergessen. Nicht wissen, wo ich bin.

Und wieder einer das Messer in die Gurgel.

Wenn ich mein Auffangbecken in den Bluttank kippe, sind doch auch ein paar Tropfen von mir dabei. Das spür ich doch.

Gestochen.

Abgestochen.

Ich fühl' mich ABGESTOCHEN!

Armes Schwein.

Liebes totes Tier.

Daß die Schweine nicht meutern.

Nicht meutern?

Tun sie ja. Die schreien ja alle wie am Spieß.

Sie sind doch schon am Spieß.

Jeder Aufstand wird sofort niedergeschlagen.

Von mir? Von uns?

Auf Schwein-Sein steht die Todesstrafe.

Nur raus hier!

Diese hurenverdammte Scheißtötebucht!

Und rein mit dem Messer in den Hals.

Wuchtig steche ich zu.

Wie diese Sau blutet! Wie die zappelt! Das schießt nur so hervor. Wie aus einer Düse. Ganz hell.

Potz Donner! Jetzt hört aber alles auf! Locher brüllt mich an. Die Sau war ja noch gar nicht betäubt! Daß du mir aufpaßt, was du tust, sonst...

Mir schwindelt. Brechreiz. Hinsetzen, einfach dem nächsten Schwein auf den Bauch.

Sonst?

Kotzen möchte ich.

Sonst hole ich den Tierarzt. Hier braucht keiner zu stechen, bevor ich geschossen habe. Verstanden? So eine Sauerei! Nimm dich zusammen, Bürschchen! Warte nur, ich rede mit dem Krummen.

Jetzt hebt er auch noch den Finger.

Pasquale und Eusebio grinsen.

Der soll doch brüllen.

Und wenn sich einer beim Bier daran erinnert, verschwindet der prahlerische Ton aus seiner Stimme, er erzählt leise, ja, er ist dabeigewesen:

Ein Bulle ist ausgebrochen, die Kette zerrissen, Eisenstangen zur Seite gebogen, raus aus dem Treibgang, schnaubend galoppiert er durch die Nacht, geht mir aus der Luft, ich muß atmen, raus aus dem Schlachthofareal, die Anfahrtstraße hinauf, in eine Wohnstraße biegt er ein, geht auf einen Baum los, rammt den Schädel gegen den Stamm, in Fenstern leuchten Lichter auf, riesenlang, über die ganze Straßenbreite tänzelt der Schatten, ein Riesentier, und ein VOLKSWAGEN kommt angebraust, die Klauen klappern über den Asphalt, der Bulle geht den Wagen an, hockt sein Tonnengewicht in die Lenden, frontal prallt er gegen das Blech, ein Horn im rechten Scheinwerfer verkeilt, er zieht sich zurück, ein aufgespießter Kotflügel auf dem Kopf, er schüttelt sich, geht von neuem auf den Wagen los, stößt ihn um, berstendes Blech, die losgerissene Stoßstange läutet, Druckluft zischt aus einem Reifen, Glas zerspringt, und weiter gräbt sich der Schädel durch Lack und Glanz, ein Knall, noch einer, dann Stille, ein zu Tode erschrockener Autofahrer erbricht sich am Straßenrand, eine Lampe schwankt leicht im Wind, mit ausgestrecktem Arm hat der Polizist geschossen, die Kugeln drangen dem Stier durch die Brust ins Herz, lang liegt der Hals, der Schädel ist ausgestreckt, platt neben den Trümmern, der Muskelkamm, der sich eben noch im Trotz gekrümmt, flach, tot, und diese Zungenspitze vor dem schäumenden Maul, Anwohner kommen heran, haben sich Mäntel übergeworfen, verdecken sich mit Händen die Augen: ein Stier! ein Stier! ein Kreis schließt sich um tausend Kilo Fleisch, so tot, so leer und eingefallen, wie ein gekippter Kegel der Hodensack, und ratlos die Polizei, und noch eine Sirene, die Ambulanz kommt angerast, das blaue Licht schleudert Schatten auf die Häuserwände, was ist hier los, im Laufschritt eilen die Sanitäter herbei, mit der Tragbahre drängen sie sich durch die Zuschauer, ja wer hat denn die geholt? Und was sollen wir hier? Euch fehlt es wohl im Kopf! Ein Stier! Ein Tier? Das muß aber einer bezahlen! Ist doch wohl ein Witz, so mitten in der Nacht, dazu braucht ihr einen Totviehtransporter, eine Seilwinde, und ungestochen ist der nur noch für Fischfutter gut...

... und ein verletzter, nicht betäubter Bulle reißt sich in der Schlachthalle los, seine rot-weißen Seiten pumpen, wie bei einem Hund steht ihm auf dem Kamm das Fellhaar zu Berge, sein Brüllen verbreitet Schaudern, er stößt angeschlachtete Kadaver um, galoppiert kurzbeinig von Kachelwand zu Kachelwand, den Schädel hält er tief, sein Schwanz fliegt, rosa erscheint die Spitze seiner Rute unter der Quaste am Bauch, dann wirft er den Kopf wieder hoch, brüllt lauter, zerhackt Holzbehälter, wirft Wasserbecken und Kannen um, der blutüberströmte Boden wird glitschig, die Männer gehen auf Distanz, so ein hurengroßer Saustier! An den Türen werden Riegel vorgeschoben, Schutzschranken kommen herunter, und der Bulle greift an, dieser schwarze Blick im rot-weißen Schädel, er schlägt alle in die Flucht, ein Gewehr muß her! Wer hat ein Gewehr? Mit den Hörnern meißelt der Bulle faustgroße Brocken aus der

Wand, und dem übereifrigen, dem jungen Metzger, der ihn ermüdet glaubt, schlägt er den vorgestreckten Schußapparat aus der Hand, stößt den Metzger gegen den Unterleib, der Metzger fällt zu Boden, der Stier trampelt über ihn, wirft sich gegen das Hallentor, wie eine Ladung Ziegelsteine kracht er dagegen, ein Sturmbock, die Schranken ächzen, dann rammt er die Tür zum engen Waagbüro, das unbeschlagene Holz zersplittert, der Stierenleib verkeilt sich im Türrahmen, die Vorderbeine zerschmettern Stuhl, Tisch, Waage, holen immer wieder aus und schlagen zu, zwei Vorschlaghämmer die ausgreifenden Klauen, mit dem Karabinerkolben wird das Guckfenster hinter der Waage durchschlagen, nimm dir Zeit, Hans! Ziele ruhig! Die Vorderflanke wird aufgerissen, ein schwarzes Loch, Pulverdampf, das war ein Schuß! Und die Klauen greifen weniger weit aus, der Schädel sinkt, die Augen kreisen, röchelnd stürzt der Stier in die Blutlache am Boden, und der verunglückte Metzger liegt bewußtlos, seine Schürze ist aufgerissen, Eingeweide schauen hervor, schnell, schnell ins Spital mit dem! Und alle Arme am Hof bringen den Stierenleib nicht vom Türrahmen los, halb drinnen im Waagbüro, halb draußen in der Halle wird die Haut zerschnitten, das Fleisch zerlegt...

Und in der kleinen Schlachthofwirtschaft grinste Rötlisberger, nahm die BRISSAGO aus dem Mund, legte sie in den Aschenbecher, rieb mit seinen Handflächen über die Borsten der zum Kartenspielen benützten Unterlage und sagte: Aschi, präzise so ist es auch mir gegangen. Ja my Seel! Kaum hat so ein kleiner Cheib von einem Fisch angebissen, habe ich weiche Knie bekommen. Du, ich hätte diese neue Fischrute weit wegwerfen können. Ich hab das Fischlein my Seel nicht einmal anrühren dürfen. Mitsamt dem Haken mußte das zurück in den See.

– Siehst du, so geht's. Gilgen und Ambrosio lachten laut. Rötlisberger lachte mit, doch sein Lachen wurde bald zu einem Kichern, dann zu einem Keuchen. Seine Augen verkleinerten sich, die Lider schwollen an. Ein Hustenanfall packte den alten

Kuttler, schüttelte ihn. Um die aus der Brust hochsteigenden Druckstöße besser abfangen zu können, rutschte Rötlisberger seinen Stuhl zurück, stemmte die Arme gegen die Tischkante und krümmte sich. Seine Holzsohlen scharrten über den Boden. Die Mütze fiel ihm vom Kopf. Sein Gesicht verfärbte sich, hinter den grauen Bartstoppeln war die Haut erst rot, dann blau. Die aufgepusteten Wangen waren weiß. Blutiger Speichel rann über das Kinn, tropfte zwischen den Knien auf die Sacktuchschürze.

– Nom de Dieu! Was ist auch los? Gilgen klopfte Rötlisberger auf die Schultern. Komm Rösi, bring schnell einen Schnaps! Dem Fritz ist etwas in den falschen Hals geraten. Und hier für uns auch noch einen! Oder nicht? Was meinst Bajazzo?

– Sí, sí, otro, sagte Ambrosio.

Frau Bangerter, die mit einem Tuch an dem längst trockenen Bierglas in ihren Händen gerieben hatte, preßte ihre Lippen aufeinander und sog sich Löcher in die Wangen. Sie schluckte leer.

– Ja meinst noch einen Schnaps? Und wenn es ihm dann geht wie dem Schindler? fragte sie.

– So hü, her mit dem Zeug!

– Ja wenn du meinst, aber ob das gut ist? Sie schob die eingepackten Schwertlilien, die Ambrosio mitgebracht hatte, zur Seite, fuhr mit einem Lappen rund um die grüne Spielunterlage über den Holztisch und stellte den Männern die drei kleinen Gläschen hin. So, zum Wohl! sagte sie.

– Das wird dir guttun, Fritz. Gilgen stieß Rötlisberger mit dem Ellbogen an. Nimm einen Schluck, dann hört das Husten auf.

Rötlisberger keuchte. Sein Gesicht war aufgedunsen. Er kippte sich den Schnaps in den Hals, streckte sich, schüttelte sich und zeigte mit dem leeren Gläschen auf Ambrosios Feuerzeug.

– Aber wegen dem da, sagte er, ich kann das ja my Seel verstehen. Dir ist der Zunder ausgegangen, jawohl, jetzt willst zurück, nach Hause, wärst ein Löl, wenn du nicht gehen würdest. Aber eins laß dir gesagt sein: Brauchst dann nicht nur über uns wüst zu tun! Verstehst du das? Es wird dort unten in Spanien sein wie hier, es gibt solche Leute, und es gibt andere, jawohl, ist my Seel wahr, und dann gibt es noch einen ganzen Haufen Büffelcheiben. Aber von denen reden wir gar nicht, gell Aschi!

– Du scho guet, sagte Ambrosio, während Rötlisberger erneut von einem Hustenanfall geschüttelt wurde. Ambrosio prostete dem alten Kuttler zu. Hätte er aber die Worte gehabt, Ambrosio hätte nicht nur zugehört und gelacht, sondern selbst mehr als ab und zu einen krummen Satz beigesteuert. Zu gerne hätte er gerade jetzt anstatt Grimassen zu schneiden von seiner Ankunft in diesem Land erzählt. Rötlisberger und der große Gilgen hätten auch verstanden, was es auf sich hatte mit dieser roten Kuh. Hätte er die Worte gehabt, die beiden wären dafür empfänglich gewesen. Das wußte, das fühlte er. Gilgen und Rötlisberger hätten mitgelacht über die verrückten Innerwaldner, über die Hebamme, über den Feldmauser, über den Knuchelbauer, über dessen Kühe und über deren Mist. Diese beiden wären nicht gleich in die Defensive gegangen, wenn ihnen Ambrosio von den Knuchelkindern erzählt hätte, die inzwischen längst groß waren und ihre flachen Hinterköpfe bestimmt mit einigem Stolz zur Schau trugen. Auch von der nicht ganz milchdichten Bössy, von der haarigen Meye, von der dummen Bäbe und von dem Landkartenfell der Scheck hätte er berichtet. Und auch von Blösch.

Nein, er war nicht weich geworden. Blösch war eine Kuh. Eine ehemals schöne Kuh, eine überdurchschnittliche Leistungskuh mit eigener Glocke, berühmt ist sie gewesen, eine ganz besondere Kuh, aber eben doch eine Kuh. Daß sie gerade hier auftauchte, war vielleicht Zufall, aber daß sie in einem Schlachthof enden würde, konnte niemanden, auch nicht Ambrosio überraschen.

Aber caramba! Dieser ausgemergelte Leib, der so himmelschreiend elendiglich aus einem Viehwaggon auf die Rampe herausgezerrt worden war, der so kläglich in den Morgennebel gemuht hatte, dieser Leib war auch Ambrosios Leib. Die Wunden Blöschs waren seine Wunden, der verlorene Fellglanz war sein Verlust, die tiefen Furchen zwischen den Rippen, die hutgroßen Löcher um die Beckenknochen, die gruben sich auch in sein Fleisch, was der Kuh fehlte, das hatte man auch ihm genommen. Blöschs Hinken und Schleppen und Zögern, das war er, da ging Ambrosio selbst am Strick. Ja, er hatte gelacht über die Passivität, über die Anspruchslosigkeit der Knuchelkühe, aber was da auf der Rampe einmal mehr vorgeführt wurde an bedingungslosem Gehorsam, an Unterwürfigkeit und ziellosem Muhen, das hatte er mittlerweile zu seinem Ekel an sich selbst kennengelernt. In Blösch hatte sich Ambrosio an diesem Dienstagmorgen selbst erkannt.

Gerade Gilgen, gerade Rötlisberger hätte er warnen wollen, aber nicht einmal auf Spanisch hätte er gewußt wie.

Zurück gab es für Ambrosio keines mehr. In seinem Innern war etwas aufgezerrt worden, und die Waage schlug aus. Bestimmt würde es auf dem Büro administrative Probleme geben, finanzielle Einbußen, *die für die fristlose Auflösung des Dienstverhältnisses verantwortliche Partei hat Schadenersatz zu leisten. Ist der Arbeitnehmer der schuldige Teil, so verfallen sein Haftgeld und allfällige Ferienansprüche. Überdies haftet er dem Arbeitgeber mit seinem laufenden Lohn und nötigenfalls auch noch weitgehend für den Schaden,* gerade davor war Ambrosio zurückgeschreckt. Nach dem Verlust seines Fingers hatte er die Arbeit wiederaufgenommen, widerwillig, aber so unverantwortlich zu handeln, seinen Gastarbeiterstatus aufs Spiel zu setzen, das hatte er nicht gewagt.

Doch jetzt gewahrte er nirgends ein unüberwindliches Hindernis, den Verdienstausfall würde er ausgleichen, alles war äußerst einfach. Nur dieses gute Gefühl, das sich seit ein paar Stunden in ihm ausbreitete, das jetzt vom Alkohol noch beflügelt wurde, nur das war wichtig.

– Olé! sagte er und griff zu seinem Schnaps. Olé! Er stand auf und schüttelte sich. Rötlisberger und Gilgen dachten, der kleine Ambrosio wolle ihnen zum dritten Mal anzeigen, wie ihm die eigenen Kinder in Coruña schon über den Kopf gewachsen waren, aber diesmal streckte Ambrosio keine Hand in die Höhe: Er packte die Sporttasche unter dem Tisch, öffnete den Reißverschluß und zog an einem bunt mit Blumen, Bärchen und Kreuzchen bestickten Lederband eine Kuhglocke hervor.

– Aber ... aber ... japste hinter dem Schanktisch Frau Bangerter. Rötlisberger hörte auf zu husten. Gilgen steckte sich eine Zigarette an und lachte. Vor Jahren hatte er diese Glocke an einem Schwingfest als Preis gewonnen. Wie für dich gemacht, Bajazzo, sagte er, als sich Ambrosio das Band über den Kopf stülpte, dabei den Bimmel mehrmals anschlagen ließ, auch noch auf einen Stuhl kletterte, mit der Glocke am Hals laut läutete und dazu aus voller Kraft muhte.

– My Seel wie so ein Guschti vor dem leeren Brunnentrog. Rötlisberger und Gilgen lachten. He, der Bajazzo! Er wird halt brünstig sein.

– Er würde sich aber sicher noch gut machen, so an einem Alpaufzug, was meinst du? fragte Gilgen.

Aber Rötlisberger antwortete nicht. In der geöffneten Kantinentür stand Vorarbeiter Krummen. Er war vom Regen durchnäßt, sein Brustkasten bebte, er war außer Atem. Der grimmige Ausdruck seines Gesichts wurde durch die feuchten Haarsträhnen auf seiner Stirn noch verstärkt. Er würgte, Krummen wollte reden. Der rechte Arm schweifte aus, die Hand war schon bohrbereit gespreizt. Doch nach einigem Zögern fuhr die Hand nicht ins Hosenbodentuch, sie schnellte vor, ein anklagender Zeigefinger richtete sich auf Gilgen und Rötlisberger, auf Ambrosio, der noch immer mit der Glocke am Hals auf dem Stuhl stand. Nur langsam, würgend und von Schlucken unterbrochen, fand Krummen seine Stimme wieder:

– So ihr Hergottsdonnercheiben! Hier sitzt ihr wieder, macht Kalbereien und säuft! Das geht doch auf keine Kuhhaut! Wir sollen wohl in der Arbeit verrecken! Aber nichts da! Hier kann nicht jeder einfach werken, wie und wann es ihm gerade paßt. Ihr geht mir jetzt dieses Blutgeschmier abwischen! Ja, macht nur dumme Gringe! Ihr wißt schon, was ich meine, aber dann sauber, sonst! Und dann kommt ihr alle drei ins Büro zum Bössiger! Aber sofort! Sonst potz Himmelheilanddonnerwettersternsteufelabeinandernocheinmal! Jetzt ist genug Heu unten! Jetzt tätscht es! Er drehte sich um und stapfte davon. Seine Nackenmuskeln zuckten.

– So, der hat uns jetzt gezeigt, wo Barteli den Most holt, ja my Seel! Rötlisberger griff zu seiner BRISSAGO. Habt ihr gesehen, wie naß der ist. Ich glaube my Seel, der hat uns im Regen draußen gesucht.

– Oh, Grummen immer verruggt, sagte Ambrosio, der sich die Glocke vom Hals nahm und vom Stuhl heruntersteig.

– Nom de Dieu! Der soll nur warten, sagte Ernest Gilgen.

Zwei Uhr dreiunddreißig.

Wie die Zeit kriecht.

Und Locher, der Sauhund.

Er hetzt mich, weicht kaum mehr von meiner Seite. Dauernd schaut er mir über die rechte Schulter.

Immer kämpfen.

Und immer bis aufs Messer.

Gegen Schweine.

Der Uhrzeiger bleibt wieder stundenlang bei der gleichen Minute stehen.

Der längste Tag.

Nichts als Blut und Schweiß.

Locher betäubt ein Schwein, stellt sich daneben und wartet, bis ich es gestochen habe.

Meine Knie sind schwach, jeden Rückenwirbel spür ich. Meine Finger krabbeln.

Ich habe den blutverschmierten Holzgriff meines Messers nicht mehr fest genug in der Hand.

Locher redet und redet. Muffeln tut er.

Hast du denn keine Augen im Gring? Kommst einfach hierher, schläfst und träumst. Wer sticht denn eine Sau, die ich noch gar nicht geschossen habe? Bei so einem Italiener, da könnte ich das noch verstehen, aber du!

Aber ich?

Zweimal bin ich schon ausgerutscht. Die Spitze hat gelitten.

Und oben an der Rundung der Klinge ist eine stumpfe Stelle.

Um die Schwarte an den Schweinehälsen zu durchstechen, muß ich Kraft anwenden.

Aber der Herr ist der Schatten über deiner rechten Hand.

Achtung!

Ich springe auf.

Eine Sau tobt.

Blut schwappt aus meinem Becken.

Potz Donner! Kannst du nicht besser aufpassen!

Pasquale und Eusebio lachen sich krumm. Ich habe Locher angespritzt. An seiner Schürze läuft es runter. Mit ausgestreckten Armen steht er da, den Schußapparat in der rechten Hand, und brüllt.

Ich mache weiter.

Rückenbücken.

Während das Schwein ausblutet, brauche ich mich um nichts zu kümmern.

Ein Schwein erbricht sich. Grün läuft es ihm aus der Schnauze. Hier sind einige, die wurden vor dem Transport mit Gras gefüttert.

Und Beruhigungsmittel bekommen die.

Dabei klumpt sich etwas zusammen in mir. In der Kehle, bis in den Bauch. Und das Kribbeln. In allen Muskeln. Paß auf das Messer auf.

Wo ist der Schatten über meiner rechten Hand?

Wenn ich wenigstens nachschleifen könnte.

Keine Zeit. Ungemein schnell kommen die Patronen aus Lochers Hosentasche: paff. – Augen zu. Die Schweinestirn hat sich in Denkfalten gelegt.

Und alle kotzen.

Nüchtern sollen die Tiere angeliefert werden.

Anstatt weiterzuschießen, könnte Locher den Wasserschlauch nehmen und diese Soße runterspülen.

In einer Ecke der Tötebucht drängt sich noch das letzte Rudel dieser Ladung zusammen.

Ein Schwein steigt auf ein anderes.

Ob das versucht zu kopulieren? Kastriert und eine Minute vor dem Schuß.

Gleich sengen sie dir den Borstenbalg vom Leib.

Und meine Borsten?

Ein Metzger hat einen sauberen Nacken. Das gehört zur Berufshygiene.

Das ist doch mein Kopf, mein Haar.

Am Samstag versteckte ich mich wieder im Herrensalon hinter illustrierten Zeitschriften.

Ein sauberer Metzger hat einen sauberen Nacken.

Meine freien Stunden noch an einem solchen Ort verbringen müssen.

Die Männer, die nach mir hereinkamen, wurden alle vor mir auf einen Sessel gebeten. Wie sie sich in Position rückten. Als ob es keine Tortur wäre.

Alle kennen die Spielregeln des Herrensalons. Gekonnt, geübt bewegen sie sich. Die haben eben den angemessenen Gesichtsausdruck.

Ich empfand nur Ekel vor den auf mich wartenden Messern und Scheren. Diese Klingen an meinem Hals. Ich mißtraue den schneidenden Händen. Dabeisitzen in Reih und Glied. Wie die Schweine hinter der Enthaarungsmaschine.

Schaben, kratzen, rasieren.

Kahl.

Dazwischen die aufgetakelten Kosmetikerinnen. Aus buntscheckigen Fratzen lächeln sie die Männer an, stutzen ihnen die Klauen zurecht. Wie Porzellan die knallroten Lippen.

Ein sauberer Metzger hat einen sauberen Nacken.

Daß du mir zum Coiffeur gehst.

Schreien hätte ich müssen: Halt! Betreten verboten! Privatgrundstück!

Was geht mein Nacken Krummen an?

In der Ecke dort versucht es die kastrierte Sau noch immer. Grunzen kann sie, und schäumen.

Warum sollte ich mich denn mit Krummen wegen dem Haarschnitt streiten?

Wegen meinem Haarschnitt.

Wie geil Säue aufeinandersteigen können.

Hier.

Wie die Stiere.

Die Bullen beim Deckakt in der Viehzüchterzeitschrift.

Ich betrat die Kantine, und alle hatten die Köpfe zusammengesteckt. Alle glotzten auf ein paar bunte Bilder. Sie staunten.

Hat der einen.

Eine Kanone.

Und wie die hinhält, schau, wie die hinhält.

Ich dachte, die haben wieder ein Pornoheft. Aber keiner versuchte mich zurückzuhalten. Diesmal ließen sie mir die Sicht frei. Stiere und Kühe waren es. Zuchtstiere und Preiskühe beim Freiluftvögeln.

Paß du lieber auf, daß die Sau da richtig blutet, daß Locher nicht wieder spinnt.

Scheißdreck.

Wir gingen nach der Schule manchmal auf den Ferkelmarkt. Auf allen Plätzen der Stadt war viel los. Am meisten lockten uns die Tiere, die in Holzkäfigen auf Käufer warteten.

Kaninchen. Hühner. Tauben. Manchmal ein Kalb, und in flachen Kisten, unter einem Lattenrost, die rosa Ferkel im Stroh.

Schweinchen Schlau.

Und wir schielten auf die Händler. Wenn sie mit den Bauern redeten, ihre Hände besonders tief in den Hosentaschen vergruben, dann deckten wir eine Kiste ab und halfen einem Schweinchen oder zweien auf die Sprünge.

Wie da die Händler in ihren blauen Überhemden auf der Straße herumtanzten. Immer wieder griffen ihre riesigen Hände ins Leere. Die quietschenden rosa Ferkel waren schwer zu erwischen.

Wir rannten davon. Mit klappernden Schiefertafeln in den Schultaschen.

Und jetzt murkse ich sie ab.

Höllenscheißtötebucht.

Jetzt schlägt wieder so eine blöde Sau wie wild um sich. Die zappelt sich aus der Erstarrung.

Und hinten auf der Annahmerampe stellte Waagmeister Krähenbühl den Rechen aus seiner Hand in eine Ecke, trat aus dem kleinen Waagbüro, schloß die Tür ab und stapfte quer durch die Treibgänge auf die Großviehschlachthalle zu. Auf den Geleisen fuhr ein Zug vorbei. Es regnete nur noch leicht. Das Sägemehl an Krähenbühls Stiefeln blieb trocken.

Nach vier Uhr sollte der Lastwagen von der Leimfabrik zum wöchentlichen Abtransport der Klauen, Knochen und Hörner vorfahren. Da mußte Krähenbühl zugegen sein. Und dann waren Ausmerzkühe angesagt. Ein ganzer Güterzug voll. Mehr als vierzig Stück, hatte es am Telefon geheißen. Um diese Tiere die Nacht über unterzubringen, hatte Krähenbühl frisches Sägemehl in die Ställe geschaufelt, hatte gemistet und geputzt. Von der Lieferung heute steht nur noch eine kleine Eringerkuh im zweiten Stall, eine Notschlachtung, dachte Krähenbühl. Sobald sie mit den Schweinen fertig sind, werden sie sie holen kommen. Gewogen war sie, ihr Lebendgewicht war längst in den Kontrollbüchern registriert.

Waagmeister Krähenbühl blieb etwas Zeit, um auf einem Rundgang durch die Schlachthallen nachzusehen, ob nirgends eine Tonne mit Abfallknochen vergessen worden war.

Neben der Guillotine beim Eingang zur Großviehhalle entdeckte er eine bis zum Rand mit Hörnern und Klauen gefüllte Eisentonne. Die mußte zur Sammelstelle hinten bei der Kuttlerei gebracht werden. Krähenbühl sah sich nach einem der Fahrgestelle um, die man zur Beförderung der Knochentonnen benutzte. Es war keins zu sehen. Krähenbühl trat in den langen Verbindungsgang hinaus, da näherte sich ihm ein bebrillter Junge.

– Ich wollte fragen ... Der Junge stockte, schaute Krähenbühl auf die Stiefel. Ich wollte fragen, es ist wegen der Schule, ja, wißt ihr, ob es Hörner gibt? Der Junge war verlegen. Er schielte auf die weißen Schweinehälften, die weiter vorne von Luigi in den Gang hinausgeschoben wurden.

– Ob es Hörner gibt? fragte Waagmeister Krähenbühl erstaunt zurück.

– Ja, weil wir Masken machen, im Zeichenunterricht, wißt ihr? So große aus Karton.

– Aha, Masken macht ihr? Vom Teufel, he?

– Ja, auch von Gespenstern und von Stieren und so.

– Dann komm, wollen wir einmal sehen, ob wir etwas finden. Krähenbühl ging zurück in die Großviehhalle, wo er mit gerümpfter Nase in der Knochentonne zu wühlen begann. Ermuntert folgte der Junge.

– Gerade viel Rechtes ist hier aber nicht dabei. Diese Maschine da macht halt alles kaputt. Mit dem Ellbogen stieß Krähenbühl die Knochenguillotine an.

– Und das da? Der Junge hatte sich auf die Zehenspitzen gestellt und zeigte in dem unansehnlichen Durcheinander von abgehackten Kuhteilen auf eine Hornspitze, die grauschwarz zwischen kotverschmierten Klauen hervorragte.

– Das meinst du? Krähenbühl zog eines der doppelt gebogenen, aber ausgemergelten Blösch-Hörner aus der Knochentonne, schaute es erst skeptisch an und hielt es dann dem Jungen hin. Das ist eins von einer ganz alten Kuh. Schön geschwungen ist es, das stimmt. Ja, wenn es dir gefällt, dann suchen wir noch das andere. Hier ist es. Du hast aber Schwein gehabt, sagte Krähenbühl und zog das zweite Blösch-Horn hervor.

– Merci. Uhgh, merci vielmals, sagte der Junge und rannte mit den Hörnern unter dem Arm davon.

– Du machst dir den Pullover dreckig, rief ihm Waagmeister Krähenbühl in den langen Gang hinaus nach.

Zwei Uhr neunundvierzig.

Blut.

Zu der Verbandstelle.

Mein Blut.

Ich habe mich geschnitten.
Tief.
Dort draußen ist der Teufel los.
Ein zappelndes Schwein. Ein Schweinefuß gegen die Spitze meines Messers. Das verschmierte, ölglatte Heft entgleitet mir. Die Klinge rutscht mir durch die Hand.
Denn der Herr ist der Schatten über meiner rechten Hand.
An der Schlachtstraße hat es Stauungen gegeben.
Da werden doch überall viel zuwenig Leute eingesetzt.
Zeigefinger und Mittelfinger müssen ganz bestimmt genäht werden.
Unfall.
Arbeitsunfähigkeit.
Kein Blut, kein Rückenbücken.
Hugentobler hat rumgebrüllt.
Daß Krummen das Tempo nicht drosseln wollte.
Mach mal Pause.
Mit dieser Hand wird Flippern schwierig sein.
Ich komme gleich.
Hallenaufseher Kilchenmann wiegt Schweine. Er beugt sich über die Schiebegewichte, tupft sie an, blinzelt. Er zieht den Blockierungshebel und schreibt das angezeigte Gewicht auf.
Totgewichte.
Ich fühle, wie es mir aus den Fingern auf den Boden tropft.
Die Wut.
Krummen, du Verstockter.
Es brennt, ich schwitze. Tränen. Schweiß.
Wut und Freude.
Willst du eine Beruhigungstablette? Bleich bist du.
Dieser Kilchenmannblick.
Eine angenehme Schwächewelle überflutet mich. Ich fühlte vorhin, als es passierte, ich fühle jetzt keinen Schmerz. Ich lehne den Kopf an die Wand hinter dem Stuhl und betrachte die Decke.
Ich bin nicht messerfest. Ein Ausrutscher, und die Maschine hat eine Panne.

Kilchenmann wäscht sich die Hände.
Ich komme gleich.
Und wieder dieser Blick über die Brillengläser hinweg.
Lochers Blick. Der spuckt auf alles, guckt auf alles runter. Jetzt kann er sich einen anderen suchen.
Wie ich mit der vorgehaltenen Hand aus der Tötebucht gestiegen bin, haben Pasquale und Eusebio ihre Schlepparbeit unterbrochen. Ausgelacht haben sie mich.
Neidisch sind sie.
Kilchenmann trocknet seine Hände an einem rot-weißen Tuch. Stadteigentum. Die weiße Holzkiste mit dem roten Kreuz auf dem Deckel klappt er auf.
Er betupft meine Wunde mit Watte.
Ich wende mich ab.
Tief, nicht so schlimm, aber tief.
Ich weiß.
Tut das weh?
Nein, auch vorhin habe ich nicht viel gespürt.
Ja, da reagiert der Körper halt schnell. Der schläfert die Stelle ein, macht sie unempfindlich. Nachher, erst nachher kommen die Schmerzen.
Kilchenmann ist ein guter Samariter. Er stellt keine Fragen. Der hat auch schon Schlimmeres betupft. Metzgerstiche in der Leistengegend. Maschinenunfälle. Ambrosios Hand. Der kommt nicht aus der Übung. Er weiß, wie man dem pulsierenden Blut an der Austrittstelle Einhalt gebietet. Bei ihm soll es möglichst wenig bluten. Jedem seine Kunst. Er weiß, wie man Jod dosiert. Er verbindet gekonnt. Und dick genug.
Du hast dich schon einmal geschnitten, vor kurzem.
Was er sagt, was er nicht sagt.
Messer, Gabel, Scher und Licht sind für kleine Kinder nicht.
Auf alle Fälle mußt du zum Arzt.
Ich weiß, was kommen wird.
Im Wartezimmer des Betriebsarztes wird mich die Wärme einschläfern. Nur notdürftig gewaschen werde ich dasitzen. Die ausgelegten Zeitschriften werden mich kaltlassen.

Wie kriege ich denn die verbluteten Lumpen vom Leib.
Mit einer Hand.
Die Krankenschwester wird mir eine Spritze geben.
Sie macht mir immer Mut.
Sie sind sicher an Schmerzen gewöhnt.
Wie ein Schneider bemüht sich Onkel Doktor dann um meine Finger. Mit einem sorgenvollen Blick wird er auf der Karteikarte feststellen, daß ich mich schon zum dritten Mal geschnitten habe.
Er wird sagen, etwas bleibt immer zurück.
Auch ein kleiner Schnitt zerstört Nerven. Hundertprozentig kann man nichts wiederherstellen.
Jawohl, Herr Doktor.
Es lohnt sich wirklich aufzupassen.
Jawohl, Herr Doktor.
Eine gefühlslose Fingerspitze kann zu anderen Unfällen führen.
Jawohl, Herr Doktor.
Arbeiten dürfen Sie nicht, der Finger muß trocken bleiben. Nehmen Sie diese Tabletten dreimal täglich und nicht auf einen leeren Magen.
Jeden Film, der in der Stadt gezeigt wird, sehe ich mir an. Aber jeden. Auch den letzten Spaghetti-Western.
Der Metzger wetzt das Metzgermesser halt jetzt nicht mehr.
Kommen Sie in einer Woche wieder.
Gut, Herr Doktor.
Sehr gut, Herr Doktor.
Kilchenmann meint, beim Schweinestechen müsse einer besonders aufpassen, da könne es wegen des Mistes die allerschlimmsten Blutvergiftungen geben. Böse Infektionen.
Aber Narben bleiben eben immer, wird der Arzt unter der Tür noch sagen.
Meine Narben der Freiheit.
Die Krankenschwester wird lächeln.
Und?
Geht's?

Meine Hand sucht den Türpfosten.

Ja, ja.

Das war nur ein kleiner Schwindelanfall.

Gib Obacht, gell! Und geh sofort zum Doktor!

Kilchenmann wiegt wieder Schweine. An der Rollbahn schaukeln sie vorbei. Ohne Augen starren mich die Köpfe an.

Nur ruhig Blut.

Wie spät ist es?

Langsam. Verdammter Scheißdreck! Meine Knie sind weich wie Butter.

Jetzt brüllen sie wieder.

Hugentobler! Wo will der hin? Steif, klotzig kommt er daher. Frankenstein. Er verschwindet im Kühlraum. Krummengebrüll. Nichts wie raus hier!

Vor dem Büro der Fleischschauer hängt noch immer die Teufelskuh. Aber die hat nicht nur mich umgehauen. Krummen auch.

Verunstaltet ist sie. Die Seiten zerhackt. Schwarz und schlaff das Fleisch. Die dreieckigen Freibankstempel sind kaum zu sehen. Kein Gramm Fett ist da dran.

Ob sie die noch im Labor prüfen?

Vielleicht ist sie nicht einmal bedingt bankwürdig.

Meine Messer!

Ich gehe zurück. Ich muß meine Messerscheide holen.

Setzen möchte ich mich.

Tief atmen, komm!

Ich beiße meine Zähne aufeinander.

Diese Hand ballt sich nicht leicht zur Faust.

Aber ich schiebe den Kinnladen vor.

Scheißschlachthof.

– Ja, da ist etwas heruntergekommen. Rötlisberger nahm seine Mütze in die Hand und beobachtete den Himmel. Gut tut das. Es hat ja my Seel geregnet, wie wenn eine Kuh aus zwei Löchern aufs Kopfsteinpflaster brunzt.

– Comme vache qui pisse, sagte Ernest Gilgen.

– Aber jetzt wird's schön, schaut! Es geht nicht mehr lange, so scheint die Sonne. Rötlisberger setzte sich die Mütze wieder auf und paffte an seiner BRISSAGO. Er stand im Gehege vor den Stallungen und hielt die kleine Eringerkuh, die verspätet angeliefert worden war, am Halfterstrick fest. Es war eine braunschwarze Kuh mit kurzen, spitzen Hörnern. Ihre Nüstern waren feucht wie die Nasenspitze eines Hundes, ihre Augen waren lebendig, sehend. Sie war kaum größer als ein kleines Simmentaler Rind, jedoch breiter und auf kurzen, festen Beinen tief gewachsen. An einem gesunden Euter hatte sie vier beinahe schwarze Zitzen. Nur ihr Schwanz bewegte sich, ihren Kuhleib hielt sie ruhig, und *eine Notschlachtung ist die Schlachtung von schwer verunfallten oder kranken Tieren, deren Leben in Gefahr scheint, die man schlachten muß, um zu verhindern, daß die Tiere eingehen oder das Fleisch einen Großteil seines Wertes verliert,* doch Gilgen und Ambrosio bemühten sich um das Aussehen dieser Kuh, als müßte sie innerhalb weniger Minuten vor tausend Kenneraugen auf einer landwirtschaftlichen Ausstellung vorgeführt werden: Sie striegelten ihr das Fell, putzten ihr mit einem Stallbesen die Klauen, glänzten ihr mit Rötlisbergers Sackschürze die Hörner, schnallten ihr Gilgens Glocke um den Hals und woben ihr aus den Schwertlilien einen Kranz um den Schädel.

– Dieses Gelb paßt my Seel saugut zu dem dunkeln Fell, sagte Rötlisberger. Ein schönes Kuhli ist das. Ich kann gar nicht verstehen, warum das eine Notschlachtung sein soll. Gesund sieht sie aus. Gesund!

– Dann wollen wir! Kommt! Drehen wir eine Runde! sagte Gilgen, der die geschmückte Kuh ebenfalls mit Genugtuung betrachtet hatte. Allons-y!

– Vamanos! sagte Ambrosio, und die drei Männer setzten sich in Bewegung, die Kuh war willig.

Rötlisberger öffnete die Tore zwischen den Treibgängen. Gilgen führte die Kuh am lockeren Strick durchs ganze Areal, fand aber die Vieheingangstür zur Großviehschlachthalle verriegelt, machte kehrt und sagte:

– Dann gehen wir halt vorne rein. Das wird man wohl dürfen mit einer derart geputzten Kuh. Kommt! Gehen wir durch die Schweinehalle! Er zog stärker am Strick, der Kuhhals bog sich, die Glocke schlug lauter an. Gilgen stieß die Schwingtür auf und betrat die dampferfüllte Schweineschlachthalle. Ambrosio und der alte Rötlisberger folgten.

– Ja, jetzt, jetzt, beim Donner! Jetzt hört doch alles auf! stotterte der Überländer, als mitten im Lärm der Schweineschlacht eine Kuh auftauchte. Was zum Teufel! Er stellte sein Spalteisen auf die Spitze und kratzte sich im Nacken.

Der schöne Hügli bekam seinen Mund nicht mehr zu. Er vergaß, die Gedärme auf seinem Arm in die Mulde zu werfen. Die Eingeweide an sich gepreßt, starrte er auf die geschmückte Kuh, die zwischen Schweinehälften und Maschinen hindurch an Gilgens Hand ging.

Huber und Hofer schüttelten erst die Köpfe. Ja, Heilanddonner! Dann verklärte sich Hofers Blick, wie benommen machte er ein paar Schritte vom Rasiertisch weg, sein längstes Messer noch immer in der Hand, sah er der Kuh nach, und Huber griff zum Wetzstahl, um wie abwesend sein Messer abzuziehen.

Oben in der Tötebucht vergaß Locher abzudrücken, obschon er den Schußapparat auf einer Schweinestirn plaziert hatte, und Pasquale pfiff durch die Finger, die er sich blutig, wie sie waren, in den Mund gesteckt hatte.

Der Pfiff übertönte Maschinenlärm und Glockengeläut, wie ein Knall ging er durch die ganze Halle und ließ auch Buri von der Arbeit am Darmwaschautomaten aufschauen. Von oben bis unten mit Kot bespritzt, sah Buri eben noch, wie die Kuh vorne bei der Waage in den langen Gang hinaus verschwand. Buri wandte sich um. Sein Gesicht war braun, verkrustet, einer Maske ähnlich. Er suchte nach einer Erklärung, beobachtete durch den Dampf hindurch die anderen. Was war ihre Haltung? Was bedeuteten diese Gesten? Etliche Münder standen offen in den verschwitzten, blutigen Gesichtern. Es wurde gestarrt und gestaunt. Der Gilgen! Der Zuchthäusler! Denen hat es ausgehängt! Eine Eringerkuh mit Blumen auf den Hörnern! Und die

Glocke! Himmelheilanddonner! Und dieser kleine Fotzelspanier ist auch wieder dabei. Man sollte sie, die Cheiben! Anstatt ihre Arbeit richtig zu machen, die Möffen! Aber das gibt noch etwas, das kommt nicht gut! Oh, nein, das kommt nicht gut! Und während ihnen das Bild der geschmückten Kuh nicht aus den Köpfen weichen wollte, legten sich die Männer wütend ins Zeug. Wie an die Arbeit gekettet, schlugen sie zu. Aber der Rhythmus war weg: Vor jedem Arbeitsplatz stauten sich die Schweineleiber auf, jeder Schlächter fiel zurück, jeder fluchte, jeder tobte mit seinem Messer.

Doch Ernest Gilgen ging aufrecht und ruhig mit der Kuh durch den langen Gang. Er brauchte sich nicht umzusehen, die Kuh reagierte auf den kleinsten Zug am Strick. Das Glockengeläut kam nicht zum Tragen, klang aber dennoch hell und klar.

– Jetzt hatten sie etwas zum Gaffen, sagte Rötlisberger.

– Aber hast gesehen, wie die schwitzen? fragte Gilgen zurück.

An den Büros der Fleischschauer, an der von der Hochbahn herabhängenden Blöschkarkasse vorbei, kam der kleine Umzug zu der Großviehschlachthalle, wo Gilgen die Kuh auf den ersten Schlachtplatz führte. Hoho! Ruhig! Die Kuh wollte weitergehen. Halt du sie fest! Ich hole mein Werkzeug. Gilgen hielt Rötlisberger den Strick hin.

– Nichts da! brüllte vom Halleneingang her Vorarbeiter Krummen dazwischen. Diese Kuh bringt ihr sofort in den Stall zurück! Aber auf der Stelle, sonst will ich euch dann Beine machen!

An Krummens Unterarmen traten die Adern hervor. Groß baute er sich auf, pumpte sich die Lunge voll, ballte die Hände zu Fäusten, schob auch den Unterkiefer weit nach vorne, bedeckte sich den Mund mit der zu einem Strich zusammengeschrumpften Unterlippe, aber sein Gesicht wirkte schwammig, die Augen waren kaum sichtbar, die Wut und das Gebrüll, das ihm zur Gewohnheit geworden war, vermochten die Männer nicht zu beeindrucken, und *müssen Notschlachtungen in Schlachträumen gemäß den Absätzen 1 und 3 vorgenommen werden, hat dies zeitlich oder zum mindesten örtlich getrennt von ordentlichen*

Schlachtungen zu geschehen, und Krummen versuchte verzweifelt noch grimmiger auszusehen, er zog den Kopf ein und kam näher. Nur seine gegen die Stiefel schlagende Gummischürze war zu hören. Zurück in den Stall mit der Kuh!

– Und ich sage, diese Kuh bleibt hier! Gilgen stellte sich vor Rötlisberger und Ambrosio.

– Dann führe ich sie in den Stall zurück!

– Probier es!

Mit einem Ellbogenstoß gegen Rötlisberger schnappte Krummen nach dem Haltestrick der Kuh, doch Gilgens langer Arm schnellte vor, packte die Kuh unter dem Ohr an der Halfter und stieß mit der andern Hand Krummen vor die Brust. Krummen taumelte zurück, ging aber sogleich mit einem Sprung auf Gilgen los. Du großer Gstabihund! Du welsches Arschloch! Ich will dir!

Gilgen war in Schwingerstellung gegangen, er fing den Ansturm ab und packte Krummen durch die Gummischürze hindurch am Hosengürtel, und *als Vorsteher des Militärdepartements freue ich mich besonders auch über den wertvollen Beitrag, den die Schwinger an die Erhaltung der Wehrbereitschaft leisten. Das Schwingen ist eine der ursprünglichsten Formen des Kampfes der Männer. Es verlangt nicht nur Härte, Mut, Ausdauer und Disziplin, sondern auch hohe körperliche und geistige Beweglichkeit. Auch wird der Schwinger von jung auf zum fairen Wettkämpfer erzogen, der Unsauberes und Mätzchen ablehnt,* und während sich Gilgen und Krummen ineinanderverkeilt gegenseitig das Kinn in den Rücken drückten, löste Rötlisberger den Knoten an der Kuhhalfter, und Ambrosio hielt das Tier am Glockenband fest, und *nach einer unentschieden, monoton verlaufenen Startpasse gelang Kranzschwinger Krummen durch Spaltaufreißen beziehungsweise Kopfgriff und Linksabdrehen nach tapferer Gegenwehr mehrmals beinahe der Sieg.*

Altschwinger Ernest Gilgen hatte Schweißperlen wie Lebertrantropfen auf der Stirn, geschlagen gab er sich jedoch nicht, *im entscheidenden Moment* kam sogar *blitzschnell der Konter. Ein ungemein wichtiger, trockener und zielstrebiger Zug von unheimlicher Kraft, der fast in jedem Fall den Sieg bringt.*

Krummen stützte sich auf einen Ellbogen, mühsam rappelte er sich auf.

– Du Spörtler! Du Sonntagsschwinger! Gilgen wich hinter die Kuh aus. Er hatte Krummen am Gürtel hochgezogen und auf den Rücken geworfen, und *der Hosenlupf, weiß der heuer abtretende Schwingerobmann mitzuteilen, gewinne auch in einer modernen Zeit stets an Popularität,* und Krummen war blaß, er rieb sich das Becken, stöhnte aus einem verzerrten Mund. Euch will ich! Ihr Himmelheilandsdonner! Euch will ich es jetzt zeigen! Ihr … ihr … was soll man denn? Immer muß man, immer soll ich zu allem selber sehen! Langsam, langsam wich Krummen zurück. Er hielt sich schief, stemmte sich eine Hand ins Kreuz. Ihr könnt doch nicht … soll doch ein anderer kommen und schauen, daß der Karren läuft. Sein Nacken zuckte. Er warf der geschmückten Kuh, die von Ambrosio mit läutender Glocke im Kreis herum geführt wurde, einen Blick zu. Sein Gesicht verfinsterte sich noch mehr. Er wandte sich um und wollte die Halle verlassen, doch die Flügeltore waren verriegelt. Vor dem eingehakten Querbalken stand Kühlraummann Hugentobler.

Krummen straffte sich die verrutschte Schürze, glättete die aufgerissene Bluse. Er starrte Hugentobler auf die steif herabhängenden Arme, dann in die Augen: Hugentobler schielte nicht.

Über die Schulter gewahrte Krummen den näherkommenden Gilgen. Ja seid ihr von allen guten Geistern … Hugentobler packte zu. Mit eisernen Prankengriffen. Krummen prallte abermals auf den Granitboden. Gilgen umklammerte seine Gummistiefel. Hört auf! Hört auf! Ihr dummen Cheiben! Krummen wehrte sich nicht mehr.

Rötlisberger warf Gilgen die Kuhhalfter zu. Wie einen Hinterviertel eines Stieres trugen Ernest Gilgen und Christian Hugentobler den an Händen und Füßen gefesselten Vorarbeiter Krummen auf ihren Schultern zur Großviehschlachthalle hinaus.

– Und hast die Schlüssel? fragte Gilgen im ersten Kühlraum auf der anderen Seite des Ganges.

Hugentobler, der seine Fellmütze Krummen übers Gesicht gestülpt hatte, nickte, und *die Kältetoleranz ist das erblich bedingte, nach Arten und Rassen graduell gestaffelte Vermögen der Organismen, Kälte bis zu bestimmten Grenzen ohne Schäden zu ertragen (→ Kälteresistenz).*

Ist es Viertel nach zwei oder zehn nach drei?
Mir egal.
Diese Uhr hat Krummen zerschlagen. Mit der Maschine auf dem Hubstapler.
Der lange Gang.
Ich habe meine Messerscheide geholt.
Ich habe sie mir am Gürtel über die rechte Schulter gehängt. Die Klingen scheppern im Gehen, im Rhythmus meiner Schritte. Aber diese Messer schließen wir jetzt für ein paar Wochen weg.
Jetzt haue ich ab.
Die Tür zu Umkleideraum stoße ich mit der linken Schulter auf.
Dort vorne bei der Teufelskuh steht Dr. Wyss mit Frau Spreussiger. Er erklärt ihr etwas. Vielleicht...
Mir egal.
Mein Schrank ist hinten im Umkleideraum.
Der Spiegel!
Mein Gesicht.
Von vorne.
Im Profil.
Diese blöden Scheißspiegel an den dreckigen Wänden.
Damit wir uns begaffen, damit wir nicht mit Blutflecken auf der Nase in die Welt hinauslaufen.
Um nicht so auszusehen, wie wir sind!
Dieses Knirschen.
Das ist das Knirschen meiner eigenen Zähne.
Du verdamm...
Ich reiße mir die Messerscheide von der Schulter, ich hole aus...

Zack!

Der Spiegel zerspringt. Die Scherben fallen auf den Holzrost am Boden. Die Messer rutschen aus der Scheide. Mit meiner ganzen Kraft habe ich sie gegen den Spiegel geschleudert.

Verdammt.

Jetzt tut sie weh, meine Hand.

Dort, wo der Spiegel war, ist ein heller Fleck an der Wand.

Sieben Jahre Unglück!

Ha!

Nur raus aus diesem Schlachthof!

Einhändig schäle ich mir die feuchten Lumpen vom Leib.

Aus den Gummistiefeln zu schlüpfen ist das schwerste.

Das große Waschbecken.

Hier hat uns Gilgen gestern alle gepackt und Kühe genannt.

Weil wir uns von Bössiger haben zusammenscheißen lassen.

Die verbundene Hand strecke ich weg und wasche mich notdürftig. Duschen müßte ich.

Ich habe Blut in den Haaren.

Wenn ich die verbundene Hand hebe, tut es weniger weh, als wenn ich sie hängen lasse. Dann fühle ich, wie das Blut in die Wunde pulst.

Abtrocknen, mit der linken Hand über den Kopf gefahren, Schrank zu.

Ich möchte den Schlüssel weit wegwerfen.

Die Scherben. Da hat dann wieder einer etwas zum Brüllen.

Wer hat den Garderobenspiegel zerschlagen?

Vortreten!

Ich, Herr Schlachthofkommandant!

Noch einmal durch den langen Gang.

Die LAMBRETTA muß ich hier lassen. Mit einer Hand kann ich nicht fahren.

Die Teufelskuh. Nur weg von diesem herabhängenden Fleisch. Weg von diesen zerhackten Knochen. Weg hier.

Die Kälberschlachthalle ist blitzsauber.

Die Großviehschlachthalle ist zugesperrt.

Notschlachtung?

Mir egal.
Ich haue ab.
Ich...
Stempeln.
Klein, sauber und rot: 3h19.
Im Kasten links von der Uhr stecken nur drei Karten.
Ambrosio, Gilgen, Rötlisberger.
Und jetzt noch meine.
Ich möchte diese Karte zerreißen.
Jetzt fange ich aber an, mich mitzuzählen.
Das ist meine Hand!
Der Asphalt im Areal ist naß, der Himmel ist blau.
Das ist meine Hand! möchte ich schreien.
Meine Hand!
Schrei doch!
Das ist meine Hand!
Nur so weiter!
Ich weiß doch längst, was hier draußen hinter diesem Zaun los ist! Hier sind wir, hier bin ich, hier sind die anderen, sonst ist überhaupt nichts hier!
Ab sofort gehe ich pissen, wenn ich muß, ab sofort bestimme ich den Rhythmus meiner Tage. Ab sofort verlange ich Freiheit und Unabhängigkeit und keine fremden Richter!
Außer Atem stehe ich am Schlachthofzaun.
Ich bin gerannt.
Der Verband an meiner Hand ist rot.
Dort.
Wie der ausholt! Den Kopf gesenkt! Die Hörner, der Nacken, die Wucht. Der Bulle an der Wand. Der riesige Stier. Mit Blut an die Schlachthofwand geschmiert.
Das ist meine Hand!
Und wenn es tausend Jahre keiner bemerkt, hier und jetzt erkläre ich mich selbst zum freien Hoheitsgebiet!
Unbefugten ist das Betreten verboten!
Ich bin doch keine verdammte Kolonie!
Ich berufe mich auf die Genfer Konvention!

Keine Macht der Welt hat das Recht, auf dieses Territorium vorzudringen, um dort in ihrem eigenen Interesse Verwüstungen anzurichten. Damit ist jetzt Schluß! Heute ist mein Tag der Unabhängigkeit. Die Fahnen hoch! Musik! Eine Rede: Das Bewußtsein meiner Klasse blutet im Schlachthof meiner Seele.

Rote Tropfen auf dem Gehsteig.

Kilchenmann hat doch nicht dick genug verbunden.

Der Bus.

Ich eile über die Straße.

Hinten einsteigen!

Geschlagen komme ich von der Schlacht. Ich bin ein scheißschmalziger und verwundeter Hochsänger.

Ganz hinten im Bus setze ich mich in eine Ecke.

Jetzt schnell zum Arzt, und dann ins Kino.

Darmereifachmann Hans-Peter Buri ließ die neue Maschine unbeaufsichtigt weiterarbeiten. Er vergaß, sich mit dem Druckschlauch abzuspritzen. Schleim rann an seiner Schürze herunter, Darmschleim und Kot. Sein Gesicht war von einer Kruste überzogen, und seine Augen waren rot entzündet. Wie ein aufgescheuchtes Wassertier humpelte er durch den Hauptverbindungsgang, vor der Großviehschlachthalle blieb er kurz stehen, schüttelte ungläubig den Kopf und eilte weiter. Wie Flossen klatschten seine nassen Gummistiefel auf die Fliesen.

Buri stürzte sich ins Schlachthofbüro, er klopfte nicht an, stand nur da in den schmutzigen Stiefeln, mit der tropfenden Schürze auf dem Teppich und suchte nach Worten. Er keuchte und würgte, zeigte mit einer Hand durch die offenstehende Tür in den langen Gang hinaus.

– Wegen, eh, ich habe gedacht, dort ja... eh, es ist...

– Was ist denn los? Bössiger kam hinter seinem Schreibtisch hervor, als wollte er sagen, warum ist dieser Buri nicht auf seinem Posten, warum kommt der hierher und tut wie ein erstickendes Kalb?

– Es ist wegen, es ist, ja, der Krummen!

Buri starrte so eindringlich auf die an der Schreibmaschine sitzende Frau Spreussiger, daß diese seine stockenden Worte wie bei einem Diktat mittippte und ihm gleichzeitig mit aufgerissenen Augen in das verkrustete Gesicht zurückstarrte. Eh ja, der Krummen! In den Gefriertunnel haben sie ihn eingesperrt. Ihr solltet gewiß schauen kommen! In der Schweinehalle ist auch der Teufel los. Die Kratzmaschine wirft die Säue schon über den Rasiertisch hinaus auf den Boden, alles ist verstopft und durcheinander. Ich weiß ja auch nicht, wo man diese Maschine abstellt. Buri kratzte sich unter dem Kragen der Metzgerbluse am Hals. Es ist halt wegen der Kuh. Weggelaufen sind sie, der Hugentobler ging zuerst. Ja, eine Kuh haben sie hereingeholt, eine mit einer Glocke! Ihr müßt gewiß schauen kommen, es ist wäger schlimm! sagte er, indem er sich schon halb abwandte und rückwärts auf die Tür zuging.

– Ich bin gleich zurück, sagte Bössiger zu Frau Spreussiger, die erst jetzt ihr durchgedrücktes Kreuz entspannte und sich auf ihren Stuhl zurückgleiten ließ. Sie sah den von Schweinekot verunreinigten Teppich, mechanisch griff sie zu ihrem Spiegel: Frau Spreussiger war sehr bleich geworden.

In der Großviehschlachthalle standen Hugentobler, Gilgen, Ambrosio und Rötlisberger vor dem geschmückten Schädel der Eringerkuh, die sie an einem der Eisenringe am Boden festgebunden hatten.

Rötlisberger paffte an seiner BRISSAGO. Die Hände hatte er sich in die Hosentaschen gesteckt. Gilgen war im Hemd, er hatte sich eine Gummischürze umgebunden. An der Silberkette hing sein Wiederkäuerzahn mit der dreizackigen Wurzel vor dem weißen Brustlatz. Ambrosio rauchte, kraulte die Kuh am Hals und sagte leise: Sí, sí, ya estamos, no te preocupes. Er hatte eine Schöpfkelle aus der Kuttlerei unter dem Arm.

Und alle drei schauten auf Hugentoblers Hände.

Hugentobler hatte seine Fellmütze abgelegt. Er schliff eine Klinge an dem geölten Wetzstein in seiner Hand, prüfte die Schärfe des mittellangen Messers mit der Daumenspitze, schliff weiter und führte es flach über seinen linken Unterarm. Als er sich einen weißen Strich durch den dunkeln Haarbelag rasiert hatte, schaute er auf, seine Augen waren gleichgerichtet. Er griff zu einem der Wasserschläuche, die über jedem Schlachtbeet von der Decke hingen, spülte das Messer ab und streckte es Gilgen hin. So, dieser Hegel haut! sagte er.

Gilgen wollte sich eben mit dem frisch geschärften Messer bekreuzigen, da trat Bössiger vor ihn hin. Wer hat euch befohlen, mitten am Nachmittag diese Kuh zu schlachten? Wo ist Krummen? Was geht hier überhaupt vor? Und Sie Rötlisberger! Sie rauchen ja! Und der Italiener da auch!

– Ja, dieses Kuhli muß halt auch gemetzget sein, antwortete Rötlisberger weiterpaffend, und Ambrosio hob die Schultern, als wollte er sagen, ja was will man da, so ist es eben.

– Was? Bössigers Blick flog von einem Gesicht zum andern. Wie? Keiner der Männer wich zurück, keiner senkte seine Augen. Bössiger kratzte sich hastig am Ohr, stampfte mit seinen Halbschuhen wie ein störrisches Kind auf den Boden. Was geht hier vor? Jetzt will ich sofort wissen, was hier eigentlich los ist!

– Ja wenn Ihr das wissen wollt, dann könnt Ihr ja zuschauen. Leise surrend senkte sich hinter Bössigers Rücken einer der elektrischen Aufzüge herunter. Rötlisberger hatte einen Daumen auf dem roten Knopf. Seht, da kommt etwas für Euch, oder? Blitzschnell legte Gilgen das Messer in seiner Hand auf den Boden und packte Bössiger um die Schultern. Schnell, einen Haken! Hugentobler nahm einen der für die Kuhhälften bestimmten Eisenhaken vom Rechen, zog Bössiger die weiße Berufsschürze hoch, schob ihm den Haken unter den Gürtel und hängte ihn an die Aufziehvorrichtung. Rötlisberger drückte auf den grünen Knopf. Der Aufzug surrte, der Gürtel rutschte hoch bis auf die Brust, und eingezwängt in seinen Hosen, fuchtelnd und strampelnd verlor Bössiger den Boden unter den Füßen. Polizei! Frau Spreussiger, rufen Sie die Polizei! schrie er, doch erst als er alle viere von sich gestreckt unter der Hochrollbahn hing, nahm Rötlisberger seinen Daumen vom grünen Knopf und sagte: So! Jetzt können wir my Seel anfangen.

Ohne weder Bössiger noch die sich beim Halleneinang versammelnden Schlächterkollegen zu beachten, bekreuzigte sich Gilgen noch einmal mit dem frisch geschliffenen Messer, richtete es dann auf den Hals der geschmückten Kuh und stach zu.

Die kleine Eringerkuh schnellte ihren Kopf nur leicht zurück. Sie hielt dem Einstich stand, nur einmal schlug die Glocke an, so ruhig blieb ihr Leib.

Aber auf ihrer schwarz-glänzenden Stirn legte sich die Haut in tiefe und verworrene Falten, sie stieß ein schwaches Muhen aus, und ihre Augen wurden heller, richteten sich auf die vor ihr stehenden Männer. Die Kuh stand da, blutete und sah aus, als wüßte sie um die lange Geschichte ihrer Rasse, als wüßte sie, daß sie zu den bestohlenen Müttern der weiß-fettigen Flut gehörte, die seit Jahrtausenden geduldig ihre Zitzen feilhielten, die seit Jahrtausenden aufgefressen wurden! Es war, als wüßte sie, daß sich ihresgleichen die Paarhufe immer wieder in den steinigsten Äckern wundstampfen mußte, daß es für ihresgleichen kein Entrinnen gab aus dem Lederzeug des Pfluges, der diese Welt bei Atem hielt. Es war, als wüßte diese Kuh um ihre Vorfahren, als wüßte sie, daß sie lediglich der plumpe Abglanz des Auerochsen sein konnte, der sich einst mit seinen geschwungenen, armlangen Hörnern eine Weltherrschaft über die lichten Wälder und über die satten Parklandschaften von Mitteleuropa bis hinein in das Herz des fernen Chinas unterhielt, ein Reich, in dem die Sonne selten unterging und das ihm weder die tückischen Stirnrinder Asiens noch der zur Unzufriedenheit neigende Grunzochse hatten streitig machen können. Es war, als wäre sich diese kleine Kuh im klaren über den Spott und den Hohn, die man seither auf ihre unterjochte Rasse häufte, aber als hörte sie eben jetzt hinten in ihrem Schädel, beim Ansatz des verlängerten Rückenmarks und in ihrem Kleinhirn auch ein vages Rauschen, ein abgedämpftes Dröhnen, das ihren Kopf ausfüllte wie das Meer die trockengelegte Muschel und das nichts anderes sein konnte als das Echo der Hufschläge ihrer Ahnen, die in gewaltigen Herden wie Gewitterwolken über die Steppen donnerten, und es war, als ob sich dieses Rauschen für eine Sekunde als Demut aufs klarste in den Augen der kleinen Kuh widerspiegelte. Als hätte diese Kuh weder Wucht noch Hörner, als wäre sie über Schmerzen und Körper erhaben, frei vom Zwang, sich zu wehren, so stand sie da und blutete, und *beim Transport aller zur Schlachtung bestimmten Tiere, beim Schlachten und bei den Vorbereitungen hierzu ist jede Tierquälerei zu vermeiden. Das Schlachten der Tiere ohne Betäubung vor dem Blutentzug ist gemäß Artikel 25 bis der Bundesverfassung verboten*, und Ernest Gilgen, der Riesenschlächter am Hof, war erst mit der Hand am Messer im Hals der Kuh dagestanden, beschürzt, muskulös und verwegen. Rot war es ihm über Hand und Arm gesprudelt, doch jetzt riß er die Klinge zurück und schleuderte sie quer durch die Schlachthalle an eines der Bogenfenster. Der Stahl des Messers krachte gegen das Milchglas, klirrte auf den Granitboden.

Mit der Schöpfkelle fing Ambrosio den Blutstrahl auf, der hellrot und kräftig an der Glocke vorbei aus dem Hals der noch kaum schwankenden Kuh hervorschoß. Das Blut schäumte und wirbelte in dem blechernen Gefäß, füllte dieses sofort bis zum Rand, und Ambrosio hielt es Rötlisberger hin. Der alte Kuttler nahm seine BRISSAGO aus dem Mund, ließ sie zu Boden fallen und tat einen tiefen Schluck. Rötlisberger trank bedächtig, und *verliert ein Tier viel Blut und kann es dieses nicht rasch genug ersetzen, so versucht man ihm das Leben zu retten, indem man ihm Blut von einem anderen Tier einspritzt. Man muß dabei einen Blutspender finden, dessen Blut sich ohne Schaden mit dem des Empfängers mischt*, und als zweiter nahm Hugentobler die Kelle, schwitzend, aber ohne zu schielen setzte er zum Trinken an, und das Gefäß ging weiter zu Ambrosio, zu Gilgen.

Gilgen goß sich den Rest so gierig in die Kehle, daß ihm das Blut am Hals herunterlief, ihm das Hemd durchnäßte. Sobald die Schöpfkelle leer war, hielt er sie wieder unter den schon langsam versiegenden Strahl.

Die Vorderbeine der Kuh gaben aber nach, sie schwankte, und blechern schlug die Glocke auf, die Schwertlilien lösten sich von den Hörnern, der schwarz-braune Leib rollte zur Seite. Noch bewegte sich der Kopf am langen Hals, der trüb und müde werdende Blick flackerte noch einmal auf, wie entsetzt über all das Blut, und erlosch.

Gilgen hielt die Kelle vor sich ausgestreckt und trat zusammen mit Ambrosio, Hugentobler und Rötlisberger einen Schritt von dem sterbenden Kuhleib weg. Bössiger über ihnen am Aufzug hörte auf zu schreien, und vom Halleneingang her näherte sich der Überländer. Kommt! Gebt mir auch einen Schluck! sagte er. Und hinter ihm stand der schöne Hügli, und hinter diesem standen Fernando und Luigi, Huber und Hofer, Piccolo, Pasquale und Eusebio, und die Schöpfkelle ging von Mund zu Mund.

Nur Buri blieb zurück. Er stand hinter der Flügeltür der Schlachthalle. Vor ihm lehnte sich Frau Spreussiger an die Wand und erbrach sich in schluchzenden Stößen. Buri bewegte den Kopf, als wäre er mit sich selbst im Gespräch. Er war dabei, die Halle zu verlassen.

– He Buri! Du scho warte! Ambrosio ging mit der Schöpfkelle auf Buri zu, mit beiden Händen hielt er das Gefäß umfaßt, der Stiel ragte zur Seite.

Buri musterte Ambrosios Gesicht, dessen Hände, auch die Lücke des fehlenden Mittelfingers an der Rechten. Dummes Zeug! sagte er, griff zur Kelle und trank.

– Und dann der Krummen Fritz? fragte Rötlisberger. Wollt ihr dem nichts geben?

– Wartet, ich hole ihn. Vorgebeugt wie immer, die Arme leicht abstehend, ging Hugentobler davon.

Als er mit Vorarbeiter Krummen zurückkam, sagte der, von einem zum anderen gehend: Himmelheilanddonnerwettersternsteufelnocheinmal. Dann wischte er sich die Hände am Hosenboden ab, packte den Stiel der Kelle und trank.

Krummen zitterte.

Und im Schlachthof hinter dem hohen Zaun am Rande der schönen Stadt war zwischen Kuttlerei und Wartestall der Sattelschlepper der Leimfabrik vorgefahren. Der Schwenkkran über der Führerkabine summte. Am Drahtseil schwebte eine Knochenkiste auf die Ladebrücke. Die Bretter der Kiste waren fettig, rote Flecken zeugten von angetrocknetem Blut. Das Durcheinander der Klauen, Hörner und Gebeine wurde von Fliegen umschwärmt.

Der Lastwagenchauffeur ließ den Haken an der Kiste ausklikken und schwenkte den Kran zurück. So, das wäre wohl alles für heute, sagte er zu Krähenbühl, der ihm beim Knochenverladen geholfen hatte.

– Ja, das hätten wir, gab Waagmeister Krähenbühl zurück. Und? Mußt noch weit heute? fragte er dann.

Eh, gewiß nicht. Schau! Der Karren ist voll.

– Abladen mußt das Zeug wohl schon noch heute, oder?

– Das schon, was man auflädt, das muß man auch wieder abladen, gell?

– So ist es, sagte Krähenbühl.

Und indem er sich auf das Trittbrett vor der Führerkabine seines Lasters schwang, fragte der Chauffeur der Leimfabrik: Und du? Hast nicht auch bald Feierabend?

– Oh, nein du, sagte Waagmeister Krähenbühl. Da ist noch ein ganzer Zug mit Wurstkühen fällig. Die müssen noch gewogen sein. Und dann muß ich noch zur Verbrennungsanlage. Der Dr. Wyss ist streng in der letzten Zeit. Das Konfiskat muß alles sofort verbrannt werden.

– Ja also dann, sagte der Chauffeur und zog die Tür zu. Er warf den Motor an und lehnte sich noch einmal zum Fenster hinaus. Du! Was wollen denn die Blauen dort? fragte er und nickte Richtung Verwaltungsgebäude, wo ein Polizeiwagen vorgefahren war.

– Ich weiß auch nicht, sagte Krähenbühl. Die haben hier aber immer wieder Schwierigkeiten mit den Italienern, wegen den Papieren, das ist halt so.

– Oder vielleicht hat einer ein Kalb erstochen, sagte der Chauffeur, lachte, hob die Hand zum Gruß und fuhr los. Auch Krähenbühl grüßte und entfernte sich, um die von Dr. Wyss nach einer negativ ausgefallenen Laborprüfung über und über mit großen blauen Buchstaben UNGENIESSBAR gestempelte Kuh zu holen, und *Kadaver sowie ungenießbares Fleisch werden in der Abdeckerei mindestens 1,25 m tief vergraben, nachdem sie mit gebranntem Kalk (CaO) bedeckt worden sind. Ihre Vernichtung geschieht jedoch schneller und gründlicher durch Verbrennung bei 1000° C*, und die Kuh mit vergiftetem Fleisch, die Krähenbühl an der Rollbahn hinten zum Schlachthof hinausschob, war Blösch.

Worterklärungen

Abwart	Hausmeister
Bänne	Karren
Bäzi-Wasser	Schnaps
Beige	Stapel, Haufen
bigoscht	bei Gott
Blätz	ein Stück Land, Stoff usw.
Bränte	flaches Milchgeschirr, das auch auf dem Rücken getragen wird
Bschüttloch	Jauchegrube
Büetz	Arbeit
choderen	den Rachen putzen, derb ausspucken
chrosen	knirschen
chüderlen	etwas mit Feingefühl herbeiführen
Chüngel	Kaninchen
dahertschalpen	daherlatschen
däräwäg	auf diese Weise
difig	schnell, flink
Duvet	Federbett
Emd	der zweite Schnitt beim Heu
Fackel	Zettel
Freiberger	Pferderasse aus dem Jura
Füdlen	Hintern
gäbig	angenehm, praktisch
Gaden	Dachkammer
Gnagi	gekochte Schweinsfüße, Haxen, Ohren
grännen	weinen
Gring	Kopf
Gsüchti	Gicht
gumpen	springen
das Gurrli fieggen	handgreiflich bestrafen
Guschti	junges Rind
in die Hüppeln nehmen	traktieren
Häftlimacher	flickte früher Keramikgeschirr

Hegel	Messer
Heikermänt	Kraftausdruck
Heinzen	Holzgerüst für Heu
Helgen	Bild, Foto
henusode	also dann, was soll's
Jass	Kartenspiel
jufeln	eilen, hetzen
Kaput	Militärmantel (Capot)
Laferi	Schwätzer
Lätsch	beleidigte Miene
ins Maul recken	ins Maul langen
Mistzetten	Mist auf dem Feld verteilen
Muni	Stier
my Türi	meiner Seel
Nest	umgangsspr. Bett
öppen	etwa
Pflanzblätz	Gemüsegarten
plagieren, praschalleren	prahlen
etwas prästieren	etwas durchstehen, ertragen können
rumpelsurrig	sehr schlechter Laune sein
Ruschtig	persönlicher Besitz (Rüstung)
Scheichen	Bein
schier	fast
schinieren	sich scheuen, sich schämen
Schlämperlig	üble Nachrede
schnorren	reden
Schnuderi	kleiner Lausebengel
Schopf	Schuppen
Schragen	Gestell
Schübel	Büschel
Schwire	Pfahl
sperzen	sich sperren, sträuben
Störenmetzger	geht von Haus zu Haus
Stupf	Tritt, Stoß
Stutz	steil abfallende Straße
Talpen	Hände, Pfoten
täupelen	trotzen
Treichel	Schelle
trumpieren	sich täuschen

Voressen	gulaschähnliches Fleischgericht
werken	schwer und hart arbeiten
Ziger	Milchprodukt
Znüni	Brotzeit vormittags
Züpfe	geflochtenes Brotgebäck

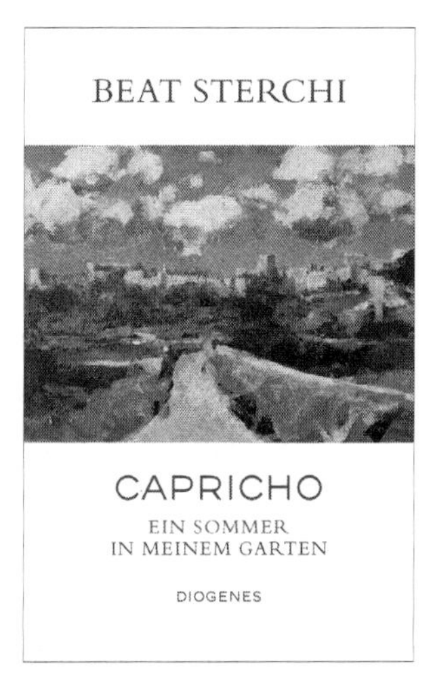

BEAT STERCHI
CAPRICHO
EIN SOMMER
IN MEINEM GARTEN
DIOGENES

272 Seiten
Auch erhältlich als eBook und eHörbuch

Ein Autor fährt wie jedes Jahr in sein einfaches Sommerhaus in einem verfallenden spanischen Dorf, dem letzten am Ende der Landstraße. Die Geschichte genau dieses Dorfes will er niederschreiben, doch fehlen ihm die Worte. Stattdessen beginnt er, seinen ›Huerto‹, den Garten, zu bestellen, und kommt dabei mit den Nachbarn samt deren Geschichten und Tipps, vor allem aber mit sich selbst und der Natur ins Gespräch.

128 Seiten

Vals – ein malerisches Dorf in den Schweizer Alpen. Das berühmte Thermalbad und die atemberaubende Landschaft haben sie alle hergelockt: das frischverliebte junge Paar, den erfolgreichen Banker, die alleinerziehende Mutter mit ihrer kleinen Tochter, den berühmten Schriftsteller. Für alle Figuren in diesen Erzählungen von Tim Krohn gilt: Die Tage, und vor allem die Nächte, die sie in Vals verbringen, werden ihr Leben verändern.

Erzählungen
Mit einem Nachwort von Beatrice von Matt
und einer Vorbemerkung des Autors
768 Seiten

Gesammelte Erzählungen von Urs Widmer, beginnend mit seinem Erstling ›Alois‹ (1968) bis zur ›Reise nach Istanbul‹ (aus: ›Stille Post‹, 2011). Darin außerdem enthalten die großen Erzählungen ›Die Amsel im Regen im Garten‹, ›Liebesnacht‹, ›Indianersommer‹, ›Das Paradies des Vergessens‹ sowie ausgewählte Erzählungen und Geschichten aus den Werken ›Schweizer Geschichten‹, ›Vom Fenster meines Hauses aus‹, ›Das Verschwinden der Chinesen im neuen Jahr‹ und ›Vor uns die Sintflut‹.

»Der Diogenes Verlag will durch lesbare Literatur unterhalten, durch Neues vor den Kopf stoßen, aber auch Altes neu entdecken; das ›Neue um des Neuen willen‹ übersehen und so das Modische vom Modernen unterscheiden. So viel wirklich Neues kann es gar nicht geben. Echte Avantgarde, sagt Karl Kraus, ist nichts anderes als der mutige Rückschritt zur Vernunft – und an das Neue, das nur aussieht wie das Alte, muss man sich erst gewöhnen.«

DANIEL KEEL